Silvia Zucca

Alles eine Frage der Sterne

Silvia Zucca

Alles eine Frage der Sterne

Roman

Deutsch von Ingrid Ickler

blanvalet

Die Originalausgabe erschien 2015 unter dem Titel
Guida astrologica per cuori infranti bei Editrice Nord s.u.r.l.

Dank an Simon & The Stars für die astrologische Beratung
facebook.com/simonandthestars

1. Auflage

Redaktion: Angela Troni
Umschlaggestaltung: © www.buerosued.de
Umschlagmotiv: © www.buerosued.de
KW · Herstellung: kw
Satz: Buch-Werkstatt GmbH, Bad Aibling
Druck und Bindung: GGP Media GmbH, Pößneck
Printed in Germany
ISBN 978-3-7341-0244-8

www.blanvalet.de

Für meinen Vater
zu seinem runden Geburtstag
und für meine Mutter,
die mir das Lesen beigebracht hat

Prolog

Sternzeichen auf Standby

Es gibt Tage, da spürst du es in den Knochen. Du wachst auf und weißt genau, dass alles schiefgehen wird, dass du besser im Bett bleiben, dich auf die Seite drehen und dir die Decke über den Kopf ziehen solltest.

In einem Film würde man jetzt meine Stimme aus dem Off sagen hören, dass ich keine Lust habe aufzustehen, sondern es Zeit für mein SURVIVAL-KIT unter dem Bett ist.

Dort lagern in einer Kiste neben einem Foto des Sixpacks von Hugh Jackman Marshmallows, ein Päckchen Puffmais zum Popcorn Selbermachen und diverse Spielfilme, natürlich auf VHS-Kassetten, von deren Existenz der Videothekar meines Vertrauens, vor dem ich die Cineastin mime, auf keinen Fall erfahren darf.

Denn statt der drei großen K, die in diesem Fall nicht für den Ku-Klux-Klan, sondern für Kubrick, Kiarostami und Kusturica stehen, deren Filme ich in vorderster Front in meinem Billy-Regal im Wohnzimmer stehen habe, verstecke ich unter dem Bett Streifen wie *Notting Hill, Dirty Dancing, Pretty Woman* und *Ghost* …

Ich gebe es zu: Immer wenn in meinem Leben etwas total danebengeht, dann gebe ich mir eine Überdosis Schnulzen. Nur warum müssen es ausgerechnet diese romantischen Komödien aus den 1980ern und 1990ern sein? Warum werde ich nicht erwachsen und diese Filme bleiben schwärmerische Erinnerungen an meine Kindheit, wie die Madeleines bei Marcel Proust? Ich habe keine Chance. Kaum flimmern die ersten Bilder über den Schirm, kehre ich in die geschützte und sichere Welt aus Kindertagen zurück, die mir vorgaukelt, im Leben hätte alles seine Ordnung, und auch wenn zwischenzeitlich alles schiefgeht, wartet immer ein Happy End, punktgenau bei Minute 120, gerade rechtzeitig vor dem Abspann.

Heute ist einer dieser Tage. Das ist mir klar, kaum dass mich das Schrillen des Weckers aus dem Schlaf gerissen hat. Ich bin in Versuchung, in großer sogar, dem nachzugeben, doch ganz offensichtlich haben meine Survival-Kit-Tage die Tendenz, bevorzugt montags aufzutreten, immer dann, wenn bei der Arbeit ein ultrawichtiges Meeting angesetzt ist, nur vergleichbar mit einem UNO-Gipfel.

Ich wusste schon gestern Abend, dass die volle Dröhnung *Vergiss mein nicht!* keine gute Idee war. Zumindest ab dem Moment, als ich mich entschloss, meine aufkommende Melancholie in einer Flasche Louis Roederer zu ertränken. Mit dem Champagner wollten wir eigentlich unser Einjähriges feiern, wozu es nicht mehr gekommen ist.

Es gibt Momente im Leben, in denen du dir mit voller Absicht wehtun willst. Einer davon war gestern Abend, und so gesehen, endete er erfolgreich: über der Kloschüssel.

Während ich die Decke zur Seite schiebe und mich in die Küche schleppe, in der Hoffnung, dass ein massiver Koffeinschub wahre Wunder wirken und mich wieder zum Leben erwecken wird, schalte ich wie in Trance das Radio ein, um die Nachrichten zu hören und mich daran zu erfreuen, dass es anderen noch schlechter geht als mir.

Schließlich raffe ich mich auf und schlurfe ins Bad. *O mein Gott.* Aus dem Spiegel starrt mich eine weibliche Version von Dorian Gray im Pyjama an. Mit den Augenringen ähnele ich einem Panda mit Perücke.

Carlo, ich hasse dich. Mit diesem Gefühl sammele ich die Reste meines Selbst zusammen, genau wie die Überbleibsel meiner gestrigen Fressorgie, die noch überall herumliegen.

Carlo ist mein Ex-Verlobter. Fünf gemeinsame Jahre. Fünf Jahre, sieben Monate, zwölf Tage und vier Stunden (jedenfalls ungefähr) haben wir zusammengewohnt, bis vor zwei Jahren. Sicher, in zwei Jahren kann man sich ein neues Leben aufbauen, und das habe ich auch gemacht. Oder besser, ich habe es versucht, wenn ich mir die Liste seiner Nachfolger so durch den Kopf gehen lasse (der letzte war Giorgio, von ihm stammt übrigens der Champagner). Das Problem ist, dass die anderen kamen und gingen, während Carlo geblieben ist. Auch wenn wir nicht mehr zusammen waren. Ich habe immer geglaubt, dass unsere Beziehung etwas ganz Besonderes war, mehr als die übliche Liebe, etwas Komplexeres, eine Art Seelenverwandtschaft. Wie in *Harry und Sally.*

Immer dann, wenn mir wieder mal einer dieser Typen das Herz gebrochen hatte, habe ich mich auf Carlos Sofa geflüchtet. Umgekehrt war es genauso, denn auch er heulte sich bei mir über seine flüchtigen Eroberungen aus. Immer in dem Bewusstsein, dass sie genau das bleiben: vergänglich.

Und jetzt das: Carlo wird heiraten. In drei Monaten. Woher ich das weiß? Durch Facebook. Diese blöde Gans von Cristina hat es auf ihrem Profil der ganzen Welt verkündet. *Ich bin schwanger, Carlo und ich werden im September heiraten, an meinem Geburtstag!*

Er war wahrscheinlich zu feige, um es zu posten. Na toll. Gratulation. Meine allerherzlichsten Glückwünsche. Und dazu einen Arschtritt, so gewaltig wie der Mailänder Dom. Dabei habe ich sie anfangs für eine Freundin gehalten.

Nicht, dass ich an Cristinas Stelle sein möchte. Gott bewahre! Es ist nur so, dass eigentlich ich als Erste heiraten sollte. Nicht Carlo. »Ladies first«, heißt es doch immer, oder?

Damit kommen wir zu meinem dringendsten Problem: mein Alter. Ich bin nicht mehr ganz taufrisch, die dreißig liegen schon eine Weile hinter mir. Ich möchte endlich den Richtigen kennenlernen, mich ernsthaft verlieben (und ebenfalls geliebt werden, so der Plan), eine Familie gründen. Stattdessen komme ich mir vor, als müsste ich mich für den Ball der einsamen Herzen anmelden, so trostlos ist mein Liebesleben.

»… mehrere Gewerkschaften ihre Teilnahme an dem für heute angesetzten Streik des öffentlichen Nahverkehrs bestätigt. Streikbeginn ist heute um Viertel vor neun, Streikschluss bei Fahrplanende, mit einer kurzen Unterbrechung von fünfzehn bis achtzehn Uhr …«

Ich sitze auf der Toilette, den Kopf auf den Knien, als ich aus dem Hintergrund die Stimme des Radiosprechers höre.

»Oh, verdammt!«

Die Nachricht wirkt auf meine Nerven wie eine Adrenalindusche. Das Meeting beginnt um halb zehn, und mein Auto ist noch bis Mittwoch in der Werkstatt.

Alice, komm in die Gänge! Wie konntest du das vergessen? Es ist bereits 8:04 Uhr, wenn die Uhr im Bad richtig geht. Von hier bis zur Straßenbahnhaltestelle dauert es etwa zehn Minuten, damit bleiben mir nicht einmal mehr zwanzig, um mich von *Des Satans jüngster Tochter Carrie* in eine Low-Budget-Version der Miss Italia zu verwandeln.

Ade Dusche, ade Glätteisen. Ade Nagellack. Den werfe ich aber in die Handtasche, wer weiß, vielleicht habe ich im Büro noch etwas Zeit, mich ein wenig aufzuhübschen. Ich schalte den Turbo ein und greife zu einem meiner Standardoutfits, um nicht auch noch über Klamotten nachdenken zu müssen.

Schneller als eine Einhundertmeterläuferin sprinte ich durch die Wohnung, stehe nach exakt zehn Minuten auf der Straße und verfluche mein chronisches Chaos, weswegen ich von vornherein darauf verzichtet habe, nach einem Schirm zu suchen.

Im sintflutartigen Regen rase ich zur Haltestelle, wo ich auf einige schlecht gelaunte Fahrgäste treffe, die dicht gedrängt auf die Ankunft der Linie 4 warten.

Es ist 8:16 Uhr, und die Vermutung macht die Runde, dass die letzte noch fahrende Bahn es nicht rechtzeitig bis zum Anschlusszug schaffen wird. Ich rechne in Gedanken nach. Von hier bis zum Bahnhof dauert es zu Fuß eine Viertelstunde … Schon überquere ich mit eiligen Schritten die Straße und versuche mich nicht darüber aufzuregen, dass mir der Regen in den Jackenkragen läuft und meine Frisur endgültig ruiniert.

»Was für ein Scheißtag! So ein Scheißtag!«, fluche ich in Endlosschleife.

An einer roten Fußgängerampel ernte ich einen missbilligenden Blick von einer rüstigen Achtzigjährigen, die mit ihrem Einkaufsroller neben mir steht. »Wissen Sie nicht, dass Schimpfwörter nicht in den Mund einer Dame gehören, mein Fräulein? Wie wollen Sie denn so einen Ehemann finden?«

Mir liegt eine patzige Antwort auf der Zunge, aber ich konzentriere mich auf die Ampel, und als sie auf Grün springt, spare ich mir den Atem und renne weiter.

Während meine bunt geringelte Strumpfhose allmählich bis zu den Knien feucht wird, denke ich mit Bedauern an mein Survival-Kit, besonders an *Ghost*. Da ist wenigstens klar, dass Patrick Swayze am Ende nicht noch mal seine Meinung ändert, Demi Moore verlässt und eine andere schwängert.

»Meine Damen und Herren, es tut mir leid, aber der letzte Zug ist schon durch«, sagt der Bahnbedienstete, der gerade das Rolltor schließt.

Das kann doch nicht wahr sein. Ein Albtraum. Womit habe ich das nur verdient? Was habe ich in meinem letzten Leben Schreckliches getan? Habe ich etwa kleine Kinder auf dem Oktoberfest frittiert oder wertvolle Gemälde zerstückelt? Oder dem durchgeknallten Produzenten von *Highlander II* eins übergezogen?

Ich klammere mich an den letzten Strohhalm und suche im Adressbuch meines Handys nach der Nummer der Taxizentrale. Nach einer weiteren Viertelstunde im strömenden Regen naht mein rettender Engel: Wapiti 28 47.

»Guten Tag«, begrüße ich den Taxifahrer ohne allzu große Überzeugung.

Der braungebrannte Typ, der glatt als Double von Crocodile Dundee durchgehen könnte, mustert mich einen Moment und zeigt dann auf die zusammengefaltete Tageszeitung auf dem Rücksitz. »Gnädige Frau, könnten Sie sich bitte auf die Zeitung setzen? Sonst machen Sie mir das Polster nass.«

Sicher. Klar. Ich hasse es, wenn man mich *Gnädige Frau* nennt. Und jetzt muss ich mich auch noch in eine Zeitung einwickeln wie ein Barsch auf dem Fischmarkt. »Aber natürlich«, antworte ich betont freundlich. Ärger mit Crocodile Dundee? Das fehlt mir gerade noch. Am Ende setzt er mich kilometerweit vom Büro entfernt auf die Straße? Nee, nee, das Risiko ist mir zu groß.

»Ganz schön lästig, dieser Streik, was?«, fragt er und fährt los.

»Das können Sie laut sagen.«

»Zum Glück gibt's ja Wapiti.«

Er mustert mich im Rückspiegel. Mit seinem markanten Gesicht, den blauen Augen und der Kunstlederweste sieht er wirklich wie ein verwegener Cowboy aus. Am Rückspiegel baumelt ein indianischer Traumfänger mit vielen Federn. »Was heißt das noch mal?«, frage ich.

»Schön, dass Sie nachfragen. Der Wapiti ist ein kanadischer Elch, der in der schamanischen Medizin als heiliges Tier gilt. Er ist das Symbol für Harmonie. Menschen, die ihn als spirituellen Führer haben, kommen vielleicht nicht als Erste ans Ziel, sind aber beharrlich und vergeuden dabei keine unnötige Energie.«

Na ja. Hoffentlich bringt mich dieser Wapiti bis Viertel nach neun an mein Ziel.

»Sie scheinen ziemlich ausgepowert zu sein, wenn ich das so sagen darf. In Ihrem Alter sollte man damit anfangen, auf sich zu achten. Haben Sie es schon mal mit Edelsteintherapie versucht?«

In meinem Alter? *In meinem Alter?* Herr im Himmel, lass mich aus diesem als Citroën verkleideten Elch aussteigen!

Für wie alt hält der Typ mich? Gut, ich bin ungeschminkt, habe Augenringe wie ein Panda, und meine Haare sehen gerade schlimmer aus als die von Johnny Depp in *Edward mit den Scherenhänden*. Aber mit einem Fuß im Grab stehe ich deshalb noch lange nicht, verdammt noch mal!

Noch nicht. Das passiert erst einige Minuten später, als Wapiti in der Parkbucht vor Mi-A-Mi zum Stehen kommt, dem kleinen Fernsehsender, für den ich seit zehn Jahren Tag für Tag schufte. Die Wagentür öffnen und in eine riesige Wasserpfütze treten sind eins. Perfekt.

»Was bin ich Ihnen schuldig?«, frage ich mit unterdrückter Wut.

»Zweiundzwanzig Euro fünfundsechzig. Aber zweiundzwanzig fünfzig passt auch.«

Hat der Schamane gerade zweiundzwanzig Euro gesagt?

Ich nehme den Geldbeutel aus der Tasche. Und stelle fest, dass ich nur noch zehn Euro in bar dabeihabe. Mist. Wie bringe ich das bloß dem Wapiti-Crocodile-Dundee bei? Vor meinem inneren Auge sehe ich schon, wie er mich mit Heilsteinen bewirft. »Entschuldigen Sie mich einen Moment …«

Als ich den Blick hebe, taucht zufällig meine Kollegin Raffaella vor mir auf. Adretter Gucci-Regenmantel, passender Schirm und passende Gummistiefel. Alles in Mauve. An ihr gleiten die Regentropfen geradezu ehrfurchtsvoll ab. Natürlich sitzt auch ihre Frisur perfekt.

»Oh, wir kommen mit dem Taxi«, sagt sie und zwinkert mir zu. »Wir lassen es uns aber gutgehen …«

»Raffa, warte bitte! Kannst du mir dreizehn Euro leihen? Ich gebe sie dir beim Mittagessen zurück, wenn ich am Geldautomaten war.«

»Aber natürlich, meine Liebe. Sicher, dass dreizehn reichen?«, antwortet sie und hält mir einen Zwanzigeuroschein hin. »Jetzt nimm schon, mit dem Rest kannst du dir einen heißen Tee aus dem Automaten holen. Du siehst erschöpft aus.«

Ich zahle, verabschiede mich von Dundee und gehe mit Raffaella in Richtung Eingang. Ich war noch nie so glücklich, meine Karte in die Stechuhr stecken zu dürfen. Geschafft! Es ist 9:17 Uhr. Noch eine knappe Viertelstunde, um einen Menschen aus mir zu machen.

»Ach, du lieber Himmel, Alice, was hast du denn mit dem Rock gemacht?« Raffa steht hinter mir und deutet auf mein Hinterteil.

Als ich die Jacke nach oben ziehe, weiß ich warum. Ich habe den Abdruck eines Zeitungsartikels auf der Pobacke kleben. Wapiti-Dundee und seiner genialen Idee, mich auf der Zeitung zu platzieren, sei Dank.

Eilig verabschiede ich mich von ihr und renne die Stufen in Richtung Aufnahmestudios hinauf. Dort sind die Toiletten, vor allem ist dort aber die Garderobe mit den Requisiten. Hoffentlich haben die was in meiner Größe da.

»Guten Tag.«

Vor dem Kaffeeautomaten neben dem Regieraum steht ein Mann, der sich zu mir umdreht und mich von Kopf bis Fuß mustert. »Sind Sie neu hier? Haben Sie sich verlaufen?«

Neu? Ich? Wohl eher er. Seiner Statur, den Designer-Jeans, dem magnetischen Blick und den eisgrauen Haaren nach zu urteilen, ist er ein Schauspieler, der sich für eine Rolle in *Liebesleid* bewirbt, der Soap, die wir derzeit im Studio Alpha drehen. Vielleicht ist für heute Vormittag ein Vorsprechen angesetzt? Er wirkt ein bisschen wie Richard Gere, nur größer. Meiner Meinung nach hat er gute Chancen.

»Neu bin ich schon eine ganze Weile nicht mehr, wenn ich ehrlich sein soll«, antworte ich der Maxi-Ausgabe von Richard Gere. »Eher gebraucht«, füge ich hinzu. So ist das immer: Wenn ich nervös bin, gebe ich irgendwelchen Schwachsinn von mir. Mein Gesicht ist ein einziges Desaster, und der Fleck auf meinem Hinterteil und sein stechender Blick machen mich ziemlich nervös.

Schnurstracks gehe ich auf die Garderobe zu, wo ich zwei Röcke finde. Der hautenge kanariengelbe kommt nicht in Frage, der kurze dunkle Faltenrock ginge zur Not, wenn er nicht mit Pailletten bestickt wäre. Tweety oder Britney Spears? Ich entscheide mich für Britney, immerhin sind die Pailletten ebenfalls dunkel und fallen nicht allzu sehr auf.

»Kompliment, Sie sehen gut aus. Welche Sendung moderieren Sie?«, fragt mich der Mann, der seinen Kaffee fertig getrunken hat und gerade den Plastikbecher in den Papierkorb wirft.

»Oh, ich … nein, ich moderiere nicht«, erwidere ich und schenke ihm ein schmachtendes Lächeln. Na ja, wenn er annimmt, dass ich vor der Kamera stehe, sehe ich vielleicht doch nicht so übel aus.

»Ach so, ja. Das hatte ich auch angenommen, aber nachdem Sie diesen Rock aus der Schneiderei geholt haben …«

Ich verziehe mich eilig und winke ihm zum Abschied zu. Das Damoklesschwert schwebt noch immer über mir. Keine zehn Minuten mehr bis zum Meeting.

Ich habe gerade noch Zeit, mir die Haare mit Papierhandtüchern trocken zu reiben und mich zu schminken, zumindest das Basisprogramm. Danach sind zwar die Pandaringe verschwunden, dafür ähnele ich jetzt eher einem Stachelschwein. Hoch lebe die Tierwelt.

»Oh, Alice, da bist du ja endlich!«, herrscht mich Enrico an, mein Chef. »Ruf in der Bar an, sie sollen uns eine Thermoskanne Kaffee bringen, und hol Pappbecher. Und Servietten.«

Seit meinem Halbtagsjob in der Pizzeria habe ich einen gewaltigen Karrieresprung gemacht.

Als ich in den Sitzungsraum komme, ist noch keiner da. Ich habe genügend Zeit, die Notizblöcke und Kugelschreiber zurechtzurücken, die Wasserkaraffen zu füllen und die Stifte für das Whiteboard zu kontrollieren. Da ich danach immer noch allein bin, sage ich mir, dass ich noch Zeit habe, um mich um den Fingernagel zu kümmern, bei dem der Lack abgesplittert ist, dauert ja nicht lange.

Gerade als ich die letzte Schicht auftrage, betritt Carlo den Raum, wirft mir einen scheuen Blick zu und deutet ein verlegenes Lächeln an. Er könnte nicht mal ein Bonbon klauen, ohne ein schlechtes Gewissen zu haben. Ich gebe mich unbeteiligt. Schließlich sieht der Verhaltenskodex der emanzipierten Frau das Zurschaustellen einer gewissen Gleichgültigkeit vor. Schnell pinsele ich mir auch noch die anderen Nägel an, als ob sie die Mona Lisa und ich da Vinci wären.

Aus den Augenwinkeln erkenne ich, wie Carlo sich hinsetzt. Weit weg von mir. Sehr gut. Ich puste mir auf die Nägel und bewege anmutig die Finger. Nur ich zähle, alles andere ist nicht wichtig.

Dann räuspert sich jemand, und ich blicke auf.

Die anderen sind da. Raffa schüttelt den Kopf und geht auf Enrico zu, um ihm etwas ins Ohr zu flüstern. Cristina legt Carlo eine Hand auf den Arm. Er runzelt die Stirn und macht immer noch einen verlegenen Eindruck. Überstrahlt wird die Szenerie von unserem Intendanten, der zusammen mit der Maxi-Version von Richard Gere vor dem Whiteboard steht. Der räuspert sich erneut.

»Nun denn, wenn die junge Dame mit ihren Nägeln fertig ist, können wir anfangen, Herr Intendant.«

Ich schließe die Augen und denke an die *Dirty-Dancing*-Kassette unter meinem Bett. *Mein Baby gehört zu mir, ist das klar?,* sagt Patrick in dem Film. Daraufhin steht Baby voller Selbstvertrauen auf und zeigt den anderen, aus welchem Holz sie geschnitzt ist, obwohl sie aussieht wie ein hässliches Entlein und noch dazu eine Riesennase hat. Was für eine Revanche!

Ich dagegen bleibe wie versteinert sitzen, denn hier ist kein Patrick Swayze, der mir helfend die Hand reicht. Nach der ich noch nicht einmal greifen könnte, ohne mir die frisch lackierten Nägel zu ruinieren.

Stattdessen steht da dieser Typ, den ich für einen attraktiven Schauspieler gehalten habe, der sich für drei Zeilen Text in die Warteschlange einreiht und sich schon wie Robert De Niro in *Taxi Driver* fühlt. Das freundliche Lächeln von eben ist verschwunden. Seine streng blickenden Augen sind schmale Schlitze.

»Gut«, sagt der Intendant, um die allgemeine Aufmerksamkeit auf sich zu ziehen. »Wie ihr wisst, sind wir eine kleine Firma. Eine kleine und doch so großartige Familie, die weiter wachsen möchte. Der Zeitpunkt ist gekommen, um einen großen Sprung nach vorne zu wagen. Das wird nicht leicht, vor allem in der gegenwärtigen Krise, und verlangt gewisse Anstrengungen von uns allen. Aber wir müssen uns verändern, um nicht unterzugehen. Im Hinblick auf die notwendige Neustrukturierung des Senders ist Davide Nardi zu uns gestoßen. In den folgenden Monaten wird er die

Arbeitsabläufe in der Firma beobachten und analysieren, um uns hinterher sagen zu können, wo Optimierungspotenzial besteht. Wo und wie wir etwas verändern, etwas erweitern oder etwas *einsparen* können …«

Ich fixiere Nardi, als würde ich ihn zum ersten Mal sehen, oder besser gesagt: Ich habe eine Vision von ihm mit schwarzer Kapuze und Sichel in der Hand. Denn genau das ist sein Job, im Auftrag des Chefs Köpfe rollen zu lassen, um Personalkosten einzusparen.

Und ich habe mich ihm in suboptimalem Zustand präsentiert, Stichworte: Faltenrock und Fingernägel.

Am Ende des Meetings klopft mir Raffa gönnerhaft auf die Schulter und mustert mich, als ob sie sich von einer Sterbenden verabschieden würde. »Das mit dem Geld für das Taxi hat Zeit, ich war gerade bei der Bank. Du kennst mich ja, ich denke *immer* an *alles*«, sagt sie schließlich und zwinkert Nardi zu. Um gleich darauf mit den Augen zu klimpern.

Mir wird schlecht. Als ich auf die Tür zugehe, höre ich Nardi sagen: »Natürlich sind auch Ihre Ideen zur Neustrukturierung willkommen. Wer ein innovatives Konzept oder ein erfolgversprechendes Sendeformat im Kopf hat, nur Mut und her damit. Wir werden alles gebührend prüfen.«

Vielleicht eine Sendung mit dem Titel *Jobsuche – hopp oder top?* mit dem Untertitel *Wie man einen neuen Job findet?* Zehn Jahre Berufserfahrung, einen Abschluss in Kommunikationswissenschaften und ein Diplom der Filmhochschule – alles für die Katz!

»Sicher ein Virus.«

Ich hebe den Kopf. Ich sitze auf dem Boden einer Toilettenkabine, die Ellbogen auf den geschlossenen Deckel der

Kloschüssel gestützt. Der beste Ort, um über meine Zukunft nachzudenken.

Vor mir steht ein schlaksiger junger Mann mit blonden Haaren und einem auffälligen Ohrring im linken Ohrläppchen. »Bitte?«

Er lächelt mich an, kauert sich neben mich und schüttelt den Kopf. »Entschuldige, dass ich dir das sagen muss, aber du siehst wirklich nicht gut aus.«

»Heute ist nicht mein Tag«, seufze ich. »Im Moment ist alles schwierig. Alles geht in die falsche Richtung, aber auch alles!«

Er berührt meine Hand. Am Mittelfinger trägt er einen Ring mit seltsamen Symbolen darauf. »Ich weiß«, sagt er und nickt.

Ich sehe ihm in die Augen, und er macht den Eindruck, als wüsste er es wirklich. Als würde er alle Antworten kennen. Wie die gute Fee von Aschenputtel, nur eben die männliche Version. Seine Haare sind blondiert, die Augen mit Kajal geschminkt und dazu noch der Ohrring.

Er mustert mich freundlich und sagt dann: »Du bist Waage, oder?«

Widder

Habt ihr sie vor Augen, diese Männer aus einem Guss? Typ rauer Cowboy, die nie Fragen stellen, vor allem weil sie keinen grammatisch korrekten Satz formulieren können? Das ist der Widder. Ein schlichter Charakter, der bewundernd vor epochalen Erfindungen wie dem Rad oder der Entdeckung des Feuers steht, aber unfähig ist, Zwischentöne wahrzunehmen, die der gesunde Menschenverstand vorgibt, zum Beispiel in Sachen Körperhygiene oder Galanterie. Jemand, der sexuelle Promiskuität für lästig hält.

Kurz gesagt: Tarzan war mit Sicherheit Widder. Falls ihr euren Partner nicht vom Baum klauben und ihn nicht dreimal am Tag daran erinnern wollt, dass es Zeit für einen Toilettengang ist, dann sucht euch wen anders.

I

Hingerissen von einem ungewöhnlichen Schicksal am azurblauen Himmel der Waagefrau

So hat alles angefangen, heißt es, wenn man von den wirklich wichtigen Dingen im Leben spricht. Die einem am besten dann widerfahren sollten, wenn man gut drauf und energiegeladen ist. Mit rasierten Beinen und ausreichend Parfüm auf der Haut. Aber ich muss es ja immer anders machen und erlebe den alles entscheidenden Moment auf dem Fußboden einer Bürotoilette, mit feuchten Haaren und mascaraverschmiertem Gesicht.

»Eine … Waage?«, wiederhole ich.

»Das ist ein Tierkreiszeichen«, erklärt er mir.

»Ich weiß, was das ist«, sage ich. Was mich wirklich verblüfft: Er hat recht. Ich bin tatsächlich Waage.

Er steht auf, ohne den Blick von mir abzuwenden, und reicht mir die Hand. Sie ist warm. Mit einer sicheren Bewegung zieht er mich hoch und befreit mich damit aus einer hochnotpeinlichen Situation.

»Entschuldige, aber daran glaube ich nicht. Astrologie ist was für Esoteriker. Wir sind doch nicht mehr im Mittelalter.«

Er zuckt mit den Schultern und hält mir erneut die rechte Hand hin. »Ciao, ich bin Tio.«

»Tio? Was ist das denn für ein Name?«, frage ich, als ich ihm die Hand schüttele. »Übrigens, ich bin Alice.«

»Ein Künstlername. Die Kurzform von Tiziano. Ich bin Schauspieler. Mach dir keine Gedanken, die meisten Leute glauben nicht an Horoskope. Aber alle lesen sie.«

Während ich zum Waschbecken gehe, denke ich darüber nach, dass er schon wieder recht hat. Ich habe mich auch schon öfter dabei ertappt.

Ich wasche mir das Gesicht. Dabei versuche ich so selten wie möglich in den Spiegel zu blicken, denn mir ist klar, dass ich aussehe wie ein Monster aus einem Horrorfilm von Dario Argento.

»Weißt du, was mich wirklich wütend macht?«, frage ich ihn und versuche mir wenigstens den Hauch eines Lächelns abzuringen. »Wenn ich in meinem Horoskop lese, dass ich eine Glückssträhne und mindestens drei Sterne in Sachen Liebe, Finanzen und Gesundheit habe, während ich mich beschissen fühle, weil ich gerade verlassen worden bin und mein Job wackelt. Dann würde ich am liebsten den Typen anrufen, der sich das Horoskop aus den Fingern gesogen hat, um ihn niederzumachen und vor Gericht zu zerren. Kurz gesagt: Wenn mein Horoskop positiv ist, mein Leben aber gerade den Bach runtergeht, fühle ich mich, als gehöre ich nicht dazu. Ich stelle mir dann immer vor, dass alle anderen mit meinem Sternzeichen in den Bus des Glücks steigen, während der Fahrer mir an der Haltestelle die Tür vor der Nase zugemacht hat.«

Tio sieht mich verwundert an, dann lächelt er. »Okay. Aber eben bist du in den Bus eingestiegen. Was sage ich, in das Flugzeug des Glücks, und zwar Business Class.« Er zwinkert mir zu und nimmt meinen Arm. »Wir bitten die verehrten

Fahrgäste die Sicherheitsgurte anzulegen. Hier spricht Ihr Kapitän Tio. Wir heben in wenigen Sekunden ab.«

Gemeinsam gehen wir zur Tür.

»Weißt du, was dein erster Glücksmoment sein wird? Ich lade dich zum Essen ein. Ich habe nämlich etwas zu feiern. Ich habe eine Rolle in *Liebesleid* bekommen.«

Ich lächele ihn an. Es gibt immer ein Licht am Ende des Tunnels, auch wenn gerade ein Tsunami dein Leben überflutet hat. »Dabei erklärst du mir dann bitte, was du auf dem Frauenklo zu suchen hattest.«

»Nun ja, eigentlich ist es das Männerklo.«

Als ich die Tür öffne, stehen wir vor Carlo, der bei meinem Anblick zusammenzuckt.

Verdammt …

»A… Alice!« Er kratzt sich am Kopf, während sein Lächeln sich in eine Grimasse verwandelt. »Hör mal, ich wollte mit dir reden.«

Natürlich gönne ich anderen ihr Glück, keine Frage, aber wir wollen mal nicht übertreiben. Das Letzte, was ich jetzt brauche, ist ein Ausbruch von Carlos Hochgefühl wegen seiner bevorstehenden Vaterfreuden.

Hilfesuchend wandert mein Blick zu Tio, und ich wünschte, er würde mir ein Seil zuwerfen, um mich aus dem Treibsand zu retten, in dem ich feststecke.

Das Wunder geschieht. Tio benimmt sich wie die gute Fee.

»Entschuldige, wir sind gerade auf dem Weg zum Essen … ein Arbeitsessen«, sagt er so professionell und überzeugend, dass ich fast selbst daran glaube.

Der perfekte Satz, wenn ein Mann und eine Frau gemeinsam die Herrentoilette verlassen. Als Schauspieler ist er wirklich eins a.

»Du bist eigentlich ein dicker Mann, der sich in einem dünnen Körper versteckt, oder?«

In Rekordzeit hat Tio alles heruntergeschlungen, was er sich auf den Teller geladen hatte, als wäre er drei Tage ohne Nahrung eingesperrt gewesen. Ich dagegen stochere noch immer in den dampfenden Makkaroni herum.

»Ich habe einen guten Stoffwechsel und stehe ständig unter Strom, bin rastlos und nervös. Typisch Zwilling.«

»Schon wieder Astrologie. Wie hast du eigentlich erraten, dass ich Waage bin? Das interessiert mich.«

Tio richtet sich auf und klopft sich aufs Brustbein, um einen Rülpser zu unterdrücken. »Im Moment stehen die Sterne für die Waage etwas ungünstig. Saturn ist schon den ganzen Monat rückläufig. Seit einigen Tagen steht die Sonne im Widder. In dieser Konstellation häufen sich für die Waage komplizierte Situationen und Stress, sowohl in emotionaler als auch in beruflicher Hinsicht. Außerdem steht die Venus im Negativquadranten mit Jupiter, Pluto in Opposition und Uranus im …«

Ich klimpere mit den Wimpern, denn einerseits habe ich kein Wort verstanden, andererseits gefällt mir die Erklärung, dass ich das Opfer eines stellaren Chaos bin.

»Jetzt ist mir alles klar. Es hat gar nichts mit mir zu tun. Ich kann es auch nicht ändern. Es gibt keinen Ausweg.«

Tio fängt an zu lachen und tätschelt mir die Hand, als wäre ich eine alte Freundin. »Aber nicht doch. Es ist nur eine Momentaufnahme, und die Konstellationen ändern sich schnell. Sieh es doch mal so: Das Bewusstsein für astrologische Zusammenhänge kann dir dabei helfen, bestimmten Entwicklungen vorzubeugen und negative Erlebnisse zu vermeiden. Ich meine, wenn du weißt, dass es regnen wird, was tust du dann? Du nimmst einen Schirm mit.«

Ich pruste los. Er bleibt ungerührt.

»Ich will ja nicht jammern, aber davor ist auch schon alles schiefgelaufen.« Klar, es gab in den letzten beiden Jahren auch Glücksmomente, doch es war wie in der Achterbahn. Die Aussicht ist fantastisch – aber nur bis zum Doppellooping und der Todesspirale.

Tio seufzt. »Waagegeborene haben derzeit kein leichtes Leben, das liegt am Saturntransit und dauert etwa zwei Jahre. Da kannst du nichts machen. Er ist nun mal der Planet der Härte, der Disziplin und der Prüfungen im Leben. Aber die gute Nachricht lautet, dass der Saturn momentan im Skorpion steht, und wie bei allen sich langsam bewegenden Planeten dauert es dreißig Jahre, bis er wieder in den Orbit der Waage kommt.«

»Mors tua vita mea.«

»Alice …«

Als ich den Kopf hebe und Tio über die Schulter spähe, erkenne ich Carlo, der an der Bar aufgetaucht ist. Immer noch in Habachtstellung. Gut.

»Was willst du? Siehst du nicht, dass ich mich gerade unterhalte?«

»Alice, bitte, ich weiß, dass …«

»Wenn das so ist, warum nervst du mich dann? Siehst du nicht, dass ich beschäftigt bin? Unterbreche ich dich etwa, wenn du dich mit jemandem unterhältst?«

Selbst Tio dreht sich einen Moment lang um, dann wendet er sich mir wieder zu und rollt mit den Augen.

»Schade, dass er kein Skorpion ist«, zische ich ihm zu. Er wird das Saturnchaos wohl erst in zwölf Jahren erleben, würde ich mal schätzen. Zu spät, um sich darauf zu verlassen. Vielleicht gibt es ja noch einen anderen Planeten, bei dem es etwas schneller geht.

Carlo läuft feuerrot an. Immerhin etwas, stelle ich zufrieden fest.

Als er geht, höre ich Tio sagen: »Bei ihm muss Mars nahe am Himmelszenit stehen. Das macht äußerst aggressiv und wenig diplomatisch.«

Ich winke ab, um die Sache herunterzuspielen. »Das ist nur mein Ex … Ist schon eine Weile her.« Ehrlicherweise müsste ich sagen, mein Ex-Ex-Ex-Ex-Ex, wenn ich an all die frustrierenden Beziehungen danach denke. Falls ich nicht noch einen vergessen habe. »Wir haben eine sehr … komplizierte Beziehung.«

»Was für ein Sternzeichen ist er?«

»Wassermann.«

Tio wirft einen Blick auf die Uhr. Nach der Mittagspause muss er in die Schneiderei, sein Kostüm soll angepasst werden. »Der Wassermann symbolisiert Freiheit und Experimentierfreude. Es fällt ihm schwer, Wurzeln zu schlagen. Er liebt das Risiko und alles Unvorhersehbare.«

Oha, da hat er ja gleich zwei Fliegen mit einer Klappe geschlagen. Ganz offensichtlich ist Carlo ein Risiko eingegangen, und nach dem positiven Schwangerschaftstest muss er auch noch Wurzeln schlagen. Jetzt habe ich sogar ein schlechtes Gewissen, weil ich ihn so abgekanzelt habe. Ich blicke mich suchend an der Bar um, aber er ist wohl schon gegangen. Ob ich wirklich Mars für mein Benehmen verantwortlich machen kann?

»In der Tat herrscht zwischen Wassermann und Waage eine gewisse Harmonie«, fährt Tio fort, »aber wenn es im

Bett nicht stimmt, entwickelt der Wassermann einen gewissen Hang zur Flucht. Die gute Nachricht ist, dass die beiden eine tiefe und echte Freundschaft verbinden kann.«

Das ist nicht wirklich neu. Mich erfasst eine dumpfe Melancholie. Es ist weder meine noch Carlos Schuld, dass unsere Beziehung gescheitert ist. Die gemeinsame Zeit hat gezeigt, dass wir einfach nicht zusammenpassen. Wir hatten es gehofft und wirklich gewollt. Im Grunde hatten wir die gleichen Interessen, die gleichen Ziele, aber die Wege, auf denen wir sie erreichen wollten, waren ganz und gar verschieden. Ein Beispiel: Ich bin kreativ chaotisch, während er total penibel ist und alles alphabetisch ordnen muss, von den DVDs bis zum Inhalt der Küchenschränke. Die Kekse standen bei uns neben dem Kerbel und nicht etwa beim Tee oder beim Zucker.

»Siehst du? Jetzt weißt du, dass es mit einem Wassermann aller Voraussicht nach gar kein gutes Ende nehmen kann. Die Waagegeborenen leiden meistens in Beziehungen mit Sternzeichen, die exzentrisch oder übermäßig steif sind, wie Steinböcke, Jungfrauen oder Stiere. Du brauchst einen stolzen Löwen, ein Alphamännchen, das dominant ist und trotzdem ein Auge auf seine Partnerin hat. Oder einen abenteuerlustigen Schützen. Was den Skorpion angeht, lass mich nachdenken …«

»Äh, nein, bitte keinen Skorpion«, sage ich und stehe auf. »Ich hatte schon genug Stress mit meinem Saturn, soll sich doch der Skorpion jetzt mit ihm herumschlagen. Ohne mich. In zwei Jahren können wir vielleicht noch mal drüber sprechen, wenn er ihn wem anders angedreht hat.«

Als ich mich vor der Schneiderei von Tio verabschiede, tauschen wir unsere Telefonnummern aus, und er verspricht, sich bald zu melden. Dann küsst er mich auf beide Wangen und flüstert mir ins Ohr, dass wir unser Zusammentreffen der günstigen Trigon-Konstellation zu verdanken haben.

Einen Augenblick lang bin ich versucht, ihn der Gruppe »Hoffnungslose Fälle« hinzuzufügen, die mein Adressbuch bevölkert, aber ich beschließe, ihm noch eine Chance zu geben. Warten wir's ab.

2

Eine zweite Chance für den Widder

Obwohl ich Tios astrologischen Theorien skeptisch gegenüberstehe, muss ich zugeben, dass sie mich faszinieren. Insgeheim gefällt mir so etwas sogar. Der Gedanke, dass es eine Vorbestimmung gibt, eine höhere Macht, gibt mir ein gutes, sicheres Gefühl. Vor einiger Zeit hatte ich mal mit dem Gedanken gespielt, mit Feng-Shui anzufangen. Natürlich nicht nur die Soft-Version mit rosa Kissen hier, grüner Vorhang da. Ich hatte mir in den Kopf gesetzt, die ganze Wohnung umzugestalten.

Das war kurz nachdem meine beste Freundin Paola geheiratet hat.

In den letzten Jahren habe ich nie alleine gewohnt. Ich bin gerne in Gesellschaft, und Paola war die dritte und letzte meiner Mitbewohnerinnen. Wie ihre beiden Vorgängerinnen Sara und Marta hat sie sich irgendwann verliebt und nach vier Monaten die Koffer gepackt. Nach ihrem Auszug begann ich darüber nachzudenken, ob meine Wohnung vielleicht der Katalysator für zwischenmenschliche Beziehungen war. Eine Art Eheanbahnungsinstitut des Schicksals. Zieh bei mir ein und du wirst in Kürze heiraten.

Sosehr ich meine Freundinnen mag, jetzt wäre eigentlich ich mal an der Reihe. Da Sara, meine erste Mitbewohnerin, zu ihrem Freund gezogen ist, Marta, die zweite, geheiratet, und Paola, die dritte, sogar ein Kind bekommen hat, schienen die wundersamen Kräfte offensichtlich stärker zu werden.

Deshalb also Feng-Shui. Ich habe versucht, die Möbel umzuräumen, um die Energieströme auf mich zu lenken. Ich habe die Zimmer getauscht, habe sogar mein Bett in das Zimmer meiner früheren Mitbewohnerinnen gestellt.

Alles ohne Erfolg. Ich bin da wie Obelix. Der Zaubertrank hat keinerlei Wirkung auf mich. Im Gegenteil, danach ist alles noch schlechter geworden. Der Typ, mit dem ich damals zusammen war, musste urplötzlich noch mal über alles nachdenken und hat mich verlassen, vermutlich wegen der allzu optimalen Rahmenbedingungen.

Wutentbrannt stellte ich alles wieder um und benutzte die Seiten aus dem Feng-Shui-Handbuch zum Fensterputzen. Auf diese Weise hat mir Feng-Shui dann doch noch eine gewisse Klarheit gebracht.

Versteht mich bitte nicht falsch. Ich freue mich für jede meiner Freundinnen, vor allem für Paola. Es ist schön, dass sie einen so großartigen Mann wie Giacomo gefunden hat und die beiden sich so sehr lieben. Immerhin weckt das in mir zumindest einen kleinen Hoffnungsschimmer, dass es auf dieser Welt doch noch wahre Liebe gibt.

Heute freue ich mich besonders auf unser Treffen, denn seit Sandro da ist, sehen wir uns nur noch selten. Giacomo hat angeboten, sich um das Baby zu kümmern, damit wir etwas trinken gehen und uns gegenseitig auf den neuesten Stand bringen können. Fünfzehn Jahre Freundschaft haben uns zusammengeschweißt und zur Psychoanalytikerin der jeweils anderen werden lassen. Wenn es einen Lehrstuhl für Emotionale Pathologie gäbe, wir hätten alle beide einen Ehrendoktor!

Mit dem ersten Spritz stoßen wir auf die Geburt an (das Thema haben wir bereits lang und breit ausdiskutiert, trotzdem pressen wir noch ein paar letzte Details heraus), auf Sandros Grimassen (die Paola verblüffend echt nachmachen kann) und auf die elementare Wandlung der Frau vom Individuum zur Mutter und der damit verbundenen Ausdehnung des eigenen Selbst auf eine andere Person. Mit den philosophischen Fragen ist allerdings bereits in der zweiten Runde Schluss. Als Nächstes wenden wir uns prosaischeren Themen zu, wie zum Beispiel Sex (in letzter Zeit bei uns beiden eher vernachlässigt, wenn auch aus verschiedenen Gründen), Männer (auch da ist bei mir nichts zu holen) und schließlich Sternzeichen (Astrologie in Bezug auf Sex und nicht zuletzt auf die Suche nach dem Richtigen, das passt für beides).

»Also ich habe mal irgendwo gelesen, dass Skorpione besonders feurig sind.«

»Nach Tios Meinung ist es nicht entscheidend, ob ein Sternzeichen besondere Vorzüge hat, sondern ob es mit deinem kompatibel ist. Da ist schon was dran. Genau wie an der These, dass es auf die Persönlichkeit ankommt«, verkünde ich und hebe mein halb leeres Glas (ich gehöre zu den Menschen, bei denen das Glas immer halb leer ist).

»Nehmen wir Carlo. Er ist Wassermann. Mit der Waage, also mir, gibt es anscheinend einige Übereinstimmungen, aber nur bis zu einem gewissen Punkt. Danach läuft alles auseinander. Und Carlo hat da echte Probleme.«

»Inwiefern? Du hast dich doch immer beschwert, dass er so penibel ist.«

»Ist er ja auch, aber in Beziehungen löst sich bei ihm immer alles auf. Wie viele Frauen hatte er nach mir? Er verliert sofort das Interesse an ihnen. Genau wie bei mir. Carlo war keine Liebe fürs Leben.«

Paola räuspert sich. »Aber Cristina ist schwanger … und die beiden heiraten.«

Das halb leere Glas ist nach einem tiefen Schluck ganz leer. »Stimmt. Trotzdem löst sich alles auf.« Ich bleibe dabei. Es kann unmöglich sein, dass nur bei mir alles auseinandergelaufen ist. Dass er mich nicht heiraten wollte, weil es mit mir einfach nicht gepasst hat.

Paola lässt die Sache auf sich beruhen und zuckt mit den Schultern. »Seinen Samen hatte er jedenfalls nicht unter Kontrolle. Er scheint mir nicht gerade der Typ zu sein, der sich ruck, zuck in eine Vaterschaft stürzt.«

Wir prusten los vor Lachen.

»Lass uns von ernsten Dingen sprechen. Wie wirst du mit dem neuen Problem auf der Arbeit umgehen?«

Das neue Problem auf der Arbeit hat einen Namen: Davide Nardi.

Ich seufze und winke der Bedienung. Für dieses Thema brauche ich einen dritten Spritz. »Keine Ahnung. Mein Plan besteht darin, möglichst wenig aufzufallen. Kennst du diese Dokumentarfilme, in denen kleine Tiere mit angstverzerrtem Blick versuchen, ihren räuberischen Feinden zu entkommen, indem sie sich als Blatt oder als Stein tarnen? Ich überlege, mich als Teppich oder Schreibtisch zu tarnen und darauf zu spekulieren, dass er mich und meine Existenz vergisst.«

Paola beugt sich zu mir vor und nimmt meine Hand, noch bevor ich nach dem Glas greifen kann (ausnahmsweise mal voll).

»Warum nutzt du die Situation nicht für dich? Seit Jahren beschwerst du dich darüber, dass deine Arbeit nicht wertgeschätzt wird. Du versuchst schon immer, nicht aufzufallen. Mein Küken, du bist inzwischen erwachsen und bereit für den großen Karrieresprung.«

Ich werde jetzt ganz bestimmt nicht darauf herumreiten, dass aus einem Küken ein gackerndes Huhn wird, das früher oder später in irgendeinem Topf landet. »Das wäre schön, aber ...«

»Dein Problem ist dein fehlendes Selbstbewusstsein.« Paola sieht mich mit ihrem Analystenblick an. »Wenn du nicht selbst an dich glaubst, wie kannst du da erwarten, dass es jemand anders tut? Nimm nur mal die Sache mit den Männern. Wer soll sich für dich interessieren, wenn du ihnen immer nur das Eine zu bieten hast ... dein Bedürfnis geliebt zu werden? Du willst keinen Mann, du willst einen Stützbalken.«

Das Problem mit Paola ist, dass sie punktgenau ins Schwarze trifft.

»Zurück zu Nardi, was soll ich deiner Meinung nach machen?«

»Na ja, dich auf alle Fälle nicht verstecken, das ist schon mal klar. Tritt die Flucht nach vorne an und zeig ihm, was du draufhast. Du bist kreativ und intelligenter als die meisten deiner Kollegen.«

Kreativ und intelligent.

Im Hintergrund lauert das Thema *Die Waffen der Frauen. Let the river run/let all the dreamers wake the nation* ... Ich komme mir vor wie Melanie Griffith und bin bereit, in den Ring zu steigen, um meinen Job zu behalten und mir ein Büro mit Panoramafenster zu erkämpfen. Und mich in der Zwischenzeit vielleicht noch von meinem Harrison Ford zum Traualtar führen zu lassen ... Nur wer sollte das sein? Nardi vielleicht?

O mein Gott.

»Entschuldige mich einen Moment. Ich muss aufs Klo.« Ich stehe auf.

Die Kollateralschäden von drei Spritz sind eine volle Blase und wirre Gedanken. Ich lasse mir kaltes Wasser über die Handgelenke laufen, und wie es scheint, entwirrt das auch mein Gedankenknäuel. Wie absurd, an Nardi (auch nur einen Moment, einen einzigen winzigen Moment) als potenziellen Prinzgemahl zu denken. Habe ich vielleicht das Stockholm-Syndrom?

Als ich zu Paola zurückkehre, habe ich einen Wimpernschlag lang den Eindruck, als würde ich doppelt sehen. Dann bemerke ich, dass jemand neben ihr sitzt.

»Ciao, ich bin Luca.«

Ich scanne: männlich, weiß, zwischen fünfunddreißig und vierzig. Haare: hellbraun. Augen: braun. Schultern: nicht übel. Vor allem: kein Ring an der linken Hand.

»Angenehm, Alice.«

Ich werfe Paola einen Blick zu, dessen Subtext lautet: Wie kommt es, dass ich nur einen Moment lang weg sein muss und schon hast du einen Mann an deiner Seite?

»Luca ist ein Kollege von der Zeitung«, erklärt sie.

»Allerdings. Ein Kollege, der sich sehr wundert, dass sich die frischgebackene Mama abends in einer Kneipe herumtreibt.«

Ich grinse und nehme zwischen den beiden Platz. »Ich habe sie auf diesen sündigen Weg geführt.«

»Richtig so!« Dieses Mal scannt er mich. Das Resultat quittiert er mit einem anerkennenden Lächeln. »Man sollte sein Sozialleben nicht aufgeben. Diesen Fehler habe ich gemacht. Für mich gab es nur noch meine Freundin, romantische Spaziergänge Hand in Hand, Abendessen zu zweit bei Kerzenschein …«

Freundin? Halt. Er ist vergeben. Gefahr. Ampel auf Rot.

Mein eben noch verführerischer Gesichtsausdruck verwandelt sich in ein verständnisvolles Lächeln à la Oma Duck.

»Und dann – BANG! – hat Anna mich verlassen, weil sie ihren Freiraum brauchte.«

»Oh«, sagen Paola und ich im Chor.

»Das wusste ich nicht, tut mir leid«, sagt Paola und wirft mir einen Blick zu.

»Jetzt versuche ich die alten Freundschaften wieder aufzufrischen. Und das Leben zu genießen, irgendwie.«

Armer, armer Junge! Wer weiß, wie sehr er gelitten hat, denkt Schwester Alice.

»Das ist auch gut so. Ich warte auf ein paar Leute, wir wollen tanzen gehen.« Luca steht auf. »Ich hoffe, wir sehen uns bald wieder, Alice. Bring doch Paola mit, wenn es passt.«

Dann schauen wir ihm hinterher, wie er zu einigen Typen an die Bar geht.

»Das tut mir wirklich leid für ihn, der Ärmste. Er ist echt nett. Und gut in seinem Job.«

Ich tue ganz unbedarft und leere meinen Spritz bis zum letzten Tropfen. »Weißt du zufällig, welches Sternzeichen er ist?«

Paola zieht die Augenbrauen hoch und deutet ein Lächeln an. »Widder, glaube ich.«

3

Ein schlechter Tag für die Waage

Eine Frau am Steuer ist eine Frau, die ihr Leben im Griff hat. Obwohl man diese These anzweifeln kann, wenn man die Kratzer im Lack meines kleinen Autos anschaut. Meine Erklärung auf die Frage, warum ich sie nicht ausbessern lasse, lautet: Mein Auto ist die Metapher meiner Seele. Es gibt Kratzer, die sich nicht ausbessern lassen.

Die Falten im Gesicht lasse ich mir ja auch nicht wegspritzen.

Nach dem Unfall der letzten Woche sind ich und mein Auto endlich wieder vereint, und ich mache mich in fast euphorischer Stimmung auf den Weg zur Arbeit.

Die Sonne strahlt vom Himmel. Die Nacht hat alle Wolken vertrieben und Mailand einen Hauch von Frühling geschenkt. Ich habe Lust zu singen.

Ich bin fast da, aber Zeit für ein Lied habe ich noch, deshalb wühle ich in der Ablage nach dem Bedienteil des Radios. Kassenzettel, Fahrzeugschein, abgelaufene Parkscheine … Wo zum Teufel ist dieses dämliche Ding geblieben? Ich beuge mich vor und suche unter dem Sitz weiter.

Das Auto schlingert. Jemand hinter mir hupt.

»Ja, immer cool bleiben!« Ich winke dem Motorradfahrer

zu, der mich zügig überholt und dann kurz vor mir an der Ampel stoppen muss. »Da hast du's. Die ganze Hektik und dann musst du trotzdem warten«, sage ich, als ich hinter ihm anhalte.

In der Zwischenzeit habe ich das Teil endlich gefunden. Sobald es installiert ist, setzt brüllend laute Musik ein. *Dancing Queen* von Abba, genau das, was ich jetzt brauche, eine Königin der Tanzfläche wäre ich auch gerne. Ich gröle mit, klopfe im Rhythmus auf dem Lenkrad herum und wiege mich auf dem Sitz hin und her.

Als ich wieder hochblicke, schaut mich der Motorradfahrer an. Das erkenne ich zwar nicht ganz genau, weil er einen Helm mit abgedunkeltem Visier trägt, aber er dreht sich zu mir um.

Ich habe das Fenster unten, deshalb kann er Abba und mein Jaulen deutlich hören. Ups …

Aber heute lasse ich mich nicht so leicht aus der Ruhe bringen. Was hat Paola noch zu mir gesagt? Selbstvertrauen. Ich brauche mehr Selbstvertrauen und darf mich nicht immer gleich nervös machen lassen. Deshalb sehe ich ihn betont cool an, singe nur für ihn weiter, und als die Ampel grün wird, zwinkere ich ihm zu und trete aufs Gas.

Ich fange wie verrückt an zu lachen, und die letzten Kilometer werden zum Duell. Auto gegen Motorrad. Von einer roten Ampel zur nächsten.

An der letzten Ampel höre ich meinen Handyton, ich habe eine WhatsApp bekommen. Ich fahre rechts ran, der Motorradfahrer überholt mich endgültig, und ich winke ihm hinterher. Dann greife ich nach dem Smartphone.

Die unbeantworteten Anrufe von Carlo ignoriere ich und archiviere sie zusammen mit einem teuflisch grinsenden

Smiley. Aber darüber ist noch etwas. Dieses Mal muss ich grinsen.

Eine Nachricht von Tio.

Hallo, Waage,
der heutige Tag scheint für dich zwei Seiten zu haben. Durch den transitierenden Jupiter in Trigon mit der Venus bist du voller Energie und Tatendrang. Allerdings werden deine Absichten von Saturn und Merkur auf die Probe gestellt. Durch überraschende Offenbarungen wird dein Enthusiasmus gedämpft, und du kannst mit unvorhergesehenen neuen Aufgaben belastet werden, die außer Energie auch viel Geduld erfordern. Möglich sind auch Auseinandersetzungen mit Konkurrenten.
In Herzensangelegenheiten ist der Venusquadrant im negativen Transit mit Pluto, eine Konstellation, bei der Vorsicht angebracht ist und die zugleich die Aussicht auf eine starke und stürmische Liebe andeutet.

Nach einem lachenden Smiley steht da noch: *Tio kommt um eins in die Maske. Er mag Thunfischsandwich.*

Ich schließe das Auto ab und grinse immer noch. Erst als ich mich zum Eingangstor umdrehe, erkenne ich das Motorrad, das dort parkt. Der Typ schwingt sich gerade aus dem Sattel.

Ich liebäugele mit der Idee, mich in die Bar nebenan zu flüchten, bis er weg ist. Aber ich will mich nicht verstecken. Schnurstracks gehe ich über die Straße, während er den Helm absetzt.

Wo sind eigentlich die Wirbelwinde aus *Der Zauberer von Oz,* wenn man sie braucht?

Davide Nardi streift sich die Motorradhandschuhe ab und wendet sich ernst zu mir um. »Es ist gefährlich, sich im Straßenverkehr ablenken zu lassen, weil man nach seinem Radio sucht.«

Und was ist mit Singen und Grimassen schneiden in Richtung des Mannes, der einen vielleicht entlassen könnte?

»Ähm, ciao«, stammele ich.

Mit den vom Helm zerzausten Haaren und dem leicht erhitzten Gesicht ähnelt er erst recht Richard Gere in einer der knisternden Szenen aus *American Gigolo*. Trotz meiner noch nicht allzu lange zurückliegenden Kandidatur für den Oscar der peinlichsten Auftritte spielt mein Kreislauf verrückt wie ein Flipperautomat, wenn die Kugel auf die Flächen mit der höchsten Punktzahl trifft. Warm. Kalt. Kalt. Warm.

Ich überprüfe sämtliche elementaren Körperfunktionen. Okay, sprechen ist nicht drin, aber meine Beine bewegen sich noch. Los, Alice, dreh dich um und geh auf diese verdammte Tür zu!

»Aber du hast eine schöne Stimme«, sagt Davide Nardi hinter mir.

Ich schließe kurz die Augen, und als ich mich umdrehe, lächelt er mir zu.

Mit einem Seufzen stecke ich meine Karte in den Schlitz. Ich habe kaum Zeit, um über meine Performance nachzugrübeln. Erst recht nicht, um den Nardi-Effekt näher zu analysieren (Nardi der Henker, Nardi der Staatsfeind Nr. 1), den er in seiner Lederjacke und mit seinem jungenhaft saloppen Auftreten auf mich hatte.

Kaum habe ich einen Fuß in die Redaktion gesetzt, fällt mir auf, dass der Produktionschef Enrico, mein direkter Vorgesetzter also, den Anschein erweckt, als wollte er eine

Hauptrolle in einem Film über die Jagd auf Grizzlybären übernehmen. Und zwar die Rolle des Bären.

»Wie? Das Studio ist nicht bereit?« Danach folgt eine Fluchtirade, die prädestiniert für ein Remake des *Exorzisten* wäre. »Habt ihr keinen Auftrag? Und wo zum Teufel steckt Alice?«

»Ich bin hier«, zwitschere ich.

Vor Enrico stehen der Aufnahmeleiter und der Regisseur, die durch sein Grizzly-Gebrüll zu Liliputanern geschrumpft zu sein scheinen. Als sie mich bemerken, wirken sie erleichtert, während ich mir keine Illusionen mache. Ich bin nicht die Mutter Teresa für Aufnahmeleiter und Fernsehregisseure. Ich bin Frischfleisch für Bären. Enrico wird sich mich als Opfer aussuchen, während die beiden sich ins Studio verziehen und wie die Oompa Loompas schuften, um das Set vorzubereiten.

»Wo zum Teufel warst du? Hast du keine festen Arbeitszeiten, oder was?«

Ihn daran zu erinnern, dass es neun ist und wir dienstags immer um neun anfangen, hat keinen Sinn. »Um was geht's?«, frage ich stattdessen. Mutig. Aktiv. Konstruktiv.

»Luciano meint, die Jungs wären mit dem Studio noch nicht fertig. Offensichtlich hat niemand gewusst, dass man so was einzukalkulieren hat und wir diese Woche eine Folge mehr drehen müssen, weil Marlin in der nächsten Woche in Rom ist.«

Ich schlage die Augen nieder. Für die Disposition bin ich verantwortlich, aber diese Info ist mir neu. Von der Zusatzfolge hat mir keiner etwas gesagt. »Enrico, dazu hast du mir keine Mail geschickt.«

Bei meinen Worten läuft er dunkelrot an, und einen Moment lang fürchte ich, ihm könnten gleich Draculazähne wachsen. »Wie, keine Mail geschickt? Ich … wir haben darüber gesprochen!«

»Nein, du hast mir nichts davon gesagt. Verdammt!«

Aber zum Streiten ist jetzt keine Zeit. Daher renne ich bloß zu meinem Schreibtisch, greife nach der Mappe mit den Produktionsanweisungen zu *Guten Morgen, Mailand,* der Sendung, die wir drehen müssen, und rase weiter ins Studio.

Auf halbem Weg mischt sich im Flur Enricos Geschrei mit den Rufen der Jungs aus der Regie, wie ein Dopplereffekt im Rettungswagen, übertönt von Marlins Gekeife aus der Maske. »Zwei Folgen und ihr seid immer noch nicht fertig. Unprofessionelle Dilettanten!«, schimpft sie unter dem Pinsel der Maskenbildnerin.

Ich begrüße sie lieber nicht, sondern gehe direkt ins Studio, wo der Chefkameramann gerade dabei ist, den Verfolger einzurichten.

»Volles Licht und gut ist!«, rufe ich ihm zu.

Marlin mag es, wenn sie angeleuchtet wird wie die Madonna in Lourdes, sie sagt immer, das glättet ihre Falten.

Dann stürze ich mich auf Luciano, den Regisseur, und gemeinsam nehmen wir das Skript unter die Lupe, während sich im Nebenraum bereits die ersten Gäste tummeln.

»Wir lassen das Ganze ruhig angehen, keine Kunstgriffe, Lu.«

Luciano nickt. »Ausgerechnet heute, Alice«, protestiert er schwach und wirft dann einen Blick über meine Schulter.

Ich drehe mich um und erkenne am Ende des Flurs den Intendanten in der Tür zur Maske, der gerade Marlin anschleimt. Direkt hinter ihm steht Davide Nardi und wirft Münzen in den Getränkeautomaten.

»Ich weiß, Luciano … Es tut mir leid«, stammele ich. »Ich wusste nichts von der zusätzlichen Folge. Enrico hat mir nichts gesagt.«

»Die Jungs sind ohnehin schon nervös wegen dieser ganzen Sache mit der Neustrukturierung des Senders und den Einsparungen. Von ganz oben heißt es, wir bräuchten neue Ideen. Neue Sendungen. Neue Leute. Und wir lassen uns dabei erwischen, dass wir nicht vorbereitet sind.« Kopfschüttelnd geht er davon.

Neue Ideen! Allein der Gedanke lässt mich zusammenzucken.

»Gibt's hier irgendwo Kaffee?«, brüllt jemand aus dem Nebenraum, und ich setze mich wieder in Bewegung.

»Natürlich«, entgegne ich. Ich setze mein Zahnpastalächeln auf und gehe auf die Gäste zu: »Kaffee, Tee …«

Davide Nardi wendet sich zu mir um, und ich muss an den Witz in *Die Waffen der Frauen* denken. »… mich«, vervollständige ich den Satz, als ich seinen Blick auffange.

Er stutzt kurz und lächelt dann. »Keinen Kaffee, danke, aber eine Flasche Mineralwasser wäre schön. Der Automat nimmt zwar Geld, spuckt aber nichts aus.«

Aktion und Reaktion, Alice. Im Grunde völlig unkompliziert.

Stattdessen bleibe ich wie zur Salzsäule erstarrt stehen, während mich die Gäste mit ihren Wünschen überhäufen.

»Selbstverständlich.«

Nach quälend langer Reaktionszeit gehe ich wie ein Roboter auf den Getränkeautomaten zu. Es ist nicht das erste Mal, dass dieses verfluchte Ding spinnt. Aber ich habe eine nahezu perfekte Methode entwickelt, um das Problem zu lösen.

Ich halte einen Kollegen an, der gerade vorbeikommt.

»Sergio, ich brauche den … Rüttler, bitte.«

Sergio nickt, während Nardi auf uns zukommt.

»Kann ich helfen?«

»Halt den Automaten auf der anderen Seite fest«, sagt Sergio, noch bevor ich reagieren kann. Gemeinsam neigen sie ihn nach hinten, während ich wie versteinert stehen bleibe und Nardi anstarre, den X-Man des Getränkeautomaten.

»Alice!«

Sergio ruft mich in die Realität zurück, denn jetzt kommt mein Part. Da ich die Sache angestoßen habe, kann ich nicht mehr zurück.

Ich seufze. Und dann, unter den Augen des Henkers, lasse ich mein Becken mit einem eleganten Schubs kräftig gegen den Automaten krachen. Sofort spuckt dieser zwei Flaschen Wasser aus. Ich nehme sie heraus und reiche sie Nardi. »Hier, bitte.« Ich spüre, wie mein Hals vor Scham feuerrot anläuft, und verschwinde möglichst schnell Richtung Nebenraum.

»Danke für den Rüttler, Alice«, höre ich ihn noch sagen.

O mein Gott.

»Was ist? Immer noch nicht fertig?«, brüllt Enrico, der in der Zwischenzeit in der Regie aufgetaucht ist. »Alice, wenn wir nicht in fünf Minuten durch sind, dann …«

Was ist denn nur in ihn gefahren?

Zum Glück kann ich mich in die Sieben-Millionen-Dollar-Frau verwandeln, und bei Minute drei ertönt bereits die Erkennungsmelodie. Üblicherweise lockern wir die Atmosphäre durch ein paar Witzeleien zwischen uns und Marlin auf, aber in Anwesenheit von Nardi und dem Herrn und Meister, dem Intendanten, herrscht dieses Mal Totenstille.

Ich bin nicht die Einzige, die sich aus Angst um ihren Job fast ins Hemd macht.

Ist Enrico vielleicht deshalb heute so nervös?

»Heute ist Paolo Claretti zu Gast bei uns im Studio, der eine der größten Plattensammlungen der Welt besitzt. Alte LPs aus Vinyl, erinnern Sie sich noch? Langspielplatten, die auf dreiunddreißig Umdrehungen gelaufen sind. Die heutigen CDs laufen ja auf fünfundvierzig Umdrehungen …«

»STOOOPP!«, Enrico schlägt mit der flachen Hand so fest gegen die Wand, dass sie fast erzittert.

Einige Gäste im Studio kichern, während Marlin sich verblüfft umsieht. »Warum haben wir gestoppt?«, will sie wissen und kommt dabei mit dem Mund so nahe an das Kragenmikro, dass es zu knistern beginnt.

»Weil du selten dämlich bist!«, wütet Enrico. »Deshalb haben wir verdammt noch mal stoppen müssen. Wir sind unter Zeitdruck, und *Eure Heiligkeit mit neuen Brüsten* haben keine Ahnung. CDs laufen nicht auf fünfundvierzig Umdrehungen. Ich gehe jetzt hier rein und …«

Ich stürze auf Enrico zu und ziehe ihn am Arm aus der Regie. Die Jungs aus der Technik haben Marlin nach ihrer Brust-OP im letzten Jahr zwar diesen Spitznamen verpasst und normalerweise benutzt Enrico ihn auch gar nicht, aber es ist ein absolutes No-Go, es vor dem Herrn und Meister zu tun, der die OP höchstwahrscheinlich finanziert hat.

»Beruhigst du dich jetzt bitte?«, flüstere ich ihm zu.

»Wenn du deinen Job gemacht hättest, könnte ich das. Wir sind im Verzug.«

Ich atme aus und zähle bis drei. Wenn er mich informiert hätte, dann hätte ich meinen Job gemacht. Ich kann doch keine Gedanken lesen, oder?

Besser, ich zähle bis fünf.

»Ich kümmere mich darum«, sage ich dann, ohne auf den Vorwurf einzugehen. »Reiß dich zusammen und bring dich bitte nicht in Schwierigkeiten.«

Damit gehe ich ins Studio zurück, bitte Marlin, noch mal mit der Vorstellung von Signor Claretti anzufangen, und erkläre ihr kurz den Unterschied zwischen LP und CD.

Nach weiteren fünf Minuten sind die Kameras wieder bereit, und Marlin kann noch mal beginnen, dieses Mal allerdings besser vorbereitet.

Als ich das Studio verlasse, stütze ich mich einen Moment an der Eisentür ab, atme tief durch und schließe die Augen. Es ist noch nicht einmal Mittag.

Als ich sie wieder öffne, schauen mich zwei Leute an, Davide Nardi von der Tür und Carlo vom Flur aus. Letzterer hebt die Hand, wahrscheinlich will er etwas von mir, aber ich schüttele den Kopf und gehe zurück in die Regie. Als ich mich umdrehe, stoße ich fast mit Nardi zusammen.

4

Ein Zwilling für alle Fälle

Kaum zu glauben, aber wir haben die beiden Folgen tatsächlich im Kasten. Als der Abspann läuft, lasse ich mich völlig erschöpft, aber zufrieden in den Stuhl sinken. Am liebsten würde ich mich vor Enrico aufbauen und ein Rad schlagen wie ein Pfau, aber als ich mich umdrehe, steht er hinter der Glastür der Telefonzentrale und spricht lebhaft gestikulierend in ein Handy.

Ich gebe das Studio frei, und nach einer Stippvisite in der Bar gehe ich mit zwei üppigen Thunfischsandwiches in die Maske von *Liebesleid*. Mein seliges Lächeln schwindet, als ich Tio erkenne, der mit einem Zentner Selbstbräuner auf dem Gesicht und einer Nickelbrille dort sitzt.

»Wen spielst du, zum Teufel?«, frage ich, während er in sein Sandwich beißt und dabei krampfhaft versucht, die Schminke nicht zu ruinieren.

»Isch bin Marcusch Alva«, nuschelt er mit vollem Mund. »Marcus Alvarez De la Rosa, der Cousin von Ferdinando Prandi und der Ex seiner Verlobten. Wir hatten als Jugendliche mal was miteinander, als sie Ferien auf Teneriffa gemacht hat.«

Ich schüttele den Kopf. Haben diese Drehbuchschreiber denn überhaupt keine Fantasie? Und wie sie ihn zugerichtet haben! Er sieht aus wie eine Mischung aus Eduardo Palomo und Harry Potter. Er hat sogar Extensions!

»Und woher kommt die Narbe auf deiner Stirn?«

»Als Jugendliche waren Matilda und ich kurz zusammen. Aber dann bin ich in falsche Kreise geraten, und eines Abends haben mich ein paar Typen entführt und übel zugerichtet. Alle haben mich für tot gehalten. Ich hatte eine schwere Gehirnerschütterung und habe mein Erinnerungsvermögen verloren. Und jetzt … Ta-ta-taaaa! Voilà, da bin ich wieder.«

Ich gehe darüber hinweg, dass der Cousin von Ferdinando Prandi unmöglich Marcus Alvarez De la Rosa heißen kann. Immerhin habe ich schon genug Ärger mit *Guten Morgen, Mailand* und allem anderen.

»Hast du meine Nachricht eigentlich bekommen?«, fragt Tio, als er schließlich Locken hat, die Shirley Temple neidisch machen würden.

»Ja …«, antworte ich leicht zerstreut.

»Und?«

»Ich habe sie gelesen, aber heute ist ein extrem chaotischer Tag und …« Ich drehe mich zu ihm um und reiße entsetzt die Augen auf.

Tio lächelt mich an, und mit der dicken Schminkschicht, den Locken und der Narbe wirkt er wie ein altkluges Kind. Irgendwie beängstigend.

Ich krame in der Tasche nach dem Handy und lese seine Nachricht von heute Morgen noch einmal.

Der Tag hatte gut begonnen, und nach dem Abend mit Paola wollte ich unbedingt zeigen, was ich draufhabe. Tio hatte mir vorausgesagt, dass ich zwar voller Energie und Tatendrang sei, aber dass dann Saturn und Merkur … In der Nachricht stand auch etwas von unvorhergesehenen neuen Aufgaben.

»Wie hast du das gemacht?«, frage ich ihn und deute auf das Display.

»Wie gesagt, das ist dein Horoskop. Die Konstellation der Planeten für dein Sternzeichen lässt sich analysieren.«

Wie komme ich aus dieser Sache nur wieder raus? Moment mal … »Was ist mit der starken, stürmischen Liebe?« Ich kneife die Augen zusammen und baue mich vor ihm auf, um ihn in die Defensive zu treiben. »Die will ich jetzt! Und zwar genau so, wie es hier schwarz auf weiß steht: stark und stürmisch. Voller Leidenschaft und so weiter und so fort.« Wenn nur die negativen Sachen zutreffen, kann ich mir gleich die Kugel geben.

»Keine Ahnung. Ein bisschen Geduld musst du schon haben, ich bin keine Partnervermittlung. Der Transit der Planeten sagt das nun mal so.«

Wir gehen gerade durch den Flur und warten auf seinen ersten Dreh, als Carlo auftaucht. Ich spreche innerlich den geistigen Schöpfer von Marcus Alvarez heilig, zumal es mir Tios Löwenmähne ermöglicht, mich vor meinem Ex-Ex-Ex zu verstecken.

»Du kannst ihm nicht für immer ausweichen, das ist dir schon klar?«

Nein, für immer nicht, aber wenigstens bis nach seiner Hochzeit? Nein, wahrscheinlich auch das nicht, denn Cristina wird mich eingedenk unserer temporären Freundschaft womöglich zur Brautjungfer machen. Dann müsste ich ihren Triumph aus der ersten Reihe mit ansehen.

Wutschnaubend stecke ich das Handy wieder in die Tasche, um kurz darauf zusammenzuzucken, als es aggressiv gegen meinen Oberschenkel vibriert. Ich ziehe es wieder heraus, und direkt nach Tios Nachricht erscheint eine neue Mitteilung von einer unbekannten Nummer.

Hallo, ich bin Luca, Paolas Kollege. Wir haben uns gestern Abend getroffen. Wollen wir die Tage vielleicht mal was trinken gehen?

Ich hebe den Kopf und bin ebenso verwirrt wie Luke Skywalker, als er sieht, wie Yoda Gegenstände allein mit der Kraft seiner Gedanken durch die Luft schweben lässt. Fehlt nur noch, dass mir Tio auf die Schulter klopft und sagt: »Möge die Macht mit dir sein.«

Stattdessen springt er in die Luft und stößt einen Triumphschrei aus wie ein Cheerleader. »Sag bloß, es ist ein MANN?« Als ich nicke, tanzt er spontan über den Flur. »Bin ich gut oder bin ich gut?«

»Du bist … sensationell«, antworte ich automatisch.

In meinem Kopf brennt gerade ein Feuerwerk ab, oder ist es der Dritte Weltkrieg? Jedenfalls bin ich völlig verwirrt, wie auch immer. Luca ist nett. Und er hat folgende Vorteile:

1. Er ist klug und sympathisch, meint zumindest Paola.
2. Seine Nachricht ist in fehlerfreiem Italienisch abgefasst, was in diesen Zeiten voller »ks« und falscher Konjunktive nicht zu unterschätzen ist.
3. Er hat sich meine Telefonnummer besorgt und will mit mir ausgehen. Ist das etwa kein Zeichen für seinen guten Geschmack?

Tio lässt immer noch sein Becken vor mir kreisen, als ich sage: »Ich glaube, er ist Widder.«

Abrupt bleibt er stehen.

»Stimmt was nicht mit ihm?«, frage ich, und er starrt mich

an, als ob bei der Lottoziehung seine Gewinnzahlen nachträglich korrigiert worden wären.

»Nein, nichts, aber Widder … na ja. Es gibt da ja noch einige andere Faktoren, nicht wahr?« Er zieht sein Handy heraus und beginnt stirnrunzelnd etwas zu tippen.

Ich sehe ihn zwar weiter an, aber in Gedanken bin ich längst bei der Frage, was ich bei dem Date mit Paolas Kollegen anziehen könnte. Ich war schon seit Monaten mit keinem Mann mehr aus und bin nervös wie ein Teenager.

Hallo, leidenschaftliche und stürmische Liebe, ich komme!

»Der Widder ist ein Zeichen voller Energie und Willensstärke, das kann manchmal bis zur Egozentrik gehen. Ruhelos, würde ich sagen. Und du als Waage hast in jüngster Vergangenheit bereits mehrere einschneidende Veränderungen hinter dir.«

»Aber darum geht es doch gerade, oder? Leidenschaftlich und stürmisch.« So muss es sein.

Tio nickt. »Stimmt.« Er seufzt und nimmt mein Gesicht in beide Hände. »Ich komme mir vor wie eine fürsorgliche alte Tante, die dir kluge Ratschläge gibt, und wenn der Moment gekommen ist, dich loszulassen, habe ich Angst, dass man dir wehtun könnte. Aber ich bin immer für dich da, nur damit das klar ist.«

Mir kommen fast die Tränen. Dieser Mann, den ich erst seit wenigen Tagen kenne, macht sich tatsächlich Sorgen um mich. Ich nehme ihn fest in den Arm.

»Du bist wirklich etwas ganz Besonderes. Jede Frau sollte einen Tio haben, der ihr Ratschläge gibt und auf sie aufpasst.«

So ist es. Allein die Tatsache, dass ich einen Freund wie ihn habe, gibt mir Sicherheit. Ich fühle mich beschützt. Und da ich gerade so glücklich bin, fühle ich mich wie Mutter Teresa und möchte seine Freundschaft und Fürsorge mit der ganzen Welt teilen.

»Man müsste dich klonen. Wenn alle Frauen einen Freund wie dich hätten, dann gäbe es weniger Liebeskummer auf dieser Welt, da bin ich ganz sicher.«

Er lacht. »Eine Art Guru, was? Ein Turban würde mir bestimmt gut stehen.«

»Kein Guru, eher ein Begleiter, ein astrologischer Begleiter für gebrochene Herzen.«

Stier

Wenn ihr einen schrecklichen Unfall hattet und unfähig seid, euch zu bewegen, klar zu denken, zu sprechen oder euch zu entscheiden, ob es besser wäre, durch den Mund oder die Nase zu atmen, also in diesem Fall – und nur in diesem Fall – ist der Stier der richtige Mann für euch. Der Stier spricht, der Stier entscheidet, der Stier wird aktiv und lässt sich nicht im Mindesten davon einschüchtern, dass ihr auch noch da seid und ein Wörtchen mitzureden habt.

Auf der anderen Seite … Ratet mal, welches Tierkreiszeichen Hitler hatte?

5

Die Waage am Rande des Nervenzusammenbruchs

Nun ist es offiziell: Ich habe nichts anzuziehen.

Die eine Hälfte meines Kleiderschranks ist auf dem Bett verstreut, die andere liegt in kleinen Haufen auf dem Boden des Schlafzimmers. Es sieht aus wie in einer Kleiderkammer der Caritas.

Ich habe nicht die geringste Ahnung, was ich heute Abend anziehen soll. Ich habe Tios Tipp befolgt und nach Lucas Nachricht zehn Tage verstreichen lassen.

»Willst du ihn sofort erhören, Alice? Der Widder ist ein Jäger. Ohne Herausforderung macht ihm die Jagd keinen Spaß, und er verliert das Interesse. Das willst du doch nicht, oder?«

Nein, das will ich nicht. Deshalb habe ich zwei Geburtstage, eine Einladung ins Kino, ein Familienessen (hat leider wirklich stattgefunden) und sogar einen Junggesellinnenabschied erfunden (für den von Cristina brauche ich eine Ausrede, da würde ich sogar Ludwig von Beethoven in *Uhrwerk Orange* vorziehen). In Wahrheit herrscht auf meiner Tanzkarte gähnende Leere.

Paola dagegen hat den Braten längst gerochen. Vor einigen Tagen hat sie mich angerufen. »Alice? Wieso bist du heute

Abend auf dem Geburtstag meiner Schwester? Ich dachte, du wolltest mit Luca ausgehen … und hast nie Zeit? Seit wann bist du so beschäftigt? Was ist denn da los?«

Ich musste ihr die Geschichte mit dem Widder erklären und die Tatsache, dass er nicht denken soll, ich wollte unbedingt mit ihm ausgehen.

»Gut, aber jetzt reicht's«, unterbrach sie irgendwann meine astrologischen Ergüsse. »Bei allem Respekt für deinen hellseherischen Freund, ich kenne Luca. Er ist nicht so. Er ist sensibel, aber auch stark und nett dazu. Warum versuchst du nicht einfach ein bisschen spontaner zu sein?«

Daraufhin habe ich ihr erklärt, dass Tio Astrologe und nicht Merlin der Zauberer ist und dass ich, was Spontaneität angeht, bis jetzt immer Schiffbruch erlitten habe.

Am Ende gab ich dann doch nach. Ein Tag mehr oder weniger konnte keinen großen Unterschied machen.

Die Wartezeit hatte ich allerdings gut genutzt. In den zehn Tagen machte ich eine Diät, gegen die Demi Moores brutales Ausbildungsprogramm in *Die Akte* ein Erholungsurlaub auf den Bahamas war. Jeden Morgen um sechs klingelte der Wecker. Schritt eins: Fitnessübungen nach einer alten Videokassette mit dem Titel *In Form mit Jane Fonda*. Ich habe sie erst vor kurzem von meiner Mutter geerbt, die ihr Haus wegen Renovierungsarbeiten entrümpelt hat. Die Quälereien für einen knackigen Barbarella-Po kombinierte ich mit einer Entgiftungsdiät der Tibetanischen Mönche. Das heißt im Klartext, ich habe mich zehn Tage lang wie eine Ziege im Himalaya ernährt. Das Ergebnis: Meine Hüften sind wieder in Form, und ich habe endlich Frieden mit meinem Körper geschlossen.

Jedenfalls einigermaßen in Form. Ich sehe gut aus. Ich bin bereit.

Trotzdem weiß ich nicht, was ich anziehen soll. Eine Katastrophe.

Provokant-elegant oder sportlich-schick? Ganz Dame oder eher Mädchen von nebenan?

Ich lasse mich aufs Bett sinken und schreibe eine Notfall-SMS an Tio. Keine Minute später klingelt mein Telefon, und ich greife danach wie nach dem letzten Rettungsring auf der Titanic.

»Hallo?«

»Ciao, meine Liebe, wie laufen die Vorbereitungen?«

Am anderen Ende der Leitung ist Paola, die die Schwingungen meiner Verzweiflung aufgefangen haben muss.

»Schlimmer geht nicht. Was soll ich bloß anziehen?«

»Jetzt mach dir mal keinen Kopf. Zieh was Nettes an, aber nicht übertrieben. Du musst dich wohlfühlen.«

Stimmt. Mit dem Telefon am Ohr gehe ich zwischen den Kleiderhaufen herum und fische meine enge Jeans heraus. Mit einem knappen Oberteil könnte ich darin ganz nett aussehen. Nichts Außergewöhnliches, aber mit ein bisschen Modeschmuck lässt sich das Outfit ganz gut aufpeppen.

Der SMS-Ton lässt mich zusammenzucken, und mir fällt fast das Smartphone zwischen die Kleider. Dieses Mal ist es Tio.

Bring ihn mit deinem Sexappeal zur Strecke. Hochhackige Schuhe und Minirock. Der Widder ist ein Raubtier, er muss die Beute wittern können, aber spüren, dass es dir egal ist, ob er zupackt oder nicht.

Na ja, Jeans und eng anliegendes Oberteil sind nicht gerade ultrasexy. Ich ziehe mich also wieder aus, werfe die Klamotten auf die entsprechenden Haufen und wühle weiter.

»Und wenn ich stattdessen dieses Corsagenkleid im Moulin-Rouge-Style anziehe? Was meinst du, Paola? … Warte kurz.«

Ehe sie antworten kann, schicke ich ein Foto davon an Tio, der eine Mikrosekunde später ein Emoticon mit Daumen hoch zurückschickt, gefolgt von zahlreichen Ausrufezeichen.

»Bist du verrückt?«, ruft Paola entsetzt, als ich mir das Handy wieder ans Ohr halte. »Das wirkt fast schon vulgär. Damit könntest du vielleicht in die Disko. Nein, nicht mal das. Auf gar keinen Fall. Außerdem klebst du so vielleicht den ganzen Abend stocksteif auf deinem Stuhl, weil du Angst hast, dass dir bei der geringsten Bewegung eine Brust aus der Corsage fällt.«

Stimmt. Es gibt wahrlich schon genug, worauf ich an diesem Abend achten muss. Also lege ich auch das Moulin-Rouge-Kleidchen wieder zur Seite, schreibe Tio ein lakonisches *Nein, das geht nicht. Zu stressig* und wühle weiter.

»Alice, Luca ist ein total bodenständiger Typ. Zieh meinetwegen einen Minirock an, aber meinst du nicht, er sollte sich auf deine Persönlichkeit konzentrieren, statt die ganze Zeit nur auf deine Brüste und Beine zu starren? Immerhin warst du bei eurem ersten Treffen ganz normal gekleidet, und er hat sich trotzdem für dich interessiert.«

Verzweifelt werfe ich mich aufs Bett und starre an die Decke. Dabei spiele ich mit dem Gedanken, eine neue Ausrede zu erfinden und das Ganze abzublasen. Während Paola wieder irgendwas von Spontaneität faselt, lese ich eine neue Nachricht von Tio.

Du musst seine Sehnsucht wecken. Der Widder ist das Zeichen der niederen Instinkte. Er mag bieder und zurückhaltend wirken, aber in Wirklichkeit ist er ein schlafender Vulkan. Er kämpft um jeden Knochen wie ein Hund, aber es fehlt ihm an Fantasie. Deshalb musst du ihm zeigen, wie der Knochen aussieht, um den es geht.

Ich stehe wieder auf und durchwühle verzweifelt meine Sachen. Während ich mich im Spiegel betrachte, versuche ich beide Anweisungen zu berücksichtigen. Ich kombiniere also einen seitlich geschlitzten knielangen Rock mit einer eng anliegenden, aber hochgeschlossenen Bluse und Schuhen mit mittelhohen Absätzen. Unmöglich, darin sehe ich aus wie eine moderne Version von Mary Poppins. Hektisch ziehe ich mich wieder aus und fange noch mal von vorne an. Hochhackige Stiefel, Minirock und hautenges Top. Perfekt für den Straßenstrich, geht also auch nicht. Tanktop, weite Hose und flache Schuhe. Ideal für eine Lesbenbar. Geht noch weniger.

Entmutigt lasse ich mich auf die Bettkante sinken. Das einzig Positive an diesem ganzen Hin und Her ist, dass es mehr Kalorien verbrennt als alles, was mir Jane Fonda jeden Morgen abverlangt.

Die nächste Nachricht von Tio versetzt mir den Gnadenstoß.

Was ich vergessen habe: Als Wesen mit niederen Instinkten liebt der Widder kräftige Farben wie Rot oder Gelb. Er ist ein Feuerzeichen, und das sind seine Farben. Hoffentlich konnte ich dir weiterhelfen.

Äh, sicher doch.

»Alice? Bist du noch dran?«

»Ja, Paola.« Das heißt, im Grunde bin ich völlig verzweifelt, aber danke Paola.

»Soll ich vorbeikommen?«

»Nein, lass gut sein, ich zieh einfach irgendwas an.« Mehr als eine Viertelstunde habe ich nicht mehr.

»Dann lege ich jetzt auf. Ciao, Liebes. Amüsier dich gut.«

Ich lasse das Handy aufs Bett fallen und suche weiter, fest entschlossen, mich nicht mehr ablenken zu lassen. Aber nach wenigen Sekunden klingelt es wieder.

Meine Mutter.

Ich nehme ab, denn für meine Mutter bin ich immer noch ein Kind. Sie macht sich Sorgen, wenn sie mich nicht erreicht. »Mamma, hallo.«

»Hallo, mein Mädchen, wie geht's?«

Aha, der typische Tochteranruf, wenn sie sich langweilt. »Entschuldige, Mamma, aber ich bin auf dem Sprung.«

»Nie hast du Zeit, wenn ich anrufe.«

»Nein, entschuldige, aber ich habe eine Verabredung und muss mich noch anziehen.«

Warum habe ich das bloß gesagt? Auf der anderen Seite des Hörers herrscht einige Sekunden lang Stille.

»Mit einem Mann?«, fragt sie dann.

Ich seufze. »Nein, das heißt doch, aber er ist nur ein Freund.«

Sie seufzt auch. »Guido, Alice geht heute Abend mit einem *Mann* aus.«

»Mamma!«

»Schon gut, was ziehst du an?«, fragt sie prompt. Der Apfel fällt eben nicht weit vom Stamm.

»Weiß ich noch nicht. Ich suche gerade etwas Passendes.«

»Warum kommst du nicht bei uns vorbei? Wir misten gerade aus und packen Kisten. In deinem Schrank habe ich diesen hübschen Rock gefunden, der mit den Punkten, und die Bluse mit dem Spitzenkragen und der Kamelienbrosche. Erinnerst du dich?«

Herr, gib mir Kraft. »Mamma, da war ich zwölf.« Schon damals war das Outfit total peinlich. Vermutlich lag es an dem gepunkteten Rock und der Bluse mit dem Spitzenkragen, dass ich eine Außenseiterin war. Wer zeigt sich schon gerne mit einer Saint-Honoré-Torte samt Masern? »Entschuldige, aber ich muss auflegen.«

»Komm bald mal vorbei und hol deine Sachen ab, Alice«, sagt meine Mutter noch, als ich den Finger schon auf der Taste habe, um das Gespräch zu unterbrechen. »Dein Zeug muss weg, wir haben keinen Platz mehr in der Garage.«

»Okay, Mamma. Ciao.«

Als das Telefon erneut klingelt und ich auf dem Display UNBEKANNTER ANRUFER lese, glaube ich nicht mehr daran, dass ich dieses Haus jemals verlassen werde.

»Ja?«

»Alice, hier ist Carlo. Entschuldige, dass ich die Nummer unterdrückt habe, aber ich muss mit dir reden. Bitte. Es passieren so viele Dinge auf einmal, und ich verstehe gar nichts mehr.« Dann prasseln seine Worte auf mich ein. »Ich weiß, dass du sauer auf Cristina bist wegen des Babys. Klar, ich verstehe, dass du eifersüchtig bist … und eingeschnappt. Mein Gott, du warst schon immer ein bisschen überempfindlich.«

»Ich und eifersüchtig? Und ÜBEREMPFINDLICH? ICH?«

»Siehst du, genau das meine ich.«

»Wenn ich so nervtötend ÜBEREMPFINDLICH bin, was willst du dann von mir?«, brülle ich in den Hörer und zerquetsche dabei fast das Smartphone in meiner Hand.

»Ein klein wenig Verständnis. Dass du mich nicht behandelst wie einen Paro aus Kalkutta!«

»Paria, die Ausgestoßenen dort nennt man Paria. Du Ignorant.«

»Wie ich es hasse, wenn du so besserwisserisch bist. Aber warum verschwende ich eigentlich meine Zeit mit dir? Fragst du dich nie, warum die Männer immer vor dir flüchten? Oder ist daran das dir feindlich gesinnte Schicksal schuld? Du Ärmste triffst ständig die Falschen. Vielleicht bist du ja selbst die Falsche.«

Oh nein. »Halt den Mund. Von einem Blödmann wie dir muss ich mir das nicht bieten lassen. Wir haben uns nichts mehr zu sagen. Die wichtigen Dinge erfahre ich ohnehin aus dem Internet, oder? Ich warte dann auf die Ankündigung eurer Hochzeit auf Facebook, bevor ich meine Glückwünsche an deine Chronik poste. Was den Rest angeht, entspann dich und lass mich gefälligst in Ruhe.«

Mit Karacho werfe ich das Handy zwischen die Kissen, und das Zimmer beginnt sich plötzlich zu drehen.

Ich starre auf die Kleiderhaufen und kann keinen klaren Gedanken mehr fassen: sportlich, elegant, kräftige Farben, Nüchternheit, Schlichtheit, Sinnlichkeit, Faszination … Carlo und Cristina, Tio, der Job, Paola, falsche Männer, ich bin die Falsche. Ich bekomme keine Luft mehr. Das Herz klopft mir bis zum Hals. Das wird doch keine Panikattacke sein? Zum Glück habe ich ein Beruhigungsmittel im Nachttischschränkchen. Rasch schlucke ich eine Tablette und lege mich fünf Minuten aufs Bett. Atmen, Alice, atmen.

Nur einen Augenblick später beginnt der Albtraum von vorn.

»Verdammt!«, schreie ich und greife nach dem Handy, das schon wieder klingelt.

»Ähm, hallo Alice, hier ist Luca. Ich wollte dir nur sagen, dass ich unten warte.«

6

Die Waage, der Widder, seine Frau und der Geliebte

Ich fahre gerade mit dem Aufzug nach unten, als ich spüre, wie die Kabine unter meinen Füßen vibriert. Voller Angst denke ich an das Risiko stecken zu bleiben. Das wäre noch das Tüpfelchen auf dem i, denn wir haben Samstagabend, und wer weiß, wie lange ich hier drinbleiben müsste, bis der Notdienst käme. Doch ich erreiche unbeschadet das Erdgeschoss, um dann festzustellen, dass die Vibrationen nichts mit dem Aufzug, sondern mit den wummernden Bässen einer Stereoanlage zu tun haben. Auf dem Bürgersteig vor dem Haus steht ein feuerroter Sportwagen, aus dem ohrenbetäubender Lärm dringt.

»Ciao!«, schreie ich und öffne die Tür.

Um einzusteigen, muss ich fast in die Hocke gehen.

»Ah, Älisss, guten Abend, komm rein«, verunstaltet Luca meinen Namen mit seiner amerikanischen Aussprache, Älisssssss.

Ich kontere mit einem »Hey, Luke« und lache.

»Alles okay? Ich dachte schon, du hättest deine Meinung geändert.«

»Nein, nein, entschuldige. Ich hatte noch ein paar Telefonate zu erledigen, deshalb bin ich etwas spät dran.«

»Was?«, schreit er.

Wenn er die Lautstärke herunterdrehen würde, könnten wir uns auch ohne Zeichensprache unterhalten.

»Schönes Auto.«

»Gefällt es dir? Es ist mein Baby. Ich habe den Wagen erst seit einem Monat.«

Während er den Rückwärtsgang einlegt, informiert er mich über Zylinder, Höchstgeschwindigkeit und die Anlage, die locker eine ganze Diskothek beschallen könnte. Keine gute Wahl, finde ich. Ich höre nur die Hälfte von dem, was er sagt, aber da ich ohnehin nichts von Autos verstehe, macht das keinen großen Unterschied.

»Wo gehen wir hin?«, frage ich ihn irgendwann.

»Ach, ja. In einen unglaublichen Schuppen. Im Viertel um die Porta Romana, wo sonst? Dort machen sie einen Negroni *sbagliato,* der schlägt einfach alles.«

»Echt? Ich mag Negroni nicht besonders, egal ob richtig oder falsch. Haben die auch was zu essen?«

In Mailand ist ein *aperitivo* kein *aperitivo,* wenn man sich dabei nicht auch vollstopfen kann.

Er antwortet nicht, wahrscheinlich völlig betäubt vom Röhren des Motors und dem höllischen Lärm der Stereoanlage. Stattdessen brüllt er mir hymnische Beschreibungen der schönen neuen Welt ins Ohr, in die er mich einzuführen gedenkt.

Tatsächlich ist das Lokal, das wir kurz darauf betreten, der Inbegriff einer superangesagten Bar. Solariumgebräunte Gäste mit Polohemden, deren Kragen à la Dracula hochgestellt sind. Schummriges Licht, unverputzte Wände und zwei Meter hohe Flammen, die zum Glück von einem Metallkäfig in Schach gehalten werden. Alles komplett durchgestylt.

»Luca! *Hello, brasser!*« Der Barkeeper begrüßt meinen Begleiter mit einem High Five. »Schon 'ne Weile her. Wie geht's Anna?«

Ich trete einen Schritt vor und warte darauf, dass er mich vorstellt. Aber Luca murmelt nur etwas, das ich nicht verstehe. Allerdings besteht zwischen der Musik in seinem Auto und der hier auch kein Unterschied, was die Dezibel angeht.

»Was darf's denn sein?«

Ich greife nach der Karte, doch Luca sagt: »Zwei *sbagliati*. Aber auf deine Art, *brasser.*«

Vielleicht hat er nicht verstanden, dass ich ihn im Auto darauf hingewiesen habe, dass ich Negroni nicht besonders mag. Aber es erscheint mir unhöflich, es noch einmal zu wiederholen. Daher lächele ich nur und blicke sehnsüchtig auf das Buffet.

»Du und Paola kennt euch also von der Zeitung«, brülle ich, als wir endlich allein sind – er, ich und das wummernde Umpf-Umpf aus der Lautsprecherbox über unseren Köpfen.

Er lächelt mir zu und beginnt von seiner Arbeit zu reden, von seinen Kollegen und Paola. »Ich schätze sie sehr. Sie ist wirklich fähig, ich meine, für eine Frau.« Zu dieser Aussage hätte ich gerne eine Erklärung gehabt, aber er spricht bereits von seinen Zukunftsplänen. »Weißt du, ich habe dort ja nicht angefangen, um Werbeseiten zu verkaufen. Ich bin Journalist, oder vielmehr, ich arbeite investigativ. Ich möchte etwas von der Welt sehen und das Leben in vollen Zügen auskosten.«

Der Negroni schmeckt ekelhaft, doch Lucas Geschichte über Freeclimbing in Malaysia ist nicht übel. Genau wie die über Tauchen auf den Philippinen. Und Trekking in Kenia. Und Rafting in Colorado. Kajak in Ecuador. Paragliding in Simbabwe …

»Lass uns etwas zu essen holen, ja?«, schlage ich vor. Mir dröhnen die Ohren, ob wegen der lauten Musik über mir oder der Infoflut über Extremsportarten an den entlegensten Orten der Welt, weiß ich nicht.

Kurz bevor ich das Buffet erreicht habe, vibriert mein Handy. Eine Nachricht von Tio.

Und? Wie läuft's? Kann er den Blick
noch von deinem Dekolleté lösen?

Um wenigstens noch irgendwas zu retten, habe ich mich schlussendlich für einen Mix entschieden. Ein rotes Samtkleid (kräftige Farbe, die laut Tio das Feuer des Widders entfacht), das die Hüften umschmeichelt, damit ich mich natürlich bewegen kann (wie von Paola vorgeschlagen). Mit Entsetzen muss ich feststellen, dass ich in der Eile die falschen Schuhe angezogen habe. Nicht, dass sie nicht zum Kleid passen … sie passen. Nur dass es zwei verschiedene sind.

Einen schwarzen und einen mit Zebrastreifen in Rot-Weiß. Wie kann man nur so schusselig sein?

Ich versuche den rot-weißen Schuh hinter dem schwarzen zu verstecken, lade mir, ohne genau hinzusehen, irgendetwas auf den Teller und stakse dann zu meinem Platz zurück.

Als ich Tio von meinem grässlichen Missgeschick berichte, antwortet er sofort.

Keine Panik, der Widder achtet nicht auf das, was um ihn herum geschieht. Du musst nur an seinen Lippen hängen und so tun, als wärst du dankbar, dass er überhaupt mit dir spricht.

Klar, dass Tio mit diesem Treffen nicht wirklich glücklich ist. Der Widder hat ihm von Anfang an nicht gepasst. Er kann es nicht ertragen, dass seine Voraussagen nicht ganz zutreffen oder gar falsch sein könnten.

»Nett hier«, sage ich und setze mich, »gutes Essen.«

Luca setzt seinen Bericht über die Osterinseln fort, um anschließend nach Papua-Neuguinea zu schwenken, wo er erst kürzlich mit Freunden zum Bungee-Jumping war. »Ein echter FLASH, diese elementaren Kräfte der Natur. Und ein BUMM! Verstehst du? Das alles spürst du dabei. BÄNG! Du atmest das alles …«

Ich nicke und versuche ihm den Eindruck zu vermitteln, als würde ich jeden seiner onomatopoetischen gutturalen Laute gierig in mich aufsaugen. »Das macht mir ein bisschen Angst, weißt du. Ich bin ja eher ein Stadtkind.«

»Verstehe, Frauen haben grundsätzlich Angst vor so etwas. Das ist Sport für echte Kerle. Aber du kannst mir gerne mal zusehen, und ich bringe dir was Einfaches bei, Bungee-Jumping zum Beispiel. Das gibt's jetzt überall. Da musst du nicht viel machen, bloß an einem Seil hängen.«

Ich und Bungee-Jumping? Wie Tarzan an einem Gummiseil nach oben gezogen werden, oder? Lass mich nachdenken. Nein. So etwas hat mich noch nie gereizt. »Klingt interessant, da reden wir noch mal drüber. Aber ehrlich gesagt ist Extremsport nicht so mein Ding.« Und das ist auch gut so. Denn bei meinem Talent wäre ich längst tot, wenn ich den Indiana Jones geben würde.

An diesem Punkt gerät die Konversation ins Stocken. Ich spüre, dass ich nun dran wäre mit Erzählen, über meine Arbeit beim Fernsehen, mein Interesse für Kultur, über Filme … Doch mein Gegenüber wirkt plötzlich abwesend.

Für sein Verhalten gibt es zwei mögliche Erklärungen. Entweder hat Luca einen Anfall von Spontanschielen, oder er starrt etwas hinter mir an.

»Mmm, das ist sicher ... also, äh, cool, in einer Buchhandlung zu arbeiten«, kommentiert er.

In diesem Moment nähert sich Mr. *Sbagliato*-Aber-auf-deine-Art, beugt sich lächelnd zu ihm nach unten und flüstert ihm etwas ins Ohr.

»Danke, *brasser*«, sagt Luca und klopft ihm auf die Schulter. »Entschuldigst du mich bitte einen Moment, Älisss?«

Ich sehe ihm nach. Er geht auf eine gazellenhafte Blondine in einem Ultraminirock zu, der gerade mal ihren Stringtanga bedeckt. Dazu trägt sie ein sportliches ärmelloses Tanktop. Warum ihr Outfit so elegant und sexy wirkt, verstehe ich nicht wirklich, andererseits würde Claudia Schiffer selbst in Klamotten aus der Altkleidersammlung noch gut aussehen.

Luca küsst sie auf beide Wangen und begrüßt ihren Begleiter, indem er ihm etwa acht Sekunden lang die Hand drückt. Dabei verkrampfen sich seine Kiefermuskeln wie die von Hulk kurz vor der Verwandlung.

Als er zurückkommt, steht ihm der Schweiß auf der Stirn, und sein Blick wirkt leicht irre.

»Möchtest du noch etwas essen? Komm.« Wie ein Kavalier der alten Schule rückt er seinen Stuhl zur Seite und geleitet mich zum Buffet, wobei er mir eine Hand um die Taille legt. Anschließend flüstert er mir verschwörerisch ins Ohr: »Du siehst gut aus heute Abend, habe ich dir das eigentlich schon gesagt?«

Nein. Tatsächlich war ihm das vorher offenbar noch nicht aufgefallen. Ich hoffe, dass er den Schuh mit dem Zebramuster nicht bemerkt.

Luca hat sich in den perfekten Charmeur verwandelt. Ständig fragt er, ob ich noch etwas zu essen oder zu trinken möchte, und folgt mir überallhin. Neckisch hält er mir eine Olive hin und kommt dabei meinen Lippen ganz nah, um sich sofort danach genießerisch die Finger abzulecken und mir dabei tief in die Augen zu schauen. Auch wenn die Olive mit höllisch scharfer Paprikapaste gefüllt ist, komme ich mir vor wie im Trailer von *9 ½ Wochen*.

So, Tio, denke ich, huste und spucke den Rest Paprikapaste diskret in eine Serviette, *siehst du, dass dieser Widder eben nicht der ungehobelte Rüpel ist, den du mir beschrieben hast? Er ist freundlich und zuvorkommend, genau wie Paola gesagt hat.* Langsam entspanne ich mich und lasse mich zu unserem Tisch zurückbringen, beruhigt von der warmen Hand, die auf meinem unteren Rücken ruht.

»Ah, sorry, Schätzchen.« Luca bleibt auf halbem Weg stehen und dreht sich zu einem Tisch um. Es ist der, an dem die Schiffer und ihr Begleiter sitzen. »Leute, das ist Älisss.«

Die Blondine mustert mich schmallippig. »Anna.«

Anna im Sinne von Anna, seine ehemalige Verlobte?

»Sehr erfreut, Älissss«, sagt sie dann.

»Eigentlich Alice.«

Sie taxiert mich, und ihr Blick trifft mich wie ein Schwall kaltes Wasser. Verdammt, sie ist eine Frau und genetisch darauf programmiert, auch die kleinste Schwäche an der Konkurrenz zu bemerken. Zum Beispiel einen falschen Schuh.

Doch sie hebt sofort wieder den Blick, und statt etwas zu sagen, wendet sie sich zur Seite und schlägt die Beine übereinander wie Sharon Stone in *Basic Instinct*.

»Ciao«, begrüßt mich nun auch ihr Begleiter, der auf den Namen Lupo hört, »setzt euch doch einen Moment.«

Da Luca wie paralysiert wirkt, gehe ich um den Tisch herum und ziehe den Stuhl neben Lupo zurück.

Während uns zwei weitere *sbagliati* serviert werden, was ich auch dieses Mal nicht verhindern kann, stellt sich heraus, dass diese Bar das Stammlokal von Luca und Anna war, zu der Zeit, als sie noch ein Paar waren. Wie romantisch.

»Ich hoffe, es ist okay für dich, Süße, dass ich Älisss hierhergebracht habe«, flötet Luca, schiebt die Hand quer über den Tisch und legt sie auf meine.

»Aber sicher, Bärchen«, antwortet Anna. »Ich bin ja auch mit Lupo hier, oder?« Sie fährt ihrem aktuellen Freund mit dem Zeigefinger übers Kinn.

»Darauf stoßen wir an«, sagt Lupo, ruft nach einem Kellner und bestellt eine Runde Grappa.

Trotz ihres sinnlichen Aussehens stellt sich Anna in Sachen Alkohol als eine Art Wikingerin heraus und schüttet den Schnaps in sich hinein, ohne mit der Wimper zu zucken. Die Frisur sitzt.

Nach dem zweiten Glas wirft sie Luca einen anzüglichen Blick zu, zwinkert und sagt: »Mit wem gehst du denn jetzt so auf Sauftour? Weißt du noch, in Mexiko? Meine Fresse, damals haben wir Tequila gesoffen wie Wasser.«

Als sie noch eine Anekdote über betrunkene Mexikaner draufsetzt, entschuldige ich mich und gehe auf die Toilette. Mir wird langsam warm. Ich muss mich konzentrieren, damit ich noch alles mitbekomme, und habe das Gefühl, im luftleeren Raum zu schweben.

Auf dem Klo schreibe ich an Tio.

Alle kay. Lca ist ntt und hat mne Had gnemmn. Abe seone EX is da. Mist. Was tun?

Keine halbe Minute später kommt die Antwort.

Bist du betrunken? Deine Nachricht ist das totale Delirium. Die Ex? Vielleicht provoziert er dich und will erobert werden. Dranbleiben, aber Abstand halten. Flirte mit anderen Männern, gib ihm zu verstehen, dass er nicht die einzige Beute ist. Und kein Tropfen Alkohol mehr.

Mir ist schwindlig, doch zum Glück kann ich noch einigermaßen klar denken.

Als ich an den Tisch zurückkomme, sind die anderen gerade draußen. Lupo hat einen Joint gedreht, und Anna trinkt gerade Schnaps Nummer … Keine Ahnung, bei der wievielten Runde wir gerade sind.

»Mal ziehen?«

»Äh, nein, ich rauche nicht.«

Die anderen fangen an zu lachen. »Da bist du wahrscheinlich die große Ausnahme.«

»Das ist nicht …« Okay, damit sie aufhören zu lachen, nehme ich auch zwei Züge.

Auf einmal habe ich ein Glas Tequila in der Hand, von dem ich nicht weiß, wie es da hingekommen ist. Aber ich amüsiere mich. Anna ist ganz nett und Lupo auch. Er ist sogar sehr nett. Wir sprechen über … Nun ja, das weiß ich auch nicht so genau, aber ich muss dauernd lachen. Wir haben Spaß ohne Ende.

»Wie wär's mit einem Wodka? Ich schmeiß noch 'ne Runde«, sagt Lupo und fährt mir über die Hüfte.

An diesem Punkt bin ich mir gar nicht mehr so sicher, ob er und Anna überhaupt ein Paar sind. Da fällt mir auf, wo sind eigentlich Anna und Luca? Wahrscheinlich an der Bar, um sich etwas zu trinken zu holen. Inzwischen wimmelt es von Gästen, da kann man leicht den Überblick verlieren.

Lupos Griff wird fester. O mein Gott, ich bekomme keine Luft mehr, alles dreht sich.

»Wie wär's, wenn wir uns in mein Auto setzen? Wir könnten ein bisschen Musik hören.«

»Nicht ins Auto, ich brauche unbedingt frische Luft. Hier kriegt man ja Beklemmungen.«

»Okay, dann machen wir eben einen Spaziergang. Hier in der Nähe ist ein kleiner Park.«

Seine Hand gleitet tiefer.

»Alice?«

Ist das eine Vision?

»Raffaella?«

»Ich wusste gar nicht, dass du auch ins Cave gehst«, sagt sie.

»Ich bin mit Freunden hier, normalerweise ist das nicht so mein Ding. Und du?«

»Oh, ich wohne ganz in der Nähe.«

Ein Mann nähert sich, zwei Margaritas in der Hand.

Ich wusste es. Ich wusste, dass ich Tios Rat hätte befolgen sollen. Ich habe zu viel getrunken und halluziniere.

»Was für ein Gedränge«, sagt der Mann, der sich zu mir umdreht und mich erkennt. »Alice, guten Abend.«

Es ist Davide Nardi wie er leibt und lebt. »Guten … Abend.«

Endlich löst Lupo die Hand von meinem Po und streckt sie Nardi entgegen. »Ich bin Lupo.«

Davide zieht die Augenbrauen hoch. Er sieht erst Lupo an, dann mich. »Und sie ist Rotkäppchen?«, fragt er, schaut auf mein rotes Kleid und lächelt mich an.

Ich muss lachen. Rotkäppchen und der böse Wolf? Der Mann hat Humor. Komischer Typ. Ich kann gar nicht mehr aufhören zu lachen.

»Alice, geht's dir gut?«, fragt Raffaella.

»Lupo, Rotkäppchen und der Park. Die Hand auf … das heißt …« Ach du liebe Güte, was rede ich da? Ich beiße mir auf die Zunge und hoffe, dass ich meinen Lachanfall endlich stoppen kann. Der Alkohol … »Eigentlich bin ich mit wem anders hier.« Wo ist nur mein Widder abgeblieben?

»Ach so?«, entgegnet Davide und reckt und streckt sich, als ob er Luca suchen würde, obwohl er ihn doch gar nicht kennt.

»Deine Schuhe sind irgendwie seltsam«, sagt Raffaella.

Zum Teufel. Auch Davide sieht jetzt nach unten.

»Ein extravagantes Modell«, erkläre ich. »Du weißt ja, wie das mit Designern ist, die müssen ständig was Neues ausprobieren.«

»Willst du noch was trinken, Schätzchen?«, fragt Lupo, der jetzt wieder an mir klebt.

Instinktiv trete ich einen Schritt zur Seite, aber da ist die Wand. Ich knalle dagegen.

»Etwas ohne Alkohol«, sagt Davide bestimmt und hebt sein Glas.

Ich muss schon wieder anfangen zu lachen. In seiner schwarzen Lederjacke und mit dem Glas mit den pürierten Erdbeeren samt kleinem Schirmchen sieht er irgendwie komisch aus.

Er folgt Lupo in die Bar, während Raffa und ich auf dem Bürgersteig zurückbleiben. Um uns herum stehen die Raucher oder Gäste, die frische Luft schnappen wollen.

»Geht's dir gut, Alice? Du siehst nicht gerade sehr stabil aus.«

Ich hebe den Daumen, um ihr zu zeigen, dass alles in Ordnung ist. »So schnell wirft mich nichts um, glaub mir. Was machst du eigentlich hier? Noch dazu mit Nardi?«

»Och, nichts, reine Höflichkeit. Ich war mit ihm eine Wohnung anschauen. Er kommt ja nicht aus Mailand und braucht für die nächste Zeit eine Bleibe.«

Also für die Zeit, die er braucht, um das Zielfernrohr einzustellen und uns dann einen nach dem anderen aus dem Weg zu räumen. Wie nett von Raffaella, dass sie ihm beim Zielen hilft. Als Nächstes besorgt sie vielleicht T-Shirts mit aufgedruckter Zielscheibe für uns, um ihm die Arbeit zu erleichtern.

»Jetzt hör aber auf, sag so was nicht. Im Grunde arbeitet er zum Wohl des Senders.«

Wie kann sie meine Gedanken lesen? Ich halte mir die Hand vor den Mund. Ach, du lieber Gott, ich habe das eben nicht nur gedacht, sondern offensichtlich laut ausgesprochen. Peinlich berührt greife ich nach dem Glas, das neben mir auf der Fensterbank steht, und trinke es aus.

»Hey!« Ein Typ neben mir mustert mich mit finsterem Blick. »Das war meins.«

In diesem Augenblick kommt Davide zurück, eine Flasche Mineralwasser in der Hand. »In diesem Schuppen versteht man ja sein eigenes Wort nicht, sie wollten mir unbedingt Schnaps verkaufen. Hier.« Er dreht den Verschluss der Wasserflasche auf, ohne ihn ganz abzunehmen.

»Du musst unbedingt mal den hier probieren«, sagt Lupo, der zu uns zurückkommt und einen exotisch aussehenden Cocktail in der Hand hält.

»Besser nicht«, entgegnet Davide.

»Ah, da drüben sind Freunde von mir«, ruft Raffaella, »komm Davide, ich stell dich ihnen vor. Wenn du hier eine

Wohnung mietest, kennst du wenigstens schon ein paar Leute …« Sie nimmt ihn am Arm und zieht ihn mit sich, die letzten Worte ihres Satzes verlieren sich in der lärmenden Menschenmenge.

Lupo hält mir das Glas hin. Es wäre unhöflich, nicht zu probieren, immerhin hat er den Cocktail extra geholt. Er schmeckt wunderbar frisch. Und es ist gar nicht so schlecht zu erleben, wie sich die Welt ändert, wenn man ein bisschen Alkohol im Blut hat. Meine Umgebung verwandelt sich in bunte, tanzende Silhouetten.

Da sind auch Glühwürmchen. Viele helle Glühwürmchen, die vor meinen Augen tanzen. Plötzlich geben meine Knie nach.

Dann wird es dunkel.

7

Nach dem Widder: Ein schwarzes Loch

Nein, ich bin nicht ohnmächtig. Ich bekomme alles mit, und ich höre auch alles. Ich höre sogar zu gut, die Geräusche um mich herum kommen mir sogar noch lauter vor, als sie tatsächlich sind. Das Glas zum Beispiel, das auf dem Boden zerschellt und dessen Inhalt auf meine verdammten Schuhe spritzt, bringt fast mein Trommelfell zum Platzen. Aber meine Augen funktionieren nicht mehr.

»Ich muss mich kurz setzen«, sage ich und versuche meine Augenmuskeln zu aktivieren, indem ich die Augen weit aufreiße. Allerdings sehe ich immer noch nichts, nicht mal Konturen.

»Komm, mein Auto steht ganz in der Nähe.« Lupo packt mich am Arm und zieht mich weg. Er lehnt mich gegen ein Auto, ich höre das Geräusch einer sich öffnenden Tür. »Hier, setz dich.«

Verdammt, und wenn ich blind werde? Mist. Nie wieder einen Mann sehen, in meinem ganzen Leben nicht.

Ich höre ihn lachen. »Blödsinn, das wird schon wieder. Und mach dir keine Sorgen um Männer, ich bin ja da.«

O mein Gott, ich habe schon wieder laut gedacht.

Sind das seine Lippen, die ich ganz nah an meinem Mund spüre? »Nein, warte.«

»Hey, nur einen Kuss.«

»Ich fühle mich wirklich nicht …«

Aber er küsst mich noch einmal, und ich spüre seine Hand auf meinem Knie. Ich nehme all meine Kraft zusammen und steige aus. Dabei stoße ich mir den Kopf oben am Türrahmen und schaffe gerade noch ein paar Schritte, bevor mir die Knie wegsacken. Kräftige Hände packen mich rechts und links unter den Achseln.

»Was ist mit ihr los?« Es ist Davide Nardis Stimme, und sie klingt wütend.

»Nichts, ich sehe nichts mehr.«

»Verdammt, hast du ihr etwa noch was zu trinken gegeben, du Idiot?«

»Sorry, ich hab gar nicht gemerkt, dass sie sich so zugerichtet hat.«

Jemand zieht mich hoch. Mein Gesicht bleibt an einem glatten und schwach duftenden Gewebe kleben. Leder. Es ist Davide Nardis Jacke.

»Gut, und jetzt verschwinde«, herrscht er Lupo an.

»Halt!«, rufe ich ihm hinterher. »Welches Sternzeichen bist du?«

Ich kann die Antwort nicht hören, und sofort danach trägt mich Davide weg.

Debra Winger war sicher nicht blind, als Richard Gere sie in *Ein Offizier und Gentleman* auf Händen aus der Fabrik getragen hat. Ich komme mir vor wie im Kino, wenn der Blödmann vor dir aufsteht und du deshalb die beste Szene verpasst. In diesem Fall bin ich allerdings die Blöde, weil ich mir so sehr die Kante gegeben habe, dass ich meine stilvolle Rettung verpasse. Und Tio hat mich noch gewarnt.

»Wer ist Tio?«

»Was?«

Ich spüre, wie ich abgesetzt werde. Das unter mir ist eine Bank, er lässt sich neben mich sinken. Ich kann den Kopf nicht aufrecht halten, er kippt einfach zur Seite, auf seine Schulter.

»Du hast gerade einen gewissen Tio erwähnt. Was für ein komischer Name.«

»Warum sage ich alles, was ich denke?«

»Was?«

»Ach nichts. Tio ist ein guter Freund. Er hat mich gewarnt, heute Abend nicht zu viel zu trinken.«

Ich höre ihn schnauben. »Das hätte ich dir auch sagen können. Aber wie ich weiß, hörst du ja auf niemanden. Es muss immer nach deinem Kopf gehen, was?«

»Der knallt dann gegen die Wand.«

»Tja, vorhin auf dem Bürgersteig hat nicht viel gefehlt.«

Ich spüre etwas Nasses und Kühles auf meiner Stirn und zucke zurück.

»Das ist ein feuchtes Taschentuch«, erklärt er. »Wahrscheinlich ist dein Blutdruck abgesackt.«

Bestimmt. Dass ich gekifft habe, kann ich ihm schlecht sagen. Ich spüre, wie sich mein Kopf aufrichtet.

»Du machst dich doch nicht etwa lustig über mich?«

»Wer? Ich? Nein, ich schwöre.«

Aber ich kann es an seiner Stimme hören.

»Ich liege im Sterben, aus meiner Leber könnte sich Hannibal Lecter eine köstliche Pastete machen, und du lachst? Na ja, was soll man von einem wie dir auch anderes erwarten?«

Ich spüre, wie er erstarrt. »Wie meinst du das? Von einem wie mir?«

Nein, Alice, Schluss jetzt. Was war eigentlich in diesem Cocktail? Irgendein Wahrheitsserum aus einem Superheldencomic? »Ich meine, dass deine Rolle von dir verlangt, alles distanziert zu betrachten.«

»Ich verstehe. Wie geht es dir? Kannst du wieder was sehen?«

Ich bin immer blind. Dafür scheint mein Magen eine Art Alien auszubrüten. »Ich glaube«, murmele ich und hebe den Kopf, »ich muss kotzen.«

Schwankend stehe ich auf, er greift nach meinem Arm und kann mir gerade noch die Haare aus dem Gesicht streichen, bevor ich alles wieder von mir gebe.

»Entschuldige.« Ich bin die Königin der Volltrottel. »Entschuldige.« Vielleicht wache ich ja gleich auf und alles war nur ein Albtraum, wie der Tod von Bobby in *Dallas*?

»Grauenhaftes Drehbuch. Wo ist eigentlich Luca? Ehrlich gesagt scheint mir mein Widder ziemlich gefühllos zu sein. Als starker und entschlossener Typ hat er sich wohl zu einem starken Abgang entschlossen.«

Nachdem sich mein Magen beruhigt hat, verzieht sich auch der Nebel vor meinen Augen. Ich kann mich zwar kaum auf den Beinen halten, aber immerhin kann ich wieder sehen.

Ich drehe mich um und stehe Davide gegenüber, nur wenige Zentimeter entfernt. Kann ich bitte wieder ins Dunkel zurück? Er hält immer noch meinen Kopf und wirkt leicht angespannt.

Ich blinzele. Ihm wird klar, dass ich wieder sehen kann. »Ciao.« Er hebt die Mundwinkel, vermutlich ein Lächeln.

Warum muss er nur so sexy sein, während ich noch den Geschmack von Magensaft im Mund habe?

Auf mir muss ein Fluch liegen. Immer wieder bringe ich mich in solch fatale Situationen. Noch dazu mit ihm. Warum wirkt er so faszinierend? Das ist echt ungerecht. Kann es sein, dass meine Nerven allein bei seinem Anblick verrücktspielen? Halt, sehen muss ich ihn ja nicht einmal. Nein, das ist wirklich nicht gerecht. Wo kann ich offiziell Protest gegen das Schicksal einlegen?

Davide beißt sich auf die Lippen. »Du bist völlig verrückt.« Dann hebt er mich hoch, als wäre ich eine Puppe, stellt mich gerade hin, wühlt in seiner Tasche, zieht ein Taschentuch heraus und wischt mir über den Mund. »Besser?«

Während ich nicke, steigen mir die Tränen in die Augen. Ich bin wirklich eine Katastrophe. Im Beruf, in Bezug auf Carlo und auf alle anderen Männer auch. Ich bin einsam und habe keine Zukunft. Oh nein, jetzt fehlt nur noch die Ex-Post-Rausch-Katzenjammer-Phase!

»Sag mal, warum hast du diesen Typen nach seinem Sternzeichen gefragt?«, will Davide wissen und lässt mich los.

Was jetzt? Soll ich ihm von Tios Theorie erzählen? Nach allem, was passiert ist, glaube ich schon, dass da was dran ist. Zumindest ein bisschen. Auf jeden Fall wäre es eine coole Sache, wenn Tio auch anderen Leuten Ratschläge geben würde. Ich bin ja wohl nicht die Einzige mit Problemen, oder? Jedenfalls hoffe ich das.

Einer wie Tio könnte helfen, Licht ins Dunkel zu bringen. In Krisensituationen kann man das wirklich brauchen. Der Sender sollte eine Horoskop-Show ins Programm nehmen, in der den Zuschauern zwischenmenschliche Beziehungen anhand von Sternenkonstellationen erklärt werden. Meinen Erfahrungen nach funktioniert das. Ich komme mir vor wie die Marie Curie der Sternkreiszeichen, nach einem

Selbstversuch ohne Netz und doppelten Boden. Wie eine Wissenschaftlerin. Oder jedenfalls fast.

Ich höre Davide lachen. »Ein astrologischer Ratgeber, oder wie?«

Er kniet sich vor mich und hebt meinen Fuß hoch. Ich stelle fest, dass ich keine Schuhe mehr anhabe. Sie stecken in seinen Jackentaschen. Er streift mir erst den schwarzen und dann den rot-weiß gestreiften über und einen Moment lang bilde ich mir ein, »Aschenputtel mit dem großen Arsch« zu sein, wie die Freundin von Julia Roberts in *Pretty Woman* zu sagen pflegt. »Kannst du gehen?«

8

Die Waage am Day After

Ich versuche weiterhin mit Jane Fonda befreundet zu bleiben, und nach der Entziehungskur am Sonntag bin ich heute zeitig aufgestanden, um mein Workout zu machen. Als ich in den Sender komme, bin ich sogar zu früh und kann in aller Ruhe noch einen zweiten Kaffee trinken. Ich fühle mich frei von unnötigen Sorgen und im Frieden mit mir selbst.

Allerdings muss mein Handy Empfangsschwierigkeiten haben, denn ich habe nicht eine einzige Nachricht von Luca bekommen.

»Ach so, alles in Ordnung? Ich kann ganz normal SMS empfangen, verstehe«, sage ich zu dem Typen vom Callcenter, den ich angerufen habe, um das Problem beheben zu lassen.

Die Ursache muss bei Lucas Handy liegen, offensichtlich hat er meine SMS bisher nicht gelesen. Ich frage mich immer noch, was passiert ist, auch wenn ich gestern während meiner Rekonvaleszenz genug Zeit hatte, um darüber nachzudenken. Außerdem habe ich inzwischen die Meinungen meiner beiden besten Freunde eingeholt.

Paola meint: Es ist schon korrekt, wenn ich meine Rechte als Frau einfordere, auch wenn ich versuchen soll, Lucas Standpunkt zu verstehen. Was könnte passiert sein?

Braucht er vielleicht Hilfe? Wenn er mir die Gelegenheit dazu gegeben hätte, wäre ich bestimmt emphatischer gewesen, was uns mit Sicherheit nähergebracht hätte. Sicherlich gibt es einen guten Grund für sein Verschwinden, da hat sie keinen Zweifel. Vielleicht ein Anruf, dass seine Eltern einen Unfall hatten oder zumindest sein Großvater? Ich soll keine voreiligen Schlüsse ziehen und mich stattdessen auf die Analyse der Gefühle konzentrieren, die ich in seiner Gegenwart empfunden habe, jedenfalls so lange, bis er sich wieder meldet. Denn er wird sich melden. Mein Anbandeln mit anderen Männern war ihrer Meinung nach nicht so gut, denn den einen küssen und mit einem anderen verschwinden ist eigentlich nicht meine Art. Außerdem hat es sicher nicht das Bild einer gefestigten Persönlichkeit vermittelt, die an einer stabilen, dauerhaften Beziehung interessiert ist. (Was diesen Punkt angeht, bin ich nicht ganz einverstanden, denn Lupo hat mich gegen meinen Willen geküsst, und ich bin mir nicht sicher, ob Davide mich tatsächlich nach Hause gebracht hat, wo jedenfalls, Gott sei Dank, nichts weiter passiert ist. Glaube ich zumindest.)

Tio meint: Der Widder hat die zärtlichen Gefühle der romantischen Waage verletzt, indem er heimtückisch und widernatürlich die Rollen vertauscht und aus mir die Jägerin gemacht hat. Er hat mich im Stich gelassen, was unentschuldbar ist, sowohl als Mann als auch als Tierkreiszeichen. Also lieber nicht mehr anrufen. Gut, dass ich so distanziert geblieben bin. Alles in allem habe ich ihm knallhart gezeigt, dass er nicht der einzige Mann auf der Welt ist, indem ich einen anderen geküsst und mit einem dritten verschwunden bin. (Was diesen Punkt angeht, bin ich nicht ganz einverstanden, denn Lupo hat mich gegen meinen Willen geküsst, und ich bin mir nicht sicher, ob Davide mich tatsächlich nach Hause gebracht hat, wo jedenfalls, Gott sei Dank, nichts weiter passiert ist. Glaube ich zumindest.)

Mein Vorgehen war ganz im Sinne der Verhaltensmuster einer Waagegeborenen, die bekanntlich ein heterogenes und leicht unstetes Zeichen ist. Selbst wenn Luca von dem Kuss und dem Nachhausebringen weiß, kommt das mir zugute, zum einen weil mich das zu einer attraktiven Beute macht, zum anderen weil ich seine Bedenken, ich sei an einer dauerhaften und stabilen Beziehung interessiert, damit zerstreut habe.

Ich schaue aus dem Fenster und lasse mir das Gesicht von den Sonnenstrahlen wärmen, da bemerke ich, wie Davide das Motorrad vor dem Sender abstellt, den Helm abstreift und sich mit der Hand durch die zerzausten Haare fährt. Ich schaue ihm so lange nach, bis ich mit der Nase gegen die Scheibe stoße. In diesem Moment wird mir klar, dass ich auf dem Weg von der Kantine in mein Büro im Erdgeschoss in der Eingangshalle oder im Flur seinen Weg kreuzen muss, wenn er in sein Büro im ersten Stock geht. Das wird sich nicht vermeiden lassen. Es sei denn, es gelingt mir, so zu schrumpfen, dass ich mich zwischen den Zimmerpflanzen verstecken kann.

Was soll ich denn nur zu ihm sagen?

Ich darf ihm unter keinen Umständen begegnen. Ich bin noch nicht dazu bereit. Okay, das wird später auch nicht besser, aber um neun Uhr morgens? Auf keinen Fall. Wie ein Ninja schleiche ich dicht an der Wand durch den Flur und versuche ins erstbeste Büro zu flüchten, das auf dem Weg liegt. Aber die Tür ist verschlossen. Dann habe ich einen Geistesblitz. Gerettet! Am Ende des Flurs sind die Toiletten.

Dort kann ich mich einschließen und so lange warten, bis ich sicher sein kann, dass er vorbei ist.

Leider ist der Flur ziemlich lang, für ein Remake von *Shining* geradezu ideal. Nur bringe ich mich mit den hochhackigen Schuhen, die Teil meines Mehr-Selbstvertrauen-Programms sind, durch Rennen in Lebensgefahr. Mehr als ein leichter Trab ist nicht drin.

»Alice!«

Gestellt, als ich die Hand schon am Türgriff habe.

»Ähm, guten Morgen.« Wie soll ich ihn denn nur ansprechen? Herr Nardi? Davide? Darth Vader?

Als er näher kommt, hat er die Stirn in Falten gelegt. Er wirkt irgendwie irritiert. »Geht's dir gut? Ich meine, fühlst du dich besser?«

Ich schlinge die Arme um den Oberkörper. »Ja, klar. Danke.«

»Tut mir leid, dass ich mich gestern nicht gemeldet habe.«

Jetzt bin ich irritiert. Außerdem fühle ich mich zutiefst unwohl, denn ich erkenne etwas in seinen Augen. Etwas, das ich nicht einordnen kann und an das ich mich definitiv nicht erinnere. »Kein Problem«, stammele ich und starre auf meine Schuhspitzen.

Er seufzt. »Ich hätte gerne mit dir gesprochen. Nach dieser Nacht wäre das eigentlich meine Pflicht gewesen … bevor wir uns bei der Arbeit treffen.«

Mein Gesicht läuft feuerrot an. *Nach dieser Nacht – wie meint er das?*

Sicher, es stimmt schon, ich habe mich unmöglich benommen, ich war sturzbesoffen und habe mir mitten in Mailand die Seele aus dem Leib gekotzt, aber dieser Ton und erst dieser Blick? War da etwa noch etwas anderes?

Ehrlich gesagt, erinnere ich mich an gar nichts mehr, nachdem ich mit ihm *Barfuß im Park* nachgespielt habe. Das bedeutet, was auch immer sich zwischen uns abgespielt haben könnte, ich habe es vergessen. Oder? Meine Augen werden immer größer in dem Versuch, seinen Gesichtsausdruck zu entschlüsseln. Ich hätte jetzt gerne eine Fernbedienung, um die Zeit anzuhalten und einen Moment nachdenken zu können. »Mach dir keine Sorgen, ich war nicht sauer.« Zeit gewinnen, Alice. Zeit gewinnen.

Dann zucke ich zusammen.

Nein, nein, nein!

Warum habe ich bloß dieses schreckliche Bild im Kopf? Das habe ich sicher nur geträumt. Oder nein, wahrscheinlich verwechsele ich die Szene mit einer romantischen Komödie, die ich im Kino gesehen habe.

Erstens kommt es mir vor, als ob ich mich an das Geschehene aus der Außensicht erinnere, das heißt, ich habe das Bild vor Augen, dass Davide mich über seine Schulter gelegt hat, was realistisch gesehen unmöglich ist. Zweitens, wenn ich ohnmächtig gewesen wäre, könnte ich mich wohl kaum daran erinnern, dass Davide mich in den dritten Stock getragen hat, oder? Drittens, warum hat er mich die Treppe hochgetragen, wenn wir einen Aufzug haben?

O Gott, vielleicht haben wir eine heiße Liebesnacht miteinander verbracht, und er hat jetzt ein schlechtes Gewissen, weil er die Situation ausgenutzt hat.

Davide lächelt. »Trotzdem tut es mir leid, dass ich dich nicht angerufen habe, um zu hören, ob es dir gutgeht. Aber ich hatte deine Nummer nicht.«

Ich mustere ihn von Kopf bis Fuß, und mir entfährt ein Seufzer. Eigentlich schade, dass ich mich nicht erinnere. »Ach, was das angeht, daran können wir arbeiten«, sage ich und zwinkere ihm zu. Warum eigentlich nicht?

Er runzelt die Stirn. »Sicher, aber das ist nicht nötig. Kannst du bitte in einer Stunde in mein Büro kommen?«

Diese Wendung habe ich nun wirklich nicht erwartet. Sicher, Paola wäre nicht einverstanden, und auch ich hätte Gewissensbisse wegen seiner Rolle im Sender. Immerhin spiele ich gerade mit dem Feuer und gehe mit dem Feind ins Bett. Ich muss unbedingt einen günstigen Moment abpassen und ihm erklären, dass das alles ein großes Missverständnis war, dass ich zu betrunken war und so weiter. O mein Gott, zum Glück habe ich heute Morgen geduscht!

Auf dem Weg in mein Büro halte ich inne und drehe mich noch einmal um. Er ist bereits an der Tür.

»Davide?«

»Ja?«

»Welches Sternzeichen bist du?«

Er zwinkert mir zu. »Sehr gut. Du bist schon mittendrin.«

In der folgenden Stunde kann ich nichts anderes tun, als alle drei Minuten auf die Uhr zu schauen und in jedem Winkel meines Hirns nach Erinnerungen an die Liebesnacht mit Davide zu suchen. Nichts. Nach den Treppenstufen kommt ein schwarzes Loch mit den gigantischen Ausmaßen des Asteroiden in *Armageddon*.

Raffaella betritt das Büro. Sie sieht besser aus als je zuvor. Entweder hat sie einen Friseur in der Nachbarschaft, der bereit ist, ihr montags früh um sieben die Haare zu machen, oder Gott war wirklich ungerecht, als er die Haare verteilt hat.

»Ciao, *cara*. Hast du dich wieder erholt?«, fragt sie.

Die beiden Zimmerkolleginnen heben die Köpfe, um mich anzustarren. »Was ist passiert?«, fragen sie gleichzeitig.

»Och, nichts. Mir ging's nicht so gut.«

»Alice ist eine beinharte Truckerin«, erklärt Raffaella und stößt mich kumpelhaft in die Seite. »Ihr solltet mal sehen, wie viel sie vertragen kann.«

Willkommen im Club der nicht wirklich anonymen Alkoholiker.

»Jetzt übertreib mal nicht, das waren höchstens ein paar Gläser«, murmele ich und hoffe, die Sache damit herunterspielen zu können.

Aber Raffa scheint nicht lockerlassen zu wollen. Sie seufzt tief, schaut sich um, und kurz wirkt sie so melancholisch wie Lucia Mondella beim Abschied von den Bergen.

»Ist was?«, frage ich.

»Nein, nichts.« Dabei lächelt sie geheimnisvoll. Sie schüttelt ihre karamellbraun gesträhnten Locken. »Na ja, eigentlich etwas Schönes, aber ich kann nicht darüber sprechen.« Danach entschwindet sie, locker leicht wie ein Schmetterling.

Als ich auf die Uhr sehe, bemerke ich, dass es nur noch zehn Minuten bis zum Termin bei Nardi sind. Davide …

Ich renne aufs Klo, und mein Herz tanzt Macarena. Schnell mache ich mich frisch und versuche mich zu beruhigen.

Raffa steht neben mir vor dem Spiegel und legt Lipgloss auf. Sie lächelt immer versonnen vor sich hin, dann beugt sie den Kopf nach unten, fährt sich mit den Fingern durch die Locken, richtet sich wieder auf und geht. Die fleischgewordene Verführung.

Ich mache genau das Gleiche – nur schade, dass ich danach aussehe, als hätte ich mich mit Knallfröschen frisiert. Deshalb entscheide ich mich doch für einen Pferdeschwanz.

Gerade als ich mein Büro verlasse, erreicht mich eine SMS von Tio.

Der heutige Tag beginnt mit dem Mond im Tierkreiszeichen Waage, was jedoch keine Garantie für Ruhe und Gelassenheit ist. Die Anspannung ist hoch, was den Job, aber auch was die Liebe betrifft. Es stehen Neuigkeiten ins Haus, aber der Wind, der sie bringt, entspricht nicht deinen Erwartungen. Die nächsten Wochen versprechen beruflich spannend zu werden, heute sind es deine Gefühle, die dich unter Druck setzen.

Lieber Tio, du kannst dir mit Sicherheit nicht vorstellen, was gleich passieren wird.

Ich gehe in den ersten Stock und versuche mich dabei gerade zu halten. Das Herz klopft mir wieder bis zum Hals.

An Davides Büro angekommen, lege ich die Hand auf den Türgriff, klopfe und versuche mir Mut zu machen.

»Herein.«

Er steht vor dem Fenster, und als er sich umdreht, lässt die Sonne seine blonden Haare golden schimmern.

Auch Raffaella und der Intendant drehen sich zu mir um.

»Oh, Entschuldigung, ich wollte nicht stören.«

Davide macht einen Schritt auf mich zu. »Bitte sehr, Signorina Bassi, nehmen Sie Platz.«

Ich schlucke und schaue zu Raffaella. Nicht einmal sie scheint genau zu wissen, was hier vor sich geht.

Dann schießt mir ein Gedanke durch den Kopf. Sie wollen mich rauswerfen!

Von wegen Liebe. Von wegen *Pretty Woman,* Aschenputtel und der ganze Rest. Die Wahrheit ist, dass ich mich lächerlich gemacht, von meiner schlechtesten Seite gezeigt und unverantwortlich gehandelt habe. Ich habe sämtliche Klischees romantischer Komödien auf das übertragen, was mir passiert ist, und gedacht, dass sich ein Mann wie Davide Nardi *(Der Staatsfeind Nr. 1)* für mich interessieren könnte. Aber er wurde dafür engagiert, die Organisation des Senders zu straffen. Aufs Töten gepolt. Und ich habe mich ihm auf dem Silbertablett serviert.

Ich setze mich und warte auf das Urteil.

»Davide hat mir viel von Ihnen erzählt, Signorina Bassi«, beginnt der Herr und Meister.

Ach, wirklich? Da er meine Telefonnummer nicht kannte, hat er die Zeit offenbar anderweitig genutzt und dem großen Boss die peinliche Geschichte brühwarm erzählt. Wie nett. »Ja, aber ich kann Ihnen alles erklären. So etwas passiert mir nicht jeden Tag.«

»Das kann ich mir denken. Eine Erklärung im Detail ist genau das, was wir jetzt brauchen. Wie Sie sicher verstehen, kann man nicht einfach Geld in jemanden investieren, ohne gewisse Garantien zu haben.«

Natürlich spricht er von meinem Gehalt, das er kürzen wird. O mein Gott, was mache ich nur?

»Herr Intendant«, schaltet sich Raffaella ein, »das erscheint mir ein wenig überstürzt. Allein auf der Basis von Gerüchten …« Zum Glück schenkt mir hier wenigstens noch eine ihr Vertrauen. Ich lächele sie dankbar an, aber ihr Mund verzieht sich zu einer Grimasse, bevor sie sich Davide zuwendet. »Auch das, was ich getan habe, ist …«

Donnerwetter, dass ihre Freundschaft so weit gehen würde, hätte ich nicht gedacht.

»Raffaella, ich sage nicht, dass dein Projekt nicht gut ist, aber es ist zu teuer. Das kann sich der Sender bei der aktuellen Faktenlage nicht leisten«, erwidert Davide.

Ich bin verwirrt. Worum geht es hier eigentlich?

»Allerdings«, fährt der Herr und Meister fort und legt mir eine Hand auf die Schulter, »Alice' Idee bietet sich einfach an. Sie ist jung, frisch und unverbraucht, außerdem kenne ich keinen Sender, der so etwas bisher gemacht hat. Es ist ein Experiment und passt genau zu dem neuen Image, das wir anstreben, um ein breiteres Publikum anzusprechen.«

Ich fange Davides Blick auf, und mir kommt es vor, als ob sich seine Lippen ganz langsam zu einem Lächeln verziehen würden. »Wenn Sie bereit sind, das Projekt in den nächsten Tagen auszuarbeiten, könnten wir bereits Ende des Monats einen Piloten zu *Alles eine Frage der Sterne* drehen.«

Zwillinge

Einer, keiner, hunderttausend – Zwillinge gehören zu den Sternzeichen, die dafür sorgen, dass Psychoanalytiker durchgängig gut zu tun haben. Der Zwilling ist nicht einfach eine gespaltene Persönlichkeit, er ist das personifizierte Gefühlschaos und liegt permanent im Clinch mit sich selbst. Es gelingt ihm nicht, sich auf eine Idee oder eine Meinung zu beschränken, geschweige denn auf nur eine Frau. Das, was er heute sagt, hat keinerlei Einfluss auf sein Handeln von morgen.

Wenn er sich zwei Tage, nachdem ihr mit ihm ins Kino verabredet wart, noch daran erinnert, dann könnt ihr die Hochzeitsglocken läuten hören, denn dann ist eure Beziehung etwas Ernstes.

9

Eine Waage macht Karriere

In der vergangenen Woche habe ich pro Nacht im Durchschnitt nicht mehr als vier Stunden geschlafen. Die restliche Zeit habe ich im Studio Delta verbracht, ohne Fenster und daher quasi ohne Zeitvorstellung, nicht wissend, ob draußen die Sonne scheint, ob es regnet oder die Welt von Aliens angegriffen wird. Seit zehn Tagen sprechen hier alle, egal ob in der Redaktion oder im Studio und sogar in der Kantine, nur noch von Astrologie und der neuen Sendung.

Es ist, als ob ich in einer Episode von *Twilight Zone* gelandet wäre und es auf einmal wichtiger ist, die Sternzeichen der Menschen zu kennen als ihre Blutgruppe nach einem Autounfall. »Wir brauchen zwölf Milligramm Steinbock, Schwester, oder wir verlieren ihn.«

Die Luft ist elektrisch aufgeladen, voller Adrenalin – und Schweiß. Denn, nennen wir das Kind ruhig beim Namen, wir mussten in Nullkommanichts ein Programm zaubern, das Drehbuch schreiben und den ganzen Rest erledigen, mit dem Ergebnis, dass sämtliche Freizeitaktivitäten, worunter nun mal auch die Körperhygiene fällt, auf einen historischen Tiefststand gesunken sind.

Deshalb komme ich heute mit Zopf in den Sender, weshalb ich mich zwar ein wenig wie Lara Croft fühle, aber auf die Liste der fünf besten Frisuren komme ich damit nicht.

Davon mal abgesehen, bin ich top gestylt, immerhin handelt es sich um die erste Sendung, bei der mein Name unter »Autoren« steht, ich trage ein graues Kostüm und meine nagelneuen Pumps von Christian Louboutin, eine Investition, die meine Prämie für das neue Konzept fast aufgefressen hat. Schade nur, dass meine Füße antiproportional zu meinem Portemonnaie angeschwollen sind.

»Hat jemand Tio gesehen?«, frage ich, nachdem ich den Kopf in die Maske gesteckt, ihn dort aber nicht entdeckt habe.

»Alice! Alice, warte!«, ruft mir Marlin hinterher. Dabei scheucht sie die Maskenbildnerin zur Seite, als wäre sie ein lästiges Insekt.

»Was gibt's, Marlin?«

»Schau mal.«

Nonchalant hebt sie ein Bein und legt es auf den Hocker vor ihr, um dann ein faustgroßes Pflaster von ihrem Knöchel abzuziehen. Darunter kommt ein Tattoo mit einer spärlich bekleideten Frau zum Vorschein, die Marlin täuschend ähnlich sieht. Daneben steht *ARIES*.

»Ich habe es mir gestern Mittag stechen lassen«, sagt sie stolz.

»Warum steht da Widder, noch dazu auf Latein?«, frage ich verwundert. »Die sieht doch eher aus wie eine Jungfrau, da müsste es doch *virgo* heißen.«

Sie zieht die Nase kraus. »Nee, zu ordinär.« Ich zucke mit den Schultern und wende mich zum Gehen, da fügt sie hinzu: »Außerdem bin ich Fische.«

Jeder weitere Kommentar wäre überflüssig, etwa die Frage, wie und warum jemand, dessen Künstlername dem eines Schwertfischs ähnelt, meinen astrologischen Berater negativ beeinflussen könnte.

»Alice, da sind Gäste, kümmer dich mal drum!«, brüllt Luciano aus der Regie.

»Im Warteraum?«

»Wie bringen wir die da alle unter? Vielleicht kann man sie enger zusammenpferchen?«

Das alles nur, weil der Sender die geniale Idee hatte, dem Ganzen einen Reality-Anstrich zu verpassen. Neben den üblichen Gästen, darunter Experten und Nicht-Experten, wird es auch zwölf Kandidaten geben, für jedes Sternzeichen einen, deren Alltag wir Woche für Woche verfolgen. Wenn es um innovative Ideen geht, dann wissen wir, was den kleinen, aber feinen Unterschied zur Konkurrenz macht.

Meine Sternzeichen-Kandidaten benehmen sich nur leider wie eine Herde verrückt gewordener Rinder. Zum Glück kann ich sie leicht unterscheiden, denn wir haben für sie T-Shirts mit den jeweiligen Tierkreiszeichen anfertigen lassen. Ich stecke mir die Finger in den Mund und pfeife wie Heidi nach ihren Ziegen.

»Hey, Stier, kommst du bitte da runter?«, rufe ich einem Typen zu, der im Beleuchtungsgerüst den Spiderman gibt.

Er glotzt mich kurz an, und ich bete, dass ich nicht à la Calamity Jane hinter ihm her klettern muss, weil ich mir dabei in diesen Schuhen (diesen wunder-, wunderbaren Schuhen) den Hals brechen könnte.

Ich bringe wieder Ordnung in die Truppe, indem ich Sandwiches verteilen lasse, und mache mir eine Notiz, das nächste Mal ein Fläschchen Bachblüten parat zu haben.

Als ich in den Flur abbiegen will, schreit es wieder hinter mir: »Alice, das Objektiv von der Steadycam fehlt! Ich weiß, du bist jetzt *Autorin,* aber wir brauchen auch jemanden, der die Abläufe kontrolliert.«

»Ferruccio, ich bitte dich, fang du jetzt nicht auch noch damit an.«

»Ich mache das hier nicht freiwillig. Um diese Uhrzeit wäre ich sonst längst zu Hause und würde vor der Glotze sitzen. Stattdessen müssen wir hier für *deine* Sendung schuften. Also hilf uns gefälligst.«

Ich versuche die Ruhe des Zen zu bewahren, die mir der Yogakurs im letzten Jahr eigentlich hätte beibringen sollen, und frage mich, ob ich die entscheidenden Stunden verpasst habe.

Auftragen und polieren, sage ich mir immer wieder, um mich zu entspannen, wie damals Karate Kid. In einer halben Stunde läuft der Vorspann.

»Frag Enrico«, beende ich die Diskussion. Immerhin ist er der Produktionsleiter, oder?

Ferruccio lacht auf. »Guter Witz. Wenn ich ihn irgendwo finden könnte.«

Ich gehe weiter und versichere ihm, nach Enrico zu suchen.

»Vergiss nicht den Ablaufplan auszudrucken«, ruft mir Luciano hinterher, der den Kopf aus dem Regieraum streckt.

»Das sollte doch Raffaella machen«, rufe ich, und das Herz rutscht mir in die Hose.

»Sie hat behauptet, das wäre mit dir geklärt.«

Okay, okay. Ferngesteuert wie ein Roboter renne ich weiter, wobei ich meine von etlichen Blasen schmerzenden Füße ignoriere. Der Schuhdesigner will nicht nur mein Geld, er will offenbar auch mein Blut.

Ich haste die Treppe hoch und bin fast schon in Enricos Büro, als ich ihn in flagranti am Snackautomaten ertappe. Um drei. Die Hände voller Süßigkeiten und bereit, sämtliche folgenden Regeln zu verletzen:

A. Die strikte Diät, die ihm sein Arzt verordnet hat, nachdem er vor sechs Monaten haarscharf an einem Herzinfarkt vorbeigeschrammt ist.

B. Etwas noch viel Wichtigeres, nämlich meine Anweisung, ständig vor Ort zu sein, und zwar hellwach und aufmerksam.

Als ich ihn anspreche, zuckt er zusammen und lässt seine Beute fallen: vier Tetrapaks Fruchtsaft, drei Schokoriegel, zwei Plunderteilchen und eine Schachtel kalorienreduzierte Kekse mit Marmeladenfüllung (um das schlechte Gewissen zu beruhigen).

Ich fletsche die Zähne. »DU! Was treibst du hier? Du solltest im Studio sein, ist dir das nach zehn Jahren Berufserfahrung immer noch nicht klar?«

Nein, Mister Miyagi wäre ganz und gar nicht zufrieden mit mir, als ich mich zu voller Größe aufrichte (wobei die zehn Zentimeter Absatz helfen) und Enrico anschreie, dass er seine vertraglichen Pflichten vernachlässigt, obwohl ich im Innersten weiß, dass ich das lieber nicht tun sollte. *Auftragen und polieren,* was für ein Scheiß.

Enrico wirft alles auf die Fensterbank und richtet seinen mit einem Taschentuch und Tesafilm notdürftig verbundenen Finger auf mich. »Du hältst jetzt gefälligst den Mund. Immerhin hast du uns mit dieser hirnrissigen Sendung das ganze Chaos eingebrockt. Ich schufte Tag und Nacht und weiß mittlerweile nicht mehr, wie es bei mir zu Hause aussieht. Aber das ist dir natürlich egal, was? Das Leben der anderen geht dir am Arsch vorbei. Dir ist doch nur wichtig, der Chefetage schöne Augen zu machen, es gibt ja Enrico, der sich um alles kümmert. Als ob ich nicht schon genug um die Ohren hätte. Als ob ich nicht schon genug Herzblut in diesen Laden gesteckt hätte.«

Er ist fast so blau im Gesicht wie ein Schlumpf, und da ich keinesfalls scharf auf eine Herzmassage bin, von der ich sowieso nichts verstehe, oder gar – Gott bewahre – eine Mund-zu-Mund-Beatmung, sage ich: »Enrico, ganz ruhig. Du wirst sehen, alles wird gut, aber ich brauche deine Hilfe. Es tut mir leid, wir sind alle müde. Ich kann dich gut verstehen.«

»Nein, du verstehst gar nichts. Du hast keine Ahnung, welchen Schaden du angerichtet hast.« Er geht zu seinem Büro. »Ich komme sofort, geh schon mal vor«, sagt er, zieht seinen Schlüssel aus der Tasche und steckt ihn ins Schloss.

Ich haste ihm hinterher. »Warte, ich muss den Ablaufplan noch ausdrucken, das mache ich schnell bei dir.«

»Mein Toner ist leer«, bremst er mich aus.

Fünf Minuten später stehe ich wieder in der Regie und werfe mit den ausgedruckten Listen um mich, als wären es Frisbeescheiben. Meine Füße und ich schicken gemeinsam ein Stoßgebet zum Himmel, dass Tio inzwischen in der Maske ist. Aber dort sind nur die zwölf Sternzeichen-Kandidaten und machen weiter Krawall.

Die Jungfrau hat sich ihr eigenes Make-up von zu Hause mitgebracht und möchte kein anderes, weil sie so empfindliche Haut hat. Der Stier meckert, er sei ja wohl keine Tunte, diese Pinselei in seinem Gesicht gehe gar nicht. Die Waage dagegen lässt alles mit sich machen, aber es dauert, weil sie sich für keine Nuance bei der Grundierung entscheiden kann.

Die Maskenbildnerin wirft mir einen verzweifelten Blick

zu, kneift dann die Augen zusammen und verzieht das Gesicht. »Raffaella meinte, das war deine Idee …«

Ja, ja. Ich geb's zu. Ich war's. Sie hat mich entlarvt. Ich bin noch schlimmer als Keyser Söze, der Gangsterboss in *Die üblichen Verdächtigen,* und habe das alles nur zu eurem Schaden angeordnet, einzig und allein weil ich euch hasse.

Ich sehe gerade noch, wie Enrico auf den Regieraum zugeht, und renne los, um ihn über das fehlende Objektiv zu informieren. Als er sich umdreht, merke ich, dass sein linkes Auge halb zugeschwollen und blutunterlaufen ist.

»Warum sagst du mir das erst jetzt?«, brüllt er und hastet zu Ferruccio hinüber.

Auch diesen Schlag stecke ich ohne mit der Wimper zu zucken ein. Ich muss Tio finden, alles andere ist unwichtig. Ohne ihn kann ich die Sendung vergessen. Meine Karriere natürlich auch, denn irgendeiner (oder irgendeine) wird dann meinen Kopf auf einem der Silbertabletts von unserem Caterer servieren.

Dann habe ich eine Idee, wo er stecken könnte.

Liebesleid.

Ich habe ihn angefleht, mit der Serie aufzuhören, aber er hat gejammert, er sei nun mal vorrangig Schauspieler. Natürlich wolle er in erster Linie spielen. Heute ist Drehtag, und Tio ist am Set beschäftigt.

Das Studio Alpha betrete ich auf Zehenspitzen, auch wenn ich ahne, dass mir nichts anderes übrig bleiben wird, als meine Luxustreter auszuziehen. Das Set ist in gedämpftes Licht getaucht, und Tio wälzt sich im Bett, als hätte er gerade einen Albtraum.

Ich tapse weiter und warte, bis die Szene im Kasten ist. Dann wende ich mich an den Regisseur und sage:

»Entschuldigen Sie, aber ich bin die Autorin von *Alles eine Frage der Sterne.*« Sich bei bestimmten Leuten mit dem Titel der eigenen Sendung vorzustellen kann nur von Vorteil sein. Zugegeben, es klingt auch besser.

»Wir sind sowieso fertig«, sagt er knapp.

Was Titel doch ausmachen. Zufrieden gehe ich zu Tio und helfe ihm, die Klamotten aufzulesen, die er während der Szene auf dem Boden verstreut hat.

»Die Szene passt noch nicht, Salva.«

Ich habe gerade einen Socken unter dem Bett hervorgezogen, als diese weiche, warme Stimme ertönt, die sich wie Samt auf die nackte Haut legt.

Der Latino-Akzent lässt meinen Kopf hochschnellen, dabei knalle ich gegen die Holzkante des Bettes und verfluche Herrn IKEA samt seiner kompletten Familie über sieben Generationen. Als ich, immer noch in der Hocke, nach hinten blicke, stehen zwei Beine in Wildlederhosen vor mir.

»Wir müssen sie noch mal drehen. Sie war meiner Meinung nach nicht optimal ausgeleuchtet.«

Eine olivfarbene Hand streckt sich mir entgegen, und als ich sie instinktiv umfasse, bemerke ich die ausgeprägten Muskeln auf dem Unterarm und dazu die sexyste Vene der Welt.

Mein Blick schweift über die Taille des Unbekannten. *Die Hölle ist in mir,* denke ich bei dem Anblick des Waschbrettbauchs, der eine La-Ola-Welle verdient hätte. Und erst der feine schwarze Flaum, der bis zum Bauchnabel reicht. Und die Bauchmuskeln. *Die* Bauchmuskeln! Es gibt sie tatsächlich, sie sind keine Erfindung aus der Dolce&Gabbana-Werbung. Das Waschbrett existiert. Gott existiert.

Es ist ein Wunder. Aller Stress scheint wie weggeblasen. Mein Blick wandert weiter zu dem markanten Kinn, den schwarzen Augen, buschigen Augenbrauen und einer Haarpracht, die nicht mal Daniel Day-Lewis in *Der letzte Mohikaner* toppen kann.

Mir entfährt ein lustvoller Seufzer, als hätte ich gerade Sex gehabt, was mir einen Hustenanfall von Tio einbringt.

»Wir müssen los, sonst bekommen wir Ärger mit Enrico«, drängt er.

Ich zwinkere. »Enrico … wer?«

»Schon gut, Alejandro, lass ihn gehen. *Déjalos.* Vielleicht drehen wir die Szene morgen noch mal«, sagt der Regisseur. Dann flüstert er der Assistentin zu: »Was für eine Nervensäge, das Take haben wir schon zehn Mal gedreht. Reine Schikane.«

»Ihr seid ja immer noch hier«, ertönt eine Stimme hinter mir. »Alice, da bist du ja, ich suche dich seit einer halben Stunde.«

Als ich herumfahre, schreitet Raffaella auf uns zu (sie geht nicht, sie schreitet) und wedelt dabei mit einer Dokumentenmappe mit dem Aufdruck *Alles eine Frage der Sterne.* »Noch fünfzehn Minuten bis zur Sendung. Ich habe die Gäste gebrieft, die Sternzeichen ins Studio beordert, die Grafikbeiträge und die Dokumentation durchgecheckt. Nur Tio fehlt. Wenn du mir jetzt *bitte* zur Hand gehen könntest.«

Es geschieht das Unvermeidbare. Der göttliche Alejandro wendet sich von mir ab und schenkt Raffaella ein Lächeln, das einen Eisberg zum Schmelzen bringen könnte. *»Hola.«*

Raffaella kommt näher und begrüßt ihn in perfektem Spanisch.

Er fährt sich lasziv durch die Haare, ehe er mich mustert. Was hat sie ihm wohl erzählt?

Tio zieht mich am Arm.

»Ich komme sofort«, sage ich, bleibe etwas abseits stehen und beobachte Alejandro und Raffa misstrauisch, wie das Mädchen mit den Schwefelhölzern.

Raffaella scheint die lästige Konkurrentin um die Gunst des Westentaschen-Antonio-Banderas zu wittern und wendet sich zu mir um. »Entschuldige, Alice«, flüstert sie mir zu, »das ist jetzt nicht nett, ich weiß, aber wenn es irgendwie geht, solltest du dich noch etwas frisch machen. Du riechst ein bisschen streng.«

Ich rieche? Instinktiv mache ich einen Schritt nach hinten, als ob ein halber Meter Abstand an dieser Katastrophe etwas ändern würde. Hier geht es nicht allein darum, dass ich mich vor dem Waschbrettbauchmann lächerlich mache, nein. Ich habe drei Stunden Live-Sendung vor mir und muss mich um mehr als zwanzig Leute kümmern. Ich kann es mir einfach nicht leisten, wie ein Eurasischer Zwergmufflon zu stinken.

An der Tür werfe ich einen letzten Blick auf Alejandros Rücken und seufze. In seinen Muskeln spiegelt sich das Licht der Scheinwerfer. Im Gegensatz zu mir kann er, ja, darf er das sogar. Ein schwitzender Mann ist sexy, während eine Frau von Geburt an keine Schweißdrüsen haben sollte.

Vielleicht gibt es ja eine Lösung. Zu meinem letzten Geburtstag haben mir die Kollegen doch ein Parfüm geschenkt, das noch verpackt in meiner Schreibtischschublade liegt. Ich sehe Licht am Ende des Tunnels.

10

Im Bann des Jade-Skorpions

Als er mich im ersten Stock erwischt, brüllt Enrico: »Alice, was machst du denn noch hier?«

Ich verlangsame mein Tempo, wahre jedoch vorsorglich Distanz, denn ich komme mir vor wie eine Aussätzige. »Ich habe etwas vergessen.«

Er schließt die Tür und lehnt sich dagegen. Das Auge ist immer noch knallrot und geschwollen, und auf einer Wange hat er einen Kulistrich. Von innen ist ein klapperndes Geräusch zu hören. Enrico zuckt zusammen.

»Oh verdammt, ich habe das Fenster offen gelassen. Verschwinde, Beeilung!«

Ich haste von dannen und hoffe, keine Mufflon-Fahne hinter mir herzuziehen.

In meinem Büro öffne ich die Schreibtischschublade und lasse einen Jubelschrei los, als hätte ich soeben den Heiligen Gral gefunden. Hastig reiße ich die Plastikverpackung auf und unterziehe mich einer dekontaminierenden Parfüm-Dusche. Ich atme tief durch.

Zu tief.

Ich muss husten.

Ich dufte nach Wunderbaum, Typ Bubble Gum, gemischt

mit Schweiß, eine Mixtur, für die man einen Waffenschein braucht.

Verzweifelt sprinte ich in die Regie, in der Hoffnung, dass sich der Gestank durch das Tempo ein wenig verflüchtigt, aber als Tio einen Schritt auf mich zugeht, zurückweicht und mir mit einem Handzeichen zu verstehen gibt, dass wir später reden, muss ich diese Hoffnung begraben.

»Noch eine Minute bis zum Vorspann«, krächzt die Stimme des Regieassistenten.

Enrico entschuldigt sich, er müsse in sein Büro, um die Einverständniserklärungen auszudrucken. Als ich mich setze, rücken meine Nachbarn ein Stück von mir ab.

Zu Beginn der Sendung schlägt sich Tio großartig, er gibt einen ausführlichen Einblick in die Welt der Horoskope und das mit einer Überzeugungskraft, dass selbst ein Astrophysiker es nicht wagen würde, ihm zu widersprechen. Den einzigen Ausrutscher im ersten Block leistet sich Marlin, die den »Skeptiker« unter den Studiogästen vorstellt, einen Vertreter der CICAP, dem Komitee für die Kontrolle paranormaler Phänomene in Italien. Nachdem sie auf den Ausdruck seines Profils geschielt hat, nennt sie ihn »Doktor« und zieht völlig falsche Rückschlüsse aus seinem Titel. Sie fragt ihn, ob er bei seinen CICAP-Untersuchungen Sternzeichen gefunden hätte, die besonders anfällig für Krankheiten sind.

In dem verzweifelten Versuch zu retten, was noch zu retten ist, wirft Tio den Ablaufplan um und präsentiert statt des Widder-Konkurrenten den des Skorpions, weil ihm das in dieser Situation logischer erscheint. Laut ihm sind es vor allem die Skorpione, die sich regelmäßig vom Arzt untersuchen lassen sollten.

»In diesem Jahr wird der Himmel von Saturn dominiert, der in wenigen Monaten im Skorpion stehen wird. Dieser Planet unterstützt die Schwächen des Sternzeichens. Vor allem einen Charakterzug kann er verstärken, der bei allen Skorpionen vorhanden ist: den Pessimismus. Oder aber er spornt dazu an, neue Wege zu gehen, Herausforderungen anzunehmen, sich Prüfungen zu unterziehen. Wer in einer Beziehung lebt und bereits seit einiger Zeit Anzeichen einer Krise wahrnimmt, kann sich womöglich trennen. Das introvertierte Wesen des Skorpions ist da wenig hilfreich. Er muss lernen, mehr zu kommunizieren und um Hilfe zu bitten, wenn er sie braucht.«

Ich seufze und strecke die Arme über den Kopf, nehme sie aber sofort wieder herunter, aus Angst, mein toxischer Geruchsmix könnte ein sofortiges Massensterben in der Regie auslösen. Als ich mich prüfend umsehe, ob vielleicht schon jemand ohnmächtig geworden ist, entdecke ich hinten im Flur Alejandro, den Macho aus *Liebesleid*. Dieses Mal trägt er ein militärgrünes T-Shirt, so eng geschnitten, dass es aussieht, als hätte man ihm die Muskeln aufgemalt.

Unsere Blicke treffen sich, er lächelt und macht einige Schritte in meine Richtung. Verdammte Hacke! Wenn ich schon mal die Chance habe, einen Traummann wie ihn zu treffen, sollte ich eigentlich nach Chanel N°5 duften und nicht nach Wunderbaum und Schweiß. Deshalb bin ich fast erleichtert, dass Raffaella ihn auf halbem Weg aufhält. Ich stürze in den nächsten Waschraum, mit dem Ziel, meine Achselhöhlen zu dekontaminieren.

Als ich wieder herauskomme, bin ich im Reinen mit mir und meinem Duft und bereit, den schönen Alejandro mit Spezialeffekten aus Flüssigseife zu beeindrucken.

Als ich bei den Beleuchtern vorbeikomme, höre ich ein Geräusch. Vielleicht ist er es, der etwas zurückbringt?

Aufreizend lehne ich mich gegen den Türrahmen. »Ciao.«

Wer stattdessen hochschnellt, nachdem er den Reißverschluss einer Tasche zugezogen hat, ist mein Kollege Sergio. »Ah, ciao, Alice. Gibt's was Bestimmtes? Ich habe nur Batterien geholt.«

»Ja, sicher.« Ich verdünnisiere mich auf der Stelle. Warum passiert mir nie so etwas wie den Frauen im Film?

Es läuft gerade Werbung, und Tio steht draußen, um frische Luft zu schnappen. Als er mich sieht, nimmt er mich beiseite. »Na?«

»Sehr gut. Du bist ganz wunderbar.« Ich stelle mich auf die Zehenspitzen, um ihn auf die Wange zu küssen, und er nimmt mich fest in den Arm.

»Danke. Du wirst sehen, es wird gleich noch besser, jetzt, nachdem Madame Silikon und ich warm geworden sind.«

Ich kichere und lege ihm den Finger auf die Lippen.

»Jedenfalls wusste ich, wie deinem Skorpion-Freund zu Mute war. Hast du das denn nicht verstanden?«

»Du hast den Ablauf der Sendung geändert, um mir etwas über Alejandro zu sagen?« Ich beiße mir auf die Zunge, um nicht dümmlich zu grinsen.

Tio runzelt die Stirn. »Alejandro?« Er zieht die Augenbrauen hoch. »Nein, ich meine Enrico.«

»Wie bitte?«

Er zieht mich am Arm beiseite. »Hör mal, ich mag ja ein Experte für Sternzeichen sein, aber du hast echt Tomaten auf den Augen. Typisch Waage eben. Da stimmt was nicht. Die Sache geht nicht gut aus, wenn du mich fragst. Um zu wissen, welches Sternzeichen du bist, habe ich nur einen einzigen

Blick gebraucht. Enrico dagegen kenne ich seit einem Monat.« Er zählt an den Fingern ab. »Der Skorpion ist von Natur aus mürrisch, denn Mars ist der ihn dominierende Planet. Aber er kann auch nett und freundlich sein, zumindest auf seine Art. Der Skorpion ist ein Zeichen der Gegensätze, das dich immer wieder überrascht. Er versucht seine Gefühle zu verbergen, denn er zeigt sich nicht gerne schwach, und deshalb geht er lieber in die Offensive. Hast du denn nicht bemerkt, dass dein Chef in letzter Zeit ständig unter Strom stand und bei jeder Kleinigkeit in die Luft gegangen ist? Ergo ist er Skorpion, und Saturn macht ihm gerade das Leben zur Hölle. Jetzt müssen wir nur noch herausfinden, um welche Hölle es sich handelt.«

Als ich den Countdown für die Rückkehr ins Studio höre, schicke ich Tio auf seinen Platz zurück. Auf dem Weg in die Regie versuche ich Blickkontakt mit Enrico aufzunehmen. Doch er ist noch nicht wieder da. Vorhin hat er gesagt, dass er etwas in seinem Büro ausdrucken muss. Aber … war nicht sein Toner leer? Und reingelassen hat er mich auch nicht. Ich stehe auf, um nach ihm zu schauen, und komme mir ein bisschen wie Jessica Fletcher vor, auch wenn ich einige Jahre weniger auf dem Buckel und zehn Zentimeter Absatz mehr unter den Füßen habe.

»Alice.«

Diese Stimme hören und weiche Knie bekommen gehört unweigerlich zusammen. Davides Bürotür steht halb offen, und er blickt mich von seinem Schreibtisch aus an. Es ist schon spät, und ich hätte nicht erwartet, hier oben noch jemanden anzutreffen. Aber der Teufel schläft nie, oder?

»Ciao, ähm …«

»Wie läuft's?«

»Gut. Doch, gut. Tio ist bestens vorbereitet. Marlin ist … Sie ist schön.«

Er schnaubt. »Das ist für den Intendanten natürlich am wichtigsten. Wie geht es dir? Du siehst müde aus.«

Instinktiv fasse ich mir ins Gesicht. Verletzt mich diese Bemerkung? Sie ist bestimmt nett gemeint. Und ich gehöre sicher nicht zu den Frauen, die auch während ihrer Tage immer perfekt gestylt sind und mit einem Lächeln auf den Lippen Fallschirm springen. Nein, ich habe bei ersten Anzeichen von Müdigkeit gleich Ringe unter den Augen, und zwar so groß wie der Uranus. »Ich war heute ständig auf Achse. Du weißt ja, wie das ist, wenn eine neue Sendung anläuft.«

Er schnaubt wieder und fährt sich mit der Hand übers Gesicht. Wenn ich schon müde aussehe, macht er den Eindruck, als trüge er die Last der ganzen Welt auf seinen Schultern. Ein bisschen wie Obama. Oder Ironman. »Nein. Ehrlich gesagt, habe ich keine Ahnung, wie es bei einem Sender läuft. Es ist das erste Mal, dass ich in diesem Umfeld tätig bin.« Einen Moment lang blickt er aus dem Fenster, und ich bewundere sein Profil.

»Wie meinst du das? Hast du etwa noch nie fürs Fernsehen gearbeitet?«, frage ich dann.

Er schüttelt den Kopf. »Ich bin Rechnungsprüfer. Ein Beobachter. Mein Job besteht darin, die Organisationsstruktur eines Unternehmens zu kontrollieren, die Verfahrensabläufe zu analysieren und mögliche Schwachstellen zu finden. Alles mit der nötigen Distanz.« Er schiebt die Papiere auf dem Schreibtisch zur Seite und steht auf, wobei er sich streckt. »Manchmal kommt es mir so vor, als wäre es überall das Gleiche. Nur die Orte ändern sich. Rom, Paris, Barcelona.« Er zuckt mit den Schultern.

»So, als ob man in einem Mixer steckt«, entgegne ich und denke an all die Menschen, die er kennengelernt haben muss. An alle, die vor Alice Bassi da waren. Und an alle, die nach ihr kommen werden. Der Gedanke beunruhigt mich, und ich umklammere den Türknauf fester. Dabei sehe ich ihm in die Augen und komme mir vor, als würde ich darin ertrinken.

Er lacht. »Der Mixer ist ein gutes Bild. Ich bin so etwas wie ein Obdachloser.«

»Und die Wohnung? Die du dir gestern mit Raffaella angeschaut hast?«

Davide schüttelt den Kopf. »Die war nichts. Ich hätte den Hund nicht mitnehmen dürfen.«

»Du hast einen Hund!«

»Man braucht doch jemanden, der einem Gesellschaft leistet.«

In diesem Augenblick klingelt das Telefon, er schaut auf die Nummer auf dem Display und schließt kurz die Augen, bevor er antwortet. »Ja?« Er gibt mir zu verstehen, dass ich warten soll, und geht aus dem Zimmer. »Im Büro. Ja, immer noch.«

Ich seufze. Was mache ich eigentlich hier? Mit ihm? Noch nicht einmal die roten Schuhe, die meine Zehen martern, schaffen es, den Raum zu verlassen. Sie kommen bis zur Tür, dann drehen sie wieder um, auch wenn sie genau wie ich selbst genau wissen, dass ich Enrico finden muss und man unten auf mich wartet.

Auf dem Flur höre ich seine Stimme. »Ich habe dir doch gesagt, dass der Auftrag länger dauert. Weiß ich nicht. Nein. Nicht an diesem Wochenende.«

Das Chaos auf seinem Schreibtisch amüsiert mich, ein heilloses Durcheinander aus Akten, Kaffeebechern, Kugelschreibern, Bleistiften und allem möglichen Krimskrams. Diese Anarchie lässt ihn bei all seiner Perfektion menschlicher erscheinen. Ein Terminator light.

Dann wird meine Aufmerksamkeit von etwas angezogen, das mir bekannt vorkommt. Meinem Namen. Unter einem Stift liegt, gleich neben Sergios Lebenslauf, auch meine Vita, ergänzt durch ein nichtssagendes Passbild, auf dem ich die Haare toupiert habe und aussehe wie eine Kreuzung aus Doris Day und einem Playmobilmännchen. Ich erinnere mich, dass ich dafür extra zum Friseur gegangen bin. Mein Gott, was für eine Schmach, dass Davide mich so gesehen hat. Nicht dass es besonders sinnvoll wäre, sich über ein Foto aufzuregen, das zehn Jahre alt ist, besonders nachdem er einen Bandscheibenvorfall riskiert hat, um mich wie einen Sack Kartoffeln nach Hause zu tragen, und mir den Kopf gehalten hat, als ich mir die Seele aus dem Leib gekotzt habe.

Willst du damit etwa andeuten, dass er eigentlich gar nicht so böse ist, sondern »die anderen ihn nur dazu machen«? Wenn er angetreten ist, den Preis für den meistgehassten Mann des Jahres zu gewinnen, hat er allerbeste Chancen. Ein einsamer Mann ohne Wurzeln, der vor sich selbst wegläuft.

Ist Davide wirklich so? Ich spähe in den Flur, aber er ist so weit weg, dass ich ihn nicht einmal mehr hören kann. Als er sich unverhofft umdreht, halte ich seinem Blick nur ein paar Sekunden stand, dann fängt es in meinen Ohren an zu rauschen. Ich winke ihm zu und verlasse sein Büro. Die Arbeit ruft. Ich muss Enrico suchen. Ich muss in die Regie zurück. Hier zu warten hat gar keinen Sinn. Aber wirklich gar keinen.

Anders als bei Davide, ist Enricos Bürotür geschlossen.

»Enrico?« Ich habe schon die Faust zum Klopfen gehoben, als ich von drinnen einen Schrei höre und zurückweiche. Tarzan? Ohne zu überlegen, betrete ich das Zimmer. Vor mir eine Szenerie, die wie der Tatort eines Horrorfilms aussieht. Einer von den Gruselschockern, in dem der Serienkiller seine Existenzängste mit dem Blut seiner Opfer an die Wände schreibt. »Mein Gott, Enrico.«

Dann sehe ich eine Bewegung, etwas krabbelt unter seinem Schreibtisch hervor und verschwindet wieder.

»Was ist das?«

»Ich hab dir doch gesagt, du sollst unten in der Regie bleiben«, herrscht er mich an.

Ich betrachte die Wände, terrorisiert von der Vorstellung, dort mehrere Male den Satz *Morgenstund hat Gold im Mund* zu lesen. Aber die meisten Kritzeleien sehen seltsam aus und erinnern eher an Häuschen und Autos.

Ich runzele die Stirn und blicke wieder zu Enrico, der das Hosenbein anhebt und sein Bein massiert. Die Wade ist dunkellila angelaufen, und am Knöchel hat er eine Bisswunde.

Er schnaubt, dreht sich um und sagt: »Riccardino, bitte, komm jetzt raus. Sei brav und komm zu Papa.«

»Riccardino? Du hast deinen Sohn mit zur Arbeit gebracht? Aber das ist nicht erlaubt«, sage ich.

Enrico funkelt mich wütend an. »Du wagst es, mir so was zu sagen. Ausgerechnet du. Als ob es nicht deine Schuld wäre, dass ich in diesem Schlamassel stecke. Du und deine gottverdammte Sendung!« Gleich hat er Schaum vor dem Mund. »Du allein hast mich in diese Situation gebracht. Es hatte sich alles so schön eingespielt, ruhig, ohne irgendwelchen Firlefanz. Aber nein, du musstest dir ja diesen Psychokram ausdenken. *Alles eine Frage der Sterne,* was für ein Scheiß!«

»Enrico!«, sage ich warnend und suche nach dem Kind, das so was besser nicht hören sollte.

Er beißt sich auf die Lippen und dreht sich um. »Riccardino, so etwas sagst du aber nicht, ja? Versprich mir das.«

»Ich will zu Mama.«

Das Stimmchen dringt hinter dem Aktenschrank hervor.

»Hallo, mein Kleiner. Da bist du ja.«

Riccardino hebt sein goldgelocktes Köpfchen und schaut mich mit seinen blauen Augen an, noch blauer als die seines Vaters.

»Was für ein lieber Junge.«

Jemand klopft an die Tür, und instinktiv schiebe ich Riccardino hinter den Schrank zurück, während Enrico öffnet.

»Davide, gibt es etwas Wichtiges?«

»Ja, entschuldige Enrico. Ich muss dringend mit dir reden. Wir müssen runter ins Studio. Es ist wirklich ernst.«

Die Schranktür knallt mir ans Knie. »Aua!«

Enrico tötet mich mit Blicken, während ich Davide fragen höre: »Ist jemand bei dir?«

»Wie? Nein, nur Alice.«

»Ach, gut, sie kann gleich mitkommen.«

»Nein!« Enrico sieht mich feindselig an. »Alice kann jetzt nicht. Sie muss hierbleiben und ein paar Dinge ordnen.«

Ich öffne den Mund, um zu protestieren, aber er lässt mir keine Zeit.

»Das ist sie mir schuldig.«

Er will gerade die Tür hinter sich zumachen, als ich frage: »Enrico, welches Sternzeichen bist du?«

Er dreht sich um und sagt verächtlich: »Zum Teufel mit dir. Ich bin Skorpion.«

Tio hatte wieder einmal recht. Enrico, der grundanständige Skorpion, steht unter dem Einfluss des hinterlistigen Saturns. Und ich mit ihm, verdammt.

Was tun? Als Erstes sollte ich das Kind hinter dem Schrank hervorlassen, bevor es noch auf die Idee kommt, mich beim Kindernotruf anzuzeigen. Dann lasse ich mir etwas einfallen, womit ich den Jungen ablenken kann. »Schau mal, Riccardino, was für ein cooles Auto. Wollen wir damit spielen?«

Er reißt mir das Spielzeugauto aus der Hand und beginnt, es auf den Boden zu hämmern. »Es soll kaputt gehen, das Auto.«

»He, lass das.« Ich versuche ihm das Ding abzunehmen, weil er damit einen Höllenlärm veranstaltet und außer dem Kindernotruf auch noch die Feuerwehr auftauchen könnte. »Gib es mir zurück. Her damit!«

Aber er lässt nicht los und haut mir das Auto mit aller Kraft auf die Hand.

»Scheiße!« Ich halte mir die Hand vor den Mund, der Schmerz treibt mir die Tränen in die Augen.

Er stutzt. »Scheiße wie Kacka?«

»Äh nein. Das heißt, eigentlich habe ich gar nicht Scheiße gesagt. Ich habe das Wort nicht benutzt.«

»Scheiße!«

»Nein!«

»Kackascheiße, Kackascheiße, Kackascheiße!«

»Schluss jetzt!« Mir kommt ein Geistesblitz. »Willst du vielleicht ein bisschen fernsehen?«

In unseren endlosen Diskussionen waren Paola und ich uns stets einig, dass Fernsehen im höchsten Maße schädlich ist, und wir haben jene Eltern immer verachtet, die aus reiner Bequemlichkeit ihre quengelnden Kinder ruhig stellen, indem sie sie vor die Glotze setzen. Während ich fieberhaft nach der

Fernbedienung suche, bekomme ich Gewissensbisse. Aber zum Teufel, Riccardino ist schließlich nicht mein Sohn, oder? Hätte ich ein Blasrohr und mit in Kamille und Passionsblume getränkte Pfeile parat, ich würde sie glatt benutzen, ich schwöre.

Bei näherem Hinsehen stelle ich fest, dass Enricos Fernseher gar kein Fernseher ist, sondern nur der Kontrollbildschirm, an dem er die Aufnahmen überprüft. Im Augenblick ist nur das Studio Delta zu sehen. Genauer gesagt, der Abspann von *Alles eine Frage der Sterne,* weil gleich ein Werbeblock kommt.

»Der ist ja nackig«, ruft Riccardino und zeigt mit dem Finger auf den Bildschirm.

Ich sitze am Schreibtisch, und als ich den Blick hebe, sehe ich, wie Alejandro mit nacktem Oberkörper vor der Kamera vorbeigeht. Einen Augenblick später taucht Raffaella auf, die ihm eine Hand auf den Waschbrettbauch legt und ihn mit sich zieht. »Oh, verdam…« Ich halte gerade noch rechtzeitig inne und drehe mich schuldbewusst zu dem Jungen um.

Riccardino blickt mich an und sagt im Brustton der Überzeugung: »Scheiße.«

Ich seufze, der Bildschirm wird schwarz, und nach der Werbepause geht die Sendung weiter.

»Um einen Skorpion zu erobern«, sagt Tio, »müsst ihr euch geheimnisvoll geben. Aber selbst in der besten Beziehung wird es hin und wieder Konflikte geben, darauf müsst ihr euch einstellen. Damit er nicht das Interesse verliert, darf er sich nie zu sicher fühlen. Denkt daran, ein Skorpion ist gefährlich. Wenn er glaubt, ihr habt ihm Unrecht getan, wird er euch bis ans Ende der Welt verfolgen, um euch dafür bezahlen zu lassen.«

Oh Enrico, zum Teufel, das ist alles Tios schuld.

»Ich hab Durst. Riesendurst«, quengelt Riccardino.

Auf Enricos Schreibtisch stehen mehrere leere und eine volle Saftpackung.

»Wie wär's mit dem hier?«, frage ich und stecke den angehefteten Strohhalm hinein.

Der Junge klettert auf meinen Schoß und nuckelt genüsslich. Auf einmal ist er richtig nett. Wie ein kleiner Engel.

Nach der Trennung von Carlo habe ich meine mütterlichen Gefühle unterdrückt. Aber ein Kind auf dem Schoß zu halten ist etwas ganz Besonderes. Riccardino legt das Lockenköpfchen gegen mich, seufzt wohlig und wird ganz weich. Ich lasse den Rücken gegen die Lehne sinken und genieße die Wärme, die der kleine Körper ausströmt. Eine Wärme, die sich in meinem ganzen Körper ausbreitet. Halt, Moment mal, nicht in meinem ganzen Körper!

Ich hebe Riccardino hoch, blicke zur Decke und verwünsche diesen verdammten Saturn. Und das Pipi auf meinem Rock.

»Herrgott noch mal, warum trägst du keine Windeln, du Satansbraten?«

Statt einer Antwort beginnt Riccardino zu weinen. Wir müssen uns unbedingt beide waschen und umziehen. Zum Glück entdecke ich eine Tasche mit Kinderkleidung. Für mich muss ich wieder mal etwas Passendes in der Garderobe besorgen, und wenn es ein Hula-Hula-Rock ist.

Aber dieses Mal sieht es schlecht aus, sehr schlecht sogar. Der Raum ist nämlich abgeschlossen. Es bleibt mir nichts anderes übrig, als den Rock auszuwaschen und ihn mit einem Fön zu trocknen.

Nicht weit von den Studios befindet sich das Badezimmer der Direktion, inklusive Dusche und Haartrockner. Darauf steuere ich zu, während ich Riccardino hinter mir herziehe. Für ihn ist das Ganze ein Heidenspaß, viel lustiger, als im Büro von Papa eingesperrt zu sein. »Spielen wir Boot fahren?«, fragt er, dreht den Wasserhahn auf und spritzt mich nass.

»Spielen wir, du wärst ein Fisch, und ich tauche dich unter Wasser und schau dann mal, ob du noch atmest?«, antworte ich mit einer Gegenfrage, während ich mich ausziehe.

An einer Generalreinigung komme ich nicht vorbei, bei Schweiß, Wunderbaumparfüm und Pipi auf Haut, Rock und Bluse.

Nachdem ich meine Klamotten ausgewaschen habe, drücke ich Riccardino den Fön in die Hand und erteile ihm einen Auftrag. »Du bist ein Cowboy und zielst mit deiner Pistole auf meinen Rock und meine Bluse, das sind gefährliche Banditen, klar?«

So ist er wenigstens beschäftigt, während ich kurz unter die Dusche springe. Beim Einseifen drehe ich mich immer wieder nach ihm um. Hinter dem Duschvorhang sehe ich Riccardinos Schatten und hoffe, dass er mir nicht den laufenden Fön zwischen die Beine wirft, wie in *Psycho* – nur aus Spaß natürlich. Als ich fertig bin, hülle ich mich in eines der Direktorenbadetücher. Nachdem ich das Wasser abgedreht habe, stelle ich fest, dass es still ist. Zu still.

Und tatsächlich, als ich den Duschvorhang zur Seite ziehe, trifft mich fast der Schlag. Die Badezimmertür steht weit offen, und Riccardino ist verschwunden. Noch schlimmer, meine Klamotten sind ebenfalls weg. Alle. Bis auf einen Schuh, so dass ich notfalls als Aschenputtel durchgehen könnte. Nur leider fehlt mir der ausgehöhlte Kürbis, um meine Blöße zu bedecken.

»Riccardino!«

Keine Reaktion. Vorsichtig spähe ich nach draußen, doch der kleine Teufel ist wie vom Erdboden verschluckt. Stattdessen sehe ich etwas auf dem Boden des Flurs liegen. Anstatt untätig herumzustehen, renne ich los, um meinen BH zu retten, den der kleine Däumling verloren hat. Auch wenn ich weiß, dass das eine Selbstmordmission ist. Ich beuge mich gerade nach unten, als ich Stimmen höre. Im allerletzten Moment kann ich mich in eines der Zimmer flüchten, bevor Davide und Enrico auftauchen.

»Ehrlichkeit ist das Wichtigste, Davide. Wenn er einen Fehler gemacht und Material geklaut hat, dann muss er dafür geradestehen.«

Wenn doch nur Davide nicht dabei wäre, dann hätte ich vielleicht Enricos Aufmerksamkeit wecken und mir helfen lassen können. Nur was hätte ich ihm sagen sollen? »Papa, ich habe deinen Sohn verloren?«

Mein Gott, wenn er wüsste, dass Riccardino allein durch die Flure irrt, hätte ich genauso gut als Lady Godiva auftreten können, nicht mal das hätte ihn interessiert.

Plötzlich höre ich lautes Lachen. Verdammt, er hat auch noch Spaß, dieser Mini-Hunne!

Die Tür zur Nachrichtenredaktion steht offen.

»Riccardino? Bist du hier drin? He, das Spiel macht nur Spaß, wenn es nicht so lange dauert. Komm raus.« Ich strecke die Hand nach dem Lichtschalter aus, aber dann fällt mir ein, dass ich dazu erst den Hauptschalter betätigen muss.

Im Dunkeln taste ich mich voran, bleibe aber stehen, als ich einen Schatten erkenne, der sich von der einen auf die andere Seite bewegt.

»Riccardino!«, zische ich. Und dann, etwas ruhiger: »Komm schon, mein Kleiner, ich tu dir nichts.« Wenn ich so weitermache, dann bekomme ich noch eine Embolie wie Jack Torrance in *Shining.*

Ich kann ihn im Halbdunkel erahnen, aber er rennt an mir vorbei, schubst mich zu Boden und erreicht die Tür. Als ich mich tastend aufrichte, bemerke ich, dass diese Miniversion von einem Killer auf der Flucht einen Teil seiner Beute verloren hat. Gott sei's gedankt, es ist mein Rock. Zwar noch feucht, aber immerhin riskiere ich jetzt nicht mehr, der Umwelt meine B-Seite zu zeigen (oder die A-Seite, was noch schlimmer wäre).

Einen Moment später kommen die Stimmen zurück. Ich habe das Gefühl, auf der Stelle sterben zu müssen. Davide bleibt genau vor der Säule stehen, hinter der ich mich versteckt habe, und ich bete, dass er keinen Röntgenblick hat.

»Davide?«, fragt Enrico, der schon einige Meter vorausgegangen ist.

»Ach, nichts«, sagt Davide. »Ich dachte nur, ich hätte eine Kinderstimme gehört.«

»Ein Kind? Hier? *Ein Kind?* Unmöglich.« Enrico lacht hysterisch.

»Ja«, Davide dreht sich in Richtung Flur, der die verschiedenen Studios miteinander verbindet. »Doch, dahinten.«

Ich warte, bis die beiden weg sind, und gehe dann in die Richtung, in der Davide die Kinderstimme vermutet hat. Er hat richtiggelegen. Jetzt höre ich sie auch. »Riccardino?«

Und dann sehe ich ihn.

Unbeweglich steht er da, wie das Kind in dem Horrorstreifen *Ring,* und als er sich umdreht, sagt er: »Ich wollte dich erschrecken.« Dann verbeißt er sich wie ein Rottweiler in meine Wade.

Nach einigen Minuten, die mir wie eine Ewigkeit vorkommen, liege ich keuchend auf dem Boden, völlig entkräftet, aber mit meiner Bluse in den Händen. Im Kampf zwischen Riccardino, dem Dracula in Damenstiefeln, und Alice, der Wrestlerin, steht es null zu eins.

Während ich mich barfuß davonschleppe, knöpfe ich mir die Bluse zu und sinne auf Rache. Mit meiner lädierten Wade kann ich kaum gehen.

Als ich um die Ecke biege, pralle ich gegen eine Betonwand, die dort vorher noch nicht war, da bin ich mir sicher. Eine Wand, die mich packt und festhält. Mir die Hände auf den Hintern legt. Eine Wand mit stählernen Muskeln und einem männlichen Geruch nach Leder.

Alejandro.

Der Griff auf meinen Pobacken lässt nicht nach. Er schaut mir in die Augen und flüstert: *»Lo siento mucho.«*

»Ich spüre es auch«, hauche ich. Vor allem aber spüre ich etwas zwischen uns wachsen.

»Alice!«

Enricos Stimme hallt durch den Flur, Alejandros Hände lösen sich von mir, und ich taumele nach hinten.

»Was ist …? Wo ist …?« Enrico wird blass, dann beißt er sich auf die Lippen. Vor Davide kann er mich schlecht nach seinem Sprössling fragen.

Ach ja. Davide. Jetzt patrouillieren sie schon zu zweit, wie die Polizei. Natürlich ist er auch dabei. Er mustert erst Alejandro und dann mich, sagt aber nichts.

»Ähm, alles unter Kontrolle«, sage ich, während ich meine Bluse glatt streiche. Leider muss ich feststellen, dass ich sie falsch zugeknöpft habe. »Ich habe gerade mit Alejandro über die Sendung gesprochen. Ich habe ihn gefragt, welches Sternzeichen er ist.«

»Schütze.«

»Äh, gut. Interessant.«

Schnurstracks eile ich ins Studio, nachdem ich Enrico erklärt habe, dass er am besten eine SOS-Supernanny engagiert oder, noch besser, einen Exorzisten. Für mich ist die Sache beendet.

»Herauszufinden, welches Tierkreiszeichen jemand ist, und ihm dann sein Horoskop zu stellen, ist eine hervorragende Methode, einen Menschen zu verstehen«, erklärt Tio gerade. »In dieser Sendung geben wir Ihnen die passenden Tipps. Sie wollen einen Skorpion besänftigen? Da dieses Zeichen die Extreme liebt, sollten Sie es mit scharf gewürztem Essen oder einer quietschsüßen Sahnetorte versuchen.«

Bei Enrico wäre zum gegenwärtigen Zeitpunkt eine Kette aus Knoblauchzehen hilfreicher.

»Nutzen Sie den Tag, leben Sie den Moment, jeder Tag ist ein neues Abenteuer.«

Just in diesem Augenblick zoomt Luciano die Kamera auf Totale, und mich trifft fast der Schlag.

Auf dem großen Bildschirm hinter den Polsterstühlen für die Gäste taucht mein fehlender Schuh auf. »Blende den Werbeblock ein«, dränge ich.

»Das geht nicht, wir haben noch mindestens zehn Minuten. Was ist denn los?«, fragt Luciano.

Wenn mein Schuh dort ist, muss auch Riccardino dort sein.

Ich ignoriere Lucianos Protest und schleiche mich so leise wie möglich ins Studio. Um mich herum wuseln Kameramänner, der Regieassistent, Tio, Marlin und die Gäste. Nur wo ist Riccardino? Auch wenn er klein ist, irgendjemand muss ihn doch gesehen haben. Es sei denn …

Als ich ihn bemerke, setzt mein Herz kurz aus. Riccardino ist auf die Lichttraverse geklettert, die sich fast vier Meter über dem Boden befindet. Wenn er da runterfällt, würde der Welt zwar ein Plagegeist in spe erspart bleiben, aber ich würde dann nicht mehr leben, um es genießen zu können.

Als er meine verzweifelten Gesten bemerkt, winkt er mir mit seinem letzten Beutestück zu: meinem Slip.

Während ich die Leiter hochklettere, weiß ich nicht, wovor ich mehr Angst habe – dass er sich alle Knochen bricht, dass der Slip auf einem der Gäste landet oder dass jemand den Kopf hebt und bemerkt, dass ich unter meinem Rock nackt bin.

Was passiert? Wie eine Miniversion des Phantoms der Oper klettert Riccardino seelenruhig die Leiter auf der anderen Seite des Studios wieder herunter.

Fürs Extremklettern ebenso wenig begabt wie ein Genussmensch für eine Radikaldiät, rutsche ich erst mit dem Fuß ab und dann mit dem Hintern Stufe für Stufe die Leiter nach unten. Die Flüche, die ich dabei von mir gebe, sind alles andere als jugendfrei. Unten angekommen, hebe ich betont unauffällig meinen Slip auf, den Riccardino unterwegs verloren hat.

»Alice?«

Es könnte auch alles ein Albtraum sein. Ich könnte plötzlich hochschrecken und feststellen, dass ich noch zur Arbeit gehen muss und nichts von all dem wirklich passiert ist. Aber die Realität ist anders. Ich stehe hier, meinen Slip in der Hand, und starre Davide an.

»Darf man erfahren, was hier los ist?«

Er wirkt ernst. Von dem verträumt-melancholischen Gesichtsausdruck, den er noch kurz zuvor in seinem Büro hatte, ist nichts mehr übrig.

Was soll ich darauf antworten? Etwa: »Es ist nicht so, wie es aussieht. Ich kann dir alles erklären.« Wenn ich dann noch ein »O Gott, mein Mann« hinzusetzen würde, hätten wir alle Klischees beisammen.

Seine Augen werden zu Schlitzen. »Willst du sie nicht wieder anziehen?«, fragt er und meint meine Unterhose.

Ich beiße mir auf die Lippen, er seufzt und dreht sich um, damit ich zumindest ein bisschen Privatsphäre habe.

»Also? Konnte er etwa nicht warten?«

Ich schlage die Augen nieder. »Also, nein, Enrico …«

»Enrico?« Er dreht sich um, und sein Gesicht läuft feuerrot an. »Erst dieser King Kong und dann auch noch Enrico?«

»Alejandro?« Diesmal werde ich rot, ein Tête-à-Tête aus zwei Tomaten. »Aber nein.«

Ich muss ihm sofort alles von Beginn an erklären und hoffen, dass Enrico mich später nicht einen Kopf kürzer macht. Und darauf, dass Davide nicht der gnadenlose Terminator ist, der gegen meinen Chef und mich Disziplinarmaßnahmen einleiten wird, weil wir ein Kleinkind an einem Arbeitsplatz mit Gefahrenpotenzial versteckt haben. Als ich fertig bin, starrt er mich an, als hätte ich ihm gerade erzählt, dass es dem Herrn und Meister gefällt, sich als Nonne zu verkleiden und auspeitschen zu lassen.

»Der Bengel hat dir die Kleider geklaut?«

»Nachdem er mich vollgepinkelt hat, ja.«

Er fährt sich mit der Hand übers Gesicht und zieht eine Grimasse. In diesem Moment bemerke ich die Verletzung auf seinem Knöchel. »Hast du dir wehgetan?«

»Nein, das ist nichts, bloß ein Kratzer.«

Wenn man uns so reden hört, könnten wir auch Schauspieler aus *Liebesleid* sein. Ich schaue ihn noch einen Moment lang an, während er sich zum Gehen wendet.

Da dreht er sich noch mal um. »Kommst du?«

»Wohin?«

»Das Kind suchen.«

»Wie bist du überhaupt zum Fernsehen gekommen?«

Wir passieren die Kulissen von *Liebesleid,* die Machtzentren der Stahlmagnaten, und erreichen schließlich den Erste-Hilfe-Raum.

Rund um Davides Augenwinkel zeichnen sich feine Linien ab, die seinen Blick intensiver erscheinen lassen.

»Na ja, eigentlich wollte ich zum Film«, antworte ich.

»Und welche Filme magst du?«

Ich weiche seinem Blick aus. »Natürlich die Meisterwerke der großen Regisseure: Forman, Kubrick, Kiarostami, du weißt schon …« Ich beiße mir auf die Lippen, denn leider fällt mir gerade kein weiterer ein.

Davide geht in die Hocke, um nachzusehen, ob Riccardino sich vielleicht unter dem Tisch versteckt hat, dann richtet er sich wieder auf. »Und in Wahrheit?«

»Was meinst du?«

»Das sind doch nicht wirklich die Filme, die du magst. Ich merke genau, wenn du lügst, Alice.«

Wer zum Teufel bist du? Etwa ein CIA-Agent? »Okay, du hast gewonnen. Ich liebe romantische Komödien voller Komplikationen, bei denen es dann doch ein Happy End gibt und du am Schluss wieder an das Gute in der Welt glaubst. Dann geht es mir jedes Mal gut.«

»Zum Beispiel?«

»Hm, zum Beispiel *Ghost.* Eine wunderbare Liebesgeschichte.«

»Aber sicher: Er stirbt. Was ist daran wunderbar?«

»Pretty Woman.«

»Sehr romantisch. Sie ist eine Prost…«

»Someone Like You«, unterbreche ich ihn.

»Einer wie ich?«

»Nein, das ist ein Filmtitel. *Harry und Sally, Notting Hill* und *Dirty Dancing.*«

»Die scheinen mir alle schon etwas älter zu sein. Was ist mit den aktuellen Streifen?«

Ich zucke mit den Schultern. »Wenn ich mir die alten Filme anschaue, fühle ich mich wieder wie ein junges Mädchen. Ich war schon immer verträumt, weißt du? Daran ist mein Vater schuld.«

»Inwiefern?«

Ich öffne einen Schrank, um dort nach Riccardino zu suchen, woraufhin mir die Tür entgegengefallen kommt.

»Vorsicht!«

Davide, der hinter mir steht, greift mit beiden Händen danach, um mich zu schützen. Ich finde mich in seinen Armen wieder.

»Weil …«, sage ich und versuche nicht an die Wärme seines Körpers und das Klopfen seines Herzens an meinem Rücken zu denken. »Weil er meinen Namen ausgesucht hat. Alice. Wie Alice im Wunderland. Alice im Land des Chaos wäre allerdings passender.«

Ich höre ihn lachen, während er die Schranktür wieder einhängt. Er bleibt noch einen Moment hinter mir stehen. »Ich glaube eher, dass du ein bisschen zerstreut bist. Und dir nicht richtig vertraust. Aber im Job ist das ja zum Glück anders.«

Ich drehe mich zu ihm um und sehe, dass er amüsiert das Gesicht verzieht. »Wie man sieht, bin ich im Moment so zerstreut, dass ich sogar vergesse, zerstreut zu sein. Und du?«

Wir durchqueren die Kulisse eines Supermarkts, dessen Regale voller bunter Schachteln sind.

»Nichts von wegen David und Goliath. Ich heiße ganz einfach wie mein Großvater.«

»Das meine ich nicht.« Ich drehe mich ruckartig um und schlage mit der Hand gegen ein Glas mit eingelegtem Gemüse.

Davide fängt es auf und stellt es ins Regal zurück.

Ich verschränke die Arme vor der Brust, gehe genau in der Mitte zwischen den Regalen hindurch und werfe ihnen lauernde Blicke zu, wenn sie mir zu nahe zu kommen drohen. »Ich meine, warum machst du diesen Job?«

Konzentriert betrachtet Davide die Umgebung. »Versuchen wir es mal hier.« Statt mir zu antworten, inspiziert er eine andere Kulisse, als ob sie ein Tatort wäre. Und vermeidet es mich anzusehen.

»Hier ist er auch nicht, denke ich. Er ist zwar klein, aber so klein, dass er in die Fußbodenritzen kriechen kann, dann auch wieder nicht«, kommentiere ich.

»Bist du immer so?«

»Wie denn?«

»So ironisch.«

Ich ziehe die Schulter hoch. »Ich kann nicht anders.«

»Das ist auch gut so, es gefällt mir, aber …« Er geht durch eine weitere Tür und lässt dieses Aber im Raum stehen. Was er wohl damit meint?

Ich sehe ihn fragend an, und er seufzt erneut.

»Es ist nicht leicht, mit dir Schritt zu halten.«

Oh weh. Ein Minuspunkt für Alice.

»Das Tempo, das du vorgibst, ist auch nicht ohne«, sage ich, diesmal keinesfalls ironisch, sondern mit einem freundlichen Lächeln auf den Lippen. »Ein Mann, der Karriere gemacht hat. In hoher Position. Da könnte man sich als Frau auch unbehaglich fühlen«, erkläre ich und fahre dann besänftigend fort: »Aber du bist auch nur ein Mensch und nicht Ironman. Ich meine, auch du hast ein Privatleben. Also, auch du hast früher mit anderen Kindern gespielt, genau wie ich, deine Mama hat dich angeschrien, weil du dein Gemüse nicht essen wolltest, solche Sachen eben. Ganz normales Zeug.«

Sein Gesicht verkrampft sich. »Äh, nein.« Mehr sagt er nicht und dreht sich von mir weg.

Nachdem wir fast alle Kulissen nach Riccardino abgesucht haben, ohne eine Spur von ihm zu finden, hält Davide mir die Tür auf, um mich vorgehen zu lassen. Ich habe den Eindruck, dass etwas zu Ende geht, ein Zauber, der verflogen ist. So ist es auch. Als wir auf Enrico treffen, mustert er Davide misstrauisch, beißt sich auf die Lippen und wendet den Blick zu mir.

»Warum bist du nicht in der Regie?«, herrscht er mich an.

Darauf fällt mir beim besten Willen keine Antwort ein. Enrico weiß nicht, dass Davide Bescheid weiß. Ich weiß zwar, dass Davide es weiß, aber der sollte ja nicht wissen, was er weiß. Nur weiß Davide, dass er nicht wissen soll, was er weiß? In meinem Kopf dreht sich alles.

»Ich habe sie gebraucht«, sagt Davide, und ich atme auf. »Aber jetzt steht sie ganz zu deiner Verfügung.«

Das heißt natürlich nichts, dennoch zieht mir dieses »ganz zu deiner Verfügung« die Eingeweide zusammen.

»Hast du ihn gefunden?«, frage ich Enrico, als wir wieder alleine sind.

»Nein, habe ich nicht. Verdammt, Alice, wie zum Teufel hast du ihn aus den Augen verlieren können? Wenn ihm etwas passiert, bringt Emilia mich um. Und ich bringe dich um, da kannst du Gift drauf nehmen.«

»Konnte deine Frau denn nicht zu Hause auf ihn aufpassen?«, wettere ich zurück.

Er fährt sich durch die wenigen Haare, die ihm geblieben sind. »Sie meinte, ich solle ein wenig Zeit mit meinem Sohn verbringen. Und dass sie auch mal ihre Ruhe braucht.«

Obwohl ich absolut keinen Zweifel daran hege, dass die Mutter dieses kleinen Ungeheuers eine Pause braucht, schüttele ich den Kopf. »Hör mal, du musst arbeiten, Enrico. Das muss sie doch verstehen. Du kannst kein Kind mit hierherbringen, das ist viel zu gefährlich. Wie wär's mit einem Babysitter?«

»Emilia ist weg, Alice. Seit heute Morgen. Sie hat ihre Sachen gepackt und ist gegangen. Mit ihren Freundinnen ans Meer, einfach so. Und alle drei Babysitter hatten keine Zeit.«

Ich kann nachvollziehen, dass ein Abend mit der Reinkarnation von Iwan dem Schrecklichen auf der Prioritätenliste von jugendlichen Babysittern nicht gerade ganz oben steht. »Wundert dich das? Niemand beschäftigt sich gerne mit einem Kind, das einen am Stuhl festbindet und mit Nadeln quält. Was für eine Welt.«

»Jetzt hör aber auf! Riccardino mag ein lebhafter Junge sein, aber er ist ganz sicher nicht bösartig.«

Ich starre auf sein noch immer geschwollenes Auge und

auf sein zerkratztes Gesicht, das dem von Scarface ähnelt. Dann wandert mein Blick zu seinem verbundenen Finger und zu seiner Wade, über die sich der arme unverstandene Riccardino wie ein Piranha hergemacht hat. Wie bringt man eigentlich einem Vater bei, dass sein Sohn einen Teufelsaustreiber und keinen Babysitter braucht?

»Lass uns weitersuchen, komm.«

Wir trennen uns, um den Suchradius auszudehnen. Als ich an der Regie vorbeikomme, lehnt Luciano über dem Videomischer und hält mich auf.

»Da bist du ja, Alice.« Einen Augenblick lang fürchte ich, dass auch er mir eine Standpauke halten wird, stattdessen nickt er in Richtung Telefon. »Nardi hat angerufen. Du sollst in sein Büro kommen. Ich soll dir ausrichten, er hätte ihn gefunden. Ich weiß allerdings nicht, wen er meint.«

Ich nehme zwei Stufen auf einmal. Dieser kleine Teufel kann sich auf was gefasst machen. Wenn ich mit ihm fertig bin, wird er sich fühlen wie Macaulay Culkin – nach der Entziehungskur.

Als ich die Tür aufreiße, bleibe ich wie angewurzelt stehen. Davide sitzt auf seinem Stuhl und dreht sich zu mir um, steht allerdings nicht auf, um Riccardino nicht zu wecken, der wie ein Engel in seinen Armen liegt und schläft.

»Ich habe ihn neben dem Snackautomaten gefunden. Er hat schon geschlafen, eine Hand noch im Ausgabeschlitz. Wahrscheinlich hatte er Hunger, aber dann hat ihn der Schlaf übermannt.«

Seine Worte erreichen mich nur als ein fernes Summen. Gibt es etwas Faszinierenderes als einen Mann mit einem schlafenden Kind im Arm?

Er steht auf. »Ich bräuchte mal kurz deine Hilfe.«

Erst als ich näher komme, erkenne ich, dass einer seiner Finger im Mund des Jungen steckt.

»Er lässt nicht los, und aufwachen will er auch nicht. Ich weiß nicht, wie er das gemacht hat, da er ja schläft.«

Ich zucke mit den Schultern. »Das muss ein Reflex sein, wie bei den Haifischen.« Ich kneife Riccardino mit zwei Fingern die Nase zu, und wenige Sekunden später öffnet er den Mund und lässt los.

»Eine Frau mit vielen Talenten«, meint Davide, übergibt mir den Jungen und massiert sich die Hand. »Sei vorsichtig.«

»Das soll er sich mal wagen«, sage ich und zwinkere ihm zu. »Ich fange an zu glauben, dass die Hexe bei Hänsel und Gretel ihre guten Gründe hatte.« Ich will mir eine Haarsträhne aus dem Gesicht schnicken, die mich an der Nase kitzelt, doch mit Riccardino im Arm ist das nicht so einfach. Ich puste und puste, aber ohne Erfolg.

Davide streicht sie mir aus dem Gesicht und berührt dabei mit den Fingern ganz sanft meine Wange. Instinktiv mache ich einen Schritt zurück. Ich bin schon so oft bei ihm ins Fettnäpfchen getreten, dieses möchte ich mir ersparen. Da ich spüre, wie mein Gesicht langsam rote Flecken bekommt, drehe ich mich hastig um und trete auf den Flur.

»Danke, dass du ihn gefunden und mich und nicht Enrico gerufen hast. Also eigentlich …«

»Auch dafür, dass ich nicht das Monster bin, das ich sein sollte? Trotz meines Jobs?«

»Nein.«

»Wohl. Das hast du mich doch vorhin gefragt. Wie man einen Job wie diesen überhaupt machen kann. Alice, ich versuche Firmen zu retten, nicht sie zu zerstören. Ich möchte, dass du das verstehst. Das ist mir wirklich wichtig.«

Wieder fixiert er mich, als wolle er mit seinen Gedanken in meinen Kopf eindringen, ganz tief, bis in die letzte Gehirnwindung.

Mir fällt dazu nichts anderes ein, als zu stammeln: »Sicher, jetzt verstehe ich's.« Dann verschwinde ich.

Ehrlich gesagt, verstehe ich gar nichts.

Nachdem ich Riccardino auf das Sofa in Enricos Büro gelegt habe, rufe ich meinen Chef an, um ihm zu sagen, dass ich seinen Sohn gefunden habe und es ihm gutgeht. Er eilt herbei und umarmt mich fest, um mich wenige Minuten später hinauszujagen und mir vorzuwerfen, ich sei unzuverlässig und sollte ihm möglichst nicht mehr unter die Augen treten.

An der Tür drehe ich mich noch mal um, und als ich sehe, wie er das Kind streichelt, murmele ich: »Typisch Skorpion.«

Er lächelt und blinzelt mehrmals, damit ich seine Tränen nicht sehe. »Hau ab.«

Ich bin erleichtert. Vielleicht war die Annahme, ich sei der einzige Mensch auf der Welt mit Problemen, doch etwas egozentrisch. Direkt neben mir steckt Enrico in der Krise, weil seine Ehe auf der Kippe steht. Und Davide. Davide, der mich jedes Mal aufs Neue überrascht. Der einen Hund hat, um nicht alleine zu sein. Es ist sicher nicht leicht, ständig auf Achse zu sein und zu wissen, dass man unter diesen Umständen keine dauerhaften Bindungen eingehen kann.

Allein deshalb sollte ich mich von ihm fernhalten. Und auch nicht über Ironman, Batman und andere einsame Superhelden fantasieren, die weder Zeit noch Lust haben, sich mit einer Frau auf etwas Verbindlicheres einzulassen als auf die Klärung der Frage, ob man Strumpfhosen besser selbst mit Feinwaschmittel wäscht oder sie in die Reinigung bringt. Trotzdem denke ich weiter über ihn und mich nach.

Als ich in die Regie komme, ist die Sendung zu Ende, und fast alle sind schon gegangen. Nur Raffaella ist noch da.

»Enrico hat mir erzählt, dass du heute Abend einige Schwierigkeiten hattest. Mach dir keine Sorgen, ich hatte hier alles im Griff.« Sie geht auf die Tür zu. »Weißt du es schon?«

»Was?«

»Sergio wurde entlassen. Ich denke, jetzt geht es los.« Sie klopft mir auf die Schulter. »Mal sehen, wer der oder die Nächste ist.«

Nachdem sie gegangen ist, komme ich mir vor wie in einer Luftblase. Ich höre Davides Stimme, wie er mich bittet, ihn zu verstehen, denn wenn er jemanden entlässt, dann ist das nichts Persönliches. Danach kommt mir noch etwas in den Sinn. Als Davide das Gespräch angenommen hatte und auf den Flur gegangen war, war ich kurz allein in seinem Büro. Vielleicht ist er ja doch nicht nur der rücksichtslose Sanierer, habe ich in einem Anflug von Romantik gedacht, ehe ich auf dem Schreibtisch Sergios Personalakte gesehen habe. Neben meiner.

Mal sehen, wer der oder die Nächste ist.

Draußen regnet es in Strömen. Ich bemerke es nicht einmal. Ich renne zu meinem Auto, denn das Einzige, was ich jetzt will, ist losfahren, das Radio aufdrehen und mich mit lauter Musik betäuben. So muss ich nicht an das denken, was hier gerade passiert. An Sergio ohne Job. An Davide, der ihn entlassen hat. Und an mich, die wieder mal gar nichts kapiert hat.

Als ich bei meinem Auto ankomme, stelle ich fest, wie zerstreut ich bin, denn ich habe meine Tasche vergessen. Sie steht noch in der Regie, mit dem Autoschlüssel und allem anderen auch.

Ich renne zurück und lasse die Tür krachend ins Schloss fallen. Denn ich bin stinksauer.

Sauer auf Davide, weil er mich belogen hat, weil er gar nicht der Mensch ist, der er vorgibt zu sein. Sauer auf mich selbst, weil ich Signale immer nur in eine Richtung interpretiere, als ob ich eine rosarote Brille aufhätte. Ich bin so wütend, dass ich kaum noch Luft bekomme. Meine Klamotten sind klitschnass, der Stoff klebt so fest auf meiner Haut, dass ich sie mir förmlich vom Leib reißen muss.

Ich habe mir die Bluse schon ausgezogen, als ich feststelle, dass ich nicht alleine bin.

An der Tür zur Regie lehnt Alejandro. Er sagt kein Wort, sieht mich nur mit seinen Latino-Augen an. Ich sage auch nichts, halte seinem Blick stand und trete näher.

Mit einer fließenden Bewegung streift er sein T-Shirt ab und präsentiert mir noch einmal seinen Sixpack. Genau das, was ich jetzt brauche. Ich muss mich in irgendetwas verlieren.

Seine Lippen sind salzig, der Geschmack meiner Enttäuschung.

Krebs

Befreien wir uns so schnell wie möglich von diesem Steinchen unter dem Schuh. Kochen, flicken, stopfen, putzen – nichts, aber auch gar nichts könnt ihr ebenso gut wie seine geliebte Mama. Im Vergleich mit diesem großen Kind – oh, pardon! –, mit diesem Mann, dem Krebsmann, ist Ödipus eine in sich ruhende Persönlichkeit, die ganz und gar nicht am Rockzipfel der Mutter hängt.

Trotzdem habt ihr sicher sehr bald Gelegenheit, eure Rivalin kennenzulernen, und zwar sobald euch der Krebs zu sich nach Hause einlädt, um euch sein Zimmer zu zeigen.

11

Der Duft des wilden Schützen

»Das hast du nicht wirklich getan.«

»Paola, es war nur ein Kuss, kein Softporno auf dem Regiepult.«

Ich bin sehr zufrieden, während ich es erzähle, denn es war zwar wirklich nur ein Kuss, aber der war so heiß wie die Wüste Gobi.

Ich bin mir vorgekommen wie in einem dieser amerikanischen Filme, in denen die Frauen schön, aber dumm sind. So schön und dumm, dass sie nicht mal den Mund öffnen müssen, wenn sie eine Bar betreten. Mit einem einzigen schönen und dummen Blick haben sie bereits einen Drink vor sich stehen (aufs Haus), einen Mann an ihrer Seite (der in jedem wirklich guten Film der Mann ihres Lebens wird), ein Hochzeitskleid, eine Villa mit Pool, das Edelstahlpfannenset Inox 18/10 und wahrscheinlich auch eine orthopädische Matratze.

»Übertreibst du nicht ein bisschen?«, fragt mich Paola, die als brave beste Freundin wie ein Fluglotse vom Tower agiert und das Landemanöver auf den Boden der Tatsachen einleitet. »Alice, hör mal, ich freue mich, dass du das erlebt hast, diese hemmungslose Leidenschaft, aber ich möchte nicht, dass du dir Illusionen über diesen Typen machst. Einer, der halb nackt wie ein Affe durch die Gegend tigert und dann noch mit diesem Sixpack. Der dich anspringt wie Tarzan, nachdem ihr nicht mal hundert Worte gewechselt habt, als ob er eine Anakonda verschlingen wollte. Ich glaube nicht, dass er die Frau fürs Leben sucht.«

»Abgesehen von der Tatsache, dass er ganz offensichtlich auf Beutesuche war«, entgegne ich, »und es nicht bis zum Äußersten gekommen ist.«

»Dem Himmel sei Dank, Alice. Ich bin froh, dass du so viel gesunden Menschenverstand bewiesen hast und es nicht zum Äußersten gekommen ist.«

Ebenjenes Äußerste wäre eine Frischzellenkur für meinen Beckenbereich gewesen, der gerade in Frühpension gegangen ist und zu etwas Abwechslung oder, um bei Tarzan zu bleiben, zu einem Quickie auf der Liane, gewiss nicht Nein gesagt hätte. »Ja, natürlich, Oma. Aber vor allem muss ich verlorenes Terrain zurückerobern. Gleich morgen mache ich einen Termin für ein Ganzkörper-Waxing aus. Und dann blase ich zur Attacke, rette sich wer kann«, antworte ich in der Absicht, sie ein bisschen zu schockieren.

Keine Ahnung, was sie davon hält. Ich weiß, dass Paola eine Verfechterin der amerikanischen Dating-Regel ist, nach der man erst nach dem fünften Date Sex haben sollte. Auf keinen Fall früher, eher noch später. Immerhin muss sie lachen, und im Hintergrund höre ich auch ihren Sohn Sandrino glucksen. Da Paola die Freisprecheinrichtung aktiviert hat, um die Hände frei zu haben, bin ich froh, dass er noch zu klein ist, um die Anspielungen zu verstehen.

»Benimm dich, Alice, und warte erst mal das Waxing ab.« Einen Moment lang kommt mir ihre Stimme weiter entfernt vor. »Ja, es ist Alice, meine Freundin. Reichst du mir bitte die Schale?«

»D-d-du bist nicht alleine?«, stammele ich.

»Nein, meine Mutter ist da, ich friere gerade Babynahrung ein, und sie hilft mir.«

»Ciao, Alice«, höre ich eine Stimme aus dem Hintergrund. »Grüß mir deine Mutter.«

»Gerne, Signora. Ihnen auch einen guten Tag.«

Beim Telefonieren mit Paola fällt es mir leicht, die Femme fatale zu geben, vor der die Männer auf die Knie sinken, sobald sie auch nur mit den Fingern schnippt.

Dabei kann ich gar nicht mit den Fingern schnippen, was vielleicht auch der Grund ist, weshalb ich alle möglichen Klimmzüge machen muss, um mir einen Mann zu krallen.

Wenn ich allerdings die Resultate meiner Mühen betrachte, sollte ich es wohl doch mit dem Schnippen versuchen.

Als ich am folgenden Montag meine Karte in die Stechuhr stecke, reibe ich noch immer den Daumen über den Mittelfinger, um wenigstens ein halbwegs vernünftiges Schnippen hinzubekommen. Aber damit baue ich nur Druck ab, obwohl Tios Nachricht mich eigentlich positiv stimmen sollte.

Guten Morgen, liebe Waage,
du versprühst Energie und Lebensfreude, was deine Umgebung magnetisch anzieht. Deine gute Laune verdankst du dem Vollmond in der Waage, aber auch der für Beziehungen und neue Freundschaften günstigen Venus-Uranus-Konjunktion.
Mit dem Mondquadrat, das sich im negativen Transit mit Neptun befindet, ist allerdings Vorsicht geboten. Du neigst

dazu, dich Illusionen hinzugeben, und verwechselst deine Träume mit der Realität. Uranus in Konjunktion mit Venus lässt dich mit einer geliebten Person streiten und führt zu impulsiven gefühlsgesteuerten Handlungen und falschen Schlüssen. Trotzdem garantieren das Sextil des Merkur mit Pluto und der Trigon von Mars mit dem Mond eine glückliche Hand bei deinen Entscheidungen, und es ist nicht leicht, dich von deinen Vorhaben abzubringen.
Alles deutet darauf hin, dass du auf einem guten Weg bist, um deine Persönlichkeit zu erkennen und deine Kraft zu spüren, vor allem was den Job angeht. So kannst du selbst schwierigste Aufgaben besser bewältigen.

Ich schließe die Augen, atme tief ein und hoffe, damit meine Lunge mit Kraft und Durchsetzungsvermögen zu füllen. Leider lasse ich mit dem Ausatmen auch alle guten Ratschläge wieder los, die Tio mir gegeben hat. So gerne ich mich der Illusion hingeben würde, eine Powerfrau zu sein, die sich nie in Frage stellen muss – den Gedanken an eine drohende Entlassung in nächster Zukunft kann ich unmöglich verdrängen. Genauso wenig wie ich vermeiden kann, Alejandro zu begegnen, und mich mit der peinlichen Erinnerung an unseren magischen Moment arrangieren muss. Und Davide.

Ich muss Davide gegenübertreten.

Zwar weiß ich nicht wann. Und auch nicht wie. Aber es wird passieren, schließlich arbeiten wir miteinander. Wir sehen uns häufiger als ein Ehepaar. Wie in *Hart aber herzlich,* nur dass wir keine Millionäre und nicht verheiratet sind und ich keine Bestseller schreibe. Oder wie in *Akte X*. Auch wenn es bei uns im Sender nicht um Aliens, sondern um

Effizienz geht. Gut, ich muss mich der Tatsache stellen, dass Davide und mich nichts verbindet, höchstens unser Auftreten als Superman und Supernanny.

Apropos Nanny: Als ich den Kopf in Enricos Büro stecke, um ihn zu fragen, wie es ihm geht und ob seine Frau inzwischen zurück ist, stelle ich fest, dass es leer ist. Seltsam für einen Montagmorgen.

Die Büros im Untergeschoss sind auch alle leer. Ich treffe nur Conchita, die gerade die Papierkörbe leert, die Schreibtische wischt und die Pflanzen gießt. Die Vermutung, dass ich die Einzige bin, die in diesem Laden wirklich arbeitet, hatte ich ja schon häufiger, aber in diesem Moment bin ich mir absolut sicher.

»Conchi, weißt du, wo die anderen sind?«

Sie zuckt mit den Schultern, führt dann eine unsichtbare Tasse an den Mund, den kleinen Finger vornehm abgespreizt. »*Gluckvuns*«, sagt sie. Als ich den Kopf schüttele, fügt sie hinzu: »Bar.«

Auf meinem Weg in die Kantine höre ich, wie der Geräuschpegel immer mehr anschwillt, und als ich die Tür aufstoße, sind sie alle versammelt. Meine geschätzten Kollegen und Kolleginnen stoßen mit Kaffee und Fruchtsaft an. Conchitas *Gluckvuns.*

»Herzlichen Glückwunsch!«, ruft Enrico, klopft Carlo auf die Schulter und versetzt ihm einen heftigen Stoß.

»Glückwunsch, Cristina!«, sagt Raffaella und überreicht ihr ein riesiges Paket.

Warum kommt es mir nur so vor, als sei ich auf einer Horrorparty à la *Twilight Zone* gelandet? Im Stil der 1950er Jahre, bei der die Frauen sich die Haare toupierten und Glockenröcke trugen, einem aber mit einem breiten

Lächeln eine Torte aus Menschenfleisch vorsetzten, aus der Würmer krochen.

Cristina gebärdet sich wie ein Pfau und streicht sich immer wieder über den kaum sichtbaren Bauch. Offenbar handelt es sich nicht um eine Betriebsfeier. Ich bin mitten in die Baby-Shower-Party für Carlos Nachwuchs geplatzt.

»Danke, meine Lieben, wie nett«, gurrt meine Exfreundin so zuckersüß, dass mir fast schlecht wird.

Während sie den Umschlag öffnet, der auf dem überreichten Paket klebt, bemerkt mich Raffaella.

Wie ein Marktschreier hält sie sich beide Hände trichterförmig vor den Mund und ruft: »Alice!«

Alle drehen sich zu mir um. Carlo macht einen Schritt nach vorn, bleibt dann aber stehen, weil ihn der funkelnde Blick seiner Fast-Angetrauten und der Fast-Mutter seines Kindes trifft.

»Ähm, Alice, komm doch näher«, flötet Cristina. »Danke übrigens«, fügt sie hinzu und nickt in Richtung des schleifenverzierten Päckchens.

Raffaella nähert sich, die Hexen von Eastwick aus dem ersten Stock im Schlepptau. »Ehrlich gesagt, hat sich Alice an dem Geschenk nicht beteiligt«, sagt sie und wirft mir einen verständnisvollen Blick zu. »Ich habe es für angebracht gehalten, dir nichts zu sagen.«

Da ist sie, die Bestätigung. Man hat mich mit voller Absicht nicht eingeladen.

Jetzt lächelt niemand mehr, als ob die böse Hexe des Westens aufgetaucht wäre, um Dorothy und ihren Freunden auf die Nerven zu gehen.

Alles, was ich sagen kann, um einigermaßen glimpflich aus der Sache rauszukommen ist: »Sorry, ich wollte nicht stören.«

Warum bin ich kein Hologramm oder eine kollektive Halluzination, ausgelöst durch zu viel *caffè corretto?*

In dem verzweifelten Versuch, möglichst unauffällig den Ausgang zu erreichen, gehe ich langsam nach hinten, als mich jemand an der Schulter festhält.

»Natürlich wusste Alice Bescheid. Ich habe sie informiert und gebeten, mir beim Aussuchen des Geschenks zu helfen.« Davide schiebt mich wieder nach vorne. »Schließlich haben wir uns dann für ein gemeinsames Geschenk entschieden. Hier.« Er überreicht Cristina ein kleineres, sehr geschmackvoll eingepacktes Päckchen mit einer cremefarbenen Schleife. »Das ist von mir. Und von Alice.«

Keine Ahnung, wie seine Hand meinen Arm entlanggleiten konnte und seine Finger jetzt auf meinen liegen. Ich sehe ihn an, während eine störende Stimme quäkt: »Oh, danke sehr, wie nett von euch. Nicht wahr, Carlo, richtig nett, oder? Von beiden zusammen. Davide und *Alice.*«

Mein Blick gleitet nach unten. Davide nimmt seine Hand sofort weg und schiebt sie in die Hosentasche. »Sehr gerne, Cristina. Herzlichen Glückwunsch.«

Ich weiche Carlos Judaskuss aus und recke Cristina die Wange entgegen, in der Hoffnung, dass sie nicht zubeißt. »Danke, Davide. Und Alice«, sagt mein Ex-Verlobter. »Danke für die … Minigitarre.«

»Ich denke, Carletto junior wird seinen Spaß damit haben, jedenfalls in einigen Jahren«, ergänzt Cristina.

Ich stelle fest, dass Davide rot wird. Davide Nardi, der gnadenlose Vollstrecker, bei dem ich vermutlich als Nächste auf der Abschussliste stehe. Kleine Notiz am Rande: Die Blicke der anderen sind unvermindert eisig, auch nachdem sie gerade erlebt haben, wie er mich unterstützt hat. Wenn du als

Sensenmann geboren wirst, kannst du dich nicht plötzlich in Lancelot verwandeln und so tun, als wärst du ein edelmütiger Ritter. Im Gegenteil: Luciano und Ferruccio scheinen mich mit ihren Blicken töten zu wollen.

»Ich weiß nicht, ob du schon was getrunken hast, ich brauche jetzt jedenfalls einen Kaffee«, sage ich zu Davide, um ihn von Carlo und Cristina loszueisen. Das scheint mir eine angemessene Reaktion für seine nette Geste von eben zu sein.

»Gerne«, antwortet er, und wir gehen an die Bar.

Einen Moment lang schweigen wir, während der Barista den Kaffee zubereitet. Wir beobachten ihn gebannt, als würde er auf einem Seil tanzen. Nicht dass von ihm eine besondere Faszination ausgeht, hat er doch sommers wie winters zwei unübersehbare Schweißflecken unter den Achseln, aber seine mechanischen Bewegungen liefern uns die Entschuldigung, uns nicht ansehen zu müssen.

»Wie war …?«

»Weißt du …?«

Wir fangen beide gleichzeitig an zu reden, genau in dem Moment, als der Barista geräuschvoll die Tassen auf die Untertassen stellt.

»Entschuldige«, sage ich.

»Nein, du zuerst.« Davide schüttelt den Kopf, wobei er noch immer vermeidet, mich anzusehen.

»Ich wollte nur wissen, wie die erste Sendung von *Alles eine Frage der Sterne* angekommen ist.«

»Och ja, gut. Wie es scheint, wirklich gut. Aber wir prüfen die Quote erst später, zusammen mit dem Intendanten.«

Ich seufze und trinke meinen Kaffee, in der Hoffnung, dass es tatsächlich so ist, wie er sagt. Vielleicht macht er mir nur was vor, und die beiden veranstalten ein Tontaubenschießen unter der Belegschaft, entsprechend der Einschaltquoten ihrer Sendungen. Vielleicht war es ja das, was Tio gemeint hat? … *was deine Umgebung magnetisch anzieht.* Hat er dabei eigentlich das Betriebsklima im Sender berücksichtigt?

Als ich mitbekomme, dass Davide die Stirn runzelt und einen Punkt hinter mir fixiert, drehe ich mich instinktiv um. Ich sehe mich Conchita gegenüber, ihren Schrubber in der einen und eine gelbe Rose in der anderen Hand.

Ein verstörender Anblick.

Spontan wehre ich ab. »Nein, danke.« Denn jedes Mal, wenn mir eine Rose angeboten wird, steht dahinter jemand, der sie verkaufen möchte.

»No. Fodi«, bekräftigt Conchita. »Eben kommen. Fodi.«

»Ich glaube, sie wurde gerade für dich abgegeben, Alice«, klärt mich Davide auf. Einer der Vorteile in einem Job, bei dem man viel reist. Du bekommst ein gutes Gehör für fremde Sprachen.

Davide nimmt Conchita die Rose aus der Hand und reicht sie mir. Prompt erstarre ich und schaue ihm tief in die Augen. Die Erstarrung bleibt, und zwar aus einem ganz bestimmten Grund.

Denn im selben Moment schiebt sich von hinten ein Arm um meine Taille, und warme, weiche Lippen legen sich auf meinen Nacken. *Südamerikanische* Lippen. Und eine Stimme hinter meinem Rücken flüstert: *»Querida.«*

Wenn die Situation eine andere wäre, müsste ich jetzt vielleicht lachen und an Gomez aus der Addams Family denken, und als Antwort auf den Klaps auf meinen Hintern würde ich sagen: »Danke, Hand.«

Doch es gibt nichts zu lachen. Ich kann Davide nicht

mehr ansehen, der noch immer mit der Rose in der Hand dasitzt und Alejandro anstarrt, der wiederum morgens um neun einen Lambada um mich herum aufführt.

Einen Moment später legt er die Rose auf den Tresen. »Ich muss los«, presst er zwischen den Zähnen hervor. »Schönen Tag noch, Alice.«

12

Pflegeleichte Waagefrauen

Früher, in unverdächtigen Zeiten, war ich großer Agatha-Christie-Fan. Und niemals, aber auch wirklich niemals hätte ich gedacht, dass mein Leben irgendwann mal ein solcher Krimi werden könnte. Aber genau so ist es gekommen, und ich stecke mittendrin in *Das Geheimnis der gelben Rose.*

Der Titel ist nicht gerade originell, aber im Grunde geht es um die alles entscheidende Frage: Von wem ist sie, die gelbe Rose?

Im ersten Moment hätte ich, das muss ich zugeben, wegen der Duplizität der Ereignisse wetten können, dass sie von Mister Supersixpack stammt, nicht zuletzt weil Alejandro nahezu zeitgleich mit dem Corpus Delicti aufgetaucht ist.

Aber er weist es weit von sich und betont, dass er mir gewiss eine *rosa roja* geschenkt hätte, rot als Symbol für Leidenschaft. Und ich wette, er hätte sie mir sogar noch mit den Zähnen überreicht.

»Hallo, Mamma?«, frage ich am Telefon.

»Ciao, mein Schätzchen, was gibt's?«

»Habt ihr mir vielleicht Blumen in die Firma schicken lassen?«

»Moment, dein Vater steht gerade auf der Leiter. Er ist in

Topform. Er hat alle seine Schuhe geputzt und spielt jetzt den Spiderman im Schuppen. Guido, komm von dem Regal runter, das bricht doch.«

»Das bricht nicht, das habe ich gerade aufgehängt, Ada. Ein bisschen Vertrauen bitte. Ich bin zwar in Rente, aber noch lange nicht senil.«

»Ja, ja, sicher, diese elende Rente. Jetzt sucht er nach was Neuem, bei dem er sich als echter Mann beweisen kann. Pass auf, dass du nicht fällst. Sonst brichst du dir noch einen Oberschenkelhalsknochen. Und wer darf dann den Rollstuhl schieben?«

Gemurmel im Hintergrund. »Ich geb dir gleich einen Oberschenkelhalsknochen.«

»Also von euch sind die Blumen nicht?«

»Guido, Alice sagt, sie hätte Blumen bekommen, und weiß nicht von wem«, ruft meine Mutter.

»Wahrscheinlich ein Missverständnis«, ruft mein Vater zurück. Wie nett.

»Wie, ein Missverständnis? Darf ich etwa keine Blumen bekommen?«, frage ich pikiert.

»Das wäre mal was Neues, Spätzchen. Du weißt doch genau, was für Typen heutzutage unterwegs sind.«

Erneut höre ich meinen Vater aus dem Hintergrund. »Egal, ob Blume oder nicht, schau dem Mann erst ins Gesicht. Die wollen doch alle nur das Eine.«

Ich seufze. »Gut, ich muss dann Schluss machen. Danke an Papa für den gereimten Ratschlag.«

Als ich auflege, spüre ich, wie es mir eiskalt den Rücken runterläuft. Was, wenn es ein Stalker ist? Immerhin bin ich als Autorin für einen TV-Sender eine öffentliche Person, mein Name wird sicher irgendwo erwähnt. Aber das wäre wirklich der Gipfel, kein ernsthafter Interessent weit und breit, und dann verliebt sich ein völlig Fremder in mich, der anfängt mich zu stalken und mir Rosen zu schicken? Wenn dieser kranke Typ auch nur eine Spur von Mumm in den Knochen hätte und sich offenbaren würde, dann könnte ich auch ein Wörtchen mitreden. Wer weiß, was er für ein Sternzeichen ist?

Zum Mittagessen treffe ich mich mit Tio, das wird mich von dem Damoklesschwert über mir ablenken.

»Jetzt hör mal, du hast eine Blume bekommen, kein abgeschnittenes Ohr«, spielt er das Ganze herunter.

»Stimmt, aber ich will wissen, von wem.«

»Du bist so was von neugierig.« Er beißt in sein Sandwich und spricht dann mit vollem Mund weiter. »Nardi? Er könnte ein heimlicher Verehrer sein. Er tut zwar immer knallhart, aber im Grunde ist er total schüchtern.«

Davide. Ich sehe zur Empore hoch. Er sitzt mit dem Herrn und Meister und dem Personalchef Franco Minora zusammen. Wir nennen ihn *Minority Report,* wegen der Abmahnungen, die von seinem Schreibtisch kommen.

»Glaube ich nicht. Er war von Conchitas Auftauchen auch überrascht.«

»Von Conchita oder von dem Sixpacker?«

Davide habe ich seit heute Morgen nicht mehr gesehen. Ich sollte über die Avancen des Sixpackers – ich meine natürlich Alejandro – beglückt sein, doch wenn ich an diesen Moment zurückdenke, fühle ich mich unbehaglich.

»Wenn man vom Teufel spricht.«

Ich drehe mich zu den Schwingtüren um, wo Alejandro aufgetaucht ist. Er sondiert die Umgebung wie ein Cowboy in einem Western-Saloon.

Vom Nebentisch winkt ihm Mara zu, die Assistentin von *Liebesleid,* und er bewegt sich mit seinem katzenhaft geschmeidigen Gang auf sie zu. Sex pur.

Allerdings setzt er sich nicht auf den Stuhl neben sie, von dem sie extra ihre Tasche genommen hat, sondern dreht sich zu mir um und fixiert Tio.

»*Dulse* Aliz, da bist du ja.« Er greift nach meiner Hand, legt die Gabel mit dem aufgespießten Salatblatt beiseite und küsst sie sanft. »Ich habe dich schon überall gesucht. Du fehlst mir.«

Ich seufze und schaue tief in seine nachtschwarzen Augen.

»Habt ihr euch nicht erst beim Frühstück gesehen?«, schaltet sich Tio ein, der beim Sprechen ein paar Krümel in unsere Richtung prustet.

Meine Augen werden zu Schlitzen, während er mit den Schultern zuckt.

Beim Aufstehen zieht mich Alejandro an sich.

»Sie hat ihren Salat noch nicht aufgegessen«, sagt Tio und hebt träge den Blick.

»Das ist nicht das Essen, das Alice braucht«, entgegnet Alejandro. »Komm mit, *querida.*«

Das spanische Timbre erweckt bei mir die Illusion, dass auch ich mich geschmeidig und raubtierhaft Richtung Treppe bewege.

»Wir stimmen ab«, schlage ich vor und hebe die Hand, während ich mich auf meinen Schreibtisch setze.

Tio steht neben mir und starrt verwundert auf das Telefon zwischen uns.

»Ein klares NEIN, Alice. Das geht gar nicht«, widerspricht Paola am anderen Ende der Leitung.

»Du meinst also, dass ich heute Abend mit Alejandro ausgehen soll. Ohne Waxing?«

»Du hast gefragt, ich habe geantwortet. Ohne Waxing kommst du nicht auf die Idee, gleich beim ersten Date mit ihm ins Bett zu gehen. Das ist Taktik, Alice. Bei Männern genügt ein Lächeln, und du findest dich ohne Unterhose wieder. Vorsicht!«

Ich kichere und werfe Tio einen Welpenblick zu.

»NEIN«, sagt auch er und verschränkt die Arme vor der Brust. Als ich einen Schmollmund mache, sozusagen meine letzte Waffe, ihn doch noch zu erweichen, setzt er sich auf die Stuhllehne, um noch mehr Distanz zwischen uns zu bringen. »Ihr habt euch schon geküsst. Er hat gefragt, ob du mit ihm ausgehen willst. Und du hast schon den Fehler gemacht, sofort Ja zu sagen. Jetzt musst du die Sache auf andere Weise bremsen. Alejandro ist Schütze, das ist das erotischste Zeichen im ganzen Tierkreis. Schützegeborene denken immerzu an Sex. Wenn sie nicht gerade welchen haben, dann denken sie zumindest daran oder besorgen es sich selbst. Außerdem sind Schützen phänomenale Liebhaber, gut bestückt, mit allem Drum und Dran, der verbotene Traum jeder Frau, der Mythos schlechthin.«

»TIO!«, schreit Paola am anderen Ende der Leitung.

»Entschuldige, Paola. Ich wollte es nur erwähnt haben. Schlussendlich ist der Schütze niemand, der dauerhafte Bindungen liebt. Deshalb sollte man ihn ein bisschen zappeln lassen, bis man sich ihm hingibt.«

»Okay, also vergiss es, Alice. Zwei gegen eine: kein Waxing. Absolutes NO-GO. NJET. Ist das klar? Mindestens … sagen wir für die ersten drei Dates.«

»DREI? Du bist ja verrückt. Nein, schlimmer, du bist eine

Sadistin.« Wie soll ich denn bitte ein Outfit finden, das sexy und verhüllend zugleich ist?

Damit ist es beschlossene Sache, und als Alejandro mich am Abend abholt, habe ich mich für hochhackige Stiefel bis zum Knie, eine blickdichte Strumpfhose und einen Minirock entschieden. Ein perfekter Kompromiss, um meine behaarten Beine zu verhüllen.

Auf dem Weg zu seinem Auto fühle ich mich schön, faszinierend und raffiniert zugleich. Die ideale Partnerin für einen Mann, dessen Nachname Sexappeal ist.

Entgegen der Annahme der beiden Verschwörer, die ich immer noch Freunde nenne, scheint Alejandro sich durchaus beherrschen zu können. Jedenfalls springt er mich nicht sofort an, wie Paola nach der Vorgeschichte vermutet hat. Nicht einmal der Ansatz eines Klapses auf den Po bei den Begrüßungsküsschen, wie Tio nach der Vorgeschichte vermutet hat. Er ist galant und hält mir die Autotür auf, eine Geste, die Carlo in fünf Jahren Beziehung nicht gelungen ist.

Er kommt mir sogar ein bisschen verlegen vor. Während der Fahrt fragt er, welche Musik ich hören möchte und ob er das Fenster ein wenig öffnen soll, damit ich die frische Nachtluft auf meinen Wangen spüren kann.

Alejandro erzählt von sich und von Sevilla und fragt mich, ob ich schon mal in Spanien war, was ich von dem Land halte und wie es mir dort gefallen hat. Jedenfalls komme ich immer mehr zu dem Schluss, dass die beiden ihn völlig zu Unrecht verdächtigt haben. Und was ist mit meinem Vorurteil, dass Männer nur nach Äußerlichkeiten urteilen? Dass sie sich allzu oft von der Fassade blenden lassen, ohne das Dahinter zu sehen? Bin ich denn so viel besser? Ich war vom ersten Moment von seinem Astralkörper fasziniert und habe mir ausgemalt, was man mit diesem voll im Saft stehenden Muskelpaket so alles anstellen könnte. Ich darf nicht mal an seinen Waschbrettbauch denken, sonst fange ich an zu sabbern.

Wo war ich stehen geblieben? Ach ja, ich höre ihm zu.

»Weißt du, als ich dich damals in der Regie gesehen habe und du … Ich muss mich entschuldigen, das ist sonst nicht meine Art. Du gefällst mir, Aliz. Ich möchte dich nicht länger ausnutzen. Es tut mir schrecklich leid. Deshalb möchte ich es wiedergutmachen.«

Seine Wiedergutmachung soll in einem Lokal stattfinden, das einer »unkomplizierten und spontanen« Frau wie mir gefallen wird, meinte er. Mit blickdichten Strumpfhosen und hochhackigen Stiefeln bis zum Knie komme ich mir heute Abend nicht gerade unkompliziert und spontan vor. Eher unsicher und deplatziert. Besonders auf dem Weg durch das hohe Gras zum Lokal.

Ich komme einer Verstauchung zuvor, indem ich stehen bleibe und die bunten Lampions bewundere, die in der Abendbrise schaukeln. »Wunderschön«, hauche ich und versuche wieder zu Atem zu kommen.

»Vielleicht hätte ich dir sagen sollen, wohin ich dich heute Abend ausführe«, sagt er und lächelt. »Ich will nicht, dass du dir wehtust. Ich hoffe … Warte mal.« Er geht in die Hocke – ohne ein Zeichen von Anstrengung (ohne das geringste Zeichen, das möchte ich unterstreichen!) –, hebt mich hoch und trägt mich die restlichen hundert Meter über die Wiese.

Wenn ich jetzt das Schlagen unserer Herzen beschreiben würde, den betörenden Duft seiner Haare, die mich an der Wange kitzeln, die Wärme, die er als Alpha-Männchen ausstrahlt, und meine prickelnde Verwirrung, käme ich mir vor wie eine dieser affektierten Heldinnen einer Schmonzette von Jane Austen. Deshalb möchte ich nur betonen, dass ich jeden Schritt genossen habe, beleuchtet vom geheimnisvollen Schein des Mondes, und als er mich und meine Füße auf den rauen Holzdielen des Open-Air-Tanzschuppens abstellt, glaube ich immer noch zu träumen.

Um uns herum tanzen bunt gekleidete Paare, sie bewegen sich synchron, wie in einem Film von Baz Luhrmann.

»Was ist das?«, frage ich und bin glücklich, dass sein Arm mich immer noch hält.

»*Aquí bailamos,* hier tanzen wir. Flamenco, Tango. Tänze aus meiner Heimat.«

Deshalb komme ich mir auch nicht vor wie in Mailand, sondern wie in einer Tanzbar in Caracas. Allerdings kann ich mir nicht vorstellen, wie ich mich hier auch nur einen Meter bewegen soll. Und das nicht nur wegen der Pfennigabsätze, mit denen ich garantiert zwischen den Holzdielen stecken bleiben würde. Ich war schon immer ein Tanzmuffel. Tanzen ist eine Strafe für mich, und am liebsten hätte ich ihm irgendwas von einem eingeklemmten Nerv erzählt oder einem Schwur, den ich angeblich als Kind geleistet hatte: niemals zu tanzen, um in den Himmel zu kommen. Aber Alejandro streckt mir eine Hand entgegen.

»Schon als ich dich das erste Mal gesehen habe, wollte ich dich in den Armen halten. Ich möchte mit dir tanzen, Alice.«

Wer kann zu einer solchen Einladung schon Nein sagen?

Ich rede mir ein, wenn es Jennifer Grey geschafft hat, dann schaffe ich es auch. Im Geiste schlage ich ein Kreuz, dann geht es los.

Unnötig zu erwähnen, dass Alejandro tanzt wie ein junger Gott.

Ganz im Gegensatz zu mir. Ich strauchele und stolpere ohne Unterlass, aber das interessiert ihn gar nicht. Er fängt mich auf, bringt mich sanft wieder auf Kurs und flüstert mir ins Ohr, was ich zu tun habe. Irgendwann mache ich einfach. Ich tanze, und es fühlt sich nicht einmal anstrengend an.

Als wir eine Pause einlegen, spüre ich seinen erhitzten Körper an meinem. Unsere Herzen klopfen im Gleichklang, und wir blicken uns in die Augen, so tief, als hätten wir schon miteinander geschlafen. Denn genauso fühle ich mich, nachdem ich mit ihm getanzt, ihn berührt habe, von ihm gehalten worden bin. Wir hatten Sex, zwar nur im platonischsten Sinne, aber voller Erotik.

»Alejandro? Möchtest du mit mir tanzen?«

Wer ist diese Frau, die sich da so plump vertraulich zwischen uns drängt?

Mein funkelnder Blick prallt an ihr ab, und Alejandro nimmt lächelnd ihre Hand. Verflucht.

»Dann kannst du dich ein bisschen ausruhen«, sagt er.

Als ob ich nicht bereit für eine zweite und wer weiß wie viele Runden noch wäre.

Ich stelle mich an den Rand der Tanzfläche, versuche souverän zu wirken und die beiden zu ignorieren, aber allein die Vorstellung, wie diese Frau sich gegen den Körper meines Schützen presst, nagt an mir. Ich erwarte, dass er eine gewisse Distanz hält, aber vielleicht gehört dieses Pressen einfach dazu. Selbst wenn Alejandro gewollt hätte, hätte er nichts daran ändern können.

Ich tue weiter uninteressiert und widme mich anderen Dingen: den Lampions, den Tänzern, den Musikern, der Bar (wo ich mir in der Zwischenzeit einige Drinks genehmige) und der Landschaft. Das alles, während die Paare sich auf der Tanzfläche drehen und aneinanderpressen und Alejandro völlig vergessen zu haben scheint, dass er mit mir hier ist.

Auf einmal steht er wieder neben mir.

»Genug ausgeruht«, sagt er bestimmt und zieht mich an sich.

Er hat mich nicht vergessen. Er wollte tatsächlich nur, dass sich meine Füße erholen.

Erneut tanzen wir, dieses Mal ist die Musik getragen und sinnlich. Erneut diese zärtlichen Berührungen, seine Lippen ganz nah an meinem Ohr, sein warmer Atem an meinem Hals.

Dann küsst er mich.

Mitten auf der Tanzfläche hält er inne, kommt noch näher und neigt den Kopf. Trotz der Musik höre ich ihn seufzen, und als er den Kopf wieder hebt, trifft mich ein Blick, der für unter Achtzehnjährige verboten sein sollte. Er nimmt mein Gesicht zwischen seine Hände.

Wer weiß, ob es am Tanzen, an den Drinks oder schlicht daran liegt, dass er ein Schütze ist, wie er im Buche steht, jedenfalls verliere ich das Gefühl für Zeit und Raum.

Nein, Alejandro hat mich nicht unter Drogen gesetzt und mir auch nichts in den Drink geschüttet, um mich willenlos zu machen. Trotzdem habe ich keine Ahnung, wie ich aus dem Lokal wieder an sein Auto gekommen bin. Wir küssen uns, pressen uns aneinander und flüstern uns unsinniges Zeug ins Ohr, oder besser, wir seufzen uns gegenseitig ins Ohr.

»Ich weiß nicht, wann ich mich das letzte Mal so gefühlt habe.«

Sanft streicht er mir mit dem Handrücken über die Wange. Soll ich ihm sagen, dass ich noch nie so glücklich war? Dass es noch nie einen so wunderbaren Moment in meinem Leben gegeben hat?

Einen Augenblick später bin ich sogar versucht, alle guten Vorsätze über Bord zu werfen.

»Alice, mein Leben war immer ein Auf und Ab, ich war immer ein Getriebener, von einem Land ins andere, von einem Kontinent zum anderen. Ein Mann, der verzweifelt auf der Suche ist, wie ein Schiffbrüchiger, der vor Durst fast umkommt und deshalb Salzwasser trinkt. Aber jetzt habe ich meine Quelle des Lebens gefunden. Die bist du, *Aliz, mi querida.* Schlafe mit mir, bitte, hilf einem Mann, der im Sterben liegt.«

Wie kann ich einem Sterbenden die letzte Bitte abschlagen? Ich wünschte, wir wären schon so weit.

Aber es geht nicht. Wegen Tio, wegen Paola und wegen dieser völlig überflüssigen Haare.

Ich lächele liebevoll und küsse ihn auf die Nasenspitze. »Entschuldigst du mich eine Sekunde, *querido*?«

»Claro, muñequita.«

Heimlich, still und leise gehe ich zurück ins Lokal, wühle in meiner Tasche nach dem Handy, wähle erst Tios Nummer und danach die von Paola, weil er nicht rangeht. Dabei stelle ich mich in die Schlange am Tresen.

»Alice, hallo? Schon zu Hause? Wie war's?«

»Paola, verdammt. Verdammt! Verdammt!«

»Meine Liebe, was hat er dir angetan? Muss ich mir Sorgen machen?«

»Was er mir angetan hat? Nichts! Er kann ja nicht. Alejandro ist … Er ist einfach himmlisch. Wir sind total verliebt, und ich kann nicht mit ihm ins Bett, weil meine Beine nicht rasiert sind. Und du bist schuld.« Ich lächele dem Tänzer zu, der vor mir in der Reihe steht und sich mit hochgezogenen Augenbrauen zu mir umgedreht hat. »Bitte sehr, ich glaube, Sie sind dran«, flüstere ich und schlage die Augen nieder.

»Alice, das ist genau das, was du vermeiden musst. Bleib hart, ich bitte dich. Es wird andere Gelegenheiten geben. Wenn er dich wirklich liebt, dann wird er auch warten können.«

»Du hast mich nicht verstanden. *Ich* kann nicht warten. Ich sag dir eins: Entweder finde ich irgendwo einen Rasierer, oder ich reiße mir die Haare mit den Zähnen einzeln aus, und dann hast du mich auf dem Gewissen.«

»Nein, Alice! Das verbiete ich dir. Tu's nicht.«

»Oh doch. Ich rasiere mich, und zwar jetzt gleich.« Außerdem werde ich nie wieder auf die guten Ratschläge dieser beiden hören.

Als ich endlich an der Reihe bin, halte ich das Handy zur Seite, lege aber nicht auf.

»Entschuldigen Sie, ich habe eine etwas seltsame Frage: Haben Sie zufällig einen Rasierer? So ein Einwegteil, Sie wissen schon.«

13

Die Waage auf dem heißen Blechdach

Ich habe eine schlaflose Nacht vor mir, und zwar leider nicht wegen einem Meter fünfundachtzig geballter Erotik, sondern wegen einer weiteren gelben Rose.

Nachdem ich feststellen musste, dass der Verkauf von Körperpflegeprodukten in diesem Etablissement nicht vorgesehen ist, und es einfach zu lange gedauert hätte, jedes einzelne Haar mit einem Cocktailschirmchen aus der Wurzel zu lösen, gab ich schließlich auf.

Sicher, ich hätte Alejandro vorschlagen können, zu mir zu gehen, und dann in meinem Bad nach einem Rasierer suchen können, aber ich hatte meine Wohnung in einem Zustand zurückgelassen, die an ein Filmset für einen Nach-dem-Atomangriff-Schocker erinnerte. Deshalb hatte ich mich irgendwann damit abgefunden, dass meine Nacht aus einer Tasse Kamillentee bestehen würde, um meine aufgewühlten Sinne zu beruhigen.

Als ich aus dem Aufzug kam und auf Wolke sieben in Richtung Wohnung schwebte, da sah ich sie.

Houston, wir haben ein Problem!

Auf der Fußmatte vor meiner Tür liegt eine gelbe Rose, und zwar exakt die gleiche Sorte wie im Büro.

Okay, keine Panik. Könnte es eine Werbekampagne der Zeugen Jehovas sein? Ausgeschlossen. Ebenso wie die Vorstellung, ein Rosenverkäufer wäre zufällig an meiner Tür vorbeigekommen und hätte eine verloren. Außerdem ist sie gelb, genau wie die andere. So einen Zufall gibt es nicht.

Ich gehe in die Knie, um sie aufzuheben, und sobald ich sie in der Hand halte, läuft mir ein Schauer über den Rücken. Dieses Mal liegt ein Kärtchen bei. Darauf nur drei Worte: *Erinnerst du dich?*

Okay, Panik. An was soll ich mich erinnern?

Den Nebenkostenabschlag habe ich gerade erst bezahlt, ein besonders kreativer Hausverwalter kann es demnach nicht sein. Ich husche so schnell wie möglich in die Wohnung und verriegele die Tür.

Schön und gut, Alice, es könnte auch ein geheimer Verehrer sein. In Filmen glaubst du doch auch an die unwahrscheinlichsten Zusammenhänge. Daran, dass ein Mädchen mit einer viel zu großen Nase einen Tanzwettbewerb gewinnen kann, obwohl es vorher noch nie getanzt hat. Dass ein schüchterner und unbeholfener Buchhändler vor der Tür eines bildschönen Megastars steht und sie sich unsterblich in ihn verliebt. Dass zwei Menschen, die sich noch nie gesehen haben und auf zwei verschiedenen Kontinenten leben, magnetisch voneinander angezogen werden. Dass eine Prostituierte einen Millionär heiratet. Warum sollte mir selbst nicht auch mal so etwas passieren?

Das Problem ist, dass ich mein Leben schon immer durch die rosarote Brille betrachtet habe. Was, wenn es keine romantische Komödie, sondern ein Thriller ist? Wenn ich nicht Julia Roberts, sondern eine von diesen Komparsinnen bin, die nur die ersten zehn Minuten im Film auftauchen, sterben und nach denen später kein Hahn mehr kräht?

Hin- und hergerissen zwischen der Leidenschaft für Alejandro und der Perspektive, als Cheerleader in einem Horrorfilm zu enden, brauche ich eine ganze Weile, bis ich einschlafe. Nicht einmal das gute alte Survival-Kit kann mich trösten.

Am nächsten Tag habe ich frei. Nach dieser Nacht brauche ich dringend ein paar Streicheleinheiten, und zwar nicht nur von einer Kosmetikerin, die dafür sorgt, dass ich mich ausziehen kann, ohne für das fehlende Glied der Evolutionskette zwischen Mensch und Affe gehalten zu werden.

Im Anschluss an das Waxing, dank dem ich mich schön, glatt und vor allem bereit für wilde Nächte mit Doktor Testosteron fühle, gönne ich mir eine entspannende Birkenmassage.

Birke. Was für ein verlockendes und viel sagendes Wort. Schon als ich die Massagekabine betrete, fühle ich mich wie eine Waldnymphe.

Mir ist allerdings nicht klar, dass ich auf dem Weg in die Hölle bin.

Marika, die Masseurin, hat Arme wie ein Holzfäller und denkt gar nicht daran, mich mit wohltuenden Duftölen einzureiben. Nein, sie erklärt mir, dass die Massage von der Birke selbst kommen muss, von ihren Zweigen, mit denen sich Marika in den nächsten vierzig Minuten an mir austobt.

Ob sich Marquis de Sade diese Quälerei ausgedacht hat?

Ich verlasse den Schönheitssalon und verbringe den Nachmittag im Parco Sempione, später fahre ich mit der Straßenbahn zurück nach Hause. Da ich es nicht eilig habe, genieße ich den Spaziergang zu meiner Wohnung, vorbei an hohen Bäumen, eingehüllt in die frühlingshafte Wärme und meine Träume.

Einen Moment lang gestatte ich mir den Gedanken, kein Single mehr zu sein. Es stimmt schon, meine Liaison mit Alejandro hat gerade erst begonnen, aber sie verspricht groß und wunderbar zu werden. Wir könnten in den Sommerferien nach Spanien fahren. Uns entscheiden, dort zu heiraten. Ein rauschendes Fest mit Tanz und Kastagnetten, bei dem ich eines dieser Flamencokleider mit Tupfen tragen könnte, obwohl ich Tupfen hasse.

Wer hätte gedacht, dass ich mal einen Spanier heiraten würde? Cool. Er Antonio Banderas und ich Melanie Griffith, nur nicht blond.

Als mein Handy piept, schaue ich auf die Nummer und seufze. Es ist Alejandro. Seit heute Morgen schicken wir uns Liebesbotschaften per SMS. Ganz normal, wir sind verliebt.

Er schreibt: *Wie soll ich nur an etwas anderes denken als an dich?*

Ich antworte: *Gib auf. Und denk an mich.*

Kurz und knapp. Sehr gut, Alice. Du korrespondierst mit ihm, ohne ihm das Gefühl zu geben, dass du sehnsüchtig auf eine Nachricht von ihm wartest.

Wieder er: *Ohne dich hier arbeiten zu müssen ist eine Qual. Wo ist das Licht meines Lebens heute?*

Ich seufze und antworte: *Das bereitet sich darauf vor, dich in die Arme zu nehmen. Ich liege in einem Rosenblütenbad …*

Na ja, das stimmt zwar nicht, aber ich kann ihm schlecht sagen, dass ich mich von einer Besessenen habe auspeitschen lassen. Nennen wir es dichterische Freiheit.

Erneutes Piepen. Zitternd lese ich die Nachricht.

Dieses Mal ist es Tio. Menno.

Glaub nicht, dass ich nicht wüsste, was du da treibst. Dein Mond steht in Konjunktion zu Neptun, und das lässt dich die

Dinge nicht im realistischen Licht sehen, stattdessen neigst du dazu, dich Träumen und Illusionen hinzugeben. Hinzu kommt der Merkur-Sextil, der deinen Hang zum Geheimnisvollen noch verstärkt. Seit heute Morgen keine einzige Nachricht von dir. Sei wachsam!

Ich weiß, dass du etwas im Schilde führst. Vergiss nicht, dass der Schütze zwar ein guter Verführer ist, aber schnell wieder das Weite sucht. Damit meine ich nicht, dass er es nicht ernst meint, wenn er sagt, dass er dich liebt. Aber schon morgen kann er es, genauso ernst gemeint, zu einer anderen sagen. Außerdem habe ich dir ja erklärt, dass ich noch seinen Aszendenten brauche, um ganz sicherzugehen. Finde ihn heraus, und wir unterhalten uns noch mal.

Tio und sein verfluchtes astrologisches drittes Auge. Jetzt, da er Paola kennt, bin ich mir sicher, dass er ihr alles brühwarm weitererzählen wird. Außerdem habe ich den Eindruck, dass er den wahren Alejandro überhaupt nicht kennt.

Er hat versprochen, mir dabei zu helfen, den Richtigen zu finden, aber er ist mit keinem zufrieden. Zum Beispiel dachte ich immer, dass der Schütze gut zur Waage passt. Tio hat mich anfangs in dieser Meinung bestätigt, aber jetzt, da ich endlich einen gefunden habe, der mir zusagt, zweifelt er wieder und kommt mit diesem Aszendenten-Kram um die Ecke. Zum Teufel damit. Wieder werden die Karten neu gemischt. Woher soll ich Alejandros Aszendenten erfahren? Ich habe ihn sogar schon danach gefragt, aber er hat mich nur zweifelnd angesehen, das heißt, er hat selbst keine Ahnung.

Ich gehe über eine Wiese, und dieses Mal macht es mir gar nichts aus, dass sich einige Pärchen den Sonnenuntergang ansehen. Diesmal fühle ich mich nicht ausgeschlossen. Eines Tages könnte auch ich dabei sein.

Ich und Alejandro. Ich komme mir vor wie in einer Liebesschnulze aus den 1980er Jahren. Aber gerade als das Bild, wie wir uns vor einem glühend roten Sonnenuntergang küssen, vor meinem inneren Auge Gestalt annimmt, geschehen zwei Dinge.

Das erste ist ein Meteorit, der mich im Nacken trifft und nach vorne schleudert. Das zweite ist eine geballte Ladung aus Körper, Kopf, Pfoten und Sabber, die mich zu Boden reißt.

Ich sehe gerade noch, wie mein Smartphone mit Alejandros letzter Nachricht, *Du bist schön wie eine Madonna,* vor mir in den Dreck fällt. Dann finde auch ich mich, *schön wie eine Madonna,* mit dem Gesicht im Matsch wieder.

Der einzige Trost, sofern man in einer solchen Situation überhaupt von Trost sprechen kann, besteht darin, dass es dieses Mal nicht an meiner eigenen Ungeschicklichkeit liegt.

»Halt!«, ruft eine Stimme hinter mir. »Brav, Flash. Sitz!«

Ich fühle mich irgendwie seltsam, als ob mich jemand auf den Nacken küssen würde. Es dauert nur eine Mikrosekunde, und ich weiß nicht, ob ich ihn erkenne, weil ich mich umdrehe, oder ob ich mich umdrehe, weil ich ihn erkenne. Ich weiß nur, dass Davide vor mir steht.

Neben diesem kalbsgroßen Hund scheint er zu einem Zwerg zusammengeschrumpft zu sein.

Er läuft auf mich zu. »Alice, geht es dir gut? Hast du dir wehgetan? Zeig mal.«

Vielleicht ist es der Schock, vielleicht der Stress oder der Hund, der aus dem Jurassic Park entflohen zu sein scheint, jedenfalls kapiere ich gar nichts. Ich starre Davide weiter an, während das Herz mir bis zum Hals schlägt, und hebe einen Arm. »Nein, stell dir vor, es geht mir hervorragend.«

»Entschuldige, aber wenn Flash einen Ball sieht, ist er nicht mehr zu halten.«

In der Zwischenzeit piept mein Handy erneut, kaputt ist es also nicht, Gott sei Dank. Ich hatte schon befürchtet, den Kontakt zu Alejandro verloren zu haben. Was einer Tragödie gleichkäme.

»Komm, wir machen dich sauber.«

Ich lasse mich mitziehen, wobei ich mit der anderen Hand das Handy bediene. Hermosa – *meine Schöne, ich kann es kaum erwarten, deine Küsse zu spüren.*

Ich seufze, und als ich mich umdrehe, ist die Schnauze des Monsters direkt neben mir, die Nasenlöcher aufgebläht, die riesige Zunge hängt ihm aus dem Mund, und sein Atem riecht, wie wenn man nach den Ferien den Kühlschrank aufmacht und feststellt, dass die Sicherung rausgeflogen und der ganze Inhalt verdorben ist.

»Nicht in Ohnmacht fallen. Es ist nur ein bisschen Blut«, sagt Davide.

Blut?

...

BLUT!

Ich schaue auf meinen Arm, wo sich ein Kratzer vom Handgelenk bis fast zum Ellbogen zieht. Er blutet.

Ich klammere mich an Davide und appelliere an meine Ehre als starke Frau, denn ich will nicht als Satteltasche auf diesem pferdeähnlichen Monster enden. Davon mal abgesehen, könnte diese Kreatur meinen Arm für ein Steak halten. »Brav, Cujo, sei brav.«

»Er heißt Flash. Hab keine Angst, er tut niemandem was.«

Nicht dass ich erwartet hätte, Davide wäre ein Fan von Handtaschenhunden à la Paris Hilton, aber ich frage mich, wie sich ein Mensch, der wegen seines Jobs ständig umziehen muss, einen Hund anschaffen kann, für den man einen Waffenschein braucht.

Mein Handy piept erneut. Ich schaue rasch nach.

Was machst du? Warum antwortest du nicht?

O Gott, richtig, ich habe gar nicht geantwortet. Und wenn er sich jetzt Sorgen macht? Wenn er denkt, ich denke nicht an ihn?

»Er ist ein Alano«, erklärt Davide und hält meinen Arm unter das Wasser eines Springbrunnens. »Er braucht viel Auslauf, und manchmal spielen wir Ball.«

Genauer gesagt, mit einem durchlöcherten Lederball, hart wie Beton, der mich aus Versehen getroffen hat.

Aus meinem Arm kommen noch ein paar rötliche Tropfen (der Kratzer ist zum Glück nicht sehr tief), und ich tippe rasch: *Ich überlege, was ich anziehen soll.*

Dann wende ich mich wieder Davide zu, der mich mit hochgezogenen Augenbrauen ansieht.

»Es funktioniert noch, oder?«, fragt er und zeigt auf das Handy.

Himmel, werde ich etwa rot? »Ich habe gerade nachgeschaut. Es funktioniert, zum Glück.«

»Gut. Es tut mir leid wegen vorhin«, sagt er mit Blick auf den Hund. »Komm, als kleine Entschuldigung laden Flash und ich dich auf einen *aperitivo* ein.«

In einer Bar bestellen wir ein bisschen Wurst und Schinken und dazu zwei Gläser Weißwein. Davide besteht darauf, die Rechnung zu bezahlen, und wird richtig sauer, als er sieht, wie ich in meine Tasche greife.

»Versuch es gar nicht erst.«

Geschmeichelt senke ich den Blick. Und habe fast schon ein schlechtes Gewissen, als das Handy ein weiteres Mal piept.

Ich stelle mir vor, wie du dich für mich schön machst, welche Unterwäsche du anziehst.

Ich werde rot und trinke einen Schluck.

»Das kann doch kein Zufall sein, dass wir uns so oft treffen, denkst du bestimmt und fragst dich sicher, ob ich dich verfolge«, sagt Davide völlig unverhofft.

Mir steigt die Kohlensäure in die Nase, und ich muss husten. In meinem Kopf taucht das Bild von der gelben Rose auf. Und wenn Tio damit recht hat, dass er Davide als Cyrano de Bergerac sieht? Immerhin weiß er, wo ich wohne, er hat mich ja schon mal nach Hause gebracht.

»Und?«, frage ich.

Flash, auch Alano der Schreckliche genannt, beginnt zu knurren und den Unterkiefer vorzuschieben.

»Wahrscheinlich eine Überreaktion. Ich habe ja nicht gesagt, dass du so denkst. Ich meinte nur, dass du es denken könntest. Ich habe übrigens ganz in der Nähe eine Wohnung gefunden, im Isola-Viertel.«

»Aha.« Vielleicht könnte ich mal etwas mehr zu unserem Gespräch beitragen, als seine Monologe immer nur mit gestammelten Lauten zu unterbrechen? Aber ehrlich gesagt bin ich verwirrt. Ich frage mich, ob Davide von Anfang an diese halluzinatorische Wirkung auf mich hatte, auch wenn ich mir gut vorstellen kann, dass der Effekt durch den Schock, die Euphorie wegen Alejandros Nachrichten und das Hecheln des Hundes, der mir im Sitzen genau in die Augen sehen kann, verstärkt wird. »Das freut mich, auch für Flash«, sage ich und werfe erneut einen Blick auf das Telefon, das schon wieder gepiept hat.

»Genau. Dort, wo er war, konnte er nicht bleiben«, antwortet Davide und lässt den Blick von mir zu meinem Smartphone wandern. »Tagsüber kann er jetzt auf die Terrasse.«

In der Zwischenzeit läuft Alejandro zur Höchstform auf: *Welche Farbe hat deine Unterwäsche? Bring mich heute Nacht zum Träumen.*

O Gott. Einen Augenblick starre ich ins Leere und sehe Alejandro vor mir, der sich gerade das T-Shirt auszieht. Doch plötzlich ist es nicht mehr er, sondern …

Davide steht vor mir. »Geht's dir gut?«

Ich trinke noch einen Schluck Wein und zwinge mich zu antworten, während ich Alejandro eine Nachricht tippe. »Sicher … ja … also, was hast du hier gemacht?«

Er lässt mich nicht aus den Augen und runzelt die Stirn. »Das habe ich dir gerade eben gesagt. Alice, bist du sicher, dass ich dich nicht doch in die Notaufnahme bringen soll? Du wirkst so seltsam.«

»Nein, es geht mir gut. Nicht ins Krankenhaus.« Am Ende wollen die mich noch über Nacht dabehalten.

Davide zuckt mit den Schultern und trinkt ebenfalls einen Schluck Wein. »Ich wollte dir vorhin eigentlich sagen, dass ich es schön finde, dich getroffen zu haben. Es gibt da etwas, das ich dir gerne erklären möchte, Alice.«

Das Piepen des Handys lenkt mich schon wieder ab, dieses Mal sind es gleich zwei SMS. Die Beschreibung meiner Unterwäsche hat Alejandro auf Touren gebracht. Als ich von meinem Telefon aufsehe, bemerke ich, dass Davide alles andere als begeistert ist und die Hände vor der Brust verschränkt hat.

»Entschuldige, ich mache es später.«

»Zum Teil hat es mit dem Sender zu tun. Im Grunde aber nicht. Sicher, es geht auch um die Arbeit, doch ich möchte gerne eine Sache mit dir klären. Es geht um etwas, das passiert ist, und ich möchte dich fragen …«

Die Nachrichten meines Latino-Hengstes werden immer wilder. Er erwähnt sogar einige Spielereien mit seiner Zunge, mit denen er mich quälen will. Verdammt. Was antworte ich darauf bloß?

»Geht es um die Sendung?«, frage ich seufzend, nachdem ich Alejandro ein Emoticon geschickt habe, wie eine Zwölfjährige.

Davide erhebt sich. »Ach, nichts«, sagt er knapp, »entschuldige, dass ich dich aufgehalten habe. Offensichtlich bist du sehr beschäftigt. Wir reden ein andermal im Büro darüber.«

14

Ein sehr, sehr kleiner Schütze

Komisch, warum ist Davide nur so schnell verschwunden? Und wieso denke ich darüber nach, wo ich doch gerade bei Alejandro bin? Wenn ich in Gegenwart meines F R E U N D E S über das nachgrüble, was ein anderer Mann gesagt oder nicht gesagt hat, dann habe ich ein Problem, oder? Warum habe ich bei Davide immer den Eindruck, dass da irgendetwas ist, das ich nicht verstehe?

Egal, darüber kann ich mir jetzt nicht den Kopf zerbrechen. *Das mache ich morgen.* Jetzt muss ich mich konzentrieren. Auf Alejandro.

Er hat bis spät gearbeitet, deshalb bin ich gleich zu ihm nach Hause gefahren, Paolas und Tios Ratschlägen zum Trotz. Er wohnt in einem kleinen Appartement in der Nähe des Studios.

Da es schon spät ist, habe ich bereits gegessen, so verlieren wir keine Zeit. Während Alejandro unter der Dusche ist, checke ich mich noch mal durch. Beine: glatt, doch zur Sicherheit massiere ich noch etwas Feuchtigkeitscreme ein. Achseln: natürlich rasiert, aber ein Spritzer Deo kann nie schaden. Zähne: Hm, ich habe Zahnseide dabei, man weiß ja nie. Haare: Ich fixiere eine Locke mit etwas Lack. Nägel:

Sollte ich da noch mal drübergehen? Lippen: Klar, der Lippenstift wird nicht lange halten, aber der Effekt, wenn er aus dem Bad kommt, ich ihn schüchtern anlächele und dabei meine Zähne (ich bin doch noch mal mit Zahnseide drübergegangen) unter den Rouge-Passion-Lippen blitzen lasse, ist alles entscheidend. Gut, dass ich den Trolley dabeihabe, das hätte gar nicht alles in die Handtasche gepasst.

»Mi amor.«

Mir läuft ein Schauer über den Rücken. Dann spüre ich seine feuchten Lippen auf meinem Nacken. Ich beuge mich nach vorne, um die Zahnseide auf das Regalbrett zu legen und mich voll und ganz seinem Körper, seinen Armen, seinen Muskeln, seinem Mund und seinen Küssen zu widmen.

Schauer, Schauer überall, nicht auf dem Rücken. Ich komme mir vor wie die Heldin aus einem dieser auf Romantik getrimmten Softpornos, die in den Kinocharts immer ganz oben stehen. Allerdings will ich keine *Fifty Shades of Grey,* ich will Schwarz und Weiß und jede Minute genießen, und zwar in Technicolor. Und dann widme ich mich jedem einzelnen Bauchmuskel und streichele sie wie die Tasten eines Klaviers.

C, D, E, F, G, A!, H, C.

Zwischen dem G und dem C liege ich schon auf dem Bett und bin bereit, neuneinhalb Wochen in dreieinviertel Sekunden zu erleben.

Alejandros Hände fahren gierig über meinen Körper, ziehen mich aus, streicheln mich, gefolgt von seiner warmen Zunge und kalten Wassertropfen, die mir von seinen noch immer feuchten Haaren in die Augen fallen.

Sehen muss ich ja nichts.

Ich atme tief ein, will mich an seinem Geruch berauschen, suche nach dem Lederduft, von dem ich immer in den

Liebesromanen lese, wenn sich darin ein Mann auszieht. Der Duft der Männlichkeit. Ich rieche aber nur Duschgel, nicht Bergkiefer, sondern Waldfrüchte. Ach, was spielt das schon für eine Rolle, wenn ich gerade die magischste, gewaltigste, unglaublichste und befriedigendste sexuelle Erfahrung meines Lebens mache? Wenn er nach Lebkuchen riechen würde, wäre das auch okay.

Im Wettbewerb für den Mister Tierkreis ist der Schütze ganz vorne mit dabei, was eine ganz bestimmte Größe angeht. Das hat jedenfalls Tio behauptet. Ich werde so viele Orgasmen haben, wie der Große Bär Sterne hat. Horrido!

Alejandro drückt mir die Beine auseinander, beugt sich über mich, und dann, erst dann, löst er das Handtuch von seinen Lenden.

Er sieht mich an. Ich sehe ihn an.

Jungfräulich schlage ich die Augen nieder, wobei mein Blick von seinem kraftvollen Hals über den gewaltigen Brustkorb zu dem atemberaubenden Waschbrettbauch wandert. Und dann?

O mein Gott, das könnte auch eine optische Täuschung sein, nach diesen monumentalen Muskelbergen etwas weiter oben. Aber die Ernüchterung ist groß. Wie bei diesen Niesattacken, bei denen es so sehr in der Nase kitzelt, dass man denkt, man pustet im nächsten Moment die Hauswand weg, und am Ende ersterben sie in einem Röcheln im Hals.

Ich runzele die Stirn, jedoch nur für einen kurzen Moment. Man hat mir immer erklärt, dass sich starren nicht gehört, deshalb wandert mein Blick wieder zu seinen Augen. Ich verziehe die Lippen zu einem behutsamen Lächeln.

Wer weiß, vielleicht ist Alejandro ja wie Sting zu seinen besten Zeiten, der fünf Stunden lang Sex haben und eine

Frau allein durch seine magischen Augen zum Höhepunkt bringen konnte. Die Hoffnung stirbt zuletzt, sage ich mir und sehe ihn weiter an, als er näher kommt.

Nur Mut, Alice, auch wenn er nicht gerade ein Hengst ist, wird es sicher trotzdem eine fantastische Erfahrung. Auf in die Schlacht!

Unseren Kindern werde ich das Märchen vom Däumling erzählen, und wie in jedem echten Märchen kann das Ende nur lauten: Sie lebten glücklich und zufrieden …

Löwe

…

Nein, das heißt … LÖWE!

Immer noch nicht kapiert? Ich sagte: L Ö W E!

Seid ihr vielleicht zu naiv? Gehört ihr etwa zu den kleinkarierten Leuten ohne jeden Sinn für Ästhetik und Fantasie oder zu den Hyperrealisten, die, wenn das Wort LÖWE fällt, nicht kapieren, dass es dann nichts mehr hinzuzufügen gibt?

15

Meine Herrschaften, der Schütze ist angerichtet

Für die Annalen: Wäre das hier ein Märchen, dann wäre meine Geschichte hier zu Ende, und ich hätte längst die Tore meines goldenen Aschenputtelschlosses hinter mir zugemacht.

Meine Idylle dauert nun schon fast zwei Wochen an. Sobald ich in Alejandros nachtschwarze Augen sehe, verliere ich mich, und egal was er mir erzählt, ich hänge atemlos an seinen Lippen.

Wir schlafen auch miteinander, aber das ist nicht das Wichtigste in unserer Beziehung. Es sind die Blicke, die Worte, ein Austausch unter Seelenverwandten, kurz gesagt, Dinge, die sehr viel mehr wert sind als einige Stunden Gymnastik im Bett.

So wie es ist, bereichert diese Beziehung mein Leben, und ich bin glücklich. So glücklich, dass ich beschlossen habe, mich meinen Eltern zu offenbaren. Schon als ich ihnen am Telefon meinen Besuch zum Abendessen angekündigt habe, ließ ich durchblicken, dass es wichtige Neuigkeiten gibt.

Als Vorwand dienen die Kisten mit meinen Sachen, die meine Eltern gepackt haben, weil sie gerade das Haus streichen. Auch wenn ich gesagt habe, dass mir ein Freund beim

Transport hilft, werden sie sofort verstehen, dass zwischen uns mehr als Freundschaft ist – unsere Blicke, unser Lächeln, die Art, wie sich unsere Hände suchen und finden, werden Bände sprechen.

Tio wird seine Vorbehalte gegenüber meinem Schützen noch mal überdenken müssen. Er wird bei dem Abendessen auch dabei sein. Er hat angeboten, beim Schleppen behilflich zu sein, und sogar einen Transporter von einem Freund ausgeliehen.

Damit hat Tio mindestens einen Stein bei meinem Vater im Brett, der gut organisierte Menschen schätzt. Kaum ist er über die Schwelle getreten, erhält er eine Führung durchs Haus mit ausführlichen Beschreibungen der Renovierungsarbeiten.

Mein persönlicher Astrologe folgt meinem Vater auf dem Fuß, wobei er nicht nur Interesse an den Streichtechniken und der Pinselführung zeigt, sondern auch Fragen stellt, die eines Kunstexperten nach der Restaurierung der Sixtinischen Kapelle würdig wären.

»Ich bin sicher, das wird ein Meisterwerk. Guido, Sie sind Steinbock. Und Steinböcke sind die geborenen Heimwerker.«

Mein Vater freut sich, eingelullt von diesem Enthusiasmus und den ganzen Komplimenten. Tio ist nun mal so, er kann in Nullkommanichts die Sympathie fremder Leute gewinnen. Als könne er in die Menschen hineinsehen. Es kommt einem vor, als würde man ihn schon ewig kennen, oder besser, als würde er einen schon ewig kennen, denn von sich spricht er selten.

Vielleicht ist das meine Schuld. Ich habe ihn vernachlässigt, weil ich vollauf mit meinen eigenen Problemen beschäftigt war, und nehme mir vor, ihm ab jetzt eine gute Freundin zu sein. Vielleicht von heute Abend an. Zumindest kann ich mich auf die Art ein wenig für seine Hilfsbereitschaft revanchieren und ihm vielleicht sogar helfen, die Frau fürs Leben zu finden.

Tio dreht sich kurz zu mir um. Papa präsentiert ihm gerade die gepackten Kisten, wahrscheinlich denkt er, Tio damit einen Gefallen zu tun. Ich lächle Tio an, und er zwinkert mir zu, dann gehe ich in die Küche, um den Tisch zu decken.

Nach einem Blick auf die Uhr stelle ich einen zusätzlichen Teller auf den Tisch. Alejandro müsste gleich kommen. Ich bin aufgeregt. Nach Carlo habe ich mir geschworen, dass der Mann, den ich meinen Eltern als Nächstes vorstellen werde, auch der Richtige ist.

Alejandro ist definitiv der Richtige. Gestern Abend haben wir zusammen einen meiner absoluten Lieblingsfilme gesehen, *Before Sunrise.* Nach einer halben Stunde hat er mich gebeten, ihm diese Tortur zu ersparen, es sei schon spät. Womit er recht hatte. Dann hat er mir versprochen, dass er im Gegenzug fast alles für mich tun würde. Zum Beispiel heute zum Abendessen bei meinen Eltern zu kommen.

»Dein Freund ist wirklich sehr sympathisch«, sagt meine Mutter, die am Herd steht. »Und er sieht auch noch gut aus.« Sie nickt in Richtung Wohnzimmer.

Seltsam, sie etwas derart Positives über einen Mann sagen zu hören, der nicht mein Vater ist. Aber ich vergesse immer, dass Tio nicht nur meine Sendung moderiert, sondern auch der Protagonist einer Soap ist. Sie hat ihn schon dreimal Marcus genannt, wie er in der Serie heißt.

Instinktiv werfe ich einen Blick in Richtung Tür. Es stimmt schon, auch ohne die ganze Schminke, die aus ihm Marcus Alvarez macht, sieht Tio gut aus mit seinen langen

Beinen und den breiten Schultern. Der Typ Mann, den man aus den Klatschmagazinen kennt, die mein Vater immer auf dem Klo liest, der die Frauen wechselt wie andere das Hemd, ein Typ wie George Clooney eben. Aber Tio ist anders. Er scheint sich überhaupt nicht für Frauen zu interessieren.

Er fängt meinen flüchtigen Blick auf, runzelt die Stirn und wirft mir dann eine Kusshand zu.

Einen Moment lang überlege ich, ob er etwas mit den gelben Rosen zu tun hat. Aber welchen Sinn sollte das haben? Wir reden jeden Tag miteinander, außerdem hat er mir geholfen, den Mann meines Lebens zu finden.

Alejandro habe ich von der letzten Rose gar nichts erzählt, die gestern Morgen angekommen ist. Ihm liegt die Eifersucht im Blut, sie gehört zu seiner DNA wie seine schwarzen Augen, seine olivfarbene Haut, der breite Brustkorb und … Nun gut, man kann nicht alles haben im Leben. Sicher hätte es mir gefallen, wenn gerade *das* sein hervorstechendstes Merkmal gewesen wäre, sofern ich die Wahl gehabt hätte. Aber das lag wohl auf einem rezessiven Gen. Was für ein Pech.

Na ja, eigentlich jagt Perfektion einem eher Angst ein, oder? Etwa nicht? Nein, nein, ich finde es gut, dass da etwas ist (oder besser gesagt, dass da etwas fehlt), das ihn menschlich macht.

Wie schon gesagt, ist Sex in einer Beziehung nicht alles. Alejandro und ich haben viele gemeinsame Interessen. Ich würde gerne öfter mit ihm schlafen, klar, aber das kann auch daran liegen, dass ich so lange darauf verzichten musste. Ich bin es, die mehr will, mehr Zärtlichkeiten, mehr Blicke, mehr Küsse. Du schaust zu viele Liebesfilme, Alice!

Es ist allgemein bekannt, dass Männer und Frauen in dieser Hinsicht unterschiedlich sind, Männer brauchen grundsätzlich weniger Zärtlichkeit. Und Spanier wahrscheinlich besonders wenig. Aber das heißt nicht, dass sie nicht verliebt sind.

Da es schon ziemlich spät ist und mein Vater bereits den Aperitif serviert, beschließe ich, Alejandro anzurufen. Es dauert etwas, bis er drangeht.

»*Hola,* mein Herzallerliebster, wo bist du? In der Nähe?«, frage ich hoffnungsvoll.

Drei Sekunden Stille, mindestens. »Ähm, nein. Ehrlich gesagt, auf der Autobahn.«

Ich runzele die Stirn. »Wie, auf der Autobahn?«

»Alice, es tut mir schrecklich leid, aber ich kann heute Abend nicht mit euch essen. Ich habe einen Anruf bekommen, ein Auftrag außerhalb der Stadt, genauer gesagt, in Vigevano.«

»In Vigevano? Warum denn das?«

»Tut mir leid, Alice, sehr leid. Ich muss jetzt auflegen, ich bin am Mautautomaten. *Besitos. Besitos.*«

Und ohne zu zögern, legt er auf. *Besitos.* Die Küsschen kannst du dir sonst wo hinstecken. Du hast mir die Überraschung versaut. Natürlich könnte ich meinen Eltern erzählen, dass ich mit jemand zusammen bin, aber das wäre nicht das Gleiche. Alejandros Auftauchen wäre die perfekte Inszenierung gewesen. Und jetzt?

»Merkst du, dass du eine typische Waage bist?«, fragt mich Tio, als ich ihn unauffällig zu mir winke und ihm das Problem darlege. »Wenn du dir etwas in den Kopf gesetzt hast, dann muss es auch klappen. Ohne Wenn und Aber. Du bist eine Perfektionistin.«

»Und ich dachte immer, das wäre eine Form von Autismus. Stattdessen leide ich unter Waagitis. Akut sogar.«

»Den Boten trifft keine Schuld. Außerdem bin ich doch da. Reicht dir das nicht?« Er legt mir tröstend einen Arm um die Schultern und küsst mich auf die Wange.

»Der Aperitif, Kinder.« Mein Vater serviert die Getränke.

Mein Problem ist gar nicht, dass Alejandro heute Abend nicht kommen kann. Es ist vielmehr so, dass sich in meinem Kopf ganz seltsame Mechanismen entwickeln, wenn die Dinge nicht so sind, wie ich sie mir vorgestellt habe. Dann laufen ganz schlimme Filme vor meinem inneren Auge ab, und ich suche die Schuld bei mir. Zum Beispiel denke ich darüber nach, ob ich gestern nicht nett genug zu ihm war.

Ich hatte einen anstrengenden Tag. Davide war kühl und reserviert, die dritte Folge von *Alles eine Frage der Sterne* hatte weniger Zuschauer als die beiden ersten. Vielleicht war Davide deshalb so nervös, immerhin hatte er dem Intendanten die Sendung schmackhaft gemacht. Ich könnte auf der Abschussliste landen.

Kurz gesagt, alles was ich wollte, waren ein paar Streicheleinheiten. Alejandro sollte mich in den Arm nehmen, und zwar eher zärtlich als voller Leidenschaft. Okay, meine Choreografie im Schlafzimmer ist nicht gerade oscarreif, aber wenn ich ehrlich bin, komme ich mir manchmal vor wie ein Hampelmann. Er zieht an der Schnur, und ich zappele ein bisschen, wobei ich gedreht und gewendet werde wie ein Steak in der Pfanne.

Das denke ich natürlich nur, weil ich sauer auf ihn bin, da er mich heute Abend im Stich lässt. Sonst wäre ich nicht so gemein.

»Geht's besser?«, fragt Tio nach einigen Nüsschen und Smalltalk-Blablabla mit meinen Eltern. Sie sind in der

Küche verschwunden, und er nutzt die Gelegenheit, mich unterzuhaken und zum Fenster zu gehen.

Ich zucke mit den Schultern. »Schon, vielleicht ist es besser, dass ich heute Abend nichts zu meinem Beziehungsstatus sage.«

»*Beziehungsstatus,* so weit sind wir also schon.«

»Nein, nicht so.«

Er sieht mich verblüfft an. »Alice, geht es dir wirklich gut? Ich meine nicht jetzt, weil Alejandro nicht zum Essen gekommen ist, sondern im Allgemeinen. Bist du sicher, dass es dir mit ihm gutgeht?«

»Na klar«, antworte ich und nicke energisch. »Hast du nicht selbst gesagt, dass Schütze und Waage gut zusammenpassen? Sehr gut sogar?«

Er seufzt, vergräbt die Hände in den Hosentaschen und wiegt sich unentschlossen hin und her. »Der Schütze passt auf alle Fälle und ist meiner Meinung nach auch ein gutes Sternzeichen, aber er ist häufig extrem individualistisch und egoistisch. Vor allem ist er ein Eroberer und Freigeist, der gern neue Wege geht und sich nicht festlegen will. Alejandro ist sehr attraktiv, und er ist Spanier.«

»Sei nicht so rassistisch, Tio. Muss ein Fremder zwangsläufig ein schlechter Mensch sein?«

»So meine ich das nicht.« Er seufzt. »Ohne Zweifel bist du von den enormen Qualitäten des Schützen fasziniert, da kann man leicht den Kopf verlieren, vor allem als Frau.« Er zwinkert mir demonstrativ zu, als ob er alles, aber auch alles zu diesem Thema wüsste.

Ähm nein, Moment. So enorm dann nun auch wieder nicht. Ich beiße mir auf die Lippen, denn über dieses intime Thema möchte ich nicht sprechen. Schließlich ist Tio ein Mann, außerdem sind meine Eltern in der Nähe. Aber die Wahrheit ist nun mal, dass diese Sache, diese Kleinigkeit, die Tio über den Schützen gesagt hat … Klein ist klein, das stimmt. Doch in einer Beziehung ist das durchaus von großer Bedeutung, oder?

»Vielleicht lässt du dich bei der Beurteilung eines Menschen zu sehr von den Tierkreiszeichen leiten. Da passt nicht immer alles zusammen, das kann ich dir versichern.«

Er sieht nach draußen. »Sicher«, entgegnet er und beißt sich ebenfalls auf die Lippen. »Aber ist es dann nicht noch ein bisschen zu früh, ihn deinen Eltern vorzustellen?«

Es ist mir wichtig, dass Paola und Tio mich verstehen, immerhin sind sie meine besten Freunde. »Ich bin glücklich, Tio. Man kann das Glück nicht immer sehen, wenn man es in den Händen hält. Ich versuche es mit allen Sinnen zu spüren, wenn Alejandro mich umarmt, mich küsst, wenn er … Ich bin rundherum glücklich. Das heißt trotz der relativen Kürze«, ich huste, »unserer Beziehung, meine ich natürlich.«

Warum nur denke ich ständig an Sex? Du bist verrückt, Alice. Du hast einen blendend aussehenden, zärtlichen Mann gefunden, alles andere ist unwichtig. Sex wird völlig überbewertet. Auf lange Sicht zählen die Gefühle, oder etwa nicht? Ich bin schon genau wie diese Machotypen, die den ganzen Tag von großen Brüsten schwärmen und mit ihrer sexuellen Leistungsfähigkeit prahlen. Nichtsdestotrotz werde ich den Gedanken einfach nicht los.

Wenn ich an Tios Bemerkungen über die enormen Fähigkeiten des Schützen denke, wäre es wichtig zu wissen, ob diese Ausnahme von der Regel vielleicht mit dem Aszendenten zu tun hat?

»Nun ja, der Aszendent ist in der Tat wichtig«, antwortet Tio, als ich ihm die Frage stelle, »er ist so etwas wie die Maske, mit der man sich der Welt zeigt. Er bestimmt die Meinung der anderen, und der erste Eindruck ist bekanntlich der, der zählt. Wenngleich er nicht immer zutrifft. Vor dem zwanzigsten Jahrhundert hat man den Aszendenten sogar für wichtiger gehalten als das Sternzeichen selbst.«

Ich denke an die Art und Weise, wie Alejandro und ich miteinander schlafen. Sobald wir die Schwelle des Schlafzimmers überqueren, scheint er plötzlich ein anderer zu sein, und statt ihn mir näherzubringen, entfernt der Sex ihn von mir. Zwischen unseren Körpern liegt ein Niemandsland, das ich nicht überwinden kann. Was könnte nur dieser teuflische Aszendent sein, der die Dinge derart verkompliziert?

»Man muss es aber auch nicht übertreiben«, entgegne ich. »In einer Beziehung zählen vor allem die Gefühle, die die Partner miteinander verbinden. Natürlich hat der Sex einen gewissen Stellenwert, doch er ist nicht alles, ich halte seinen Anteil eher für gering, sehr gering sogar.«

»Jetzt hör aber auf«, unterbricht er mich und klopft mir auf die Schulter. »Dir wächst ja schon eine lange Nase. Das glaubt dir kein Mensch. Sex ist die Basis einer jeden guten Partnerschaft. Wenn es im Bett funktioniert, ist das viel versprechend für die Zukunft. Andernfalls …«

Andernfalls? »Andernfalls was? Willst du damit etwa sagen, eine Beziehung ohne Sex funktioniert nicht?« Bei diesen Worten habe ich sofort ein schlechtes Gewissen. Allein der vage Gedanke, dass Alejandro nicht perfekt sein könnte, passt mir überhaupt nicht, und jetzt sagt Tio mir auch noch, dass unsere Beziehung keine Zukunft hat, wenn ich beim

Sex mit meinem F R E U N D nicht wirklich Spaß habe. Ich fühle mich jämmerlich.

»Das ist typisch Mann. Das hieße ja, dass ein nicht so gut bestückter Mann, der eine Frau sexuell nicht befriedigen kann, nie eine dauerhafte Beziehung eingehen wird? Nur zu deiner Information, ich bin sehr, sehr glücklich. Wirklich sehr. Kannst du das von dir auch sagen? Was ist denn mit dir und den Frauen? Offensichtlich bist du es, der etwas zu verbergen hat«, attackiere ich.

Sein Gesichtsausdruck wird finster, die Kiefermuskeln verkrampfen sich, seine Augen werden schmal und verdüstern sich zu einem bleiernen Grau, wie ein sturmgepeitschtes Meer.

Zum Glück taucht meine Mutter auf der Türschwelle auf und lächelt wie die Hausfrau aus der Werbung, mit der Suppenterrine in den Händen.

Als wir uns setzen, werfe ich Tio noch einen scharfen Blick zu. Auch wenn mir klar ist, dass ich nicht auf ihn, sondern auf mich selbst sauer sein sollte.

»Das mache ich sonst nur an Weihnachten«, sagt meine Mutter stolz, »aber heute Abend haben wir einen Gast, und wenn ich es richtig verstanden habe, gibt es etwas zu feiern, oder? Ein altes Familienrezept, Aal, wie man ihn bei uns zu Hause in Comacchio zubereitet.« Sie nickt meinem Vater liebevoll zu. »Guido hat ein prächtiges Exemplar gekauft.«

Ich schließe die Augen und frage mich, ob das eine Verschwörung ist. Richtig ist aber auch, dass es dieses ganze Groß-Klein-Dilemma gar nicht gäbe, wenn ich darauf nicht so fixiert wäre. Nicht zuletzt hätte ich dann diese hässliche Szene mit Tio vermeiden können. Sein Liebesleben geht mich schließlich überhaupt nichts an.

Ich bin von Schuldgefühlen zerfressen. Denn um ehrlich zu sein, mit Alejandro … Nicht dass es ein komplettes Desaster wäre, aber nur, weil ich an einem bestimmten Punkt aufgebe. Und an einen anderen denke. Das erste Mal ist es aus Versehen passiert, irrtümlicherweise sozusagen.

Ich hatte an dem Tag zufällig Davide getroffen. Als ich später mit Alejandro im Bett war, kam mir irgendwann der Moment in den Sinn, wie ich ihm in die Augen gesehen und mir gewünscht hatte, er würde sein T-Shirt ausziehen. Ich weiß auch nicht, was mich da geritten hat. Doch die Vorstellung allein genügte, um mich die Sterne sehen zu lassen.

Endlich ist es raus. Mea culpa.

Ich habe beim ersten Mal mit Alejandro an einen anderen gedacht.

Das zweite Mal geschah es aus Verzweiflung. Ich habe mich gezwungen, wirklich gezwungen, mich auf Alejandro zu konzentrieren. Trotzdem begannen meine Gedanken abzuschweifen, und ich erinnerte mich an das, was Davide mir im Park erzählt hatte. Ein einziger Moment der Unaufmerksamkeit genügte. Verflucht noch mal.

»Na, was sagst du, Alice? Du magst doch Aal«, fragt meine Mutter, als sie mir den Teller reicht.

»Ähm, ja«, antworte ich, »sehr sogar.«

»Und dein Verlobter?« Als mein Vater diese Frage stellt, zucke ich zusammen, und er fährt fort: »Isst er Aal?«

Es folgt ein Augenblick eisiger Stelle. Tio schaut mich an, ich schaue ihn an. Dann erst begreife ich.

Für meine Eltern ist Tio der Kandidat für *Rate mal, wer zum Essen kommt.* Von Alejandro wissen sie ja nichts.

»Guido, du Spielverderber, du solltest doch warten, bis sie es selber sagen.«

»Oh ja, ich esse Aal, und zwar sehr gerne«, antwortet Tio verkrampft. »Vielleicht eine Art Sublimierung«, fügt er hinzu, »denn was die Liebe angeht, scheint es ein Missverständnis zu geben. Alice ist Waage, und wie alle in diesem Doppelzeichen träumt sie von der alles verschlingenden, perfekten Liebe. Dafür bin ich nicht der richtige Kandidat.«

»Alice war schon immer eine Perfektionistin«, sagt meine Mutter und schüttelt bedauernd den Kopf. »Sie muss lernen, dass das Glück in den kleinen Dingen des Lebens liegt.«

Tio zieht die Augenbrauen hoch und wirft mir einen verschlagenen und grausamen Blick zu. Er hat mich sehr wohl verstanden, tritt aber noch mal nach. »Stimmt. Das sagt ihr Verlobter auch immer zu ihr.«

16

Machen wir kein Drama daraus: alles eine Frage des Horoskops

Seit einiger Zeit vermisse ich mein Tageshoroskop. Dabei wäre es gerade jetzt ungemein wichtig, um meine Situation besser verstehen zu können. Alejandro und ich haben kaum noch Zeit füreinander. Inzwischen kontrolliere ich sogar die Spamnachrichten auf meinem Telefon, aber es ist kein Systemfehler, dass ich keine Horoskope mehr bekomme. Es ist ein menschliches Problem. Tio ist wütend auf mich. Nein, ich bin wütend auf ihn. Paola dagegen hält uns beide für kindisch.

Aber heute ist Sendung, deshalb müssen wir uns wie Profis verhalten und alle persönlichen Animositäten hintanstellen.

»Alice, wir haben ein Problem«, sagt eine Kollegin, die in die Regie kommt, als ich den Leergutrücknahmeautomaten kontrolliere.

»Was gibt's?«

»Marlin gefällt der Programmablauf nicht.«

»Wie meint sie das genau? Soll ich ihr das Skript auf parfümiertem Papier ausdrucken?«

»Sehr witzig. Sie möchte gerne das Interview mit dem Skeptiker übernehmen, diesem Geologen.«

Ich wusste, dass der Moment irgendwann kommen würde. Er ist gekommen, als ich die Schwelle der Garderobe überschreite und Tio gegenübertreten muss. Vielmehr dreht er mir den Rücken zu, und ich begegne ihm im Spiegel.

Natürlich hat er mich gesehen und sich deshalb hinter der neuen Ausgabe von *Astrologie Aktuell* versteckt. Jetzt tut er so, als sei er in die Lektüre vertieft. Auf dem anderen Sessel sitzt Marlin, die Tios Desinteresse als persönliche Beleidigung wertet und demonstrativ nach der Abschminkcreme greift, um die japanische Beschriftung auf der Rückseite des Tiegels zu entziffern.

»Also?«, frage ich und lasse den Blick durch den Raum schweifen.

Keine Reaktion.

Die Einzige, die sich zu mir umdreht, ist die Maskenbildnerin. Erika schüttelt den Kopf und zuckt mit den Schultern. Die Ärmste, ich beneide sie nicht um ihren Job, besonders jetzt.

Tio starrt weiter angestrengt in die Zeitschrift. Seine Augen verharren auf einer Werbeanzeige für ein Bestattungsunternehmen, das einen Online-Service anbietet. Ich könnte wetten, dass er kein Wort von dem liest, was dort steht. Aber wer weiß, vielleicht gibt er gerade einen Voodoo-Zauber gegen mich in Auftrag?

Marlin knallt den Tiegel auf den Tisch wie der Richter den Hammer beim Obersten Gerichtshof. »Ich habe schon *Guten Morgen, Mailand, Urlaub zu zweit* und *Der Donnerstags-Club* moderiert und jetzt? Ich darf die Gäste präsentieren, und danach sitze ich bloß noch da wie bestellt und nicht abgeholt. Welche Rolle habe ich eigentlich? Die der Assistentin? Ich bin doch nur Staffage. Haltet ihr mich etwa für zu blöd? Wenn es so ist, Alice, dann machst du einen großen Fehler. Ich weiß genau, wie man einen Theologen interviewt.«

»Er ist Geologe.«

»Egal.«

Natürlich kann ich Andrea Magni, den berühmten Geologen, nicht Marlins lackierten Krallenfingern überlassen, nachdem ich eine Ewigkeit gebraucht habe, ihn endlich davon zu überzeugen, in die Sendung zu kommen.

Tio wendet sich an Erika, ohne die Zeitschrift sinken zu lassen. »Meine Liebe, würdest du unsere hochverdiente Autorin bitte darüber in Kenntnis setzen, dass man einen weltweit anerkannten Geologen nicht von irgendeinem Busenwunder interviewen lassen kann, das Plattentektonik für eine von einen Germanenstamm hingeraffte Seuche hält?«

Marlin öffnet den Mund, sagt jedoch nichts und beginnt mit ihren spitz gefeilten Fingernägeln auf ihrem Smartphone herumzutippen. »So sprichst du nicht mit mir, warte nur«, zischt sie, wählt die Privatnummer des Herrn und Meisters und verschwindet schluchzend im Flur.

Erika hebt verzweifelt die Hände. »Alice, Tio möchte, dass ich dir sage …«

Äh, nein. Einen Moment. Ich hebe die Hand. »Entschuldige Erika, aber kannst du Tio bitte sagen, dass er etwas höflicher zu seinen Kollegen sein soll?«

Erika wirkt noch verzweifelter, dann wendet sie sich an Tio, der wütend seine Zeitschrift beiseitelegt.

»Erika, entschuldige, aber würdest du unserer hochverdienten Autorin bitte mitteilen …« Er hält inne, fixiert mich im Spiegel und brüllt dann: »Das sagt die Richtige!« Gerade als ich die Augen zusammenkneife und mir vornehme, mich nicht auf dieses Niveau herabzulassen, fügt er hinzu: »Und sag ihr, dass man davon Falten bekommt.«

Nein, so nicht! Wo sind wir denn hier? Im Kindergarten? »Erika«, sage ich und ignoriere ihre Verzweiflung, »würdest du Herrn Tiziano Falcetti bitte daran erinnern, dass es gar nicht so weit gekommen wäre, wenn er sich nicht über das Privatleben anderer Leute geäußert hätte?«

Tio schlägt mit der zusammengefalteten Zeitschrift auf die Ablage vor dem Spiegel. Er hasst es, mit seinem vollständigen Namen angesprochen zu werden. »Nun denn, meine liebe Erika«, beginnt er und macht eine Kunstpause, als ob er den Bogen spannen und das Ziel anvisieren würde, »antworte ihr bitte, dass ich das ganz bestimmt nicht getan hätte, wenn sie sich nicht bei mir über ihr jämmerliches Sexleben ausgeheult hätte. Wenn ihr meine Ratschläge nicht passen, dann soll sie sich vor einen Spiegel stellen und sich selbst erzählen, was sie hören möchte. Statt mir auf die Nerven zu gehen.«

Erika räumt die Schminksachen in ihre Tasche. »Ich bin hier fertig«, sagt sie und hastet zur Tür.

»Erika!« Meine Stimme ist so schrill, dass ich sie selbst nicht wiedererkenne. Ich drehe mich nicht um, sondern fixiere Tio ebenfalls im Spiegel und sage: »Richte Marlin aus, dass sie zu mir kommen soll. Wir müssen das Interview mit Andrea Magni vorbereiten.«

Die Würfel sind gefallen, denke ich mit dem dumpfen Gefühl, mir gerade ins eigene Fleisch geschnitten zu haben. Aber so durfte Tio nicht davonkommen. Für wen hält er sich eigentlich? Er hat kein Recht, mein Leben zu verurteilen. Gerade jetzt, da ich endlich glücklich bin. Wunschlos glücklich.

Pech für Tio, denn so wird er niemals den Aszendenten von Alejandro erfahren, auf den er so gespannt war. Steinbock. Ich weiß es inzwischen, weil ich meine Schwiegermutter am Telefon nach seiner Geburtsstunde gefragt habe. Also seine Mutter meine ich. Ehrlich gesagt, hat er gefragt und nicht ich. Aber ich hätte es auch gemacht.

Gesagt, getan. Ich kenne jetzt seinen Aszendenten. Das Ganze kann nicht so schwer sein, schließlich gibt es unzählige Astrologieprogramme im Netz. Tausende und Abertausende. Tio? Den brauche ich dazu nicht, also bitte. Niemand ist unersetzlich.

Ich habe beschlossen, die Sache selbst in die Hand zu nehmen, und mir eine App für mein Smartphone runtergeladen. Für nicht einmal sechs Euro die Woche (5,99 Euro, um genau zu sein) bekomme ich in Echtzeit sämtliche Infos über Sternkonstellationen, Dekaden, Häuser, Mondzeichen, Synastrien, Ephemeriden und was weiß ich noch alles. Das wird schon nicht so kompliziert sein, wenn es sogar jemand hinbekommt, der Extensions trägt. Also bitte. Sobald ich die App aktiviere, ertönt ein New-Age-Arpeggio, und nachdem ich die Daten eingegeben habe, taucht kurze Zeit später auf dem Bildschirm folgende Info des neuen Astrologen meines Vertrauens auf: Charaktereigenschaften des Schützen, Aszendent Steinbock.

Die Überschrift klingt etwas verworren, aber schließlich zählt der Inhalt. Die Beschreibung ist sehr ausführlich. Ich fange an zu lesen.

Freundlich, ehrlich, voller Energie, sportlich, reiselustig und freiheitsliebend.

Obwohl die Sprache etwas holprig klingt (man kann ja nicht verlangen, dass eine Datenbank wie Umberto Eco formuliert), erscheint mir die Charakterisierung passend. Sehr schön! Dafür brauche ich Tio nun wirklich nicht.

Von Haus aus gute Konstitution. Finanziell abgesichert. Lukrativer Nachlass (Grundbesitz o.Ä.).

Auch das gefällt mir. Ich will nicht unbescheiden sein, aber ein Anwesen in Spanien wäre nicht übel.

Sehr emotional, oft instabil und launenhaft. Neigt zum Müßiggang, übersensibel, führt oft ein Doppelleben. Neigt zu Alkohol- oder Drogenabhängigkeit.

Das verstehe ich jetzt nicht. Wie kann man sich in wenigen Zeilen von Dr. Jekyll in Mr. Hyde verwandeln? Und Drogen? Ach du meine Güte!

Beruhigende Persönlichkeit.

Aber sicher, ich bin sehr beruhigt.

Eventuelle Erbschaft in weiter Ferne.

Also doch kein Anwesen in Spanien. Gott gibt und Gott nimmt. Ich schnaube, hebe den Kopf und höre ein Räuspern hinter mir. Als ich mich umdrehe, steht ein Mann vor mir. Kastanienbraunes Sakko mit Lederflecken an den Ellbogen, geknöpfte Weste, Goldrandbrille. Nicht gerade die Idealbesetzung für die Rolle des Kommandanten in *Raumschiff Enterprise.*

»Darf ich mich vorstellen? Andrea Magni«, sagt er und reicht mir die Hand. »Fräulein Bassi, nehme ich an?«

Ich kann mich gerade noch beherrschen, vor ihm zu knicksen, als wäre ich eine Figur aus *Sinn und Sinnlichkeit.* »Sehr erfreut, Alice Bassi. Also Alice.« Wie unterhält man sich mit jemandem, der mehr als zehn Bücher über Astrogeologie geschrieben und diverse Auszeichnungen bekommen hat?

»Ich danke sehr für die Einladung in Ihre Sendung«, sagt er, neigt den Kopf und deutet ein sehr britisches Lächeln an.

»Oh, natürlich. Aber gerne, ähm, wir bedanken uns bei Ihnen, dass Sie die Einladung angenommen haben. Bitte sehr.« Ich deute auf einen der Stühle, damit ich ihm die Haftungsausschlusserklärung vorlegen kann.

Er rückt den Stuhl, von dem ich gerade aufgestanden bin, zurecht und sagt: »Nach Ihnen.«

Ich sehe zu, wie er das Formular ausfüllt, und bin fast erstaunt, dass er nicht mit vielen Schnörkeln schreibt, wie im neunzehnten Jahrhundert üblich. Noch erstaunter bin ich, als ich feststelle, dass er genauso alt ist wie ich. Ich und dieser Mann, der aussieht als wäre er einem Schrankkoffer auf dem Speicher entstiegen, waren zur gleichen Zeit Kinder. Vielleicht haben wir sogar die gleichen Zeichentrickfilme gesehen und uns über die gleichen Figuren im Überraschungsei gefreut. Ich starre ihn an, als hätte er mir gerade etwas über Kernspaltung erzählt.

»In Ihrer Sendung wird also über Astrologie debattiert«, sagt er und legt den Stift beiseite.

Ich nicke, und ein Schauder läuft mir über den Rücken. Mit einem Wissenschaftler über Astrologie zu sprechen ist in etwa so, wie mit einem roten Tuch vor einem Stier hin und her zu wedeln, das ist mir klar. Nicht sicher bin ich mir allerdings, ob sich hinter diesem Butler aus *Was vom Tage übrig blieb* nicht auch eine kämpferische Seele verbirgt. Vor allem, weil Andrea Magni Stier ist, wie ich dem Formular entnommen habe.

Und ich habe soeben Marlin grünes Licht gegeben, ihn zu interviewen. Mein Gott, das könnte in einer Tragödie enden.

»Sie wissen ja, wie das ist. Unsere Sendung richtet sich an ein breites Publikum, nicht an Wissenschaftler, wir wollen vor allem unterhalten. Aber wir legen Wert darauf, dass wir auch Gäste im Studio haben, die eine konträre Meinung vertreten. In dem Interview mit Ihnen soll es um Fragen gehen, die Ihnen am Herzen liegen, verehrter Doktor Magni. Sie können von Ihrer Arbeit erzählen oder von den Forschungen, die Sie betreiben.« Ich hoffe, dass ich ihn damit ein wenig beschwichtigen kann, denn der Stier steht bekanntlich unter der Herrschaft der Venus, oder? Demnach wird er ein wenig narzisstisch sein, genau wie die Waage. Ich habe meine Hausaufgaben gemacht.

»Natürlich«, antwortet er, »normalerweise kommt die Wissenschaft im Fernsehen viel zu kurz. Dabei wären für die Zuschauer seriöse Informationen wichtig. Auf alle Fälle wichtiger als dieses sinnlose Geschwätz, das es sonst so zu sehen gibt.«

»Da haben Sie recht. Keine Sorge, in dieser Sendung werden wir objektiv und ernsthaft über Horoskope sprechen.«

»Ernsthaftigkeit und Horoskop ist ein Widerspruch in sich, Verehrteste. Obwohl ich es nicht für verwerflich halte, Horoskope zu lesen, etwa zum Zeitvertreib oder um sich abzulenken. Gleiches gilt für Romane, fiktionale Werke. Natürlich wissen wir beide sehr genau, dass das alles Unsinn ist, nichts als ein Trostpflaster für die Seele.«

Ähm … ja. Ich kommentiere das mal lieber nicht. Verstohlen greife ich nach meinem Handy und lasse es in die Tasche gleiten, wobei ich an Alejandro und an seinen ehrlichen und freundlichen Charakter denke. »Deshalb würde ich Ihre Skepsis gegenüber astrologischen Theorien gerne ausklammern und der Wissenschaft mehr Raum geben, die bisher, da gebe ich Ihnen vollkommen recht, im Fernsehen ein wenig stiefmütterlich behandelt wird«, füge ich hinzu und halte die Luft an.

In der Redaktion hatte es heftige Diskussionen gegeben, ob wir Andrea Magni einladen sollten oder nicht. Aber mir war von vornherein klar, dass wir mit ihm einen Volltreffer landen würden, denn er ist nicht nur ein bekannter Wissenschaftler, sondern auch noch recht jung und durchaus attraktiv.

»Ich danke Ihnen. Es wäre mir eine Herzensangelegenheit, dem Publikum deutlich machen zu können, dass es interessantere Themen gibt als den Hokuspokus mit den Horoskopen. Zum Beispiel den Kohlendioxidausstoß des Kometen ISON oder die Entdeckung der Super-Erden im Sternensystem von Tau Ceti, gerade einmal zwölf Milliarden Lichtjahre von uns entfernt. Die Astronomische Geologie ist cool, wie die Jugend von heute zu sagen pflegt.« Zufrieden mit seinem kleinen Bonmot, erhebt er sich.

Ich stehe ebenfalls auf und bringe ihn in die Maske.

»Hallo«, sagt der Geologe freundlich und reicht einem Mann die Hand. »Andrea Magni, und Sie sind?«

»Professor Tiziano Falcetti«, antwortet Tio mit zusammengebissenen Zähnen. »Der Scharlatan, der durch die Sendung führt.«

Magni steckt diesen Konter ein und bewahrt Haltung, *very british,* während Tio wahrscheinlich schon das Messer wetzt – für die Sendung mit ihm und die Zeit danach mit mir.

»Professor?«, stammele ich, während ich ihn überhole, doch er würdigt mich keines Blickes.

»Doktor Mango!«

Auf der Schwelle der Garderobe erscheint Marlin in einem Latexanzug, der keine Wünsche offen lässt.

»Beim Jupiter«, entfährt es dem Geologen, unter dessen irdischer Hülle sich offensichtlich ein brodelnder Kern verbirgt, in dem nicht nur astrophysikalische, sondern auch physische Leidenschaften lodern.

»Guten Abend, Doktor Mango. Ich bin Marlin und kümmere mich heute um Sie. Und um Ihr Interview.« Er lässt sich am Arm nehmen und stellt nicht mal seinen falschen Nachnamen richtig. »Kommen Sie, während Erika Sie schön macht, sprechen wir über Teller. Oder waren es Tassen? Diese Dinger zwischen den Platten eben. Die sich bewegen, Sie wissen schon. Ich habe das ja schon immer vermutet. Die Technik steht nie still. Man muss nur wissen, wie man sie nutzen kann.«

Um die drohende Katastrophe vorauszuahnen, braucht man wahrlich kein Hellseher zu sein.

Ich bin mir des bevorstehenden Super-GAUs voll bewusst, weshalb mir nichts anderes übrig bleibt, als mich an die einzige Person zu wenden, die mich jetzt noch retten kann. Ich bin bereit, Buße zu tun und zu schwören, dass ich ihm in meinem ganzen Leben nicht mehr widersprechen werde.

»Tio.« Ich setze meinen Welpenblick auf.

Er dreht sich um, hebt die Hand, um mir kundzutun, dass ich schweigen soll, schüttelt den Kopf und geht.

Zum ersten Mal seit Monaten fühle ich mich wirklich einsam und verlassen.

»Allmählich werde ich richtig sauer«, knurrt Ferruccio und wischt sich über die Stirn. »Kann man mal erfahren, wo sich dein Spanier aufhält, dein geheimnisvoller Held?«

»Er ist nicht mein Spanier!«, blaffe ich, aber das glaubt mir ohnehin niemand, denn in einem solchen Umfeld kann man eine Liaison nicht geheim halten. Ferruccio hat recht: Alejandro sollte heute Abend hier sein, um uns zur Hand zu gehen.

Ich bin froh darüber, weil wir uns dann endlich wiedersehen. Eigentlich gehe ich auch davon aus, nach der Arbeit mit ihm nach Hause zu gehen. Heute Morgen bin ich deshalb extra mit öffentlichen Verkehrsmitteln gekommen. Dann haben wir endlich Gelegenheit, über unsere Zukunft zu sprechen.

Vor Angst wie gelähmt wegen der Sendung und meines Gefühlschaos, verstecke ich mich hinter einer Säule und lese die App-Infos auf meinem Smartphone.

Schwierige Familienverhältnisse, ein überstrenger Vater oder eine spartanische Erziehung. Psychisch kranke Mutter.

Ist er aus dem Grund so distanziert? Nach dem Telefonat mit seiner Mutter kam er mir tatsächlich etwas niedergeschlagen vor. Vielleicht wollte er deshalb nicht, dass ich mit ihr spreche. Er hat Angst, dass ich seine Familie verurteilen könnte. Oft führt eine schwierige Kindheit zu Abhängigkeit.

Eigenwillige Auffassung von Fairness und Aufrichtigkeit. Möglicherweise Probleme mit den Füßen und Ärger mit der Justiz.

Ich runzele die Stirn. Klar, bei dem ständigen Getanze kann das mit den Füßen schon stimmen. Aber Ärger mit der Justiz? Hat das vielleicht mit den Drogen zu tun?

Respekt vor Ethik und Moral.

An diesem Punkt löse ich mich vom Bildschirm und stecke den Kopf ins Studio von *Liebesleid,* aber auch dort ist Alejandro nicht. Ich brauche Antworten auf meine Fragen, doch statt sie mir zu geben, sät dieses Horoskop nur noch mehr Zweifel.

Sehnt sich nach emotionaler Stabilität.

Das klingt sehr gut. Vielleicht ist er nach seinen Schwierigkeiten mit der Justiz und den Fußproblemen wegen zu viel Tango nach Italien gekommen, um seine schwere Kindheit hinter sich zu lassen, und hat in mir die Möglichkeit gesehen, etwas Dauerhaftes aufzubauen. Im Laufen lese ich weiter.

Neigt dazu, sich in Fremde zu verlieben.

Da haben wir es. SCHWARZ AUF WEISS! Ich hätte die Nachricht fast an Tio weitergeleitet. Nein, besser nicht.

»Entschuldigung!«, rufe ich, damit mich die Regieassistentin von *Liebesleid* bemerkt.

Sie verzieht den Mund, was wohl ein Lächeln bedeuten soll.

»Mara, nicht wahr?«, frage ich und versuche nett zu sein. »Wo finde ich denn Alejandro, vielleicht beim Licht?«

»Ah«, erwidert sie sarkastisch, und das Lächeln wird breiter, »willkommen im Club.«

»Wie meinst du das?«, frage ich. Ich weiß, dass sie mich nicht mag, denn wann immer wir uns treffen, wechselt sie die Straßenseite, als ob ich eine Aussätzige wäre.

»Hier fragen sich nämlich auch alle, wo Alejandro abgeblieben ist«, fährt sie fort.

Spricht sie da wirklich von allen oder nur von den Frauen? Das würde die Situation elementar verändern. Wahrscheinlich ist sie eifersüchtig. Ich habe schon öfter beobachtet, wie sie ihn anschmachtet. Besser nicht weiter darüber nachdenken, sage ich mir und richte mich auf. Alejandro braucht emotionale Stabilität und eine ernsthafte Beziehung, um sich sicher zu fühlen, nach all den Problemen, die hinter ihm liegen. All das hat er gefunden. In mir.

Als ich das Studio verlassen will, bekomme ich mit, wie sie mir mit leerem Blick nachsieht und den Mund öffnet, sich dann aber auf die Lippe beißt und zum Set zurückgeht.

Ich verschwinde in der Toilette und lese weiter.

Sein Leben ist von chronischen Krankheiten geprägt. Operationen, Kuraufenthalte. Tod durch eine Darmerkrankung.

»Oh nein«, entfährt es mir.

»Alles in Ordnung?«, höre ich aus der Nachbarkabine. »Ich habe Binden dabei.« Eine der Angestellten aus der Zentrale.

Ich versichere, dass es mir an nichts fehlt.

Schweigen, dann die Wasserspülung. »Diese Tests sind nicht immer verlässlich. Schwangerschaftstests, meine ich. Mach lieber noch einen zweiten.« Damit verlässt sie ihre Kabine.

Ich starre immer noch auf die Buchstaben auf dem kleinen Handybildschirm und frage mich, wie ich jemals *Ghost* für einen tollen Film halten konnte. Auf keinen Fall möchte ich an Demi Moores Stelle sein. Allein beim Gedanken, ich könnte Alejandro wegen seiner gesundheitlichen Probleme verlassen, fühle ich mich wie ein Schuft.

Ich wasche mir rasch die Hände und stoße beim Hinausgehen mit einem Mann zusammen. Es ist mein flüchtiger Spanier, der einen Schritt zurückgetreten ist und sich vergewissert hat, ob die Tür der Männertoilette auch wirklich zu ist.

»Alles in Ordnung?«, frage ich.

»Ja, ich war nur auf der Toilette.«

Einen Moment lang starre ich die geschlossene Tür an, dann ihn. Er ist blass im Gesicht, ganz anders als sonst. Verbirgt er etwas? Vielleicht ist alles noch im Anfangsstadium. Seine Darmprobleme meine ich.

»Brauchst du Hilfe? Kann ich etwas für dich tun?« Ich habe immer ein paar Medikamente im Schreibtisch. Vielleicht sogar Imodium.

»Nein, Alice. Ich brauche nichts, mach dir keine Sorgen.«

Ich versuche mit ihm Schritt zu halten, aber Alejandro hat viel längere Beine als ich und rennt fast. Als letzten Versuch hake ich mich bei ihm unter.

»Entschuldige, aber ich muss einiges mit Ferruccio klären, ich hab's eilig«, sagt er, löst sich von mir und beschleunigt das Tempo.

Seufzend schmachte ich seinen davoneilenden muskulösen Rücken an.

Das ist keine Einbildung. Hier stimmt etwas nicht, und ich muss herausfinden, was es ist.

Die Erinnerung an seine schwere Kindheit führt zu einer gewissen Melancholie.

Vielleicht Heimweh, sage ich mir und lese einen weiteren Absatz über den Schützen mit Aszendent Steinbock. Vielleicht wurde er als Kind schwer misshandelt, sein Vater hat ihn geschlagen, und seine Mutter war daraufhin in der Psychiatrie?

Organisationstalent und Entscheidungsfreude. Unklare finanzielle Situation. Keine glückliche Hand im Umgang mit Geld.

Seltsam. Stand weiter oben nicht, dass er in finanziellen Dingen geschickt sei? Nicht dass mir Geld wichtig wäre, denn Geld allein macht nicht glücklich. Aber es könnte wichtig werden, um seine Therapien und Darmoperationen bezahlen zu können oder die Eingriffe an den Füßen oder am Magen. Doch ich weiß es nicht, ich kann es nicht wissen, mein armer Schatz. Ich möchte ihm so gerne helfen.

Es hat etwas von einem Hinrichtungskommando.

Tio lehnt lässig am Türrahmen, neben ihm der Herr und Meister. Er ist wegen Marlin hier und nicht wegen mir, logisch. Doch sollte sein Protegé einen Fehler machen, der ihm oder dem ganzen Sender schadet, dann bin ich dran, nicht sie. Auch logisch.

Und dann ist da noch Davide, die Hände hinter dem Rücken verschränkt, die Lippen zusammengekniffen.

Ich spüre, dass etwas nicht stimmt, dass ihn etwas quält, auch wenn er wie immer kontrolliert wirkt. Es hat nichts mit der Distanz zu tun, die sich im vergangenen Monat zwischen uns entwickelt hat, jedenfalls heute Abend nicht. Sein Blick streift mich, doch er nimmt mich nicht wahr. Er ist unkonzentriert, gar nicht anwesend.

Was weiß ich eigentlich von seinem Leben, von Flash mal abgesehen? Nichts.

Ich mache mich auf die Suche nach Alejandro, in der Hoffnung, wenigstens von ihm ein bisschen Unterstützung für die schwere Aufgabe zu bekommen, die vor mir liegt. Er ist in der Regie, doch er dreht mir den Rücken zu und flüstert mit Raffaella. Sie richtet sich die Haare und fährt sich über den Hals.

Eine krächzende Stimme verkündet, dass es nur noch dreißig Sekunden bis zur Sendung sind. Ich greife nach dem Mikro, drücke den Knopf, der mich mit dem Studio verbindet, und bitte alle, ihre Plätze einzunehmen.

Unsere Starmoderatorin lächelt bezaubernd in die Kamera, ihre smaragdgrünen Augen scheinen den Bildschirm regelrecht durchbohren zu wollen, dann schreitet sie langsam und mit wiegenden Hüften zu ihrem Platz.

Die Vorstellung des Gastes klappt einwandfrei. Sie spricht den Namen und die Berufsbezeichnung richtig aus, vermutlich in beiden Fällen mit Hilfe des Buches ebenjenes Astrogeologen, das sie in der Hand hält.

Die Probleme beginnen nach der ersten Frage. »Warum erforscht man überhaupt die Zusammensetzung von Planeten?«

Im Grunde eine sehr einfache Frage, deren Antwort auf der Hand liegt. Aber Magni hat höhere didaktische Ansprüche, und ich merke, wie Marlin unter der Last von Fremdwörtern wie Geomorphologie, Petrografie, Magnetosphäre, Kohlenwasserstoffe, Magnetfelder, Orbitalparameter ins Schleudern kommt.

Einen Moment lang fürchte ich, sie könnte ohnmächtig werden. Doch bei dem Wort »Universum«, das sogar in ihr beschränktes Vokabular Eingang gefunden hat (auch wenn sie es öfter im Zusammenhang mit dem Wort »Miss« verwendet), scheint sie sich unvermittelt wieder zu fangen. Sie spricht von ihrer Begeisterung für das unendlich weite Firmament, das sie gerade deshalb so romantisch findet, weil es grenzenlos und unergründlich ist.

Sie sagt tatsächlich *unergründlich,* ich bin regelrecht schockiert.

Magni lässt sich von Marlins kühner Wortwahl nicht weiter beeindrucken, sondern setzt selbstbewusst zu einer weiteren Erklärung an: »Deshalb, meine Liebe, sagt uns die Hubble-Konstante, dass es vierundsiebzig Komma drei plus/minus zwei Komma eins Kilometer pro Sekunde und Megaparsec sind. Damit liegt auf der Hand, dass uns diese Konstante die Expansionsrate des Universums beschreibt, und es kommt jetzt darauf an, diesen Wert exakt zu bestimmen.«

»Dreht dem doch mal den Saft ab«, sagt Luciano am Schneidepult und blendet über zu einer Großaufnahme von Marlin, vom Fußknöchel bis zum Dekolleté. Ein verzweifelter Versuch, das Publikum zu Hause an den Bildschirmen wiederzubeleben.

Der Herr und Meister klopft ihm dankbar auf die Schulter. »Hoffentlich sind die Leute vor dem Fernseher eingeschlafen, bevor sie den Kanal wechseln konnten.«

»Die arme Marlin«, sagt Raffaella, »den Wölfen zum Fraß vorgeworfen. Warum haben wir ihr das angetan?« Sie schüttelt den Kopf und setzt eine betroffene Miene auf. Dann wendet sie sich an den Herrn und Meister. »Ich hätte das niemals zugelassen«, meint sie, während ihr Blick eine Nanosekunde auf mir haften bleibt.

Ich konzentriere mich wieder auf den Kontrollmonitor, auf dem jetzt sowohl Magni als auch Marlin in Großaufnahme zu sehen sind.

»Ein Weißer Zwerg wird als das Endstadium der Entwicklung eines relativ massearmen Sterns gedeutet, dessen nuklearer Energievorrat versiegt ist. Er entwickelt sich aus einem Roten Riesen, der seine äußere Hülle abstößt, so dass nur der heiße Kern zurückbleibt.«

Marlin schnickt sich eine Locke vom Dekolleté. »Der arme weiße Zwerg. Wer will schon ein roter Riese werden?«

Ich halte mir die Hand vor die Augen, in der Hoffnung, dass es hilft.

»Werbung bitte, etwas länger als üblich, wenn möglich«, ertönt eine Stimme hinter mir.

Davide hat sich von der Wand gelöst und steht jetzt neben mir. Mit gerunzelter Stirn geht er den Ablauf durch. »Wir ziehen die Nachrichten vor«, sagt er und zeigt auf das Skript.

»Aber wir haben vorher noch zwei Blöcke. Wir sind eine halbe Stunde zu früh dran«, stammele ich, beuge mich nach vorne, um mich nochmals zu vergewissern, und schaue ihm dann ins Gesicht.

»Wir brauchen Zeit, um uns neu zu organisieren«, entgegnet er und fixiert mich mit seinen schokobraunen Augen, an deren Seiten sich feine Fältchen zeigen. Er lächelt mich an und fährt fort: »Wir schaffen das schon, Alice. Du und ich gemeinsam.«

Ich schlage die Augen nieder und fühle mich, als würde das Blut aus meinem Körper in die Füße sacken, wie bei einem Fallschirmsprung.

»Und Tio«, fügt Davide hinzu und wendet sich an Tio, der immer noch mit verschränkten Armen im Türrahmen steht. »Komm.«

Während ich über Kopfhörer dem Regieassistenten den Auftrag erteile, die Werbung abzufahren, verschwinden die beiden im Redaktionsbüro nebenan. Durch die Glaswand verfolge ich, wie Davide sich an den Computer setzt und Tio ihm antwortet, während er neben ihm Platz nimmt.

Keine Ahnung, was Davide vorhat, aber ich habe keine Zeit darüber nachzudenken, denn ich muss mich mit der wütenden Tirade unserer Roten Riesin auseinandersetzen, die auf ihren Fünfzehn-Zentimeter-Absätzen in die Regie stolziert kommt. »Darf man erfahren, was hier vor sich geht? Der Countdown hat noch sieben Minuten angezeigt. Warum läuft jetzt Werbung?«

»Korrekt«, stimmt Magni ihr zu und richtet den Knoten seiner grünen Krawatte, die einen kräftigen Kontrast zu seiner roten Weste bildet. »Könnten Sie uns freundlicherweise dafür eine Erklärung liefern?«

»Nun ja, es ist so …« Was sage ich jetzt? Dass das Interview beschissen ist und kein Mensch auch nur ein Wort versteht? Dass Marlin sich mit ihren grotesken Kommentaren der Lächerlichkeit preisgibt? Ich könnte von meinem Schweigerecht Gebrauch machen und die Aussage verweigern wie die Angeklagten in den amerikanischen Gerichtsfilmen.

»Meine Liebe, alles läuft wunderbar. Ich muss sagen, dass du heute Abend besonders gut aussiehst«, schaltet sich der Intendant ein, »aber die aktuelle Nachrichtenlage ist brisant, der Kanal wird gebraucht. Es tut mir leid, Doktor Magni, es wird so schnell wie möglich weitergehen.«

»Oh, was ist denn passiert?«, fragt der Astrophysiker besorgt.

Der Herr und Meister winkt ab. »Nichts, was uns betrifft. Kommen Sie, wir trinken einen Kaffee zusammen.«

»Danke.« Magni zieht sein Handy aus der Tasche und schaltet es wieder ein. »Entschuldigen Sie, einige Freunde schauen zu, und meine Mutter zeichnet die Sendung auf. Ich werde *urbi et orbi* über die Änderung des Ablaufs informieren und bin dann sofort wieder bei Ihnen.«

Ich blicke ihm hinterher, und während ich erneut nach Alejandro Ausschau halte, höre ich Marlin sagen: »Urbi, was für ein komischer Name. Ist seine Mutter Deutsche?«

Nach fünf Minuten sind die Nachrichten vorbei, und ich bete, dass das Publikum zu Hause so viel Geduld hatte, auf uns zu warten.

Alejandro geht rasch an mir vorbei und zieht dabei ein Kabel hinter sich her.

»Was machst du da?«

»Ferruccio hat mich beauftragt, Marlin noch besser auszuleuchten«, sagt er und tritt einen Schritt zur Seite, ohne mich anzuschauen.

»Soll ich dir helfen?«

Ich will gerade nach dem Kabel greifen, da dreht er sich um und sagt: »Raffaella hilft mir schon.«

Meine Kollegin taucht neben mir auf und nimmt das

Kabel mit zwei Fingern hoch, ganz vorsichtig, um sich die zarten Pfötchen nicht schmutzig zu machen.

Verblüfft stehe ich da, und mir entgeht nicht, wie er ihr die Hand auf den Rücken legt.

Da höre ich eine Stimme hinter mir.

»Alice?«

Davide. So nah, dass ich den Kopf in den Nacken legen muss, um ihm in die Augen blicken zu können.

Er hebt nur einen Mundwinkel, aber selbst damit würde er die Polkappen zum Schmelzen bringen. Nach Alejandros Abfuhr ist es nur normal, dass ich völlig aus dem Konzept komme, wenn mich jemand so ansieht. Außerdem ist er so was von nah. Ist ihm denn nicht klar, dass er gerade in meine Intimsphäre eindringt? Egal. Ich kann jedenfalls nicht sagen, dass es mich stört. Er riecht gut, und die Wärme, die seine breite Brust verströmt, hat etwas Beruhigendes.

»Was gibt's?«, murmele ich.

Er sagt nichts und sieht mich weiter mit diesem magnetischen Lächeln an, dann nimmt er den Kopfhörer vom Regiepult und setzt ihn mir auf.

Eine Melodie dringt an mein Ohr. Ein Lied. DAS Lied.

»Reality.« La Boum – Die Fete.

Mitten im Chaos dieses verkorksten Abends fühle ich mich plötzlich wie eine Dreizehnjährige. Unglaublich. Ich stehe da wie gebannt und warte darauf, dass Davide meine Hüfte umfasst und mit mir Stehblues tanzt.

Was er aber nicht tut.

Er tritt einen Schritt zurück und hält sich ein Funkmikro an die Lippen. »Hörst du mich? Test, Test. Eins, zwei. Alice, hörst du mich gut?«

Ich höre ihn wunderbar.

Es gibt gar keine Musik, außer in meiner Fantasie, und der Grund, warum Davide mir den Kopfhörer aufgesetzt hat, hat nicht das Geringste mit Sophie Marceau und ihrem ersten Kuss zu tun. Ich nicke, doch er testet weiter, geht ins Redaktionsbüro und winkt mir durch die Glasscheibe zu.

»Hörst du mich immer noch, meine Liebe?«

Ich gehe auf die Glasscheibe zu. Da erst erkenne ich, dass der Kopfhörer auch ein Mikrofon mit zwei Knöpfen hat. Ich drücke einen davon, woraufhin Davide zusammenzuckt und den Knopf aus dem Ohr nimmt. Das Anschalten muss einen Pfeifton verursacht haben, der für ihn offenbar wesentlich lauter war als für mich.

»Entschuldige«, sage ich, »hörst du mich auch?«

»Ja, Alice. Unsere Idee ist folgende: Wir bilden eine Funkbrücke. Marlin geben wir einen Mini-Kopfhörer mit Empfänger, das Kabel verstecken wir hinter ihrem Ohr. Damit hört sie die Regie und kann das nachsprechen, was du ihr soufflierst, und so Magni interviewen, ohne dass es zu weiteren Katastrophen kommt.«

Und wer sagt mir, was ich ihr einflüstern soll? »Ich bin keine Astrophysikerin. Wenn du glaubst, dass ich irgendetwas Kluges dazu zu sagen habe, dann irrst du dich.«

Er hebt beschwichtigend die Hand. »Du sagst ihr das, was ich dir sage.«

»Warum redest du dann nicht direkt mit ihr?«, wende ich ein. Die Sache mit der Funkbrücke erscheint mir ziemlich kompliziert. Wenn das nach dem Prinzip eines Mobiltelefons funktioniert, kann das gewaltig in die Hose gehen.

»Ich brauche zwischendurch Zeit für eventuelle Nachforschungen im Internet. Auch ich bin kein Experte in Astrophysik, Alice. Du musst dich konzentrieren, falls

Magni unverhofft das Thema wechselt und ich durch die Recherchen zu sehr abgelenkt bin. Zwei Hirne sind besser als eins.«

Ich bin nicht sicher, ob man das so ausdrücken kann, wenn eines der beiden Hirne meines ist, aber er ist der Chef.

»Achtung!«, ruft Ferruccio und zieht seinen Hocker an die Kommandobrücke. »Noch eine Minute. Jeder auf seinen Platz. Alice?«

Es fällt mir schwer, den Blick von Davide zu lösen und Ferruccio zuzunicken. »Bereit.«

»Wirklich?«, höre ich Davides sonore Stimme direkt hinter mir.

Ich drehe mich noch mal zu ihm um.

»Du musst die Frau hinter der Frau sein. Bist du so weit, Alice?« Er legt eine Hand gegen die Glasscheibe, als wolle er mich berühren.

Ich spüre keine Schmetterlinge im Bauch, und mir läuft auch kein Schauder über den ganzen Körper. Es ist viel mehr als das, ein Erdbeben inmitten absoluter Stille. Ich kann nicht sprechen. Ich bleibe wie angewurzelt stehen, und während ich mein Skript lese, ertönt in meinem Kopf wieder *»Reality«* von Richard Sanderson.

Auf einmal funktionieren meine Gliedmaßen wieder. Meine Hand löst sich von der Hüfte und bewegt sich auf die Glasscheibe zu, und während sie sich nähert, denke ich, dass dies ein magischer Moment ist, obwohl ich weiß, dass es absolut nichts zu bedeuten hat. Jedenfalls nicht das, was ich mir vorstelle.

»Zehn Sekunden, Alice.«

Meine Fingerspitzen berühren gerade das Glas, als sich Davide abwendet und an den Computer setzt.

»Willkommen zurück im Studio«, flötet die strahlende Marlin, sobald das rote Licht an der Kamera aufleuchtet.

Ich drücke den Schalter am Kopfhörer, durch den ich Kontakt mit ihr aufnehmen kann. »Wir entschuldigen uns für die technischen Schwierigkeiten.«

»Wir entschuldigen uns für die technischen Schwierigkeiten«, wiederholt sie und lässt ihr bezauberndes Lächeln folgen, um dann nach meinen Anweisungen fortzufahren: »Für alle, die drangeblieben sind, das Interview mit Doktor Andrea Magni geht weiter.«

»Der berühmte Astrophysiker«, flüstere ich. »Ein Mann, der nicht nur in der Physik Außergewöhnliches leistet, sondern sich auch durch eine bemerkenswerte Physis auszeichnet«, füge ich vorsorglich hinzu, falls sich das Gespräch in diese Richtung entwickeln sollte.

In meinem Kopfhörer piept es, dann ertönt Davides Stimme. »Ist das dein Ernst? Gefällt dir dieser Typ etwa?«

»So habe ich das nicht gemeint«, antworte ich.

»So habe ich das nicht gemeint«, wiederholt Marlin brav und strahlt Magni an.

Ich unterbreche die Verbindung zu ihr, während Magni eine Augenbraue hochzieht.

»Immer ein wenig zerstreut«, flüstert mir Davide mit spöttischem Unterton zu.

»Deine Schuld, lenk mich nicht ab«, gebe ich pikiert zurück, dabei drücke ich zum Glück den richtigen Knopf.

Er steht wieder an der Scheibe, trinkt Kaffee aus einem Plastikbecher und geht dann an den PC zurück.

Während Magni seine Zweifel als Wissenschaftler an der Wirksamkeit der Astrologie äußert, wird Tio (der zum Glück so gnädig war, ins Studio zurückzukehren) von Marlin dazu aufgefordert (also von Davide und dann von mir und dann von Marlin), seinen Standpunkt darzulegen.

»Gott sei Dank«, sage ich zu Davide im Kopfhörer. »So kommen wenigstens beide zu Wort.«

»Aber es kommt drauf an, wer die Fäden zieht«, antwortet er spöttisch.

Jetzt macht er auch noch Witze. Davide kommt mir fast enthusiastisch vor. Irgendwie merkwürdig, als ob ihm dieses Spiel gefallen würde. Die Apathie von vorhin ist wie weggeblasen.

»Das ist nicht Ihr Ernst, Herr Nardi, Sie finden diese *Truman Show* sogar noch amüsant?«

Ich höre ihn lachen, was er nicht oft macht. Merkwürdig. »Nein, Alice, du bist amüsant, nicht die *Truman Show*.«

Amüsant wie Buster Keaton? Das hieße dämlich. Oder wie Meg Ryan? Das hieße ein bisschen neurotisch, aber auch einfühlsam und verführerisch.

In der Zwischenzeit führt Magni aus, dass die Astrologie in der Tat die Vorläuferin der Astronomie war, aber nur weil die Wissenschaft in der Antike noch in den Kinderschuhen steckte. »Die Venus ist ein Wüstenplanet, eingehüllt in dichten Wolken und glühend heiß. Das sind die Fakten. Obwohl der Gedanke, dass sie uns Informationen über unsere emotionale Zukunft gibt, natürlich sehr romantisch ist.« Er setzt eine verständnisvolle Miene auf und schaut Marlin an.

Wir betreten gefährliches Terrain. Über den Monitor bekomme ich mit, dass Tio langsam ungeduldig wird. Ich muss das Gespräch in die richtigen Bahnen lenken und flüstere Marlin eine Frage über Magnis Arbeit zu, ohne dass Davide sie mir vorgibt.

»Gut gemacht«, kommentiert er über den Kopfhörer, »sehr gut sogar. Na also, wir sind echt ein gutes Team.«

Ich werde rot, aber zum Glück drehe ich ihm den Rücken zu, so dass er es nicht merkt.

»Du kannst nicht gut mit Komplimenten umgehen, was?«

Wieder drücke ich auf den Knopf. »Wie kommst du darauf?« Damit sind wir wieder an einem Punkt, der mich an ihm fasziniert und gleichzeitig ängstigt. Er scheint alles über mich zu wissen, selbst wenn ich gar nichts sage. Als hätte er eine Infrarotbrille, durch die er in mich hineinsehen kann.

»Du hast auf alles eine Antwort parat, aber wenn dich etwas verwirrt, fällt dir nichts mehr ein. Das ist völlig normal. Die wirklich interessante Frage lautet: Warum kannst du keine Komplimente annehmen?«

Ich weiß nicht, ob er mich gerade beobachtet, aber ich versteife mich in den Schultern, um mich nicht umzudrehen, und konzentriere mich auf das, was im Studio vor sich geht. Trotz des Kribbelns im Nacken.

»Ich habe mich immer schon gefragt«, führt Magni provokant aus, »warum die Astrologen den Geburtstag für die Bestimmung des Sternkreiszeichens festlegen und nicht den Moment der Zeugung. Immerhin ist das doch der Ursprung des Lebens. Haben die Sterne etwa keinen Einfluss auf den Fötus? Ist die Leibesfrucht in der Gebärmutter von allem abgeschirmt?«

Während Tio erwidert, dass erst die Ablösung von der Mutter die Individualität schafft, höre ich ein weiteres Piepsen im Kopfhörer und bereite mich auf Davides Frage vor, die ich gleich an Marlin weitergeben werde.

»Vielleicht auch, weil der Moment der Zeugung so schwer zu bestimmen ist, was meinst du? Die Astrologen sind wirklich clever«, sagt Davide zögerlich, als ob er das Terrain sondieren würde, da ich das letzte Mal nicht geantwortet habe.

Ich aktiviere das Mikro und frage: »Auf welcher Seite stehst du eigentlich? Soll ich das wirklich so weitergeben?«

»Um Gottes willen, nein! Das sage ich nur zu dir. Das mit den Horoskopen ist doch alles Quatsch, oder?«

Ich deaktiviere das Mikro, aber dann entscheide ich mich anders, drücke wieder den Knopf und sage: »Quatsch oder nicht, ich finde schon, dass es eine gewisse Übereinstimmung zwischen dem Tierkreiszeichen und dem Charakter eines Menschen gibt. Das haben wir schon oft genug erlebt. Welches Sternzeichen bist du eigentlich? Dann sehen wir weiter.«

Allerdings habe ich versehentlich den falschen Knopf gedrückt, und Marlin wiederholt gerade meine Frage.

»O Gott, nein!«

»Ähm, ich bin Stier«, antwortet Andrea Magni.

»Du hast es wieder getan, oder?« Davide amüsiert sich prächtig. »Schon wieder der falsche Knopf. Alice, du bist so … Du bist das Amüsanteste an der ganzen Sendung. Nicht zu toppen.«

Ich verspüre das dringende Bedürfnis, mich umzudrehen. Sein Blick scheint mir den Rücken zu durchbohren.

Dann ein weiteres Piepsen: »Das sagst du Marlin aber bitte nicht.«

Als der Abspann läuft und ich den Kopfhörer abnehme, surren mir die Ohren, und im Hirn habe ich nur noch Matsch. In der Regie bricht ein Jubelsturm los, dieser Abend, der eine Katastrophe hätte werden können, hat doch noch ein Happy End.

»Sehr gut, Kompliment an alle«, sagt der Intendant und geht auf Davide zu.

Auch er sieht müde aus und wehrt die Hand nicht ab, die sich auf seine Schulter legt und ihn mitzieht.

Dieser Mann ist und bleibt ein Rätsel. Schicksal, sage ich mir.

Auf der anderen Seite habe ich mir schon ein Dutzend Mal eingebläut, dass es nutzlos ist, sich darüber den Kopf zu zerbrechen. Davide ist *off limits* für mich, und das nicht nur wegen seiner Position in der Firma. Mehr als einmal hat er mir zu verstehen gegeben, dass er für sich bleiben und nichts von sich preisgeben will. Bei jeder persönlichen Frage weicht er aus, egal ob sie die Vergangenheit, die Gegenwart oder die Zukunft betrifft. Alles außerhalb des Büros ist tabu. Dabei hätte ich etliche Fragen an ihn.

Mit einem solchen Mann zusammen zu sein? Unmöglich.

Und dann ist da ja auch noch Alejandro. Klar, wir haben unsere Schwierigkeiten, aber wir sind ein schönes Paar.

Während Luciano die Geräte ausschaltet, gehe ich ins Studio, wo mir stickige Wärme entgegenschlägt, das Licht der Scheinwerfer hat den Raum aufgeheizt. Die Techniker haben die großen Eisentüren geöffnet, um die kühle Nachtluft hereinzulassen. Tio raucht mit Andrea Magni eine Zigarette, und ich höre sie lachen. Ein seltsames Bild.

Ferruccio widmet sich den Scheinwerfern und den Kabeln, Alejandro hat sich das T-Shirt ausgezogen und hilft ihm. Sein Oberkörper glänzt vor Schweiß. Erika, Raffaella und Marlin sitzen auf den Hockern und sehen ihn gedankenverloren an. Einen Augenblick lang empfinde ich keine Eifersucht, sondern eine Mischung aus Neid und Mitleid.

Die fünf Meter, die uns voneinander trennen, scheinen immer länger zu werden, wie in diesen Albträumen, bei denen man nie sein Ziel erreicht. Selbst so kurz vor dem Ziel komme ich mir vor, als würde ich Alejandro durch ein Fernrohr beobachten, von einem eine Million Lichtjahre entfernten Planeten aus.

»Sehen wir uns noch?«, frage ich ihn.

Seine Schultern sacken nach unten, und nach einem kurzen Moment antwortet er, ohne mich anzublicken: »Das geht nicht, Alice, tut mir leid. Ein andermal, ja?« Er hat nicht mal mit der Arbeit innegehalten und wickelt weiter ein Kabel um seinen Unterarm.

»Hast du zu tun?«

»Ja. Nein. Ich bin müde.«

»Stimmt etwas nicht? Wir sehen uns überhaupt nicht mehr. Entweder bist du müde oder beschäftigt.« Ich hasse meine quengelnde, flehende Stimme, die auf einmal schrill klingt wie bei einem Kind, das etwas Verbotenes getan hat.

Eine Fliege prallt gegen das geschlossene Fenster.

Als er schließlich doch den Kopf hebt, ist sein Blick so leer, dass ich zurückweiche und keine weiteren Antworten erwarte.

»Alles gut, Alice. Ich rufe dich an, ja?«

Auf der Toilette spritze ich mir kaltes Wasser ins Gesicht und blicke in den Spiegel. An wen erinnern mich meine fiebrig glänzenden Augen, meine verkniffenen Lippen, mein blasser Teint? Da fällt es mir ein. An Mara, die Assistentin von *Liebesleid,* es sind ihre Augen und ihr gläserner, leerer Blick. Enttäuscht.

Hier fragen sich nämlich auch alle, wo Alejandro abgeblieben ist.

Auf dem Waschbecken liegt mein Handy, und auf dem Display ist noch der letzte Absatz seines Sternzeichenprofils zu sehen.

Stark ausgeprägte Sexualität, aber auch Blockaden. Viele Flirts und die fehlende Bereitschaft, sich zu binden. Neigt zur Flucht.

»Ein Euro für deine Gedanken.«

Die Worte reißen mich aus der Benommenheit, die mich erfasst hat. Ich starre auf den Getränkeautomaten, keine Ahnung, wie lange schon. Ich weiß noch nicht mal, warum ich hier und wie ich hergekommen bin.

Davide wirft eine Münze in den Schlitz. »Es ist gut gelaufen, nur ein paar kleine Patzer.«

Ich zwinge mich zu einem Lächeln. »Danke«, sage ich und wähle ein Mineralwasser.

In diesem Moment wird mir bewusst, dass meine Kehle so ausgedörrt ist wie die Wüste. Verzweifelt greife ich nach der Flasche und hoffe auf ein Wunder, wie eine Pflanze, die man zu gießen vergessen hat.

»Das war aber dringend«, meint Davide, nachdem ich ohne abzusetzen einen halben Liter Wasser in mich hineingeschüttet habe. »Alles in Ordnung mit dir?«

»Ja, alles in Ordnung«, wiederhole ich, als ob ich mir die Frage selbst stellen würde.

»Mach dir keine Sorgen wegen der Sendung, das ist alles perfekt gelaufen, der Herr und Meister war sehr zufrieden. Und Marlins Schnitzer bringt immerhin Quote.«

Die Sendung, die Quote, Marlin. Tio ist gegangen, ohne sich von mir zu verabschieden. Alejandro hat auch kein Interesse, sich von mir zu verabschieden. Ich bin völlig erschöpft.

»Willst du darüber reden?«, fragt er leise und vorsichtig.

»Du fragst immer die anderen, aber über dich selbst sprichst du nie«, antworte ich, und es klingt fast wie ein Vorwurf.

Verblüfft zuckt er zurück. »Ich bin nicht besonders interessant. In meinem Leben gibt es nichts, außer einem großen Hund, einigen Immobilien und vielen Umzügen.«

»Warum hast du eigentlich einen so großen Hund?«

Davide überlegt einen Moment, als ob er sich nicht entscheiden könnte, was er antworten soll. »Es ist einfach so passiert, während eines Jobs.«

»Das ist alles?«

»Was?«

»Alles, was du dazu zu sagen hast? Es ist einfach so passiert. Ich würde es gerne genauer wissen.«

Er sieht auf die Uhr. »Es ist schon nach Mitternacht, Alice. Vielleicht ein andermal, ja? Komm, ich bringe dich zu deinem Auto.«

Wenn er mir noch nicht mal von seinem Hund erzählen will, wird das mit dem Rest wohl erst recht nichts werden. »Kein Problem, ich habe kein Auto dabei und nehme mir ein Taxi.«

»Warum bist du ohne Auto da?«

»Es ist schon nach Mitternacht, Davide. Vielleicht ein andermal«, sage ich und werfe die Flasche in den Plastikmüll.

»Dann bringe ich dich nach Hause.«

»Warum?«, frage ich, und meine Augen füllen sich mit Tränen. Dabei weiß ich gar nicht, ob ich wütend auf ihn oder auf Alejandro bin oder auf die Mauer vor mir oder die Tür, die sich eben geschlossen hat. Egal, ich mag einfach keine Hindernisse.

Davide lässt nicht locker. »Weil ich keine Frau alleine lasse, die in Schwierigkeiten steckt«, antwortet er schließlich.

»Ich in Schwierigkeiten? Dass ich nicht lache.« Ich ziehe meine Geldbörse heraus und präsentiere ihm drei Zwanzigeuroscheine. »Ich kann mir ein Taxi leisten, wenn es sein muss, sogar drei- bis viermal hin und zurück.«

Er hebt beschwichtigend die Hand. »Ich möchte dich aber gerne nach Hause bringen, Alice. Ich möchte mich für heute Abend bedanken.«

Ich schweige.

»Und ich möchte mir dir reden.«

Als sein Auto vor meiner Wohnung zum Stehen kommt, weiß ich, dass Flash der Hund eines seiner letzten Auftraggeber war. Als er starb, wollte die Ehefrau Flash nicht behalten.

»Bevor er eingeschläfert worden wäre, habe ich ihn bei mir aufgenommen. Ich hatte ihn ins Herz geschlossen, was hätte ich denn machen sollen?«, versucht er eine Erklärung und schaltet den Motor aus.

»Was für eine schreckliche Frau. Wie kann man nur auf die Idee kommen, einen gesunden Hund einschläfern zu lassen?«

»Das stimmt nicht, so ist sie nicht. Aber sie hatte schon immer Angst vor Flash, und mit den Kindern und der Firma hatte sie einfach keine Zeit, um sich um ihn zu kümmern. Sie musste sich entscheiden.«

Das mag stimmen, aber deswegen ein gesundes Tier töten? Auf alle Fälle hat Flash ein neues Herrchen gefunden. »Ich bin froh, dass die Geschichte ein Happy End hat.«

»Die magst du wohl sehr. Die Geschichten mit Happy End meine ich. Du und deine Liebesfilme.«

Ich zucke mit den Schultern. »Im Leben ist das allerdings nicht immer so. Happy End oder nicht, das entscheidet oft der Zufall.«

Davide greift nach meiner Hand, und seine Finger legen sich um meine. Im Halbdunkel des Wagens erkenne ich, dass er mich betrachtet. »Ja, ein Happy End lässt sich nicht vorhersagen.«

»Die Liebe im wahren Leben ist immer viel komplizierter als die Liebe im Film. Dort weiß man sofort, mit wem die Hauptfigur zusammenkommen wird, da gibt es keine Zweifel, nur Missverständnisse.«

»Keinen Betrug«, seufzt Davide und starrt wieder auf das Lenkrad. »Hast du schon mal jemanden betrogen, Alice?«

Die Frage kommt wie ein Blitz aus heiterem Himmel, und ich kann nicht einschätzen, ob sie sich auf Alejandro bezieht, über den wir noch gar nicht gesprochen haben, oder auf Davides eigene Vergangenheit. Ob er wohl betrogen worden ist? Oder will er bloß meine Vorstellungen von Moral und Treue abfragen?

»Nein, noch nicht«, antworte ich, und um meine Verlegenheit zu überspielen, schiebe ich ein paar der üblichen Floskeln hinterher. »Es ist schon mit einem Partner kompliziert genug, aber zwei zur gleichen Zeit?«

Er nickt, sagt jedoch nichts. Einen Moment lang sehen wir uns nur an. Mehr ist nicht nötig. Das Licht der Straßenlaterne erhellt lediglich die Umrisse unserer Gesichter und hebt sie von der diffusen Umgebung ab.

Zwischen uns liegen so viele ungeklärte Fragen und unausgesprochene Worte, ein tiefer, unüberwindlicher Graben. Davides Körper bewegt sich wie in Zeitlupe auf mich zu, wie ein Astronaut im Weltraum, bis sein Gesicht ganz nah vor meinem ist. Träume ich?

»Gute Nacht, Alice«, flüstert er und drückt seine Lippen auf meine Wange.

Jungfrau

Wenn ihr in einen Jungfraumann verliebt seid, dann habt ihr womöglich psychische Probleme. Nein? Habt ihr schon mal *Psycho* gesehen? Oder einen dieser Romane gelesen, in denen der Mörder ein auf den ersten Blick sanfter und ausgeglichener Durchschnittstyp ist, der zur Pedanterie neigt und unendliche Freude dabei empfindet, Tag für Tag einer stumpfsinnigen Arbeit nachzugehen?

Hallo? Fällt euch nicht doch noch jemand ein?

17

Die Regeln im Haus des Krebses

Schade, dass wir keinen Winter haben.

Der Winter ist die ideale Jahreszeit für Liebeskummer. Man kann sich unter einer Daunendecke vergraben und so tun, als gäbe es sonst nichts mehr. Nicht mal mehr dich. Vor allem nicht dich.

Stattdessen hat gerade der Frühling Einzug gehalten, und es ist viel zu warm für die Daunendecke. Ich muss meinen Körper dem warmen Licht aussetzen und dem Leben preisgeben, das mir entgegenschreit, dass ich noch da bin, noch dazu unversehrt, auch wenn mir das seltsam vorkommt. Mit leerem Blick und roter Nase schleppe ich mich durch die Wohnung.

Auf dem Sofa haben wir zusammen ferngesehen. In der Küche saß er immer auf diesem Stuhl. Im Badezimmer liegt die Zahnbürste, die ich schon für ihn gekauft hatte. Die kleinen Dinge des Alltags lassen mich die Leere besonders deutlich spüren.

Ich bin allein.

Nicht mal auf die Astrologie ist Verlass. Ich werde nie jemanden finden, der mehr mit mir aufbauen will als nur ein Kartenhaus. So frustrierend es auch sein mag, ich habe an diese Beziehung geglaubt und bin wieder mal auf die Nase gefallen.

Es kommt eben doch nur in Filmen vor, dass jemand sagt: »Du bist einfach wunderbar, Bridget. Genau so, wie du bist.«

Ich lasse mich vom Stuhl auf den Boden sinken, den Rücken ans Sofa gelehnt. Ich habe mich vor drei Tagen krankgemeldet und seitdem keine Fußzehe vor die Tür gesetzt, mache das Bett nicht mehr und ernähre mich à la Russisches Roulette. Mit geschlossenen Augen öffne ich den Kühlschrank und greife nach dem Erstbesten, das mir zwischen die Finger kommt (gestern ein Glas Gurken). Ich gehe auch nicht ans Telefon, sondern starre nur apathisch auf das Display, auf dem immer wieder ein Name auftaucht: Paola.

Ich will sterben. Lasst mich sterben. Mir geht es beschissen. So kann ich nicht weitermachen, es geht einfach nicht. Soll ich vielleicht jemandem Bescheid geben? Denn es wird langsam warm, und wenn ich wirklich sterben und man meinen Leichnam erst nach mehreren Tagen finden sollte, dann wäre ich in einem erbärmlichen Zustand.

Es klingelt. Ich zucke zusammen. Vielleicht bekomme ich ja vor Schreck einen Herzinfarkt, der meinem Leid ein Ende setzt.

Ich quäle mich hoch und drücke den Knopf der Gegensprechanlage.

»Mach auf, du blöde Kuh.«

Das passiert also, wenn ich eingehende Nachrichten ignoriere. Schneller als ein Düsenjet, tödlicher als eine Rakete und selbstbewusster als Superman steht eine halbe Minute später Paola vor meiner Tür und schiebt den Kinderwagen in die Wohnung. Sie hält sich nicht mit Begrüßungsfloskeln auf, sondern geht schnurstracks in die Küche und seufzt, als sie das Chaos sieht. Überall dreckige Teller, ungespülte Gläser, leere Flaschen und zerknüllte Servietten.

»Ich kenne meine Pappenheimer«, sagt sie und baut eine Armada von Putzmitteln vor sich auf. Danach verwandelt sie sich in die blondgelockte Version von Meister Proper.

Sandrino beobachtet seine Mama aus dem Kinderwagen heraus und macht dabei Spuckeblasen. Klar, er ist ja auch Wassermann. Von sich überzeugt und distanziert.

»Ich weiß«, fährt sie fort, »ganz genau, was passiert, wenn man verlassen wird. Man kümmert sich um gar nichts mehr. Man lässt sich gehen, hängt nur noch vor der Glotze rum, schaufelt Fastfood in sich hinein und lässt die Wohnung vergammeln.«

Ich stehe immer noch an der Tür. Ich bin wie paralysiert, kann sie nicht aufhalten, ihr aber auch nicht helfen, ich kann ihr noch nicht mal antworten.

»Durchschnittlich nimmt man bei einer Depression täglich zwischen zwei- und dreitausend Kalorien mehr zu sich als nötig. Das kam mal im Fernsehen. Du weißt ja, wie fett die Amerikaner sind, oder? Das liegt daran, dass die meisten depressiv sind. Du willst doch nicht auch so enden?« Dann öffnet sie den Kühlschrank, schreit auf, beginnt ihn auszuräumen und schimpft: »Keine einzige Möhre!«

In Nullkommanichts hat sie die Küche auf Vordermann gebracht und einen großen schwarzen Müllsack gefüllt, den sie mitgebracht hat. »Du weißt, wie gefährlich Keime sein können? Weißt du, wie viele Viren und Bakterien sich in Ritzen, Fugen und im Teppich festsetzen? Sie können tödliche Krankheiten übertragen.«

Für die Krebsgeborenen ist die Welt ständig voller Gefahren, und Paola ist ein echtes Musterexemplar, besonders wenn sie von einem ihrer spontanen Fürsorgeanfälle gepackt wird. Hinzu kommt ihr aufopferndes Bestreben, dass sich ihre Umgebung verstanden und geliebt fühlen soll, verbunden mit bedingungsloser Loyalität, die bis in die Spitzen ihrer Marilyn-Monroe-Mähne reicht.

Neben weiteren krebstypischen Wesensmerkmalen ist sie auch mit einem untrüglichen Feingefühl und einem fotografischen Gedächtnis ausgestattet. Diese beiden Eigenschaften prädestinieren sie dafür, Lügen und Ausreden auf den ersten Blick zu entlarven. Sie kennt die Wahrheit. Während sie sich unablässig maulend in meinem Schlafzimmer zu schaffen macht (»Schläfst du in einem Hundekorb? Diese Laken stehen ja von allein. Seit wann hast du hier nicht mehr gelüftet? Du solltest mehr Sorgfalt …«), lasse ich mich aufs Sofa sinken, die Fernbedienung fest umklammert, obwohl der Fernseher ausgeschaltet ist. Sandrino beobachtet mich verwundert und macht weiter Blubberblasen. Seine Lieblingsbeschäftigung. Er hat es echt gut.

Wieder klingelt es.

»Erwartest du wen?«, fragt Paola, die im Wohnzimmer aufgetaucht ist.

Nur Joe Black.

Ich hebe lethargisch eine Schulter.

Kurze Zeit später höre ich, wie die Tür geöffnet wird und Paola leise mit jemandem spricht. Ich hebe nicht mal den Kopf, bin immer noch völlig apathisch. Wie aus dem Nebel taucht Tio vor mir auf, mit einer Tüte Lebensmittel in der Hand.

»Na, Frau Doktor Allwissend? Mit dem Latein am Ende?« Er beugt sich zu mir herunter und nimmt mich in den Arm.

Ich möchte ihm sagen, dass es mir leidtut, bringe aber kein Wort heraus.

»Schon gut. Typisch Waage zu glauben, dass man die Wahrheit gepachtet hat.« Er wühlt in der Tüte und zieht eine Tafel

Schokolade heraus. »Hier. Ich wette, du hast seit drei Tagen nichts Richtiges gegessen. Und Schokolade macht gute Laune. Greif zu.«

Er richtet sich wieder auf und schaut sich kopfschüttelnd um. Auf dem Tisch hat Paola Männerklamotten gesammelt, zusammen mit Alejandros Foto und ein paar vertrockneten gelben Rosen.

»Du weißt, dass Serienkiller so etwas machen? Sich einen Altar bauen?«

Ich zucke mit den Schultern.

Mit einer raschen Bewegung wischt Tio alles vom Tisch, nimmt ein Foto aus seiner Jackentasche, zerreißt es und fordert mich auf, es ihm nachzumachen. »Ich weiß, dass die Waage alles unter Kontrolle haben will. Um jeden Preis. Besonders in depressiven Phasen. Sie putzt und putzt, bis zur Erschöpfung. Dabei würde es dir guttun, dich aufzuregen, wütend zu werden, alles kurz und klein zu schlagen und mit Dartpfeilen auf sein Foto zu werfen. Los, versuch's mal! Es befreit, wirklich.« Er wirft die Papierschnipsel auf den Boden und hüpft darauf herum, dann geht er ins Bad.

Unschlüssig starre ich auf Alejandros Foto.

»Und das hier?«, ruft Paola von der Tür aus und zeigt auf die Schokolade. »Verdammt, Alice, du willst doch nicht enden wie Moby Dick?« Sie greift danach und wirft die Tafel angewidert in den schwarzen Sack. »Hey, was ist das denn?« Sie deutet auf den Fußboden, wo Alejandros Klamotten und die überall verstreuten Papierschnipsel liegen. »Ich mache hier sauber, und du müllst alles wieder zu? Fotos zerreißen nutzt gar nichts. Du bist doch keine sechzehn mehr.«

Warum lassen sie mich nicht einfach in Ruhe? Warum setzen sie sich nicht hin und überlassen mich meinem Elend?

Tio kommt aus dem Bad. Er wechselt einen verzweifelten Blick mit Paola, dann schütteln sie beide den Kopf. Paola verschwindet wieder, um auch den letzten Winkel meiner Wohnung zu desinfizieren.

»Warum schaust du dir keinen Film an, Schätzchen?«, schlägt Tio vor und nimmt mir die Fernbedienung aus der Hand. »Komm, ich lege dir was Schönes ein.« Er nimmt *Sturmhöhe* vom DVD-Stapel. »So. Soll ich dir einen Tee machen, vielleicht noch ein paar Kekse dazu? Es gibt nichts, was man nicht mit einer schönen Tasse Tee und Schokokeksen heilen kann.« Er zwinkert mir zu, und ich bleibe allein mit Ralph Fiennes zurück, der sich nach Juliette Binoche verzehrt.

»Was soll ich nur mit dir machen?«, ruft Paola, reißt mir die Fernbedienung aus der Hand und drückt die Pausetaste. »Wie oft hast du den denn schon gesehen? Ich kenne dich gut genug, um zu wissen, dass dieses Zeug nicht gut für dich ist. Danach hast du bloß einen Haufen absurder Bilder im Kopf. Hallo? Hier ist das reale Leben, Alice!«

»Sie ist total stur«, sagt Tio, als er mit einer dampfenden Tasse Tee zurückkommt. »Wie oft habe ich dir schon gesagt, du sollst die Finger von ihm lassen? Alejandro ist Schütze, das stimmt, aber man muss auch den Aszendenten bedenken. In seinem Horoskop spielt Wasser garantiert eine Hauptrolle.« Er fuchtelt mit dem Zeigefinger in der Luft herum. »Es ist Zeit, dass wir mal Tacheles reden, mein Mädchen.«

Ich schließe die Augen, während die beiden weiter um mich herumwuseln wie besorgte Eltern um einen Teenager in der Pubertätskrise. Aber wenn Catherine Earnshaw wegen Heathcliff leidet, dann kann ich diese beiden Nervensägen wirklich nicht um mich herum haben.

»Vielleicht sollten wir einen Arzt rufen«, sagt Paola irgendwann und legt mir die Hand auf die Stirn. »Seitdem wir hier sind, hat sie noch keinen Ton gesagt.«

Ah, sie haben es gemerkt. Worte sind unwichtig. Völlig überbewertet. Nehmen wir zum Beispiel das, was Alejandro so von sich gegeben hat. *Querida, mi amor* … bla, bla, bla. Totaler Schwachsinn. Aus Protest werde ich für den Rest meines Lebens schweigen.

Vielleicht sollte ich es ihnen sagen, damit sie sich keine Sorgen machen.

»Alice? Hörst du mich? Kannst du bitte in die Gegenwart zurückkommen?«, fleht Paola.

»Alice, meine Liebe«, versucht es nun auch Tio.

Warum verstehen sie es nicht? Es wird nie wieder so werden, wie es war. Schluss. Aus. Vorbei. Ich habe verloren.

Unter mir vibriert das Handy, und ich erkenne den Klingelton des Senders. Das fehlt mir gerade noch. Soll ich denen in Großbuchstaben schreiben, dass ich in Ruhe gelassen werden will?

Mühsam ziehe ich das Handy unter mir hervor und will es eigentlich gegen die Wand werfen, damit Paola sich beschweren kann, was sie wieder alles in Ordnung bringen muss, und Tio Gelegenheit hat festzustellen, dass die Waage oft schweren Stimmungsschwankungen unterliegt.

»Ja.« Ich springe hoch und fahre mir mit der freien Hand durch die Haare. »Ich bin zu Hause. Ja, krank. Nichts«, ich huste, »Schlimmes, nur eine Grippe.«

Tio und Paola sehen mich mit skeptischem Gesichtsausdruck an, die Arme vor der Brust verschränkt. Nahezu synchron.

»Nein, du störst gar nicht. Was gibt's, Davide?«

18

Kein Land für Waagen

Verlassen zu werden bedeutet nicht das Ende der Welt. Ich habe es schon häufiger erlebt, ist ja nicht das erste Mal. Genau betrachtet, sollte ich diese Lappalie mit Alejandro einfach vergessen.

Oft, viel zu oft, ergeben sich verlassene Frauen in ihr Schicksal, verkriechen sich, schlagen resigniert die Augen nieder und machen sich kleiner, als sie sind. Aber sind wir Verlassenen wirklich weniger wert? Vielmehr sollten sie sich schämen, diese Herzensbrecher, diese egoistischen Liebestouristen, diese verlogenen Gefühlsvorgaukler.

Nicht mit mir. Wie ein Phönix aus der Asche werde ich aufsteigen. Soll er mal sehen.

Als ich den Sender betrete, versuche ich so beschwingt wie nur möglich zu wirken. Auf meinen Pfennigabsätzen, für die ich einen Waffenschein brauche, trippele ich in den Flur, Küsschen links, Küsschen rechts, ein Lächeln für jeden, der mir begegnet.

»Ciao Vale!«, rufe ich der Rezeptionistin entgegen, während ich hinter den Tresen gehe, um sie zu umarmen, als wäre sie von einer zweimonatigen Tour durch Burkina Faso zurückgekehrt.

»Wie geht es dir, meine Liebe?«, fragt sie und umarmt mich herzlich. »Hast du dich gut erholt?«

Haben diese Tratschweiber denn keine eigenen Probleme? Haben sie meine Beziehung mit Alejandro in meiner Abwesenheit schon komplett durchanalysiert, schlimmer noch als bei *CSI*?

»Ach was, da war doch gar nichts. Und wenn es nicht so gekommen wäre, hätte ich die Entscheidung getroffen. Es war nur eine Frage der Zeit.«

»Wirklich? Ich dachte nicht, dass man selbst entscheiden kann, ob man eine Grippe bekommt oder nicht. Verstehe ich nicht.«

Verdammter Mist! Ich hatte mich ja krankgemeldet, deswegen die Nachfrage. »Ach, weißt du«, sage ich und mache eine flüchtige Handbewegung, »es heißt doch immer, wenn die ganzen Giftstoffe mal draußen sind, fühlt man sich wie neugeboren. Besser als ein Lifting.«

Ich gehe weiter und frage mich, ob ich es mit meinem Auftritt vielleicht etwas übertrieben habe, aber allemal besser, als mit Leichenbittermiene hier aufzutauchen. Als ich schweißgebadet an meinen Schreibtisch taumele, fühle ich mich mehr tot als lebendig. Keine gelbe Rose dieses Mal. Sondern ein ganzer Strauß.

»Von wem sind die denn?«, rufe ich aus und greife nach der Karte. Nur ein Satz.

Du fehlst mir.

Keine Unterschrift.

In Momenten wie diesen komme ich mir vor, als wolle sich jemand über mich lustig machen. »Du Ärmste, immer hast du Pech, als kleiner Trostpreis gibt es diesen Rosenstrauß und das Brettspiel zu unserer Sendung.«

Von wegen. Dieses Mal sage ich Nein zu dem geheimnisvollen Rosenkavalier und Ja zu einer Alice, die sich nicht von falschen Komplimenten einwickeln lässt. Ich nehme den Strauß und werfe ihn in den Papierkorb.

Das fühlt sich gut an. Ich bin wie neugeboren. Frei und unbeschwert.

»Ah«, sagt Enrico und kommt auf mich zu. »Ciao, Alice, gerade war Davide da und hat nach dir gefragt.«

Ohne auf die Dornen zu achten (aua!), ziehe ich den Rosenstrauß aus dem Papierkorb, arrangiere ihn wieder auf dem Schreibtisch und schenke ihm meine wohlwollende Aufmerksamkeit.

Nun gut, ich muss mir nicht länger etwas vormachen. Dieser Mann gefällt mir. Sehr sogar.

Vor seinem Büro hole ich tief Luft. Es stimmt, professionell gesehen, sollte er für mich Sperrgebiet sein, aber es gibt genug Beispiele, dass es klappen kann. So wie in *Pizza Pizza* oder *E-Mail für dich* oder *Aschenputtel.*

»Ciao, Davide, Enrico meinte, du wolltest mich sprechen.«

Er steht auf. »Alice«, sagt er und lächelt breit, »du bist wieder da. Gut siehst du aus.«

»Ähm«, ich streiche mir das Kleid glatt und hoffe, dass er es für die Arbeit nicht zu kurz findet. »Danke. Und danke … für alles. Dafür dass du mich angerufen und mich damals nach Hause gebracht hast. Dass du Interesse gezeigt und mir erzählt hast … Nun denn. Ich hoffe, Flash geht es gut.« Verflixt! Ich muss diesen Sprechdurchfall dringend stoppen. Schluss, Alice, es reicht. Ich halte inne.

Er sagt: »Ja.«

Etwas ausführlicher wäre schön gewesen. Gut, ich bin verlegen, aber er ist keinen Deut besser.

Ich muss die Initiative ergreifen und das Eis brechen, denn Davide wirkt ziemlich zögerlich. »Hast du die Quote von der Sendung? Schlecht?«, frage ich beunruhigt.

»Ja, das heißt nein. Es ist sehr gut gelaufen, Magni hat sogar Spitzenwerte erreicht, vor allem sein Schlagabtausch mit Tio. Ich würde sagen, unser Experiment hat bestens funktioniert.«

»Wirklich?«

Unser Experiment.

Wir sehen uns an, und ich bemerke, wie sich sein Gesichtsausdruck langsam verändert. Das Lächeln verblasst, der Blick wirkt abwesend und weit weg, weshalb ich am liebsten ein paar Schritte nach vorne gegangen wäre. Aber irgendwie scheinen wir beide blockiert zu sein.

»Das ist alles?«, kann ich gerade noch fragen, die Hand schon auf dem Türgriff.

Ich bitte dich, Davide, sag was, sprich mit mir. Halt mich auf.

Jedes Mal wenn wir uns sehen, wenn wir miteinander reden, scheint die Luft um uns elektrisch aufgeladen zu sein. Die Farben sind strahlender, die Töne klarer, die Umrisse deutlicher. Hat das etwas zu bedeuten?

»Welches … Sternzeichen bist du?«, murmele ich, und dabei klingt meine Stimme so tief, wie ich sie noch nie gehört habe.

Mit gerunzelter Stirn sitzt er da. »Alice, warte.« Er seufzt und beißt sich auf die Lippe, während er um den Schreibtisch herumgeht. »Es gibt da etwas, über das ich mit dir reden möchte.« Als er mich berührt, ist seine Hand kalt, sein Puls schnell und meiner holt sofort auf.

»Ja«, flüstere ich und könnte mich glatt in seinen Augen verlieren.

»Alice, ich muss mich bei dir entschuldigen.«

Die Geigen verstummen, die Vögel hören auf zu zwitschern und mir Zöpfe in die Haare zu flechten. Ich fühle mich nicht mehr wie in einem Märchen und habe keine Ahnung, was hier gerade vor sich geht. Warum und wofür sollte er sich entschuldigen?

»Hat es mit der Arbeit zu tun?«, frage ich, traumatisiert von dem Gedanken, er könnte mich in immerwährende Ferien schicken. Ich habe es geahnt, nein, ich wusste, dass ich ihm nicht vertrauen kann!

Er schüttelt den Kopf. Ich weiche immer weiter zurück, bis ich mit dem Rücken gegen die Tür knalle, meine Hand immer noch in seiner, und mein Herz spielt völlig verrückt.

»Ich wollte, ich muss mich bei dir für mein Verhalten entschuldigen.« Diese Worte kosten ihn einige Überwindung, das ist nicht zu überhören. »Ähm, ich glaube, dass ich mich dir gegenüber nicht korrekt verhalten habe. Du bist eine attraktive Frau, noch dazu sympathisch und intelligent. Wer könnte dir widerstehen?«

Was zum Teufel redest du da, Davide?, überlege ich, unfähig zu reagieren.

»Als ich dich nach Hause gebracht habe, neulich abends, da gab es einen Moment, in dem ich die Kontrolle verloren habe. Das war nicht in Ordnung. Du warst erschöpft, konntest dich nicht wehren. Falls ich also den Eindruck erweckt haben sollte … also … dann möchte ich mich dafür entschuldigen. Schließlich arbeiten wir zusammen. Deshalb sind andere Dinge … Kurz gesagt, es tut mir leid.«

Als ich die Tür hinter mir zuziehe, ist das leise Klicken kaum zu hören, trotzdem dröhnt es mir in den Ohren, als würde gerade ein achtstöckiges Hochhaus in die Luft gesprengt. Ich gehe auf die Treppe zu, liege angezählt im Ring und warte nur noch auf das K.o.

Genau in diesem Moment kommt Cristina aus einem der Büros. Wir haben uns länger nicht gesehen, und ihr Bauch wölbt sich bereits beachtlich.

»Entschuldige«, sagt sie und fährt sich über die runde Kugel, »es wird langsam lästig.«

Heute ist ihr Lächeln schüchtern, fast gequält. Das müssen die Hormone sein. Während der Schwangerschaft soll es zu starken Stimmungsschwankungen kommen, sagt man. Das wird wohl der Grund sein. Na ja, ich werde es wohl nie erfahren.

»Hattest du in letzter Zeit Kontakt zu Carlo?«, fragt sie, während ich weitergehe.

Ich drehe mich um. »Nein«, antworte ich. Meine Lust, mit ihr zu plaudern, ist ähnlich groß wie die, mir mit einem Hammer auf den Daumen zu schlagen.

»Ach so, ich dachte, ihr hättet keine Geheimnisse voreinander.«

Das stimmt. Oder besser, das hat mal gestimmt. Jedenfalls bevor Cristina und vor allem das Kind alles verändert haben.

Während ich die Treppe heruntergehe, frage ich mich, warum. Im Grunde ist es nicht Carlos Schuld, dass er sich sein Leben früher eingerichtet hat als ich. Ich bin doch nur neidisch, dass er etwas hat, das ich nicht habe.

Auf einmal denke ich wieder an Alejandro, an Davide. Kann man so kurz hintereinander zwei bittere Enttäuschungen erleben? Gut, mit Davide ist nie etwas passiert. Ich muss realistisch bleiben. Trotzdem bin ich sauer.

Mit jeder Stufe, jedem Schritt werde ich wütender. Als ich an meinen Schreibtisch komme, sind die Rosen immer noch da, nur die Köpfe hängen ein wenig, was genau zu meiner Stimmung passt. Ich will sie gerade erneut entsorgen, als Ferruccio und Alejandro hereinkommen. Der Spanier sieht aus wie immer. Eng anliegendes T-Shirt und sein unwiderstehliches Lächeln auf den Lippen, auch wenn es dieses Mal nicht einer Frau gilt. Statt die Rosen in den Papierkorb unter dem Schreibtisch zu werfen, gebe ich einen so tiefen Seufzer von mir, dass selbst Meg Ryan blass werden würde, und halte mir glückselig den Strauß unter die Nase. »Wer weiß«, flüstere ich und komme mir ein bisschen dämlich dabei vor, was ich allerdings zu überspielen versuche.

Ich muss zugeben, dass Alejandro ein noch besserer Schauspieler ist als ich, denn in seinem Gesicht bewegt sich kein Muskel. Nichts verrät, dass er etwas gesehen oder gehört hat.

Sobald die beiden aus meinem Blickfeld verschwunden sind, bereite ich dem Spuk ein Ende. »Ab in den Müll mit euch.«

»Du bist berühmt, was beschwerst du dich?«

»Na klar, die *Cosmopolitan* möchte ein Interview mit mir als einer der zehn am häufigsten verlassenen Frauen der Welt machen«, sage ich zu Tio und zwinge mich zu einem heiteren Gesichtsausdruck.

»Wenn du dich auf den Kuhhirten in seinem affigen Hemdchen beziehst, solltest du froh sein. Er ist nicht der richtige Mann für dich. Wann kapierst du das endlich?«

»Wo ist dann bitte schön der richtige Mann für mich? Wo steht geschrieben, dass es ihn überhaupt gibt? Was glaubst du, wie oft ich mir schon eingeredet habe, dass eine andere Tür aufgeht, wenn sich eine Tür schließt? Das mag bei anderen so sein, aber meine Tür bleibt zu. Da hilft auch keine Astrologie. Ich bin eben ein hoffnungsloser Fall. Der Spruch mit dem Topf und dem Deckel stimmt bei mir nicht.« Ich setze mich und schlage den Kopf mehrmals auf die Schreibtischplatte, gefolgt von einem abgrundtiefen Seufzer. Ich will ihm nicht von Davide erzählen. Ich verstehe es ja selbst nicht. Vor allem aber habe ich keine Lust, mir zum x-ten Mal anzuhören, dass ich mir mal wieder den Falschen ausgesucht habe.

»Hör zu«, sagt Tio und klopft mir auf die Schulter, »du hast ein bisschen Pech in der Liebe, das ist schon richtig, aber …«

»Ein bisschen?«, frage ich, ramme ihm meinen Ellbogen in die Rippen und hebe den Kopf einige Zentimeter an, bevor ich ihn wieder auf den Schreibtisch sinken lasse. »Das ist ja wohl die Untertreibung des Jahres. Tio, Beziehungen und ich ist etwa so wie ein Einbeiniger und Hürdenlauf.«

Aber Tio lässt sich nicht entmutigen. »Da ist noch nicht das letzte Wort gesprochen.« Als ich den Kopf schüttele und ihm zu verstehen gebe, dass er mich in Ruhe sterben lassen soll, fährt er fort: »Vielleicht haben wir das Problem bisher zu sehr auf die leichte Schulter genommen. Aber was tun, wenn es hart auf hart kommt?«

»Lass mich raten. Man sucht sich etwas Einfacheres aus?«

»Falsch. Dann kommt es nur noch härter.«

19

Auch Stiere haben eine Seele

Tio steht vor meinem Schreibtisch und sieht mich scheinheilig an, ehe er eine Rolle aus seiner Umhängetasche zieht. Es kommt mir so vor, als wappnen wir uns für ein Duell.

»Was zum Teufel ist das?«, frage ich, denn die rätselhaften Zeichen, Linien und verschiedenfarbigen Symbole auf dem Papier sagen mir gar nichts.

»Das, meine Liebe«, antwortet er mit der Leidenschaft eines Schauspielers, der die Rolle von Merlin dem Zauberer rezitiert, »ist dein Geburtshoroskop.«

»Mein was?«

»Dein Geburtshoroskop.« Es klingt fast wie ein Trompetenstoß. Ich verstehe immer noch nicht. »Du hast mir deinen Geburtstag genannt, die Geburtsstunde und den Geburtsort, weißt du noch? Aus diesen Daten habe ich dein persönliches Horoskop errechnet.« Er seufzt im Angesicht von so viel geballter Unwissenheit. »Die Sternenkonstellation bei deiner Geburt. Die Sterne, wie sie in dem Moment am Himmel standen, als du deinen ersten Atemzug getan hast.«

Verblüfft betrachte ich die Karte, die er vor mir ausgebreitet hat. »Wow«, murmele ich und streiche behutsam mit der

Fingerspitze über die Zeichen, als ob sie Energie ausstrahlen oder mir durch die Berührung etwas mitteilen könnten. »Donnerwetter, so wie du das sagst, klingt es wirklich beeindruckend. Scheint eine ernsthafte Sache zu sein.«

Er verschränkt die Arme vor der Brust. »Meinst du, wir belieben zu scherzen, meine Teuerste?«

Ich schüttele den Kopf.

»Gut so. Denn ein Geburtshoroskop sollte man nicht auf die leichte Schulter nehmen, und vor allem ist es nicht leicht zu deuten. Du hast ja schon Erfahrungen mit dieser dämlichen App gemacht, die du wegen Alejandro runtergeladen hast. Ein Horoskop ist wie ein Puzzle. Jedes einzelne Teil hat eine besondere Bedeutung. Daraus ein Gesamtbild zu erstellen ist eine Kunst.« Er schaut wieder auf die Karte. »Die drei Schlüsselpositionen eines Geburtshoroskops sind die Häuser, Zeichen und Planeten. Siehst du diese Sektoren hier, die den Kreis unterteilen? Das sind die zwölf astrologischen Häuser, von denen jedes für einen anderen Lebensbereich steht. Geld, Liebe, Kommunikation, Kreativität, Gesundheit, Tod, Freunde. Verzieh nicht das Gesicht, hör mir lieber zu.«

»Aber das ist so was von kompliziert«, antworte ich und kratze mich an der Schläfe.

»Ist das Leben etwa nicht kompliziert?«

Ich schaue wieder auf die Karte. »Pfff.«

Unbeeindruckt fährt er fort: »Entscheidend ist, in welchem Haus sich die Planeten bei deinem Geburtszeitpunkt befunden haben. Stehen mehrere Planeten in einem Haus, entfaltet sich dieser Lebensbereich besonders intensiv. Steht der Planet in seinem Heimatzeichen, ist sein Einfluss sogar noch stärker.«

»Hm, dann schauen wir doch mal nach«, sage ich und versuche zu verstehen. »Wo ist zum Beispiel mein Lust- und Liebeshaus?«

»Die Liebe ist im siebten Haus. Es steht für Ehe, Beziehung und Partnerschaft«, erklärt er und zeigt auf die Karte.

»Na ja, einen Planeten gibt es dort immerhin«, seufze ich erleichtert und betrachte fast zärtlich das Symbol in diesem Feld. Es hätte schlimmer sein können, denn einige Felder daneben sind leer. »Welcher ist das hier?«

Tio räuspert sich. »Das ist, ähm, Saturn. Ja, Saturn, ganz sicher.«

»Schon wieder! Was hat der denn in meinem Liebeshaus zu suchen? Bitte, schick ihn weg.« Ich kratze mit dem Fingernagel darüber, als ob das etwas nützen würde.

»Ganz ruhig, das ist nichts Schlimmes. Saturn im siebten Haus bedeutet eine späte Heirat oder auch Misstrauen gegenüber Beziehungen.«

»Warum wundert mich das nicht?«, sage ich leicht pikiert und verschränke die Arme vor der Brust. »Wo stecken denn die ganzen anderen Planeten? Wo zum Teufel ist Venus?« Ich bemerke eine Ballung von Symbolen in einem Feld oben links in dem Kreis.

»Die meisten stehen im Haus der Karriere. Auch Venus, und zwar genau im Zentrum. Das bedeutet, du bist eine faszinierende Persönlichkeit mit diplomatischem Geschick und künstlerischem Talent. Hm, das kann genauso gut eine Enttäuschung in Liebesdingen bedeuten, aber bleiben wir mal optimistisch.«

Ich verziehe erneut das Gesicht. Ich wusste immer schon, dass bei mir etwas Fundamentales nicht stimmt. Und jetzt stellt sich heraus, dass ich völlig konfuse Planeten habe und mein astrologisches Porträt ein Gemälde von Picasso sein könnte. »Ich hatte recht, siehst du? Ich bin eine astroplanetarische Katastrophe. Was macht man in so einem Fall? Meiner Meinung nach kann bei dieser Konstellation nicht mal eine Wallfahrt nach Lourdes noch etwas ausrichten.«

Tio nimmt mich in den Arm, um mich zu trösten. »Lass dich nicht entmutigen. Die Astrologie ist zwar ein Indikator für das, was ist, aber es ist an dir, damit umzugehen und das Beste daraus zu machen, das habe ich dir doch schon öfter gesagt. Schau nach vorn. Du bist eine attraktive Frau, sympathisch und intelligent. Warum solltest du keinen Mann finden? Du neigst nur leider dazu, dir immer die falschen Typen rauszusuchen. Vielleicht weil sie vordergründig attraktiv und geheimnisvoll auf dich wirken, für dein Sternzeichen übrigens ganz typisch. Denk mal darüber nach, dass auch ein anderer in Frage kommen könnte. Einer, der das Gegenteil davon ist. Dann schauen wir uns sein Horoskop an, und wer weiß, vielleicht erlebst du ja eine Überraschung.«

Ich atme schwer und lasse mich in seine Arme sinken. Warum finde ich niemanden, der so fürsorglich ist wie er? Es wäre zu schön, einen Partner zu haben, der sich so um mich kümmert wie Tio, einfühlsam und klug.

Er drückt mir einen Kuss auf die Stirn und flüstert mir ins Ohr: »Du bist wirklich stur. Ich bin gespannt, wann du's endlich kapierst.«

»Tut mir leid, dass ich Sie unterbrechen muss«, sagt eine Stimme hinter uns.

Als Tio rasch zur Seite tritt, sehe ich Andrea Magni vor meinem Schreibtisch stehen.

»Guten Tag?«, begrüße ich ihn und lasse es wie eine Frage klingen. Was macht der denn hier?

»Hallo, Andrea«, sagt Tio ernst und fährt sich dann mit der Hand übers Gesicht. Ich kann verstehen, dass er sich unwohl fühlt, schließlich haben die beiden während der Sendung äußerst scharf diskutiert. Ihre Positionen könnten nicht gegensätzlicher sein.

»Tiziano.« Magni schenkt ihm sein souveränes Lächeln.

»Kann ich etwas für Sie tun, Herr Magni?«, frage ich.

»Vielen Dank, aber ich bin zufällig vorbeigekommen und wollte nur rasch Hallo sagen und mich nochmals für Ihre Freundlichkeit bedanken.«

»Willst du einen Kaffee?«, fragt Tio und zeigt sich von seiner besten Seite. Immerhin. Er hat nicht mal mit der Wimper gezuckt, als Magni ihn mit seinem vollen Namen angesprochen hat, was er sonst gar nicht leiden kann.

»Bei Jupiter, wie soll ich da Nein sagen?«

»Kommen Sie«, sage ich und erhebe mich.

»Wir können uns gerne duzen. Alice, nicht wahr? Ich nehme an, wir sind in etwa gleich alt.«

»Exakt«, antworte ich, denn ich erinnere mich noch genau an sein Geburtsdatum auf dem Formular.

»Bitte«, er hält mir die Tür auf und lässt mich vorgehen. *»Ladies first.«*

Dagegen ist nichts einzuwenden, er ist ein echter Gentleman der alten Schule mit Manieren aus einer anderen Zeit, ein Mann, der Frauen noch mit Samthandschuhen anfasst, als wären sie aus Porzellan.

Auch Tio gegenüber ist Andrea ausgesprochen freundlich, trotz aller Meinungsverschiedenheiten. Er besteht darauf, uns zum Kaffee einzuladen, und stellt einige Fragen zur Sendung.

»Ich habe mir die Aufnahme angesehen«, beginnt er. »Unsere Diskussion war lebhaft, aber nie oberflächlich oder gar vulgär. Du hast deinen Standpunkt ausgezeichnet vertreten, Tiziano, das muss ich schon zugeben.«

Oha, dieses *das muss ich zugeben* gefällt mir gar nicht. Ich sehe Tio an und erwarte eine aggressive Reaktion, doch er beschränkt sich auf ein »Danke, sehr nett von dir«.

Dann lehnt er sich gegen den Kaffeeautomaten und lächelt den Wissenschaftler an. »Du bist sehr telegen, hat dir das noch nie jemand gesagt?« Dann hüstelt er und sieht mich an. »Stimmt's, Alice? Darüber haben wir erst heute Morgen noch gesprochen. Andrea kommt im Fernsehen wirklich gut rüber. Die Quote war auch gut, nicht wahr? Sollen wir ihn noch mal einladen?«

Verdammt, das ist das Erste, was ich höre. Aber ich stimme ihm natürlich zu. »Gute Idee.«

»Ein verlockendes Angebot, Tiziano, und danke für das Kompliment.«

»Wir könnten etwas Witziges machen, einen Rollentausch zum Beispiel, oder wir analysieren dein Sternzeichen und dein Horoskop. Du bist Stier, oder?« Wieder späht Tio zu mir herüber, wie um nach einer Bestätigung zu suchen, dann fährt er fort: »Der Stier hat eine eher ernste Sicht auf das Leben, ist uneigennützig, zuvorkommend und liebt die Natur. So wie du. Auf frischer Tat ertappt, mein Lieber.« Er lacht und zwinkert mir zu. »Er ist uneigennützig, gelassen und eher treu.«

»Oh.« Ich schaue von Tio zu Magni, dann wieder von Magni zu Tio. Und begreife. Er ist dabei, mir einen Typen wie Andrea schmackhaft zu machen, ruhig, ausgeglichen, gewohnheitsliebend. Ich seufze und betrachte ihn mir noch mal genauer. Insgesamt nicht übel.

Alejandros Sexappeal suche ich bei ihm allerdings wahrscheinlich vergebens. Mit Sicherheit würde es mir bei ihm nicht den Boden unter den Füßen wegziehen wie bei Davide. Aber warum eigentlich nicht? Einen Versuch ist es wert.

»Eine hervorragende Idee, wir sollten darüber nachdenken.« Ich schaue auf die Uhr. »Aber jetzt muss ich mich um andere Dinge kümmern.« Normalerweise traue ich mich so etwas nicht, doch diesmal atme ich tief durch und höre mich sagen: »Wir könnten bei einem Abendessen darüber reden.«

Tios Blick schießt in meine Richtung: »Bei einem … Abendessen?«

Ich achte gar nicht auf ihn und schaue zu Andrea. Er ist blass geworden. Vielleicht habe ich ihn eingeschüchtert, weil ich die Initiative ergriffen habe. Nur wenn man bei Typen wie ihm darauf wartet, dass sie den ersten Schritt machen, dann kann man ewig warten. Außerdem wäre es ein Arbeitsessen.

»Oh, ich wäre sehr erfreut. Tiziano, bist du auch dabei?«

Tio will gerade etwas sagen, als ich antworte: »Natürlich«, ich schnippe mit den Fingern, »bloß leider ist Tio heute Abend anderweitig beschäftigt. Und da es um die Sendung am Mittwoch geht, ist Eile geboten. Die Zeit drängt.« Ich beiße mir auf die Zunge.

Andrea streicht sich über das Spitzbärtchen und schaut zu Tio. »Ach so. In diesem Fall, mir scheint …«

»Alice, sollten wir da nicht erst noch mal intensiver drüber nachdenken?«, murmelt Tio und reißt warnend die Augen auf.

Was will er denn jetzt? Eben hat er mir doch noch deutlich gemacht, dass ich mal mit Männern außerhalb meines Beuteschemas mein Glück versuchen soll. Probieren kann man es ja mal, oder?

»Alice, hör mal, soll ich heute Abend nicht doch besser dabei sein?« Der siebte Anruf von Tio in nicht einmal zwei Stunden. »Ich könnte behaupten, dass mein Termin gecancelt wurde.«

»Dazu besteht kein Anlass«, antworte ich reserviert und schaue auf das Display. Nein, nicht der siebte, der elfte Anruf. »Ich weiß, du befürchtest, ich könnte wieder enttäuscht werden, aber ich werde nichts Unüberlegtes tun, versprochen. Wir lernen uns einfach nur besser kennen, mehr nicht«, sage ich und schließe die Autotür. Dann stecke ich mir den Kopfhörer ins Ohr und fahre los, damit ich nicht zu spät komme. »Schließlich war es dein Vorschlag. Du hast gesagt, dass ich mir immer viel zu komplizierte Kerle aussuche. Andrea scheint mir genau das Gegenteil zu sein. Er ist sicher nicht der Typ Mann, für den ich mich sonst interessiere.«

»Genau, lass die Finger von ihm!«, schreit er so laut, dass mir fast das Trommelfell platzt.

»Hast du dir sein Horoskop angesehen?« Dumme Frage, es stammt ja von ihm. »Darf ich dich an den Mond-Mars-Wendekreis erinnern?«

»Das Trigon.«

»Das Mond-Mars-Trigon, das darauf hinweist, dass wir möglicherweise ähnliche Interessen haben, physisch zumindest. Ähnlich wie bei Mars-Jupiter, das habe ich mir angestrichen. Auch wenn wir nicht gerade seelenverwandt sind, ergänzen wir uns und haben großes Verständnis füreinander.«

Ich höre ihn tief durchatmen und dann ein Rascheln, wahrscheinlich irgendwelche Zettel. »Das … das ist nicht alles. Es gibt da noch die Opposition der Geburtsmonde, hier. Ihr werdet euer Leben lang emotional unausgeglichen sein.«

»Sei nicht so gemein, es kann ja nicht alles harmonieren, das sind doch nur die Ausnahmen.«

»Alice, hör mal, man muss auch noch einige andere Dinge in Betracht ziehen, unabhängig von der Astrologie.«

Allmählich werde ich sauer. »Das musst du mir mal genauer erklären. Seit Monaten beschwerst du dich, ich würde die Astrologie nicht ernst genug nehmen, und jetzt, wo die Karten auf dem Tisch liegen und endlich ein potenziell passender Partner für mich gefunden ist, sagst du, es gibt noch andere Punkte zu bedenken?«, schimpfe ich ins Handy. Im selben Moment erkenne ich Andrea. Er steht neben dem Eingang des Lokals, kerzengerade, als hätte er einen Besenstiel verschluckt. Ich setze ein verbindliches Lächeln auf und beende das Gespräch mit Tio mit den Worten: »Wir werden Sie über die Entwicklung auf dem Laufenden halten, machen Sie sich keine Sorgen. Guten Abend.«

Ich schaue auf die Uhr. 21:02 Uhr. Fast pünktlich. Fast perfekt. Trotzdem entschuldige ich mich. »Wartest du schon lange?«

»Streng genommen nur die zwei Minuten, die du zu spät bist. Aber das hat mich inspiriert, über Einsteins Relativitätstheorie nachzudenken, die besagt, dass eine Stunde in Gegenwart einer schönen Frau wie eine Minute wirken kann, eine Minute auf einer heißen Herdplatte allerdings wie eine Stunde.«

Ich nehme seinen Arm, den er mir anbietet, und denke über die Relation zwischen *heißer Herdplatte* und *schöner Frau* nach. Sollte das gerade ein Kompliment sein? Auf seine Art eben? Nun denn, die Konjunktion unserer beiden Monde könnte dafürsprechen.

»Ich bin auch froh, dich zu sehen«, antworte ich. Eine diplomatische Erwiderung erscheint mir angemessen.

Während wir im Aufzug nach oben fahren, riskiere ich einen steifen Hals, um ihn genauer zu inspizieren. Nicht übel. Ich mag Männer mit Locken. O Gott, ist das da etwa ein Haar auf dem Ohrläppchen?

Andrea macht mir ein weiteres Kompliment über die Sendung und sagt, er habe sich amüsiert und dass er Tio sehr sympathisch finde. »Wie lange kennt ihr euch eigentlich schon?«

»Noch nicht lange, ein paar Monate vielleicht«, antworte ich.

»Ah, ihr kennt euch also näher«, meint er.

»Im freundschaftlichen Sinne, ja. Wir sind *gute Freunde,* mehr nicht.«

Ganz schön kess, der Astro-Playboy. Da hat bestimmt der Wendekreis des Stiers, dieser Mond-Mars-Trigon die Hand im Spiel.

Wer weiß, vielleicht gibt es ja auch Ohrläppchen-Waxing.

Das Lokal ist ziemlich voll, doch dank seiner herausragenden Körpergröße entdeckt Andrea einen freien Tisch auf der Terrasse. Ach, wie romantisch!

»Wir haben heute Abend um die einundzwanzig Grad Celsius, die Witterungseinflüsse sind gering, Kältesymptome daher eher unwahrscheinlich«, erklärt er und rückt mir galant den Stuhl zurecht.

»Schade, dass die Stadt so hell beleuchtet ist und man die Sterne nicht sieht«, seufze ich und nehme Platz.

Ich schaue ihm in die Augen und zwinge mich, mir vorzustellen, wie unser gemeinsames Leben aussehen könnte. Vielleicht ein Heiratsantrag unter dem Sternenhimmel? Jenem Himmel, der uns so viel Glück verspricht mit Mars und Uranus, die uns eine dauerhafte Verbindung in Aussicht stellen. An unserem ersten Hochzeitstag wird ihn seine Venus in den Fischen dazu animieren, mich zu überraschen. Er wird unser Schlafzimmer mit selbstklebenden Leuchtsternen versehen. Wir werden die funkelnden Sterne bewundern, uns unter der Decke zusammenkuscheln, und dann wird er …

»Technisch gesehen sind nicht die Lichter der Stadt der Grund, warum wir die Sterne nicht sehen können, sondern die Erdatmosphäre.« Der Andrea mir gegenüber, so ganz anders als mein Fantasie-Ehemann, breitet die Arme aus. Beeindruckend lange Arme. »Die Atmosphäre ist nicht völlig transparent wegen des Wasserdampfs, der Luft und der winzigen Teilchen, die wie kleine Mikroprismen funktionieren und das Licht in alle Richtungen reflektieren.«

Ich verabschiede mich von meiner Fantasie und nicke so lange, bis er seine romantische Beschreibung des Firmaments beendet hat. Die Romantik der Wissenschaftler. Dann seufze ich und verschanze mich hinter der Speisekarte. Es dürfte eine Weile dauern, bis er wieder runterkommt, denn er hat seinen Merkur im Stier, was ihn ein bisschen schwer von Begriff macht.

»Hier kann man gut vom Buffet essen, von der Vor- bis zur Nachspeise bleiben keine Wünsche offen.«

Ich lache und lege meine Hand auf seine. Auf seine Art wirkt er sympathisch, keine Frage.

Er zieht die Hand weg und greift wieder nach der Speisekarte. »Bei deinem Angebot, noch mal in die Sendung zu kommen, um erneut mit Tio zu diskutieren, was hattest du da genau im Sinn?«, fragt er und lehnt sich auf seinem Stuhl zurück.

Wir bestellen. Ich den üblichen Spritz, er eine Cedrata.

Andrea hat den Mond in der Jungfrau, das heißt, er achtet auf seine Gesundheit und hält Diät, das gefällt mir. Aber ein Mann um die vierzig, der seine Limo durch einen Strohhalm trinkt?

Außerdem wäre ein bisschen Alkohol sicher gut für die Konversation, überlege ich mir nach einer Viertelstunde, in der ich versucht habe, seinen anspruchsvollen Ausführungen zu folgen. Da mir jedoch das Basiswissen fehlt und der Alkohol im Spritz zu wirken beginnt, fallen mir fast die Augen zu. Ich muss gähnen.

»Meinst du, das könnte dem Publikum gefallen? Hast du die Pointe verstanden?«, fragt er mich unvermittelt.

»Wie bitte?«

»Das war ein Akademikerwitz. Vielleicht wäre es interessant, dem Publikum zu zeigen, dass auch wir Wissenschaftler Sinn für Humor haben. Ich erzähle ihn dir noch mal: Was ist ein Eisbär?«

Vielleicht habe ich mich ein wenig in unseren Planetenkonstellationen verloren und deshalb die letzten Minuten unserer Konversation verpasst. Wie es scheint, haben wir gerade den Höhepunkt unseres Gesprächs erreicht. »Ein ... Tier?«

»Ach was! Für einen Mathematiker ist ein Eisbär ein potenzieller Autodieb. Denn zehn Prozent aller Autodiebe sind Linkshänder. Und hundert Prozent aller Eisbären sind Linkshänder. Ergo war es mit zehnprozentiger Wahrscheinlichkeit ein Eisbär, wenn dein Auto gestohlen wurde.« Er prustet los und schlägt sich vor Lachen auf die Oberschenkel.

Ich verstehe nur Bahnhof. Rasch tue ich so, als hätte ich den Witz kapiert, doch aus meiner Kehle kommt nur ein leises Krächzen.

O mein Gott. Nein, nein, das geht gar nicht. In Tios Berechnungen kann etwas nicht stimmen. Dieser Mann und ich werden nie das perfekte Paar werden. Nun ja, fast perfekt. Was war da noch? Die Opposition der Geburtsmonde, die alles zerstören konnte, oder? Warum klappt es eigentlich bei allen anderen und ausgerechnet ich gerate an eine Comicfigur?

»Entschuldige mich bitte einen Moment.« Ich stehe auf und renne auf die Toilette. »Hallo, Tio, verdammt!«, schreie ich ins Telefon.

»Beruhig dich, was ist denn los?«, fragt er am anderen Ende der Leitung.

»Sag mir, dass das alles ein Scherz ist. Ich kann nicht für einen Mann bestimmt sein, der so viel Sinn für Humor hat wie ein Computer. Ich will Leidenschaft, Wärme, verliebte Blicke. Mich interessiert nicht, ob Einstein auf einem heißen Herd gesessen hat oder Eisbären Autos klauen.«

»Ganz ruhig, ich kümmere mich darum.«

»Wie denn? Indem du die Sternenkonstellation neu berechnest? Wie soll ich diesen Abend überstehen, ohne einzuschlafen oder mir aus Versehen den Strohhalm in die Nase zu stecken?«

»Lass mich nur machen. Ich …«

Nein, das ertrage ich nicht länger. »Bitte sag jetzt nicht ›Ich habe es dir ja gleich gesagt‹, das kann ich nicht ertragen.«

»Und ich ertrage es nicht, dass ich es dir gesagt habe, mein Schatz.«

»Ich bete dich an.«

»Ich dich auch.«

Nachdem ich aufgelegt habe, lasse ich mir kaltes Wasser über Nacken und Handgelenke laufen, damit ich wieder wach werde. Kein Alkohol mehr heute Abend, ich brauche meine ganze Energie, um nicht mit dem Gesicht voran im Teller zu landen.

An der Tür kneife ich mir in die Wangen, recke und strecke mich und seufze. Okay, Mister Alleswisser, weiter geht's.

Ich gehe durch das Lokal zurück, und als ich an der Terrassentür ankomme, bleibe ich wie angewurzelt stehen. Andrea lacht und unterhält sich angeregt mit jemandem. Dann dreht sich Tio zu mir um und winkt mir zu.

20

Waage in Rosa

Es gibt diese Tage, an denen man mit der Welt abgeschlossen hat. Man hält sich für einen Haufen Schrott, den man nur noch entsorgen kann. Dann sollte man sich am besten einen Jutesack über den Kopf stülpen und sich wehmütig daran erinnern, dass Ehen früher von den Eltern arrangiert wurden. Ohne Wenn und Aber. Im Notfall konnte man noch ins Kloster gehen.

Und dann gibt es Tage wie heute.

Heute ist mein Lieblingstag im Monat. Paola und ich nennen ihn den »Heiligen Tag«.

Er ist heilig, weil uns nichts und niemand diesen Tag nehmen kann, kein Krieg, keine Boden-Luft-Rakete, keine Überschwemmung oder Erdbebenkatastrophe, selbst das plötzliche Auftauchen der Schwiegermutter oder die Invasion von Aliens nicht. Nächtliche Zahnschmerzen haben es bei mir mal versucht, bei Paola waren es ein Wasserrohrbruch im Keller und ein Schwarm fliegender Ameisen, aber wir haben sämtliche Attacken abgewehrt. Bis heute hat es immer geklappt. Frei nach Mel Gibson: »Man kann uns unser Leben nehmen, aber nicht unseren Heiligen Tag.«

Heute lassen wir uns bei Karin die Nägel machen. Unwichtiges Frauengedöns, mag da mancher sagen. Dieser

Jemand gehört sicher der anderen Himmelshälfte an, die meint, dass wir Frauen jeden einzelnen Atemzug den Männern widmen, dass wir morgens aufstehen, uns kämmen und schminken, alles nur für ihn. Männer! Elende Krämerseelen, die mit dem Begriff »innere Befriedigung« automatisch bestimmte nicht jugendfreie Webseiten in Verbindung bringen und nicht verstehen, dass in der Auswahl einer bestimmten Nagellacknuance eine gewisse Poesie liegt, vor allem aber, dass es therapeutischen Wert hat, sich um sich selbst zu kümmern.

Der Heilige Tag ist ein Tag der Frauen, von Frauen für Frauen, ein Tag, der wahlweise der Schönheit, der Entspannung, dem Shoppen und problemlösenden Gesprächen gewidmet ist. Eine Klammer in unserem Leben ohne störende Männer, Labsal für Geist und Körper.

»Also?«, fragt Karin und streicht ein letztes Mal über den Nagel meines kleinen Fingers.

»Also er war so langweilig, dass mir die Augen zugefallen sind«, sage ich und lege die Hand unter die Lampe. »Zum Glück ist Tio gekommen und hat sich geopfert. Den Rest des Abends hat er mit Andrea über die Sendung gesprochen. Er ist ein Engel.«

»Das reicht jetzt aber, Alice«, sagt meine Nagelpflegerin. »Wo treibst du diese seltsamen Typen bloß immer auf? Du scheinst sie geradezu magnetisch anzuziehen. Ich erinnere mich noch an diesen anderen, diesen Blödmann.«

»Alejandro?«

»Nein, der andere.«

»Luca?«

»Luca? Den kenne ich gar nicht, wer war das denn?«

»Nicht der Rede wert, den ignorieren wir. Meinst du Carlo?«

»Nein, nein, der ist doch längst Geschichte. Den von letztem Jahr.«

»Ah, Giorgio.«

»Um Himmels willen!«, ruft Paola vom Sofa aus.

»Ja, genau den.« Karin setzt ein scheinheiliges Lächeln auf, denn sie weiß, dass mich dieses Thema provoziert. »Der direkt vom Bett seiner Frau in deins gesprungen ist.«

»Ex«, korrigiere ich, »Exfrau.«

»Sie waren noch nicht mal richtig getrennt«, stellt Paola klar, die ein wahres Multitasking-Wunder ist. Sie liest *Vanity Fair,* hört unserem Gespräch zu, lutscht ein Bonbon und sucht gleichzeitig eine neue Nagellackfarbe aus.

Über Giorgio ist sie nie hinweggekommen. Zu übertrieben, völlig überzogen, um es ernst zu meinen. Was dann auch tatsächlich so war.

»Ich möchte dich nur mal daran erinnern, dass er große Erinnerungslücken hatte, als er mit einer anderen ins Bett gestiegen ist. Er hatte wohl ganz vergessen, dass er mit dir verlobt war.« Paola legt die Zeitschrift beiseite und seufzt. »Alice, Schluss mit den Problemfällen, Schluss mit den Zögerern und Zauderern, den ewigen Kindern, den Blutsaugern und Manipulatoren. Du musst dich selbst lieben, sonst wirst du dein Leben lang um Almosen betteln und irgendwann den Glauben daran verlieren, dass dich jemand wirklich liebt, so wie du bist. Die wahre Liebe, nicht die unterhalb der Gürtellinie. Da sind sie alle gut, na ja fast …«

Ich rümpfe die Nase, denn ich weiß, dass sie von Alejandro spricht. »Schon gut, schon gut.« Ich wedele mit der Hand. »Ich gebe dir recht und bin schon auf dem Weg der Besserung. Die Zeit nach Carlo war ein bisschen hektisch, nach der Katastrophe habe ich eine Konsolidierungsphase gebraucht.«

»Die dauert jetzt schon zwei Jahre, Alice. Nicht mal nach einem Erdbeben der Stärke acht Komma null braucht man so lange zum Wiederaufbau.«

Warum müssen Krebse so rechthaberisch sein?

»Und dieser Tio?«, fragt Karin. »Er scheint dich sehr gerne zu mögen.«

Paola schüttelt den Kopf und unterdrückt ein Kichern.

»Was ist?«, frage ich.

»Nichts. Er mag dich sehr, das stimmt.«

Ich schaue wieder auf meine Nägel und hoffe, dass der Rosaton und die Strasssteinchen meine Moral heben werden. »Du hast gut reden, Paola. Für dich ist es leicht, du hast Giacomo. Für mich nicht. Nimm nur mal Andrea. Horoskop, Sternzeichen, Aszendent, Planetenkonstellation, Affinität zu Bindungen … alles perfekt. Und dann? Nichts. Da hat sich gar nichts geregt. Nicht das geringste Interesse.«

»Das glaube ich dir gerne«, sagt sie.

»Soll das heißen, ich bin nicht intelligent genug für einen Astrophysiker?«

»Mit Intelligenz hat das nichts zu tun, er ist einfach nicht dein Typ«, erklärt sie und blättert eine Seite weiter, um die neuesten Trends für den nächsten Herbst in Augenschein zu nehmen. »Der Funke springt nicht automatisch über, nur weil theoretisch alles perfekt wirkt.«

»Du wirst sehen, mit diesen Glitzernägeln schleppst du mindestens zehn Typen ab, einen pro Finger«, versucht Karin mir Mut zu machen.

Ich betrachte meine Fingernägel und frage mich, ob sie einem Mann überhaupt auffallen werden. Davide vielleicht?

Eher unwahrscheinlich nach unserem letzten Gespräch. Vielleicht bringen die Strasssteinchen ja die Wende? Pah! Das habe ich nun wirklich nicht nötig.

»Was hältst du von einem Freund meines Freundes?«, unterbricht Karin meine dunklen Gedanken. »Federico hat mir von einem Typen erzählt, der oft in seiner Bar rumhängt. Ein Künstler, wenn ich mich nicht irre, echt interessant. Wenn du magst?«

»Welches Sternzeichen?«

»Alice, Schluss damit«, schaltet sich Paola ein. »So findest du nie den Mann fürs Leben.«

»Wie denn sonst? Wo finde ich ihn denn dann? In einer Chipstüte vielleicht?« Ich wende mich an Karin, die schon mit Federico telefoniert. »Ich brauche alles, Geburtstag, Geburtsstunde, Geburtsort«, flüstere ich und drehe meiner besten Freundin den Rücken zu, die bestimmt beleidigt ist. »Wenn ich nicht ausgehe, lerne ich auch niemanden kennen, Paola. Was soll ich denn machen? Zu Hause rumhocken und nichts tun? Findest du das etwa richtig?«

Sie schlägt die Zeitschrift zu und funkelt mich an. »Und dieser Davide? Was ist denn aus dem geworden?«

Gute Frage, was ist aus dem eigentlich geworden? Paola weiß es noch nicht, aber Davide ist auch ein Flop.

»Ich fürchte, den können wir der endlos langen Liste mit dem Titel ›Männer, die Alice abserviert haben‹ hinzufügen.«

»Warum drehst du den Spieß nicht um und schreibst eine Liste mit dem Titel ›Männer, die Alice abserviert hat‹? Das klingt gleich viel besser. Du solltest dringend damit anfangen.«

Ich weiß, dass sie recht hat, aber ich schaffe es einfach nicht, das Gefühl der Zurückweisung loszuwerden, das mich jedes Mal überfällt, wenn eine meiner Männergeschichten schiefgeht. Statt mir zu sagen, dass es besser so war, zermartere ich mir das Hirn nach einem Grund. Warum hat er mich verlassen? War ich ihm nicht gut genug?

»Davide?«, fragt Karin, nachdem sie das Telefonat beendet hat. »Ich will alles über ihn wissen. Wer ist das? Was macht er? Welches Sternzeichen?«

Paola legt die Zeitschrift beiseite. »Genau. Welches Sternzeichen?«

Ich schüttele den Kopf. »Keine Ahnung.«

»Wie alt?«

»Was weiß ich.«

»Jetzt können wir nicht mal das Chinesische Horoskop befragen«, spottet Paola, während sie mit dem Nagellackfläschchen wedelt, das sie sich ausgesucht hat.

»Macht euch nur über mich lustig.«

»Ich wundere mich doch bloß, dass Detektivin Alice noch keine entsprechenden Nachforschungen angestellt hat. Du könntest ihm den Geldbeutel klauen und seinen Personalausweis checken.«

»Behaupte doch einfach, du bräuchtest seine Daten für die Buchführung«, schlägt Karin vor, nicht ganz so ironisch wie meine beste Freundin.

»Wer weiß«, fährt Paola fort, »vielleicht wird Davide ja der erste Mann auf der Liste ohne Horoskop?«

Ich seufze. »Das gefällt mir ganz und gar nicht.«

Waage

Sein oder Nichtsein, das ist hier die Frage. Und nicht die einzige. Denn der arme Waagemann wird nicht allein von existenziellen Fragen mit Hamlet'schen Ausmaßen heimgesucht, selbst jede kleinste Alltagsentscheidung fällt ihm schwer. Das blaue Hemd oder das karierte? Spaghetti mit Tomatensauce oder Steak? Denn leider bedeutet die Entscheidung für eine Sache gleichzeitig die Entscheidung gegen eine andere. Und die Waage will keinen Fehler machen. Das würde seine heile Welt und sein natürliches Biotop zerstören. Ein Biotop, das ihr vielleicht destabilisieren könnt, ohne Wenn und Aber verlassen wird der Waagemann es jedoch nicht.

21

Liebe in Zeiten des Wassermanns

Ich bin stolz auf mich.

Heute habe ich etwas getan, das ich noch nie zuvor getan habe. Statt wie üblich sonntags mit den Essensresten vom Samstag und schweren Lidern vor dem Fernseher rumzuhängen, bin ich ins Kino gegangen. Alleine.

Warum sollte das Kino nur etwas für Paare und Familien sein? Ich gehe für mein Leben gern ins Kino und sollte mir jeden Film ansehen können, der mich interessiert. Warum sollte ich ein schlechtes Gefühl haben, nur weil ich niemanden finde, der mich begleiten möchte?

Sicher, vorher habe ich Tio angerufen, doch der war beschäftigt. Paola auch, aber dafür war sie zum Mittagsessen bei ihrer Schwiegermutter eingeladen, worum ich sie ganz und gar nicht beneidet habe.

Selbst meine Eltern sind nicht da. Sie sind spontan ans Meer gefahren, um ein unbeschwertes Frühsommerwochenende zu genießen.

Es war gar nicht so schlimm, alleine im Kino zu sitzen. Ich hatte eine Brille auf und habe so getan, als würde ich mir vor und nach dem Film Notizen machen, damit die anderen dachten, ich wäre eine Filmkritikerin.

Glücklich darüber, auch diese Situation gemeistert zu haben, beschließe ich, mich mit einer Shoppingtour zu belohnen. Als ich an einem Schaufenster vorbeischlendere, werde ich Zeugin einer Szene, die so absurd ist, dass man sie nicht besser hätte erfinden können.

Ich frage mich gerade, ob ich in der Bar nebenan einen Kaffee trinken soll, zögere jedoch, da ich ohne Begleitung bin. Drinnen sitzt Carlo, ganz allein an einem Tisch. Und er weint.

Ich weiß nicht, was ich tun soll, obwohl wir uns mal so nahegestanden haben. Die Kluft zwischen uns ist zu tief. Ich würde gerne über meinen Schatten springen können, aber das ist nicht unbedingt meine Stärke.

Andererseits leide ich am Helfersyndrom, was offenbar in meiner DNA angelegt ist. Übrigens ein Phänomen, das bei vielen Frauen meiner Generation auftritt. Wenn ich Leid und Elend sehe, werde ich rührselig.

»Gehen Sie jetzt rein oder nicht?«, fragt jemand hinter mir. »Sie halten den ganzen Verkehr auf.«

Was für ein Egoismus! Da beschweren wir uns immer über die Hektik in Mailand, die selbst die Senioren infiziert zu haben scheint. Die ältere Dame, die mich eben unsanft zur Seite gedrängt hat, ist der beste Beweis dafür.

Carlo sitzt nur wenige Schritte von mir entfernt, umklammert mit beiden Händen die Tasse vor ihm auf dem Tisch und fixiert sie so intensiv, als könne man darin die Zukunft lesen. Dann wischt er sich die Tränen ab, seine Augen sind noch ganz rot. Er sitzt da wie in einer Zeitblase, und ich scheue davor zurück, ihm zu nahe zu kommen. Dann hebt er den Kopf, als hätte er meine Anwesenheit bemerkt. Doch er dreht sich nicht zu mir, sondern in Richtung Toilettentür, aus der gerade eine junge Frau kommt. Bluse, Hosen und Augen, alles an ihr ist hellblau wie Vergissmeinnicht.

Ich will gerade einen Schritt auf ihn zugehen, als die Frau Carlo gegenüber Platz nimmt und nach seiner Hand greift. Ich habe das Gefühl, mitten in eine Szene geplatzt zu sein, in der ich nichts zu suchen habe, und in ein Leben zu blicken, in dem ich keine Rolle mehr spiele.

Ich sehe Lippen, die sich bewegen, Carlos Hand, die sich um ihren Arm schließt, aber sie reden so leise, dass ich nicht hören kann, was sie sagen.

Dann stehen die beiden auf. Sie will gehen, er hält sie fest. Wenn es jetzt noch neblig wäre, könnte es das Finale von *Casablanca* sein. Sie schauen sich tief in die Augen, als gäbe es nichts um sie herum, dann küsst Carlo sie so sanft und voller verzweifelter Sehnsucht, dass mir die Knie weich werden.

Stopp!

Ist das nicht Carlo, mein Ex-Verlobter-der-in-Nullkommanichts-eine-andere-geschwängert-und-seine-Hochzeit-bei-Facebook-angekündigt hat? Wohl kaum, denn gerade sieht er nicht wie ein werdender Vater aus, vor allem weil die Frau, die er da küsst, überhaupt nicht schwanger ist.

Instinktiv verstecke ich mich hinter dem Erstbesten, was ich finde. Das ist leider keine Säule, sondern die ungeduldige ältere Dame von vorhin.

»Lassen Sie mich los, Hilfe!«, schreit sie und umklammert ihre Handtasche, als fürchte sie, ich wolle sie ausrauben.

Die Liebenden lösen sich voneinander, die Frau schaut Carlo noch einmal tief in die Augen, dann dreht sie sich um und geht. Sie läuft ganz dicht an mir vorbei, weshalb sich der Blick meines Ex-Verlobten erst auf die ältere Dame und dann auf mich richtet. Ich werde feuerrot.

Warum nur muss ich mich immer wieder in die Nesseln setzen? Was tun?

Lösung A: Ich tue so, als wäre ich gar nicht ich, imitiere einen ausländischen Akzent und gebe mich als Pflegerin der Alten aus.

Lösung B: Ich täusche eine Amnesie vor, sieze ihn und frage ihn nach der Uhrzeit.

Lösung C: Ich zeige Courage und rede mit ihm.

Doch Carlo sagt gar nichts, sondern dreht sich um und setzt sich wieder an den Tisch mit der leeren Tasse.

»Ähm, ciao.«

Er hebt nicht mal den Blick, allerdings bemerke ich ein leichtes Schulterzucken.

Ich setze mich.

»Was machst du hier?«, fragt er mich so leise, dass ich eine Weile brauche, um den Sinn der Frage zu erfassen.

»Ich … Ich habe dich zufällig gesehen. Also ich stand vor … Du warst alleine, und ich wollte dir Hallo sagen.«

»Hallo«, sagt er knapp und starrt weiter auf die Tischplatte. Nicht gerade ein guter Einstieg.

Wollte er nicht vor ein paar Wochen unbedingt mit mir reden? Auf in den Kampf! »Willst du mir erzählen, was los ist?«

»Warum sollte ich? Wieso mischst du dich immer noch in meine Angelegenheiten ein? Außerdem hast du doch Augen im Kopf, oder? Wie sieht das Ganze deiner Meinung nach aus?« Er wirft mir einen wütenden Blick zu.

»Glaub mir, ich wollte dir nicht nachspionieren. Ich war im Kino und bin durch Zufall …«

Carlo fixiert einen imaginären Punkt hinter mir. »Das heißt, da ist noch jemand? Paola?«

Ach so, ich mische mich also in die Angelegenheiten anderer ein, was? »Keine Panik. Ich bin allein«, erwidere ich nicht ohne eine gewisse Selbstgefälligkeit.

»Erzähl mir nichts! Du und allein? Niemals. Das kann nicht sein.«

»Hältst du mich für unfähig, alleine ins Kino zu gehen? Dafür braucht man nicht unbedingt einen Universitätsabschluss.«

»In den fünf Jahren, als wir zusammen waren, hast du nichts, aber auch gar nichts ohne mich unternommen. Wenn nicht mit mir, warst du mit Paola oder irgendeiner anderen Freundin unterwegs. Also bitte.«

»Was weißt du denn schon? Wir sind seit zwei Jahren getrennt, ich kann mich geändert haben. Ich habe mich tatsächlich geändert.«

»Quatsch! Menschen ändern sich nicht. Du änderst dich nicht. Das ist Fakt.«

Wenn er aus sich herausgeht, hat Carlo einen Sinn für das Tragische. Bitte nicht schon wieder Hamlet. »Du hast doch keine Ahnung, was sich alles ändern kann.«

»Ich weiß, was ich sehe. Jemanden, der versucht, einen auf Karrierefrau zu machen, Push-up und Highheels inklusive.«

»Stört es dich, dass ich femininer aussehe?«

»Früher war dir das egal.«

»Nein, Carlo. Dir war es egal, und ich habe mich angepasst. Ich habe mich gefügt, als du gesagt hast, nur egoistische Karrierefrauen würden sich fürs Büro schminken und auf ihr Aussehen achten. Aber ich habe inzwischen verstanden, dass man sich als Frau gut fühlt, wenn man sich schminkt, ich gehe sogar zur Maniküre. Schau!« Ich zeige ihm meine glitzernden rosa Fingernägel. Allerdings komme ich mir dabei ziemlich dämlich vor. Hier in dieser Bar zu sitzen und mit ihm über unsere nicht mehr existente Beziehung zu diskutieren, nachdem ich beobachtet habe, wie er eine Fremde geküsst hat, ist in der Tat dämlich.

»Aha, lackierte Fingernägel. Eine wichtige Sache. Vermutlich hast du deshalb so wenig Zeit für deine Freunde?«

Ich ignoriere seine Bemerkung, ich weiß, wie er drauf ist, vor allem wenn er wütend ist. »Jeder ist seines Glückes Schmied.«

»Tatsächlich? Glaubst du wirklich, dass wir eine Wahl haben?«

Plötzlich scheint die Luft um uns dicker zu werden und die Konsistenz von Gelatine anzunehmen. Und wir stecken darin fest.

Ich kann kaum weitersprechen, trotzdem frage ich: »Willst du kein Kind? Liebst du Cristina etwa nicht?«

»Tu doch nicht so, als hättest du es nicht bemerkt, Alice. Wie könnte ich eine andere Frau küssen, wenn ich Cristina lieben würde?«, zischt er wütend. »Wenn du das nicht kapierst, auch gut. Ich … liebe sie.«

Ich drehe mich zur Tür, als ob die Frau noch da wäre oder immerhin ihr Schatten, eine flüchtige Spur, ein Hauch ihres Parfüms. »Ist es nicht eher so, dass du Angst vor dem hast, was auf dich zukommt? Ein Kind bedeutet Verantwortung.«

»Was weißt du denn schon? Du hast doch keine Ahnung. Du hast mich ja nie gefragt. Du bist einfach abgehauen, als ich dich am dringendsten gebraucht habe, deine Unterstützung und deinen Rat.«

Ich starre auf meine Glitzernägel und fühle mich auf einmal noch unwohler. »Ich habe mich betrogen gefühlt«, stammele ich, auch wenn ich weiß, dass das nicht gerade sinnvoll klingt. Doch ich kann mich noch gut an meine Verzweiflung erinnern, als ich es erfahren habe. Als er mir nichts, dir nichts aus meinem Leben verschwunden ist. Ich war am Boden zerstört. Ich fühlte mich wie eine abgelaufene Konservendose, die keiner mehr kaufen will.

»Jetzt hör aber auf, Alice. Wir waren schon länger auseinander. Und es war gut, dass wir uns getrennt haben, wir haben uns nie wirklich geliebt.«

Ich blicke ihm ins Gesicht, diesmal eindringlich und ernst. »Was redest du denn da?«

»Ich weiß jetzt, was Liebe ist. Meine Gefühle für Sonia, das ist wahre Liebe. So etwas habe ich nie zuvor empfunden, weder für dich noch für Cristina.«

Ich komme mir vor, als hätte er mir den Stiel seines Kaffeelöffels in die Brust gerammt. Fünf Jahre habe ich für diesen Mann geopfert, fünf der besten Jahre meines Lebens, in der Überzeugung, meinen Traummann gefunden zu haben, den Mann fürs Leben, den Vater meiner Kinder. Und er löscht mit einem einzigen Satz alles aus. Die wichtigste Beziehung meines Lebens wird zu einem Nichts, zu einer lächerlichen Episode.

»Das mit Sonia ist eine komplizierte Geschichte«, beginnt er mir zu erklären, als ob nichts geschehen wäre. »Sie vertraut mir nicht. Das Kind ist das Problem.«

»Ach, kluges Mädchen.« Was bildet er sich eigentlich ein? *»Ich liebe dich, aber ich werde eine andere heiraten. Übrigens, sie ist schwanger.«*

»Oh, das sind ja wunderbare Nachrichten, mein Schatz. Glückwunsch! Lädst du mich zur Taufe ein?«

Wenn sie das wirklich gesagt hätte, dann hätte ich ernsthaft an der Intelligenz von blonden Frauen gezweifelt.

Carlo sieht mich verächtlich an. »Ich hatte nicht angenommen, dass du das verstehst. Du warst schon immer gefühllos und oberflächlich. Wie der Rest der Welt auch.«

»Du bist natürlich hochsensibel«, gifte ich zurück und denke dabei an das, was Tio gesagt hat. Eine Waage mit dem Mond im Fisch, wie ich, und ein Wassermann, Aszendent Zwillinge, wie er, das kann nicht gut gehen. Die Wassermänner sind erklärtermaßen die Neinsager unter den Tierkreiszeichen, und zwar aus Prinzip. Du sagst, etwas ist weiß? Du kannst sicher sein, dass das, was für ihn vor einer Minute auch noch weiß war, nun schwarz ist. Er hasst es, mit der Masse zu schwimmen. Mit dem Doppelsalto mit ganzer Schraube in seinem Liebesleben hat sich Carlo definitiv aus allen gängigen Strukturen herauskatapultiert. Außerdem hat er den Mond im Widder.

»Dein Mond im Widder macht dich impulsiv und unstet, weißt du das? Vielleicht trägt diese Konstellation zu deinem Peter-Pan-Syndrom und deiner Weigerung bei, dich auf eine dauerhafte Bindung mit Cristina einzulassen.«

»Was redest du denn da für einen Stuss?« Er schlägt mit der Faust so fest auf den Tisch, dass die Kaffeetasse hochhüpft. »Hast du den Verstand verloren? Widder, Mond, *Horoskop*? Ich erkläre dir, dass mein Leben zerstört ist, und du kommst mir mit diesem Schwachsinn.«

»Ach, richtig, der Geistreiche von uns beiden bist ja du. Mister Perfekt, der Supersamenspender, der hinterher über sein schreckliches Schicksal jammert.«

»Von dir hätte ich etwas mehr Intelligenz erwartet, Alice. Ich habe mich in dir getäuscht. Genau wie in unserer Beziehung. Damals habe ich fünf Jahre gebraucht, um es zu kapieren, jetzt genügen fünf Minuten.«

Klar. Wenn jemand so gestrickt ist wie er, dann wird an dieser Stelle die Intelligenz bemüht. Ich kenne dieses Spielchen zur Genüge. Eine der Eigenschaften, die ich an ihm hasse. Genau wie die nach Farben sortierten Socken in der Schublade. Mit der Frage, ob in der chromatischen Abfolge erst Blau und dann Grau kommt, hat er mich fast wahnsinnig gemacht.

»Scheinbar bin ich dir intellektuell nicht gewachsen.« Ich stehe auf, schaue ihm in die Augen und denke dabei an das, was wir gemeinsam erlebt haben, an die Liebe, die er einfach weggeworfen hat wie einen Kaugummi, der den Geschmack verloren hat. Ich fühle mich wertlos, denn wenn er, der einzige Mann, mit dem ich eine echte Beziehung hatte, meint, mich nie geliebt zu haben, dann wird es nie jemand tun.

»Ich brauche deine Freundschaft«, sagt er leise.

Er wagt es, von Freundschaft zu sprechen? Nach all dem? Seit wann benutzt er Worte als Waffe?

In diesem Augenblick wird mir klar, dass ich Carlo immer idealisiert habe. Es kommt mir vor, als würde ich ihn zum ersten Mal realistisch sehen. Nicht mehr als den starken, intelligenten Mann, der mich umworben hat. Heute kommt er mir vor wie ein launisches Kind, das nicht erwachsen werden will und Angst vor Verantwortung hat.

»Ich weiß nicht, was ich tun soll«, seufzt er, den Kopf in die Hände gestützt.

Die Wut trifft mich wie eine Brandungswelle. Für ihn war ich nie etwas Besonderes. Das an sich tut mir nicht weiter weh. Nicht mehr. Denn mir wird klar, dass auch er nichts Besonderes für mich ist. Nicht mehr. Das ist eine der Situationen, in denen ich bedauere, keinen Schnurrbart, keine zuckenden Augenlider und keine schnarrende Stimme zu haben. Aber diesen Witz gab es schon im Jahr 1939, lange vor meiner Zeit.

Ich betrachte sein wutverzerrtes Gesicht, beiße mir auf die Lippen, schwanke einen winzigen Moment und sage dann: »Ehrlich gesagt: Das ist mir scheißegal.«

22

Liebe, Brot und … Astrologie

»Wo hast du dich eigentlich die ganze Zeit rumgetrieben? Deinen Luxuskörper bewundert? Sag mal, Alejandro, wo zum Teufel ist die Kiste mit den Spotlights?« Ferruccio ist stinksauer und fuchtelt aufgeregt vor der Ladefläche des Kleinlasters herum.

»Keine Ahnung. Ich habe sie eingeladen.« Selbst Alejandros Muskeln scheinen sich zu verkrampfen. Offensichtlich hat er ein schlechtes Gewissen.

»Was zum Teufel machen wir jetzt?«

»Ich schwöre, ich habe überall gesucht. Keine Ahnung, warum sie nicht da sind.«

»Oh Mann, das hat man davon, wenn man nicht alles selbst macht. Alice, kommst du mal?«

Als ich näher trete, ziehe ich die Augenbrauen hoch und rümpfe die Nase, genau wie Fräulein Rottenmeier.

»Schau mal, hier.« Ferruccio zeigt auf die soeben ausgeladenen Kisten. »Die Nummer vier fehlt. Da waren die Spots drin, um die Gewölbekeller für die Proben der Feuerzeichen auszuleuchten. Und jetzt?«

Dank der guten Quoten des Duos Tio-Magni haben wir einen neuen Sponsor gefunden und dürfen uns über ein wohlwollendes Medienecho freuen. Deshalb drehen wir einen Teil der nächsten Sendung in einem imposanten mittelalterlichen Schloss. Ich komme mir fast schon vor wie in Hollywood. Um meinen Status als brillante Drehbuchschreiberin zu unterstreichen, trage ich ein dunkelblaues Kostüm, streng und trotzdem feminin. Ich liebe diesen Job.

»Was ist los?«

Eine Stimme hinter uns lässt uns zusammenzucken.

Das ist der einzige Wermutstropfen bei der ganzen Sache: Carlo ist der Leiter der Außenproduktion. Nach unserer Begegnung kürzlich in der Bar ist die Zusammenarbeit ungefähr so angenehm wie ein in der Tür eingeklemmter Finger.

Aber ich bin Profi, weshalb ich die Situation mit Coolness und würdevoller Gelassenheit meistere. Persönliche Probleme blende ich aus.

»Alejandro war der Meinung, dass wir für die Aufnahmen im Keller kein zusätzliches Licht brauchen«, sage ich und lenke die Aufmerksamkeit meines Ex-Ex-Ex-Ex-Ex-Freundes auf meinen Exfreund. »So wie es scheint, vergesst ihr Männer sehr leicht, dass ihr Verantwortung tragt«, füge ich hinzu und werfe Carlo einen bösen Blick zu.

Er zuckt nicht mal mit der Wimper und kontert: »Warum sollten wir? Wir haben doch euch Frauen, die ihr uns immer wieder daran erinnert.«

Ich will gerade zum Gegenschlag ausholen, als Alejandro mir zuvorkommt. »Ich schwöre dir, dass die Kiste da war, Alice. Ich kann mich genau erinnern, sie eingeladen zu haben«, versucht er sich zu rechtfertigen und streicht sich über den Waschbrettbauch.

Oh nein, mein Lieber. »Mich interessiert nicht, woran du dich erinnerst. Das ist Vergangenheit. Jetzt ist jetzt. Wo sind die Spots?«, attackiere ich ihn, denn mit ihm habe ich auch noch ein Hühnchen zu rupfen.

»Jetzt ist aber Schluss«, schaltet sich Carlo ein. »Die Szene drehen wir erst heute Nachmittag. Die Spots werden wir schon noch finden. Konzentrieren wir uns auf das, was vorrangig zu tun ist. Oder, Alice? Die Gegenwart, wie du so schön sagst. Was steht als Erstes an?«

»Schon gut«, sage ich und fuchtele mit der Hand. Ein Treuloser gegen einen anderen Treulosen, wie man so schön sagt. Hatte ich mir etwa eingebildet, Carlo würde mich unterstützen? Und wenn? Ich schiebe den Ärmel meiner Armani-Fake-Jacke zurück und schaue demonstrativ auf die Uhr. »Alles im Griff, keine Sorge«, sage ich zu ihm, während er sich entfernt. Dann zu Alejandro: »Nun?«

»Ähm, vielleicht habe ich die Kiste vergessen. Im Auto ist sie jedenfalls nicht.«

»Nun gut.« Diesmal bin ich der gute Cop. »Wir drehen die Szene wirklich erst heute Nachmittag, du hast also genug Zeit, um sie zu holen.«

»Aber das kostet mich zwei Stunden.«

»Tut mir leid, wir brauchen die Spots.«

»Bueno.« Alejandro schüttelt den Kopf und geht in Richtung Transporter.

»Äh, nein, *Schätzchen.* Momentan braucht Ferruccio dich hier, um die erste Szene vorzubereiten, die mit den Erdzeichen. Du fährst in der Mittagspause.«

»Aber …«

Ich hebe abwehrend die Hand und denke mit Vergnügen an die Römischen Imperatoren, die mit Daumen hoch oder runter über Leben und Tod eines Gladiators entscheiden konnten. Ob ich ein schlechtes Gewissen habe, wenn ich daran denke, dass wir anderen es uns in einer gemütlichen Trattoria gutgehen lassen werden und er mit hängenden Schultern von dannen zieht? Hm, nein. Nicht im Geringsten.

Endlich bin ich allein und genieße die friedliche Landschaft. Im Vergleich zu Mailand ist es hier zwei, drei Grad kälter, die Luft ist frisch, und die Sonne scheint von einem so blauen Himmel, als wäre er mit Photoshop nachbearbeitet.

Ich atme tief ein. Das Leben bietet manchmal überraschende, aber amüsante Wendungen, sage ich mir und recke mich wohlig, während ich den Kofferraum meines Autos überprüfe und dann schließe. Dann nehme ich das Drehbuch und den Tagesplan aus der Leinentasche auf dem Beifahrersitz.

An diese Stille könnte ich mich gewöhnen.

»Ich lass mir doch keine Hörner aufsetzen.«

Eine Stille, die wir Stadtmenschen besser nicht stören sollten.

»Was ist los?«

Während ich den Blick nicht von dem strahlend blauen Himmel lösen kann, stürzt Marlin aus dem Schlossportal. Ihr wunderschönes Samt-Brokat-Kleid umschmeichelt ihren Körper, ihre grünen Augen lodern und wetteifern mit dem Schimmern ihrer kupferfarbenen Haare.

»Ich lasse mich nicht mit Hörnern auf dem Kopf filmen«, keift sie mit schriller Stimme und geht direkt auf das Motorrad zu, von dem Davide gerade absteigt.

Ein Traum von einem Mann! Alejandro ist schön und athletisch gebaut, während Davide auf den ersten Blick unspektakulär wirkt. Und doch hat er das gewisse Etwas, eine unglaublich anziehende Ausstrahlung, die den Spanier verblassen lässt.

Davide lockert sich den Nacken, und meine Eingeweide fahren Karussell. Ich beiße die Zähne zusammen und bemühe mich, die Person zu sein, die ich sein will. Ommm! Sein Lächeln und sein Ich-zieh-dich-aus-aber-ich-will-dich-nicht-Blick werden mich nicht aus dem Konzept bringen.

Die Konfrontation mit Carlo vor einigen Wochen hat mir die Augen geöffnet. Seitdem weiß ich, was ich will, und bin eine andere geworden: klar, zielorientiert, konsequent. Eine Version ALICE 2.0. A steht für Ausgekocht, L für Locker und I-C-E für …

»Ciao, Alice.«

Davide geht sofort in die Offensive und bedenkt mich mit einem seiner Blicke, doch ich zwinge mich cool zu bleiben.

»Ciao. Wir bereiten gerade die erste Aufnahme vor. Die Sternzeichen sind in der Maske, und Marlin probiert gerade die Kostüme.« Ich wende mich der Moderatorin zu: »Du siehst wirklich bezaubernd aus«, sage ich und tue so, als hätte ich sie gerade erst bemerkt. »Einfach göttlich. Und eine Taille … hast du abgenommen?«

Sie entspannt sich und vergisst für einen Moment die zugegeben wirklich lächerliche Kopfbedeckung, die sie tragen soll. »Findest du? Das sind die Abnäher, die so schlank machen.«

Da man sie meist etwas schrumpfen lassen muss, damit sie überhaupt auf die Titelseiten der Programmzeitungen passt, ist Marlin hypersensibel, was Kommentare über ihre Figur angeht, aber ich versuche es trotzdem.

»Weißt du, was noch schlanker macht? Zugegeben, es wirkt etwas seltsam, aber die einflussreichsten Frauen der damaligen Zeit haben das hier als Kopfschmuck getragen.« Ich nehme ihr die Hörner aus der Hand und setze sie ihr auf. »Voilà! Sehr schön. Wie eine Königin.«

Ich atme tief aus, als sie hochzufrieden von dannen zieht und vor sich hin murmelt, dass sie die Hörner vielleicht auch in der Sendung tragen und damit womöglich einen neuen Trend setzen könnte.

Allerdings habe ich keine Zeit, mich über meine eigene Unverfrorenheit zu freuen, denn plötzlich spüre ich einen Arm um meine Taille. Davides warme Lippen legen sich auf meine Wange.

»Du warst großartig. Das hätte ich nicht besser hinbekommen.«

Seine Worte gehen mir unter die Haut. Das macht er doch mit Absicht. Dieses nach vorne Preschen und sich dann wieder Zurückziehen wird langsam zum Leitmotiv unserer Beziehung. Beziehung? Was zwischen uns ist, lässt sich wirklich nicht verstehen.

Aber die neue Alice 2.0 zwingt mich einen Schritt zurückzugehen und ihm zu zeigen, dass ich seinem Charme nicht erliege (als ob ich das jemals getan hätte!). »Was machst du hier?«, frage ich.

Gut, Alice! Distanziert und professionell.

Diesmal wendet er den Blick ab, vielleicht eingeschüchtert von meinem entschlossenen Alice-rundumerneuert-Gesichtsausdruck. »Ich kenne die Besitzer«, erklärt er und öffnet die Lederjacke.

Es wundert mich nicht, dass ich das bis eben nicht wusste. Mit Davide ist es immer das Gleiche, man muss ihm jede Information einzeln aus der Nase ziehen, und selbst dann ist es noch schwierig, egal ob es um einen Einkaufszettel oder den Stein der Weisen geht.

Nein, einen solchen Mann an meiner Seite? Schwer vorstellbar.

Er strubbelt sich durch die Haare und geht an mir vorbei. Unter den hautengen schwarzen Jeans zeichnen sich seine muskulösen Oberschenkel und sein knackiger Hintern ab.

»Mm«, seufze ich. Oh ja, schwierig.

Unser Dreh heute hat den morbiden Charme von *Spiel ohne Grenzen,* eine dieser klassischen Fernsehshows, in denen zwei Mannschaften gegeneinander antreten und gemeinsam Herausforderungen bestehen müssen, die Kraft, Geschicklichkeit und Kreativität erfordern. Meistens kein Ruhmesblatt für die Teilnehmer und den Rest der Welt.

Deshalb haben wir die einzelnen Sternzeichen nicht in zwei, sondern in vier Gruppen eingeteilt.

Wenn man sich mit Astrologie befasst, lernt man schon ganz am Anfang, dass jedes der zwölf Tierkreiszeichen nicht allein von dem dort beheimateten Planeten beherrscht wird, sondern auch von einem der vier Elemente Erde, Luft, Feuer und Wasser. Die Waage ist beispielsweise ein Luftzeichen, das heißt, sie wird wie Zwillinge und der Wassermann vom Intellekt und der Kreativität geleitet. Wir Waagen sind neugierig, unabhängig und haben eine offene Geisteshaltung.

Die konkurrierenden Gruppen in der Show müssen Prüfungen bestehen, die ihrem jeweiligen Element angepasst sind. Schaffen sie es, bekommen sie Punkte, schaffen sie es nicht, werden ihnen welche abgezogen.

»Als Erstes wird Tio vorgestellt, dann liegt der Fokus auf den Kandidaten«, sagt Carlo und gibt dem Kameramann Anweisungen über Blickwinkel und Perspektiven.

Tio, in Wildlederhose und weitem Hemd, die Haare zu einem Zopf gebunden, sieht aus wie ein Pirat in *Fluch der Karibik*, und das weiß er auch. *»En garde«,* sagt er, hebt ein

Kulissenschwert und packt mich um die Taille, als wolle er mich entführen.

»He, lass das«, sagt Alice 2.0 und versucht distanziert zu bleiben, was mir bei ihm schwerfällt. Seit Tagen schon strahlt er eine Vitalität aus, die kaum zu bändigen ist.

Er küsst mich auf die Schulter und lässt mich los. »Schick sie doch alle zum Teufel und lass es krachen, mein Schatz.«

Er hat gut reden, während ich nicht nur mit Carlo, auch Renegade der Abtrünnige genannt, zusammenarbeiten muss, sondern auch mit Alejandro, dem schnellsten Reißverschlussöffner der westlichen Welt, und Davide alias Krebsgang, ein Schritt vor und drei zur Seite. Ich schaffe es nicht. Ich komme mir vor, als hätten sich alle Geister der Vergangenheit, der Gegenwart und der Zukunft zu einem Treffen verabredet.

»Seid ihr zwei mit dem Turteln fertig? Diejenigen, die hier die Verantwortung tragen, sind bereit«, drängt Carlo, der sich gerade die Turnschuhe gebunden hat.

»Wow, der hatte wirklich Zitronen zum Frühstück«, lästert Tio.

Ich ignoriere ihn und gifte zurück: »Das wundert mich nicht. Allzeit bereit und vor allem schnell wieder verschwunden.«

Dafür ernte ich einen wütenden Blick. Die erste Runde besteht genau darin, es ist ein Schlagabtausch der Kandidaten, eine Art Wettrennen, das die Zuschauer hautnah miterleben sollen. Um die Sache interessanter zu gestalten, haben wir noch eine Schatzsuche und einen Bogenschießwettbewerb integriert, bei dem ein Mitglied jeder Mannschaft auf ein schwankendes Podest klettern und schießen muss, während die beiden anderen die Schussbahn berechnen.

Da es in dieser Runde um das Element Erde geht, sind vor allem logisches Denken, Kooperationsfähigkeit und Entschlussfreudigkeit gefragt. Theoretisch haben die Erdzeichen Stier, Steinbock und Jungfrau dabei einen Vorsprung, vor allem gegenüber den Feuerzeichen Löwe, Schütze und Widder, die leidenschaftlicher sind, zum Betrügen neigen und sich bereits im Vorfeld darüber streiten, wer der Chef in der Gruppe ist und wer sich der ersten Herausforderung stellt. Die Luftzeichen Waage, Zwillinge und Wassermann bitten um mehr Zeit, damit sie ihre Strategie besprechen können, während die Wasserzeichen Krebs, Fische und Skorpion mit skeptischen Blicken und verzweifelten Seufzern den Parcours in Augenschein nehmen.

Als ich zu Carlo hinübergehe, packt er mich am Arm und zieht mich beiseite. »Schluss mit dem Gezicke! Du benimmst dich wie eine eifersüchtige Geliebte. Wir sind zum Arbeiten hier und nicht auf einer Landpartie.«

»Das sagt der Richtige«, fauche ich und schiebe seine Hand weg. »Falls es dir noch nicht aufgefallen sein sollte, das ist meine Sendung. Mein Baby. Und ich weiß, wie man ein begonnenes Projekt voranbringt. Ich glaube nicht, dass du das Gleiche von dir behaupten kannst.«

Seine Retourkutsche ist vorprogrammiert, er wirkt wie ein Vulkan kurz vor der Eruption, doch ich komme ihm zuvor, indem ich den Zeigefinger hebe, als in meiner Tasche mein Handy vibriert.

UNBEKANNTE NUMMER, wahrscheinlich ein Callcenter-Mitarbeiter, der mir sagen möchte, ich hätte den Hauptpreis bei irgendeiner Verlosung gewonnen. Ich stecke das Handy wieder in die Tasche und nehme stattdessen die Stoppuhr heraus, damit es losgehen kann.

»Wie auch immer, lass es. Schlimm genug, dass du Cristina überredet hast, noch dazu in ihrem Zustand. Keine Ahnung, warum sie zugestimmt hat.«

»Ach, ich soll sie überredet haben?« Ich frage mich gerade, warum sie überhaupt dabei ist. Seitdem wir hier sind, klebt sie an mir wie eine Muschel an einem Felsen. Noch während ich darüber nachdenke, taucht sie auch schon wieder auf.

»Weißt du noch, dass du die Erste warst, die ich beim Sender kennengelernt habe? Erinnerst du dich? Es war an dem Tag, als ich mein Vorstellungsgespräch hatte. Du hast so selbstsicher gewirkt und warst sehr nett«, sagt sie.

Ich schenke ihr ein flüchtiges Lächeln und zeige auf den Kopfhörer, um ihr zu signalisieren, dass ich arbeite und nicht sprechen kann. Dann blicke ich auf den kleinen Monitor vor mir, auf dem Carlo, Alejandro und das Aufnahmeteam zu sehen sind.

Doch Cristina ist nicht zu bremsen. »Ich dachte mir … ich dachte damals, wie schön es wäre, wenn wir beide beste Freundinnen würden.«

Ich seufze und versuche, ihre Stimme zu ignorieren, während der Stier in Führung geht, rücksichtslos unterstützt vom Steinbock, der bereit wäre, seine Mutter zu verkaufen, nur um sein Ziel zu erreichen, während die Jungfrau sich schon für die nächste Runde bereit macht. So ist die Jungfrau eben, immer vorausschauend, immer darauf bedacht, den Überblick zu behalten.

Ich drehe mich kurz zu Cristina um. Hat sie nicht am 6. September Geburtstag? Jungfrau. Ehrgeizig und diszipliniert.

»Es ist allein Carlos Schuld, wenn er nicht gewesen wäre, wären wir jetzt Freundinnen«, lässt sie nicht locker.

Das stimmt allerdings.

Das schüchterne Wesen von damals war mir auf Anhieb sympathisch. Doch dann stürzte sie sich auf Carlo, ich verwandelte mich in die lästige Leiche im Keller ihres Lovers und sie in die ernstzunehmende lästige Nebenbuhlerin. Mit Freundschaft war da nichts mehr.

Ich wende mich wieder dem Wettbewerb zu. Das Wasserzeichenteam hat die größten Probleme, sie geben sich gegenseitig die Schuld, dass sie nicht treffen, anstatt zusammenzuarbeiten. Das war zu erwarten, denn das Element Wasser wird vom Unbewussten bestimmt, Wasserzeichen sind schweigsam und introvertiert, um es mit deutlicheren Worten zu sagen: asozial und egozentrisch.

Der Skorpion wütet und schleudert Blitze und Pfeile gegen den Fischegeborenen, der vor sich hin jammert und vom Krebs getröstet wird.

»Wer weiß, es hätte alles passieren können«, antworte ich nach einer langen Pause. Jetzt bloß nicht meine Rüstung ankratzen lassen, erst recht nicht von Cristina, nachdem ich mich gegen Carlo, Alejandro und Davide so erfolgreich gewehrt habe. Aber als ich ein Schluchzen höre, muss ich mich umdrehen.

»Ich bin total emotional«, schnieft sie und klammert sich an meinen Arm. »Das ist das Baby. Ich habe Stimmungsschwankungen, und meine Gedanken drehen sich nur noch im Kreis. Ich bin so müde.«

Sie massiert sich den Rücken, und ich deute auf einen der Klappstühle. »Setz dich.«

Sie nickt und nimmt Platz, dabei macht sie ein Gesicht wie ein beleidigtes Kind. »Es ist alles meine Schuld. Du warst eine ständige Bedrohung für mich, Alice. Im Grunde hatte ich immer schon Angst vor dir. Alle Kolleginnen haben mich damals wegen Carlo gewarnt, er würde immer wieder zu dir zurückkehren, meinten sie. Und ich habe ihnen geglaubt, die Eifersucht hat mich fast umgebracht. Was war ich blöd! Du liebst ihn ja gar nicht mehr. Und er wird mich heiraten.«

Ich gebe zu, ich hätte alles getan, um die beiden auseinanderzubringen, denn ich habe ihre Beziehung und vor allem das Kind als persönliche Beleidigung aufgefasst. Was für ein absurder Gedanke, dumm und egoistisch, das muss ich mir im Nachhinein eingestehen. Ich war eifersüchtig auf Cristina, dabei kann sie gar nichts dafür, dass ich mir wieder mal den falschen Typen ausgesucht hatte.

In der Zwischenzeit sind die Feuerzeichen auf dem zweiten Platz und stürmen weiter voran, doch beim Bogenschießen streiten sie darüber, wer auf das Podest klettert und wer schießt, anstatt gemeinsam das Podest zu stabilisieren, damit der Schütze in Ruhe zielen kann.

»Mach dir keine Gedanken, ich bin nicht sauer auf dich«, sage ich zu Cristina.

»Mir war immer klar, dass du ein guter Mensch bist. Dass du dich nie zwischen Carlo und mich drängen würdest, weil du weißt, dass er der Vater des Kindes ist. Wer würde so etwas tun?«

Ich sehe ihr tief in die Augen und bemerke den flehenden Ausdruck darin. Und begreife. Obwohl sie gelassen und unerschütterlich wirkt, ist sie es nicht. Dabei ist sie Jungfrau. Hinter der Fassade regiert die Panik einer Frau, der klar geworden ist, dass die Dinge nicht so laufen, wie sie sollten. Mit ihren Worten will sie ihre Angst ausdrücken, weil sie den Verdacht hat, dass Carlo und ich uns weiter hinter ihrem Rücken treffen. Immer wieder streichelt sie ihren sich wölbenden Bauch und seufzt, wobei sie ganz allein auf dem einzigen Stuhl weit und breit sitzt, während alle anderen mit dem Spiel beschäftigt sind.

Die Jubelschreie der Luftzeichen zeigen, dass sie aufholen. Sie haben eine Menge Zeit verloren, weil der Zwillingsgeborene Pläne auf den Boden gezeichnet hatte, mit denen der Wassermann nicht einverstanden war, weshalb die Waage vermitteln musste. Aber jetzt sieht es so aus, als würde die gemeinsame Strategie Früchte tragen, und sie überholen die Feuerzeichen, die immer noch mit Diskutieren beschäftigt sind.

Was, wenn mir passiert wäre, was Cristina gerade durchmacht? Ich bin mittlerweile in einem Alter, in dem ich Tante werden kann, aber wenn ich ein Kind von Carlo bekommen hätte, dem König der Seitensprünge? Das wäre schlimmer gewesen.

Am liebsten würde ich ihn schütteln und ihm sagen, er solle endlich erwachsen werden. Dass man Kinder nicht einfach in die Welt setzt, als würde man Kirschkerne spucken, und wer am weitesten spuckt, der gewinnt.

Inzwischen sind alle vier Gruppen in der Mitte des Parcours angelangt und kämpfen um den Schlüssel für das Schatzkästchen. Wie entfesselt wühlen sie sich durch den Schlamm, und Alejandro, der dort für die Aufnahme steht, wird ziemlich in Mitleidenschaft gezogen. Als ein Spritzer seine Lippe trifft, erstarrt sein ebenmäßiges Gesicht zur Grimasse. Ich muss ein Grinsen unterdrücken.

»Carlo macht sich Gedanken über die Zukunft«, versuche ich Cristina zu trösten. »Das ist sein erstes Kind, und er möchte ihm alles geben, genau wie dir, aber du weißt ja, wie das ist. Kurz gesagt, das Ganze setzt ihn ganz schön unter Stress. Hab Geduld mit ihm.«

Beim Schlusspfiff geht ihr »Danke« im Jubelschrei der Luftzeichen und in Alejandros Gejammer unter, da er von Kopf bis Fuß mit Schlamm bespritzt ist.

Raffaella rennt mit einem Päckchen Papiertaschentücher zu ihm, doch er schiebt sie beiseite und geht zu mir.

»Was mach ich jetzt?«, brüllt er völlig außer sich. »Ich habe nichts zum Wechseln dabei.«

Ich begutachte den Schaden und antworte zuckersüß: »Na ja, du könntest dein T-Shirt ausziehen, wie sonst auch.«

23

Vom Zwilling mit Wut im Bauch

Ich treffe Tio vor dem Tor, wo er aufgeregt einem Alfa Romeo zuwinkt, der sich auf dem Kiesweg nähert.

»Erwarten wir noch jemanden?«, frage ich und stelle mich neben ihn.

Nervös streicht er sich eine Haarsträhne hinters Ohr, die ihm aus dem Zopf gerutscht ist. »Andrea«, sagt er, teilweise an mich, teilweise an den Fahrer des Wagens gerichtet, der neben uns zum Stehen kommt. Die Fensterscheibe ist heruntergelassen.

Andrea Magni schiebt die Sonnenbrille ins Haar und begrüßt uns.

»Fahr hier rein«, sagt Tio, »dann kannst du neben den Firmenautos parken.«

»Was macht der denn hier?« Ich bin verwirrt. Der Wissenschaftler hat zwar einen Projektvertrag mit uns unterzeichnet, aber dass er heute hier ist, war nicht vorgesehen.

»Er hatte heute Morgen eine Konferenz ganz in der Nähe, und ich habe ihn eingeladen, mit uns zu Mittag zu essen«, erklärt Tio.

Dieses Set wird allmählich zum Albtraum. Erst Cristina, jetzt Magni, auch wenn ich zugeben muss, dass seine altmodische Art gut zu dem englischen Rasen vor dem Schloss passt. Er steigt aus dem Wagen, breitet die Arme aus und geht auf Tio zu. Da fällt mir ein, dass ich mit Tio dringend über Carlo sprechen muss.

»Tio, warte!« Er dreht sich zu mir um. »Ich hatte gehofft, dich vor der Mittagspause noch sprechen zu können.«

»Hier bin ich«, sagt er.

Andrea wartet in gebührendem Abstand.

»Schon, aber …« Inzwischen bin ich mir nicht mehr ganz so sicher, ob ich vor Dritten von den Beziehungsproblemen zwischen Carlo und Cristina erzählen soll, erst recht nicht im Beisein eines Typen, der sie bloß in mathematische Gleichungen verwandeln und mich noch mehr verwirren wird. »Es ist ein ethisches Problem«, setze ich an und halte ihn am Arm fest. »Was würdest du tun, wenn du von einem Menschen, den du gut zu kennen glaubst und den du schon immer mochtest, also als Freund, zufällig erfährst, dass er ein, sagen wir mal, *promiskuitives* Verhalten an den Tag legt. Du hast immer gedacht, dass dein Freund zu seinen Entscheidungen und Versprechungen steht, stellst jetzt aber fest, dass es gar nicht stimmt.« Ich spähe zu Andrea hinüber, der auf uns zukommt, und spreche schneller, damit er nicht mithören kann. »Gerade weil du ihn magst, kannst du dieses Verhalten nicht akzeptieren, und du weißt nicht recht, ob es gut ist, mit anderen darüber zu sprechen, und ob ihm das schaden könnte, weil die anderen dann auch wüssten, wie er wirklich ist.«

Puh, jetzt geht es mir besser. Mir ist ein riesiger Stein vom Herzen gefallen, denn ich habe es geschafft, so vage zu bleiben, dass die Privatsphäre von Cristina und Carlo gewahrt ist.

Als ich innehalte, stelle ich fest, dass Tios Lächeln auf einmal hölzern wirkt und seine Augen so schmal sind wie die Schießscharten unserer mittelalterlichen Kulisse.

»Ja?«

»Tja, ich finde das ehrlich gesagt ziemlich heuchlerisch von dir«, antwortet er.

»Was?«

»Du solltest versuchen deinen Freund zu verstehen, statt ihn zu verurteilen. Bildest du dir etwa ein zu wissen, was richtig und was falsch ist? Wer bist du eigentlich, um über die Gefühle anderer zu urteilen? Vielleicht hat er nie offen mit dir darüber gesprochen, weil er genau davor Angst hatte. Angst, dass du ihn nicht verstehen und dich von ihm abwenden könntest. Das wäre nämlich weitaus schlimmer für ihn gewesen, als alles im Dunkeln zu lassen und deine Freundschaft zu behalten.«

Ich sehe ihn verwirrt an, dann wende ich den Blick zu Magni, der auf halbem Wege stehen geblieben ist. Ihm muss klar geworden sein, dass etwas nicht stimmt.

Wovon redet Tio da? Ich bin so überrascht von seinem Angriff, dass mir die Worte im Hals stecken bleiben. Mein Mund steht offen, aber es kommt nichts heraus, ich stehe da wie ein Fisch auf dem Trockenen. Andrea geht weiter und versucht Tio zu beruhigen, indem er ihm eine Hand auf den Arm legt. Tio zuckt zurück. Ich möchte die Sache gerne klären, als ein markerschütternder Schrei ertönt. Wie von der Tarantel gestochen rase ich los.

»Ihm muss schwindlig geworden sein, der Arme«, erklärt Raffaella, die Alejandro über den Rücken streichelt, während er mit beiden Händen ein Grasbüschel umklammert und nach Luft schnappt.

»Er sollte dem Verlauf des Wettbewerbs folgen, am Flaschenzug«, sagt Carlo.

Nichts Schlimmes, denke ich und gehe langsamer.

»Das ist alles deine Schuld!«, Alejandro schreit mich an. »Du und diese verdammte Sendung! Erst musste ich das hier anziehen«, er deutet auf die karierten Leggings, die ich ihm als Ersatz für seine schlammbespritzte Hose geliehen hatte, »und jetzt soll ich mich an so ein Ding binden lassen, mitten über dem Abgrund? Niemals!«

Ich betrachte die Schlucht, über der wir die Aufgaben für die Luftzeichen drehen. »Tut mir leid, Alejandro, aber das ist nun mal dein Job«, sage ich unerbittlich.

»Außerdem bist du gesichert«, unterstützt mich Mara, die Assistentin aus *Liebesleid,* die mir heute als Produktionsassistentin zur Verfügung steht. »Einen Skandal wegen eines tödlichen Arbeitsunfalls wollen wir uns alle ersparen.«

Alejandro scheint das nicht zu überzeugen, seine olivfarbene Haut nimmt eine gräuliche Färbung an. Reges Gemurmel setzt ein, alle glauben einen Kommentar dazu abgeben zu müssen. Carlo als Regisseur, Raffaella als Schutzengel, auch wenn das ihr Designeroutfit nicht vermuten lässt, Mara, unerbittlich und auf die Arbeit konzentriert, und Marlin (»Warum beschwert er sich? Wird er etwa gefilmt? Wo ist die Maske?«), zeternd und auf sich konzentriert.

Währenddessen kann ich nur an Tio denken. Wo mag er jetzt sein? Und warum hat er sich so aufgeregt?

Mir fallen Karin und ihre Bemerkung ein, dass Tio mich wirklich mag, die Unterstellungen meiner Mutter, seine Fürsorge und wie er mich bei der Partnersuche unterstützt. Aber dann hat er an jedem Kandidaten etwas auszusetzen. Einen Moment lang glaube ich, Paolas Stimme zu hören. Immer wenn ich besonders konfuse Gedanken habe, höre ich ihre Stimme, wie ein Echo, als ob sie ein Geist oder mein Totemtier wäre.

Die Nachricht ist und bleibt die gleiche. Egal ob die Stimme in meinen Gedanken oder das diffuse Echo von Paola, sie treffen sich in fünf einfachen Worten: *Tio ist in dich verliebt.*

O Gott. Und jetzt?

Falls Tio wirklich in mich verliebt ist, haben wir ein ernstes Problem. Ein sehr ernstes.

Das begreife ich in dem Moment, als ich die Halle des Schlosses betrete und einem Menschen begegne, der gerade das Gemälde eines Adligen mit einer Perücke betrachtet.

Es könnte eine Szene aus einem Kostümfilm sein, wie *Stolz und Vorurteil* etwa. Mr. Darcy ist in die Betrachtung des Gemäldes eines seiner Vorfahren vertieft, während Elizabeth zufällig den Raum betritt und seine Andacht stört. Natürlich nur, wenn die Handschuhe, die der Mann in den Händen hält, keine Motorradhandschuhe wären und er keine zerrissenen schwarzen Badboy-Jeans tragen würde. Wir sind definitiv nicht in einem Kostümfilm, nicht zuletzt deshalb, weil mein Handy erneut vibriert.

Schon wieder ein unbekannter Anrufer. Dieses Mal gehe ich dran. »Ja?«

Davide fährt herum, vor Schreck fällt ihm ein Handschuh aus der Hand.

»Hallo, Alice? Karin hat mir Ihre Nummer gegeben, ich bin ein Freund von …«, säuselt eine nervende Stimme ins Telefon.

Ich mache kurzen Prozess und lege auf, ohne den Blick von Davide zu lösen. Wie soll man ein vernünftiges Telefongespräch führen, wenn man akut unter dem Stendhal-Syndrom leidet? Und damit meine ich jetzt nicht das Gemälde an der Wand.

Da ist etwas. Davide hat etwas. Immer noch. Ich würde es Erstaunen oder Unruhe oder auch Melancholie nennen. Vielleicht sind es diese drei Eckpunkte des Bermudadreiecks, die mich an ihm so faszinieren.

Wie immer sieht er mich nur an und schweigt. »Die Formel, Doktor Jones«, sage ich nervös, »die Formel, damit wir hier abhauen können.« Dann pruste ich los. »Entschuldige, aber du wirkst so ernst. Als du dich zu mir umgedreht hast, bist du ganz blass geworden, als hättest du ein Gespenst vor dir.«

»Ich? Ach so. Tatsache ist, dass ich mir genau das vorgestellt habe.«

»Dass ich *Indiana Jones und der letzte Kreuzzug* parodiere?«

»Dass du durch diese Tür kommst.«

»Oh.« Ich lächele, auch wenn ich nicht genau weiß, was er damit meint. »Du bist irgendwie seltsam. Hat dir das noch nie jemand gesagt?«

»Ständig. Und dir?«

»Ständig. Ich könnte es in meinem Pass vermerken lassen.«

Wir lachen. »Da hast du's. Ich kann ohne dich nicht auskommen. Du bist einfach perfekt: schön, sympathisch, intelligent …«, scherzt er.

Okay. Jetzt reicht's. Zu behaupten, dass ich verwirrt bin, wäre die Untertreibung des Jahrhunderts.

»Ich hatte gehofft, dass du kommst, weil ich dir etwas sagen muss.«

Ich bin gespannt. »Ja?«

Seine Lippen öffnen sich, er fährt sich mit der Zunge darüber und beißt sich ganz kurz mit den Zähnen darauf. In das Programm Alice 2.0. schleicht sich ein Bug ein, deinstalliert die neuen Files und ersetzt sie durch die alten, durch die nette Version, unsicherer und verletzlicher denn je. Ich muss dringend die Situation mit Tio klären. Selbst wenn er in mich verliebt sein sollte, wie ich befürchte, ich kann nicht … Ich kann einfach nicht. Wie es schon mit Andrea oder Alejandro oder Carlo nicht funktioniert hat, mit Tio würde es auch nicht funktionieren. Nicht wegen unserer Horoskope, den Tierkreiszeichen, den Aszendenten oder irgendeinem Planeten, der sich just bei unserer Geburt an der falschen Stelle herumgetrieben hat. Es funktioniert nicht, weil ich längst in einen anderen verliebt bin. Das habe ich in dem Moment verstanden, als ich durch diese Tür getreten bin und Davides Rücken gesehen habe. Ich habe es ganz klar erkannt. Ich bin in Davide verliebt.

Und ich habe furchtbare Angst.

Ich kann die brodelnde Energie unter seiner scheinbar ruhigen Fassade spüren. Ich liebe die Strahlkraft seiner Augen, in seinem Blick liegen Wärme und Zärtlichkeit, ich liebe jedes Wort, das seinen Mund verlässt, seine raue Stimme, die in meinen Ohren wie ein Streicheln klingt.

»Ich bin ein Idiot«, sagt er.

»Bitte?« Nun ja, manchmal klingt seine Stimme auch weniger streichelnd. Ich runzele die Stirn und frage: »Und das ist jetzt die große Neuigkeit?«

Mein Scherz hebt seine Stimmung nicht, stattdessen greift er nach meiner Hand. »Es war ein Fehler, sie hierherzubringen. Welcher Teufel hat mich da bloß geritten?« Dann zieht er mich zur Tür und wiederholt (mit zärtlicher, aber entschlossener Stimme): »Ich Idiot, ich Idiot, ich Idiot!«

»He, halt mal die Luft an. Wir können hier nicht weg. Ich kann hier nicht weg. Ich muss arbeiten, nach Tio suchen.« Auch wenn ich viel lieber auf Davides Motorrad steigen, mich fest an ihn pressen und die Wange an seinen Rücken legen würde, kann ich hier nicht weg. Davon abgesehen kann ich Tio unmöglich zurücklassen, ohne die Situation geklärt oder es zumindest versucht zu haben.

Davon unbeeindruckt setzt Davide den Helm auf, fast wie im Fieberwahn. Er ist entschlossen, mich nicht anzusehen, während er die Box auf seinem Motorrad öffnet, einen zweiten Helm herausnimmt und ihn mir über den Kopf stülpt. »Ich mach das, die Schnalle funktioniert nicht mehr richtig«, sagt er und fummelt an meinem Kinn herum. »Ich muss mit dir reden, Alice. Sofort, aber nicht hier. Bitte komm mit, Alice.«

Ich versuche mich zu wehren, hin- und hergerissen zwischen dem, was ich mir von Herzen wünsche, und meinem Pflichtgefühl.

Dann nicke ich.

Er schaut mir tief in die Augen, sehr ernst, und zieht die Luft ein, um sich Mut zu machen. Als er sich die Handschuhe überstreifen will, fällt ihm auf, dass er nur noch einen in der Hand hält.

»Du hast ihn vorhin in der Halle verloren«, sage ich und renne zur Tür. Der Helm schlackert mir um den Kopf, ich höre nichts mehr bis auf mein Herz, das im Takt meines Atems schlägt. Als ich zurückkomme und mit dem Handschuh wedele, ist Davide nicht mehr allein. Er steht mit dem Rücken zu mir und spricht mit einer Frau. Sie hat ihr Pferd neben seinem Motorrad geparkt, wenn man es so ausdrücken möchte. Ein ziemlich seltsames Paar, ein Pferd und ein Motorrad. Andererseits unterstreicht das Bild den Kontrast, der sich mir bietet: eine ganz in Beige gekleidete Amazone und ein ganz in Schwarz gekleideter Davide. Wie Tag und Nacht.

Während ich die Frau fixiere, muss ich an die Grausamkeit des Lebens denken. Sosehr man sich auch anstrengt, Eleganz kann man nicht lernen, die ist angeboren. Ich bin dafür der beste Beweis. Auch wenn ich ein Quasi-Armani-Kostüm trage, wirke ich dennoch wie UFO Robot. Noch dazu mit einem Helm auf dem Kopf, was meinem Erscheinungsbild nicht gerade förderlich ist. Sie dagegen kommt gerade von einem Parforceritt durch den Wald, müsste nach dem Schweiß des Pferdes riechen und kleine Äste im Haar haben. Wir Normalsterblichen hätten zumindest Flecken auf der Bluse, zerzauste Haare und ein rotes Gesicht. Sie nicht. Als wäre nichts gewesen. Eine Frau von einem anderen Stern.

Ich möchte mir den Helm vom Kopf ziehen, damit ich mir nicht ganz so dämlich und deplatziert vorkomme, aber ich bekomme den Verschluss nicht auf. Wenn Davide mir nicht hilft, muss der Notarzt her.

Als ich die beiden erreicht habe, beachtet Davide mich gar nicht, sondern blickt erst starr auf den Boden, dann auf die andere Frau. »Barbara, das ist Alice. Alice Bassi. Eine Kollegin. Ähm, die Autorin der Sendung, um genau zu sein. Alice, das ist Barbara Buchneim-Wessler Ricci Pastori. Sie hat uns heute freundlicherweise ihr Schloss zur Verfügung gestellt.«

»Sehr erfreut, Signora Bu-ka-inen.« Unmöglich, diesen Namen fließend auszusprechen, immerhin wiehert das Pferd nicht. »Ihnen gehört also dieses herrliche Anwesen, Glückwunsch. Sehr erfreut.«

»Ganz meinerseits, ich freue mich sehr, Davides Arbeitskollegen kennenzulernen.« Sie ähnelt Grace Kelly in einem dieser alten Filme, in denen die Frauen schon makellos geschminkt aufwachen. Während sie mir huldvoll die Hand reicht, wirft sie Davide einen viel sagenden Blick zu, ihre leicht geöffneten Lippen enthüllen eine Reihe makellos weißer Zähne.

Hat das mit ihrem Nachnamen zu tun? Man kann nicht Blucher-Vatellapesca heißen und herumlaufen wie Lieschen Müller. Ich versuche mir vorzustellen, wie ich mich mit einem solchen Namen vorstellen würde: Gestatten, Alice Fritunddannirgendetwasunaussprechliches und so weiter. Etwas, bei dem man in Atemnot gerät, wenn man nicht einen Teil weglässt.

Wie ich diese Frau hasse. Wenn ich sie anschaue, komme ich mir klein und mickrig vor. Jede verstopfte Pore meiner Haut, meine durch den Helm angeklatschten Haare, die Blase auf dem großen Zeh links, die Schultern, die ich gerader halten sollte. Wie sollte man so mit Barbie-Blucher-Fritz-Superreich mithalten können? Außerdem ist da etwas in dem Blick, den sie Davide zuwirft, und wie sie ihre Hand auf seinen Arm legt, mit der Anmut einer Geisha, die gerade Ikebana macht. Sie ist sich ihrer zierlichen Finger allzu sehr bewusst.

»Ihr kennt euch also schon«, sage ich und lege meine Hand auf Davides anderen Arm. Das kann ich auch.

»Oh, nun ja. Wir kennen uns schon eine Weile.« Sie hakt sich bei ihm unter, um ihre Vertrautheit zu unterstreichen.

»Ach, tatsächlich?« Ich rücke näher an Davide heran. Sie auch.

»Bevor ich zu eurem Sender kam, habe ich für Barbaras Ehemann gearbeitet«, schaltet sich Davide ein und weicht in Richtung Motorrad aus.

Oh!

EHEMANN.

Euer Ehren, bitte nehmen Sie zu Protokoll, dass das Wort

»Ehemann« gefallen ist, und zwar deutlich hörbar. »Tatsächlich? Fantastisch«, sage ich jetzt freundlich zu der Frau. Wie armselig von mir, jemanden zu hassen, nur weil er schön, reich und elegant ist und einen unaussprechlichen Namen hat. Oder etwa nicht? »Wie schön, dass ihr auch danach noch in Kontakt geblieben seid. Er muss gute Arbeit geleistet haben.«

»In der Tat. Und er hat mir in einer schwierigen Lebensphase beigestanden«, sagt Barbara mit großer Wärme.

Davide räuspert sich. »Barbara hat uns angeboten, in ihrem Schloss zu drehen.«

»Ja, das hast du schon gesagt.«

»Das war doch selbstverständlich«, schaltet sie sich ein, »als Davide mir den Vorschlag gemacht hat, habe ich mich gefreut, ihm helfen zu können. Seine Gegenwart ist für mich wichtiger als alles Geld der Welt. Übrigens, wie geht es Flash?«

»Gut, sein neues Zuhause scheint ihm zu gefallen.«

Davides Antwort kommt mir irgendwie seltsam vor. Ist da irgendwas an mir vorbeigegangen?

Nicht dass ich ein schlechtes Gedächtnis hätte, doch ich kann mich nicht länger konzentrieren. Um uns herum herrscht reges Treiben, die Mittagspause naht.

Als Alejandro an uns vorbeieilt, wirft er mir einen wütenden Blick zu, wahrscheinlich denkt er gerade an das leckere Buffet, das uns in der Trattoria erwartet. Raffaella klopft ihm auf die Schulter und händigt ihm eine Tüte mit Brötchen aus, die er achtlos auf den Beifahrersitz des Peugeot fallen lässt, mit dem er sich auf die Suche nach der Kiste mit den Spots machen will.

Mara wirft mir aus der Ferne einen bestätigenden Blick zu, lenkt Alejandros Aufmerksamkeit auf den Arbeitsplan für den Nachmittag und geht dann weiter.

Widerstrebend lasse ich Davides Arm los. Die Arbeit ruft, ob ich will oder nicht. Unsere »Flucht« muss warten, genau wie das, was er mir sagen will.

Während ich mich durch die geparkten Fahrzeuge schlängele, entdecke ich Cristina, die neben Alejandros Peugeot steht, sich den Bauch massiert und dabei kreuzunglücklich aussieht. »Alles in Ordnung?«, frage ich, als ich bei ihr angekommen bin.

»Ich fühle mich schrecklich«, antwortet sie mit Opferlammblick. »Ich …«

»Was?«

»Ich muss kotzen.«

Verdammt! Sie beugt sich nach vorne, ich reiße die Autotür des Peugeot auf, greife nach der Tüte auf dem Beifahrersitz und halte sie ihr vors Gesicht, gerade noch rechtzeitig, bevor sie ihre Magensäfte und die Reste ihres Frühstücks wieder von sich gibt.

»Entschuldige«, sagt sie. »Wie peinlich.«

»Kein Problem«, antworte ich. Wirklich, wenn ich so darüber nachdenke. »Ich danke dir.«

Während sie sich den Mund ausspülen geht, knicke ich die Tüte oben um und drapiere sie wieder auf dem Beifahrersitz. Dann versuche ich erneut den Verschluss des Helms zu lösen, aber das Einzige, was sich löst, ist ein Fingernagel.

»Stimmt was nicht?«, fragt Carlo.

»Das solltest du sie mal fragen«, antworte ich und deute auf Cristina, die drinnen neben dem Waschbecken sitzt und ihre Unterarme bis zur Pulsader ins Wasser taucht. »Sie ist völlig übermüdet.«

»Sie wäre besser zu Hause geblieben.«

»Du solltest dich besser um sie kümmern.«

Carlo beißt sich auf die Lippen und schaut auf die Uhr. »Wir sind gut in der Zeit, sollten uns aber nicht ablenken lassen.«

Ich sehe erst Cristina, dann ihn an. »Zieh mir das verdammte Ding aus«, sage ich und deute auf den Helm.

Carlo fummelt unter meinem Kinn herum.

»Bei einer Sache hast du recht«, füge ich hinzu und behalte Cristina dabei im Blick. »Wir sollten uns nicht ablenken lassen.« Er versteht den Hintersinn meiner Bemerkung sofort und lässt den Verschluss los.

»Los, mach das endlich auf!«

»Es geht nicht. Außerdem, warum sollte ich dir helfen? Statt deine Finger immer wieder auf meine Wunden zu legen, solltest du dich lieber um deinen Golden Boy kümmern. Wo ist der eigentlich abgeblieben?«

»Tio?« Ich werde Carlo ganz sicher nicht von unserem Streit erzählen, auch weil es im Grunde seine Schuld ist. »Andrea Magni ist vorbeigekommen, die beiden werden sich irgendwo unterhalten.«

»Das glaube ich nicht. Andrea steht dort drüben.«

Ich folge seinem Blick und entdecke Magni, der mit dem Rücken gegen einen Baum lehnt, die Arme vor der Brust verschränkt. Er wirkt ziemlich verzweifelt.

Auf Carlos Lippen liegt ein spöttisches Lächeln. »Wir sollten uns nicht ablenken lassen.«

Unnötig, Carlo in die Hölle zu schicken, das erledigt er schon selbst. Deshalb winke ich nur ab und gehe zu Andrea Magni hinüber. Als er mich erkennt, richtet er sich auf und versucht ein Lächeln, was ihm aber nicht so recht gelingen will. Irgendetwas quält ihn, und er kann es nicht verbergen.

»Entschuldige, Andrea, ich suche Tio. Tiziano?«, frage ich, während ich immer noch versuche den Verschluss des Helms zu lösen, mit dem Ergebnis, dass er jetzt noch fester sitzt.

Magnis Gesichtsausdruck wirkt beleidigt. »Wir waren in der Nähe des Drehorts, als er mich gebeten hat, ihn allein zu lassen«, murmelt er.

»Ah, verstehe.« Ich nicke ihm zu, was mit diesem Helm irgendwie lächerlich rüberkommt. Ich frage mich, wie ich das Gespräch mit Tio beginnen soll, ohne ihn noch mehr zu verletzen. Nicht mehr als nötig jedenfalls.

Das wird nicht einfach, weiß Gott. Ich weiß genau, wie das ist, wie sehr man wegen der Liebe leiden kann. Nachdem Alejandro mich abserviert hatte, gab es Momente, in denen ich am liebsten tot gewesen wäre.

O Gott. Ich bleibe kurz stehen, um mich zu sammeln.

Der vorbereitete Drehort liegt über einer fünfzehn Meter tiefen Schlucht. Was, wenn Tio eine seltsame Idee gekommen ist? Aber nein, werden wir mal nicht melodramatisch.

Klar, ich kann mir einiges vorstellen, doch das würde Tio nie tun. Um sicherzugehen, spähe ich trotzdem vorsichtig in den Abgrund. Mir wird schwindlig. Der schwere Helm zieht mich nach unten, mein Magen verkrampft.

»Das würde ich nicht machen, wenn ich du wäre. Nicht mal mit Helm«, rät mir jemand und packt mich am Arm.

»Du lebst!« Ich drehe mich um, fliege auf Tio zu und ramme ihm den Helm in den Brustkorb, als wäre ich ein Rugbyspieler.

»Äh ja, jedenfalls noch.« Er erwidert meine Umarmung nicht, und nach kurzer Zeit schiebt er mich sogar von sich weg. »Was willst du hier?«, fragt er sichtlich sauer.

»Nun ja, erstens will ich dich zum Essen abholen«, stammele ich und halte Abstand.

»Ich gehe nicht mit, hab keinen Hunger.«

»Jetzt sei doch nicht so.«

»Nein, mit dir setze ich mich nicht an einen Tisch.«

Mein Gott, wie ich es hasse, wenn er solch infantile Phasen hat. »Du hast oft genug mit mir gegessen. Komm, wir müssen reden.«

»Das glaube ich nicht.«

»Lass mich dir doch erklären. Ich verstehe, was du fühlst. Aber es ist falsch. Ich bin hier, weil du mir wichtig bist und ich möchte, dass wir das Problem gemeinsam angehen.«

Er löst seinen Zopf, um ihn sich mit nervösen Fingern sofort wieder zu binden. »Alice, wirklich, lass es. So tut es niemandem weh. Eigentlich wollte ich schon viel früher mit dir darüber reden, aber es ist mir schwergefallen, ich habe geahnt, wie du reagieren würdest.« Er lässt einige Steinchen in die Schlucht fallen. »Du bist mir sehr wichtig, und ich wollte dir nichts mehr vormachen. Paola hat auch gemeint, ich soll es dir endlich sagen, aber …«

»Paola?« Das heißt, Paola, *meine* Paola hat es mir verschwiegen? Nicht dass sie das Orakel von Delphi wäre, ein Yoda im Rock und mit blonden Locken, aber als meine beste Freundin sollte sie mich über gewisse Dinge informieren, und zwar auch dann, wenn sie nicht die Fortschritte ihres Sprösslings betreffen.

Tio nickt. »Sie hat es sofort verstanden. Aber ich habe sie gebeten, es für sich zu behalten.«

Eine Verschwörung hinter meinem Rücken? Okay, Paola steht im Wort, sie hat es ihm versprochen, aber hätte sie mir nicht wenigstens ein Signal geben können? Was weiß ich, vielleicht einen Zettel auf meinem Sofa deponieren oder mit den Fingern Morsezeichen auf den Tisch klopfen.

»Es tut mir leid«, sage ich leise, »ich hätte mir so sehr gewünscht, dass die Dinge so bleiben, wie sie sind.«

»Das wollte ich auch. Nur irgendwann konnte ich nicht mehr, ich musste es tun. Glaub mir, es ist mir nicht leichtgefallen. Aber zwischen uns, Alice, mit dir ist es anders. Das heißt, es war anders.«

»Tio, bitte, versuch mich zu verstehen. Für mich ist es auch nicht leicht. Ich habe nie etwas bemerkt. Du hättest es wenigstens andeuten können, irgendwie, was weiß ich.« Ich schüttele den Kopf, doch bei diesem Gefühlschaos hilft das auch nichts. »Ich wollte das nicht, ich wollte nicht, dass es passiert. Ich hatte vielleicht einen Verdacht, aber ich wollte es nicht merken. Tio, ich bin sicher, in deinem Innersten weißt du, dass es nicht funktionieren kann. Ich weiß, dass dich das verletzt, aber ich kann das nicht.«

»Mm, Andrea meinte auch, dass es nicht geht. Verdammt, wir leben im einundzwanzigsten Jahrhundert, oder etwa nicht?«

Ich bin verblüfft. Andrea weiß es also auch? Vielleicht noch jemand? Meine Eltern? Die Putzfrau? »Was hat Andrea damit zu tun? Manche Dinge ändern sich eben nicht. Wir sind heute nicht viel anders als im Mittelalter.«

»Glückwunsch!«, ruft er und fährt sich durch die Haare. »Ich habe Neuigkeiten. Die Menschheit hat sich weiterentwickelt. Du argumentierst wie eine bigotte alte Jungfer.«

Mit offenem Mund starre ich ihn an. »Ich und bigott?« *Und er hat sogar alt gesagt,* höre ich Paolas Stimme (die mit dem Echo) in meinem Kopf. »Ich bin eben ein moralischer Mensch.« Ich wollte ihn damit nicht verletzen, aber jetzt ist es auch egal.

Selbst wenn ich alt bin, einen Tritt gegen das Schienbein bekomme ich noch hin.

Ganz offensichtlich sinkt unser Niveau.

Während Tio mich an den Handgelenken packt, um mich von sich fernzuhalten, faucht er: »So löst du also deine Probleme, ja? Wie ein Steinzeitmensch. Auf der anderen Seite, was erwarte ich eigentlich von einer Frau, die einen guten Freund für promiskuitiv hält und damit droht, es publik zu machen, nur weil sie verlassen wurde?«

Mein zweiter Tritt geht ins Leere, ebenso wie der dritte. Und der vierte. Tio ist stärker, mir tun die Handgelenke weh.

»Du meinst also, ich habe Unrecht, wenn ich eine schwangere Frau verteidige? Wenn ich wütend werde, weil Carlo die Hochzeit platzen lassen will? Ja, ja, verteidige ihn nur, immerhin bist du auch ein Mann. Wie kann man sich nur fünf Monate nach der Verlobung in eine andere verlieben? Bin ich alt und verschrumpelt, weil ich so denke? Wenn das so ist, will ich kein moderner Mensch sein. Ich bin doch nur konsequent. Carlo macht einen Fehler, und Cristina … Cristina braucht eine Freundin, die ehrlich zu ihr ist. Allerdings weiß ich nicht, ob es gut wäre, wenn sie die ganze Wahrheit erfährt. Deshalb wollte ich vorhin mit dir reden und dich um deinen Rat bitten. Es tut mir leid, wenn du das falsch verstanden hast. Erst recht tut es mir leid, wenn ich deine Gefühle verletzt habe. Ich bin mir jetzt über meine Gefühle im Klaren, und ich kann … Ich kann dich nicht lieben. Du bist für mich wirklich ein ganz besonderer Freund, mehr nicht. Ich habe große Angst dich zu verlieren, glaub mir. Nur was soll ich denn machen, wenn ich dich nicht liebe? Vielleicht wäre alles einfacher, wenn ich deine Gefühle erwidern würde, aber es geht nicht. Es mag sein, dass unsere Horoskope gut zusammenpassen, aber …« Die Worte sprudeln nur so aus meinem Mund, Tränen schießen mir in die Augen. Ich sehe nichts mehr, ich höre nichts mehr mit diesem schrecklichen Ding auf dem Kopf, mit dem ich wahrscheinlich begraben werde.

»Schluss. Alice, Schluss damit!«

Er trommelt auf den Helm, und das Donnern hallt in meinem Kopf wider. Als ich die Augen wieder öffne, steht Tio vor mir, das Gesicht ganz nah vor meinen. Er fummelt an diesem verdammten Verschluss herum, und nach ein paar Versuchen gelingt es ihm tatsächlich, ihn zu öffnen. Endlich bin ich frei. Seit der Helm von meinem Kopf runter ist, habe ich das Gefühl, wieder durchatmen zu können, als ob meine Ohren nach einem Flug wieder aufgehen und ich das Meer hören kann.

Tio nimmt mein Gesicht in beide Hände und lächelt. Er schaut mir tief in die Augen, und seine Augen sind so blau, so klar und aufrichtig wie noch nie. »Alice, ich bin schwul.«

Das Meeresrauschen in meinen Ohren scheint zu Halluzinationen zu führen. »Wie bitte?«

»Ich bin schwul. *Das* versuche ich dir seit einer halben Stunde zu erklären. Ich wollte es dir schon viel früher sagen. Auch vorhin. Aber dann hast du mit Promiskuität, Akzeptanz und Liebe angefangen und …«

»Hä, es ging doch um Carlo.«

»Ich weiß. Jetzt weiß ich es.« Er seufzt und hebt den Blick in Richtung Himmel. Keine einzige Wolke ist zu sehen. »Ich bin schwul«, flüstert er, als ob er es zu sich selbst sagt und es ganz tief in ihn eindringen soll. »Ich weiß nicht, wie du darüber denkst, aber du musst dir keine Gedanken mehr machen, dass du mich nicht liebst. Ich liebe dich nämlich auch nicht. Nicht in diesem Sinne zumindest. Aber ich mag dich sehr, sehr gerne, du durchgeknallter Dummkopf.«

»Oh Tio! Ich liebe dich auch nicht«, sage ich, und dieses Mal weine ich vor Freude.

Wir lieben uns nicht. Hurra.

Dafür mögen wir uns sehr gerne.

Tio will sich noch schnell umziehen, um mit uns essen zu gehen, und ich stelle fest, dass auf dem Parkplatz nur noch Maras kleiner Flitzer zu sehen ist. Und Mara selbst, die mit vor der Brust verschränken Armen auf der Motorhaube sitzt und auf mich wartet. Als sie mich entdeckt, steht sie auf und zieht einen Zettel aus der Tasche.

»Hier, Nardi hat mich gebeten, dir das zu geben, weil er wegmusste.«

Hastig falte ich den Zettel auseinander. Und lese die Nachricht.

Ich bin am Dienstag wieder im Büro. Heute Abend um acht hole ich dich ab. Und das ist keine Frage, Alice.

Warum hat er mir keine SMS geschickt?

»Alles okay?«, fragt Mara.

Ich bin sicher, dass sie den Zettel nicht gelesen hat. Er hat ihn Mara gegeben, weil er weiß, dass sie die Verlässlichste von allen ist. Und damit liegt er richtig.

In den vergangenen Wochen hatte ich die Möglichkeit, Mara als Mensch und Kollegin kennen und schätzen zu lernen. Von ihrem Flirt mit Alejandro einmal abgesehen. Wir haben festgestellt, dass wir einiges gemeinsam haben, zum Beispiel sind wir beide Waage. Seitdem ich das weiß, ist sie mir ans Herz gewachsen wie eine Schwester, auch wenn sie im Aszendenten Skorpion geboren ist und ihre Planetenkonstellation sie zu einer starken Frau macht.

In der Tat ist Mara so, wie ich sein könnte, wenn ich endlich aus dem Tunnel herauskäme.

»Ja«, murmele ich gedankenverloren.

Sie dehnt und streckt sich und geht um ihr Auto in Richtung Kofferraum. »Hat er seine Brötchen bekommen?«, fragt sie und steckt den Schlüssel ins Schloss.

Ich falte den Zettel wieder zusammen und stecke ihn in die Tasche. »Mehr als das.«

Bei der Vorstellung, wie Alejandro die Hand in die Brötchentüte steckt und dabei in Cristinas Beilage greift, die sie ihm freundlicherweise überlassen hat, muss ich feixen. Schade, dass wir keine Kamera in dem Peugeot installiert haben.

Mara öffnet den Kofferraum. »Was machen wir jetzt damit?«

Da ist sie ja, besagte Kiste Nummer vier mit den Spots, die Ferruccio gesucht hat.

Ich seufze und werfe einen Blick auf die Uhr. »Warten wir noch ein bisschen. Er dürfte bald auf der Autobahn sein.« Ich umfasse den einen Griff, sie den anderen, und gemeinsam tragen wir die Kiste zur Hütte, wo die Ausrüstung lagert. »In zehn Minuten rufen wir ihn an und sagen ihm, dass er zurückkommen kann, weil wir die Spots gefunden haben.«

Kaum haben wir die Tür der Hütte wieder geschlossen, kommt Tio auf uns zu. Wir strahlen ihn beide an. Unschuldig wie Thelma und Louise.

Skorpion

Der Skorpionmann verdankt seine ungeheure Popularität kitschigen Heftchenromanen. Schön, düster und wortkarg, ist der Skorpion das Symbol des vermeintlich Bösen, der die Heldin die ganze Geschichte lang quält, bis er am Ende alle Missverständnisse mit einem einzigen Augenaufschlag und einem wohligen Knurren auflöst.

Um an seiner Seite zu bestehen, solltet ihr gerne Rätsel lösen, denn er hat eine dunklere Seite als Darth Vader. Selbst in diesem Fall solltet ihr euch allerdings auf endlose Sitzungen beim Psychoanalytiker einstellen, denn die Lieblingsbeschäftigung des Skorpions ist es, andere Menschen so zu manipulieren, dass sie nur noch ein Schatten ihrer selbst sind.

24

Eine komplizierte Intrige zwischen Rosen, Shopping und Waagen

Auch Gurus haben Schwächen, und mein persönlicher Guru Paola braucht mich zum hemmungslosen Shopping.

Paola liebt Giacomo so sehr, dass sie ihn niemals zu einer Shoppingtour zwingen würde, deshalb bin ich heute an ihrer Seite. Giacomo hat offenbar eine Allergie gegen bestimmte Glasreiniger, die vor allem auf Schaufenstern versprüht werden. Er kauft nur noch online ein.

Daher muss die bedauernswerte Paola, die wie andere Frauen auch anstelle ihres genetischen Codes eine Kreditkartennummer hat, bei Entzugserscheinungen hin und wieder wie eine russische Spionin ins Telefon flüstern: »Hast du heute Nachmittag Zeit für mich? Ich muss mal wieder vor die Tür. Muttersein ist wunderbar, aber … Ich habe Sandrino zu meiner Mutter gebracht, was ist, machen wir einen Bummel über den Corso Buenos Aires?«

Wie es der Zufall so will, ist heute Mittwoch, mein freier Tag. Warum eigentlich nicht?

Also sind wir losgezogen. Seit fast einer Stunde stehen wir nun schon in einem Schmuckladen und probieren Ohrringe an. *Alle* Ohrringe.

»Paola«, versuche ich sie zu disziplinieren und trommele mit den Fingern auf die Ladentheke.

Sie strahlt mich mit glänzenden Augen an. »Besser die mit den blauen Steinen und dem Anhänger oder die mit dem Anhänger und den blauen Steinen?«

Als selbst ernannte Expertin für blaue Steine wiege ich den Kopf. »Hm, schön sind alle beide, diese hier glitzern vielleicht etwas stärker.«

Sie beäugt mich zweifelnd und bewundert sich dann wieder im Spiegel. »Ich weiß nicht. Vielleicht doch lieber diese hier?« Sie deutet auf ein drittes Paar mit einem feuerroten Stein, ohne Anhänger.

»Eine gute Wahl. Die passen wirklich super zu deinem Typ.«

Es klappt leider nicht, denn sie beginnt wieder zu suchen. Um mich abzulenken, widme ich mich den Armbändern. Ich muss sie aufhalten und etwas finden, das sie ruhigstellt, selbst wenn ich sie dann nach Hause schleppen muss. Nicht, dass ich ungern shoppe, doch heute habe ich wenig Zeit.

Das weiß Paola nur nicht.

»Kann ich Ihnen helfen?« Die Verkäuferin lauert hinter dem Spiegel.

»Ich schaue mich erst mal um, danke.« Aufdringliche Verkäuferinnen nerven mich. Sie hat uns bereits gefragt, ob wir Hilfe brauchen. Meiner Meinung nach ist ein zweites Mal schon eine Belästigung.

»Sehr gerne. Aber vorhin war ein Mann hier. Nun ja, es mag vielleicht etwas seltsam klingen, aber er hat mir fünfzig Euro gegeben und gesagt, Sie sollen sich etwas aussuchen.«

Ich sehe mich um und bin mir nicht ganz sicher, ob ich nach dem geheimnisvollen Verehrer oder einer versteckten Kamera Ausschau halte.

»Er ist sofort wieder verschwunden«, erklärt mir die Verkäuferin. »Bitte.« Sie hält mir eine Banknote unter die Nase, auf der ein Zettel klebt: *Ich sitze in der Bar gegenüber, bitte komm kurz rüber.*

Das Herz klopft mir bis zum Hals, denn ich muss sofort an Davide denken und ziehe den gefalteten Zettel aus dem Geldbeutel, den er mir im Schloss geschrieben hat (und den ich hüte wie einen Schatz). Nein, die Handschriften könnten nicht unterschiedlicher sein. Auf der einen Seite bin ich erleichtert. Fünfzig Euro zum Einkaufen, irgendwie billig. Auch wenn es nett gemeint sein sollte, ich finde es übertrieben. Unpassend.

Ein wehmütiges Seufzen entfährt mir, während die Verkäuferin schwärmerisch die Augen verdreht. Ich kann ihr das nicht übelnehmen. In ihrem Alter denkt man dabei bestimmt sofort an *Weil es Dich gibt.*

Ich versuche einen Blick in die Bar zu werfen, doch durch die Milchglasscheibe erkenne ich nur vage Schatten. Davor sitzt ein Paar, das von einem der unzähligen Rosenverkäufer genervt wird.

Rosen …

»Wie hat er ausgesehen? Können Sie den Mann beschreiben?«, frage ich und spüre, wie ich rot werde.

Sicher, es könnte auch ein anderer heimlicher Verehrer sein, aber wie viel wahrscheinlicher ist es, dass es sich um den Verrückten mit den gelben Rosen handelt? Ich meine, mehr als einen Stalker auf einmal hat man normalerweise nicht, oder? Falls doch, käme ich sicher ins *Guinnessbuch der Rekorde.*

»Mm, also nicht allzu groß, mittelgroß, würde ich sagen«, beginnt die Verkäuferin, »mittellange Haare, normale Figur, die Augen …«

»Normal?«, beschließe ich den Satz.

»Wer?«, fragt Paola, die Hände voller Ohrringe.

»Ein Typ, der mir hier fünfzig Euro hinterlegt hat, damit ich sie ausgeben kann«, erkläre ich und funkele sie beschwörend an. Das muss wieder dieser Wahnsinnige sein.

Sie geht gar nicht darauf ein, sondern flüstert mit glänzenden Augen: »Wow. Wirklich?« Dann fährt sie sich mit der Zunge über die Lippen.

»Wie alt? Was für einen Eindruck hat er gemacht? War alles in Ordnung mit ihm?« Ich bombardiere die Verkäuferin mit Fragen und lege Paolas Beute auf den Tresen. »Wir nehmen die hier.«

»Keine Ahnung. Normal eben. Er hatte es eilig.«

»Kann ich mir vorstellen.« Sonst hätte er mich ja auch selbst ansprechen können. Stattdessen hat er alles getan, um nicht gesehen zu werden.

»Welches Sternzeichen war er, was meinen Sie?«, fragt Paola ironisch, während ich sie nach draußen ziehe.

»Blöde Kuh, jetzt komm schon«, zische ich.

»He, halt mal die Luft an. Mir tun die Füße weh.«

»Ah, in dir steckt also doch ein menschliches Wesen. Nach zehn Kilometern Schaufensterbummel verständlich.« Entschlossen reiße ich die Tür zu der Bar auf, wie ein Cowboy in einem Westernsaloon. Leider ist niemand da. »Entschuldigen Sie«, frage ich an der Theke nach, »wir haben eine Verabredung mit einem Mann, den wir nicht kennen.«

Der muskelbepackte Typ, ein tätowierter Vin Diesel, sieht erst mich, dann Paola an, bis sein Blick an Paolas Brüsten hängen bleibt, die um einiges üppiger sind als meine. »Ach wirklich? Gleich alle beide?«, fragt er und hebt eine Augenbraue.

»Hören Sie, war hier ein Mann ohne Begleitung, ja oder nein?« Ich verliere langsam die Geduld.

»Tatsächlich, da war einer. Bis vor ein paar Minuten. Er hat einen Kaffee bestellt und sah aus, als würde er auf jemanden warten. Er hat den Kaffee ausgetrunken und ist gegangen.«

»Wir haben ihn verpasst«, sage ich bedauernd.

Dann stürzen wir aus der Bar und rennen die Straße entlang, in der Hoffnung, jemanden zu finden, von dem wir nicht wissen, wer er ist. Es sind viel zu viele Leute unterwegs, es könnte jeder sein. Misstrauisch beäuge ich einige mittelgroße Männer, die an uns vorbeigehen.

»Halt«, meint Paola, lehnt sich an eine Mauer und massiert sich die Füße. »Schalt mal einen Gang runter. Vielleicht ist ihm in den Sinn gekommen, dass das keine so gute Idee war, und er hat Angst vor seiner eigenen Courage bekommen? Du kannst doch nicht jedem Typen hinterherrennen, dieses Mal im wahrsten Sinne des Wortes, der sich für dich interessiert, also ehrlich!«

»Paola, kapierst du es denn nicht?« Ich schaue sie eindringlich an, um herauszufinden, welchen Einfluss ein Shopping-Marathon auf die Hirnleistung hat. Sie ist doch sonst so scharfsinnig. Dann erkläre ich ihr, dass unser geheimnisvoller Geldgeber höchstwahrscheinlich weder Daddy Langbein noch der netter Onkel aus *Candy, Candy* war, sondern das Phantom mit den gelben Rosen.

»Oh, verdammt!«

Wenn sie flucht, ist sie wirklich betroffen.

Um wieder einigermaßen zur Ruhe zu kommen, gibt es nur eine Lösung: Dessous. Zwischen mit Spitzen besetzten Slips und Push-up-BHs holen wir tief Luft, und der unbekannte Bewunderer muss existenzielleren Fragen weichen.

»Tanga oder Brazilian, was meinst du?«

Um optimale Voraussetzungen für den Abend mit Davide zu schaffen, brauche ich ein neues Ensemble. Nicht dass ich davon ausgehe, dass … Aber man weiß ja nie, und falls doch …

»Habe ich dir nicht gesagt, dass du nach dem Flop mit Alejandro keine sexy Unterwäsche mehr kaufen sollst, bis ein *verlässlicher* Partner an deiner Seite aufgetaucht ist?«

Verdammt, sie erinnert sich noch. »Aber schau doch mal, diese blaue Guêpière. Giacomo wäre nicht mehr zu bremsen, wetten?«

Wie ferngesteuert greift Paola nach dem Mieder und streichelt über den spitzenbesetzten BH. Sie schwankt. Dann fixiert sie mich. »Verheimlichst du mir etwas?«

Ich flüchte in die Umkleide. »Dass mein bester Freund schwul ist, was die Frau, die ich für meine beste Freundin gehalten habe, wusste und mir nicht gesagt hat, weshalb ich dastand wie eine Bekloppte vielleicht?« Mit einem Ruck ziehe ich den Vorhang zur Seite und verschwinde endgültig in der Kabine.

Die Wahrheit ist, dass ich niemandem von meinem Date mit Davide erzählt habe, weder Paola noch Tio, und ich habe es auch nicht vor.

Warum, weiß ich selbst nicht so genau. Vielleicht will ich diese Sache ganz allein für mich haben und einfach nur genießen. Ich will weder Ratschläge noch Vorschläge oder Meinungen dazu. Es geht nur um uns beide, um Davide und mich.

Auf der anderen Seite des Vorhangs höre ich Paola schnauben. »Ich habe dir schon gesagt, dass es mir leidtut, aber ich denke immer noch, dass das seine Sache ist. Wenn er möchte, dass du es weißt, dann soll er es dir persönlich sagen. Was er ja auch getan hat.«

Ich öffne den Vorhang und präsentiere ihr das erste Ensemble.

Sie mustert mich von Kopf bis Fuß. »Bist du frisch enthaart?«, fragt sie misstrauisch.

Ich verdrehe die Augen. »Hin und wieder gönne ich mir das auch, Paola«, sage ich und gehe in die Kabine zurück, wobei ich mir die noch immer entzündete Innenseite der Oberschenkel massiere. Ich brauche dringend eine Creme, sonst habe ich heute Abend feuerrote Haarwurzeln. Auch wenn nichts passieren sollte. Die Geister, die ich rief …

»Mm«, höre ich Paola sagen, »was hättest du denn von mir gedacht, wenn ich deine Geheimnisse ausgeplaudert hätte?«

Dieses Mal stecke ich nur den Kopf aus der Kabine. »Paola, wir sind Frauen. Wir erzählen uns immer alle Geheimnisse, das ist nur natürlich. Wie atmen.« Ich zeige ihr das zweite Ensemble.

»Sehr sexy. Steht dir gut.« Sie nickt bestätigend. »Also, Miss Fifty-Shades-of-Grey, mit wem hast du ein Date?«

Ich ignoriere ihre Frage, und während ich mich wieder anziehe, suche ich krampfhaft nach einer Ausrede, mit der ich sie abspeisen kann. »Warum muss ich unbedingt eine Verabredung haben, nur weil ich beim Enthaaren war? Ich achte einfach auf mich.«

»Na klar, und ich gehe morgen mit Brad Pitt zum Abendessen.«

Ich verziehe das Gesicht und gehe an ihr vorbei zur Kasse. »Das würde weder Giacomo noch Angelina gefallen.«

»Alice, ich mische mich nicht ohne Grund in deine Angelegenheiten ein, ich will mir nur keine Sorgen machen müssen.

Ich möchte nicht den ganzen Abend daran denken, wo du bist und von wem du dir gerade das Herz brechen lässt.«

»Wenn du den Namen wüsstest, wärst du dann beruhigt? Ich war beim Enthaaren, weil ich einen Termin beim Frauenarzt habe, zufrieden?«

Sie bleibt stehen. »Und beim Friseur warst du, weil du zum Hirnchirurgen musst?«

Okay. Ich beneide Sandrino nicht darum, wenn er ihr später einmal erklären muss, warum er erst nach der Sperrstunde nach Hause gekommen ist. Ich greife nach ihren Händen. »Ich bin nicht sauer auf dich, weil du mir das mit Tio verheimlicht hast. Klar, es wäre besser gewesen und hätte mir eine Menge Ärger erspart, wenn du es mir gesagt hättest. Aber ich weiß, dass du es aus guten Gründen nicht getan hast.« Jetzt kommt der schwere Teil. »Trotzdem will ich diese Sache hier ganz alleine durchziehen und mich nicht zusätzlich unter Druck setzen. Ich möchte den Abend genießen und erst mal abwarten, was passiert.«

Nach ein paar Sekunden der Verwunderung nimmt mich Paola in den Arm, ohne allerdings ihre Ausbeute an Dessous loszulassen. »Oh, ich bin ja so stolz auf dich. Bitte pass auf dich auf.«

Mein Gott, wie tief bin ich gesunken, wenn sich meine beste Freundin Sorgen um mich macht, als wäre ich ein Kind von acht Jahren? Gut, sie ist Krebs, ihre übergroße Aufmerksamkeit ist genetisch bedingt, doch allein das Shoppen war emotional aufwühlend genug, und ich möchte nicht, dass sie gleich anfängt zu weinen, wie bei einem Anfall von postnataler Depression.

Ich halte der Verkäuferin lässig meine Kreditkarte hin, unter dem stolzen und wohlwollenden Blick meiner Freundin.

»Einen Moment.«

Wir sind schon fast draußen, als uns die Verkäuferin zurückruft. Ich halte die Tüten in ihre Richtung, wahrscheinlich hat sie ein Sicherungsetikett nicht entfernt.

»Als Sie vorhin im oberen Stockwerk waren, kam ein Herr herein und bat mich, Ihnen das hier zu geben«, sagt sie und holt unter dem Tresen drei gelbe Rosen hervor.

25

Quäl mich, Löwe, und dann töte mich mit Küssen

Wenn ich dachte, dass es dieses Mal leichter werden würde, dann habe ich mich getäuscht.

Auf den Zettel hat Davide zwar acht Uhr geschrieben, aber ich sitze nun schon seit zwanzig Minuten mit der Tasche auf den Knien auf der Sofakante und starre auf den Fernseher. Der, wie ich gerade feststelle, gar nicht läuft.

Ich checke mein Handy, kein Anruf, keine Nachricht.

Zum tausendsten Mal gehe ich ins Schlafzimmer, mustere mich im Spiegel und überlege: anrufen oder nicht? Auf keinen Fall. Der Albtraum. Ihm sagen, dass ich hier sitze und auf ihn warte? Was eigentlich nur logisch wäre, da wir um acht verabredet sind und es inzwischen fast halb neun ist. Nein, besser ihn glauben zu lassen, dass ich als vielbeschäftigte Frau noch keine Zeit hatte, auf die Uhr zu schauen.

Als ich auf den Balkon gehe, um die Pflanzen zu gießen, zum dritten Mal in den letzten dreißig Minuten, spähe ich nach unten und entdecke ihn auf der Straße. Er hat in zweiter Reihe geparkt und geht zwischen dem Auto und dem Hauseingang hin und her. Zuerst denke ich, dass er etwas vergessen hat, denn er öffnet die Fahrertür und steigt wieder ein. Das zweite Mal hat er wohl vergessen abzuschließen, denn er fasst nur an den Türgriff. Das dritte Mal bleibt er mitten auf der Straße stehen. Was zum Teufel treibt er da?

Er bleibt so lange stehen, bis ihn ein Auto anhupt. Dann hebt er den Blick. Ich kann mich gerade noch zwischen dem dahinsiechenden Basilikum und dem Gerippe des selbst gezüchteten Salbeibuschs verstecken.

Ich hätte ihm winken können, damit er weiß, dass ich ihn gesehen habe. Aber niemals würde ich mich wie die Frau des französischen Leutnants präsentieren, die auf der Hafenmauer steht, über das Wasser blickt und wartet. Nichtsdestotrotz bin ich neugierig.

Zwischen den Pflanzenkübeln hindurch verfolge ich, wie er sein Handy aus der Tasche zieht. Als ich meines klingeln höre, robbe ich wie ein Marine durch die Balkontür ins Wohnzimmer.

»Hallo?«

»Hallo … Alice?«

Ich kenne die Stimme am anderen Ende nicht. Ich habe mit Davide gerechnet, verdammt. Ich wage einen Blick durch die Vorhänge und sehe ihn immer noch unten stehen und telefonieren. Was macht er da nur? Warum ruft er nicht an?

»Mit wem spreche ich?«

»Ich bin Daniele, ein Freund von Karin. Ich bin Fische, Aszendent Jungfrau.«

»Wie?« Karin muss mich beim Wort genommen haben, als ich sie nach den astrologischen Daten dieses Typs fragte. »Ah, gut.«

Und jetzt? Aus dem Augenwinkel beobachte ich, wie sich Davide meinem Haus nähert, ebenfalls das Handy am Ohr. Wenn er mich jetzt anrufen will, kommt er nicht durch.

»Und du?«, fragt Daniele Fische-Aszendent-Jungfrau.

»Ich?«

»Dein Sternzeichen?«

»Waage.« Gerade hebt Davide den Blick zu meinem Fenster. »Daniele, entschuldige mich bitte, aber ich bin gerade in einer schwierigen Phase.«

»Das hast du letztes Mal auch schon gesagt.«

»Ah, tut mir leid. Mein Leben ist momentan sehr kompliziert. Rufst du mich morgen noch mal an?« Nach einer kurzen Verabschiedung lege ich auf.

Und jetzt? Ich hätte ihn sofort abservieren sollen, doch ich hatte ein schlechtes Gewissen. Wenn Davide mitbekommen hätte, dass ich mit einem anderen Mann zugange war, hätte ich schlechte Karten. Als es klingelt, stürze ich zur Tür.

»Alice, bist du zu Hause?«

Wo sollte ich denn sonst sein? »Klar«, antworte ich betont locker. In die Irre führen. Falsche Fährten legen. »Du bist da?« (Wenn es um die beste dumme Frage geht, gebührt mir ganz sicher der erste Preis.)

Pause, als ob die Verbindung der Gegensprechanlage unterbrochen worden wäre. Dann ein Seufzer. »Ja. Ich bin unten.«

Er gibt mir einen flüchtigen Kuss auf die Wange, und als wir über die Straße zu seinem Auto gehen, legt er mir die Hand auf den Rücken, dann streckt er sie aus, als ob er den Verkehr aufhalten will. Keine Ahnung, warum, aber diese kleine Geste tut mir gut und tröstet mich über den abwesenden Ausdruck auf seinem Gesicht hinweg. Kevin Costner hätte auch nicht mehr tun können, und als ich ihn ansehe, bevor er die Autotür zumacht, denke ich genau wie Whitney *»I will always love you«*.

Davide stellt das Auto in der Nähe des Parks an der Porta Venezia ab. Es ist einer der ersten wirklich warmen Abende, und als wir zwischen den Teichen und den Blumenbeeten entlangschlendern, komme ich mir vor, als wären wir gar nicht in Mailand. Wir lassen uns treiben. Zum Glück trage ich bequeme Stiefel, aber meine Füße sind das geringste Problem. Allein neben ihm herzugehen lässt mich wie auf einer Wolke schweben. Noch etwas anderes kommt mir wie im Traum vor. Er redet, einfach so.

»Ich war wohl ein bisschen missverständlich in meinen Reaktionen. Aber ich denke gerne über die Dinge nach und versuche zu verstehen, welche Konsequenzen mein Handeln haben könnte. Das hilft mir auch in meinem Job. Da ist Rationalität gefragt, Gefühle dagegen schaden.«

Das ist einer der Charakterzüge, die ich an ihm schätze: seine verlässliche Konsequenz. Wenn er eine Entscheidung getroffen hat, dann steht er auch dazu, ohne Wenn und Aber.

Ich mustere ihn heimlich von der Seite, während ich darüber nachdenke, welches Sternzeichen er wohl ist und wie sein Horoskop aussehen könnte – und ob es womöglich zu meinem passt. Die Frage liegt mir auf der Zunge, doch ich verkneife sie mir.

Warum?

Ehrlich gesagt, will ich es gar nicht wissen. Es ist mir egal, welche Planetenkonstellation Einfluss auf ihn hat und welche nicht.

»Ich bin fest davon überzeugt, dass die Fähigkeit, analytisch zu denken, den Menschen vom Tier unterscheidet, die Tatsache, dass wir kognitiv reagieren können und uns nicht von Instinkten leiten lassen«, fährt er fort.

»Da stimme ich dir voll und ganz zu. Nachdenken hilft, die Dinge realistisch einschätzen zu können. Aber im Grunde sorgen doch die Gefühle dafür, dass du dich lebendig fühlst«, antworte ich und versuche ihn zu ermutigen, sich weiter zu öffnen. Ein Mann, der von der Liebe offenbar bitter enttäuscht worden ist, wird stets versuchen die Kontrolle zu behalten und sich nicht Hals über Kopf in ein neues Abenteuer stürzen.

»Gut, ja. Aber so einfach liegen die Dinge nicht. Die Einflüsse von außen können alles viel komplizierter machen. Manchmal sogar unmöglich.«

Nein. Nicht unmöglich, verdammt. Ich verstehe, dass die Arbeit zwischen uns steht, da lässt sich ein gewisser Interessenkonflikt nicht vermeiden, doch ich werde nicht zulassen, dass der Sender mein Leben ruiniert. »Man kann seine Emotionen zwar unterdrücken und so tun, als ob nichts wäre, aber ein Gefühl verschwindet nicht einfach, nur weil man es verdrängt.«

Ein Fahrrad schert knapp vor uns ein, und instinktiv legt mir Davide den Arm um die Taille, um mich zur Seite zu ziehen. Die Wärme seiner Finger brennt durch den Stoff auf meiner Haut, wandert in meinen Bauch und breitet sich in meinem ganzen Körper aus. Ich möchte seine Finger überall auf mir spüren, denke ich. Für einen Augenblick habe ich das Gefühl, den Gedanken auch ausgesprochen zu haben, denn er sieht mich verlegen an.

Seine Hand löst sich.

Ich halte sie fest.

Ich schaue ihm tief in die Augen, während sich unsere Finger ineinander verschränken.

»Nicht«, höre ich ihn kaum hörbar flüstern, aber wir sind uns ganz nah.

»Was?«, frage ich, versuche ihn zu provozieren und gehe noch einen Schritt nach vorne.

Davide fährt sich mit der Zungenspitze über die Lippen und tritt einen Schritt zurück. »Was ist denn das da drüben?«, fragt er und versucht das Thema zu wechseln.

Ich drehe mich kaum um. »Das Planetarium.«

»Wirklich? Wollen wir es uns mal ansehen? Das könnte für die Sendung interessant sein.«

Die Sendung. Schon wieder. Sie scheint mich zu verfolgen.

Immerhin hat er seine Hand nicht gelöst.

Wir gehen hinein und setzen uns nach ganz hinten auf eine Bank, während die Lichter bereits verlöschen, die Musik erklingt und die Besucher aufhören zu reden.

»Davide, ich verstehe dich nicht«, flüstere ich, als die Vorstellung beginnt.

Seine Hand schließt sich fester um meine. »Es ist wunderschön«, murmelt er.

Ich betrachte sein Profil, während er in Richtung Kuppel schaut, wo sich der Himmel Stück für Stück mit Planeten und Sternschnuppen überzieht.

Davides Hand zuckt, und auch mich überläuft ein Schauer.

»Die sogenannten Sternschnuppen sind im Grunde gar keine Sterne. Man nennt sie Perseiden und sie sind nur Staub, der sich aufgrund der Geschwindigkeit in der Atmosphäre entzündet, wie wenn wir ein Streichholz anreißen«, erklärt der Moderator. »Natürlich ist es eine wunderbar romantische Vorstellung, sich etwas zu wünschen, wenn man eine sieht, doch ich persönlich habe noch nie gehört, dass sich ein solcher Wunsch realisiert hätte. Hier im Planetarium können Sie viele Sternschnuppen sehen und sich gerne etwas wünschen, wenn Sie möchten.«

Ich drehe mich zu Davide und möchte ihm sagen, dass er mein einziger Wunsch ist. Aber mir bleibt die Luft weg.

Mir kommt es vor, als seien wir im Raum verloren, eingehüllt in den Zauber der Planeten, Sterne und Sternschnuppen (pardon, Perseiden!), die sich im Rhythmus der leisen Musik um uns herum bewegen.

»Die Sternzeichen und die sogenannte Astrologie sind genauso ein Unsinn«, fährt der Moderator fort. »Die Konstellationen, die die Menschen aufzeichnen, sind zweidimensional, aber wenn wir den Himmel aus einer anderen Perspektive betrachten, dann sehen wir, wie sich die Zeichen geometrisch verändern, genau wie die Planeten auf ihrer Umlaufbahn in fernen Welten.«

Davide neben mir kichert. »Über dieses Thema haben sich Andrea und Tio noch gar nicht ausgetauscht.«

»Mm, ich denke mal, für die beiden sind andere Themen wichtiger.«

»Welche denn?«

»Ach, nichts. Ich meine, es spricht so vieles gegen die Astrologie und, bei Licht besehen, so wenig dafür.«

»Hast du etwa die Seite gewechselt? Dabei habe sogar ich mich ein wenig damit angefreundet. Ich zum Beispiel bin Löwe.«

Oh nein. Nein. Das kann nicht wahr sein.

Gerade jetzt, wo ich beschlossen habe, gar nichts wissen zu wollen.

Ich stecke mir die Finger in die Ohren, bla, bla, bla. Ich will nichts hören, ich will es nicht wissen.

»Geboren am zweiundzwanzigsten August achtundsiebzig um zehn Uhr zwanzig morgens. Ich muss zugeben, deine Sendung hat mich neugierig gemacht. Da gibt es einige interessante Parallelen, jedenfalls was den Charakter angeht.«

Er hat es gesagt. Sosehr ich mich auch anstrenge, es zu

vergessen, meine innere Stimme wiederholt immer wieder sein Geburtsdatum.

»Um bei den Sternzeichen zu bleiben«, fährt der Moderator fort, »es gibt da etwas, das die Thesen der selbst ernannten Astrologen bis in die Grundfesten erschüttert. Die Sterne sind keine feststehenden Konstellationen, im Gegenteil, sie verändern sich ständig, wenn auch sehr langsam, wie die Bilder eines Kaleidoskops. Deshalb ist der Himmel, den wir heute sehen, nicht der gleiche wie vor zweitausend Jahren.«

Unter der Kuppel des Planetariums werden auf einem Ring die Bewegungen der Tierkreiszeichen aufgezeigt und dargestellt, wie sich die Konstellationen verändert haben, seitdem es die Astrologie gibt.

»Das eröffnet ungeahnte Perspektiven. Wenn uns das eine Horoskop nicht passt, schauen wir uns eben ein anderes an«, flüstert mir Davide spöttisch ins Ohr.

»Alles Quatsch«, sage ich barsch, mehr zu mir selbst als an ihn gerichtet. Gleichzeitig versuche ich die innere Stimme in mir zum Schweigen zu bringen, die immer wieder sagt:

22. August 1978, 10:20 Uhr.

22. August 1978, 10:20 Uhr.

22. August 1978, 10:20 Uhr.

22. August 1978, 10:20 Uhr.

Jack Torrance wäre stolz auf mich. Ich versuche mich abzulenken, indem ich mir den Himmel des Planetariums ansehe. Auch Davide wirkt jetzt entspannter.

Fast synchron beugen wir uns nach vorne und kauern uns sogar auf den Boden, um den Orion besser erkennen zu können.

»Es wäre schön, wenn man den Himmel in der Natur so beobachten könnte«, sage ich. »Vielleicht in den Bergen, wo es weniger Lichter gibt.«

»Ja, das wäre schön«, flüstert er und seufzt.

Ich werde mutiger, und mit der Ausrede, so einen besseren Blick auf die Sterne zu haben, lege ich den Kopf auf seine Knie.

Er streicht mir eine Locke von den Lippen. »Das wäre wirklich schön, wenn es nur möglich wäre.«

Wie in allen Träumen dauert die Magie des Planetariums leider nicht ewig, und gerade als es am schönsten ist, gehen die Lichter an, und der Zauber verfliegt. Ich hebe den Kopf von seinen Knien, er lässt meine Hand los.

Als wir das Planetarium inmitten all der anderen Zuschauer verlassen, ist alles wie vorher. Davide schaltet das Handy wieder ein und geht ins Foyer, um zu telefonieren.

»Ja, nein … Entschuldige, kein Netz«, höre ich ihn sagen. Ich lächele, aber er dreht mir den Rücken zu. »Ich bin nicht in der Stadt.«

Ich schaue ihn an. Dann mein ausgeschaltetes Handy.

22. August 1978, 10:20 Uhr.

Vielleicht hat mich Paola angerufen. Gut möglich, dass sie sich den ganzen Nachmittag Sorgen gemacht hat, man weiß ja nie. Ich muss es anschalten. Unbedingt. Das ist keine Ausrede. Ich schwöre.

Auf dem Display ploppt eine Nachricht auf. Nicht von Paola, sondern von Tio.

Alles gut?

Aha. Vielleicht ein Zeichen?

Ja, schon, ich hatte es nicht wissen wollen. Aber Davide steht im Foyer und telefoniert. Und ich bin hier allein und zerbreche mir den Kopf über das Schicksal.

Obwohl ich vorhin behauptet habe, dass ich nicht mehr so recht an Horoskope glaube, bin ich hin- und hergerissen.

Tio hat so manches über die Typen vorhergesagt, mit denen ich ausgegangen bin, was am Ende gestimmt hat. Etwas Wahres muss also dran sein.

Ich schaue wieder zu Davide. »… mit Freunden«, höre ich ihn sagen.

Vielleicht wäre ich ruhiger, wenn ich wüsste, ob überhaupt Hoffnung besteht? Dann könnte ich den Abend mehr genießen.

Außerdem habe ich ein schlechtes Gewissen gegenüber Tio, weil ich ihn nicht eingeweiht habe. Er könnte es als Retourkutsche verstehen, weil er mich so lange über Andrea im Dunkeln gelassen hat. Das ist die perfekte Möglichkeit zur Wiedergutmachung.

Eilig tippe ich: *22. August 1978, 10:20 Uhr* und drücke auf Senden.

Ohne Kommentar, ohne Namen. Tio wird es auch so verstehen.

»Wir gehen essen, ja?«, fragt Davide und steckt das Handy wieder ein. »Entschuldige, es war wichtig«, fügt er noch hinzu.

Alles in allem: ein perfekter Abend.

Wir bummeln durch die schmalen Gassen des Isola-Viertels mit seinen gemütlichen Lokalen, eine Reminiszenz an das alte Mailand, eine Atmosphäre, die ein wenig an Paris erinnert. Wir landen in einem kleinen Bistro und bestellen Wein und Häppchen. Davide stützt das Gesicht in die Hände, fixiert mich und will alles Mögliche über mich wissen. Mein Lieblingsessen (alles außer Paprika, die ich nicht verdauen kann), ob ich gerne lese (klar, eines meiner Hobbys) und tanze (nach kurzem Nachdenken sage ich Tango, immerhin war ich ganze drei Mal mit Alejandro tanzen, außerdem macht Davide nicht den Eindruck, als würde er mich in einen Tango-Schuppen schleppen), ob ich schon mal Motorrad gefahren bin (hier sollte ich ehrlich bleiben, immerhin habe ich ein paar Mal *Top Gun* gesehen, wo Tom Cruise mit einer schnellen Maschine unterwegs war).

Als der Kellner an den Tisch kommt, die Kerze anzündet und sagt: »Ein bisschen Romantik«, nicke ich ihm dankbar zu, während Davide sich mit vor der Brust verschränkten Armen zurücklehnt.

»Ähm, danke«, sagt er nur. Als der Kellner weg ist, mustert er mich misstrauisch. »Irgendwie kommt mir das alles unwirklich vor«, murmelt er.

»Meinst du?« Offenbar denkt er das Gleiche wie ich, dieser magische Moment ist mehr, als ich zu hoffen gewagt habe.

Wir sind ja erst beim zweiten Teil des Abends, und in diesem Stadium gebe ich mich mit Kerzenlicht und Träumen zufrieden. Für den Moment passt das, zwischen uns läuft es besser als jemals zuvor. »Zwischen uns«? Was sage ich denn da? Mit keinem Mann ist es je so gut gelaufen.

Weil du verliebt bist, Alice. (Paola, das Echo.)

Und weil (der Blick) er der Richtige ist.

Ich schließe die Augen und versuche eine Reaktion zu erspüren, eine Erkenntnis, eine Veränderung, eine Verschiebung der Erdachse. Irgendein Signal, dass ich gerade einen historischen Moment erlebe.

Mein Magen knurrt.

»Schön, dass du mich eingeladen hast«, sage ich rasch, um das Geräusch zu übertönen. »Ich habe lange darüber nachgedacht, auch wenn ich nach deinen Worten von letzter Woche im Büro dachte, ich hätte da etwas missverstanden.« Ich seufze und lächele ihn etwas unsicher an, in der Hoffnung, dass er mir zustimmt.

Davide beißt sich auf die Lippen und wirkt ebenfalls unsicher, als er nach meiner Hand greift. »Alice, hör mal …«

Gleich passiert es. Der Richtige offenbart sich. Kein Erzittern, kein Erdbeben, nur ein kleines Lied. Ich höre es im Hintergrund, die ersten sanften Töne, während ich unter Davides Blick erschauere.

Now I've had the time of my life.

Patrick Swayze war wirklich gut.

No, I never felt like this before.

Davide sagt kein Wort, auch er ist von seinen Gefühlen übermannt und nicht im Stande zu sprechen.

Yes I swear, it's the truth and I owe it all to you.

Ich frage mich, ob er auch ein Lied hört, um diesen Moment zu besiegeln, und wenn ja, welches.

»Alice …«

»Ja?«

»Ich glaube … ich glaube … Ist das dein Handy?«

Ich drehe mich zu meiner Tasche um. Ja, das ist die Musik von *Dirty Dancing,* mein Klingelton für Tio. Sein Name und sein Foto leuchten auf dem Bildschirm auf. Die Musik ist inzwischen so laut, dass mich die Gäste am Nachbartisch vorwurfsvoll anschauen. Ich greife nach dem Telefon und drücke auf Ablehnen. Entschuldige Tio, jetzt nicht.

»Du gehst nicht ran?«, fragt mich Davide überrascht.

»Nein, nein, das ist nichts Wichtiges.«

Natürlich ist das nicht wichtig, welche Frage. Nur sehr, sehr wenige Dinge kommen in meiner Prioritätenliste vor der Erklärung des Mannes meines Lebens.

»Du sagtest?«

Now I've had the time of my life.

Das passiert Julia Roberts nie.

»Vielleicht ist es ja doch dringend«, sagt Davide, lässt meine Hand los, lehnt sich zurück und trinkt einen Schluck Wein.

Nein, nein, nein! Tio, hast du nicht in meinem Horoskop gelesen, dass da heute NICHT STÖREN! steht.

Ich hoffe inständig, dass es um eine Frage um Leben und Tod geht, und zwinge mich zu einem souveränen Lächeln.

»Sofort weg da!«

»Wie bitte?«

»Hast du verstanden? Alice, finde eine Ausrede, bedank dich und hau ab.«

»Aber …« Ich schaue zu Davide hinüber, der geistesabwesend in sein Glas Nebbiolo starrt. »Das geht nicht.«

»Alice, hör mir gut zu.« Tio spricht jetzt wie ein Polizist, der versucht, einen Selbstmörder vom Sprung in die Tiefe abzuhalten. »Dieser Mann, wer immer er auch sein mag, ist faszinierend, keine Frage. Aber er ist sehr gefährlich für dich. Verstehst du? *Sehr gefährlich.*«

Da hat er allerdings recht. Allein ein kurzer Blick von Davide genügt, um mich außer Gefecht zu setzen. »Das habe ich verstanden. Trotzdem nein.«

»Habe ich dir je einen falschen Ratschlag gegeben? Hör zu, meine Liebe. Der Löwe ist das egozentrischste Sternzeichen von allen.« Er spricht schnell, aus Angst, ich könnte auflegen (worüber ich nachdenke). »Die Jungfrau, die ihn flankiert, macht ihn noch entschlossener. Wenn er sich in den Kopf gesetzt hat, dich zu erobern, dann wird er das auch tun.«

»Genau. Thema beendet.«

»Nein, nein, hör zu! Gerade weil es ihm so wichtig ist, im Zentrum der Aufmerksamkeit zu stehen, verliebt er sich leicht, aber nie ernsthaft. Das sage ich nicht nur, weil er Löwe ist, sondern auch wegen seines Horoskops. Er hat den Merkur im Löwen und die Venus in der Waage, was dauerhafte Beziehungen äußerst schwierig macht.«

»Äh, warte, ich habe auch …« Ich versuche leiser zu sprechen und halte sogar die Hand vor den Mund, damit Davide mich nicht hört. »Ich habe auch die Venus in der Waage. Also?«

»Meine Liebe, mit wie vielen Männern warst du in letzter Zeit aus? Na?«

Ich bringe ihn um. »Das liegt nur an Ale…« Ich beiße mir auf die Zunge. »War's das?«

»Schön wär's! Er hat den Uranus im Skorpion und die Sonne im Quadrat, der Beweis, dass er unergründlich ist.«

Dieses Mal fixiere ich Davide genau und beobachte, wie er die Gabel in der Hand hält und auf die Zacken starrt. Touché, denke ich, denn ich habe diesen Mann schon immer für so unergründlich gehalten wie das dritte Geheimnis von Fatima.

»Er kann dir jede Information entlocken, um sie später gegen dich zu verwenden. Ich nehme an, er hat dir viele Fragen gestellt?«

»Äh, nein.« Puh. »Schon.« Macht man das nicht so beim ersten Rendezvous? Warum sollte ich Davide für einen Spion halten, der aus der Kälte kommt?

»Und dann die Venus im zwölften Haus. Weißt du, was das bedeutet? Na? Ich sag's dir. Er hat absolut keine Lust zu heiraten und eine Familie zu gründen. Seine Unabhängigkeit ist ihm heilig, er lehnt feste Bindungen strikt ab. Frag ihn, ob er Kinder will, ich bin neugierig«, sagt Tio und klingt jetzt wie ein bockiges kleines Kind. Seine Stimme überschlägt sich fast.

»Wo bist du denn?«, frage ich.

»Das spielt keine Rolle. Du musst unbedingt dort weg. Dir geht es nicht gut, Bauchschmerzen, du hast deine Tage bekommen, egal. Hauptsache, du gehst.«

»Bist du verrückt geworden?« Wie könnte ich vor einem Mann, vor DEM Mann zugeben, dass auch ich eine Normalsterbliche mit körperlichen Schwächen bin. »Hör zu, es geht nicht. Außerdem will ich auch nicht. Ich muss jetzt auflegen, ich sitze im Restaurant, und es macht keinen guten Eindruck, wenn ich die ganze Zeit telefoniere.«

Ich beende das Gespräch und stecke das Handy in die Tasche zurück, dann entschuldige ich mich bei Davide für die Störung.

»Ach was, das schien wichtig zu sein«, sagt er freundlich, zieht aber eine Augenbraue hoch.

»Nun ja, eine Freundin.« Warum zieht er die Augenbraue hoch? Will er in mich hineinsehen? Während er *unergründlich* bleibt, weil er den Uranus im Skorpion hat. Mist. »Äh ja, eine Freundin mit Problemen mit ihrem Freund. Sie haben gerade eine Krise, denn sie will Kinder, was er völlig ablehnt.« Ich halte inne, um seine Reaktion abzuwarten. Wird sein Blick noch durchdringender? Verhärten sich seine Mundwinkel?

»Nun ja. Ganz unrecht hat er nicht«, sagt er kurze Zeit später. »Heute werden ja oft verantwortungslos Kinder in die Welt gesetzt, einfach so.«

Gibt es hier Papiertüten für eventuelle Panikattacken?

Mein Telefon klingelt wieder, und inzwischen bin ich so aufgelöst, dass ich sofort drangehe. »Was gibt's?«, belle ich in den Hörer.

Am anderen Ende der Leitung höre ich Geräusche, als ob etwas über das Mikrofon reibt. »Alice!« Tio. Schon wieder. Dieses Mal klingt seine Stimme etwas weiter entfernt.

»Es reicht, leg auf«, höre ich eine zweite Stimme sagen, die ich nicht gleich erkenne.

»Alice, bist du schon gegangen?«

»Nein«, antworte ich einsilbig. Seine ewigen Bedenken gehen mir zunehmend auf die Nerven.

»Ich habe inzwischen auch die Affinitäten kontrolliert, da stimmt gar nichts«, ruft Tio, doch seine Stimme wird zunehmend von anderen Geräuschen übertönt.

»Schluss jetzt, Tiziano. Es ist genug«, sagt die andere Person. Jetzt erkenne ich sie, es ist Andrea. Nur er nennt Tio Tiziano.

»Eine Sache noch. Zwischen euren Horoskopen … Der Mond steht in Opposition zur Himmelsmitte.« Seine letzten Worte klingen wie ein Aufschrei.

»Tiziano, mein Gott, ich habe noch nie so viel Schwachsinn auf einmal gehört.«

»Du verstehst das nicht, Andrea. Diese Beziehung ist nicht nur unmöglich, weil es wegen der Mond-Jupiter-Opposition keine Affinitäten gibt, auch Saturn und Mond stehen in Opposition, was für Illusionen und Instabilität spricht. Ganz zu schweigen von der Opposition von Mond und Pluto, die ein Zeichen für Gewalt und Aggressivität ist.«

»Also bitte, als ob ich dir nicht schon oft genug erklärt hätte, dass ein Zusammenhang zwischen Planetenkonstellationen und dem Schicksal höchst unwahrscheinlich ist. Schluss damit! Alice, hör nicht auf ihn und genieß den Abend.«

»Ja.« Ich beobachte Davide, der zum Zeitvertreib dieses Mal das Messer streichelt. »Das Quadrat, ja?«, stammele ich.

Neu motiviert schaltet sich Tio wieder ein. »Genau. Bedenke bitte, dass auch Blaubart eine gewisse Faszination gehabt haben muss, wenn er achtmal geheiratet hat.«

»O mein Gott.«

»Stimmt etwas nicht?«, fragt Davide besorgt, und als er sich nach vorne beugt, um meine Hand zu nehmen, zucke ich zusammen.

»Ohhh!«

»Was ist los? Was macht er mit dir?«, schreit Tio.

»Nichts, gar nichts. Ich war nur in Gedanken.« Das ist ein einziger Albtraum. Ich wusste, dass ich ihm diese verdammte SMS nicht hätte schicken sollen. Doch wenn man den Opfern eines Massenmörders vorher gesagt hätte, mit wem sie da ausgehen, wäre das nicht auch besser gewesen?

»Hört auf, alle beide«, schaltet sich Andrea wieder ein. »Seid endlich vernünftig. Tiziano, nimm uns beide. Kann der Unterschied zwischen zwei Menschen größer sein?«

»Komm mir nicht damit. Meinst du nicht, ich hätte vorher unsere Horoskope kontrolliert?«

Dann bricht das Gespräch ab, ich nehme das Telefon vom Ohr und halte es verwirrt von mir weg.

Davide nimmt es mir sanft aus der Hand. »Sollen wir es ausschalten?«

Ich kann nur nicken.

»Alles okay? Du wirkst gestresst.« Er wartet meine Antwort nicht ab und bestellt beim Kellner ein Glas Wasser. »Du bist blass, geht es dir nicht gut?«

Als er mir eine Hand auf die Wange legt, spüre ich seine Wärme, die bis in mein Herz strahlt. Es kann unmöglich stimmen. Dieses Mal hast du einen Fehler gemacht, Tio. Oder es ist die Ausnahme von der Regel. Oder der Beweis, dass die Regel falsch ist.

Denn ich will diesen Mann, ich begehre ihn mit jeder Faser meines Körpers, und ich kann das Gleiche in seinen Augen lesen. Dann nimmt er meine Hand und führt sie an die Lippen.

Zum Teufel!

Zum Teufel mit Tio und der ganzen Astrologie. Andrea hat sicher recht, ich sollte das Gefasel einfach vergessen. Immerhin ist er Akademiker, oder?

»Ich wollte sagen«, setzt Davide wieder an. »Eigentlich wollte ich dir sagen, dass es mir leidtut, wie der Abend verlaufen ist. Ich wollte mit dir reden, dir ein paar wichtige Dinge sagen, aber das ist unglaublich schwer für mich, denn ich bin ein Egoist und habe Angst, alles kaputtzumachen. Es tut mir wirklich …«

Ich lege ihm den Zeigefinger auf die Lippen. »Es gibt nichts zu entschuldigen.«

Er dreht sich um. »Können wir gehen? Ich habe das Gefühl ersticken zu müssen.«

Inzwischen ist das Lokal brechend voll, für ein intimes Geständnis nicht gerade der ideale Ort. Draußen regnet es leicht, und wir flüchten uns in einen Hauseingang.

»Als ich sagte, dass dieser Abend für mich etwas Irreales hat, habe ich nicht gelogen, Alice. Ich mag dich. Und das ist ein Problem. Ein echtes Problem.«

Ich lächele ihn an, hebe meinen Blick, die Wimpern nass vom Regen. »Dieser Abend war traumhaft, Davide.« Dass ich eben noch, durch die Schuld meines ehemals besten Freundes, am Rande eines Nervenzusammenbruchs stand, spielt keine Rolle mehr. »Können wir nicht einmal die Logik beiseitelassen, nur ein Mal?«

Er schließt die Augen und seufzt. Dann schaut er in Richtung Himmel. Seine Hand umfasst meinen Nacken und zieht meinen Kopf an seine Brust. Ich spüre, wie sein Herz schlägt, direkt an meiner Stirn. Er küsst mich auf den Scheitel.

»Du weißt nicht, was das für Folgen haben kann«, murmelt er.

Ich versuche den Blick zu heben, mich durch seine Hemdknöpfe, den Kragen, den weichen Stoff seiner Jacke nach oben zu arbeiten. Zuerst erreiche ich sein Kinn, das meine Lippen nur streifen, die zu schüchtern sind, um ihn richtig zu küssen.

Er vergräbt die Finger in meinen Haaren und zieht meinen Kopf sanft zurück. Dann spüre ich seine Lippen. Sein Mund sucht den meinen, sanft und doch bestimmt, er will meine Lippen öffnen, während unser Atem sich mit dem Rauschen des Regens vermischt.

Ich liebe ihn.

Oh, wie sehr ich ihn liebe.

Tio kann sagen, was er will. Meinetwegen kann er mir ein vom Papst persönlich besiegeltes Horoskop vor die Nase halten. Ich liebe diesen Mann.

Davides Lippen lösen sich von den meinen. »Alice, wir machen einen Fehler. Das willst du nicht, das kannst du nicht wollen.«

In meinem Kopf dreht sich alles, meine Knie werden weich. Ich verstehe gar nichts mehr. Ich weiß nicht, wovon er spricht. »Ich will *nur* das.«

»Nein, nein, nein.« Dennoch will auch er nicht aufhören, sein Kuss wird fordernder, mit der Zunge liebkost er mich. »Du weißt es nicht«, seufzt er, und ich spüre, wie er den Stoff meiner Bluse zur Seite schiebt, dann die Wärme seines Atems an meinem Hals. »Du weißt es nicht, weil du nie gefragt hast.«

Von seinen Küssen völlig durcheinander, verstehe ich nicht, was er mir sagen will. Habe ich ihm heute Abend nicht schon genug Fragen gestellt?

Behutsam löse ich mich von ihm, nur wenige Zentimeter, damit ich besser sprechen kann. Meine Stirn ruht weiter an seiner, meine Augen sind geschlossen.

»Davide, Houdini war ein Nichts gegen deine Kunst, Dinge im Dunkeln zu lassen. Ich habe dir alle möglichen Fragen gestellt. Ich wollte alles über dich wissen.«

Seine Lippen öffnen sich, ganz nah an meinem Mund. »Du hast mich aber nie gefragt, ob ich frei bin.«

Seine Worte treffen mich direkt ins Herz. Ich habe mich verhört. Garantiert.

»Und«, meine Stimme ist rau, als müssten die Wörter einen Felsen hochklettern, um aus meinem Mund zu kommen, »das bist du nicht?«

Er löst die Stirn von meiner und lehnt sich mit dem Rücken gegen die Hauswand. Mir wird kalt.

»Nein, das bin ich nicht.« Er wischt sich übers Gesicht und lässt die Hand auf dem Mund liegen, während er mich ansieht. Vielleicht aus Scham über das, was er gerade gesagt hat, vielleicht um sich die Küsse zu versagen, die er mir gerne noch geben würde.

Ich weiß genau, was ich jetzt tun sollte. Ich sollte mich umdrehen, diese Straße überqueren und gehen.

Jedenfalls sollte ich nicht hierbleiben, ihn nicht ansehen und auch nicht denken, dass ich ihn liebe. Ich habe keine Chance.

»Ich mag dich sehr, Alice.« Ohne sich von der Hauswand zu lösen, streckt er die Hand aus und fährt mir sanft über das Gesicht.

Mein Verstand brüllt mich an, ich solle endlich gehen. Tio hatte recht, es ist eine Qual, so glücklich zu sein und dann entdecken zu müssen, dass es so viele, zu viele Lügen zwischen uns gibt. Stattdessen schmiege ich meine Wange in seine Hand.

»Was soll ich denn bloß machen? Was?«, fragt er mich flehend.

Ich hebe den Kopf und schaue ihm in die Augen. Jene Augen, von denen ich annahm, sie könnten nicht lügen. Hinter denen sich ein vom Leben enttäuschter, ein von einer Frau betrogener Mann verbergen würde. Das dachte ich jedenfalls. Nun sehe ich klarer, und seine Frage von neulich, *Hast du schon mal jemanden betrogen?,* erscheint in völlig neuem Licht. Er wollte gar nicht wissen, ob ich treu bin oder ihn verletzen könnte, wie eine andere vor mir, sondern ob ich akzeptieren könnte, dass ich die »Andere« bin.

»Ganz einfach«, sage ich mit einer Härte, die von der Verzweiflung herrührt. »Verlass sie. Entscheide dich für mich.« Meine Antwort klingt brutal und der anderen Frau gegenüber vielleicht unfair. Aber was können wir schon für unsere Gefühle?

Seine Lider senken sich langsam. »Das geht nicht«, flüstert er, »jedenfalls nicht jetzt. Auch wenn die Dinge nicht gut laufen. Barbara ist hochsensibel, vor allem seit ihr Mann gestorben ist.«

Barbara.

Barbara, Barbie Grace Kelly, die unfassbar Schöne, Reiche und Elegante?

»*Die* Barbara?«

Davide beißt sich auf die Lippe und nickt. »Ja, du hast sie beim Schloss kennengelernt. Ich habe gedacht, wenn ich dich am Drehort vor vollendete Tatsachen stelle, wäre es leichter. Aber dann, als du da warst, ist mir klar geworden, dass ich dich verletzen würde. Wie egoistisch ich war und dass ich keine Verantwortung übernehmen wollte.«

Deshalb wollte er damals mit mir weg.

Als es nicht funktionierte, hat er sie weggebracht und beschlossen, sich später mit mir zu treffen, um mir die Wahrheit zu sagen.

Barbara Buchneim-Wessler Ricci Pastori. Allein wenn man die Buchstaben ihres Nachnamens zusammenzählt und sie mit meinem vergleicht, ist klar, dass ich keine Chance gegen sie habe. Nicht, wenn man die Perfektion zur Gegnerin hat.

»Ich bin ein Idiot, Alice.«

Ich schließe die Augen und zwinge mich zu atmen. »Ja, das bist du.«

»Komm, ich bringe dich nach Hause.«

Ich hebe abwehrend die Hand. »Nein, danke, ich rufe mir ein Taxi.«

26

Die Waage: Nicht anfassen, bitte!

Eigentlich bin ich Expertin im Verlassenwerden. Ich weiß, wie man mit der Situation umgeht. Alles eine Frage der Schubladen, das heißt der Schubladen im Kopf. Ich lege die Dinge, die ich nicht wahrhaben will, zusammen mit den Situationen, die ich nicht ertragen kann, in eine Schublade und verschließe sie. Wichtig ist, sie möglichst lange zuzulassen. Nicht mal einen Blick darf man hineinwerfen.

Wunden lecken, Salz hineinstreuen, grübeln, daran denken, was hätte sein können, an die Blicke, an die sanften Worte, an die Küsse, kurz gesagt: Erinnerungen sind verboten.

Stattdessen Bahn frei für das pralle Leben, hämmernde Bässe in der Disko, ausschweifende Abende mit Freundinnen, die mir das Gefühl geben, jung und voller Energie zu sein.

Und Alkohol. Viel Alkohol. Nun gut, ich bin nicht betrunken, höchstens ein bisschen. Aber ich kann mich noch auf den Beinen halten. Ich treffe mit dem Zeigefinger sogar die Nasenspitze, obwohl ich nur auf einem Bein stehe. Dem Taxifahrer, der auf mich wartet und schon die Tür geöffnet hat, ist das egal, mir dagegen ist es wichtig. Ich habe mich amüsiert, gesungen, getanzt und wahrscheinlich irgendwann auch jemanden geküsst, aber das weiß ich nicht mehr so genau.

Jedenfalls habe ich Davide aus meinem Leben geworfen.

Schau nach vorn, Alice, zwinge ich mich. Geradeaus, wie immer.

Es ist nichts passiert. Du bist noch dieselbe Person wie vorher. Er hat dir nichts gegeben und nichts genommen. Ich sage es mir immer wieder, in einer endlosen Schleife.

Wann ist dieses verdammte Taxi endlich am Ziel? Dieses alte Jazzstück im Radio setzt mir ziemlich zu.

Ich bin müde. Müde enttäuscht zu sein, müde zu leiden. Ich habe es satt, jedes Mal wieder von vorne anzufangen. Bei null. Ich habe es satt, mich immer wieder neu aufzuraffen, für einen Mann, der sich am Ende für eine andere entscheidet. Ich habe es satt, mir einzureden, dass ich stark bin, als Alibi dafür, dass andere mich schlecht behandeln dürfen. Ich kann nicht mehr. Außerdem glaube ich nicht mehr daran.

Wenn die Liebe eine Drüse wäre, ich würde sie mir entfernen lassen, ich schwöre. Entzündete Mandeln oder Hämorrhoiden der Liebe.

Hastig bezahle ich das Taxi und ziehe die Schlüssel heraus, um die Haustür zu öffnen. Ich kann es kaum erwarten, mich ins Bett zu legen. Wenn mein Widerstand schwindet, kann ich nur noch schlafen. Morgen habe ich dann wieder Kraft und bin bereit, alles zu verdrängen.

Das Licht im Treppenhaus flackert, zwischendurch geht es immer mal wieder ganz aus. Mist.

Ich drücke den Aufzugsknopf, aber jemand muss vergessen haben, die Tür richtig zu schließen, denn es passiert gar nichts.

»Okay, ich will mit einem Verantwortlichen sprechen«, murmele ich ins Nichts. Falls Gott existiert, möchte ich jetzt auch gerne mit ihm reden, und wenn das nicht klappt, dann eben mit einem seiner Stellvertreter.

Ich quäle mich die Treppe hoch. Dabei muss ich daran denken, wie Davide mich getragen hat an dem Abend, als ich mit Paolas Freund weg war. Das ist eines von den Dingen, an die ich nicht denken darf. Weg damit in die Schublade. Und Schublade zu.

Ich steige über die gelbe Rose, die jemand hier liegen gelassen hat. Flüchtig fahre ich über das Geländer und verbiete mir zu weinen. Der letzte Treppenabsatz ist mit gelben Blütenblättern übersät, ein seltsamer Anblick in dem flackernden Licht.

Erst jetzt kapiere ich. Rosenblüten auf meiner Treppe?

Plötzlich sind Davide und all mein Kummer meilenweit weg. Ich bin hier, in diesem Moment, im Hier und Jetzt.

Es ist dunkel. Oder fast.

Es ist Nacht, und ich bin allein.

Vielleicht.

Wie eine Besessene durchwühle ich meine Tasche. Wo ist das verdammte Handy? In meiner Panik finde ich alles Mögliche, Geldbörse, Kalender, ja sogar das Päckchen Taschentücher, das im Taxi am Boden lag. Nur das Handy nicht.

Ich bleibe stehen, drücke mich gegen die Wand und versuche die Luft anzuhalten, um eventuelle Geräusche zu hören. Da ist tatsächlich etwas. Klingt nach Schritten. Ich schleiche weiter. Nach wenigen Stufen erkenne ich im flackernden Licht meine Wohnungstür.

Ich muss an die Filme denken, in denen ängstliche Frauen in finstere Keller hinabsteigen, mit flackernden Lichtern, die irgendwann ganz verlöschen. Und die dann umgebracht werden. Alles nur, weil sie keinen Elektriker gerufen haben.

Aber ich gehe die Treppe hoch und nicht runter, sage

ich mir. Ich bin nicht so blöd, mitten in der Nacht und bei defektem Licht in den Keller zu stiefeln.

Auf einmal scheint sich das Licht zu stabilisieren. Es flackert zwar noch leicht, geht jedoch nicht mehr aus. Ich renne los. Die letzten Stufen fliege ich förmlich hoch, den Schlüssel fest in der Hand und bereit, ihn blitzschnell ins Schloss zu stecken.

Trotzdem sehe ich den Schatten, der auf der anderen Seite des Treppenabsatzes über mir auftaucht, und zwar genau einen Augenblick, bevor das Licht wieder erlischt.

»Endlich.«

Ich drehe mich um und lasse einen Schrei los. Tarzan ist nichts dagegen.

Eine Hand legt sich auf meinen Mund. »Hey, pst. Willst du das ganze Haus aufwecken?«

Ich versuche mich loszureißen, aber er hält mich fest.

»Beruhige dich Alice, beruhige dich, mein Goldstück.«

Ich drücke mich gegen die Wohnungstür, während ich versuche mein Gegenüber zu fixieren, trotz meiner Angst und des diffusen Lichts. Er nickt und lässt langsam los, dann lächelt er.

»Ich bin zurück«, säuselt er, »mein Sonnenschein, freust du dich denn nicht, mich zu sehen? Hast du meine Blumen etwa nicht bekommen?«

Hinter ihm auf der Treppe, die in den vierten Stock führt, erkenne ich einen riesigen Strauß gelber Rosen.

»Wie in dem Film, den du so magst. Du weißt schon, oder? *Die Zeit der Unschuld.*«

»Die Zeit der Unschuld«, murmele ich und versuche zu begreifen, was hier gerade vor sich geht.

Ich traue meinen Augen kaum und muss ständig blinzeln. War das letzte Glas vielleicht doch zu viel? Dann hole ich tief Luft und frage: »Was machst du hier, Giorgio?«

Schütze

Zu behaupten, der Schützemann neige bisweilen zur Untreue, wäre vergleichbar mit der Behauptung, die Atombombe von Hiroshima hätte das eine oder andere Todesopfer gefordert. Aber er tut das nicht aus Bosheit, die Untreue ist ihm angeboren. Moral ist für ihn ein Fremdwort, zudem fehlen ihm die nötigen Synapsen, um erst zu denken und dann zu handeln. Eine Sache allerdings gelingt ihm gut: die Schuld an diesem »Missverständnis« auf sie abzuwälzen, auf die Frau, die ihn liebt und die ihn gezwungen hat, diesen fürchterlichen Schritt tun zu müssen, nämlich mit einer anderen Frau ins Bett zu steigen.

27

Full Metal Zwilling

Endlich ist das Geheimnis gelüftet. Hinter jeder gelben Rose, hinter jedem Blütenblatt, jeder Dorne, hat Giorgio gesteckt, der Mann, der mir das Herz gebrochen hat. Okay, einer der Männer, die mir das Herz gebrochen haben, aber er hat damals den Startschuss zu einer langen Serie gegeben. Paola hat das Drama mit dem Satz kommentiert: »Vergiss ihn und lass das Schloss auswechseln.«

Dabei habe ich fest an diese Beziehung geglaubt. Sie hat fast ein Jahr gedauert, nach den diversen zweiwöchigen Post-Carlo-Episoden war er damit fast schon der Mann fürs Leben.

»Was machst du hier, Giorgio?«, wiederhole ich.

Von allen, wirklich von allen Männern, die ich in meinem Leben habe kommen und gehen sehen, ist Giorgio wahrscheinlich der letzte, den ich erwartet hätte. Oder von dem ich mir gewünscht hätte, ihn zu sehen.

»Ich habe dich vermisst, Mäuschen.«

»Um zwei Uhr nachts? Hast du noch Shanghaier Zeit?«

Ich bin nicht gerade freundlich, das ist mir klar, und einen Moment lang habe ich sogar das Gefühl, ein wenig ungerecht zu sein. Aber nur einen Moment, denn wenn ich daran denke, was er so alles getrieben hat, kann er froh sein, dass ich ihm nicht vors Schienbein trete und ihn anschließend die Treppe runterschubse.

»Haha, du und dein Sinn für Humor«, antwortet er und kratzt sich am Kopf. »Ich muss unbedingt mit dir reden.«

»Das wäre nicht am Telefon gegangen?«

»Hab ich probiert, aber vermutlich hast du eine neue Nummer.«

Ich schlage mir gegen die Stirn. »Ach ja, richtig. Ich habe deine Nummer ja blockiert.«

Er sieht mich mit Dackelblick an. »Warum das denn?«

Ich seufze. Soll ich ihm eine Liste machen? »Einfach so.«

»Du warst schon immer ziemlich sprunghaft«, er hat wieder Oberwasser, »mein süßes Öfchen.«

Oh nein. Süßes Öfchen? Niemals. »Ich bin müde, Giorgio. Können wir das nicht verschieben?« Auf bessere Zeiten? Auf ein anderes Leben vielleicht? Oder um ein paar Jahrhunderte? »Gib mir deine Adresse, ich melde mich.«

»Äh, genau das ist das Problem. Ich habe derzeit keine Adresse. Ambra hat mich rausgeworfen.«

Ein ambivalentes Gefühlsgemisch aus Triumph und Mitleid verbietet es mir, diese Neuigkeit mit mehr als einem »Oh!« zu kommentieren.

Giorgio hat dazu deutlich mehr zu sagen. »Diese dumme Kuh. Sie will die Scheidung, so ein egoistisches Biest. Und die Kinder natürlich auch. Meine Kinder, stell dir das mal vor!«

»Es sind schließlich auch ihre. Wenn sie die Kinder anderer Leute haben wollte, würde ich mir Sorgen machen, aber so? Übrigens, wie oft hat sie dich schon rausgeworfen?« Schon damals, als wir uns kennengelernt haben, war das so. Genau die gleiche Leier.

Giorgio schüttelt den Kopf. »Dieses Mal meint sie es ernst. Außerdem will sie das ganze Geld, sie hat die Konten sperren lassen und …«

Inzwischen öffne ich die Wohnungstür. Ich bin wirklich nicht in der Stimmung, die Nacht im Treppenhaus zu verbringen und meinem Ex als Klagemauer zu dienen, der über den Verlust seiner Ex jammert (für die er mich verlassen hat).

»Ich kann nirgendwohin«, jammert Giorgio und geht auf die Tür zu. Auf meine Tür.

»Wie bitte?«

»Alice, ich weiß, dass zwischen uns alles im Reinen ist, dass du mir tief in deinem Herzen längst verziehen hast. Nur für ein paar Nächte. Meine Anwälte sind dabei, die ganze Sache in Ordnung zu bringen, ich werde dich nicht stör…«

»Nein.«

»Nur für eine Nacht. Bloß um ein Dach über dem Kopf zu haben. Die letzte Nacht habe ich im Park verbracht. Du kannst dir gar nicht vorstellen, was da für Leute unterwegs sind.«

»Böse?«

»Mit Hunden. Direkt neben dir lassen die ihren Köter pinkeln«, empört er sich.

Ich seufze. »Giorgio, denk mal nach. Das hier ist kein Fantasy-Roman. Ich kann niemanden bei mir aufnehmen, der mich betrogen und dafür benutzt hat, seine Ehefrau eifersüchtig zu machen.« Genauer gesagt, seine Ex-Ehefrau. »Habe ich etwa Mona Lisa auf der Stirn stehen?«

Er zieht die Augenbrauen hoch und starrt mir tatsächlich kurz auf die Stirn. Herr, gib mir Kraft.

»Ich weiß wirklich nicht, was ich machen soll«, murmelt er mit gespielt weinerlicher Stimme, »ich bin allein. Ganz allein.«

Ich betrete die Wohnung und mache sofort die Tür hinter mir zu, aus Furcht, er könnte wie ein Aal hindurchflutschen. Das Herz klopft mir bis zum Hals, dieses Mal vor schlechtem Gewissen.

Was für ein Ende, denke ich mit einem Hauch Wehmut. Der Mann, der mich früher mit Orchideen überhäuft hat, kauft jetzt auf der Straße ein paar billige Rosen, verbunden mit der absurden Idee, sich damit einen Schlafplatz zu erbetteln.

Ich beschließe mir einen Tee zu machen, denn dieses Erlebnis hat mich so sehr aufgewühlt, dass es wahrscheinlich eine Weile dauern wird, bis ich einschlafen kann. Während ich auf das Pfeifen des Wasserkessels warte, besänftige ich meine Schuldgefühle mit einem Schokoladenkeks.

Giorgio sitzt immer noch auf der Treppe. Er hat den Kopf gegen die Wand gelehnt und sich die Jacke als Decke übergehängt. Das weiß ich, weil ich ihn durch den Türspion beobachten kann. Wenn er dort sitzen bleibt, bekommt die Hausmeisterin morgen früh einen Herzinfarkt. Wie werde ich ihn nur wieder los? Ich weiß es noch nicht, aber diese Frage wird mich in den nächsten Wochen auch noch beschäftigen.

28

Waagenfieber

Mein Kopf scheint in einen Schraubstock gezwängt zu sein, ein Symptom der dicken Erkältung, die mich derzeit quält. Ich fühle mich wie die Titanic, nachdem sie den Eisberg gerammt hat. Ich bin ein Wrack.

(»Wenn du nur etwas ordentlicher wärst, Pantöffelchen, dann hättest du Taschentücher bei der Hand und müsstest kein Klopapier verwenden.«)

Meine Erkältung wäre die ideale Entschuldigung, um im Bett zu bleiben und mir alle Filme aus dem Survival-Kit reinzuziehen, aber ich bin trotzdem zur Arbeit gegangen.

»Alice? Alice, bist du da drin? Sag was, bitte! Alice!«

Cristinas Stimme lässt mich hochschrecken, und fast wäre mir das Handy ins Klo gefallen.

Ja, wir sind inzwischen »Freundinnen«. Jedenfalls hat sie das so beschlossen aufgrund des Anflugs von Sympathie, den sie damals bei ihrer Einstellung beim Sender gespürt zu haben glaubt. Im Moment beruht ihre Vorstellung von Freundschaft allerdings auf einer Notsituation. Sie braucht Halt, eine Alliierte, eine Unterstützerin. Und um zu genießen, dass es jemanden gibt, dem es noch schlechter geht als ihr. Und der noch schlechter aussieht.

(»Siehst du? Jetzt ist der Abfluss verstopft. Dir ist noch nicht mal aufgefallen, dass das Wasser nicht richtig abfließt. Frauen achten auf solche Dinge einfach nicht.«)

»Ja, ich bin hier. Was gibt's?«, frage ich mit verstopfter Nase.

»Äh, störe ich? Geht's dir nicht gut?«

Ich betätige die Spülung, um meinem Aufenthalt hier drinnen einen Sinn zu geben, obwohl ich nur auf dem Deckel gesessen und vor mich hin gestarrt habe, und trete aus der Kabine. »Danke, ich bin bloß heftig erkältet. Ich brauchte Klopapier.« Ich seufze. »Eine Erkältung im Mai, auch das noch«, füge ich hinzu und putze mir die Nase.

»Ja, im Mai«, wiederholt Cristina und fixiert mich im Spiegel. Sie hat die Hände in die Hüften gestemmt.

»Bist du so weit?«, frage ich und versuche meine Benommenheit abzuschütteln. Wir haben eine Konferenz, und ich muss versuchen, mich zu konzentrieren.

(»Mach dir wenigstens Eier mit Speck, etwas Handfestes. Oder ein Glas Milch mit Whisky? Das haut das fieseste Virus um.«)

Ich habe nicht mal Kaffee getrunken. Allein bei dem Gedanken, etwas zu mir zu nehmen, krampft sich mir der Magen zusammen.

»Wie soll ich das bloß machen?« Cristinas weinerliche Stimme dringt selbst durch meine verschleimten Gehirnwindungen. »Schau mich an! Ich heirate bald. Am Samstag habe ich Anprobe. Und ich bin so was von fett. Unglaublich fett. Ein Kugelfisch. Ein Seehund. Ein Wal. Ein Heißluftballon. Ein Zeppelin.«

»Ich glaube, bevor du zu den Planeten und Galaxien kommst, sollten wir der Realität ins Auge blicken. Du bist schwanger.«

Bei diesem Wort jammert sie noch lauter. »Ich bin ein Monster. Die Leute werden mich bei meiner eigenen Hochzeit mit einer dreistöckigen Torte verwechseln.«

»Ach was, du bist viel größer als eine dreistöckige Torte.«

Nein, das war wohl doch nicht die richtige Strategie. Das Schluchzen wird heftiger. Vielleicht habe ich noch die Plastikstöpsel in meinem Schminktäschchen, die ich mir im Schwimmbad immer in die Ohren stecke.

»Außerdem bist du viel hübscher als eine Torte, Cristina, jetzt hör auf. Du heiratest, du bist zu beneiden.«

(»Heute Nacht habe ich kein Auge zugemacht. Dein Sofa ist wirklich unbequem, Pantöffelchen.«)

»Ich bin so was von hässlich! Ich sehe fürchterlich aus, sogar mein Gesicht ist aufgeschwemmt. Kein Wunder, dass Carlo mich nicht mehr anschaut. Und ich muss dieses Ding anziehen, dieses lächerliche weiße Ding voller Glitzer. Ich sehe aus wie eine riesige Schneekugel. Eine weiße Bowlingkugel, die durch die Kirche rollt. Ich werde die hässlichste und fetteste Braut des ganzen Universums sein.«

Ich versuche sie zu trösten und würde ihr nur zu gerne sagen, dass es nicht an ihren Kilos liegt, weshalb Carlo sie nicht mehr ansieht. Tolle Freundin. Aber manchmal ist Diplomatie sinnvoller, als alles niederzuwalzen wie ein Bagger. Davon abgesehen bin ich von Schuldgefühlen zerfressen, weil ich Paola nicht ein einziges Mal zurückgerufen habe in den letzten zwei Wochen, und dabei hat sie es sechsmal versucht.

Endlich lasse ich den Kopf auf die Schreibtischplatte sinken, am liebsten würde ich mich in die letzte Windung der Holzmaserung zurückziehen und dort einfach vergessen werden. Langsam verschwinden, wie ein Heißluftballon am Horizont.

(»Du solltest es nicht auf deinen Zyklus schieben, wenn du einen aufgeblähten Bauch hast, und zugeben, dass du zugenommen hast. Etwas Sport würde dir guttun, Moppelchen.«)

»Also? Erde an Alice. Landemanöver einleiten. Tut, tuuut.«

Tios Stimme erreicht mich im Jenseits, in das ich mich geflüchtet habe, dann zieht mir etwas den Kopf an den Haaren hoch. Seine Hand.

»Aua!«

Er schüttelt den Kopf und lässt dann los. Meine Stirn knallt wieder auf die Tischplatte.

»Ich zermartere mir das Hirn. Sag einfach alt oder neu? Alt oder neu?«

»Was meinst du, Tio? Wer?« In meinem Kopf fehlt nur noch die Stimme von diesem Typen auf dem Jahrmarkt, der mir mit dem Megafon entgegenschreit: »Und los geht's! Wer als Erster das Seil erreicht, gewinnt noch ein Runde.« Dabei will ich nur noch aussteigen.

»Dieser rätselhafte Löwe. Komm schon.«

»Immer noch? Schluss damit.« Ich will absolut nicht, sozusagen überhaupt gar nicht über den Löwen sprechen. *The lion sleeps tonight.* »Du quälst mich seit zwei Wochen damit.«

»Genau seit fünfzehn Tagen, sieben Stunden und dreiundzwanzig Minuten.«

»Ich habe dir schon x-mal gesagt, dass es egal ist. Es ist nicht wichtig, weil es zu Ende war, bevor es richtig angefangen hatte. Du solltest doch zufrieden sein, oder? Du hast immerhin gesagt, ich solle verschwinden. Du hattest recht. Schluss.«

»Ja, aber ich bin neugierig.«

»Du bist ein Klatschmaul.«

»Ich bin ein Klatschmaul, ich bin neugierig, und ich mache mir Sorgen um dich.« Er nimmt sich etwas aus der Schale auf meinem Schreibtisch und wirft einen kurzen Blick darauf, um es sich dann in den Mund zu werfen.

»Das ist eine Duftmischung. Nichts zu essen«, warne ich ihn, auch wenn eine leichte Vergiftung seine Gedanken wahrscheinlich von mir ablenken würde.

Er verzieht das Gesicht und legt es zurück in die Schale. »Auch gut. Aber irgendetwas stimmt nicht mit dir.«

Mit mir stimmt etwas nicht? Wollte ich mir etwa gerade eine Raumduftmischung in den Mund stecken? Na ja. »Ich bin erkältet.«

»Wenn ich sage, dass mit dir etwas nicht stimmt, dann meine ich nicht deine verstopfte Nase. Du solltest nicht bei offenem Fenster schlafen.«

»Woher weißt du das?« Ich lege die Hand schützend über das Handy, als ob ich es vor Enthüllungen schützen wollte. Dabei hat das Telefon gar nichts zu verbergen. Vielmehr habe ich ein schlechtes Gewissen, und zwar nicht nur Paola, sondern auch Tio gegenüber, da ich über die Entwicklungen der letzten Zeit ein Tuch des Schweigens gelegt habe.

»Geraten. Ganz ruhig, Schwesterchen.«

(»Hier sieht man mal wieder, dass die ordnende Hand eines Mannes fehlt. Es wird Zeit, dass sich jemand um dich kümmert. Verdammt, ich hätte mit dir Kinder bekommen sollen und nicht mit dieser blöden Kuh.«)

»Merkst du, wie gut es ist, dass ich mir Sorgen mache? Ich glaube, dass du wegen dieses Typen so nervös bist.«

»Was für ein Typ? Es gibt keinen Typ«, widerspreche ich höchst beunruhigt. Hat er am Ende doch etwas in den Sternen gesehen?

Tio verdreht die Augen. »Hallo, ich bin auf der Suche nach Alice. Sie ist noch im Wunderland? Aha. Ich spreche vom Löwen.«

»Schluss mit dem Quatsch.« Ich winke ab, was allerdings nur wenig überzeugend wirkt. »Du bist schlimmer als Paola. Wie oft muss ich dir denn noch sagen, dass da niemand ist? Ich bin solo. Ich lebe allein«, krächze ich.

Was gelogen ist.

Allerdings nicht ganz, denn offiziell lebe ich allein.

Aber ich habe einen Gast. Aus den anfänglichen drei Tagen sind bereits zwei Wochen geworden, die Giorgio inzwischen bei mir in der Wohnung kampiert. Eigentlich war ja nur von einer Nacht die Rede, doch dann wollte ich ihm eine Chance geben, mir zu zeigen, dass er sich wirklich geändert hat, und hatte ein schlechtes Gewissen, ihn gleich wieder rauszuwerfen. Ehrlich gesagt, hat er sich auch im Haushalt nützlich gemacht. Es ist gar nicht so schlecht, einen Lakaien zu haben, der einem das Frühstück ans Bett bringt, aufräumt und das Abendessen macht. Die gespaltene Persönlichkeit des Zwillingsmannes ist in ihrer totalen Unberechenbarkeit der perfekte »Geisho«, jedenfalls wenn er will. Ein bisschen unterstützende Fürsorge kann ich derzeit auch brauchen.

Tio legt mir eine Hand auf die Stirn und sagt: »Pass auf dich auf, Alice, dein Horoskop verheißt im Moment nichts Gutes. Du bist in einer kritischen Phase, wie eine Raupe, die sich eingepuppt hat, um einmal ein Schmetterling zu werden. Der Mond sorgt für Gegenwind, der Mars ist in Opposition zu Uranus, weshalb du die Karten offen auf den Tisch legen solltest. Hinzu kommt der negative Einfluss des Sonnenquadrats auf den Mond im Geburtshoroskop, weshalb du dich für alles verantwortlich fühlst und das dir den Eindruck vermittelt, die ganze Welt auf deinen Schultern tragen zu müssen.«

Die Welt auf den Schultern? So wie er das sagt, scheint nicht nur ein Planet beschlossen zu haben, mich als Kegel für eine Partie intergalaktisches Bowling zu benutzen.

»Ich möchte, dass du dich öffnest, so wie früher«, fährt Tio fort, aber ich bin von der Erkältung so durcheinander, dass es mir vorkommt, als hörte ich seine Stimme durch eine Gegensprechanlage aus einem Paralleluniversum. »Wenn du kein Vertrauen zu mir hast, wie soll ich dir dann helfen?«

»Darf ich dich daran erinnern, dass du zuerst Paola über die Sache mit Andrea informiert hast? Und ich soll deine beste Freundin sein?«, nörgele ich und putze mir die Nase.

»Aber sie ist doch *deine* beste Freundin, deshalb war es ein bisschen so, als würde ich es dir erzählen. Wie eine Osmose.«

Ich werfe das Klopapier in den Mülleimer und versuche die bleischweren Lider zusammenzukneifen, um ihm deutlich zu machen, dass ich zwar keuche wie ein Mops, aber durchaus noch klar denken kann. Jedenfalls teilweise.

»Mit deinen geschwollenen Augen erinnerst du mich ein wenig an Marlon Brando in *Der Pate.* Ich bin ziemlich nervös. Andrea und ich sind an diesem Wochenende bei seiner Mutter zum Essen eingeladen.«

»Normalerweise bringt man da eine Flasche Wein mit.«

»Findest du das kultiviert genug? Ich meine, bin ich deiner Meinung nach ein kultivierter Mensch? Ich bin schrill, laut, egozentrisch, und meine Haare sind gefärbt. Meinst du, ich habe es übertrieben mit dem Blond? Seine Mutter könnte entsetzt sein. Außerdem weiß ich nicht, was ich anziehen soll.«

Mit offenem Mund sitze ich da und versuche einen zusammenhängenden Satz zu formulieren. »Willkommen im

Club. Ehrlich gesagt, die perfekte Kleidung für diesen Anlass gibt es nicht.«

»Es geht nicht nur um die Kleidung oder die Frisur«, sagt er und lässt die Schultern sinken.

»Ach, nein?«

»Natürlich nicht.«

»Das wird sich zeigen. Selbst ich war, wie sagt man, ein wenig konsterniert, als ich erfahren habe …«

»Genau, wieder so ein Fremdwort, das er auch benutzt, ›komsterniert‹.«

»Konsterniert«, korrigiere ich. »Das bedeutet verblüfft.«

»Eben. Das geht mir bei Andrea öfter so, ich verstehe ihn nicht. Ich liebe ihn. Aber ich verstehe ihn nicht.«

Ich seufze. »Mein Lieber, auch das gehört zum Menschsein dazu. Seit wann verstehen sich Paare?«

»Stimmt, nur wenn seine Mutter auch so spricht, gerate ich in Panik. Dann sehe ich verdammt alt aus, ich meine, dann mache ich keinen guten Eindruck. Siehst du? Lebensgefährlich, das Ganze.«

»Tio, weiß denn Andreas Vater schon, dass ihr ein Paar seid?«

»Nein, natürlich nicht.«

Ich klopfe ihm auf die Schulter. »Da haben wir's. Daran würde ich arbeiten.«

»Arbeiten! Ein großes Wort für jemanden, der mit dem Kopf auf der Schreibtischplatte liegt«, spottet Raffaella, die wie aus dem Nichts aufgetaucht ist. Meine perfekte Kollegin, die garantiert noch nie zwei verschiedene Schuhe getragen hat.

»Unfreundlich war gestern«, zische ich zurück, denn auch wenn meine Nase läuft und mein Kopf von Medikamentenwolken vernebelt ist, mein Erinnerungsvermögen funktioniert noch. »Ich bin nur ein wenig erkältet.«

»Ah! Meine Gebete wurden erhört.«

»Hey!« Tio grinst und lästert: »Wenn der Schütze loslegt … nur nicht aufregen.«

Sie wirft ihm einen vernichtenden Blick zu. Vielmehr uns beiden, aber zum Glück hat sie ihr Gift offenbar zuvor schon bei jemand anderem verspritzt. »Du bist eine egoistische Schlampe, nichts anderes. Schön und gut, Alejandro war mit dir zusammen, aber zwischen euch hat es eben nicht funktioniert, während zwischen uns … Wenn du dich zu den unmöglichsten Uhrzeiten und aus fadenscheinigen Gründen nicht immer wieder eingemischt hättest, wer weiß? Ein Telefonat um drei Uhr morgens und er springt. Der Arme, er braucht den Job. Du hast alles getan, um einen Keil zwischen uns zu treiben. Wir hatten keine Zeit mehr für uns, konnten samstags nicht mal mehr Tango tanzen gehen. Immer wieder diese Aufträge in der Pampa. Selbst am Wochenende. Jetzt hat er mich verlassen, ich hoffe, du bist zufrieden. Gibst du denn nie Ruhe, Alice? Erst hast du mir meinen Job weggenommen und jetzt auch noch Alejandro. Du willst alles. Und tu nicht so beleidigt! Du bist eine egoistische und intrigante Schlampe.«

»Das hatten wir schon«, meint Tio ungerührt.

Raffaella zuckt mit den Schultern. »Egoistisch und Schlampe kann sein, intrigant nicht. Ich hasse es, wenn Menschen sich wiederholen. Ein Beweis für fehlenden Intellekt.«

Sie knallt die Unterlagen für die Sitzung auf den Schreibtisch.

Irgendwie stehe ich auf der Leitung. »Was zum Teufel redest du da, Raffaella?«

Seit Wochen ist Alejandro nicht mehr Ziel unserer Lästerattacken. Und davor haben Mara und ich uns höchstens ein paar harmlose Scherze erlaubt. Alles darüber hinaus wäre mir auch gar nicht in den Sinn gekommen, erst recht nicht morgens um drei den Wecker zu stellen und mir den Schlaf zu ruinieren, mit dem Risiko, noch mehr Falten zu bekommen. So ein Quatsch!

»Tu doch nicht so scheinheilig, ich weiß genau, dass du es warst. Er hat es mir selbst gesagt.«

»Aha«, schaltet sich Tio wieder ein, »das nenne ich mal Fantasie. In einem Punkt hast du allerdings recht. Alejandro hat den Fehler gemacht, dich zu verlassen, zusammen hättet ihr wenigstens ein funktionierendes Gehirn gehabt.«

Während sie hinausrauscht, möglicherweise um zu Cristina zu gehen und mit ihr auf dem Klo den Club der selbstmordgefährdeten Jungfrauen zu gründen, seufzt Tio: »Männer!« Dabei blickt er mich verstohlen an, um vielleicht doch noch etwas über meinen geheimnisvollen Löwen herauszubekommen.

»Andrea ist anders«, sage ich und komme wieder zum Ausgangspunkt unseres Gesprächs zurück.

»Das macht mich ja so glücklich. Es macht mich glücklich, dass er nicht einer von diesen Typen ist, die dir das Blaue vom Himmel versprechen, aber nur vereinzelt blaue Flecken liefern. Wie bei Löwen im Schafspelz.«

Ich weiß, dass er das mit Absicht so formuliert hat. »Haha, sehr witzig.« Das Klopapier ist alle, und ich suche verzweifelt in sämtlichen Schubladen nach einem Päckchen Taschentücher. Ein Königreich für ein paar Fetzen Zellstoff.

»Ich meine es ernst. Immerhin bin ich auch ein Mann, unwiderstehlich und faszinierend, das versteht sich von selbst«, fährt Tio fort. »Nenne es meinen sechsten astrologischen Sinn oder was auch immer, Idioten erkenne ich auf den ersten Blick. Der eben Erwähnte zum Beispiel. Er gehört zu den hundertprozentigen Arschlöchern. Wie er schon rumläuft und dazu dieses schleimige Vertreterlächeln, um dann allem nachzustarren, pünktlich wie ein Pickel beim ersten Rendezvous, was auch nur im Entferntesten nach zwei Brüsten aussieht. Ich bin wirklich gespannt, welche Frau den mal abbekommt. Die Ärmste.«

Ich kann mein Glück kaum fassen, als ich in der hintersten Ecke tatsächlich noch ein Päckchen Taschentücher entdecke. Ich putze mir die entzündete Nase, in der Hoffnung, dass keine Fusseln daran hängen bleiben, und drehe mich langsam um. »Oh, Mist.«

»Hast du ihn gesehen?«

»Tio, du musst dich für *Liebesleid* vorbereiten.«

»Ich bin heute Morgen in der Sitzung, wie du auch, und nicht am Set.«

»Ja, schon. Trotzdem.« Ich versuche ihn in Richtung Tür zu schieben, aber die Katastrophe ist unausweichlich. Das wusste auch der Kapitän der Titanic, als sich sein Schiff auf den Eisberg zubewegte. »Du könntest Dreadlocks und einen Piratenschal tragen und dann als …«

Da taucht auf der anderen Seite des Flurs ein Mann auf und ruft: »Pantöffelchen!«

29

Löwen für Zwillinge

Ich erstarre, während Tio sich mit einem Gesichtsausdruck umdreht, als wolle er mir sagen, Nero hätte in Rom gerade die nächste Katastrophe angerichtet.

»Oh, Giorgio, ciao. Was machst du denn hier?«

Im Hintergrund könnten jetzt einzelne Sequenzen aus dem Soundtrack von *Psycho* zu hören sein.

»Ich wollte wissen, ob du was brauchst, *Babe.*« Er leert eine Tüte mit Medikamenten vor mir aus. »Meine Damen, Ihr Retter ist da!«, ruft er in falschem Falsett. »Taschentücher, Nasenspray, Fieberthermometer, Halsbonbons und Tampons.« Er jongliert damit herum und improvisiert eine kleine Show vor meinem Kollegen. »Damit du frei und unbeschwert sein kannst. Ich habe deinen Kalender kontrolliert und festgestellt, dass es bald so weit sein müsste.«

»Wie vorausschauend«, kommentiert Tio trocken, die Arme vor der Brust verschränkt.

Giorgio zuckt mit den Schultern und küsst mich auf die Wange.

»Lass das«, zische ich mit zusammengebissenen Zähnen, während er versucht, mir den Arm um die Taille zu legen. »Ich will nicht, dass du dich ansteckst.«

Als Bestätigung dafür, dass mein astrologisches Karma einem Bild von Picasso nicht ganz unähnlich ist, öffnet sich die Glastür, und Nardi (ich habe beschlossen, ihn ab jetzt nur noch beim Nachnamen zu nennen) betritt das Büro. Ohne nach rechts und links zu sehen, kommt er direkt auf mich zu.

»Wie geht es dir?«, fragt er besorgt und zieht mich am Ellbogen beiseite.

Ich bemerke, wie Giorgio sich an Tio drückt, ich bin ja nicht verfügbar. »Ich bin erkältet«, antworte ich ausweichend.

»Alice, es tut mir leid.«

»Das geht vorbei.«

»Schon, aber ich spreche nicht von deiner Erkältung.«

»Ich auch nicht. Es geht vorbei.« Ich frage mich, was dieser Mann noch von mir will. Es bringt sowieso nichts mehr. Jedes Wort ist unangenehm und falsch, vor allem an diesem Ort und in dieser Gesellschaft.

»Ich weiß, dass ich mich wie ein Idiot benommen habe. Ich hätte nicht mit dir ausgehen, es nicht so weit kommen lassen sollen. Es darf einfach nicht sein. Du suchst einen Partner fürs Leben, und ich habe schon Barbara.«

Nein, nicht Barbara! Die Heiligsprechung seiner Verlobten muss ich mir nicht anhören, sonst fühle ich mich noch mehr wie das Mädchen mit den Schwefelhölzern. »Ich danke dir, dass du mir die Peinlichkeit noch mal ins Gedächtnis rufst, aber das ist wirklich nicht nötig. Ich kann mich sehr gut an alles erinnern, auch ohne deine Hilfe.«

»Ich möchte dir nur sagen, dass du mir wichtig bist, dass ich dich sehr schätze und dass es mir leidtut, wenn ich deine Gefühle verletzt habe.«

Jetzt verliere ich wirklich die Nerven. Es verletzt meinen Stolz, ihn von Gefühlen sprechen zu hören (nur meine?), die ihn absolut nichts angehen. »Übertreibst du nicht ein bisschen?«, erwidere ich und schaue ihm in die Augen. »Es war nur ein Kuss. Wir leben nicht mehr im neunzehnten Jahrhundert, und du hast dich zu nichts verpflichtet. Das ist Schnee von gestern und ich bin hier, um zu arbeiten. Du auch, nehme ich an.«

Ich entferne mich ein bisschen, während mein Herz Saltos schlägt, doch dann, als ich Giorgio mit ausgestreckter Hand und aufgesetztem Strahlemannlächeln auf den Herrn und Meister zugehen sehe, packt mich das kalte Grausen.

»Giorgio, ich bitte dich!«, rufe ich und zerre ihn am Ärmel zurück. »Jetzt nicht.«

»*Babe,* bitte sei mir nicht böse, du weißt doch, wie sensibel ich bin. Ich mache mir nur Sorgen, wie man dich hier behandelt. Sie müssen sich doch bewusst sein, was du alles leistest.«

»Sehr nett, wirklich. Ich danke dir, aber ich muss jetzt arbeiten, du kannst nicht hierbleiben.«

Als Antwort sieht er mich an mit einem Blick, der an den gestiefelten Kater erinnert.

»Wie schön du bist, wenn du die Managerin gibst, Pantöffelchen. Warum habe ich bloß diese blöde Kuh geheiratet und nicht dich?«

Jetzt oder nie, sage ich mir, denn wenn Giorgio mit dieser Blöde-Kuh-Nummer anfängt, ist alles zu spät, das kann Stunden dauern. »Hast du gesehen, dass es nebenan Rolex-Uhren zum Sonderpreis gibt?«

»Wirklich?«

Gefahr gebannt. Für Giorgio sind Luxusgüter so ähnlich wie Kryptonit für Superman. Sie haben eine katalysatorische Wirkung, alle anderen Gedanken werden sofort ausgeschaltet. Nicht zuletzt deshalb ist er bankrott. Zumal er eine Frau geheiratet hat, die genauso ist wie er. Sie nimmt ihn aus wie eine Weihnachtsgans, aus purer Rache für seine Affären, sein Videopoker und zu guter Letzt für seinen Besuch im Stripclub, den ein Privatdetektiv gefilmt hat. *Hangover* war ein Dreck dagegen.

Die Situation eskaliert, als Davide mir im Vorbeigehen einen seiner magischen Blicke zuwirft. Ich gebe vor, ihn zu ignorieren, und mache einen auf selbstsichere Frau, klar strukturiert und zielorientiert, die außerdem eine begnadete Köchin, Diskusolympiasiegerin und Primaballerina ist, die für ihren *Schwanensee* gefeiert wird. Jedenfalls blicke ich ihn hoheitsvoll an, um nicht den Eindruck zu erwecken, ich wäre noch nicht über ihn hinweg und würde ihm hinterhersabbern. Ich muss mir die Nase putzen.

»Pantöffelchen, nimm doch wenigstens das da«, sagt Giorgio und wedelt mit dem Nasenspray vor mir herum. »Sonst wälzt du dich wieder im Bett hin und her und schnarchst wie letzte Nacht.«

Leider haftet Davides Blick immer noch auf mir. Er unterhält sich mit dem Intendanten, aber ich spüre sein Erstaunen und habe das Gefühl, vor Scham im Erdboden versinken zu müssen.

Nachdem er Giorgio kritisch gemustert hat, sieht Tio zu Davide und dem Intendanten hinüber. Dann zu mir. Er verschränkt die Arme vor der Brust und fixiert mich herausfordernd, als ob er mich zu weiteren Dummheiten animieren wollte. Was ich nicht vorhabe, selbst wenn ich wollte, zumal mit einer Sprühflasche im Nasenloch.

»Jetzt weiß ich Bescheid«, sagt er, nachdem er mich von dem Nasenspray befreit und mich dann ein Stück beiseitegezogen hat. »Hast du im Ernst gedacht, dass du mir das verheimlichen kannst? Dass ich nicht zwei und zwei zusammenzählen kann, mit dem Sternzeichen und so?«

Ich zögere und raschele mit den Papieren auf dem Schreibtisch. »Nun ja, die Sache ist längst vorbei.«

»Alice, es macht mir auch keinen Spaß, dir immer wieder sagen zu müssen, dass all diese Männer nicht zu dir passen. Die Sterne lügen nicht, glaub mir. Das hier ist nun mal offensichtlich. Ich habe euch zwar nur beobachtet, aber jetzt bin ich mehr denn je von dem überzeugt, was ich dir über den Löwen gesagt habe. Er könnte dein Ruin sein. Er wird dich endgültig vernichten. Es kann nur noch schlimmer werden.«

Tränen steigen mir in die Augen, und mein Hals ist wie zugeschnürt. »Ich kann nichts dagegen tun«, gebe ich mit brechender Stimme zu. Davide steht nur wenige Schritte von mir entfernt, und ich muss dringend den Eindruck erwecken, als seien wir zwei Fremde. »Tio, ich bin verliebt. Es ist schrecklich, ich weiß. Ich weiß nicht, was ich dagegen unternehmen soll. Ich weiß nicht, was ich denken oder sagen soll, nach allem, was er mir angetan hat.«

Er sieht mich entgeistert an und legt mir die Hand auf die Stirn. »Das muss das Fieber sein. Du bist im Delirium.« Dann umarmt er mich, während wir zum Konferenzraum gehen. »Ich lasse dich nicht untergehen. Ich werde dich retten.«

30

Löwe auf der Flucht

Zahlen. Zahlen und Wörter.

Endlich sind wir im Konferenzraum, die Atmosphäre ist ernst, als wären wir nicht in einem Fernsehsender, sondern würden in einer Bank arbeiten. Als würden wir in den Krieg ziehen, mit Strategie und Schlachtplan.

Wir sprechen nicht wie sonst über Drehbücher, Wortspiele, Witze oder Kreativität. An diesem ovalen Tisch wird heute meine Sendung mathematisch analysiert, in Gleichungen aufgedröselt, die mit Zeitfenstern, Werbeblöcken und Quoten zu tun haben. Ich komme mir vor wie von einem anderen Stern, als ob ich von der Außenwelt abgeschnitten wäre und mein Körper in einer Schaumgummirüstung stecken würde.

Die Geräuschkulisse erinnert mich an das Rauschen des Windes. Ich höre nur einzelne Wörter wie »Einschaltquote«, »Steigerung der Werbeeinnahmen« und »Fusionsangebot«.

Während der Herr und Meister die wunderbare Welt des Fernsehens vor mir ausbreitet, lässt mich Davide, nein, Nardi nicht aus den Augen.

Ich versuche mit allen Mitteln, mir zu verbieten, etwas darin zu lesen. Bedauern. Lust. Zärtlichkeit. Schmerz. Ich sage mir, dass ich nur meine eigenen Gefühle widergespiegelt sehe. Ganz allein meine. Er wollte mich nicht verletzen.

Auf wen kann ich mich noch verlassen? Höchstens auf mich selbst. Nicht einmal das, wenn man bedenkt, wie ich die Männer einschätze, die ich treffe.

Auf dem Zettel vor mir steht der Name der Sendung, die ich erfunden habe: *Alles eine Frage der Sterne.*

Warum suche ich mir bloß immer den falschen Mann aus? Vielleicht läuft der richtige noch irgendwo da draußen rum, vielleicht sogar direkt vor meiner Nase, aber ich halte ihn von mir fern, gebe ihm gar nicht erst die Möglichkeit, sich mir zu nähern.

Irgendwo im Wirrwarr der Geräusche höre ich meinen Namen. Der Intendant steht auf, sein Stuhl kratzt über den Boden.

Und er spricht weiter: »Da alle Verantwortlichen von *Alles eine Frage der Sterne* zugegen sind, sollten wir schon kurz über das Finale sprechen.«

Davide senkt den Kopf, als würde er in den Papieren vor sich etwas suchen, was bei dem flüchtigen Blick aber höchst unglaubwürdig wirkt. »Ja genau. Die letzte Sendung sollte ein Highlight werden. Wir wollen zwar nicht nach den Sternen greifen … Ähm, das sollte ein Scherz sein.«

Niemand lacht, und innerlich frohlocke ich, dass auch Davide nicht immer souverän ist. Es tut ihm ganz gut, sich auch mal zu blamieren.

»Deshalb brauchen wir einen spektakulären Gast.«

»Professor Klauzen«, unterbricht der Intendant ihn ungeduldig. »Von den weltberühmten Klauzen-Kliniken, die Topadresse für Geburtsplanung.«

»*Der* Klauzen? Vom Kölner Klauzen-Institut? Von der

Hamburger Klauzen-Stiftung?«, fragt Tio. Seine Augen glänzen, er ist begeistert.

»Genau der«, bestätigt der Intendant.

»Wow, mit ihm ein Interview zu führen wird eine Herausforderung.«

»Eher nicht. Klauzen ist eine medizinische Kapazität höchsten Ranges und extrem beschäftigt. Deshalb wird er nicht zu uns kommen, sondern wir fahren zu ihm. Marlin und Nardi werden nach Paris reisen und ihn dort interviewen.«

»Warum nicht ich?«, fragt Tio beleidigt.

»Weil du mit den Vorbereitungen der Sendung beschäftigt sein wirst und weil wir mit Marlin für einen Sponsor außerdem ein paar Werbespots bei einem Spaziergang durch die Stadt drehen werden.«

Tio platzt fast vor Neid, doch er nimmt die Abfuhr mit Stil. Wahrscheinlich färbt der Umgang mit Andrea auf ihn ab.

»Da Nardi den Professor persönlich kennt, wird er Marlin begleiten.« Der Intendant lächelt zufrieden. »Betrachten Sie es als bescheidene Prämie, Davide. Der aktuelle Erfolg des Senders ist nicht zuletzt das Werk Ihres Weitblicks.«

Davide nickt, lächelt jedoch nicht. »Nun gut, kommen wir zu den anderen Themen. Die World-Gruppe hat uns ein Übernahmeangebot gemacht, ein Konzern, der im Fernsehmarkt gerade auf der Überholspur unterwegs ist. Wir haben reagiert, das Konzept gestrafft und uns moderner aufgestellt. Die neuen Formate sind von den Zuschauern positiv aufgenommen worden, der Sender ist interessanter für Werbekunden geworden, und wir konnten neue Marktsegmente erschließen. Ich bin sehr zufrieden, meinen Auftrag erfüllt zu haben und damit meine Arbeit hier abschließen zu können.«

Der Herr und Meister applaudiert mit scheinbar gleichmütigem Lächeln, Marlin und die anderen schließen sich an. »Sie haben einen hervorragenden Job gemacht, Nardi, Sie werden uns fehlen.«

Ich spüre, wie das Blut aus meinem Körper weicht, obwohl ich gar nicht verletzt bin. Die Nachricht dringt in mich ein, zieht sich zusammen, bevor sie mit Urgewalt durch meine Venen schießt.

Davide geht.

Davide geht. Sein schiefes Lächeln. Die Plänkeleien. Die Missverständnisse. Die Berührung seiner Hand. Der Geschmack seiner Küsse.

Mir war bewusst, dass sein Auftrag irgendwann zu Ende sein würde, aber ich hatte keine Ahnung, wann und wie. Erst jetzt wird mir klar, dass ich ihn nach seiner Rückkehr aus Paris vielleicht nie wiedersehen werde.

Kälte hält mich umklammert, und ich weiß, das liegt an dem Loch, jenem Loch mitten in meiner Seele.

Allgemeines Händeschütteln und Schulterklopfen, lautes, aber nicht zu lautes Lachen. Während ich die Papiere vom Tisch nehme, spüre ich ein Prickeln in Armen und Händen. Alles scheint mit einem Mal doppelt so schnell abzulaufen, während ich die Füße fest in den Boden stemme. Haben wir etwa ein Erdbeben?

Ich versuche aufzustehen, doch es geht nicht. Irgendetwas passiert. Es scheint, als würden meine Füße im Boden versinken und die Wände einstürzen und mich unter sich begraben.

Plötzlich geht gar nichts mehr.

31

Auch die Löwen mögen's heiß

Dämmerlicht. Ich liege in einem Zimmer. Meinem Zimmer. Mein Bett, mein Schreibtisch, das Regal mit den Spielen. Ein Seufzer der Erleichterung.

Es war alles nur ein Traum. Der seltsamste Traum meines Lebens allerdings, wie in *Dallas.* Bobby ist gar nicht tot, sondern steht nur unter der Dusche. Ich kuschele mich in die wohlige Wärme der Daunendecke. Heute ist Montag, und in der Schule erwarten mich zwei Stunden Zeichnen. Zum Glück dürfen wir dabei Walkman hören. Ich zeichne gerne mit Musik auf den Ohren.

Es versetzt mir einen Stich, eine seltsame Melancholie überkommt mich.

Die Nachwirkungen des Traums lassen mir Tränen in die Augen steigen, eine Träne löst sich und rollt die Wange hinab. Irgendwie habe ich den Eindruck, dass ich irgendetwas nicht ganz mitbekomme.

»Du siehst wirklich aus wie …«

Giovanna, die neben mir sitzt, möchte am Mittwochnachmittag ins Kino.

»Paola, beruhige dich. Ich verstehe ja, dass du dir Sorgen machst, du als Krebs, aber Alice geht's gut, sie hat nur Fieber.«

Ich dagegen möchte mein Taschengeld lieber sparen, um mir meine erste Videokassette zu kaufen, *Tag des Falken,* ein Film, den ich letzten Monat im Fernsehen gesehen habe.

»Nicht nur Fieber! Erst die Geschichte mit den Tierkreiszeichen und dann auch noch er.«

Wer weiß, vielleicht erbarmt sich mein Vater doch noch, und ich bekomme den Videorekorder wirklich zu Weihnachten.

»Lass die Astrologie aus dem Spiel. Unterscheiden wir zwischen Freund und Feind. Wenn du mich mit diesem, diesem Löwen-Typen auf eine Stufe stellst, dann lasse ich hier keinen Stein auf dem anderen, das schwöre ich dir.«

»Tio, du kennst Alice noch nicht lange genug und hast keine Ahnung, was dieser Idiot angerichtet hat.«

»Moment mal, ich bin hier. Und der Idiot hat einen Namen, nämlich Giorgio. Und auch ein Tierkreiszeichen, nämlich Zwilling.«

»Quatsch! Du bist Löwe.«

»Zwilling.«

»Löwe!«

»Zwilling.«

»Tio, dieser Trottel ist wirklich Zwilling. Meiner bescheidenen Meinung nach jedenfalls. Ich erinnere mich noch an seine Megageburtstagsfete am Pool Anfang Juni.«

»Das war eine heiße Sache, was? Das Motto war Hawaii. Alle Mädels im Röckchen. Wenn ich feiere, dann geht die Post ab.«

»Stimmt, das ist typisch Zwilling.«

»Heiß ist das richtige Wort. Besonders die beiden Schlampen, mit denen du im türkischen Bad rumgemacht hast. Und die hatten nicht mal ein Röckchen an.«

»Das war ein Geburtstagsgeschenk, das konnte ich ja wohl schlecht ablehnen.«

»Jetzt hör aber auf.«

»Meinst du, wir sollten ihr einen Kaffee machen, Guido? Besser einen Kamillentee. Was meinst du?«

»Unbedingt. Kamillentee für alle, und zwar schnell.«

Die Welle naht auf den Stimmen meiner Eltern.

O Gott, wie sehr wünsche ich mir, dass wir wirklich in den Neunzigern wären. Damals war alles viel einfacher. Die Schule, Hausaufgaben, Ferien, die Liebe, die Zukunft, alles schien möglich und in greifbarer Nähe zu sein. Das Leben, das ich mir erträumte, war nur einen Wimpernschlag entfernt, und die Zeit war ein endloses, unbegrenztes Meer, das nicht einmal von allen meinen Träumen gefüllt werden konnte. Jetzt habe ich mehr denn je das Gefühl, dass die Zeit eine schmale Linie ist, auf der ich auf Zehenspitzen balancieren muss und es höllisch schwer ist, das Gleichgewicht zu halten.

Ich bin nur ohnmächtig geworden, weil es mir nicht gutgeht, weil es im Konferenzraum zu heiß war, weil Giorgio sich mit Macht wieder in mein Leben gedrängt hat, weil Carlo Cristina heiratet, obwohl er eine andere liebt, weil Tio mir schlaue astrologische Partnertipps gibt, obwohl er seinen eigenen Freund nicht versteht, weil ich mich nicht in einen Löwen mit einem desaströsen Horoskop verlieben darf.

Weil Davide weggeht.

»Pantöffelchen! Bist du wach?«

Die Tür zu meinem Zimmer öffnet sich, und das Licht trifft mich wie ein Messerstich.

Wenn ich nicht reagiere, geht er vielleicht wieder? Ich tue so, als würde ich schlafen.

»*Baaaaabeeeee,* antworte!«

Fehlanzeige. Meine Trommelfelle bedanken sich. Dennoch öffne ich erst die Augen, als ich einen Schlag auf meiner Wange spüre. Keine fünf Zentimeter von mir entfernt taucht sein Gesicht auf.

»Du bist wach, Pantöffelchen, endlich!« Er läuft zur Hochform auf, zieht die Rollläden hoch und springt herum wie einer von diesen nervigen kleinen Kläffern.

»Du Idiot, du hast sie geweckt!«, ruft Paola, die im Türrahmen steht.

Instinktiv ziehe ich mir die Decke bis unter die Nase, denn sosehr ich die Moralpredigten meiner Mutter fürchte, Paola ist tausendmal schlimmer.

Erst als sie ihn am Arm packt und von mir wegzieht, erkenne ich, dass Giorgio ein zugeschwollenes Auge hat.

»Bei einer Gehirnerschütterung darf man den Patienten nicht schlafen lassen, weißt du das denn nicht, Paolotta?«

»Du bist schon mit einer Gehirnerschütterung geboren worden. Und wage es nicht, mich noch einmal Paolotta zu nennen, du Stinkstiefel, sonst ramme ich dir meinen Stilettoabsatz in den Hals.«

»Es ist nur eine leichte Grippe«, schaltet Tio sich als geborener Friedensstifter ein. »Ich habe ihr heute Morgen schon gesagt, dass das Sonnenquadrat im negativen Transit mit dem Mond Probleme machen kann.«

»Schluss mit dem Quatsch! Kein Wunder, dass ihr Hirn aufgegeben hat, nach all dem Scheiß, den du ihr in den letzten Monaten erzählt hast.«

Was du nicht sagst. Als Paola zur Attacke bläst und das Schwert zieht, wie die Anführerin der Amazonen, die keine Gefangenen machen will, schlägt Tio so gut wie möglich zurück.

»Ich habe nur versucht ihr zu helfen, da ihr Radar für Männer noch schlechter funktioniert als ein billiges Küchengerät aus China. Erinnerst du dich noch, als du sie angestiftet hast, mit deinem Widder-Kollegen auszugehen, diesem Luca, der sie schon beim ersten Date abserviert und betrunken auf der Straße stehen gelassen hat?«

»Natürlich. Während du bei Alejandro ganze Arbeit geleistet hast. Bravo.«

»Was hat das denn damit zu tun? Ich habe ihr nur gesagt, dass es keine gute Idee ist, mit diesem wichtigtuerischen Tangotänzer auszugehen. Man darf sich einem Schützen nie blind anvertrauen, ohne sein Horoskop zu kennen. Und seines war eine Katastrophe.«

»Was man über Andreas Geburtshoroskop nicht sagen konnte. Und jetzt seid ihr ein Paar, oder?«

»Das ist wirklich gemein, Paola. Ich wollte sie doch nur warnen.«

»Nein, Tio, das ist nicht gemein, das ist die Wahrheit. Mit Alejandro hat es nicht funktioniert, weil sein Horoskop nicht mit dem von Alice harmonisiert hat. Mit Andrea hat es nicht funktioniert, weil ihre Horoskope zu gut harmonisiert haben. Und warum? Weil es um Menschen und nicht um Sternzeichen geht. Und was ist mit Giorgio? Schlecht, weil er Zwilling ist? Ich gebe zu bedenken, dass auch du Zwilling bist.«

»Mit Sicherheit ist sein Horoskop eine Katastrophe.«

»Ich habe einen hervorragenden Orientierungssinn. Ich habe in meinem Leben noch nie eine Straßenkarte gebraucht«, schaltetet sich Giorgio ein.

»Halt du dich da raus!«, rufen beide.

»Ihr habt sie fertiggemacht. Aber jetzt hat sie ja mich. Lieber Kristallkugel-Freund, ich erinnere dich daran, dass du völlig hilflos warst, als Alice vorhin fast einen Infarkt hatte. Außer jammern hast du nichts getan. Und unsere Mutter Teresa hier war noch gar nicht da. Irgendwann ist sie dann einfach hier hereinspaziert und wusste alles besser.«

»Aber du, mein lieber Zwilling-Ex-Löwe, du warst rechtzeitig da, um dir von Nardi einen Faustschlag abzuholen. Ich bedauere nur, dass ich ihn dir nicht verpasst habe.«

Wie eine Schnecke strecke ich vorsichtig meine Antennen aus der Decke. Habe ich da gerade richtig gehört? Warum hat Davide Giorgio eine reingehauen? »Äh, entschuldigt, dass ich mich einmische, aber …«

»Sie lebt!« Giorgio stürzt sich auf mich, als habe er mich unversehrt aus einer eingestürzten Wellblechbaracke gezogen.

»Du erstickst sie ja!« Paola versucht ihn wegzureißen.

»Verschwinde, du Hexe!«

»Schluss jetzt!«

Mein lauter Schrei hallt in meinem Kopf wider. Aber immerhin herrscht einen Moment Ruhe.

»Kann mir bitte mal jemand erklären, was passiert ist?«

Aus meiner Fluchtburg beobachte ich die Streithähne, die sich jeden Moment an die Gurgel gehen können. Ihre widersprüchlichen Schilderungen der Situation erinnern mich an diese Filme, bei denen die Handlung aus verschiedenen Blickwinkeln erzählt wird.

Paola: *Candy – Reise der Engel*

Ich war zu Hause bei meiner Mutter, um ihr beim Lasagnemachen zu helfen. Erinnerst du dich an die Lasagne meiner Mutter? Du weißt ja, wie lange ich das Rezept schon haben will. Nachdem sie letzte Woche eine Achillessehnen-OP hatte, wurde ihr klar, dass sie das Geheimnis nicht mit ins Grab nehmen kann. Da hat sie sich entschlossen, es mir zu offenbaren. Als Tio mich anrief, habe ich also auf etwas wirklich Wichtiges verzichtet, nur um dich zu retten.

Ich versuchte ihn am Telefon zu beruhigen: »Tio, was ist denn los? Wenn du so weinst, kann ich dich nicht verstehen. Tief atmen. Sehr gut. Atmen.« Ich musste mit ihm reden wie mit einem kleinen Kind.

»Es geht um Alice, komm schnell, es geht ihr schlecht. Ich weiß nicht, was ich tun soll. Hilf mir, Paola! Hilf mir! Nur du kannst sie retten.«

»Aber ich mache gerade Lasagne.«

»Die kann warten. Für Alice dagegen könnte es schon zu spät sein.« Dann legte er auf.

Ich habe spontan das Nudelholz fallen lassen und bin losgefahren. Zum Glück habe ich immer den Erste-Hilfe-Koffer im Auto. Wie gut, dass ich so vorausschauend bin.

Als ich beim Sender ankam … Mein Gott, ich wusste wirklich nicht, ob ich es schaffen würde. Ich stieg aus, den Koffer in der Hand, und bahnte mir den Weg durch die hysterische Menschenmenge, bis ich dich gefunden hatte, in Tios Armen. Verzweifelt wiegte er dich hin und her. »Sag was, Alice! Sag was!«, rief er.

Er stand dermaßen unter Schock, dass ich ihn ins Gesicht schlagen musste. »Hör gut zu, du musst sie loslassen. Ich bin jetzt da und kümmere mich um sie, okay?«

Männer! Sie können mit Krankheiten einfach nicht umgehen. Wenn Sandrino Bauchweh hat, verschwindet Giacomo auch immer im Keller.

Wahrscheinlich ist ein Ohnmachtsanfall mit Durchfall bei einem Neugeborenen nicht wirklich zu vergleichen. Aber ich mag Paola sehr und verstehe, dass es sie glücklich macht, Doktor Sonnenschein zu sein, deshalb ließ ich sie meine Stirn fühlen und mir die Augen auseinanderziehen, was sie mit der Entschlossenheit einer Wahrsagerin tat, die im Kaffeesatz die Zukunft liest.

»Nachdem ich den Notarzt gerufen hatte«, fährt meine beste Freundin fort, »sah ich deinen Ex, diesen Idioten, der den wilden Mann markiert hat. Peinlich.«

»Allerdings peinlich«, unterbricht Giorgio sie. »Es gibt Leute, die nicht die geringste Ahnung von Anstandsregeln beim Nahkampf haben.«

Giorgio: *Rambo Apocalypse Now*

Mailand, Mist, schon wieder Mailand. Jedes Mal beim Aufwachen denke ich, dass ich immer noch im Dschungel bin. Ich kann spüren, kann es auf der Haut fühlen, dass etwas nicht stimmt. Es ist zu still. Unwirklich still. Dieses Mal sagen mir meine Sinne nicht, was passieren wird. Denn wenn meine Sinne mir sagen, dass etwas passieren wird, dann passiert auch etwas.

Ich atme noch einmal tief ein. Ich liebe den Geruch von Napalm am Morgen, der Duft des Sieges. Auch wenn es bereits 12:45 Uhr ist und man nicht wirklich von Morgen sprechen kann. Egal.

Zwei Frauen, zwei Zivilistinnen, haben mich im Visier. Sie könnten auch Spioninnen sein, deshalb gehe ich näher ran und versuche sie mit meiner imposanten Erscheinung abzulenken, die Muskeln angespannt, während ich einige Bajiquan-Bewegungen mache.

»Bajiquan, weißt du noch, Pantöffelchen?«

»Baji-was?«, fragt ein misstrauischer Schwachkopf.

»Bajiquan, eine chinesische Kampfkunst. In aller Bescheidenheit, ich bin ein Meister darin. Gelernt habe ich es in China, als ich dort in den Käfigen gekämpft habe.«

»Schade, dass sie die Käfige danach wieder aufgemacht haben.«

Paola. Die mit den riesigen Brüsten. Ich fixiere sie mit einem vernichtenden Blick. Es scheint, als wolle sie nicht akzeptieren, dass sie eine Guerillakampfmaschine vor sich hat, einen Mann, der mit allem kämpfen kann, mit Gewehren, Messern, den nackten Händen und …

Obwohl die Zivilpersonen versuchen mir die Sicht zu versperren, erkenne ich etwas auf neun Uhr. Ein Hüne, der wie von Sinnen wirkt und dich wegschleppt.

Meine Mission. Sonst ist alles zu spät.

Ich greife an, dabei schreie ich: »Gott vergibt, ich nicht!« Auf Chinesisch natürlich, um mir Kraft zu geben.

Nachdem ich dich aus seinen Fängen befreit habe, versuche ich verzweifelt, dich zu reanimieren. Du atmest nicht mehr. Zu deinem Glück habe ich das Erste-Hilfe-Diplom und weiß, was bei einem Herzstillstand zu tun ist. Da ich mein Schweizer Messer nicht dabeihabe, mit dem ich einen Luftröhrenschnitt hätte machen können, habe ich mich für Mund-zu-Mund-Beatmung und Herzmassage entschieden.

»Bei der du ihr die Rippen gebrochen hättest, wenn Nardi dich nicht niedergeschlagen hätte.«

»Halt die Klappe, Mann mit den geschminkten Augen.«

»Du Trottel, sie war nur bewusstlos, und du wolltest ihr die Kehle durchschneiden.«

Ich will mich losreißen, aber acht Hände haben mich gepackt und versuchen mich zu bändigen. Wieder befreit, stürze ich mich auf den Schläger, der mich davon abgehalten hat, dich zu retten. Ich sehe nichts mehr, überall Rauch und Blut.

»›In der Stadt bist du das Gesetz. Hier bin ich es. Lass es sein. Lass mich in Ruhe, oder es wird ein Krieg ausbrechen, wie du ihn dir nicht einmal vorstellen kannst.‹ Ein Rambo-Zitat, das ich verinnerlicht habe.«

»Natürlich habe ich es auf Chinesisch gesagt, Pantöffelchen. Du weißt ja, wenn ich wütend bin, spreche ich immer chinesisch.

Natürlich. Giorgio spricht Chinesisch. Und Litauisch. Er ist ein Kampfsportexperte. Er hat einen Abschluss in Politikwissenschaften und einen in Philosophiegeschichte. Die Liste geht endlos weiter. Es stimmt schon, auf den ersten Blick mag er geistig minderbemittelt erscheinen, was er tatsächlich auch ist, aber als Kreuzung aus Rainman und dem Eine-Million-Dollar-Mann hat er unzählige Sprüche drauf. So außergewöhnlich sie auch sein mögen, sie nutzen ihm rein gar nichts.

Nach Paolas Meinung sollte man sein Gehirn der Wissenschaft spenden, wenn möglich sofort, um der Menschheit einen Gefallen zu tun.

Früher hat ihn diese Exzentrik in meinen Augen zu etwas Besonderem gemacht. Er war zwar kein Traumprinz, dafür aber mein Prinz, der in allen Farben schillerte. Ich dachte, mein Leben an seiner Seite wäre nie langweilig oder banal, voller Abenteuer und Überraschungen. Es brauchte Monate der Paola-Therapie, um wieder zu Verstand zu kommen, und einen Yogakurs, um loszulassen.

Trotz alledem gelingt es mir nicht, ihm Schlechtes zu wünschen. Als wir zusammen waren, hat er mir das Gefühl gegeben, die schönste Frau der Welt zu sein, und mich an einem Leben wie im Märchen schnuppern lassen, von dem viele nur in Liebesschnulzen oder Frauenzeitschriften lesen. Die schüchterne Sekretärin trifft den Scheich. Die Barfrau heiratet den Adligen, der ein Vermögen erbt. Die Verantwortliche für eine Fernsehproduktion trifft den extravaganten Multimillionär, der eine gescheiterte Ehe hinter sich hat. Schade nur, dass er die Ehe ruiniert hat (und zwar mehrere Male, wie es scheint) und sich dem Gescheitertsein mit einer gewissen Hingabe widmet.

»Wie konnte das passieren? Wieso hast du dich wieder von so einem einfangen lassen?«, schaltet sich Tio ein und zeigt auf Giorgio. »Nach allem, was ich dir beigebracht habe.«

Tio: Star Trek, Die nächste Generation

Julianische Zeit 2.456.402.93. Breite 45.28, Länge -9.12. Planet Erde

Das Verhalten der Waage hatte mir bereits in den Wochen zuvor Grund zur Sorge gegeben, und zwar nicht nur wegen des negativen Transits zwischen Mars und Uranus, der die Wahrscheinlichkeit für falsche Entscheidungen erhöht, sondern auch und vor allem, weil sie mir gestanden hatte, mit einem Löwen, Aszendent Waage ausgegangen zu sein, einem Mann mit einem kritischen Horoskop, das in Kombination mit dem ihren zu katastrophalen Ergebnissen führen kann.

Nachdem ich ihr Tageshoroskop konsultiert hatte, beschloss ich, sie an diesem Morgen mit den Tatsachen zu konfrontieren. Meine Intention war dabei, ihren negativen Übergang mit dem Mond abzumildern und ihr meine Unterstützung zuzusichern, was auch immer geschehen mochte.

Ich irre mich quasi nie in einem Tierkreiszeichen, aber die Waage tat alles, um die Angelegenheit zu verschleiern, und gab mir ein falsches Geburtsdatum. Mein Merkur im Stier erledigte dann den Rest und machte mich blind.

Ich war wütend auf sie und hielt mich nach der Besprechung diskret abseits, statt sie zu ihrem Erfolg zu beglückwünschen, genau wie ihr Saturntrigon es vorhergesagt hatte. Ich hatte den enormen Einfluss des Sonnenquadrats im negativen Übergang mit dem Mond unterschätzt, der sie sogar hatte ohnmächtig werden lassen.

Leider habe ich den Neptun im Schützen, weshalb ich in solchen Situationen nicht adäquat reagieren kann, aber als der andere Zwilling eine Schlägerei begann, und zwar mit …

Tio sieht mich an, er hält kurz inne. »Mit Nardi«, fährt er fort. Dann schüttelt er den Kopf in meine Richtung und murmelt: »Der Löwe. Der Löwe hat versucht, dich zu beschützen.«

Ich beiße mir auf die Lippe und schließe die Augen. »Erzähl weiter …«

Aber er kommt nicht mehr dazu, denn meine Eltern stürzen aufgeregt ins Zimmer.

»Du bist im Fernsehen!«, ruft meine Mutter und schaltet den Apparat an.

Ich traue meinen Augen nicht, als in den Nachrichten von einer »Schlägerei in einem bekannten lokalen Fernsehsender« die Rede ist.

»O mein Gott.«

Die Szenerie wirkt wie bei *Bowling for Columbine* oder einem Film von Lars von Trier, mit der Handkamera gefilmt. Einer der Journalisten erklärt vor laufender Kamera, dass er mit seinem Kameramann gerade zu einem Interview mit einem Fußballstar aufbrechen wollte, als laute Schreie aus dem Produktionsbüro zu hören waren. Im Hintergrund sind meine Füße zu erkennen.

»O Gott!«, wiederhole ich, und mein Vater klopft mir beruhigend auf die Schulter. »Mir fehlt ein Schuh. Da bin ich einmal im Fernsehen, und dann fehlt mir ein Schuh.« Ich wirke leichenblass, mein Mund steht offen, die Haare verdecken meine Augen. Fehlt nur noch der Speichelfaden, der mir aus dem Mundwinkel hängt. Eine Katastrophe. Ich blicke Tio wütend an. »Die Haare hängen mir ins Gesicht, und mein Mund steht offen.«

Er bedeckt sein Gesicht mit den Händen. »Entschuldige«, flüstert er und bricht in Tränen aus, »ich hatte solche Angst um dich.«

Dann taucht wieselflink Paola im Bild auf. Mit ihren blonden Locken, dem Erste-Hilfe-Koffer, in Lederjacke und Stiefeln. Sie sieht aus wie die Manga-Version einer Krankenschwester. In einer Einstellung erkennt man Giorgio, der auf einen der Schreibtische gesprungen sein muss, um sich dann schreiend in die Menge zu stürzen.

»Hier, hast du es gehört, Pantöffelchen? *Shá ngdí de kuā nshú, wobú zhī dá o«,* ruft er. »Echt stark, was? Dem hab ich's gezeigt.«

Ich kann nur »O Gott« murmeln, und das nun schon zum dritten Mal, wie ein Mantra. Danach flüchte ich mich unter die Decke und möchte am liebsten ganz verschwinden. Ich höre immer noch ihre Stimmen und spüre Hände auf mir.

Nein. Ich habe immer noch Fieber.

»Geht«, sage ich, »geht alle weg.«

Hier braucht es eine Entscheidung. Eine Position. Eine Richtung. Eine Idee. Eine neue Identität. Ein Zeugenschutzprogramm.

Ich kann die ganze Zeit nur daran denken, was für eine jämmerliche Figur ich da gerade im Fernsehen abgegeben habe. Und daran, dass Davide sich auf Giorgio gestürzt hat, um mich zu verteidigen. Oder war es doch nur Notwehr, weil Giorgio ihn angegriffen hat?

Wenn eine Frau ohnmächtig wird und jemand sie vom Boden aufliest, heißt das nicht zwangsläufig, dass derjenige automatisch ihr Traumprinz ist.

So ein Quatsch, ich sollte mich auf die wirklich wichtigen Dinge konzentrieren wie die Abmahnung, die sicher schon auf dem Weg in meinen Briefkasten ist. Was das angeht, habe ich sogar noch Glück gehabt, denn die Schlägerei, bei der Giorgio zu allem Überfluss dem Intendanten auch noch ein Bein gestellt hat, wäre durchaus ein Grund für eine Entlassung.

Wie hatte es nur dazu kommen können?

Paola hat recht, wenn sie sagt, dass ich lernen muss, egoistischer zu sein, und nicht zulassen darf, dass Menschen, die mir schaden, in mein Territorium eindringen. Auf der anderen Seite hat Tio auch recht, wenn er sagt, dass Großzügigkeit ein Teil meines Horoskops ist. Es ist der Mond in den Fischen, der mich freundlich und fürsorglich anderen gegenüber sein lässt.

Zum Beispiel könnte ich Giorgio niemals auf die Straße setzen, selbst jetzt nicht. Wenn es etwas gibt, das ich von Tio und den Tierkreiszeichen gelernt habe, dann dass unsere Anlagen schon bei der Geburt vorhanden sind. Leider gehört das übertriebene Gehabe, das in kein Schema passt, eben zu Giorgios Natur. Im Grunde meint er es gar nicht böse, sondern ist ein überzeugter Hedonist. Ihm ein Vergnügen zu versagen bedeutet für ihn das Gleiche, wie ein Kind zu schlagen oder einer alten Frau die Rente zu klauen. Es ist ein amoralisches Delikt.

Wenn ich länger darüber nachdenke, liegt es auf der Hand, ganz offensichtlich. Als ich vor einigen Tagen Giorgios Horoskop studiert habe, standen mir die Haare zu Berge. Der Löwe im sechsten Haus zeugte von seiner Liebe zum Luxus, der Mars im Krebs erklärte seine Besitzansprüche und sein diktatorisches Verhalten in Beziehungen.

Und Davide? Mit dem Jupiter im neunten Haus ist eine unstete Existenz mit häufigen Umzügen quasi unvermeidbar, während die Venus im zwölften Haus deutlich macht, dass er auf zu enge Bindungen allergisch reagiert. Barbara würde ihn nie zum Zusammenleben zwingen, um ihre Kinder unbelastet aufwachsen zu lassen, und lehnt aus den gleichen Motiven weiteren Nachwuchs ab. Sie hat ihn immer in dem Glauben gelassen, dass er tun und lassen kann, was er will. Die gute alte lange Leine.

Zu Alejandro gibt es hingegen nur wenig zu sagen, die Zusammenhänge sind klar und deutlich wie ein Leuchtfeuer in der Nacht, jetzt da ich Horoskope zu lesen weiß. Der Krebs im achten Haus in Verbindung mit dem Mond im dritten sowie Merkur und Venus im ersten Haus machen überdeutlich, dass er verzweifelt nach Bestätigung sucht und sein Ego ausschließlich von seiner Sexualität genährt wird, mit der Folge, dass er von einer Frau zur nächsten zieht.

Bedarf es noch weiterer Beweise, Euer Ehren?

Von jetzt an gilt: Tierkreis oder Tod.

Steinbock

Der Steinbockmann hat in etwa so viel Humor wie ein Wäschetrockner. Dafür verfügt er über selten gewordene Eigenschaften wie Seriosität und Treue. Er will eine Familie gründen. Mit euch. Vor allem, nachdem er durch einen zufälligen Blick auf eure Steuererklärung entdeckt hat, dass ihr von einer unlängst verstorbenen achtzigjährigen Tante ein beträchtliches Vermögen geerbt habt. Kauft also ruhig schon mal das Hochzeitskleid, aber vereinbart unbedingt Gütertrennung.

32

Alles, was Sie schon immer über Horoskope wissen wollten, aber nie zu fragen wagten

»Aus Ihrem Geburtsdatum schließe ich, dass Sie …« Ich knabbere am Bleistiftende, ohne in der Konzentration nachzulassen.

»… Fische sind.«

»Fische«, schreibe ich. »Nennen Sie mir bitte noch Ihren Geburtsort und die Uhrzeit der Geburt.«

»Ich bin in Mailand geboren, etwa um drei Uhr nachmittags, glaube ich.«

»Gut.« Ich tippe rasch alles in mein Tablet und kontrolliere die Angaben noch einmal.

Der Mann vor mir seufzt. »Signorina, wollen Sie nun diese hundert Gramm Kochschinken oder wollen Sie erst noch wissen, wie viel ich bei der Geburt gewogen habe?«

Ruckartig hebe ich den Kopf und sehe ihn kritisch an. Dann beiße ich mir auf die Unterlippe. »Mm, nein. Besser nicht.« Eilig verabschiede ich mich und verlasse den Metzgerladen.

Das Gleiche mache ich noch in fünf anderen Geschäften. Vielleicht sollte ich mir eine neue Wohnung suchen, am besten in einem anderen Viertel, denn allmählich wird das Leben hier schwierig.

Gestern habe ich zum Beispiel entdeckt, dass mein Friseur Fische im achten Haus hat, was bedeutet, dass er durchaus mit Drogen zu tun haben könnte. Wenn man sich die Frisuren seiner Kundinnen so anschaut, dann ist das durchaus möglich.

Außerdem habe ich festgestellt, dass seine Gesichtsfarbe zwischen Zitronengelb und Spargelgrün schwankt, und meine schlimmsten Befürchtungen haben sich durch seine Saturn-Pluto-Konjunktion für seltene Krankheiten bestätigt. Jedenfalls will ich mich nicht mit etwas anstecken, dessen Namen ich nicht einmal aussprechen kann.

Davon unabhängig muss ich dringend den Hausarzt wechseln, da er Merkur in den Zwillingen hat, was einen Hang zur Oberflächlichkeit bedeutet. Das Vertrauen ist damit weg. Und jetzt auch noch ein Fische-Metzger! Man weiß ja, dass Fische an sich einen Hang zu Unwahrheiten haben, und mit der Venus im Steinbock werden Kaltschnäuzigkeit und Kalkül noch verstärkt.

Nach mindestens fünf Kilometern Fußweg komme ich erschöpft zu Hause an. Und das ist noch eine Untertreibung. Ich bin versucht, das Telefon in meiner Tasche einfach klingeln zu lassen, aber ich erkenne am Ton, dass es Paola ist, und sie soll nicht denken, ich würde ihr ausweichen.

»Warum bist du so außer Atem?«, fragt sie, als mir ein Seufzer entfährt.

»Ich war im ganzen Viertel unterwegs, um einzukaufen.«

»Hast du nicht gleich um die Ecke einen großen Supermarkt?«

»Ja, schon, aber stell dir vor, wie viele Leute da arbeiten. Ich kann unmöglich von allen die Horoskope überprüfen, außerdem arbeiten sie im Schichtdienst.«

»Alice, hör mal, diese Sache mit den Tierkreiszeichen macht mir wirklich Sorgen.«

»Natürlich.«

»Wie, natürlich?«

»Natürlich. Das liegt an deinem Neptun im Skorpion, der betont deine Emotionalität.«

»Jetzt hör aber auf!«

»Logisch, dass du so reagierst. Aufgrund des negativen Aspekts zwischen Merkur und Pluto bist du voller Vorurteile.«

»Zum Teufel noch mal. Du bist ja wie besessen. Tio, weiche aus diesem Körper! Kann ich bitte mit Alice sprechen? Mit MEINER Alice?«

Ich muss lachen. Früher oder später werde ich auch Paola erklären können, dass ich endlich einen Fixpunkt in meinem Leben gefunden habe, der mir Sicherheit gibt. Alles wird leichter. Ich glaube nicht, dass ich damit Niederlagen vermeiden kann, aber es ist eine gute Methode, um das Risiko zu minimieren.

»He, war nur ein Witz«, entgegne ich, um sie zu beruhigen. »Übrigens hat mich heute dieser Typ angerufen, der mit mir ausgehen will, der Freund von Karin.«

Sie wirkt besänftigt. »Wirklich? Ein ziemlich hartnäckiger Anwärter, nachdem du ihn schon dreimal abserviert hast.«

»Ähm, achtmal. Ist ja nicht meine Schuld, dass er ständig im falschen Moment anruft. Jedenfalls haben wir für morgen Abend ein Date ausgemacht.«

Stille auf der anderen Seite der Leitung.

»Paola?«

»Ich bin noch dran. Ähm, was denkt denn der Pantoffelheld darüber? Schweinchen Babe kampiert doch noch bei dir, oder?«

»Stimmt. Auf meinem Sofa, Paola, nicht in meinem Bett.« Ich stelle die Einkaufstüten auf die Fußmatte und krame in meiner Tasche nach dem Haustürschlüssel. »Giorgio und ich sind nicht mehr zusammen. Ich lasse ihn bei mir wohnen, mehr nicht. Als gute Freundin. Ich habe keinerlei Ambitionen, wieder mit ihm zusammenzukommen.«

»Gott sei Dank. Es gibt also doch noch Anzeichen von Hirntätigkeit in deinem astrologischen Chaos.«

»Ist dir nicht ein Mal der Gedanke gekommen, dass ich gerade wegen des astrologischen Chaos, wie du es nennst, so entscheide? Giorgio hat Uranus im siebten Haus. Bindungen machen ihm Angst. Und unser Mars-Pluto-Quadrat durfte ich schon am eigenen Leib erleben. Zwischen uns kann es keine feste Beziehung geben.«

»Okay, okay, es reicht mir, wenn du ihn dir vom Leib hältst, an den Gründen können wir noch arbeiten.«

Ich schnaube und stecke den Schlüssel ins Schloss. »Du bist ihm gegenüber ungerecht. Der Arme, bei allem, was …«

»Oh nein! Der Arme? Nicht der! Wenn du nicht aufpasst, dressiert er dich noch zum Tanzbären.«

Ich pruste los. »Im Moment könnte er sogar auf Chinesisch weinen, was er übrigens schon mal gemacht hat, und trotzdem würde er mich nicht umstimmen. Ich bin erschöpft, brauche dringend ein heißes Bad und will den restlichen Nachmittag im Schlafanzug verbringen. Außerdem ist er gar nicht da. Er sucht einen Job, und ich habe ihm ein Vorstellungsgespräch in einem Restaurant vermittelt.«

»Gut. Wenn er finanziell wieder unabhängig ist, hat er wenigstens keinen Grund mehr, deinen Kühlschrank zu plündern.«

Ich seufze und betrete die Wohnung. Bei Paola ist wirklich nichts zu machen. Ich hasse ihren Mars im Krebs, selbst Pinochet wäre leichter umzustimmen. Kaum habe ich die Türschwelle überschritten, als mir zwei eifrige Hände die Einkaufstaschen entreißen. Vor lauter Schreck lasse ich das Handy fallen.

»Alice, was ist los? Alles okay?«, höre ich Paola krächzen.

»Ja, nichts passiert. Mir ist bloß das Telefon runtergefallen. Giorgio hilft mir mit den Tüten.«

»Ich dachte, er ist unterwegs?«

»Ja, vielleicht er ist schon zurück.«

Nachdem ich mich von Paola verabschiedet habe, folge ich wie der Däumling der Spur der Zitronen, die aus der Tüte gefallen sind. »Wie war dein Gespräch?«

»Ich bin nicht hingegangen.« Giorgio reißt die Tüten auf, um die Einkäufe auszupacken.

»Hey warte, die benutze ich als Mülltüten. Wie, du bist nicht hingegangen? Warum nicht?«

»Ich habe dir ein Gedicht geschrieben.«

»Ein Gedicht? Aber Giorgio!«

»Pst. Hör zu.« Er wühlt in der Hosentasche, zieht ein Post-it heraus und liest mir sein Werk vor.

Lächle mich noch einmal an,
Zieh mein Herz zwischen deine Lippen.
Berühre mich mit deiner scharfen Ironie,
Deinem leichten Herzen.
Jetzt wünsche ich nicht mehr,
Noch einmal zu fliehen.
Der Spiegel deiner Augen,
Deine manikürten Nägel,
zwischen deinem Lächeln und meiner Melancholie.

Nicht schlecht, was? Ein Gedicht aus einem Blödsinnsgenerator. Meine Schubladen sind voll mit Giorgios kreativen Ergüssen. Früher hat er oft Gedichte geschrieben, wenn er ein schlechtes Gewissen hatte. Der Wolf wechselt das Fell, jedoch nicht seine Absicht.

»Danke, ich lasse es mir rahmen«, sage ich und reiße ihm den Zettel aus der Hand. »Also, warum bist du nicht zu dem Vorstellungsgespräch gegangen? Du hast mich doch gebeten, dir behilflich zu sein.«

»Nun ja, schon«, murmelt er und hantiert mit den Eiern und dem Klopapier herum. »Aber doch nicht als Küchenhilfe in einem Lokal. Sehr viel Mühe hast du dir da nicht gerade gegeben, was?«

Ich schnaube und nehme die Zahnpasta wieder aus dem Besteckkasten.

»Giorgio Pifferetti ist kein Küchenjunge. Giorgio Pifferetti ist zu Höherem berufen. Meinst du, dass jemand wie Giorgio Pifferetti Teller spülen könnte? Mit diesem begnadeten Körper, diesem wachen Geist?«

Gut, dass Paola nicht da ist, die jetzt sicher so etwas wie »Welcher Geist?« fragen würde.

»Küchenhilfe? Eigentlich suchen sie einen Sommelier, und da du mir erzählt hast, dass du ein Önologieseminar besucht hast, dachte ich, Wein könnte interessant für dich sein.«

»Ist er auch. Allerdings nur als Getränk. Vor allem wenn es sich um einen Chablis handelt und dazu Austern aus der Bretagne. Aber Sommelier? Das ist kaum besser als Kellner.«

»Du hast gesagt, dir wäre jeder Job recht. Und betont, wie schwer es ist, im Moment etwas zu finden.«

»Wie bitte?«, seine Stimme wird weinerlich. »Hast du etwa

kein Vertrauen in deinen Helden, Pantöffelchen? Verlass dich drauf, ich werde etwas Besseres finden.«

Er drückt mir einen Kuss auf die Wange, wobei ein Ei über den Tisch kullert, das ich gerade noch auffangen kann, bevor es auf dem Boden zerschellt.

Was soll ich sagen? Es ist nicht leicht, mit jemandem zu diskutieren, der die Sonne im zweiten Haus hat und gleichzeitig einen negativen Aspekt zwischen Saturn und Neptun, was ihn finanziell anspruchsvoll, gleichzeitig jedoch völlig blind für praktische Fragen macht.

Um ehrlich zu sein, habe ich ebenfalls keine Lust auf Diskussionen. Ich muss mich noch bei Alfredo entschuldigen, meinem Freund mit dem Restaurant, aber es gibt nichts, was ein freundliches Lächeln und ein verführerisches Augenklimpern nicht retten könnten.

Als das Badewasser fertig ist, lege ich mich in die Wanne und bitte ihn, die Tür zu schließen.

»Was machst du, mein Superpantöffelchen?«

Ich habe es geschafft, ich bin befördert worden, endlich! »Ich bin erschöpft, nehme ein Bad, und danach gönne ich mir einen gemütlichen Fernsehabend.«

»Aber nein.« Er lächelt von einem Ohr zum anderen.

»Nein?«

»Nein, denn dein Held wird dir einen unvergesslichen Abend schenken.«

»Wo?«

»Das ist eine Überraschung.«

Ich liebe Überraschungen. Jedenfalls meistens. Doch eine Überraschung in Zusammenhang mit dem Namen Giorgio lässt bei mir sämtliche Alarmglocken schrillen. »Ich bin nicht ganz sicher, ob …«

Es regnet so stark, dass die Scheibenwischer kaum noch hinterherkommen. Ich klebe mit der Nase fast an der Windschutzscheibe, als wie eine Fata Morgana das Schild »HALT! MAUTSTATION 3000 Meter« vor uns auftaucht. Zum Glück, nach dreißig Kilometern Horrorfahrt durch den prasselnden Regen sind wir endlich wieder in Mailand.

Giorgio bemerkt nichts von alldem. Direkt nachdem wir ins Auto gestiegen sind, hat er sich in den Sitz gekuschelt und schläft selig. Wie ein Kind. Oder besser wie ein Erwachsener, der vier Bier, zwei Caipiroschka und acht (ja, acht!) Sambuca intus hat.

»Ich glaube, du musst fahren, Panto«, meinte er und ließ die Sitzlehne nach hinten klappen.

»Okay«, seufzte ich.

Doch selbst jetzt bin ich nicht sauer. In meinen Venen pulst noch das Adrenalin, und nach diesem Höllenritt durch die Fluten fühle ich mich ganz leicht und bereit für die Rallye Paris-Dakar. Wenn mir jetzt ein Reifen platzen würde, könnte ich ihn wahrscheinlich auch noch alleine wechseln. Aber besser das Schicksal nicht herausfordern.

Zu Beginn des Abends habe ich die Nase gerümpft, als ich merkte, wohin Giorgio mich geschleppt hatte. Wir waren ein seltsames Paar. Er total aufgekratzt und ich mit langem Gesicht, nachdem mir klar geworden war, wo mein »unvergesslicher« Abend stattfinden würde. In einem von diesen Autobahnschuppen, einem psychedelischen Bunker voller abgewrackter Typen, Kellnern auf Rollschuhen und mit Kippe im Mund und Flipperautomaten, deren nervenzerfetzendes Klackern sich mit der ohrenbetäubend lauten Musik mischt.

Ich fühlte mich auch nicht besser, als er mich an die Kasse zog und eine völlig fertige Frau mit einem leichten Flaum über den Lippen uns Rauch aus einer E-Zigarette ins Gesicht blies, bevor sie sagte: »Folgt mir.«

In den Keller.

»Bitte?«

»Mitgegangen, mitgehangen«, sagte die Frau mit dem Schnurrbart ungeduldig. »Beeil dich, meine Liebe. Wenn die anderen dich erwischen, bist du tot.«

Ich warf Giorgio einen ängstlichen Blick zu, während sie mich in ein verdrahtetes Plastikkorsett steckte, in dem ich aussah wie Tron.

»Du stirbst nicht wirklich, Pantöffelchen«, kicherte Giorgio. »Deine Waffe blockiert, und du kannst für fünf oder zehn Sekunden nicht mehr schießen, das ist alles.«

Eine weitere Mentholwolke wehte mir ins Gesicht. Mit einem Grinsen sagte die Frau: »Nein, Pantöffelchen, du stirbst nicht. Aber du musst deinen Arsch bewegen.«

Es stellte sich heraus, dass Giorgio sich mit etwa vierzig Typen aus einem Onlineforum verabredet hatte. In zwei Mannschaften eingeteilt, kämpften wir bis zur Erschöpfung etwa fünfundvierzig Minuten lang gegeneinander. Im Gegensatz zu Jane Fonda war ich hinterher schweißgebadet. Trotzdem fühlte ich mich wie auf Wolke sieben. Wir hatten nämlich gewonnen. Ich hätte nie gedacht, wie therapeutisch wertvoll Verstecken und Fangen sein können. Es war wie eine Rückkehr in die Kindheit. In solchen Dingen ist Giorgio ein wahrer Meister. Schon als wir uns kennenlernten, war ich von seiner Fähigkeit, das Leben nicht zu ernst, sondern eher spielerisch zu nehmen, fasziniert.

Nachdem ich meine Teamkameraden kennengelernt, sie abgeklatscht und erfahren hatte, wie sich amerikanische Rapper begrüßen, konnte ich das Fiasko, das mein Liebesleben derzeit darstellt, für eine Stunde vergessen. Nein, was sage ich, sogar den ganzen Abend lang.

Natürlich musste ich den Ausflug bezahlen, die acht Schnäpse inklusive. Paola würde sagen, dass er mich mal wieder aufs Kreuz gelegt hatte, ich dagegen glaube, dass Giorgio auch seine guten Seiten hat. Im Grunde hat mich der Abend weniger gekostet als eine Sitzung beim Psychoanalytiker. Gegen die hätte Paola mit ihrer negativen Konjunktion zwischen Merkur und Uranus bestimmt nichts einzuwenden gehabt.

33

Das Ende des letzten Löwen

Bratenduft dringt in mein Schlafzimmer und weckt mich. Ich versuche mir die Decke über den Kopf zu ziehen und mich an meinen Traum zu klammern. Ich bin mit Davide am Strand, trage ein Sommerkleid, das sich im Wind aufbläht, und sehe zu, wie er sich ein Glas Bier an die Lippen setzt. Er trägt Lederhosen und einen Tirolerhut mit Feder.

Da ich träume, irritiert mich das nicht weiter, und wenn er jetzt noch anfangen würde *Edelweiß* zu singen, würde ich glatt einstimmen, wie Julie Andrews. Doch er nimmt meine Hand, führt sie an seine Lippen, schaut mir in die Augen und sagt …

»Kuckuck, Pantöffelchen.«

Und küsst mich. Seine Lippen sind warm und schmecken nach … Würstchen mit Senf?

Egal, es könnte auch Zitronengras sein, Hauptsache, er küsst mich weiter. Aber als ich etwas Spitzes, Metallisches spüre, muss ich gezwungenermaßen die Augen öffnen.

»Ah, sehr brav.« Giorgio kniet in Unterhosen über mir und hält mir die Zinken einer Gabel vors Gesicht, als wolle er mich ermorden.

Ich schreie auf, die Gabel mit einem Stück Wurst fliegt durch die Luft, während der Senf auf dem Boden landet.

»Ich hab dir Frühstück gemacht, Panto.«

Angewidert verziehe ich das Gesicht. »Würstchen um«, ich spähe auf das Handy, das an der Steckdose neben meinem Nachttisch auflädt, »sechs Uhr fünfundzwanzig am Sonntagmorgen?«

»Britisches Frühstück«, antwortet er.

»Italienisches Scheißegal«, knurre ich und rolle mich wie eine Katze wieder zusammen.

Leider finde ich keine Ruhe mehr, denn das Klappern aus der Küche lässt sich mit Schlaf nicht vereinbaren. Notgedrungen stehe ich auf.

»Was treibst du denn da?«, frage ich Giorgio, der in einer Schürze mit der Aufschrift KÜSSE FÜR DIE KÖCHIN über der Unterwäsche in der Küche steht. Sein Arm steckt im Hintern eines Huhns von gewaltigen Ausmaßen.

»Gefüllter Truthahn. Für Thanksgiving«, antwortet er, als sei es das Normalste auf der Welt. Auch wenn wir in Italien sind und es Ende Mai ist.

»Ist Thanksgiving nicht im November?«

»Egal, ich will mich jetzt bei dir bedanken. Mit einem gefüllten Truthahn.«

Ich weiß nicht, wie ich es ihm beibringen soll, denn es wird ihn treffen. »Giorgio, ich bin schon zum Mittagessen verabredet.«

Seine Hand bleibt im Truthahnarsch stecken. »Wie? Du gehst aus? Und ich?«

Sollte ich ihm erklären, dass ich auch ein Leben außerhalb meiner vier Wände brauche? Es tut mir leid, ihn enttäuschen zu müssen, aber ehrlich gesagt spüre ich nach drei Wochen Gemeinsamkeit in meinem winzigen Appartement das dringende Bedürfnis, auch mal ein wenig für mich zu sein, ohne ihn. Essen, was ich will und wann ich will, mit meinen Freunden ausgehen, ohne es ihm zwei Tage vorher anzukündigen, einen Film anschauen, ohne ihn fragen zu müssen, ob er ihn auch interessiert (was schwierig ist, wenn der Film nicht zu zwei Dritteln aus Schießereien, Nahkampf, Militäroperationen, Bruce Willis oder mindestens Steven Seagal besteht).

»Ich habe die Füllung schon fertig, Kartoffeln geschält und den Salat angemacht. Ich dachte, wir verbringen den Tag gemeinsam. Scheinbar ist es dir egal, dass ich sogar am heiligen Sonntag für dich schufte?«

Wenn er jetzt noch mit dem Spruch »Dieses Haus ist schließlich kein Hotel« ankommt, dann kriege ich einen Schreikrampf, ich schwöre.

»Mit wem gehst du überhaupt weg?«, fragt er und verschränkt die Arme vor der Brust. »Ich gehe mit Tio und Andrea zum Brunch, das haben wir schon vor Tagen ausgemacht.«

»Also lässt du mich hier sitzen, um dich mit deinem Fanclub rumzutreiben«, motzt er beleidigt.

»Rumtreiben? Fanclub? Es handelt sich um ein Essen mit Freunden, Giorgio.«

»Männer. Das heißt, sie denken die ganze Zeit nur an Sex.«

Das mag sein, aber da ich Andrea und Tio kenne, weiß ich, dass Sex mit mir für die beiden kein Thema ist. Nur das kann ich Giorgio nicht sagen. Ich quetsche mich an ihm vorbei in die Küche. Bevor ich dieses Gespräch fortsetzen kann, brauche ich:

C. Kaffee, und zwar intravenös.

D. Meinen Computer, um die Planetenkonstellation und die Ephemeriden von heute zu kontrollieren.

Kaum zu glauben, ich habe eine ganze Menge positiver

Übergänge. Schade, dass ich heute nicht arbeiten muss. Diesen positiven Saturn mit dem Geburtsjupiter sollte ich unbedingt ausnützen. Wirklich interessant ist vor allem der Übergang von Jupiter mit Pluto, der bevorstehende kreative Veränderungen in meinem Leben ankündigt und mir einen Gefallen von jemandem vorhersagt, der wichtig für mich ist.

»Und was mache ich?«

»Als Erstes könntest du dir einen Job suchen.«

Beim Wort »Job« wird er blass, ja er zittert sogar. »Darum kümmere ich mich nächste Woche. Ich habe einen perfekten Nachmittag organisiert. Du und ich zu Hause, Brettspiele, Vier gewinnt, Rummy …«

Wow. Während ich mich unter die Dusche stelle, frage ich mich, wie ich auf das alles verzichten soll. Aber bei allem billigen Sarkasmus tut es mir auch leid, dass seine ganze Mühe umsonst war. Als ich im Bademantel ins Wohnzimmer komme, um mich zu entschuldigen, steht er in einer Ecke. Er spricht sehr leise mit jemandem am Telefon, und als er mich sieht, zuckt er zusammen. »Ciao, Alice, du gehst?«, fragt er verlegen. »Ciao, ja, ciao.«

»Ehrlich gesagt war ich gerade unter der Dusche.« Ich habe sogar noch das Handtuch um die Haare gewickelt.

»Ah ja, wie du willst.« Er dreht sich um, öffnet die Balkontür und geht nach draußen.

»Anwalt sagtest du?«

Während ich mich anziehe, höre ich ihn auf dem Balkon hin und her laufen, wobei er mehrmals telefoniert. Als ich mich verabschieden will, dreht er sich um und fragt ernst: »Hat dich in letzter Zeit jemand angerufen und nach mir gefragt?«

Ich zucke erstaunt mit den Schultern. »Nein.«

»Tschüss dann. Guten Appetit.«

»Du hast dir zwar in den Kopf gesetzt, dass du es ohne fremde Hilfe schaffst, aber so geht das nicht.« Tio lässt den ausgestreckten Zeigefinger mit einer dramatischen Geste vor mir hin und her wackeln.

»Hast du nicht selbst mehrfach betont, dass ich auf mich und meine Fähigkeiten vertrauen soll?«, keife ich mit vollem Mund zurück. Schokokäsekuchen.

»Das war Paola, bitte schön«, gibt er spontan zurück. »Ich bin von deiner mangelnden Einsicht und deiner Willensschwäche hundertprozentig überzeugt.«

Ich verdrehe die Augen. »Jetzt komm schon! Gib zu, dass ich gut bin. Außerdem bin ich vorsichtig. Ich vertraue niemandem mehr, ohne vorher sein Horoskop zu kontrollieren.«

An diesem Punkt schaltet sich Andrea ein. Er räuspert sich und sagt: »Ähm, meine Liebe, ich bin überzeugt, dass Tio ein wenig übertreibt, wenn er dir vorwirft, das Banner der Naivität zu tragen. Es ist eine Binsenweisheit, dass es in eurer Auseinandersetzung nicht um Pluralität, sondern um ein singuläres Verhalten geht.«

Ich lasse den Blick zu Tio schweifen. Habe ich Andreas wohlgemeinte Worte richtig verstanden?

Tio macht ein hochmütiges Gesicht und zuckt mit den Schultern. »Dann schau dir mal dein astrologisches Superprogramm an, das du in der Tasche hast. Es sollte dir etwas über den Stier sagen.«

Ich werfe ihm zwischen einem Schluck Orangensaft und einem Bissen Crêpe Suzette einen vernichtenden Blick zu.

Währenddessen fährt Andrea seufzend fort: »Vereinfacht gesagt, ist Tio über deinen Umgang mit dieser Person, diesem Giorgio, beunruhigt, den du auf deinem Sofa nächtigen lässt. Seiner Meinung nach manipuliert der Kerl dich.«

»Das stimmt nicht«, widerspreche ich wütend, aber dann reiße ich mich zusammen. »Giorgio manipuliert mich nicht, jedenfalls nicht mehr. Er hat nun mal sonst niemanden, der sich um ihn kümmert. Was soll ich denn machen, soll er sich etwa bei der Mailänder Tafel in die Schlange stellen?«

»Andererseits hätte eine Konfrontation mit der Realität dazu führen können, dass er mit mehr Engagement nach einer Stelle sucht, Alice. Hast du schon mal die Möglichkeit in Betracht gezogen, dass ihn vor allem deine überfürsorgliche Art davon abhält?«

»Bestimmt nicht.« Oder etwa doch? Ich starre auf die verbleibenden vierhundertfünfzig Kalorien Käsekuchen auf meinem Teller. »Er hat mir versprochen, dass er in der nächsten Woche die Ärmel hochkrempelt und sich eine Arbeit sucht. Irgendeine.«

»Erzähl mir bitte nicht, dass du dem Versprechen eines Zwillings glaubst«, sagt Tio sarkastisch.

»Du bist auch Zwilling«, entgegne ich. »Ein multiples, ja schizophrenes Doppelzeichen, wie ich meine. Wie viele verschiedene Persönlichkeiten könnt ihr eigentlich haben? Hast du sie schon mal durchgezählt?«

»Das hat damit nichts zu tun. Unsere Horoskope sind komplett verschieden. Giorgio zum Beispiel hat den Mars im Krebs. Man sieht ja, wie diktatorisch und vereinnahmend er ist.«

»So etwas ist dir natürlich völlig fremd.«

»Du solltest dir darüber klar werden, jetzt, da du selbst eine Expertin bist, dass dein Mond im Fisch dafür sorgt, dass du ihn an deiner Seite duldest, sonst hättest du ihn längst rausgeworfen.«

Genau das ist mein wunder Punkt. Ich fühle mich verletzt und zahle es ihm postwendend mit gleicher Münze heim. »Meinst du nicht, dass hier gerade deine Venus im Löwen spricht? Mir scheint, wenn jemand nicht ständig vor dir katzbuckelt, bist du derart nachtragend, als hätte er dich verraten und verkauft.«

Ich glaube, damit habe ich ihn getroffen, denn er ringt nach Luft und schweigt. Ganze zehn Sekunden lang.

»Hört, hört, wer da über das Bedürfnis von Anerkennung und Zuneigung spricht«, gibt er zurück, nachdem er sich erholt hat. »Gerade du mit deinem Saturn in der Waage.«

»Mäßigt euch«, versucht Andrea uns zu beschwichtigen. »Kommt ihr euch nicht wenigstens für den Bruchteil einer Sekunde lächerlich vor?«

»He, sie hat mir vorgeworfen, dass ich Pluto … dass ich ständig im Mittelpunkt stehen will.«

»Und er?«, murre ich und schaufele mir ein Drittel des Kuchens in den Mund, ohne es überhaupt zu merken. »Es ist nicht meine Schuld, dass ich Saturn in der Waage habe. Andrea, das heißt späte Ehe, vielleicht heirate ich sogar einen wesentlich älteren Mann. Wer war also gemeiner, was meinst du? Ich, die ich ihm seinen Egoismus vorgeworfen habe, oder er, der mir eine Zukunft als Altenpflegerin wünscht?«

»Ähm, es ist aber auch nicht Tios Schuld, dass du …« Er bricht ab. »Jetzt habt ihr mich schon angesteckt, verflucht noch mal! Ist euch klar, wie viel Blödsinn ihr da von euch gebt?«

»Das ist kein Blödsinn«, entgegnen Tio und ich unisono.

»Niemand unterstützt mich, nicht einmal mein Freund«, fügt Tio hinzu.

»Oh nein, Schatz, sag so was nicht. Ich bin an deiner Seite«, versuche ich ihn zu trösten.

»Reingefallen. Mond im Fisch.«

»Du bist unfair.« Er legt mich immer damit rein, aber ich bin ihm nicht böse und muss lachen.

Tio knufft mich und lacht mit. »Reden wir von wichtigeren Dingen. Du weißt, dass die Gelegenheit günstig ist, die Initiative zu ergreifen? Bist du nicht elektrisiert?«

Elektrisiert ist das richtige Wort zur richtigen Zeit, denn in diesem Moment vibriert mein Handy in der Hosentasche meiner Jeans, und ich springe erschrocken auf. »Entschuldigt, ein Anruf.«

Tio prustet los, aber als er meinen Gesichtsausdruck sieht, meint er: »Sag nichts. Der Löwe? Leg auf.«

»Nein, aber … Was, wenn es wichtig ist?«

»So wichtig wie Windpocken? Leg auf.«

»Ja?« Ich wende mich ab, um Tio auszuweichen, der ebenfalls aufgesprungen ist und mir das Telefon aus der Hand reißen will.

Am anderen Ende der Leitung sagt jemand: »Alice?«

Warum hat seine Stimme nur die Macht, dass mir sofort die Knie weich werden? »Davide.«

»Wo bist du?«

Ich sehe mich um, als müsste ich mich erst vergewissern. »Warum? In der California Bakery.«

»An der Porta Romana?«

»Ja.«

»Prima, ich komme vorbei.«

»Was?«

Doch er hat schon aufgelegt. Ich weiß, dass Tio sauer ist. Sein Gesichtsausdruck ist verschlossen, und er weicht meinem Blick aus.

Ich beiße mir auf die Lippen, bevor ich sage: »Er kommt vorbei.«

»Er ist schon da«, bemerkt Tio trocken.

Mit einem kratzenden Geräusch dreht sich Andrea samt Stuhl um. Auch ich blicke in diese Richtung, als seine Stimme mich und alles in mir erstarren lässt. Das Gehirn sowieso, aber auch das Herz, die Leber und die Nieren.

»Kann ich mich setzen?«

»Ungern, aber bitte«, sagt Tio und zeigt auf den vierten Stuhl an unserem Tisch. »Du hast wirklich einen siebten Sinn. Das muss der Saturn in der Jungfrau sein. Oder hast du einen Mikrochip in Alice installiert?«

Davide blickt auf die Karte und bestellt beim Kellner einen Kaffee. Das Ganze mit einer Lässigkeit, die Tio nur noch nervöser macht. »Ich war gerade in der Gegend«, sagt er nur. »Weiß jemand, wie die Tarte Tatin hier ist?«

Selbst für Tio, der schon viel erlebt und sich so gut wie immer im Griff hat, ist die Situation verwirrend.

Dieses Mal bin ich es, die ihm Davides Verhalten zu erklären versucht. »Er stiftet gern Verwirrung, er hat den Merkur im zehnten Haus.«

Tio sieht Davide an, der immer noch die Karte studiert. »Stimmt. Und eine Opposition zwischen Mond und Aszendent. Nicht zu vergessen die Venus im zwölften Haus«, unterstreicht er mit bedeutungsschwerer Stimme, extra für mich.

Ich weiß, was er mir sagen will. Dieser Aspekt in Davides Horoskop bedeutet Schwierigkeiten in Beziehungen, die Sehnsucht nach Einsamkeit. Als ob das nicht genügen würde, gibt es noch die Venus im zwölften Haus, was mit »Instabilität in Liebesdingen« zu übersetzen ist. Das heißt null zu zwei. Spiel verloren.

»Hört ihr endlich auf?«, Davide runzelt die Stirn. »Das klingt wie Schiffe versenken. Treffer, versenkt, okay?«

»Natürlich«, sagt Tio, »sprechen wir von ernsthaften Dingen. Wie geht es Barbara? Danke noch mal für die Gastfreundschaft.«

Mit der ganzen Unverschämtheit, zu der nur jemand wie er fähig ist, nimmt Davide meine Gabel und versenkt sie in Tios Schokoladenkuchen. »Köstlich«, sagt er und kaut genüsslich.

Tio wirft ihm einen Blick zu, der töten könnte. Für ihn ist Nahrung heilig, und nicht einmal Andrea darf ungefragt etwas von seinem Teller picken. Erst recht nicht, wenn es sich um Schokoladenkuchen handelt.

»Was führt Sie hierher, Signor Nardi?«, fragt Andrea in dem Versuch, die Situation zu entschärfen. »Man darf sicher davon ausgehen, dass es sich um eine unaufschiebbare Angelegenheit handelt.«

»Allerdings«, murmelt Davide. »Ich muss Alice sprechen, um über unsere bevorstehende Reise zu reden.«

»Welche Reise?«, fragen wir drei wie aus einem Mund.

»Die nach Paris.«

»Solltest du nicht mit Marlin hinfahren?«

»Sie muss zu Probeaufnahmen, deshalb fährst du jetzt mit«, antwortet Davide entschlossen.

»Warum nicht ich?«, fragt Tio. »Immerhin bin ich der Moderator.«

Davide sitzt mit steinerner Miene da, während Tios Adamsapfel auf und ab hüpft. »Weil ich mit Alice fahren will.«

34

Der Tag, als der Fisch aus dem Meer sprang

Es ist wie der Versuch, den Ozean mit einem Fingerhut trockenlegen zu wollen. Man strengt sich genauso sehr an und hat genauso viele Erfolgschancen, wenn man in kurzer Zeit Koffer packen muss und die Gefühle Karussell fahren. Erst ist die Freude auf die Reise riesengroß und dann wieder so klein wie der Wunsch, von einem Lastwagen erfasst zu werden.

Mein Zug nach Paris fährt morgen früh um Punkt sechs, deshalb müsste ich mich heute Abend auf den Koffer und meinen Job konzentrieren. Stattdessen bin ich in einer Stunde mit dem rätselhaften Daniele zu einer Ausstellung verabredet. Ich hätte ihm vorschlagen sollen, den Termin zu verschieben, aber nachdem ich ihn schon gefühlte tausend Mal abgewiesen habe, habe ich mich das nicht getraut. Vielleicht ist es ja sogar gut, um mich von meinen Gedanken an Davide und die gemeinsamen Tage in Paris abzulenken, in der Hauptstadt der Liebe.

Als ob diese Aufreger nicht reichen würden, habe ich zu allem Überfluss auch noch die Nervensäge Giorgio an der Backe, der mir wie ein Chihuahua seine winzigen Zähne in den Knöchel rammt und dabei auch noch jammert. Er gibt vor, mir zu helfen, tut aber genau das Gegenteil. Er scheint auf einer selbstmörderischen Sabotagemission zu sein: mit allen Mitteln verhindern, dass ich mein Programm durchziehe.

Ein weiteres Problem sind die Stimmen in meinem Kopf. Vermutlich erste Symptome eines beginnenden Wahnsinns, aber es gibt den mildernden Umstand, dass ich ein Doppelzeichen mit signifikanten Planeten in entgegengesetzten Richtungen bin. Die Vorstellung, Davide drei Tage lang ganz nah zu sein, lässt meinen Neptun im Schützen schon die Kristallschuhe anziehen und die Kürbiskutsche bestellen, um zum Ball zu fahren, während der Merkur im Skorpion mir gerade klarmacht, dass ich komplett übergeschnappt bin. Denn während in meinem Kopf eine romantische Schnulze abläuft, packe ich Sonnenschutzcreme mit Lichtschutzfaktor dreißig in den Koffer. Ich fahre nach Paris. Im Vorfrühling.

»Warum ziehst du für das Interview nicht den gelben Pulli an?« Giorgio tänzelt um mich herum und überschüttet mich mit Styling-Tipps.

»Ich habe mich für das blaue Kleid entschieden. Hör endlich auf, wie eine Flipperkugel hin und her zu hüpfen, ich hab's eilig und muss mich noch für heute Abend fertig machen.« Ich reiße ihm das Kleid aus den Fingern und lege es in den Koffer, während Giorgio den Mund verzieht.

»Das Date heute könntest du dir doch sparen. Dann hättest du mehr Zeit für alles andere. Außerdem kennst du den Typen gar nicht. Vielleicht ist er gefährlich!«

Gefährlicher als ein Abend mit Giorgio? Das kann ich mir nur schwer vorstellen, denn wenn er so weitermacht, dann wandere ich über kurz oder lang wegen Mordes ins Gefängnis.

Auch wenn ich zugeben muss, dass ich nicht gerade Freudensprünge bei dem Gedanken mache, heute Abend auszugehen. Ich würde viel lieber in der Badewanne liegen und Musik hören, ein Glas Wein in der Hand. In meinen Träumen von Davide und mir versinken, ohne dabei an die Lächerlichkeit zu denken, der ich mich unweigerlich preisgeben werde, wenn ich nicht bald damit aufhöre.

Ich versuche Neptun und Merkur zurück ins Körbchen zu schicken, während ich ins Bad gehe, um mich zu schminken, aber einer von beiden (wahrscheinlich Merkur, diese gespaltene Zunge) flüstert mir zu, dass ich nicht aufgeregt, sondern wütend auf Davide sein sollte, weil er einfach in mein Leben geplatzt ist. Drei Tage in engem Kontakt zu diesem Mann sind purer Masochismus. Habe ich vielleicht doch Angst? Bin ich vielleicht doch sauer? Will ich ihm vielleicht doch ins Gesicht springen?

Möchte ich nicht viel lieber, dass er mich in den Arm nimmt und noch einmal küsst?

Ruhe, Neptun, Ruhe. Ich muss raus hier, und zwar schnell. Ich kann nicht den ganzen Abend zu Hause bleiben und mich zum Spielball der beiden machen. Besser, ich lenke mich ab.

Wie gerufen klopft Giorgio an die Badezimmertür und fragt, wann ich nach Hause komme.

»Keine Ahnung, Giorgio, es ist eine Verabredung.« Sind wir schon an dem Punkt angelangt, an dem ich mich für mein ohnehin stark eingeschränktes Sozialleben auch noch rechtfertigen muss?

»Genau. Und ich? Du interessierst dich überhaupt nicht für meine Pläne. Du hättest mir helfen können, neue Ideen zu entwickeln, wie es mit der Jobsuche weitergehen soll.«

»Ich habe diese Verabredung viermal verschoben, ich bin diesem Mann zumindest ein wenig Respekt für seine Hartnäckigkeit schuldig. Wenn ich weg bin, stört dich niemand, und du hast genug Zeit zum Nachdenken.« Ich weiß genau, dass das so nicht funktioniert. Kreativität gehört nicht zu Giorgios Talenten, solange es nicht darum geht, Wolkenkuckucksheime zu konstruieren. Nein, sein Talent liegt darin, Menschen zu manipulieren und ihnen seinen Willen aufzuzwingen.

Aber das ist nicht mein Problem. Ich sollte besser an den verständnisvollen Daniele denken. Außerdem bin ich neugierig, da er Fische, Aszendent Jungfrau ist und ein äußerst interessantes Horoskop hat. Einen Abend mit mir hat er sich verdient, auch wenn er sicher nicht der Richtige ist. Er nicht für mich und ich nicht für ihn. Als ich ihm gesagt habe, dass ich unser für morgen geplantes Essen absagen und auf heute Abend verschieben muss, meinte er, er habe schon einen Termin, ich könne jedoch gerne dazukommen.

Leider ist der Gedanke, meine beiden treuen und zugleich widerstreitenden Berater zu Hause lassen zu können, nur ein frommer Wunsch. Merkur und Neptun sind sich selbst über Sinn und Zweck dieser Verabredung nicht einig.

»Sind Sie sicher, dass Sie zu dieser Ausstellung wollen?«, fragt mich der Taxifahrer und hält unvermittelt an.

»Warum?«

»Sie wirken ziemlich aufgeregt und schlagen mir ständig auf die Schulter. Wenn Sie möchten, bringe ich Sie zurück.«

Um Giorgio den Triumph zu verschaffen, dass ich bei ihm bleibe? Dass mir Davides Verlust das ganze Leben ruiniert? Niemals. »Nein, fahren Sie bitte weiter.«

Nach einigen Minuten hält das Taxi neben einem Gebäude, vor dem sich auf dem Bürgersteig Menschen mit

Schirmen drängen. Verdammt, ich war so sehr in Gedanken, dass ich gar nicht gemerkt habe, dass es regnet. Man weiß nie, was auf einen zukommt. Vielleicht lerne ich einen Mann im Vorhof der Hölle kennen? Vielleicht werde ich irritierenden Sternenkonstellationen ausgesetzt sein? Egal. Ich muss es zumindest versuchen, auch wenn ich keine großen Hoffnungen in den Abend setze. Den perfekten Mann werde ich hier sowieso nicht finden bei meinem emotionalen Chaos und einem Ex, der auf meinem Sofa Wurzeln schlägt. Wenn wenigstens der Gott der Haare einmal gnädig mit meiner Frisur umgehen würde.

Natürlich habe ich keinen Schirm dabei, aber selbst wenn, mein Knirps ist so klein, dass er mich nur zur Hälfte schützen würde. Obwohl ich gedanklich mit Merkur und Neptun beschäftigt bin, gelingt es mir mit einigen Verrenkungen, wenigstens einen Teil des Mantels über den Kopf zu ziehen. Erst dann fällt mir auf, dass ich überhaupt nicht nass werde.

»Du musst Alice sein.«

Zuerst bemerke ich den riesigen Schirm über meinem Kopf, dann drehe ich mich um und stehe einem Mann gegenüber, der mich mit aufrichtigen grün schimmernden Augen anblickt.

»Daniele«, sagt er und hält mir die freie Hand hin.

Ich stammele etwas, das wie »Alice« klingt, während ich versuche, meine Kiefergelenke zu lockern und meine heraushängende Zunge wieder im Mund unterzubringen. Ein faszinierender Mann.

Nur faszinierend?, meldet sich Neptun beleidigt zu Wort. *Du solltest in die nächstbeste Kirche rennen und dort eine Kerze anzünden.*

»Lass uns reingehen, bevor du dir bei dem Matsch noch das Kleid versaust.« Er bringt mich zum Eingang und legt mir dabei eine Hand auf den Rücken, weder zu hoch noch zu tief. Dann hilft er mir wie selbstverständlich aus dem Mantel und gibt ihn zusammen mit seinem Schirm an der Garderobe ab.

Währenddessen habe ich die Möglichkeit, ihn genauer unter die Lupe zu nehmen. Vielmehr hätte ich diese Möglichkeit, wenn in meinem Gehirn nicht sämtliche Sicherungen durchgebrannt wären und es nur noch zuckende Signale senden würde.

Daniele ist von imposanter Gestalt, die langen kupferbraunen Haare hat er zu einem Knoten zusammengebunden, und die rote Brille verleiht ihm einen intellektuellen Touch, was durch die ausgebleichten Jeans und das aus der Hose hängende Hemd noch unterstrichen wird.

Kann dir so ein Typ wirklich den Hof machen wollen?, meldet sich Merkur zurück, pragmatisch und nüchtern.

Warum denn nicht?

Weil du, jawohl du, niemals die Hauptfigur in einem romantischen Märchen sein könntest?, kontert Neptun.

Ich schlage die Augen nieder und forme mit den Lippen einen Kussmund.

Daniele geleitet mich durch den Flur, der in den Ausstellungsraum führt, und bedankt sich, dass ich seine Einladung angenommen habe. Dabei klingt er fast entschuldigend, als ob nicht ich unser Treffen für morgen abgesagt und die Dinge verkompliziert hätte, sondern er.

Während wir uns unterhalten und dabei ganz nebenbei die Fotos an den Wänden betrachten, fühle ich mich, als würden wir uns schon ewig kennen. Obwohl mich seine nicht zu leugnende Attraktivität anfangs verunsichert hat, nehme ich sie schon kurze Zeit später einfach hin, als ob ich mit David von Michelangelo unterwegs wäre und er auch noch sprechen könnte.

»Hey, Daniele!«

Er dreht sich um und stellt mir einen gewissen Franco vor, der in Begleitung einer brünetten Schönheit unterwegs ist. Sie trägt ihre Baskenmütze schräg auf dem Kopf.

»Wirklich beeindruckend. Ich wollte mich noch mal bei dir bedanken.«

Daniele drückt ihm den Arm. »Aber nein, Franco. Keine Ursache.«

Während Franco ihn zur Seite zieht, lächelt mich die Brünette an. »Daniele war einer der wenigen, die Franco die Treue gehalten haben, als er in einer sehr schwierigen Phase war«, erklärt sie mir ungefragt. »Daniele ist ein sehr feinfühliger Mensch, das spürt man auch in seinen Fotos.«

Auf einmal sehe ich das Ganze mit anderen Augen, als ob die Wände plötzlich in helles Licht getaucht wären und ich die Fotos zum ersten Mal wirklich wahrnehmen würde. Sind sie von ihm? Wahrscheinlich. Das ist nicht irgendeine Ausstellung, das ist seine Ausstellung.

Die Brünette stößt mich mit dem Ellbogen in die Seite. »Glückliches Mädchen.«

Als die beiden Männer zurückkommen und Franco und seine Begleiterin sich verabschieden, entschuldigt sich Daniele, mich alleine gelassen zu haben.

»Da hast mir gar nicht gesagt, dass ich mit dem Künstler höchstpersönlich hier bin. Schöne Fotos, Glückwunsch.«

»Oh. Die Aufnahmen sind nur ein Dokument, um die Geschichte dahinter festzuhalten. Die Abzüge sind nicht das

Wichtigste.« Er wirkt leicht verlegen, nimmt die Brille ab und putzt die Gläser mit dem Zipfel seines Hemdes, als ob er etwas bräuchte, um seine Hände zu beschäftigen.

Neptun: *Vielleicht hat die Fabrik für Traumprinzen wieder geöffnet. Vielleicht stellen sie doch noch welche her, in limitierter Auflage zwar, aber die Produktion läuft weiter.*

Merkur: *Es liegt ja wohl auf der Hand, dass das hier nur eine Show ist, nichts weiter als ein taktisches Manöver, um Eindruck zu schinden und vielleicht auch um dich ins Bett zu kriegen. Wer weiß.*

»Ich würde gerne wissen, was du davon hältst«, sagt er, während ich die Stimmen aus meinem Kopf vertreibe.

Wir gehen auf eines der Fotos zu, auf dem viele Menschen auf einem großen Platz zu sehen sind. Sie sind ganz unterschiedlich, alt, jung und sehr verschieden gekleidet, aber sie scheinen alle miteinander zu kommunizieren. Sie tanzen, und auf ihren Gesichtern liegt eine Freude, die selbst die Alten jünger wirken lässt. Ich weiß nicht, was ich sagen soll. Oder besser, nach dem Streit zwischen Neptun und Merkur bin ich davon überzeugt, dass ich ohnehin nichts Intelligentes von mir geben könnte. Auf meinen Fotos sieht es immer aus, als könnte ich die Kamera nicht ruhig halten, zumal die Kunst und ich ohnehin nicht auf demselben Planeten leben. Die ausgestellten Bilder scheinen tatsächlich für sich zu sprechen. Ohne Worte.

»Mir …«, beginne ich. »Es gefällt mir, wie du die Gefühle der Menschen einfängst. Als ob du gewartet hättest, bis alles perfekt ist, nicht nur der Rahmen, sondern auch die Emotionen, die sie dabei hatten. Inklusive deinen. Du kannst mit anderen empfinden. Du magst Menschen.« Ich räuspere mich, dieses Mal bin ich verlegen. Wow, bist du etwa unter die Kunstkritiker gegangen? »Entschuldige«, schließe ich, denn ich komme mir vor wie einer von diesen Radical-Chic-Typen, die nonchalant bei einem Glas Wein die komplette Philosophie auseinandernehmen.

Ich starre auf meine Schuhspitzen, als er mir eine Hand auf den Arm legt. »Ich bin sehr berührt, Alice. Das ist das erste Mal, dass jemand solche Gefühle beim Anblick meiner Fotos empfindet und das auch zum Ausdruck bringt.« Seine Augen flüstern: *Ich weiß sehr viel mehr von dir als das, was du gesagt hast.* »Du bist Waage, Aszendent Schütze«, sagt er dann. »Geist und Materie. Eine gute Verbindung.«

Augenblick mal. Habe ich gerade richtig gehört? »Sprichst du von meinem …?«

»Ja, von deinem Horoskop«, erklärt er und wird leicht rot. »Ich weiß, dass man das in unserer Kultur für Unfug hält, aber in anderen Ländern wird dem sehr viel Wert beigemessen. In Indien zum Beispiel ist es entscheidend für eine Eheschließung. Die Eltern stimmen der Hochzeit nicht zu, wenn die Horoskope von Braut und Bräutigam nicht in Harmonie miteinander sind.«

»Warst du schon mal in Indien?« In einer Ecke fällt mir ein Foto von mehreren Frauen in Saris auf, deren Arme mit Hennazeichnungen bedeckt sind. Auch bei dieser Aufnahme hat Daniele mit dem Licht und der Plastizität der Körper gespielt, vor allem hat er jedoch einen Moment aus dem Leben und damit den Ursprung eines Gefühls eingefangen.

»Ich möchte die Welt kennenlernen. Vor allem möchte ich die Menschen verstehen, denen ich begegne. Jeder von uns ist ein Kästchen voller Einsamkeit, Wünsche, Ängste und Hoffnungen. Aber das weißt du ja selbst, als so sensibler Mensch.«

Ich schlucke. »Hm, ich habe den Mond im Fisch.«

Er nickt geheimnisvoll, als ob das ein neues wunderbares Licht auf mich werfen würde, als ob ich ihm gerade gesagt hätte, dass ich der letzte Nachkomme von Gandhi, Buddha oder Elvis Presley wäre.

Als wir weitergehen, fühle und betrachte ich mich auf einmal anders, als ob nicht Alice an Danieles Seite wäre, sondern eine schönere und selbstsicherere Frau. Ich fühle mich immer freier, mit ihm über das zu sprechen, was ich beim Anblick seiner Fotos empfinde, werde immer sicherer in meinen Worten und meinen Blicken.

Während ich einen alkoholfreien Aperitif trinke (die Einnahmen der Ausstellung werden zur Bekämpfung des Alkoholismus gespendet), kommen die kalte Dusche und der brutale Rücktransport in die alte nette Alice mit all ihren Frustrationen gleich im Paket. Man kann sich selbst nun mal nicht entfliehen.

Vor mir steht die Frau, bei der die Anzahl der Buchstaben ihres Nachnamens nur von den Nullen auf ihrem Bankkonto überboten wird: Barbara Buchneim-Wessler Ricci Pastori. Eine Dame, wie sie im Buche steht, in Stil und Eleganz groß geworden und, wie es der Zufall so will, die Lebensgefährtin des Mannes, den ich einfach nicht aus meinem Kopf und meinem Leben vertreiben kann.

Daniele merkt sofort, dass etwas nicht stimmt. »Ist der Cocktail zu kalt?«

Ich lenke ab und deute auf ein melancholisches Foto in unserer Nähe.

»Du bist eine unglaublich empathische Frau«, sagt er und beginnt mir mit glänzenden Augen die Lebensgeschichte der porträtierten Frau und von den Erlebnissen zu erzählen, die er mit der Aufnahme verbindet. Und ich, in all meiner Empathie, starre Barbara Buchneim usw. aus den Augenwinkeln heraus an und frage mich gerade, ob Davide gleich hier irgendwo auftaucht, als Merkur mich darauf hinweist, dass ich eine mehr als uninteressante Person bin.

Ich versuche mich wieder auf die Fotos und Danieles Erklärungen zu konzentrieren, aber es ist, als hätte ich ein Periskop auf dem Kopf sitzen und würde die ganze Zeit nach Davide Ausschau halten. Er ist nicht da. Zum Glück. Vielleicht bin ich auch nicht ganz ehrlich, weil ich nicht zugebe, dass ich es schade finde. Wer weiß, was er für ein Gesicht gemacht hätte, wenn er mich hier mit dem tollen, faszinierenden Daniele gesehen hätte.

»Gefällt es dir?«, fragt mich Daniele und fährt, nachdem er meine Abgelenktheit bemerkt hat, irritiert fort: »Du lächelst, aber das sind Kindersoldaten. Sie werden von zu Hause entführt, wenn sie noch ganz klein sind, und dann in den sicheren Tod geschickt.«

»Oh!« Verlegen beiße ich mir auf die Lippe und drehe mich rasch um.

Barbaras Gesicht taucht direkt vor mir auf. »Guten Abend, Daniele.«

Ich aktiviere das Programm »freundliches Lächeln, distanziert und sympathisch«, auch wenn sie mich nicht einmal wahrzunehmen scheint.

»Ich möchte Ihnen erneut die Glückwünsche der Wessler-Stiftung aussprechen. Sie haben eine wahrlich exotische Sicht auf die Dinge. Denken Sie daran, den Katalog zu veröffentlichen?«

Na klar, der Grund, warum sie hier ist, ist offensichtlich. Daniele ist der Ehrengast des Abends.

»Selbstverständlich, vor allem um weitere Spenden zu sammeln. Aber bitte verlangen Sie nicht von mir, dass ich die Texte schreibe. Ich bin kein Schriftsteller.« Dann dreht er sich zu mir um. »Vielleicht könnte mir Alice helfen. Ich habe sie Ihnen noch gar nicht vorgestellt, entschuldigen Sie bitte. Alice Bassi, Barbara Buchneim-Wessler Ricci Pastori, die der Stiftung vorsteht, mit der ich zusammenarbeite.«

Ich tendiere dazu, ein akutes Hirnvakuum vorzutäuschen und mir eine Tarnkappe über den Kopf zu ziehen, aber sie blickt mich direkt an. Ihre Augenbrauen ziehen sich kurz zusammen und weiten sich dann überrascht wieder.

»Ich glaube, wir haben uns bereits kennengelernt, oder?«, sagt sie und reicht mir die Hand. »Sie arbeiten mit *meinem* Verlobten zusammen, richtig?«

Täusche ich mich, oder hat sie das Wörtchen »mein« gerade besonders betont? Ich zucke nicht mit der Wimper und achte auf jede Silbe. »Ähm, ja, er arbeitet als Berater bei uns«, erkläre ich eher an Daniele gewandt, denn Barbara ist sicher darüber informiert, was ihr Verlobter so macht.

»Nicht mehr lange«, sagt sie mit katzenhaftem Lächeln. »In zwei Wochen wird er sich um das Start-up für die Umbaumaßnahmen auf meinem Anwesen in der Bretagne kümmern, aus dem ich eine Wellnessoase machen möchte. Das wird einige Zeit in Anspruch nehmen, wir rechnen mit anderthalb Jahren. Aber der Ort steckt für uns voller Erinnerungen, und es ist ein Traum, wieder dort zu sein. Nur wir zwei.«

Gut. Wo waren wir stehen geblieben? Ja genau, ich suche gerade einen Haken an der Decke für den Strick, um mich aufzuhängen. Ich versuche zu lächeln und hoffe, dass mir vor lauter Kälte nicht die Zähne zersplittern, so sehr klappern sie, doch zum Glück habe ich einen wunderbaren Mann an meiner Seite.

»Dann sollten wir uns unbedingt vorher noch zu dem Fototermin treffen, um den Sie mich gebeten haben«, sagt Daniele. »Gleich morgen?«

»Leider ist Davide morgen nicht da, er muss beruflich nach Paris«, entgegnet Barbara.

»Dann am Wochenende.«

Warum verursacht mir die Tatsache, dass Daniele ein Foto von Davide und Barbara macht, ein schicksalhaftes Gefühl? Daniele ist kein Priester, und gemeinsame Fotos bedeuten noch keine Hochzeit.

Zum Glück endet diese unangenehme Situation rasch, und als Barbara weitergeht, meint Daniele, er bräuchte ein bisschen Luft, und schlägt einen Spaziergang vor.

Mein Mailand verströmt einen Hauch von New York. Es hat aufgehört zu regnen, die Luft ist angenehm frisch, die Straßen glänzen feucht und spiegeln das Licht der Straßenlaternen wider. Unsere Schatten bewegen sich nebeneinander durch die Nacht.

»Geht es dir gut?«, fragt Daniele und legt mir seine Jacke über die Schultern, genau wie im Film.

»Ja.« Ich atme tief durch und stelle fest, dass ich die Wahrheit sage. Es geht mir wirklich gut. Danieles Gegenwart ist sehr angenehm und stabilisiert mein inneres Gleichgewicht.

»Mir kam es vor, als ob«, beginnt er und setzt sich auf eine Bank, »irgendetwas nicht in Ordnung wäre. Alice, mir ist bewusst, dass ich nicht einfach so in dein Leben platzen kann und du womöglich selbst noch nicht weißt, wo du stehst.«

Ob ich will oder nicht, Barbaras Verhalten hat mich getroffen und verletzt. Ich weiß nicht, was ich sagen soll, und zum Glück verlangt Daniele das auch nicht von mir, denn er redet weiter.

»Aber ich finde dich sehr sympathisch und würde dich gerne wiedersehen, wenn ich darf.« Dieser höchst attraktive, faszinierende Mann führt meine Hand an die Lippen. »Wenn du von deiner Reise mit Davide zurückkommst, werde ich da sein. Ich hoffe, dass du dich dann entschieden hast, was das Beste für dich ist.«

Wassermann

Mit allen anderen Sternzeichen liegt ihr im Clinch? Der Wassermann dagegen wird euch verblüffen, denn er gibt euch recht. Immer. Und lebt dann sein Leben einfach weiter wie zuvor.

Ist er ein Idiot? »Ganz offensichtlich ja«, wird er euch zustimmen. Sein Lebensmotto besteht darin, sich von der Masse abzuheben und originell zu sein, deshalb wird er stets anderer Meinung sein als ihr. Obwohl er euch recht gegeben hat. Ganz egal ob es darum geht, dass die Erde eine Scheibe oder der Saturn bewohnt ist. Denn schlimmer als etwas Falsches zu sagen ist es für ihn, sich der vorherrschenden Meinung anzuschließen.

35

Ein Löwe namens Begehren

Es ist peinlich, dass mein Unterbewusstsein so rudimentär ausgeprägt ist und nicht einmal einen vernünftigen Albtraum zustande bringt. Ich verfolge einen Mann mit Löwenkopf, aber als ich um die Ecke biege, hinter der ich ihn vermute, stoße ich nur auf einen Fischschwanz, der mich zu packen versucht. Da braucht man nicht mal Freud zu bemühen, meine Träume sind B-Movies, genau wie mein Liebesleben.

Abgesehen davon, dass es mir an Fantasie mangelt, liegt es auf der Hand, dass ich nicht ruhig schlafen kann. Daniele-der-Mann-der-wie-geschaffen-für-dich-ist versus Davide-der-Mann-der-dich-versteht. Das alles ausgerechnet vor der Reise nach Paris, dem Interview mit Professor Klauzen und, und, und. Zu allem Überfluss habe ich mich an den Computer gesetzt, um die Horoskope, alle möglichen und unmöglichen Ephemeriden und die Affinitäten zu prüfen. An Schlaf war also nicht zu denken.

Was habe ich herausgefunden? Um es mathematisch auszudrücken: Auch wenn ich die Summanden vertausche, das Resultat bleibt das gleiche. Wie ich Davides Horoskop auch drehe und wende, es funktioniert einfach nicht. Das ist der Hauptgrund für meine nächtliche Panikattacke mit

Herzrasen und Schwitzanfall und allem, was sonst noch dazugehört.

Ich starre an die Decke und frage mich, warum, warum, WARUM ich mit diesem Horoskop geboren wurde. Mit einem Horoskop, das mich dazu zwingt, mich in Männer zu verlieben, die sich nicht in mich verlieben. Verdammt. Wie kann es sein, dass ich nur einen Schritt vom Glück entfernt bin und mich trotzdem fühle, als hätte mich eine Dampfwalze überrollt?

Als ob der Albtraum nicht genug wäre, kann ich jetzt erst recht nicht mehr einschlafen. Noch nie war mein Bett so unbequem. Ich wälze mich hin und her, so sehr, dass ich mir die Nieren quetsche, den Nacken verdrehe und einen trockenen Mund bekomme. Wahrscheinlich bin ich doch eingenickt und hatte ihn nicht zu.

Tatsächlich wache ich irgendwann von meinem eigenen Schnarchen auf, um sogleich in den nächsten Albtraum zu fallen, der perfekt zu meinem Karma passt.

Denn ich liege gar nicht in meinem Bett. Ich liege auch nicht in dem von Daniele, was durchaus hätte interessant sein können.

Nein, während ich die letzten Stunden Revue passieren lasse (der Wecker klingelt, Giorgio blockiert eine halbe Stunde das Bad, ich sprinte mit dem Trolley in Richtung U-Bahn), wird mir klar, dass ich im Zug sitze. Dass ich eingeschlafen bin und mir dermaßen die Glieder verrenkt habe, wie es selbst ein chinesischer Schlangenmensch nicht besser gekonnt hätte. Dass ich wahrscheinlich aus vollem Hals geschnarcht habe. Dass mein Kopf an Davides Schulter ruht. Dass mein Arm quer über seinem Körper liegt, die Hand auf seinem Oberschenkel.

Ich will sterben. Hier. Sofort. Gnade.

»Gut geschlafen?«

Ich rappele mich auf und versuche die Fassung wiederzuerlangen, dabei murmele ich etwas. Eine Entschuldigung ist es nicht, dazu bin ich noch zu aufgebracht. »Wie lange noch?«

»Keine Stunde mehr«, antwortet er. »Ich blättere gerade die Biografie von Klauzen durch.« Ich danke dem Himmel für Davides Saturn in der Jungfrau, der ihn in Sachen Detailgenauigkeit fast zum Autisten werden lässt. Das erspart mir, ihm erklären zu müssen, warum ich sauer auf ihn bin. »Er ist im Moment in aller Munde und wird in Italien demnächst eine Privatklinik eröffnen, in der man nach seiner Methode Kinder bekommen kann.«

Die Klauzen-Methode zur Geburtenplanung. Eine Sache für Reiche, natürlich, dank seiner Berechnungen können Eltern ihren Kindern ein nahezu perfektes Leben garantieren, unter der bestmöglichen Konstellation der Sterne.

»Klauzen«, wiederhole ich und betrachte mein Spiegelbild in der Fensterscheibe. Meine Haare sind zerzaust und stehen in alle Richtungen ab. »Wir haben Glück, er gibt nicht viele Interviews.« Ich studiere das Foto des Professors und überfliege seine mit Ehrungen gespickte Vita.

Natürlich weiß ich längst, dass er Steinbock Aszendent Skorpion ist und den Mond im Wassermann hat. Ich blättere meine Aufzeichnungen durch und hätte am liebsten »Logisch, Watson« gesagt. Sein Geburtshoroskop zeigt einen Mann mit unerschöpflicher Willenskraft und einer Energie wie ein Kraftwerk. Wie sonst sollte er zu einem Privatjet, einem Penthouse in Manhattan, einer Residenz in Monaco und einer Villa in der Bretagne kommen, wo er sich vom Stress erholen und Golf spielen kann?

In der Bretagne.

»Er ist ein Freund von Barbara, oder?«, frage ich kleinlaut.

Davide starrt auf die Papiere vor sich. »Er war gut mit ihrem Mann befreundet. Sie sind zusammen auf die Jagd gegangen.«

Ich weiß nicht, warum, aber einen Moment lang stelle ich mir die beiden Männer in Jagdkleidung vor, mit dem Fuß auf dem Kopf irgendeines armen Tieres, während Barbara ätherisch und taufrisch bei fünfzig Grad im Schatten Tee aufbrüht, ohne dass auch nur eine einzige ihrer blonden Locken verrutscht.

»Aha! Sie hat ihre Finger also überall drin und zieht die Fäden«, sage ich.

»Ich bin nicht ihr Hampelmann, falls du das damit andeuten möchtest.« Davide funkelt mich finster an, aber da läutet sein Handy, und er springt auf, stolpert erst über seine Füße, dann über meine, als er raus auf den Gang flüchten will.

»Halt, warte!« Ich stehe ebenfalls auf.

Der Klingelton gibt keine Ruhe, die Musik wird immer schneller, fast wütend, während Davide und ich zwischen den Sitzen und dem Tisch eingeklemmt sind, die Körper eng aneinandergepresst, Herz an Herz, und die Augen … Vorsicht bei diesem magnetischen Blick. Vorsicht auch bei der Anziehungskraft, die die Venus-Pluto-Konjunktion auf uns ausübt.

Ich bin wütend. Ich bin wütend. Ich bin wütend. Ich bin erregt. Ich bin …

Oh, verdammt!

Ich krieche in Richtung Gang und stütze mich dabei mit den Händen an der Lehne des gegenüberliegenden Sitzes ab. Der junge Mann, der dort sitzt, blickt fragend von seinem Tablet auf.

»Äh, du kennst doch bestimmt Twister?«, sage ich, während ich ein Bein befreie. »Wir langweilen uns.«

Er hebt die Augenbrauen, sagt aber nichts und wendet sich wieder seinem Spiel zu.

Nett. Sicher Skorpion.

Davide ist unterdessen ans Telefon gegangen. »Ciao, Barbara. Ja, wir sind noch im Zug.«

Dieser Name verursacht bei mir sofort Sodbrennen. Wie ein Mantra wiederhole ich, dass Daniele der Mann meines Lebens sein könnte, dass es keinen Sinn hat, auf jemanden wie Davide zu setzen, es sei denn, ich gebe mich bewusst der Selbstzerstörung preis.

Er entfernt sich ein Stück. Mein Gott, allein sein Anblick raubt mir den Atem. Gibt es denn keine Gerechtigkeit auf dieser Welt?

»Entschuldigen Sie, darf ich mal?«

Ich lasse die Frau vorbei und setze mich wieder, wobei ich schnell mein Handy checke. Eine Nachricht von Daniele, wie nett!

Glaubt Davide etwa, er wäre der einzige Mann auf dieser Erde? Nein, mein Guter, ich habe massenweise Verehrer, und du könntest einer von diesen Glücklichen sein. Natürlich bist du verdammt attraktiv, und unter deinem Blick schmelze ich schneller dahin als Butter in der Sonne, aber …

»Tee, Kaffee, Sex oder ein Snack gefällig?«

Neben mir steht der Typ mit der Minibar. Er hat mir gerade Sex angeboten. Ich werde rot bis an die Haarwurzeln.

»Bitte?«, stammele ich.

»Tee, Kaffee, Sekt oder einen Snack?«, wiederholt er freundlich.

Moment mal, er hat eben klar und deutlich Sex gesagt. Ich habe mich ganz bestimmt nicht verhört.

Das kann nicht alles an der Venus-Pluto-Konjunktion liegen.

Davide sieht mich an. Das auch noch.

»Sex«, höre ich die Stimme aus dem Hintergrund.

Ich drehe mich um, doch niemand beachtet mich, alle sind beschäftigt.

Ich stehe auf und gehe zum anderen Wagenende, wo ich mein Smartphone herausziehe und versuche mich abzulenken. Mitten im Scrollen halte ich inne. Was, wenn ich wie in *Shining* zwanghaft und immer wieder *Sex am Morgen vertreibt Kummer und Sorgen* schreiben würde? Ich frage mich, welcher Trigon, welches Quadrat oder was weiß ich welche Konstellation diese Hormonschübe in mir auslöst.

Oder hat es etwa doch einen Grund? Ich starre Davide an.

Atmen, Alice. Pumpe Sauerstoff in deine Neuronen. Allerdings ist der Kampf Hormone gegen Neuronen ein ungleicher.

Das ist genau das, was ich vermeiden wollte, exakt davor hatte ich Angst. Ich wollte nicht drei Tage mit ihm alleine sein. Ich kenne mich, ich weiß, dass ich in seiner Gegenwart so selbstbestimmt bin wie eine Wachskerze.

»Alles in Ordnung?«

»Klar.« Ich bemühe mich gelassen zu wirken.

(SEX.) Ruhe, du teuflisches Neuron.

Davide ist ebenfalls angespannt. Seine Oberlippe wirkt härter und verkrampfter als sonst. »Du bist müde«, sagt er leise, »deine Augen sind geschwollen.«

Erschreckt halte ich mir die Hände vors Gesicht. (SEX?) Na toll! Wollen wir auch noch über meine Falten sprechen oder kann das warten? »Ich habe wenig geschlafen«, sage ich und bahne mir den Weg zu meinem Platz zurück, um vielleicht noch eine andere Yogaposition zu finden, um (SEX!) schlafen zu können. SCHLAFEN.

»Vielleicht hättest du gestern Abend besser nicht ausgehen sollen«, meint er knapp.

Ich fahre herum.

»Immerhin ist der Zug schon um sechs losgefahren, und die Reise ist lang.«

Also hat Lady B. ihm erzählt, dass sie mich auf der Ausstellung getroffen hat. Mit Daniele.

Sehr gut!

»Ich denke, ich kann sehr gut alleine entscheiden, was für mich zumutbar ist. In letzter Zeit verlasse ich mich da ganz auf meine Intuition, und das bekommt mir ausgezeichnet.«

»Tatsächlich? Für so clever hältst du dich?«

Ich kann nicht glauben, dass er mir gegenüber so arrogant ist. Auf der anderen Seite, was kann ich schon von einem Mann erwarten, der den Merkur im Löwen hat?

»Sicher, wenn mein Gegenüber aufrichtig ist und klar und ohne Umschweife sagt, was es will«, antworte ich und denke dabei zuerst an Daniele und seine unmissverständlich geäußerten Absichten und dann an ihn, Mister Kompliziert, der auf die Frage »Bist du allein?« mit »Ich habe einen Hund« antwortet und erst sehr viel später hinzufügt, dass er außer dem Hund auch eine Freundin hat, die noch dazu Grace Kelly ziemlich ähnlich ist.

»Ist es nicht eher so, dass da jemand die Leerstellen so füllt, wie er oder sie es möchte?«

Natürlich, denke ich. Neptun im Schützen: Schon dreht er das Gespräch so, dass ich schuld bin.

Dann kommt sein Sonne-Mond-Trigon zum Vorschein, und sein Verhalten ändert sich. Er nimmt meine Hand, und in seinen Augen lese ich eine tiefe Melancholie. »Alice …«

Verdammt.

»Ich mache mir Sorgen um dich. Wir müssen unbedingt reden.« Er beißt sich auf die Lippe und flüstert dann: »Ich verstehe nicht, was dich antreibt. Gestern warst du auf dieser Ausstellung, außerdem lebst du mit diesem Mann zusammen. Ich meine, wenn du das alles nur machst, um mich zu bestrafen, dann solltest du wissen, dass du dir damit am meisten selbst schadest.«

»Was?« Nur keine Panik. »Ich fasse es nicht! Dass du es auch nur wagst, dieses Thema anzuschneiden. Kein Wunder, der löwentypische Egozentrismus mit dem Merkur im Löwen.«

»Sprichst du von meinem Horoskop?«

»Ich spreche von deinem qualifizierten Geburtshoroskop, hast du nach zwölf Sendungen den Unterschied etwa immer noch nicht begriffen?«

»Elf. Über die letzte müssen wir noch sprechen.«

Stimmt. Das Finale fehlt noch.

»Wie dem auch sei, der Mann ist nicht gut für dich.«

»Wenn ich deine Hilfe brauche, um zu entscheiden, mit welchem Mann ich ins Bett gehe, dann rufe ich dich an, ja?« Ich muss noch Fieber haben. Ich wünsche mir, noch Fieber zu haben, denn eine rationale Erklärung für das, was ich da gerade gesagt habe, gibt es nicht.

»Also gehst du mit ihm ins Bett?«

Ich beiße mir auf die Zunge. »Was geht dich das an? Du gehst doch auch mit Barbara ins Bett, und das wiederum geht mich nichts an.«

»Ich meine doch nur rein technisch gesehen.«

Der Moment ist gekommen, in dem ich mich in Glen Close in *Eine verhängnisvolle Affäre* verwandele und ihm etwas Spitzes ins Herz ramme. Mein Einwand war keine Frage. Warum sollte es mich interessieren, ob er und Barbara Sex haben? Noch dazu, weil er mit mir keinen haben will. Und was soll überhaupt dieses *technisch gesehen* heißen, verflixt noch mal? Technisch gesehen ja? Oder technisch gesehen nein? Technisch gesehen macht mich dieser Mann wahnsinnig.

Ich will immer noch an ihm vorbei, aber er streckt die Hand nach mir aus. Der Zug ruckelt, und statt auf meinem Arm landet seine Hand auf meiner Hüfte.

»Alice, warte.«

Instinktiv ist sein Arm auf meinen Rücken geglitten, und wir bleiben einen Moment so stehen, ohne etwas zu sagen. Unsere Blicke sprechen Bände.

»Entschuldigung, wollen vielleicht wir drei …?«

Wir zucken zusammen und erstarren. Wie in einem Spiegel sehe ich Davide rot werden, dann dreht er sich zu dem Mann neben uns um.

Der Fahrgast lächelt. »Entschuldigen Sie, dürfte ich vielleicht mal vorbei«, wiederholt er freundlich.

Wir lösen uns voneinander, um ihn passieren zu lassen. Just in diesem Moment wird mir klar: Das wird hart. Diese drei Tage zu überstehen wird sogar richtig hart.

36

Kein Sex, wir sind Waagen

Es mag ja sein, dass Paris eine Reise wert ist, aber die ersten Stunden in der französischen Metropole kann ich kein bisschen genießen, denn das Bewusstsein, in dieser magischen Stadt der Liebe zu sein, nagt an mir. Im Taxi sitzen wir so weit wie möglich auseinander und tun so, als kennen wir uns gar nicht.

Ich wäre gerne erst im Hotel vorbeigefahren, um mich frisch zu machen, aber Klauzen, ganz Jungfrau im zehnten Haus, hat einen extrem engen Terminplan, weshalb er uns auch nach sieben Stunden Zugfahrt unbedingt schon zum Mittagessen treffen will. Pünktlich.

Das gilt anscheinend jedoch nur für uns. Er lässt uns nämlich eine Dreiviertelstunde warten, während der ich abwechselnd Davide und das Baguette in der Tischmitte ansehe. Ich weiß nicht, wen oder was ich zuerst verspeisen soll.

Ins Körbchen, Alice, und nachsprechen: »Fort mit dem Löwen, her mit den Fischen.« Aber einen Menschen aus seinem Herzen zu streichen ist nicht so einfach, wie eine Tür zu öffnen und ihn zum Gehen aufzufordern.

»Ich nehme an, Giorgio hat bei dir zu Hause jetzt freie Bahn«, stichelt Davide gerade, da rauscht Klauzen mitsamt seinem Gefolge herein.

Ich will gerade erwidern, dass ihn das nichts angeht, als der gottgleiche Großmeister aller Gynäkologen ihm dazwischenfunkt und mich aus kalten grauen Augen anfunkelt.

»Verschwenden wir keine Zeit. Erstens, das Interview wird morgen früh um zehn im Salon meines Penthouses stattfinden. Das Licht dort ist perfekt. Zweitens, ich gewähre Ihnen eine Stunde, da das Ganze im Fernsehen ohnehin auf drei Minuten eingedampft wird. Drittens, ich lasse vier Fragen zu. Sie stehen auf dem Skript, das Ihnen meine Assistentin aushändigen wird.« Willfährig und ohne Regung reicht mir eine platinblonde Dame einen dicken Umschlag, als wäre sie ein Roboter. »Darin finden Sie auch Filmmaterial, das Sie in den Beitrag integrieren können. Aber bitte nicht mehr als sechzig Sekunden. Sie wird Ihnen erklären, wie Sie das Material nach dem Interview nützen können.« Am Ende seiner Anweisungen reckt sich Klauzen, und ich erwarte, dass er jeden Moment die Hacken zusammenschlägt und den Arm hebt. »Das war's. Sie können gehen.« Er zieht den Stuhl zurück, um sich an den Tisch zu setzen.

Davide erhebt sich und gibt mir ein Zeichen, es ihm gleichzutun. Während wir auf den Ausgang zustreben, drehe ich mich noch mal um und sehe Doktor One-and-Only den Kellner rufen, während die Assistentin noch immer hinter ihm steht.

»Viertens«, zische ich mit zusammengebissenen Zähnen Davide zu, »würde ich mich eher Edward mit den Scherenhänden als Gynäkologen anvertrauen als ihm.«

Draußen winkt er ein Taxi heran. »Was machen wir jetzt? Gehen wir etwas essen oder willst du zuerst ins Hotel?«

Mir wird klar, dass wir gerade mal zwei Uhr mittags haben

und ein endloses Meer von Zeit vor uns liegt, bis morgen das Interview ansteht. Davide und ich, allein.

»Ich möchte lieber ins Hotel«, sage ich entschlossen, »aber du kannst gerne essen gehen.«

Er runzelt die Stirn. »Nein, wir fahren erst ins Hotel. Dann essen wir eben später.«

Ich beiße mir auf die Lippe und drehe mich zur Seite, während das Taxi vor uns anhält. Davide kommt mir zuvor und öffnet mir die Tür, wobei er mich schüchtern anlächelt. Ich steige ein und versuche mir klar zu werden, was ich wirklich empfinde. Ein Doppelzeichen zu sein hilft absolut nicht weiter, sage ich mir. Auf der einen Seite spüre ich ein Kribbeln, mit ihm in Paris zu sein, während mir die Situation auf der anderen Seite höllische Angst macht.

Du gehst ein großes Risiko ein, Alice, versuche ich mich selbst vorzuwarnen. Ihr seid nicht in den Flitterwochen, egal was deine Venus in der Waage dir einflüstert. Ihr seid auch nicht *Die Liebenden* von Peynet. Bevor du hier deine üblichen Luftschlösser baust, räum erst mal die Steine aus dem Weg.

Ich werfe Davide einen Seitenblick zu. Schön, schön, schön, zum Anbeißen schön. Ich seufze.

Aber nein. Weder der erste noch der letzte Tango.

Mein Überlebensinstinkt oder, besser gesagt, mein Sextil zwischen Saturn und Aszendent sagt mir, dass ich ihm dringend aus dem Weg gehen sollte, wenn ich Probleme vermeiden will. Entschlossen ziehe ich den Stadtführer aus der Tasche, den ich im letzten Moment ohne große Hoffnung auf Zeit zum Sightseeing noch eingesteckt habe. In dieser Hinsicht bin ich gut organisiert.

Der Eiffelturm könnte eine Lösung sein. Paris von oben zu betrachten, und zwar alleine, wird mir den Sinn für die

Unendlichkeit und die Kontrolle zurückgeben, da bin ich sicher.

Ich mache ein Eselsohr in die Seite und klappe den Guide wieder zu, mein Magen heult wie ein hungriger Wolf. Verdammter Klauzen und das Baguette, das ich aus lauter Anstand nicht angerührt habe.

»Es gibt da ein nettes Bistro, in das wir gehen können, wenn wir die Koffer aufs Zimmer gebracht haben, falls du Lust hast.«

Ich, hin- und hergerissen zwischen Angst und Hunger, kann nicht anders, als ihn entgeistert anzustarren.

Aufs Zimmer? Moment mal, Alice, das ist sicher bloß wieder einer dieser Streiche deines Neptun-Pluto-Aspekts. Damit meint er nicht, dass ihr zusammen ein Zimmer habt. Blödsinn. Warum lässt mich nur diese fixe Idee nicht los? Verdammt, kaum sehe ich ihn, denke ich an Sex.

Ich bin eine kühle und beherrschte Frau. Ich bin eine kühle und beherrschte Frau, sage ich mir und antworte dann: »Oh, ich dachte, ich schaue mir ein bisschen die Stadt an. Ich wollte eigentlich nicht essen gehen.«

Sehr gut. Soll er ruhig machen, was er will, wir sind ja keine siamesischen Zwillinge.

Als das Taxi vor dem Hotel hält, bekomme ich Herzrasen. Was, wenn wir wirklich nur ein Zimmer haben?

An der Rezeption klopft mir das Herz bis zum Hals, und die Räder des Trolleys verhaken sich im Teppich, passend zu meinem verknoteten Magen.

»Achtung!« Davide hält mich fest, bevor ich wie eine *pomme de terre* zu Boden plumpse, und schiebt mich die letzten Meter nach vorne, die Hand fürsorglich auf meiner Hüfte, als ob ich aus Glas oder eine alte Frau mit Osteoporose wäre.

»Bonjour Mademoiselle, wir haben zwei Einzelzimmer auf Rechnung des Senders Mi-A-Mi reserviert«, sagt Davide in perfektem Französisch und legt seinen Ausweis auf die Theke.

Die junge Frau tippt rasch etwas in ihren Computer. *»Oui, monsieur«,* sagt sie erst, fügt dann jedoch noch etwas hinzu.

Trotz meines schlechten Französischs klingt das für mich nach: *Tut mir leid, aber wir haben ein kleines Problem mit Ihren beiden Zimmern.*

Verdammte Hacke, ich wusste es! Es gibt eine ganze Reihe von romantischen Komödien zu diesem Thema: Ein Versehen bei der Buchung, eine Verwechslung wegen der Sprache, ein Notfall, ein Computervirus, ein Kometenregen, der alle Kommunikationssysteme durcheinanderbringt.

Ich frage mich, wohin all das Blut fließt, das mir gerade aus dem Körper entweicht.

Während Davide wissen will, wie sich besagtes Problem konkret darstellt, gehe ich in Gedanken folgende Punkte durch:

E. Ich bin enthaart.

F. Meine Unterwäsche ist nicht gerade supersexy, aber auch nicht der letzte Ramsch.

G. Mein Schlafanzug hat ein Pinguinmuster. Mist!

So mache ich weiter, fast bis zum Z, denn ich will ja nicht, dass zwischen Davide und mir etwas passiert. Weil ich Prinzipien habe. Weil ich gerade einen anderen Mann kennengelernt habe, einen, der viel unkomplizierter und zuvorkommender ist als er. Weil … Oh Mann, hoffentlich verkaufen die hier in Paris Keuschheitsgürtel.

Die Rezeptionistin hört gar nicht mehr auf zu reden, doch da mein Französisch etwa bei *Oui, je suis Catherine Deneuve* endet, verstehe ich nicht, worum es geht. Zu meiner Erleichterung legt sie jedoch zwei Schlüssel auf den Tresen.

»Pas de problème«, antwortet Davide.

»Was ist kein Problem?«, frage ich knapp und hätte fast noch ein gelangweiltes Gähnen nachgeschoben, um zu demonstrieren, dass mich das alles gar nicht interessiert. Dabei tanzt in mir John Travolta gerade Saturday Night Fever.

»Sie haben keine zwei freien Zimmer mehr auf demselben Stockwerk, deshalb ist deins im fünften und meins im dritten. Aber das ist kein Problem, oder?«

Mein innerer John Travolta hört auf zu tanzen, die grellen Neonleuchten schalten sich ein, und er fegt hastig das Konfetti zusammen. »Überhaupt keins.«

Ich flüchte mich in mein Zimmer und schlage die Tür hinter mir zu. Dem Träumer von meinem Neptun im Schützen werde ich es zeigen, beschließe ich enttäuscht und versuche zum x-ten Mal, jeden noch so vagen Gedanken daran zu vertreiben, dass es zwischen mir und Davide noch etwas außerhalb der Arbeit geben könnte, vor allem sämtliche Gedanken, in denen ein Bett vorkommt.

Erst will ich kalt duschen, aber im Bad stehe ich überrascht vor einer wunderbaren Doppel-Massage-Badewanne. Perfekt für ein romantisches Tête-à-Tête.

Sofort schlage ich die Tür wieder zu. Besser nicht. Oder … Mir kommt da eine Idee.

Im Aufzug hat Davide gefragt: »Eine halbe Stunde?«

Ich habe nicht darauf geantwortet, aber …

Rasch gehe ich aufs Klo, schaue in meine Tasche, ob ich auch alles dabeihabe, greife nach dem Schlüssel und verlasse das Zimmer. Wenn ich jetzt sofort losgehe, dann ist er noch beim Auspacken, und ich kann ungestört durch die Straßen von Paris schlendern.

Eigentlich schade.

Ja, aber anders geht's nicht, denke ich und drücke entschlossen den Erdgeschoss-Knopf im Aufzug.

Wenn ich erst in der Metro sitze und in Sicherheit bin, werde ich ihm eine SMS schicken, auch wenn ich nicht so recht weiß, was er damit anfangen soll. Egal, es wird mein schlechtes Gewissen beruhigen.

Ohne Zwischenstopp werfe ich die Schlüssel auf den Tresen der Rezeption und sprinte auf die Drehtür zu wie eine Hundertmeterläuferin beim Endspurt.

»Du bist schon fertig, wunderbar.« Davide legt die Zeitung beiseite, steht auf und kommt auf mich zu. »Worauf hast du Lust?«

»Ehrlich gesagt …« Jetzt fällt mir nichts mehr ein. »Ich möchte gern allein sein«, stammele ich und vermeide seinen Blick. Ich bin sicher, er wird mich verstehen. Er muss.

»He, du musst etwas essen, wenigstens eine Kleinigkeit. Hier gleich um die Ecke ist ein Crêpestand. Ich liebe *galettes* und salzige Crêpes, aber ich hasse es, alleine zu essen.«

Ich zwinkere mehrmals und versuche immer noch, ihn dabei nicht anzusehen, damit er mich nicht in Gelatine verwandelt. »Na gut«, gebe ich nach.

Wir müssen ja nur zusammen essen. Ein bescheidener Preis für die Freiheit, die ich danach genießen werde.

Erst nachdem wir unsere *galettes* bestellt und uns auf die Plastikstühle gesetzt haben, fällt mir auf, wie hungrig ich bin. Seit heute Morgen um fünf habe ich bloß einen Kaffee intus, da ist es nur verständlich, dass ich am liebsten ins Tischbein gebissen hätte.

Die erste *galette* verschlingen wir schweigend. Bei der zweiten geben wir leise Seufzer der Erleichterung von uns.

Bei der dritten sagt er: »Du bist nicht gerade billig in der Haltung. Hunger, was?«

Mir bleibt der letzte Bissen im Hals stecken, ich spüle ihn mit einem Schluck Cola hinunter. »Na hör mal, du hast genauso viel gegessen wie ich.«

»Ich bin ja auch ein Mann.«

»Na und?«

»Sollten Frauen nicht essen wie Vögelchen?«

»Ich habe mal gelesen, dass Vögel das Achtfache ihres Körpergewichts zu sich nehmen.«

»Klugscheißerin.«

»Macho.«

Wir müssen uns beide auf die Lippe beißen, um nicht laut loszulachen. Er will meine Reaktion testen und wartet ab, doch den Gefallen werde ich ihm nicht tun. Außerdem könnte es sein, dass ich Rucola zwischen den Zähnen habe. Die Lachfältchen, die seinen strengen Gesichtsausdruck Lügen strafen, gewinnen am Ende die Oberhand. Ich kann mich nicht länger zurückhalten und pruste los.

»Das ist die Pariser Luft«, sagt er amüsiert. »Hier ist alles irgendwie magisch, findest du nicht?«

»Gefällt dir Paris?«

»Ich habe einige Jahre hier gelebt.«

»In Paris auch?« Ich blicke mich um. Seltsamerweise haben diese wenigen Worte von Davide genügt, um meine Sicht auf die Dinge zu verändern. Ich frage mich, wie man in einer fremden Stadt lebt, sich an die neue Sprache gewöhnt, in den ungewohnten Alltag eintaucht, jeden Tag aufs Neue.

Aber er hat Jupiter im neunten Haus, deshalb ist sein Weltbürgertum von den Sternen vorbestimmt.

Als ich das sage, zuckt Davide wieder mit den Schultern und erzählt mir, dass er für den Master an der Sorbonne war, sofort nach dem Studium. »Das ist schon lange her, und es hat mich beeindruckt, die Stadt so verändert zu sehen. Ein bisschen wie alte Schulfreunde, die man noch immer so in Erinnerung hat wie auf den Grundschulfotos. Irgendwann triffst du sie wieder, und dir wird klar, dass sie erwachsen geworden sind, genau wie du selbst, auch wenn du das damals nicht für möglich gehalten hast.«

O Gott, wie klein und dumm ich doch bin! Er hat die Welt bereist, und ich habe mich noch nicht mal aus dem Viertel wegbewegt, in dem ich geboren bin. Außer im Urlaub. Ich habe immer gedacht, dass Barbara und er nicht zusammenpassen, sie als eine von diesen eleganten Frauen, die einem Roman von F. S. Fitzgerald entstiegen sein könnten, verwöhnt und empfindlich wie Porzellan. Je besser ich Davide kennenlerne, desto mehr stelle ich fest, was für eine komplexe Persönlichkeit er ist. Jede Nuance macht ihn attraktiver, aber auch gefährlicher.

»Ich ziehe dann mal los«, sage ich unvermittelt und tue so, als würde ich auf die Uhr schauen. »Da du Paris ja schon so gut kennst, möchte ich dir kein Sightseeing zumuten.« Ich nehme meine Geldbörse aus der Tasche und lege sie auf den Tisch.

Davide legt seine Hand auf meine. »Lass nur, das übernehme ich.«

»Ich kann das als Spesen abrechnen«, erwidere ich entschlossen und greife nach der Rechnung.

Seine Hand umschließt mein Handgelenk. »Du bist immer noch sauer.«

Das war keine Frage, jetzt muss ich ihn ansehen. Ich darf seinem Merkur im Löwen nicht vertrauen, der sogar Eis an Eskimos verkaufen könnte. »Wir sind zum Arbeiten hier, Davide.«

Er seufzt. »Sind wir nicht mal mehr Freunde?«

Ich spüre Wut in mir aufsteigen. »Waren wir das je?«, antworte ich mit einer Gegenfrage. Dann schüttele ich den Kopf, als ich seinen verletzten Gesichtsausdruck bemerke. »Ich versuche nur mein Leben zu leben, Davide.«

»Und darin soll ich keinen Platz haben.«

Ein letzter Blick, dann löst er seinen Griff. Ich presse die Lippen zusammen, als sollte ich den folgenden Satz lieber herunterschlucken, aber dann sage ich: »Ja. Darin sollst du keinen Platz haben.«

37

Du wirst den Löwen deiner Träume treffen

Paris ist völlig überbewertet. Andererseits heißt es immer, Mailand sei hässlich. Mag sein, aber wenigstens regt einen Mailand nicht auf. Mailand ist monoton, Mailand ist chaotisch, stimmt. Mailand zieht einfach an einem vorbei. Mailand ist grau und verursacht keine Herzschmerzen.

Paris ist so, als ob man mit nackten Füßen über Glassplitter gehen würde. Bei jedem Blick bohrt sich eine Scherbe tiefer ins Fleisch. Die pittoresken Bistros. Die Alleen. Die malerischen Ecken, an denen sich mindestens ein Pärchen küsst oder ein Foto macht. In den Reiseführern sollte stehen, dass man mit gebrochenem Herzen besser nicht nach Paris kommen sollte. Zutritt nur für glückliche Paare.

Paris, bleib mir vom Leib.

Ich mache mich auf den Weg, fest entschlossen, bis zum Eiffelturm weder nach links noch nach rechts zu schauen. Ich muss dorthin. Oder etwa doch nicht? Ich weiß es nicht mehr, dennoch gehe ich weiter. Was soll ich auch sonst tun? Mich geschlagen geben? Mich im dunklen Hotelzimmer einschließen und mich betrinken, als ob es kein Morgen gäbe? Nein, das würde mich nur noch trauriger machen, als ich es ohnehin schon bin. Übrigens, wie hoch ist der Eiffelturm noch mal?

Mein Handy klingelt. »An wen oder was auch immer du denkst, hör auf damit. Und vergiss nicht, mir ein Geschenk zu kaufen. Falls du zufällig gerade auf den Champs-Élysées bist, böte sich ein Tuch von Hermès an.«

»Ich bin nicht auf den Champs-Élysées.«

»Wie schade.«

»Nicht für meine Kreditkarte. Was gibt's, Tio?«

»Dein Horoskop für heute ist ein einziges Desaster.«

»Nicht nur das Horoskop.«

»Eben.«

Wie immer bringt mich Tio zum Lachen. Er meint, ich sei astrologisch gesehen etwas angespannt in diesen Tagen. *Etwas angespannt,* das ist in etwa so, als würden die Pariser die Tage der Französischen Revolution als »leicht kritisch« bezeichnen. Von zehn Übergängen sind sieben negativ. Das ist fast ein Rekord. Mein Geburtsmond muss die Angriffe von Sonne, Mars und Neptun abwehren, was mir unvergessliche Momente von Überempfindlichkeit, Depression, fehlender Objektivität und Launenhaftigkeit beschert. Dabei bekomme ich nicht mal meine Tage.

Auch die verfluchte Venus macht Ärger mit Jupiter, Saturn und Pluto. Man sollte doch erwarten, dass man wenigstens von dem Zeichen unterstützt wird, unter dem man geboren ist. Von wegen!

»Also, Vorsicht beim Shoppen und keine unüberlegten Ausgaben«, meint Tio.

»Ausgenommen das Tuch von Hermès.«

»Genau.« Er zögert.

»Es wird schwer, aber du solltest dich auf die Arbeit konzentrieren und nicht versuchen, deine schlechte Laune mit Crêpes zu vertreiben.«

»Woher weißt du von den Crêpes?«, frage ich und blicke mich um, als ob er jeden Moment hinter einem Souvenirladen hervorkommen könnte. Wie Rupert Everett in *Die Hochzeit meines besten Freundes.*

»Jupiter«, sagt Tio lakonisch.

»Der mag Crêpes? Beim Jupiter!«

»So ähnlich.«

»Tio …«

Ich höre ihn am anderen Ende der Leitung seufzen, als ob es jetzt wirklich ernst würde. »Alice.«

»Ich schaffe das alles nicht. Paris, Davide. Das ist zu viel, findest du nicht auch? Warum sind die Sterne so grausam? Warum lassen sie mich nicht in Ruhe und gönnen mir eine kleine Romanze, ganz klassisch, ohne Erschütterungen, wenigstens für kurze Zeit? Ich bin müde.« Beim Reden lasse ich mich auf eine der wunderschönen Bänke aus Schmiedeeisen sinken, die es nur in Paris gibt und die in Mailand längst dem Vandalismus zum Opfer gefallen wären, weshalb sie dort diese hässlichen grünen Plastikdinger aufgestellt haben, die an einen Lattenrost erinnern.

»Weil das eine Phase ist, um sich Veränderungen zu öffnen, mein Schatz«, sagt Tio. »Eine Phase, auf das zu verzichten, was man unbedingt haben will. Du hast aber auch einen positiven Übergang zwischen Merkur und Uranus, der für Bewusstwerdung und Anpassung an neue Situationen steht. Du bist Waage und da fällt es schwer, denn deine Luftschlösser sind aus Stahl, aber du musst sie loslassen. Das ist die Botschaft, die dir die Sterne gerade vermitteln wollen. Nicht gegen Windmühlen anzukämpfen, sondern einfach … sein.«

Das ertrage ich nicht. Mir steigen die Tränen in die Augen, und das in aller Öffentlichkeit in einem fremden Land.

Und ich bin ganz allein. Ich weiß noch nicht mal, wie man auf Französisch nach einem Taschentuch fragt. »Ciao, Tio«, verabschiede ich mich mit einem Klumpen im Hals, der etwa so groß ist wie ein Truthahn.

»Alice, warte!«

Ich will nichts mehr hören und lege abrupt auf, ehe ich die Knie an die Brust ziehe und das Kinn darauflege, wie ich es als Kind getan habe.

Vor mir schlendert ein eng umschlungenes Pärchen vorbei. Wenn ich Benzin und ein Feuerzeug dabeihätte, würde ich sie am liebsten abfackeln. Auf der Bank neben mir schmusen zwei Jugendliche in aller Öffentlichkeit, anstatt am Schreibtisch ihre Hausaufgaben zu machen. Ich hoffe, beide fliegen von der Schule.

Dann bemerke ich eine junge Frau, die alleine an einem Tisch sitzt und irgendwie verloren wirkt. Geht es ihr wie mir? Nur einen Moment später hellt sich ihr Französinnengesicht zu einem Französinnenlächeln auf, und ein gutaussehender Mann kommt auf sie zu, der sie in den Arm nimmt und küsst, wie auf diesem berühmten Schwarz-Weiß-Foto.

Wenn ich so darüber nachdenke, ist das Betrinken mit dem Inhalt der Minibar gar keine so schlechte Idee. Paris, Eiffelturm, French Kiss – das ist mir alles so was von egal. Ich werfe den Reiseführer in den Müll. Zum Teufel mit dieser romantischen Stadt und ihren Sehenswürdigkeiten. Zum Teufel mit allen Horoskopen und dem, was mir vorbestimmt ist.

Ich biege in enge Seitengassen ein, steige Treppen hoch und runter, entdecke große und kleine Plätze mit mehr oder weniger Menschen. Absichtlich orientiere ich mich nicht an den Straßennamen. Ich will mich an gar nichts orientieren.

Ich will, dass mich die Stadt der Liebe einsaugt und mir zeigt, wer sie ist, wenn sie den Mut dazu hat.

Ich will mich auflösen und wiedergeboren werden. Vielleicht als Französin, mit Stupsnase, schmalen Hüften und einem Baguette unter dem Arm.

Nachdem ich die x-te Treppe hochgestiegen bin, habe ich das Gefühl, dass es mir besser geht. Trotz meiner Erschöpfung. Paris legt sich unendlich schwer auf meine Schultern, der fehlende Schlaf macht sich bemerkbar, ebenso die lange Reise und mein geschundenes Herz, von dem ich noch nicht weiß, in wie viele Teile es zersprungen ist.

Trotzdem, Paris ist wunderschön. Nicht aufgepeppt wie auf den Postkarten. Ich lerne die ehrliche, zerkratzte und dennoch liebenswerte Seele der Stadt kennen, fernab der kitschig bunten Bilder des Moulin Rouge.

Allerdings habe ich nicht die geringste Vorstellung davon, wo ich bin. Obwohl ich mich wenigstens halbwegs mit der Stadt angefreundet habe, taucht unter meiner Achsel kein Baguette auf, was bedeutet, ich bin auch keine Französin geworden. Ergo habe ich nicht nur immer noch eine Kartoffelnase, auch das hiesige Idiom hört sich für mich nach wie vor wie ein unverständlicher Singsang an. Da ich mit dem Reiseführer auch den Stadtplan weggeworfen habe, muss ich mir wohl oder übel einen neuen kaufen.

»Bravo, Alice«, mache ich mir Mut, gehe in eine Buchhandlung, greife mir einen Stadtplan und muss an der Kasse feststellen, dass mein Geldbeutel nicht in der Tasche ist.

Panik.

Die am Boden liegenden Scherben meines Herzens fügen sich mühsam wieder zusammen, und es beginnt bis zum Hals zu klopfen.

Wie komme ich jetzt ins Hotel zurück? Wie zum Teufel konnte jemand unbemerkt meinen Geldbeutel klauen? Mist. Meine Papiere! Wo zum Teufel ist die Italienische Botschaft?

Mir bleibt nichts anderes übrig, als in den sauren Apfel zu beißen und Davide anzurufen, damit er mich abholt.

Wieder mal tritt die Realität meinem Stolz in den Hintern. Danke, *Paris, du* …

Während ich nach meinem Smartphone krame, gehe ich zur Ampel und warte brav, bis es grün wird, und sobald sie umspringt, schaue ich nach vorne und überquere die Straße. In der Mitte bleibe ich wie angewurzelt stehen.

Auf der anderen Seite steht Davide. »Du kommst zu mir«, sagt er.

»Nein, du zu mir«, erwidere ich, denn man weiß nie, ob er denkt, dass ich ihn gesucht oder, noch schlimmer, verfolgt hätte.

Ich versuche den Anruf zu unterbrechen, den ich gerade getätigt habe. Zu spät. Er zieht sein Handy aus der Tasche, das offensichtlich vibriert hat, und schaut mich an. Dann verzieht er den Mund zu einem Lächeln.

Ich sehe zur Seite, er sagt nichts.

Als jemand hupt, sehr italienisch und wenig französisch, packt er mich am Arm und zieht mich von der Straße.

»Wohin wolltest du?«, fragt er, als wir auf dem Bürgersteig in Sicherheit sind.

»Nirgendwohin«, gebe ich zu und tue so, als würde ich mich für ein Paar Schuhe im Schaufenster interessieren. »Ich habe mich verlaufen.«

»Hattest du denn keinen Stadtplan dabei?«

Ich mache eine vage Handbewegung, um ihm zu verstehen zu geben, dass das eine lange Geschichte ist, die ich ihm jetzt nicht erzählen möchte.

»Du hättest das Navi in deinem Smartphone benutzen können.«

Technik und ich, Kapitel 1: Basiswissen.

Daran hatte ich nicht gedacht.

Ich bin eine komplette Idiotin, vor allem, weil man Gehirn nardizentrisch ist und der Hamster, der sich dort im Rad abstrampelt, mit dem einzigen Neuron, das mir geblieben ist, Fußball spielt.

»Ich hatte kaum noch Saft. Außerdem hat man mich beklaut, was noch schlimmer ist. Mein Geldbeutel ist weg. Was macht man in einem solchen Fall? Geht man zur *police*? Zur *gendarmerie*? Zur Botschaft? Mein Französisch reicht gerade mal, um ein *eau minérale* zu bestellen. Möglicherweise gestehe ich einen grausamen Mord, wenn ich versuche, mich verständlich zu machen.«

Davide schüttelt den Kopf. »Keine *police.* Keine *gendarmerie.*«

»Dann erwartet mich ein Leben im Untergrund, ohne Papiere?«

»Nein, eher ein ›Vielen Dank, Davide‹.«

Meine Verwirrung ist grenzenlos, als er wie ein Zauberer etwas aus der Innentasche seiner Jacke zieht.

Mein Geldbeutel! Aber wie …?

»Du hast ihn beim Crêpestand auf dem Tisch liegen lassen, als du dich heimlich aus dem Staub gemacht hast.«

»Ich habe mich nicht heim…«

Gut, lassen wir das. Ich blicke ihm in die Augen. »Ja. Danke, dass du ihn mitgenommen hast.«

Er wirkt überrascht, dann wendet er den Blick ab und vergräbt die Hände in den Hosentaschen. »Ehrlich gesagt habe ich gehofft, dass du ihn vergisst.«

»Wie meinst du das?«

»Damit hatte ich eine Entschuldigung, um dir nachzugehen.«

»Du hast mich verfolgt?«

»Ich bin dir *nachgegangen*. Ich habe dich nicht verfolgt. Bei dem Wort komme ich mir ja wie ein Stalker vor.«

Was gar nicht so weit weg von der Wahrheit ist, wenn man bedenkt, wie oft ich laut und deutlich verkündet habe, nichts mit ihm zu tun haben zu wollen. Doch diese Feststellung behalte ich für mich, da er mich gefunden hat, verdient er zumindest einen Waffenstillstand. Er hat mich vor meinem Orientierungssinn gerettet, der dem eines Menschen würdig ist, der an chronischer Labyrintitis leidet.

»Okay. Nachgegangen.«

»Nachdem du von der Parkbank aufgestanden bist, habe ich dich aus den Augen verloren, und plötzlich bist du wie aus dem Nichts an dieser Kreuzung aufgetaucht.«

Mir fällt ein, dass ich eine ganze Weile auf der Bank gesessen und Paris und all die eingeritzten Herzchen samt der dazugehörigen Liebespaare verflucht habe, was ich ihm auch sage. Das mit den Herzchen und Liebespaaren lasse ich natürlich weg. »Warum bist du da nicht schon auf mich zugegangen?«

Davide zuckt mit den Schultern. »Ich hatte Angst, du würdest mich anfallen, trotz der drei galettes. Du hattest vielleicht einen Gesichtsausdruck …«

Wahrscheinlich wollte ich da gerade das schmusende Pärchen in Brand setzen. Ich versuche das Gespräch auf sichereres Terrain zu lenken. Was bedeutet, dass wir über alles Mögliche, nur nicht über uns beide reden. »Ich wollte sehen, ob Paris mich verzaubern kann, abseits der Touristenpfade.«

»Aha«, sagt er und bietet mir wie ein Gentleman aus der Belle Époque seinen Arm an. »Kann es einen besseren Führer geben als einen nostalgisch angehauchten Ex-Pariser?«

Wie soll ich dieses Angebot ablehnen? Ich kann ihm schlecht den letzten Olivenzweig ins Gesicht schlagen, den er mir hinhält. Also willige ich ein, aber den Arm ignoriere ich, das wäre dann doch zu viel. Immerhin gewähre ich ihm ein Lächeln, als ich frage: »Was hat der nostalgische Führer denn für skeptische Frauen im Angebot?«

38

Der Löwe von Pont Neuf

»Ich beneide dich um die Fähigkeit, an jedem Ort und mit jeder Situation zurechtzukommen«, sage ich, als wir das Ende der Treppe erreichen. »Meine Eltern haben mir noch nicht mal Interrail erlaubt. Sie meinten, dass unterwegs so viel passieren kann.«

Davide zwinkert mir zu. »Wer weiß, vielleicht hättest du ja einen bisher unbekannten Kontinent entdeckt?«

Auch wenn mein Merkur im Skorpion ein wenig beleidigt ist, weiß ich natürlich, dass das ein Witz sein soll. Außerdem zieht mich dieser wunderschöne Ort in den Bann, an dem wir uns gerade befinden. Mein Reiseführer und ich haben nicht mal geahnt, dass es ihn gibt.

»Das ist die Promenade plantée«, erklärt Davide.

Wir stehen auf einer alten Brücke aus roten Backsteinen, die über eine stillgelegte Eisenbahnlinie führt, rechts und links sind Gärten angelegt, durch die man spazieren gehen kann.

»Man glaubt gar nicht, dass man mitten in der Stadt ist.«

»An schönen Tagen wie heute war ich oft hier, damals, als ich noch in Paris gewohnt habe.«

Ich stelle mir vor, wie er hier gesessen und gelesen hat.

Obwohl viele Menschen unterwegs sind, ist die Atmosphäre entspannt. Eine Oase der Ruhe.

»Vielleicht mit einer schönen Französin?«, frage ich und versuche möglichst unbeteiligt zu klingen, nach alter Freundin, nach gutem Kumpel.

Sein Saturn im Fisch lässt ihn finster dreinblicken. »Nein.«

Wieder habe ich das Bild eines Mannes vor mir, der die Einsamkeit sucht. Ich frage mich, was das über sein Leben und auch über seine Zukunft aussagt.

»Nein.« Er zögert.

Wir setzen uns auf eine Bank.

»Was?«

Davide schüttelt den Kopf, ein rätselhaftes Lächeln auf den Lippen. Typisch Pluto im zwölften Haus.

Durch das dichte Blattwerk der Bäume sind die Fenster der umliegenden Häuser nur zu erahnen. Hinter einem sind die Umrisse einer Frau zu erkennen, einen Bügel in der Hand, auf dem ein Abendkleid hängt. Ich verfolge, wie sie den Schrank öffnet und es hineinhängt.

»Hier war ich noch mit keiner Frau«, sagt er.

»Ich bin die erste?« Der Gedanke rührt mich, sobald ich ihn ausgesprochen habe. Ich schlucke und versuche mein Herz wieder an die richtige Stelle zu rücken.

»Es ist lange her.«

»Hat sich denn etwas verändert?«

»Ich. Ich habe mich verändert. Aber ich finde diesen Ort immer noch faszinierend.« Er starrt vor sich hin. »Was macht diese Frau heute Abend, was glaubst du?«

»Welche Frau?«

Er nickt zu dem Fenster hinüber.

»Keine Ahnung. Abendessen nehme ich an. Kennst du sie?«

Davide schüttelt den Kopf. »Nein. Aber ich habe schon immer gerne in fremde Fenster geschaut und mir dann vorgestellt, was für ein Leben die Leute wohl so führen.«

Merkwürdig. Davide Nardi, mein John Wayne von nebenan, späht gerne in fremde Fenster. Das hätte ich nicht gedacht.

»Vielleicht geht sie auch aus«, sage ich, als die Stille zwischen uns zu lange andauert.

»Wer?«

»Die Frau. Das ist ein wichtiger Abend für sie. Heute Morgen, als sie Brot kaufen war, ist sie beim Bäcker mit einem Mann zusammengestoßen.« Ich appelliere an die Fantasie meines Merkurs im Skorpion.

»Ein Mann?«, fragt Davide skeptisch.

Ich beiße mir auf die Zunge und überlege, wie die Geschichte weitergehen könnte.

Er kommt mir zuvor. »Ein alter Schulfreund.«

»Ihre erste Liebe.«

»Eigentlich der Zwillingsbruder ihrer ersten Liebe. Doch sie weiß es nicht und verwechselt die beiden«, sagt Davide und überrascht mich mit einer Wendung, die eines Groschenromans würdig ist.

»Warum hat er ihr nicht die Wahrheit gesagt?«, frage ich, neugierig, was seine Fantasie daraus macht.

»Weil er schon immer heimlich in sie verliebt ist.«

»Du bist ein Genie.«

Davide hebt die Hand, ich schlage ein. Manchmal ist es ganz leicht mit ihm.

Nachdem wir einige Zeit durch die Gärten geschlendert sind, gehen wir die Treppe hinunter und tauchen unter den Brückenbögen in eine andere Welt ein.

»Das ist der Viaduc des Arts, das Viadukt der Künstler. Hier sind im Laufe der Zeit zahlreiche Künstlerateliers und Galerien entstanden.«

Es gibt Gemälde, Stoffe und Souvenirläden, die Paolas Augen zum Leuchten bringen würden, ich kann allerdings nicht leugnen, dass sie auch mich beeindrucken. Warum eigentlich nicht? Ein Mitbringsel aus Paris.

»Ich kaufe immer einen Kühlschrankmagneten, egal, wohin ich fahre«, gestehe ich. »Nicht sehr originell als Souvenir, aber mir gefällt's. Je geschmackloser, je besser.«

»Ich kaufe nie etwas«, sagt Davide, der etwas abseits steht, die Hände in den Hosentaschen vergraben.

»Schade! Dein Kühlschrank wäre ein Kunstwerk«, erwidere ich lachend.

»Alles, was ich kaufe, bedeutet beim nächsten Umzug mehr Ballast, da denkt man sehr genau nach.«

»Du bist eher der praktische Typ, oder?«

»Wenn du gerade mal sieben bist und dein Vater dir sagt, dass du bloß einen Rucksack und einen Koffer mitnehmen darfst, bleibt dir nichts anderes übrig.«

»Wirklich?« Ich denke an mein hysterisches Weinen, als meine Eltern mir das Barbie-Haus nicht kaufen wollten, ein riesiges Teil von einem Meter auf einen Meter. »Mit was hast du dann gespielt?«

»Ich hatte ein Zelt.«

»Was?«

»Ja, ein Zelt. Das war mein Zuhause, und als Kind wollte ich nur dort schlafen«, sagt er leise, als wir weitergehen. »Ich habe mich stundenlang darin zurückgezogen. Manchmal war es ein Schloss, dann wieder eine Burg, eine Festung oder ein Raumschiff. Es hat großen Spaß gemacht.«

Ein Kind in einem leeren Zelt, das nur mit Hilfe seiner Fantasie gespielt hat. Dickens hätte das sicher gefallen.

Als wir in Havre Caumartin aus der U-Bahn steigen, geht gerade die Sonne unter. Davide führt mich zum Abendessen auf die Dachterrasse des Kaufhauses Printemps. Ich bedaure ein bisschen, dass ich nicht auf dem Eiffelturm war, aber Davide meint, den schönsten Blick über Paris hätte man von hier. Es wäre schöner, den Eiffelturm vor sich als unter sich zu haben. Während wir ein Glas Champagner auf der herrlichen Aussichtsplattform genießen, gehen die Lichter der Stadt an, und über allem strahlt der Eiffelturm, als wäre er mit Diamanten besetzt.

»Danke, Monsieur Stadtführer«, sage ich und lasse mein Glas gegen seines klingen. »Ich muss mich korrigieren. Ich gebe zu, dass ich dich gehasst habe, als es hieß, ich müsste zwei Tage hier mit dir verbringen, weil …« Ich täusche einen Hustenanfall vor, denn ich bewege mich auf gefährlichem Terrain. »Aber die Situation und …« Ich will gerade Daniele erwähnen, bremse mich jedoch und sage: »Giorgio. Ich lasse ihn nur ungern in meiner Wohnung alleine.« Ich leere das Glas in einem Zug, und mein Kopf kommt mir gleich leichter vor.

»Alice, da wir …«

Ich sehe mich um und seufze. Die Knoten im Magen sind weg, keine Angst, keine Unsicherheit, keine Beklemmung. »Ich habe heute Wunderbares gelernt, und zum ersten Mal seit langer Zeit habe ich den Eindruck, mit mir im Reinen zu sein. Dank dir. Weißt du was? Von der Arbeit mal abgesehen, möchte ich die beiden nächsten Tage genießen, wie ein Urlaub von mir selbst. Ich werde versuchen, die Probleme auszublenden. Auch die zwischen uns.«

Das sage ich wirklich. Ob das der Champagner ist? Eher nicht, denn ich fühle mich ganz klar. Ruhig und gelassen, auch Davide gegenüber. Endlich. *Peace and Love.* Wenn Love schon nicht möglich ist, dann … ich seufze … wenigstens Peace.

»Entschuldige, ich habe dich unterbrochen.«

Davide sieht mich an. Die Fältchen um seine Augen sind ausgeprägter als sonst. Er ist bestimmt müde. Nach einer Weile sagt er: »Ich habe es vergessen.«

»Du lügst.«

»Ich lüge nicht.«

Ich setze ein strenges Gesicht auf. »Ich habe gesagt, dass ich mit mir im Reinen bin, das heißt nicht, dass ich den Verstand verloren habe.«

Er muss lachen. »Wie du meinst. Meinetwegen, dann war es halt eine Lüge.«

Wir schauen über die Dächer von Paris, den Eiffelturm, Montmartre, das Lichtermeer, und mir kommt der Gedanke, dass man das alles genau so definieren könnte: eine Lüge.

Auch dass sich unsere Finger berühren und einen Moment lang ineinander verschlingen, während wir schweigend diese märchenhaft schöne Stadt bestaunen.

Eine schöne, strahlende Lüge.

39

Das Ende der Welt in einer Regennacht

Lachend rennen wir im strömenden Regen zurück zum Hotel. Schon gegen Ende des Essens haben sich die Wolken über uns zusammengezogen, und als wir aus der Metrostation kommen, treffen uns die Regentropfen wie Nadeln. Es ist kälter geworden. Davide versucht uns beide mit seiner Lederjacke zu schützen, wobei wir immer wieder zusammenstoßen.

»Hoffentlich gibt es in der Nähe vom Hotel einen Friseur. Sonst hat der Kameramann morgen Probleme, Klauzen hinter meiner Mähne überhaupt zu finden.«

»Deine Haare kräuseln sich«, sagt Davide und mustert mich prüfend, nachdem er den Fahrstuhlknopf gedrückt hat, wie ein Chemiker, der im Labor ein Experiment verfolgt. Dann rückt er eine Locke zurecht, die durch die Regentropfen an meiner Wange klebt.

»Ja, ich ähnele einem Hirtenhund.«

»Sarkastisch wie immer.«

»Das liegt am Merkur im Skorpion.«

Die Türen des Fahrstuhls öffnen sich, und wir steigen schweigend ein. Davide drückt den Knopf für das dritte Stockwerk.

»Morgen um acht? Zum Frühstück?«, fragt er und lehnt sich gegen die Kabinenwand.

Ich seufze. »Einverstanden. Ich werde mir Mühe geben.« Es ist fast eins, und wenn ich die Wahl zwischen Augenringen und einer halbwegs vorzeigbaren Frisur haben will, dann muss ich meinen Wecker auf halb sieben stellen.

»Mühe mit mir?«, fragt er und zieht ein bisschen die Nase kraus.

»Das wollte ich damit nicht sagen.«

Aber als er mich ansieht, ist mir klar, dass auch das stimmt. Die letzte Mühe mit Davide gemeinsam, denn danach wird er seiner Wege gehen und eine neue Phase seines Lebens beginnen.

Ich räuspere mich, sage jedoch nichts.

»Hör mal, Alice, die Tatsache, dass wir hier zusammen in Paris sind … Es tut mir leid, dass ich das alles erst in letzter Minute organisiert habe, und ich weiß, dass du in dieser Woche andere Pläne hattest, aber es ist sehr wichtig, dass …«

Der Aufzug hält an, die Türen gleiten auf.

»Ich weiß, es ist gut so«, unterbreche ich ihn. Das ist der Abschied, im Grunde habe ich es immer schon gewusst. Die gemeinsamen Stunden, die uns vom Rest unseres Lebens trennen, kann man an wenigen Händen abzählen. »Der Tag heute war ein Traum, Davide. So soll es auch bleiben. Die Realität kommt spätestens morgen. Gute Nacht.« Ich beuge mich zu ihm und küsse ihn auf die Wange.

Seine Hand legt sich auf meinen Arm, jedoch nur einen Moment.

»Gute Nacht, Alice.«

Als die Türen sich schließen und der Fahrstuhl weiter nach oben fährt, tut sich vor mir ein Abgrund auf. Die Realität kommt nicht erst morgen wieder. Schon jetzt spüre ich sie mit all ihrer Bitterkeit. Ich rieche den muffigen Geruch des Teppichs, sehe die Kratzer in der Tür, höre das Brummen der Neonröhre über meinem Kopf. In einem Film, in meinem Film, wäre eine solche Leere ein Regiefehler. Ich wünschte, es wäre bereits wieder hell oder zumindest einige Minuten später und ich würde die Nachttischlampe ausknipsen. Das Leben besteht nicht nur aus wichtigen Ereignissen, bedeutungsvollen Worten und tiefgehenden Gesprächen. Leider. Die Realität besteht meist aus Momenten wie diesem, aus verlorener Zeit, in der einem die Sinnlosigkeit entgegenrast wie ein Schnellzug.

Der Fahrstuhl bleibt stehen, über mir leuchtet die Zahl fünf auf. Mein Stockwerk. Ich löse mich von der Wand. Die Türen öffnen sich, ich sollte aussteigen, verharre aber wie erstarrt.

Davide steht vor mir, leicht nach vorne gebeugt und mit hochrotem Gesicht. Er stützt sich am Türpfosten ab und versucht wieder zu Atem zu kommen.

Ich hebe den Kopf, um noch einmal das Stockwerk zu überprüfen, vielleicht hat sich der Fahrstuhl ja gar nicht bewegt? Es ist wirklich das fünfte. »Was machst du hier?«

»A… A… Alice.« Hinter ihm höre ich die Tür der Nottreppe zufallen. Nach einigen Sekunden schließen sich die Aufzugtüren wieder, er streckt den Arm nach mir aus und zieht mich an sich. »Entschuldige, entschuldige, aber so kann ich dich nicht gehen lassen«, presst er heraus, immer noch außer Atem.

Dann küsst er mich.

Tatsächlich.

Er nimmt mein Gesicht zwischen seine Hände, hebt es

leicht an, und seine Lippen legen sich auf meine, erst zart, dann immer drängender.

Ich möchte ungerührt bleiben, ihn wegschieben, doch ich kann nicht. Ich öffne die Lippen wie von selbst und gebe mich ganz den Gefühlen hin, die in mir aufsteigen, Sanftheit und Wärme.

Er flüstert etwas Unverständliches, während er weiter meinen Mund, mein Gesicht und meinen Hals küsst, aber es kommt mir vor, als würde ich es trotzdem begreifen. Worte sind überflüssig.

Die Aufzugtüren gehen auf, die Aufzugtüren gehen zu. Er küsst mich weiter, drückt mich gegen die Wand.

»Davide …«

»Entschuldige«, murmelt er, ohne seine Lippen von meinen zu lösen, »ich konnte dich nicht einfach so gehen lassen. Ich bin mir vorgekommen wie ein Idiot. Wie hätte ich in mein Zimmer gehen und so tun können, als wäre nichts geschehen? Ich will nicht bis morgen früh warten. Deshalb bin ich die Treppe hochgerannt, so schnell ich konnte. Ich bin echt außer Form. Aber ich konnte dich nicht gehen lassen. Du hast gesagt, dass das, was wir heute erlebt haben, ein Traum war. Es stimmt nicht. Es war die Realität, Alice. Nichts auf der Welt ist realer. Du und ich. Jetzt.«

Ich streichele ihn. Ich habe Mühe, es zu glauben, dass ich ihn berühren, ihn küssen darf. Jede Faser meines Herzens fängt an zu singen. Er gehört mir! Davide gehört mir!

Meine Hände zittern dermaßen, dass mir fast die Schlüsselkarte aus der Hand fällt. Im nächsten Moment liegen wir auf dem Bett, und er knöpft meine Bluse auf.

Ich weiß nicht, wie lange ich auf diesen Moment gewartet, wie lange ich davon geträumt habe. Davide, der sich gegen mich presst und mich küsst, als würde sein Leben davon abhängen. Der ungeduldig versucht, sich das Hemd über den Kopf zu ziehen, und darin stecken bleibt, während ich mich nach ihm ausstrecke, um die oberen Knöpfe aufzumachen.

Ich lache, doch er erstickt mein Lachen mit einem Kuss.

»Jetzt entkommst du mir nicht mehr«, flüstert er, beugt sich über mich und lässt seine Zunge von meinen Brüsten zu meinem Bauch wandern.

Ich sehne mich nach seinen Umarmungen und danach, sein Gewicht und seinen Duft auf meinem Körper zu spüren. Alles andere ist unwichtig.

Während wir uns lieben, habe ich das Gefühl, dass Lava durch meine Adern fließt. Es ist nicht nur mein Körper, sondern auch meine Seele, die zittert und bebt. Meine Lust wird übermächtig. Ich kann den Blick nicht von ihm lösen, wir küssen uns so ungestüm, dass mir die Luft wegbleibt. Hier, in diesem Zimmer, in diesem Bett, gibt es nur ihn und mich, es gibt nur uns, Paris und den Regen. Sonst nichts.

Im Leben gibt es diese Momente, die unauslöschlich sind, und ich weiß, dass dieser einer davon ist. Ich werde ihn niemals vergessen. Davides Augen, seine Stirn an meinen Lippen, seine Finger auf meiner Hüfte.

»Woran denkst du?«

Er seufzt und schließt einen Moment die Augen. »Daran, wie wir uns heute auf der Straße getroffen haben. Genau in der Mitte. Das schaffen manche Paare ihr ganzes Leben nicht.«

Nach einem Moment des Schweigens frage ich: »Sind wir denn ein Paar?«

»Alice.«

Ich atme hörbar aus. »Und woran denkst du jetzt?«

Ich spüre, wie er sich unter der Decke bewegt. »Alice, hör mal, einander alles anzuvertrauen, was einem gerade durch den Kopf geht, das ist nicht so mein Ding. Ich glaube, das geht allen Männern so.«

»Ja, du hast Uranus im Skorpion, introvertiert zu sein gehört zu deiner Natur. Aber wir Frauen hassen Stille.« Ich schüttele den Kopf. »Nichts zu machen, Männer und Frauen sind eben verschieden.«

»Auch in der Stille findet Kommunikation statt, Alice. In Blicken, in Gesten. Man muss die Menschen nur anschauen, dann braucht man auch kein Horoskop als Gebrauchsanweisung.«

Er küsst mich, und dann schlafen wir noch einmal miteinander, bevor wir eng umschlungen eindösen.

Als ich aufwache, sind unsere Beine ineinander verhakt und seine Nase ist in meinen Haaren vergraben.

Kaum habe ich realisiert, was geschehen ist, traue ich mich kaum zu atmen, geschweige denn mich zu bewegen, aus Angst, alles könnte sich in Luft auflösen.

Der Wecker klingelt.

Ich habe doch gar keinen Wecker gestellt?

Es ist ein Telefon. Davide hebt den Kopf und beugt sich nach unten, auf der Suche nach seiner Hose. »Hallo? Ja. Nein. Ich bin nicht auf dem Zimmer. Genau.«

Ich setze mich auf und lehne mich mit dem Rücken gegen das Kopfteil des Bettes, während er in die Hose schlüpft und zur Tür geht.

»Neun … Verdammt, neun Uhr?« Er öffnet die Tür, dreht sich zu mir um, klemmt sich das Handy zwischen Kinn und Schulter und tippt mit dem Zeigefinger auf sein Handgelenk. Dann verlässt er mein Zimmer, barfuß, nur mit einer Hose bekleidet, und lehnt die Tür an. »Barbara, nein, ich bin früh aufgestanden und lese Zeitung. In der Halle«, höre ich ihn sagen, als ich näher komme.

Dieser Satz wirkt auf mich wie eine Eiszeit.

Ich wundere mich über seine Kaltblütigkeit, in weniger als drei Minuten ist er hellwach und hat sich eine Lüge ausgedacht. Allerdings ist seine Performance eine Katastrophe: Er verlässt das Zimmer, knöpft sich im Gehen die Hose zu und versucht dabei seine Stimme zu dämpfen. Nicht zuletzt das Klischee, dass so etwas nicht ausbleiben kann, wenn man mit einer Arbeitskollegin auf Geschäftsreise ist.

Mir wird schlecht.

Plötzlich kann ich ihn nicht mehr sehen, diesen Davide, in den ich mich bis über beide Ohren verliebt habe. Für mich ist er nur noch ein hinterhältiger Schuft, der die Situation schamlos ausgenutzt hat, ein eiskalter Verführer, der letztendlich bekommen hat, was er wollte.

All die schönen Worte gestern Abend. All die Zärtlichkeit. All das hat jetzt den bitteren Beigeschmack von Süßstoff.

Wir beide.

Hier und jetzt.

Nichts auf der Welt ist realer.

Am nächsten Morgen muss das alles hinter einer angelehnten Tür versteckt werden. Davide telefoniert noch einige Minuten mit Barbara, leise, fast atemlos. Ich kann ihn nicht verstehen, aber das spielt auch keine Rolle.

Ich lege die Hand auf die Türklinke, während ich höre, wie er sich verabschiedet und sagt, dass er übermorgen wieder bei ihr sein wird. Ich schlucke meine Wut herunter und tue so, als würde ich nicht bemerken, dass er die Tür öffnen will, um zurück ins Zimmer zu kommen. Und dann zwinge ich mich, sie ihm vor der Nase zuzuschlagen.

40

Sex, Lügen und ein Löwe

Davide muss nur mit mir reden und mir alles erklären, wiederhole ich immer wieder, als ich eine Stunde später den Aufzugknopf drücke, um in die Halle zu fahren. Ich muss mich auf das Interview mit Klauzen vorbereiten.

Zum Glück konnte ich die Zugreservierung noch ändern und werde daher direkt nach dem Interview in Richtung Bahnhof verschwinden. Ohne Umwege.

Kein Pardon, keine mildernden Umstände, ich bin immun gegen seine schönen dunklen Augen.

Und gegen diesen Rücken.

Keine mildernden Umstände, habe ich gesagt.

Zum Teufel. Soll ihn Barbara ruhig behalten. Sie hat ihn sich verdient.

Falsch. Hinterlistig. Verlogen.

Ohne Rückgrat.

Soll er doch versuchen, auf mich zuzugehen, höflich und mit wohlgewählten Worten. Ich werde gnadenlos sein.

Ich gehe in der Halle auf und ab, die Arme vor der Brust verschränkt. Jetzt lässt er mich auch noch warten. Gut, ich habe ihn halb nackt vor die Tür gesetzt. Seine Schlüssel, das Hemd, die Jacke und die Socken liegen bei mir im Zimmer, denke ich zufrieden. Wahrscheinlich musste er so, wie er war, an die Rezeption, um sich einen Zweitschlüssel zu holen. Ein Königreich für das Video aus der Überwachungskamera.

Ich schaue auf die Uhr, es ist schon spät. Rasch blättere ich den Ordner durch, ohne mir wirklich die Notizen für das Interview anzusehen. Klauzen ist mir völlig egal, ich will nur, dass diese Geschichte baldmöglichst ein Ende hat und ich dieses Monster (Davide, nicht Klauzen) aus meinem Leben streichen kann.

»Mademoiselle, bitte entschuldigen Sie …«

Zunächst reagiere ich nicht, aber dann tippt mir jemand von hinten auf die Schulter, und ich drehe mich um. Ich stehe einer Hotelangestellten gegenüber, die mir einen Umschlag hinhält.

»Pour vous par monsieur Nardì.«

Das kann ich gerade noch verstehen, ich muss nur den Namen Nardi oder vielmehr Nardì, wie sie es ausspricht, hören, um zu wissen, dass es eine Nachricht von Davide ist. Ich öffne sie und fange an zu lesen.

Alice,

du hast allen Grund, wütend zu sein und schlecht von mir zu denken. Alles, was ich zu meiner Verteidigung vorbringen könnte, wäre in einem Brief fehl am Platz. Leider muss ich weg, es ist dringend. Sehr dringend. Vorher gibt es noch etwas, das du wissen sollst: den wahren Grund, warum du mit mir nach Paris fahren musstest. Leider konnte ich nicht früher mit dir darüber sprechen.

Nein, ich will ehrlich sein, ich hätte es dir gestern Abend sagen können, aber ich wollte die Atmosphäre zwischen uns nicht zerstören. Ich bin ein Idiot, ich weiß.

Ich habe Marlin die Probeaufnahmen besorgt, weshalb sie nicht mit hierherfahren konnte. Ich wollte, dass du mich begleitest. Und das nicht nur, weil ich einer Frau wie Marlin ein so wichtiges Interview nicht zutraue.
Alice, ich musste dafür sorgen, dass du Mailand verlässt. Giorgio, den du bei dir zu Hause aufgenommen hast, wird wegen Versicherungsbetrugs gesucht. Die Polizei hat ihn seit der Ausstrahlung des Berichts über die Schlägerei im Büro im Verdacht. Einige Leute, die auf seine Tricksereien reingefallen sind, haben ihn erkannt und angezeigt. Er hat behauptet, durch die Verletzungen bei Unfällen bleibende Schäden davongetragen zu haben.
Im Moment weiß der Intendant noch nichts von der Sache, aber ich musste dich aus der Schusslinie bringen, damit du nicht in die Affäre verwickelt wirst.
Es gibt noch einige andere Dinge, die ich dir sagen muss. Wichtige, äußerst wichtige Dinge, aber das geht nicht in einem Brief, dabei muss ich dir in die Augen sehen. Nur dazu habe ich jetzt leider keine Zeit. Ich kann es dir nicht näher erklären, aber ich muss weg. Barbara hat damit zu tun, allerdings nicht so, wie du denkst.
Bitte vertrau mir nur noch ein einziges Mal. Nur mir, ohne Horoskope oder sonstigen Hokuspokus. Wegen des Interviews habe ich volles Vertrauen in dich. Du bist ein Profi, und egal was du jetzt fühlst, du wirst dein Bestes geben. Denn es ist wichtig für die Sendung. Und für deine berufliche Zukunft. Also streng dich an.
Ich würde dich gern küssen, aber das würdest du wahrscheinlich nicht zulassen.
Davide

Ich weiß nicht, wie ich es in ein Taxi schaffen soll, das mich zu Klauzens Hotel bringt, dessen Adresse er auf einen Zettel gekritzelt hat. Meine Beine sind total schlaff. Sind meine Kniegelenke plötzlich aus Gummi? Ich bin völlig durcheinander.

Ich bin stinkwütend auf Davide. Kein Wunder. Sein Brief wirkt auf mich wie eine Lawine auf einen Skifahrer, der sich bereits das Bein gebrochen hat. Er hat höllische Schmerzen, und jetzt muss er sich auch noch von den Schneemassen befreien.

Da ist zum einen die Tatsache, dass Davide sich endgültig für Barbara entschieden hat. Und jetzt auch noch die Geschichte mit Giorgio und das Chaos, in das er mich da hineingezogen hat. Einen Moment lang überlege ich, ob ich nicht noch mal umbuchen und nach Timbuktu fliegen soll.

Das Loft, in dem das Interview stattfinden soll, ist komplett in Weiß gehalten und wirkt so antiseptisch, dass ich an einen Operationssaal denken muss. Oder an die letzte Szene von *2001 – Odyssee im Weltraum*.

Klauzen sitzt in einem Sessel vor einem Panoramafenster, durch das mattes Morgenlicht fällt, und dreht sich bei meiner Ankunft nicht einmal um. Meine Hand, die ich ausstrecke, um ihn zu begrüßen, wird von der Assistentin gedrückt.

»Zignorina Bazzi, kommen Zie bitte. Ick erkläre Ihnen alles.«

Klauzen macht keine Anstalten, mich zur Kenntnis zu nehmen. Ich interessiere ihn offensichtlich weniger als eine Fliege, die er mit einer Handbewegung wegscheuchen müsste, ich scheine für ihn nicht einmal zu existieren. Nun, mein Lieber, ich werde gewiss nicht in Sack und Asche gehen, nur weil ein anmaßender Steinbock mich keines Blickes würdigt. Selbst wenn du der Gottvater der Gynäkologen bist, für mich bist du ein Dorn im Auge, mehr nicht. Davon abgesehen werde ich als alte Jungfer seine Dienste ohnehin nicht in Anspruch nehmen müssen.

Ich beschließe, nicht den geringsten Versuch zu unternehmen, um seine Sympathie zu erlangen.

Währenddessen erklärt mir die Wikingerfrau die Rahmenbedingungen des Interviews, wo ich mich hinsetzen muss, welche Fragen ich zu stellen habe. Ich könnte versuchen, wenigstens ein bisschen Einfluss zu nehmen, aber ich habe bereits meine gesamte Energie verbraucht, um überhaupt bis hierher zu kommen. Ich bleibe stumm wie ein Fisch und nicke nur.

Ich kann es kaum erwarten, wieder zu Hause zu sein.

Wer weiß, was mich dort erwartet.

O Gott, die Polizei! Vielleicht habe ich gar keine Wohnung mehr, wenn ich in Mailand ankomme. Ich stelle mir eine Szene à la *CSI* vor, das Haus ist mit gelbem Plastikband abgesperrt, und ein attraktiver Ermittler in Zivil (hat man in diesen amerikanischen Serien jemals einen gesehen, der nicht als Model durchgehen könnte?) informiert mich darüber, dass ich meine Wohnung wegen der laufenden Ermittlungen nicht betreten darf.

Was, wenn ich ins Zeugenschutzprogramm muss und eine neue Identität brauche? Ich habe ohnehin schon genug Probleme mit meinen Mitmenschen, auch ohne mich in einem einsamen Bergdorf verstecken zu müssen.

Erst als ich vor Klauzen Platz nehme und die Assistentin ihm ehrerbietig ins Ohr flüstert, dass wir bereit sind, legt er die Zeitung beiseite und heftet seine eisigen Augen auf mich. »Starten Sie das Programm«, befiehlt er und schnippt mit den Fingern wie ein Pudeldompteur im

Zirkus, während ihm die Assistentin sorgfältig die silbergrauen Haare richtet.

»Bitte?«

Genervt blickt er zur Decke. Dann flüstert er Inga etwas auf Deutsch zu. Wenn ich nicht wüsste, dass er gar kein Deutscher ist, käme ich mir vor wie in einem Schwarz-Weiß-Film über den Zweiten Weltkrieg.

Inga sieht mich ausdruckslos an. »Der Professor spricht. Keine Fragen.«

Jetzt weiß ich, wie cool es ist, eine kybernetische Assistentin zu haben, die einerseits als Bodyguard fungiert und ihm andererseits die Kastanien aus dem Feuer holt, aber es ist völlig absurd, wenn sie es tut, obwohl er meine Sprache deutlich besser spricht als sie.

Aber vielleicht ist das auch Taktik, und der deutsche Akzent soll furchteinflößend wirken. Was in diesem Fall tatsächlich zutrifft.

Es geht hier um einen Steinbock, der, wenn er nicht als Arzt Karriere gemacht hätte, auch sehr gut Diktator hätte werden können. Der Skorpion-Aszendent gibt ihm Willenskraft, er ist tyrannisch und besitzergreifend, im Vergleich zu ihm ist Blaubart ein Waisenknabe. Als wäre das nicht genug, legt die Opposition zwischen Mond und Saturn noch eine ordentliche Schippe Arroganz drauf.

Das ist in letzter Zeit irgendwie das Leitmotiv in meinem Leben: Ich muss die Kröten schlucken und darf sie nicht küssen, damit sie Prinzen werden.

Ich gebe dem Kameramann Pierre ein Zeichen, dass es losgeht, dann setze ich mich mit aller Anmut, die mir zur Verfügung steht.

Das selbstgefällige Lächeln von Klauzen geht mir auf die

Nerven. Es erinnert mich an Giorgio, als er mich je nach Lust und Laune drehte und wendete wie ein Omelett. Und an Alejandro. Und an Carlo, Davide und all die Männer, die mich ohne Rücksicht auf Verluste niedergewalzt haben wie Bulldozer.

Voller Pathos beginnt Klauzen von seinem Lieblingsthema zu sprechen, von sich selbst. Von der Klauzen-Stiftung, den Klauzen-Laboratorien, den Klauzen-Kliniken, der Klauzen-Methode. Von diesem ganzen Klauzen-Zentrismus schwirrt mir bald der Kopf. Ich weiß ja, dass ihm die Kombination aus Sternzeichen und Aszendent eine unkontrollierbare Selbstsicherheit verleiht, dennoch frage ich mich, wie er soziale Beziehungen eingeht, falls er überhaupt welche haben sollte.

»In Ihrer sympathischen Sendung«, wechselt er plötzlich das Thema, und seine Stimme trieft vor Ironie, »sprechen Sie von Horoskopen. Eine Grauzone, die, wie Sie sicher wissen, mein liebes Fräulein, mit Wissenschaft rein gar nichts zu tun hat. Allerdings haben jüngste Untersuchungen ergeben, dass es einen Zusammenhang zwischen dem Geburtsdatum und Persönlichkeitsmerkmalen eines Menschen gibt. Kinder, die beispielsweise im Mai gezeugt werden, neigen dazu, zu früh zur Welt zu kommen, und haben deshalb eine instabilere Konstitution als andere. Im Oktober geborene Kinder werden hingegen auffällig oft Akademiker, was auf Juligeborene eher nicht zutrifft. Die haben dafür andere Qualitäten, zum Beispiel eine sehr robuste Gesundheit. Genau auf diesen Erkenntnissen basiert die Klauzen-Methode, die richtungsweisend auf diesem Gebiet ist. Wir geben den Eltern die Möglichkeit, ganz bewusst und zielorientiert die richtigen Weichen für ihre Nachkommen zu stellen. Dank der Unterstützung durch die Klauzen-Institute können sie sich mit diesen elementaren Fragen auseinandersetzen und die potenziellen Risiken minimieren, die auf die Eltern, das Kind und die Gesellschaft zukommen können.«

In meinem Kopf schrillen alle Alarmglocken. »Entschuldigen Sie, aber ist das nicht eine Art Diskriminierung?«

Klauzen hält inne und mustert mich finster. »Ihnen ist wohl die Tatsache entgangen, dass Sie zu schweigen haben.«

Klar, ich bin ein echter Profi und brauche dieses Interview für die Sendung. Aber was zu viel ist, das ist zu viel. »Wissen Sie was? Sie können sich zum Teufel scheren. Sie, Ihre Stiftung, Ihre Methoden und auch alle kleinen Klauzens, die Sie in Ihren Nazikliniken züchten. Ist Ihnen klar, dass Euthanasie seit Jahrzehnten verboten ist? Eine Schande ist das. Sie bieten perfekte Kinder auf Bestellung an. Kinder, die von Geburt an privilegiert sind. Kinder für reiche Eltern, die sich das erlauben können. Und die anderen? Werden deren Kinder dann die Sklaven für die privilegierte Klasse? Haben wir nicht alle das Recht auf den Traum, unser Leben verändern und gestalten zu können?«

Inga ist einem Nervenzusammenbruch nahe, sie beugt sich nach vorne, um den Professor mit ihrem Körper zu schützen. Als ob ich ein Attentat auf ihn verüben wollte.

»Beordern Sie Ihre Klonarmee zurück«, rufe ich und füge hinzu: »Ich habe nicht vor, mir die Finger an Ihnen schmutzig zu machen. Wissen Sie was? Ich bin stolz auf meine Fehler. Die Welt, die Sie sich wünschen, wäre schrecklich langweilig. Und damit verabschiede ich mich.«

41

Diese verrückten, verrückten, verrückten Zwillinge

Als ich mich auf eine Bank im Bahnhof fallen lasse, komme ich mir vor, als wäre ich einer Blase entstiegen, gleichzeitig habe ich das Gefühl, gar nicht richtig dabei gewesen zu sein.

Ich bin zurück. Ich bin wieder zu Hause, in Mailand, allein. Ich muss der Realität ins Auge blicken. Was ist mir von meinem Leben geblieben? Wo soll ich anfangen? Aufräumen? Neu beginnen?

Wie anstrengend.

Zuerst einmal Ordnung im Kopf schaffen, zum Beispiel: Davide, wer war das noch?

Blödsinn. Wenn man sich das Knie aufgeschlagen hat, muss man auch warten, bis sich Grind bildet, und kann nicht sofort wieder losrennen. Bei Davide kratze ich mir den Grind schon seit Monaten immer wieder auf.

Vor allem deshalb habe ich auch Danieles letzte Nachricht unbeantwortet gelassen und ihm nicht Bescheid gegeben, dass ich einen Tag früher zurück sein werde. Ich trete aus dem Bahnhof und will mir ein Taxi nehmen.

Eigentlich gibt es einen ganz anderen Grund für mein Verhalten, einen viel banaleren. Es sind nicht etwa die Leiden der jungen Alice, die auf dem ersten Platz der Ängste-Hitliste stehen. Nein. Mit jedem Schritt in Richtung Zuhause wird meine Beklemmung größer. Was ist mit Giorgio und der Polizei?

Ich kann mich nicht von Daniele zu meiner Wohnung fahren lassen. Wer weiß, was dort auf mich wartet? Vorausgesetzt, ich habe noch ein Zuhause, und an meiner Wohnungstür klebt kein Polizeisiegel oder Ähnliches.

Die Warteschlange am Taxistand ist lang, Fahrzeuge sind dagegen nicht zu sehen, was abends um halb sieben an der Stazione Garibaldi ziemlich ungewöhnlich ist.

»Es heißt, die Taxis stecken alle im Stau, die Innenstadt ist komplett dicht«, erklärt ein Wartender genervt.

»Gerade eben sind mehrere Mannschaftswagen der Polizei vorbeigekommen«, sagt ein anderer, »da muss etwas passiert sein.«

Zum Glück wohne ich nicht zu weit vom Bahnhof entfernt und nehme die U-Bahn, in der ich eingezwängt wie eine Sardine in der Büchse in der Schweißwolke der Nachmittagspendler stehe.

»Ich habe aufgegeben und das Auto in Loreto stehen lassen«, sagt ein Mann, vermutlich ein Manager. »Überall war Polizei.«

Als ich endlich wieder auf der Straße stehe, sehe auch ich die Polizeifahrzeuge. Über mir kreist ein Hubschrauber.

Sofort schießen mir Actionfilm-Szenen durch den Kopf: Streifenwagen, die flüchtende Verbrecher verfolgen, explodierende Fluchtfahrzeuge, Spezialeinheiten, die zwischen dem Postgebäude in der Via Pola und dem Wochenmarkt auf der Piazzale Lagosta das Feuer eröffnen, während Giorgio, in schwarzer Lederjacke und dunkler Brille, den Kugeln ausweicht. In Zeitlupe. Wie in *Matrix*.

Ich umklammere meinen Trolley, als könnte er mir Halt geben.

Ein einziger Gedanke beherrscht mich: Ich. Muss. Nach. Hause. Sofort.

Verhaftungen kenne ich nur aus amerikanischen Krimis, und in denen geht es meist nicht zimperlich zu. Haben sie schon meine Wohnung aufgebrochen? Das will ich sehen, bei der gepanzerten Tür, die ich vor Jahren habe einbauen lassen. Haben sie Tränengas verwendet, um Giorgio außer Gefecht zu setzen und zu verhindern, dass er flieht? Wie kriege ich das Zeug je wieder aus meinen Sachen raus?

Und das ganze Blut? O mein Gott! Vermutlich muss ich die Blutflecken von der Wand entfernen. Wie soll ich denn in einer Wohnung schlafen, in der ein grausamer Mord stattgefunden hat?

Was stelle ich mir da eigentlich alles vor? Warum sollte meine Wohnung ein Schlachtfeld sein? Es geht lediglich um Versicherungsbetrug. Wenig wahrscheinlich, dass es da zu einem Schusswechsel gekommen ist.

Ich stehe vor dem Haus und starre unentschlossen die Sprechanlage an. Theoretisch bin ich eine »unbeteiligte Person«. Deshalb ist es nur richtig, wenn ich nach oben gehe und nachschaue, was los ist. Die Polizei könnte es verdächtig finden, wenn ich mein Verhalten ändern würde.

Ich stecke den Schlüssel ins Schloss und fühle mich dabei ein bisschen wie Judas. Natürlich kann es sein, dass unsere Handys abgehört werden, aber ich hätte Giorgio ohnehin nicht vorgewarnt, weil ich befürchtet hätte, dass er auf die irre Idee kommt, mit mir gemeinsam zu fliehen. Lieber lebenslänglich in einer Zelle, als den Rest meiner Tage mit ihm wie Bonnie und Clyde zu verbringen.

In der Wohnung kommt es mir merkwürdig still vor, außer …

Ich höre Seufzer. Eine Art Wehklagen, wie von einem verletzten Tier. Einen Augenblick fürchte ich, sie hätten ihn wirklich angeschossen, um ihn dann bei mir zu Hause verbluten zu lassen. Aber wir sprechen hier von der Polizei, nicht von einer Abrechnung unter Mafiosi. Angst bringt einen wirklich auf seltsame Gedanken.

Obwohl ich mich fürchte, zwinge ich mich weiterzugehen, um herauszufinden, was da gerade geschieht. Wie erstarrt bleibe ich an der Tür stehen und halte mir die Hand vor den Mund, um nicht zu schreien.

Giorgio ist splitterfasernackt. Nur mit meinem Backhandschuh bekleidet, schlägt er einer ebenfalls nackten Unbekannten auf den Hintern, die auf allen vieren unter meinem Küchentisch kauert.

»Giorgio!«, kreische ich.

Er dreht sich um, den Backhandschuh auf Halbmast.

Ich halte mir die Hand vor die Augen, um mir diese Peinlichkeit zu ersparen. »Was zum Teufel treibst du hier?«

»Wer ist das?«, fragt die Unbekannte.

»Meine Schwester«, erklärt mein Exfreund.

Mit allem habe ich bei meiner Rückkehr gerechnet, nur nicht damit, zwei Nackte in meiner Küche vorzufinden, die Sex zwischen Herd und Spülmaschine haben. Und die Polizei? Wo zum Teufel ist die Polizei? »Deine *Schwester*?«, wiederhole ich.

»Pantöffelchen, ich kann dir alles erklären«, er senkt die Stimme und zwinkert mir zu, »aber bitte lass mich weiterarbeiten.«

Lass mich weiterarbeiten?

Ich habe die beiden bestimmt nicht dabei überrascht, wie sie den Abschuss eines Spaceshuttles vorbereiteten, da bin ich mir ziemlich sicher. Das hier könnten höchstens Probeaufnahmen für ein billiges Sexfilmchen sein, aber ich sehe keine Kameras.

»Zieh dich an«, sage ich kühl, »und dann erklärst du mir, was diese Frau in meiner Wohnung zu suchen hat. Das heißt, was sie tut, sehe ich. Zieh dir was an.«

»Ihre Wohnung?«, fragt die Frau, die sich immerhin BH und Slip überstreift. »Giorgino, du hast gesagt, das hier wäre dein Junggesellenappartement und dass du Geld für die Renovierung brauchst, bis deine Konten in der Schweiz wieder freigegeben werden.«

»In gewissem Sinne ja, der Kredit deiner Bank war jedenfalls sehr wichtig«, antwortet er ausweichend.

Ich drehe mich um. »Kannst du dir nicht wenigstens eine Unterhose anziehen? Ich finde es befremdlich, wenn dein bestes Stück in meinem Backhandschuh mit dem Erdbeermuster steckt.«

Wo ist denn nur die Polizei? Draußen sind immer noch Sirenen zu hören. Haben die sich vielleicht in der Adresse geirrt? Soll ich mal anrufen?

Als ich darüber nachdenke, fällt mir ein, dass ich ja einen Tag früher als erwartet zurück bin. Ich werde also Zeugin sein, wenn sie Giorgio verhaften. Davides Strategie ist damit geplatzt.

»Giorgio, hör mal …« Mir ist klar, dass er sofort verschwinden muss, damit er nicht bei mir festgenommen wird. Nicht in meiner Gegenwart jedenfalls. »Hör mal, du musst sofort hier weg.«

»Natürlich, Panto, natürlich«, unterbricht er mich und versucht mir die Hand auf den Mund zu legen. Was mich anekelt, nach allem, was er damit noch vor einer Minute getan hat.

»Wage es nicht«, warne ich und mache elegant einen Schritt zur Seite.

»Okay, bitte hör mir zu«, sagt er und zieht sich die Boxershorts an. »Mein Flieger geht in drei Stunden.«

»Was?« Egal. Immerhin sind wir uns darüber einig, dass er sofort hier verschwindet.

»Ich fürchte, es gibt da ein Missverständnis. Die Polizei sucht mich. Irgendetwas mit Versicherungen und Bürokratie. Kurz nachdem du weg warst, hat mein Anwalt angerufen und mich vorgewarnt. Und«, er deutet erst auf den Flur und danach auf die Küche, »ich habe Geld für ein Flugticket nach Tansania gebraucht. Bei dir habe ich leider keins gefunden.« Ich weiß nicht, woher er den Mut nimmt, aber er sieht allen Ernstes beleidigt aus. »Deshalb ist sie hier.«

»Du schläfst mit einer Bankangestellten, um an Geld für ein Flugticket zu kommen?«

Er zuckt mit den Schultern und zieht den Bettkasten heraus. Darin liegt sein gepackter Koffer.

Nachdem er den Koffer herausgenommen und die Schublade wieder zugemacht hat, dauert es eine ganze Weile, dann frage ich: »Wo sind meine Sachen? Wo sind die Videokassetten?«

Denn die Schublade unter meinem Bett ist leer. Keine Spur von meinem Survival-Kit.

»Dieses ganze alte Zeug? Das habe ich alles entsorgt«, sagt er, als wäre es das Natürlichste der Welt.

Ich muss mich am Schrank abstützen, um nicht in Ohnmacht zu fallen.

»Ich dachte, dieser ganze Plunder wartet nur darauf, weggeworfen zu werden.« Giorgio richtet sich auf und tut ganz unschuldig. »Das ist mein Abschiedsgeschenk an dich.«

Das kann doch nicht wahr sein. Er verbucht das auch noch unter Romantik?

»Panto, das waren doch nur uralte Videos, ich habe dir einen Blue-Ray besorgt, du wirst sehen, der ist um Klassen besser und mit Dolby Surround.«

Ich höre ihm gar nicht zu. »Du hast sie weg…« Mir bleibt die Luft weg. »Du hast sie weggeworfen?« Ich sterbe. Meine Nummer eins, die erste Videokassette, die ich mir mit dreizehn gekauft habe, außerdem *Ghost, Pretty Woman, Dirty Dancing.* »Wie kannst du es wagen?«, brülle ich und schubse ihn gegen die Tür.

»Aber Panto, was ist denn los?«

»Was los ist? Ich ertrage dich nicht mehr. Seit zwei Monaten kampierst du hier auf meinem Sofa, mit der Ausrede, dass du keinen Job hast und Alimente an deine Exfrau zahlen musst.«

»Ex?«, höre ich es aus der Küche schreien.

»Frau! Und zwei Kinder!«, füge ich hinzu.

Ich höre Absätze durch den Flur klappern, dann die Tür, die lautstark zugeschlagen wird.

Giorgio verzieht beleidigt das Gesicht, wie ein Kind, dem man ein Spielzeug kaputt gemacht hat. »Bist du etwa eifersüchtig?«

»Und ob! Ich bin eifersüchtig auf mein Leben, auf mein Zuhause, meine Sachen und meine Zeit. Aber was bringt es, einem Idioten etwas erklären zu wollen, der es als sein Lebensziel betrachtet auszuprobieren, wie viele Wodka-Shots er trinken kann, bevor er auf den Teppich kotzt?« Ich packe ihn im Nacken und schiebe ihn halb nackt, wie er ist, in Richtung Flur. Es ist mir völlig egal, dass er kaum etwas anhat.

Ich öffne die Tür. Davor stehen zwei Typen.

»Hallo. Wir suchen Giorgio Pifferetti.«

Ich seufze erleichtert. »Sind Sie von der Polizei?«

Sie schauen sich verblüfft an. »Äh, ja.«

»Etwas spät!«

»Es war viel Verkehr«, sagt der eine und kratzt sich am Kopf.

»Heute ist eine Demo«, fügt der andere entschuldigend hinzu.

»Schon gut, hier ist er. Er gehört Ihnen.« Ich schiebe Giorgio den beiden entgegen und knalle, ohne eine Antwort abzuwarten, die Tür zu.

Fische

Ein Fischemann ist ein Mann, dem es nicht schwerfällt, euch zu sagen, dass er euch liebt. Natürlich ist das gelogen. Er behauptet, dass ihr seine einzige wahre Liebe seid. Glaubt ihm nicht. Er schwört, dass die Frau, die er auf der Straße geküsst hat, nur eine Cousine ist, mit der er zuvor einen heftigen Wortwechsel hatte. Danach würdet ihr ihn am liebsten ohrfeigen. Lasst das lieber! Das ist genau das, was er Freunden und Verwandten vorgaukeln möchte, nämlich dass ihr emotional instabil und bösartig seid. Denn was der Fischegeborene am liebsten macht, ist Lügen zu verbreiten, sich bei jedem Atemzug bemitleiden zu lassen und sich vor allem selbst zu bedauern.

42

Waage-Baby, was nun?

Was bleibt mir außer den Tränen der Wut und der Trauer? Eine chaotische Wohnung, ein gebrochenes Herz und der fehlende Trost von *Pretty Woman*.

Ich versuche mich auf das Sofa sinken zu lassen, aber mir geht zu viel durch den Kopf, und Nichtstun macht mich wahnsinnig.

Deshalb versuche ich mich mit dem Geruch von Reinigungsmitteln zu betäuben, meine geliebten Filme stehen mir ja nicht zur Verfügung, und putze meine Wohnung porentief rein, bis in den letzten Winkel. Außerdem verwandele ich mich in den folgenden zwei Tagen in die Black&Decker-Queen, bis die Wände irgendwann wie ein Schweizer Käse aussehen, mit all den Löchern für die Dübel, an denen ich Bilder und Regale aufhängen will. Mich an den Wänden abzureagieren tut mir gut.

Als ich fertig bin, habe ich ein wunderschönes Single-Appartement voller Bücher und kitschiger Poster alter Filmklassiker. Erst nach getaner Arbeit sinke ich auf den Boden und breche in Tränen aus.

Ich weine. Vor Erleichterung. Auf einmal fühle ich mich seltsam leicht und frei, mit dem guten Gefühl, jetzt wirklich von vorne anfangen zu können. Ohne Giorgio. Ohne Davide. Sogar ohne meine wertvollen Überlebensvideos.

Nachdem ich mir diesen kleinen Zusammenbruch geleistet habe, werfe ich die benutzten Taschentücher ins Klo und spüle sie herunter. Schluss mit den Tränen, Alice. Ab jetzt wirst du erwachsen. Punkt, Schluss, Aus.

Ich betupfe mir gerade die Augen mit kaltem Wasser, als es an der Tür klingelt. Oh nein!, denke ich. Ich habe auf Paolas letzten Anruf nicht geantwortet (ich war am Bohren), vermutlich ist sie mit einer Gabel bewaffnet hier aufgetaucht, um auch die letzten Reste meines alten Lebens vom Boden zu kratzen.

Aber es ist nicht das Gesicht meiner universell begabten Freundin, das mich erwartet.

»Du musst mir helfen!«

»Was ist denn los?«

Cristina sieht mich an, Tränen in den Augen und mit zitternden Lippen. Wenn das so weitergeht, wird sie gleich losheulen.

Genau so ist es.

Als ob es das Natürlichste der Welt wäre, wirft sie sich schluchzend in meine Arme und sagt: »Carlo sucht mich, du musst mich verstecken.«

»Das Problem ist, dass er den Mond im zwölften Haus hat. Mit dem Mond im zwölften Haus gibt es immer Ärger in der Liebe. Und emotionale Instabilität«, sage ich und puste in meine Teetasse.

»Ihr Problem ist, dass dein Exfreund und ihr zukünftiger Ehemann ein großes Arschloch ist.«

So ist Paola eben. Pragmatisch. Auf den Punkt. Das liegt an der Konjunktion zwischen Mond und Saturn in ihrem

Geburtshoroskop, aber besser, man sagt es ihr nicht, denn ihre Venus und ihr Mars im Krebs könnten zu ewiger Verdammnis führen.

Anlass für das ganze Chaos ist, dass Cristina herausbekommen hat, was sie nicht herausbekommen sollte, nämlich dass Carlo, Wassermann und freiheitsliebend, sich angesichts der bevorstehenden Vaterschaft in die Arme einer anderen geflüchtet hat. Cristina, völlig durcheinander, hat sich zu mir geflüchtet und auf unbestimmte Zeit Asyl beantragt.

»Ja, aber mein Problem ist«, flüstere ich und ziehe Paola vom Sofa weg, auf dem Cristina eingeschlafen ist, »dass ich nicht dazu bereit bin, weder als Pseudomutter noch als Pseudotante. Ich habe keine Lust, mitten in der Nacht aus dem Schlaf gerissen zu werden, um Windeln zu wechseln und Fläschchen zu geben. Cristina kann doch nicht ernsthaft glauben, dass sie dauerhaft bei mir wohnen kann. Schluss, Aus, Ende.«

Immerhin habe ich gerade erst meine Freiheit wiedergewonnen und mich endlich von Giorgio befreit. Und umgeräumt habe ich auch noch.

Das mag vielleicht nicht sonderlich nett klingen, aber ich war noch nie ein Fan von Filmen über Frauensolidarität. Mein Leben ist auch so kompliziert genug, ohne festen Job, erst recht ohne feste Beziehung, da kann ich unmöglich die schwangere Ex meines Exfreundes bei mir aufnehmen. Auch wenn das für Freud ein geordnetes Durcheinander wäre.

»Typisch Alice, du denkst schon wieder drei Jahre voraus«, meint Paola. »Man muss sich damit befassen, wie man eine Situation lösen kann, wenn sie eingetreten ist, und nicht gleich an das Schlimmste denken.«

Genau deshalb habe ich sie angerufen. Paola ist die Freundin, die alle gerne zur Freundin hätten. Ein Krebs, Aszendent Krebs, zutiefst mitfühlend, und mit Pluto im dritten Haus liegt es auf der Hand, dass sie ihre Umwelt mit großer Empathie wahrnimmt.

Ich wusste nicht recht, was ich tun sollte, als Cristina heulend vor meiner Wohnungstür stand, daher habe ich das gemacht, was alle gemacht hätten, die Paola kennen. Ich habe den Hörer in die Hand genommen und sie angerufen.

Kaum war sie da, hat sie in gerade mal fünf Minuten drei Dinge erreicht: sich die Situation klargemacht, Cristinas Tränenflut gestoppt und sie dann zum Schlafen gebracht.

Wie aus dem Lehrbuch. Perfekt.

»Besteht die Gefahr, dass wir uns hier irgendwelche Krankheiten einfangen?«, fragt sie jetzt als beste Freundin. Dabei kräuselt sie die Nase und schiebt mit spitzen Fingern einen Küchenstuhl zur Seite.

»Ich habe alles saubergemacht«, antworte ich leicht gekränkt.

Bei ihrer Überzeugungskraft habe ich natürlich die Katze aus dem Sack gelassen und ihr von Giorgio erzählt, ebenso von der Festnahme und der Szene à la *9 ½ Wochen* in der Küche.

»Ebenfalls desinfiziert?«, bohrt sie nach und setzt sich vorsichtig auf den äußersten Rand des Stuhls. »Bei einem, für den Fremdgehen ein Hobby ist wie für andere Stricken, weiß man nie.«

»Was glaubst du denn, ich habe den Mond in der Venus, du kannst dich darauf verlassen, da bin ich ziemlich pingelig.«

»Alice, du solltest diesen Stuss wirklich lassen. Ich weiß nicht, ob es dir überhaupt auffällt, aber du sagst kaum einen

Satz, ohne dass darin Mond, Konjunktion oder Triade vorkommt.«

»Trigon, nicht Triade. Das habe ich dir nun schon so oft erklärt.«

»Genau. Alice, ein Freund von Giacomo hatte Probleme mit dem Alkohol und ist in ein Therapiezentrum gegangen. Die heilen da wohl auch andere Abhängigkeiten, Internet, Spielsucht und Horoskope.«

»Paola, höre mir doch wenigstens einmal zu. Die Astrologie hilft dir, dich und andere besser zu verstehen, und wenn es dir gelingt, sie sinnvoll zu nutzen, erspart sie dir in neunzig Prozent der Fälle viel Ärger.«

Sie trinkt einen Schluck Tee. »Was ist mit Davide?«, fragt sie dann herausfordernd.

Natürlich habe ich ihr erzählt, was in Paris zwischen mir und Davide vorgefallen ist. Ich habe sie sogar schon aus dem Zug angerufen, um mich abzureagieren.

»Davide ist die Ausnahme, die die Regel bestätigt«, antworte ich, stehe auf und suche etwas im Schrank, damit ich ihr nicht in die Augen blicken muss. »Das heißt, auch wenn du weißt, dass dein und sein Horoskop absolut nicht zueinanderpassen, hörst du nicht darauf, sondern gehst mit dem Kopf durch die Wand und ignorierst die Sterne.«

»Das nennt man wohl Anziehung«, antwortet Paola ungerührt. »Mach doch mal eine statistische Untersuchung, wie viele Ehen gut funktionieren, wenn die Horoskope der Partner zueinanderpassen, und wie viele, wenn nicht. Probieren wir's einfach.«

»Will heißen?«

»Giacomo und ich zum Beispiel. Hast du uns schon überprüft?«

»Ähm …« Ich will gerade etwas antworten, als wir durch das Geräusch des Staubsaugers abgelenkt werden. Wir stürzen ins Wohnzimmer. Ich muss Cristina mit der Putzfimmelitis angesteckt haben, denn sie scheint einen Großputz veranstalten zu wollen.

Nach einem Moment der Irritation registrieren Paola und ich, dass da eine Schwangere jenseits des sechsten Monats auf Zehenspitzen auf meinem Sofa steht, die Saugdüse über dem Kopf schwingt und die Buchregale absaugt.

»Cri, lass das!«, schreie ich, aber das Staubsaugergeräusch übertönt meine Stimme.

Paola ist auch in dieser Situation hilfreich und zieht den Stecker. »Cristina«, sagt sie und streckt ihr die Hand entgegen, »du solltest dich nicht so anstrengen.«

Dieses Mal, das muss ich zugeben, dringt der Zauber des Krebses nicht zu ihr durch, im Gegenteil, Cristina dreht sich wütend um. »Soll ich vielleicht ersticken? Ich habe eine Stauballergie. Soll ich einen anaphylaktischen Schock bekommen oder mein Kind auf dem Parkettfußboden zur Welt bringen?«

O Gott, geht es etwa los? »Soll ich Wasser heiß machen?«, frage ich Paola verzweifelt.

»Nur wenn du noch eine Tasse Tee trinken willst, du Dummerchen.« Dann greift sie mit der Präzision eines Ninjas nach dem Staubsaugerrohr und hält es fest. »Hier bekommt niemand ein Kind. Jedenfalls im Augenblick nicht.«

Als sie Cristina entwaffnen will, stößt Paola gegen eine große Kiste, die ich schon vor Monaten auf dem Bücherregal abgestellt habe. Es ist die Kiste, die ich bei meinen Eltern abgeholt habe, als sie das Haus gestrichen haben. Ich wollte sie die ganze Zeit durchsehen, bin aber nicht dazugekommen.

»Vorsicht!« Todesmutig stürze ich nach vorne und versuche die beiden vor den herunterfallenden Büchern, losen Blättern und allem möglichen Kleinkram zu retten.

»Verdammt, ist etwas kaputt gegangen?«, fragt Paola sofort und kommt mir zu Hilfe (sie kann einfach nicht anders).

»Keine Ahnung«, sage ich und gehe dann zu Cristina hinüber, die wieder heult. Melodrama vom Feinsten auf meinem Sofa. »Ganz ruhig, schschsch.«

Sie jammert einfach weiter, den Kopf in ein Kissen vergraben.

Paola macht sich bereits an die Aufräumarbeiten. Ich überlasse Cristina sich selbst und helfe ihr. »Ich wollte schon seit zwei Monaten diese Kiste durchschauen, das ist ein Wink des Schicksals.«

Meine beste Freundin verdreht die Augen.

Ich entdecke ein paar Ordner von der Uni und meine alte Puppe, die ich als Kind über alles geliebt habe. Stifte, die natürlich alle nicht mehr schreiben, und Zettel, einen Haufen Zettel. Meine Mutter hat wahrscheinlich einfach die Schubladen meines Schreibtischs in die Kiste geleert.

»Und das?«, fragt Paola und hebt etwas Glitzerndes vom Boden auf, als ob sie einen Schatz gefunden hätte. »Was macht denn der Löffel hier? Du bist wirklich chaotisch, Alice.«

Ich schnaube beleidigt und nehme ihr den Löffel ab. »Das ist nicht irgendein Löffel, verstehst du? Es ist ein Glücksbringer, den mir mein Onkel zu meiner Geburt geschenkt hat«, erkläre ich ihr stolz. »Schau mal, da steht mein Gewicht drauf, fast vier Kilo.« Da kommt mir eine Idee, und ich setze mich neben Cristina, um sie abzulenken. »So was lassen wir auch für dein Baby machen, was meinst du? Wäre das nicht nett? Da stehen dann das Geburtsdatum, die Uhrzeit, die Größe …«

Der gewünschte Effekt tritt leider nicht ein. Cristina beginnt nur noch heftiger zu weinen, am liebsten hätte ich ihr den Löffel über den Schädel gezogen, um sie zu beruhigen. Mein Mutterinstinkt ist nicht sonderlich stark ausgeprägt, das ist offensichtlich. Ich stehe vom Sofa auf, dann setze ich mich wieder. Ich starre vor mich auf den Tisch.

Paola erhebt sich vom Fußboden, reckt und streckt sich, stützt die Hände in die Seiten und fragt: »Alles in Ordnung?«

Ich starre weiter. »Keine Ahnung.«

»Wie? Ist dir schwindlig? Geht's dir nicht gut?« Sie kommt auf mich zu und legt mir eine Hand auf die Stirn.

Als Antwort strecke ich ihr den Löffel entgegen.

Natürlich versteht sie überhaupt nichts.

»Die Uhrzeit«, stammele ich. »Schau doch mal auf die Uhrzeit.«

»Alice Bassi, geboren um dreiundzwanzig Uhr vierzehn, ja und?«

»Meine Mutter hat mir immer gesagt, dass ich um elf geboren bin.«

Paola sieht mich skeptisch an und überlegt, ob sie den Notarzt rufen soll. »Ja und? Du bist um Viertel nach elf geboren.«

»Ja, aber abends!«, rufe ich, springe zum Telefon und wähle die Nummer meiner Eltern.

»Mein Schatz, wie geht es dir?«, fragt mein Vater.

»Papa, wann genau bin ich geboren?«, frage ich mit zitternder Stimme, die Höflichkeitsfloskeln überspringe ich.

»Wie? Geht es dir gut? Hast du Fieber?«

»Das frage ich mich auch, Signor Bassi«, sagt Paola laut, die neben mir steht.

»Ah, Paola, ciao. Grüße an deine Mutter.«

»Danke.«

»Könnt ihr mal damit aufhören? Das ist eine elementare Frage, es geht um Leben und Tod.«

»Übertreib nicht«, sagt Paola.

»Was ist denn nur los, meine Kleine?«, fragt mein Vater.

»Papa, ich muss wissen, wann ich geboren wurde. Und zwar ganz genau.«

Aus dem Hintergrund höre ich die Stimme meiner Mutter. »Sag ihr, sie kann ihre Schuhe abholen, die ich zum Schuster gebracht habe.«

»Deine Mutter sagt, die Schuhe sind fertig. Wann kommst du vorbei?«

»Bald Papa, aber …«

»Weißt du, wen ich letztens im Park getroffen habe? Deine Italienischlehrerin aus dem Gymnasium. Erinnerst du dich noch? Sie ist ganz schön alt geworden.«

»Papa, es ist fast zwanzig Jahre her, dass ich im Gymnasium war. Kann mir bitte endlich mal jemand sagen, wann ich geboren bin? Ich habe nämlich den Löffel mit meinen Geburtsdaten gefunden, das Geschenk von Onkel Christian.«

»Mit dem haben wir erst gestern telefoniert. Er lässt dich herzlich grüßen. Er fragt ständig nach dir. Warum meldest du dich nicht hin und wieder bei ihm? Er muss sich das Knie röntgen lassen.«

»Das tut mir leid. Papa, ich bitte dich. Ich rufe an, weil ich wissen muss, wann ich geboren wurde. Wenn du mir die genaue Uhrzeit sagst, melde ich mich, bei wem du willst. Ich tue alles, was du willst«, flehe ich.

Auf der anderen Seite herrscht verlegene Stille, dann: »Adalgisa, wann genau ist Alice geboren?«

Ich sehe meine Mutter fast bildlich vor mir, wie sie aus der Küche tritt und meinen Vater stirnrunzelnd mustert. Sie murmelt etwas, das ich nicht verstehe.

»Deine Mutter meint um elf«, sagt er.

»Ja, das weiß ich, aber elf Uhr morgens oder abends?«

»Abends«, höre ich die Stimme meiner Mutter.

Ich gehe in die Knie.

»Alice? Hallo, Alice?«

Ich stehe derart unter Schock, dass ich mir widerstandslos von Paola das Telefon aus der Hand nehmen lasse.

»Hallo, Signor Guido, hier ist Paola. Ja, alles in Ordnung, danke. Alice kann jetzt nicht sprechen. Nein, sie schaut in die Sterne.«

Als ich mich umdrehe, hat Cristina zu weinen aufgehört und hält mir ein Glas Wasser hin, das ich in einem Zug austrinke.

»Also?«, fragt mich Paola mit vor der Brust verschränkten Armen. Ich antworte nicht und schleppe mich zum PC, wo ich das Astrologieprogramm aufrufe und meine veränderten Daten eingebe.

Einige Dinge sind gleich geblieben. Die Position der Planeten ist dieselbe. Aber die Planeten in den Häusern und die Häuser selbst, genau wie die Aspekte zwischen den Planeten und sogar der Aszendent, sind nicht mehr dieselben.

Ich bin gar nicht die, für die ich mich gehalten habe.

Ich muss mich setzen.

Ich sitze schon.

Ich öffne den Mund und flüstere: »Wer bin ich?«

43

Lost in Astrology

Es sind viel zu viele Leute hier. Das ist mein erster Gedanke, als ich mein Büro betrete und den Krach höre. Jemand kommt auf mich zu und begrüßt mich.

»Ciao, Alice.«

»Hallo, Alice.«

»Hey, Alice.«

Alice. Alice. Alice.

Sie wiederholen immer wieder meinen Namen, der sich gerade von mir gelöst hat. Es ist, als würde ich ihn mit spitzen Fingern packen und angeekelt von mir weghalten.

»Alice!«

Ich zucke zusammen, als ich eine Hand auf meiner Schulter spüre. »Enrico«, sage ich und bleibe stehen.

»Guten Morgen«, sagt mein Chef mit breitem Lächeln, so breit wie eine Autobahn. »Ich habe Brioches für alle mitgebracht, willst du auch eine?«

Ich werfe einen Blick auf meinen Schreibtisch, der von Kolleginnen und Kollegen umringt ist. Ich öffne den Mund, kann aber nichts sagen. Wie benimmt sich die Alice, die Waage, Aszendent Löwe ist, mit der Sonne im vierten Haus, mit Mars im zweiten, dem Steinbock im sechsten und so weiter und mit all den anderen Verbindungen zwischen den Planeten, Trigonen, Konjunktionen und Oppositionen?

Mag sie Brioches? Oder beginnt sie lieber sofort mit der Arbeit?

»Einen Augenblick.« Ich drehe mich um und werfe einen kurzen Blick auf den Ausdruck mit meinem neuen Horoskop.

»Geht es dir nicht gut?«, fragt Enrico. »Hast du Bauchschmerzen? Sonst würdest du doch nie auf eine Brioche verzichten.«

»Wirklich?«, frage ich misstrauisch. Ich erinnere mich nicht mehr genau an sein Horoskop, doch Skorpione sind im Allgemeinen eher undurchsichtig. Hinter seiner Frage könnte auch etwas anderes stecken.

Oder nicht.

Wer kann das jetzt noch sagen?

Mir schwirrt der Kopf.

Nachdem er eine Weile gewartet hat und ich nicht reagiere, zuckt er mit den Schultern und wendet sich zum Gehen. »Wenn du deine Meinung ändern solltest, musst du dich beeilen. In einer halben Stunde sind sie sicher alle weg.«

Ich nutze den Moment der Stille, um mein neues Horoskop zu lesen. Tief in mir brodelt es.

Wie kann ich mir echte Liebe, Familie und Stabilität wünschen, wenn das Quadrat zwischen Mond und Neptun sagt, dass ich dazu gar nicht fähig bin? Zudem bin ich energisch, autoritär und egozentrisch. Ich bin hin- und hergerissen. Was die Energie betrifft, brauche ich dringend jemanden, der mich durchschüttelt.

Ich weiß auch schon, wen.

Tio hat noch nicht auf meine Nachrichten geantwortet,

was wirklich seltsam ist, da er sonst immer sofort zur Stelle ist, wenn ich Hilfe brauche.

Dann kommt mir etwas in den Sinn, das mich hektisch durch meinen fünfseitigen Ausdruck blättern lässt. Stier im elften Haus: Freunde könnten sich an mich binden, um Vorteile daraus zu ziehen. O Gott, bin ich etwa die ganze Zeit nur ausgenützt worden?

Quatsch, welche Vorteile sollte Tio durch mich haben?

Nun ja, er ist zum Fernsehstar geworden. Mm.

Plötzlich sehe ich ihn. Er steht bei Enrico, im engsten Kreis. Wie ein Pirat hält er triumphierend seine Beute über den Kopf, eine Brioche und ein *cannolo.* Er ist nicht zu übersehen.

»Alice, mein Herz!«, ruft er besorgt und bahnt sich den Weg zu mir.

Mein Herz am Arsch. Wenn er glaubt, dass er mich mit einer intravenösen Dosis Fett und Zucker verführen kann, dann hat er keine Ahnung, wen er vor sich hat. Da ich jedoch selbst nicht weiß, wer ich bin, steht es eins zu eins.

»Tio!«, rufe ich zurück und stürze mich in seine Arme. Trotz Frust und Verzweiflung.

»Hey, ganz ruhig. Wenn du so ausgehungert bist, kannst du gerne beide haben«, sagt er und zwinkert mir zu. »Du hättest aber auch Enricos Angebot annehmen und mit ihm feiern können. Wie es scheint, kommt seine Frau endlich wieder zu ihm zurück.«

Ich werfe meinem Chef einen Blick zu, der herzlich lacht, seine Wangen glänzen. Ich freue mich für ihn. Eine gute Nachricht, ein Happy End. So muss es sein.

Wie kann Tio ans Essen denken, wenn die ganze Welt in Scherben fällt? Die Antwort weiß er allein!

Nun gut, vielleicht übertreibe ich ein bisschen, aber wenn man mit fast vierzig erfährt, dass man als Baby vertauscht, adoptiert oder entführt worden ist, dann fühlt sich das bestimmt ähnlich an. Wie eines der letzten Exemplare einer aussterbenden Tierrasse.

»Hast du meine Nachrichten bekommen? Und den Anhang?«

Tio scheint sich der Tragweite der Situation nicht bewusst zu sein, denn er hält sich die Hand vor den Mund, um ein Gähnen zu unterdrücken. »Ja, aber nur überflogen. Gestern ist es bei mir und Andrea spät geworden. Ich brauche erst noch einen Kaffee.«

Okay, wenn das der Preis ist, um in meiner Meinung bestätigt zu werden, dann würde ich sogar nach Brasilien reisen und ihm die Bohnen persönlich rösten.

»Also?«, frage ich zehn Minuten und einen Kaffee später.

»Alice, das ist doch herrlich.«

»Wie, *herrlich*? Tio, weißt du, was du da sagst? Hast du eine Ahnung, was das für mich bedeutet?«

Er bleibt gelassen auf der Schreibtischkante sitzen und liest weiter in den verknitterten Zetteln, die ich ihm gegeben habe.

Für ihn mag das *herrlich sein.* Ich dagegen habe die ganze Nacht nicht geschlafen. Ich bin immer wieder aufgestanden und habe mich im Spiegel angesehen, überzeugt, dass sich mein Gesicht langsam aufzulösen beginnt, wie in einem Horrorfilm.

»Ja, ganz genau, meine Liebe. Herrlich, weil du endlich zu einer starken, entschlossenen Frau werden kannst. Hast du es denn schon mit dem Horoskop von du weißt schon wem verglichen? Jetzt passt es vielleicht besser.«

Natürlich war das das Erste, was ich gemacht habe. Eigentlich das Zweite, wenn man den Kopf gegen die Wand schlagen mitzählt. Als Drittes habe ich dann wieder den Kopf gegen die Wand geschlagen. Davides und mein Horoskop passen jetzt noch weniger zusammen als vorher.

»Das spielt keine Rolle«, unterbreche ich ihn, »aber das hier bin nicht ich.« Dabei zeige ich auf den Ausdruck meines neuen Horoskops, das mir meine Identität genommen und mich in die Paranoia gestürzt hat. Dann reiße ich ihm die Blätter aus der Hand und lese vor: »Aszendent Löwe. Nicht mehr und nicht weniger. Das heißt, ich bin eine Führungspersönlichkeit. Und dann hier, Mars im zweiten Haus, das bedeutet, ich habe großes Talent zum Geldverdienen. Von wegen! Kann ich das hier vorlegen, wenn ich meinen nächsten Kredit beantrage?«

»Jetzt komm schon, Alice«, beschwichtigt Tio und hebt majestätisch die Hand, »du redest, als wärst du nicht in der Lage, ein Horoskop zu interpretieren. Ich hätte wirklich gedacht, dass du in all den Monaten etwas mehr begriffen hättest.« Er nimmt mir die Blätter aus der Hand. »Also. Löwe als Aszendent bedeutet im Allgemeinen Führungspersönlichkeit, das stimmt schon, aber lies mal hier: ›verfügt über eine enorme Kreativität und neigt zum Dramatisieren, wahrscheinlich weil sie im Grunde schüchtern und unsicher ist‹«, verkündet er zufrieden. »Das bist genau du.«

Ich reiße ihm den Ausdruck aus der Hand und suche die Stelle, die er mir gerade vorgelesen hat. Eine Zeile irgendwo mittendrin, wo detailliert beschrieben wird, dass ich immer die Erste sein und die Chefin spielen will, dass ich andere führen und für sie ein Quell der Inspiration sein möchte. Ein Quell der Inspiration! Ich, die ich in der

Vergangenheit Männer höchstens dazu inspiriert habe, mich zu verlassen.

»Und all das andere?«, frage ich und deute auf den übrigen Text.

Tio zuckt mit den Schultern. »Natürlich könntest du auch so sein, aber du hast noch nicht den Mut entwickelt, aus dem Ei zu schlüpfen.« Er greift wieder nach meinem Horoskop. »Das hier stimmt allerdings haargenau: ›Sie haben ein großes Herz, sind freundlich und wohlmeinend und verletzt, wenn Sie mit der Grausamkeit und dem Egoismus anderer konfrontiert werden.‹«

Ich schnaube und nehme ihm die Seiten wieder ab, dann winke ich Luciano heran. »Hör zu«, sage ich zu meinem Kollegen aus der Regie, »wenn jemand, der dein Horoskop liest, zu dir sagen würde: ›Du hast ein großes Herz, bist freundlich und wohlmeinend, und wenn du mit der Grausamkeit und dem Egoismus anderer konfrontiert wirst, dann bist du verletzt‹ …«

Luciano nickt und verzieht nachdenklich das Gesicht. »Genau richtig. Das trifft es auf den Punkt. Das erkennen allerdings nicht viele. Ich bin nämlich sehr sensibel.«

Nachdem er wieder gegangen ist, beginnt Tio zu klatschen. »Sehr gut, bravo. Und jetzt?«

»Jeder würde sich in dieser Beschreibung wiedererkennen.«

Er verschränkt die Arme vor der Brust. »Nur du nicht.«

»Natürlich, ich auch. Tio, verstehst du denn nicht? Wenn ich in den letzten Monaten Tag für Tag diejenige war, die ich laut meinem damaligen Geburtshoroskop und den jeweils aktuellen Sternenkonstellationen war, dann kann ich nicht einfach sagen: Hoppla, ziehen wir einen Schlussstrich und schlagen ein neues Kapitel auf mit einer ganz neuen Alice.

Denn genau das sagt mein richtiges Horoskop, Tio. Dass ich ein völlig anderer Mensch bin.«

»Das bist du abgesehen davon auch, mein Schatz.«

Ich seufze. »Genau. Das ist es, Tio. Genau das. Ich bin immer ich, davon abgesehen. Ich gehe wohl besser ins Studio«, sage ich abschließend und schüttele den Kopf.

Einige Minuten später stecke ich den Kopf ins Aufnahmestudio und sehe zu, wie der leuchtende Schriftzug »ALLES EINE FRAGE« an schweren Eisenketten auf den Boden herabgelassen wird.

Ferruccio überwacht den Abbau, während die Requisiten der Sendung auf einen Wagen geladen werden, damit sie im Archiv eingelagert werden können oder in die Requisite kommen, wo sie für eine andere Sendung umgebaut werden.

Die zweite Hälfte »DER STERNE« hängt noch und schwankt hin und her. Direkt darunter entdecke ich Carlo.

»Na?«, frage ich und versuche meine Schuldgefühle beiseitezuschieben. Cristina hätte mich den Schwur, niemandem zu sagen, wo sie sich aufhält, fast noch mit Blut besiegeln lassen.

»Pfff«, antwortet er traurig.

Wassermänner sind normalerweise nicht auf den Mund gefallen und Carlo schon gar nicht, aber ich verstehe, dass auch er im Augenblick nicht gerade besonders energiegeladen ist.

Ich räuspere mich. »Ist das nicht das, was du wolltest? Wie könntest du an der Seite einer Frau leben, die du gar nicht liebst, während du mit einer anderen zugange bist? Und kein Wort über das Kind. Das Kind hat nichts damit zu tun.«

Carlo setzt sich auf eine Holzkiste. »Woher soll ich wissen, was ich will? Wissen wir das überhaupt, Alice? Bist du sicher, dass du weißt, was du willst? Ist immer alles schwarz oder weiß?«

Nein. Nein, das ist es nicht. Vielleicht war es früher mal so, aber mit dem Alter verblasst das, und man darf den Blick nicht verschließen, sondern muss sich bemühen, auch alle Zwischentöne wahrzunehmen. Carlos Worte öffnen mir die Augen. Wir alle haben Angst. Niemand weiß wirklich, wohin die Reise geht.

Ich halte ihm die Hand hin, um ihn hochzuziehen, und nehme ihn dann in den Arm. »Du wirst sehen, alles wird gut«, flüstere ich. Ich nehme mir vor, noch mal mit Cristina zu sprechen und sie davon zu überzeugen, dass sie sich noch mal mit Carlo zusammensetzt. Ich fühle mich in Frieden mit der ganzen Welt. Zen.

Als Carlo sich von mir löst, sind seine Augen feucht. Mir liegt auf der Zunge, ihm zu sagen, dass Cristina bei mir ist.

Aber er ist schneller als ich. »Ich habe ganz vergessen dir zu sagen, dass ich den Intendanten getroffen habe, er will mit dir reden.«

Aha.

Nun ja. Mehr als dreißig Sekunden in Frieden mit der Welt und Zen geht wohl nicht.

Während ich die Treppe hinaufgehe, versuche ich mich immer noch mit meinem neuen Horoskop auszusöhnen, denn in Momenten wie diesem würde ich gerne wissen, was mich erwartet.

Tio würde sagen, dass es typisch Waage ist, Überraschungen möglichst auszuschließen und die Dinge immer unter Kontrolle haben zu wollen. An diesem Punkt würde ich einwenden, dass das auf mich zutrifft, ich bin nun mal Waage, aber wer weiß, vielleicht wäre es auch so, wenn ich im März geboren wäre.

Obwohl ich Horoskopen im Moment skeptisch gegenüberstehe, beunruhigt mich der Merkur im vierten Haus ein wenig, denn er steht meist für fehlende Stabilität. Und für häufige Wohnungswechsel. Vielleicht kann ich die Miete nicht mehr bezahlen? Einige Zeilen darunter heißt es jedoch, dass ich meinen Beruf auch von zu Hause aus ausüben kann. Ich zucke zusammen. Versandhandel am Telefon?

Fast schon automatisch wähle ich Paolas Nummer. Ich bin sicher, dass zwei Sätze von ihr genügen werden, um mir den Kopf wieder zurechtzurücken.

»Du hast ihm doch hoffentlich nichts von Cristina erzählt, oder?«, fragt sie mich ungehalten. »Meinst du nicht, dass dieser Kindergarten allmählich ein Ende haben sollte? Die beiden müssen miteinander reden.«

»Paola, ich habe es versprochen. Und Carlo meinte, dass der Herr und Meister mich sehen will, offensichtlich habe ich ein ganz anderes Problem.«

»Hör dir doch erst mal an, um was es geht, dann rufst du wieder an, und wir reden darüber.«

So spricht Pragmatik-Paola, die konkreteste Frau des Universums. Sie hat recht. Warum denke ich nicht genauso? Das liegt doch auf der Hand.

»Solange ihr nicht miteinander gesprochen habt, weißt du nicht, was er will«, fügt sie hinzu, und ich bin schon etwas ruhiger. »Nach der Sache mit Giorgio hatte er immerhin Ärger mit der Polizei, außerdem ein blaues Auge und ein Chaos im Büro. Warum sollte er sauer auf dich sein?«

Ich bleibe vor der Bürotür stehen, die Hand schon erhoben. Stimmt, warum sollte er sich über mich geärgert haben?
»Herr Intendant?«

»Alice, setz dich.«

Als ich zwanzig Minuten später die Tür wieder hinter mir zuziehe, fühle ich mich in einen dieser Fantasy-Filme versetzt, in denen man nur die Schwelle einer Tür überschreiten muss, um sich in einer Parallelwelt zu befinden.

Ein Gefühl, das nicht neu für mich sein sollte, da er mich gerade darüber informiert hat, dass ich nicht mehr die verträumte und labile Alice bin, sondern eine zielorientierte, zu allem entschlossene Alice, die ihre Fantasie in konkrete Projekte für die Zukunft umsetzt.

Mir zittern die Knie, und ich starre auf Paolas Nummer auf dem Handy. In meinem vorigen Leben hätte ich sie sofort angerufen. Aber diesmal?

Diesmal nehme ich mir die Zeit, damit sich das Ganze setzen kann, in Ruhe. Ich muss die Begleitumstände, den Beigeschmack und die Perspektiven erst erspüren.

Der Herr und Meister hat mich gefragt, ob ich mir vorstellen könnte, den Sender zu verlassen.

Keine Entlassung, jedenfalls nicht im eigentlichen Sinn des Wortes.

In den vergangenen Monaten hat *Alles eine Frage der Sterne* auch bei den großen Kanälen für Aufsehen gesorgt. Deshalb hat unser Sender nicht nur ein Fusionsangebot bekommen, das ihm den Hals retten wird, sondern auch die Offerte, das Format zu verkaufen, und zwar direkt an die RAI. Und die Produktionsfirma will mich. Sie wünschen einen Termin mit mir. In Rom. Sofern ich Interesse habe.

Habe ich Interesse?

Ohne mir darüber bewusst zu werden, bleibe ich vor einer geschlossenen Tür stehen. Wenn ich einen Ort brauche, um nachzudenken, dann ist ein leeres Büro geradezu ideal.

Vielleicht tut es mir sogar gut, weit weg von Davide und allem zu sein, was mit ihm zusammenhängt. Die Distanz wird mir helfen, sein Bild aus meinem Kopf zu verbannen, sie wird einen Wendepunkt markieren, hinter dem er keine Rolle mehr in meinem Leben spielt. Hinter dem auch viele andere keine Rolle mehr in meinem Leben spielen werden. Ich weiß nicht, ob ich die Kraft zu einer solchen Entscheidung habe.

Auf der einen Seite begeistert mich die Idee, auf der anderen macht sie mir große Angst.

Ich drücke die Klinke herunter. Das Zimmer ist lichtdurchflutet und von Stille erfüllt. Auf dem Schreibtisch steht ein Karton, und die Spuren an den leeren Wänden zeugen von Postern und Bildern, die einmal dort hingen.

Neben dem Fenster stehen bereits Farbeimer und ein Pinsel, der alle Spuren von Davide beseitigen wird.

Ich seufze leise und drehe mich um, doch die eben noch offene Tür ist nun geschlossen, und ob ich es glaube oder nicht, Davide steht vor mir.

»Was machst du denn hier?«, frage ich mit erstickter Stimme.

»Na ja, das ist mein Büro. Jedenfalls bis heute. Ich bin gekommen, um …« Er zeigt auf den Karton auf dem Schreibtisch. »Und du?«

Er scheint Schwierigkeiten zu haben, die richtigen Worte zu finden, sie kommen nur stockend aus seinem Mund. Ich wünschte, mein Herz würde mir nicht so in den Ohren klingen. So stark, dass ich verwirrt bin, während die Erinnerung an unsere Küsse mich einen Moment lang aus der Realität reißt. »Nun denn.«

»Alice …«

Wir reden beide gleichzeitig. Auch unsere Worte wollen sich küssen.

Was bin ich doch für eine romantische Kuh. Dieser Mann kann sagen, was er will, die Wahrheit ist und bleibt, dass er mich benutzt hat, und zwar auf übelste Art und Weise.

»Ich lasse dich in Ruhe packen«, sage ich, wende den Blick ab und gehe auf die Tür zu. Ein gewagter Schritt, denn er steht davor, aber ich muss ein klares Signal senden, dass die Sache für mich endgültig vorbei ist. »Entschuldige«, sage ich, um ihm zu verstehen zu geben, dass er zur Seite gehen soll.

Davide geht tatsächlich zur Seite, aber seine Hand liegt noch immer auf der Klinke. »Bitte Alice, wir hatten gar keine Gelegenheit mehr, miteinander zu reden nach Paris.«

Die Gefühle wallen in mir auf. Was will er? Meinen Segen? »Es gibt nichts zu reden, Davide. Wir haben uns von der Situation überwältigen lassen, die Gefühle der letzten Monate, der Ort …« Während ich das sage, denke ich an den Löwe-Aszendenten, der nicht zu mir gehört und den ich auch nicht haben will, doch in manchen Momenten ist es als Doppelpersönlichkeit nützlich, wenn er die Zügel in der Hand hält. »Wir haben uns mitreißen lassen. Das war's. Wir können jetzt wieder unser Leben leben.«

Er sieht mich stirnrunzelnd an, dann greift er nach meiner Hand. »Du hast recht, die Gefühle der letzten Monate waren wirklich unbeschreiblich.« Ich spüre, wie er mir mit dem Daumen über den Handrücken streichelt. »Alice, es ist nicht leicht für mich. Ich bin … Puh. Es fällt mir schwer, anderen

Menschen zu vertrauen. Mein Leben war nie wirklich stabil, schon in meiner Kindheit nicht, das habe ich dir doch erzählt. Deshalb fällt es mir auch so schwer, mich an andere zu binden. Deshalb tue ich mir immer wieder selbst weh, genau wie den Menschen in meiner näheren Umgebung. Nehmen wir nur mal Barbara …«

Oh nein, bitte keine Seligsprechung von Barbara, das kann ich jetzt nicht ertragen. »Hör mal Davide, du musst dich nicht rechtfertigen.« Mit einer gewaltigen Kraftanstrengung löse ich meine Hand von seiner. »Ich habe auch nachgedacht, zwischen uns kann es nicht funktionieren. Leider. Zunächst einmal passen unsere Horoskope überhaupt nicht zusammen. Außerdem bist du nicht der Mann, mit dem ich mein Leben teilen möchte. Ich will einen Mann, der an meiner Seite ist. Ich will einen Mann, für den ich die Königin bin, was ich bei jedem seiner Blicke spüren möchte. Bei dem ich nicht jedes Mal, wenn ich mich von ihm verabschiede, Angst haben muss, weil ich nie weiß, wann er zurück sein wird, ob er mir etwas verheimlicht oder welche Laune er haben wird.« Ich seufze und schaue ihm in die Augen. »Ich will etwas Ernstes und Beständiges. Ich will einen Mann, mit dem ich gemeinsam etwas aufbauen kann. Oder es zumindest versuchen.« Davide öffnet den Mund, um etwas zu sagen, aber ich halte ihn zurück. »Vielleicht ist Daniele ja dieser Mann.«

Mir bricht bei diesen Worten fast das Herz. Das Fallbeil zwischen dem Vorher und dem Nachher ist herabgestürzt, und die beiden Hälften dessen, was einmal mein Leben war, können nicht mehr zusammengenäht werden.

Davide sieht mir in die Augen. Dann geht er an mir vorbei zum Schreibtisch. »Gut, dass du so klare Vorstellungen hast«, sagt er und dreht mir den Rücken zu. »Du bist ein wunderbarer Mensch, Alice.« Einen Moment lang blickt er zurück, und sein melancholisches, sanftes Lächeln lässt meine Knie weich werden. »Und wenn das alles ist, was ich dir geben konnte, und deinen Kampfgeist geweckt habe, dann macht mich das glücklich.«

44

Meine Droge heißt Astrologie

»Das ist kein Einkaufszentrum.«

»Eins zu null für deinen Scharfsinn, Sherlock.« Paola geht vor mir durch eine Halle, in der sanfte Musik zu hören ist.

»Also, was machen wir hier? Du hast gesagt, du willst mir das neue Zentrum zeigen.«

»Stimmt, und da habe ich nicht gelogen«, erwidert meine Freundin und zuckt mit den Schultern. »Das hier ist das neue Zentrum. Dass es ein Einkaufszentrum ist, war deine Interpretation.«

Ich bin verblüfft. Seit wann gibt es in Paolas Wörterbuch Alternativen zu diesem Wort? Ich blicke mich um, das Ganze sieht irgendwie nach einem Krankenhaus aus. »Geht es dir nicht gut, Paola? Ist etwas passiert?«

O Gott, was sollte ich dann nur machen?

»Alice, es geht mir bestens«, versichert sie, »ich mache mir vielmehr Sorgen um dich.«

Ich zwinkere ein paarmal. »Ich bin nicht krank.«

»Deine zwanghafte Fixierung auf die Astrologie nimmt immer beängstigendere Formen an«, sagt sie mit ernster Stimme.

Das liegt eindeutig an ihrem negativen Aspekt zwischen

Mars und Uranus, deshalb ist sie auch so selbstsicher, dass es schon fast arrogant wirkt.

»Ich finde, du solltest dich einem Experten anvertrauen. Einem Arzt.«

»Ein Seelenklempner«, sage ich empört. Ich kann nicht glauben, dass ich so leichtgläubig in die Falle getappt bin. Vertraue niemandem, der einen negativen Aspekt zwischen Pluto und Himmelsmitte hat. Ich habe es immer schon geahnt, aber jetzt gibt es keinen Zweifel mehr. Paola nutzt unsere Freundschaft aus, um mir ihren Willen aufzuzwingen.

»Ich möchte gehen.«

»Alice, warte. Komm mit, wir drehen eine Runde und schauen uns unverbindlich alles an. Wenn du mir diesen Gefallen tust, dann lade ich dich beim Japaner zum Mittagessen ein, da gehst du doch so gerne hin.«

Einerseits möchte ich hart bleiben, aber Paola hat auch den Saturn im Widder, und das wird sie mir ewig nachtragen, das weiß ich. Außerdem war ich seit Monaten nicht mehr im Sakura und kann mich rächen, indem ich die teuersten Gerichte bestelle.

Deshalb tue ich so, als würde ich mich geschlagen geben, und sie geht freudig auf den Empfangstresen zu. Mir wird klar, dass wir uns in einem Zentrum für psychische Abhängigkeiten befinden und dass man hier freiwillig kommen und gehen kann, eine Nervenheilanstalt ist es schon mal nicht.

Also keine Gummizelle für Alice. Das baut mich einen Moment lang auf, auch wenn mein Mars im Löwen mir rät, weiterhin aufmerksam zu bleiben.

Die Frau am Empfang begleitet uns auf der Wir-schauen-uns-nur-mal-um-Tour. Sie erklärt, dass hier Menschen mit ganz unterschiedlichen Problemen therapiert werden, vor allem solche, die nur noch eine »eingeschränkte« Verbindung zur Realität haben. Sie benutzt das Wort so, als seien wir Klebestreifen, deren Wirkung nachgelassen hat und die nirgends mehr richtig haften.

»Hier lernen Sie, Ihr Problem zu erkennen und den schützenden Kokon zu verlassen, in den Sie sich geflüchtet haben«, erklärt die Ärztin. »Nach und nach bringen wir Sie in die Realität zurück.«

Paola sieht mich glückselig an, als ob sie an einem Zuckerwürfel lutschen würde, sie trieft vor Mitleid. Ihr Diabetes ist nur noch eine Frage der Zeit. Geschieht ihr recht, sie will ja immer Zuckerguss über alles gießen.

»Welche Probleme haben Menschen, die eine ausgeprägte Leidenschaft für etwas entwickelt haben? Ist es nicht ganz normal, sich intensiv mit einem Thema zu befassen und auch öfter darüber zu sprechen?«

»Natürlich«, sagt die Ärztin.

»Natürlich«, wiederholt Paola zuckersüß.

»Aber es ist nicht normal, wenn dieses Thema alles andere beherrscht, wenn die Realität nur noch unter diesem Blickwinkel wahrgenommen oder alles dazu in Relation gesetzt wird.«

»Alles«, sagt Paola und nickt entschieden.

Die Ärztin lädt uns in die Cafeteria ein, einer Therapiesitzung dürfen wir nicht beiwohnen. Besser so. Ich will mich nicht sagen hören: »Guten Tag, ich heiße Alice, und ich bin Astrologikerin.« Selbst wenn das Paola bestimmt glücklich machen würde.

Die Cafeteria wirkt nett, einige Gäste sitzen an kleinen Tischen. Zum Glück trägt keiner einen Pyjama, und niemand starrt mit leerem Blick aus dem Fenster, wobei ihm ein Speichelfaden vom Kinn rinnt.

Paola und die Ärztin nehmen Platz und setzen ihre Unterhaltung fort, ich gehe an den Tresen, um zu bestellen. Neben mir steht ein etwa fünfundsechzig Jahre alter Mann, der mich ein wenig an meinen Vater erinnert und mir sofort sympathisch ist. Er wühlt in der Tasche nach Kleingeld und lächelt dem Mann hinter dem Tresen zu.

Der schüttelt den Kopf und sagt: »Ich kann dich nicht ständig anschreiben lassen, Armando.«

Der Arme, vielleicht hat er Alzheimer, er macht einen leicht verwirrten Eindruck, das würde passen. »Entschuldigen Sie, darf ich Sie zu einem Cappuccino einladen?«, frage ich.

Er sieht mich verwundert an, während der Barista sagt: »Immer findest du diese netten Frauen, Armando. Was für ein unverschämtes Glück.«

»Äh, ja. Dieses Fräulein hier ist geradezu vom Himmel gefallen.«

Ich lache, während ich auch für Paola und die Ärztin einen Kaffee bestelle. Ich selbst entscheide mich für einen Tee, und während ich warte, dehne ich mich und massiere mir den Arm.

»Recht so.« Armando gibt Zucker in seinen Cappuccino. »Ein heißer Tee ist genau das Richtige, um sich die Knochen zu wärmen bei diesen Temperaturen und den Regenschauern, die wir bis zum Wochenende zu erwarten haben.«

»Ach, Sie haben den Wetterbericht gehört?«, frage ich zerstreut.

»Gehört?«, fragt er empört. *»Gehört?«*

Der Barista dreht sich zu mir und flüstert: »Armando hat eine eigene Wetterstation zu Hause.«

In den nächsten drei Minuten erfahre ich, dass seine Leidenschaft für die Meteorologie der Grund für sein Hiersein ist. Allein das Stichwort »Wetter« öffnet die Schleusen, die nicht mal Superman wieder schließen könnte.

Strömungen, Winde, Stürme und sonstige Wettererscheinungen bergen keinerlei Geheimnisse für ihn, hier findet er sich zurecht, wie ein Lotse zwischen den Felsen. Er hat eine Wetterstation im Bad, zwischen Wäscheständer und Bidet, und deshalb hat ihm »diese Frau« nach dreiundvierzig Jahren vorbildlicher Ehe mit Scheidung gedroht. Nun ist er hier. Wer Wind sät, wird Sturm ernten, wie es so schön heißt.

An dieser Stelle schaltet sich die Ärztin ein, die gekommen ist, um mir beim Tragen zu helfen. Sie erkennt Armando, begrüßt ihn und fragt: »Na, wie geht's deiner Frau?«

Er seufzt: »Die aktuelle Lage ist sehr wechselhaft, an der Ehefront sind die Temperaturen immer noch deutlich fallend, aber ich vertraue darauf, dass ich als Gegenpol zu ihren Gewitterschauern wie ein sich langsam aufbauendes Hochdruckgebiet wirken kann.«

Sie legt ihm die Hand auf den Arm, um ihn aufzuhalten, bevor sich der meteorologische Pfropf vollends löst.

»Entschuldigen Sie«, sagt er, kratzt sich am Kopf, zieht zwei Tabletten aus der Tasche und nimmt sie sofort ein. »Die beruhigen mich«, erklärt er, als wollte er sich dafür entschuldigen.

Nun ja, aber so bin ich nicht. Ich meine, ich projiziere nicht alles, was jemand sagt, auf sein Horoskop. O mein Gott, ich habe den nördlichen Mondknoten im zwölften Haus. Ich habe noch nie darüber nachgedacht, aber das kann ein Anzeichen für psychische Probleme und Aufenthalte in Sanatorien sein.

O Gott, o Gott, o Gott!

Nein, Alice, ganz ruhig. Das war in deinem alten Horoskop so.

Im neuen, schauen wir mal. Ich ziehe mich in eine Ecke zurück, um auf dem Smartphone nachzusehen, da ich mir nicht ganz sicher bin. Ich habe Saturn im neunten Haus, das signalisiert Schwierigkeiten, nun gut, und Mars im zweiten Haus, was auf Konflikte hinweist, aber definitiv nichts deutet darauf hin, dass ich verrückt bin und in einer Zwangsjacke enden werde.

Einen Moment lang danke ich dem Himmel (im wahrsten Sinne des Wortes), dass ich die Horoskope verwechselt habe. Dann kommt mir in den Sinn: Ich habe schon wieder nur in astrologischen Kategorien gedacht, genau wie Armando mit seiner Wetterkunde.

Ich flüchte auf die Toilette.

Im Spiegel erkenne ich die altbekannte Alice. Oder vielmehr die Alice, die zwar vertraut aussieht, aber eine Unbekannte für mich ist, denn sie hat entdeckt, dass ihr Horoskop nicht jenes ist, das man ihr als das ihre präsentiert hat. Deshalb scheint sie ihre Identität verloren zu haben.

Ich lache hysterisch.

Ich will nicht hier enden und Applaus dafür bekommen, wenn ich verkünde, wie viele Tage ich schon kein Horoskop mehr angeschaut habe. Ich lasse mir kaltes Wasser über die Handgelenke laufen und verlasse die Toilette. Hunger habe ich keinen mehr, aber ich werde Paola dieses kurze Schreckensszenario heimzahlen. Auch wenn sie recht hatte.

»Gehen wir?«, frage ich, als ich wieder an unserem Tisch stehe.

Sie sieht mich besorgt an, dann nickt sie. »Ja klar.« Sie hat mich wie immer verstanden, ohne dass ich mich erklären musste.

Die Ärztin begleitet uns zum Ausgang und plaudert weiter mit Paola, dann drückt sie mir herzlich die Hand.

»Ihre Freundin hat mir erzählt, dass Ihr Problem die Astrologie ist«, sagt sie.

Ich würde am liebsten im Boden versinken. »Nein. Das heißt, die Astrologie ist mein Hobby, das stimmt, aber ich denke nicht …«

Sie tätschelt mir die Hand und zieht mich beiseite. »Natürlich, meine Liebe, aber warum versuchen Sie es nicht mal mit Runen? Die sind auch sehr hilfreich, glauben Sie mir.«

45

Geliebte unerträgliche Jungfrau

»Ich habe dir das hier mitgebracht«, sagt Daniele und hebt eine Papiertüte hoch. Er lehnt an seinem Auto, das er vor dem Sender geparkt hat.

»Was ist das? Ein Geschenk?« Ich bin ein bisschen verlegen und werfe einen Blick hinein.

»Nur ein Poncho. Ich habe ihn im Schaufenster entdeckt und fand, dass er ganz wunderbar zu deinen Haaren passt.«

Ich seufze und gestatte mir ein Lächeln, während ich den Poncho aus der Tüte ziehe und anprobiere. Die Jahreszeit passt zwar nicht wirklich, doch Daniele ist in der Tat der netteste Mensch auf der Welt. Ich stelle mich auf die Zehenspitzen und hauche ihm einen Kuss auf die Lippen.

Wir treffen uns seit fast drei Wochen.

Regelmäßig.

Um genau zu sein, ist fast kein Tag vergangen, an dem wir uns nicht getroffen haben, weshalb mir diese drei Wochen sehr lang vorgekommen sind. Vielleicht auch deshalb, weil ich durch Daniele viele spannende Dinge erlebe.

Davon abgesehen, dass er ein attraktiver Mann ist und Raz Degan ähnelt, ist er gesellschaftlich engagiert und vermittelt den Eindruck, dass er mit sich und dem Universum im

Reinen ist. Am letzten Sonntag zum Beispiel haben wir einen Bach gesäubert, den … Wie hieß er gleich noch?

Müde sinke ich in seine Arme. Hinter mir liegt eine weitere Marathonsitzung der Umweltschützer, und ich kann es kaum erwarten, mich zu entspannen. Seine Wohnung ist klein, aber gemütlich, und ich brauche jetzt dringend ein biologisch-dynamisches Abendessen, ein heißes Bad und ein bisschen Fernsehprogramm.

»Heute Abend gehen wir aus, der Ort wird dir sicher gefallen. Außerdem möchte ich dir etwas schenken.«

Ich klatsche voller Begeisterung in die Hände und küsse ihn auf die Wange. Es ist schön, einen Freund zu haben, der so viele originelle Ideen hat und so aktiv ist.

Als wir im Auto sitzen, schalte ich das Telefon wieder ein, das sofort zu vibrieren beginnt. Ich habe einige Anrufe versäumt. Zwei sind von Tio, und mir schnürt es vor Angst fast die Kehle zu. Ich beschließe sie zu ignorieren. Seit fast zwei Wochen habe ich nicht mehr mit ihm gesprochen.

Nicht dass ich wütend auf ihn bin, es geht nur darum, nicht mehr in den Tunnelblick der Astrologie zurückzufallen. Einen Tunnelblick, an dem er nicht ganz unbeteiligt ist.

Nein, ich habe keine Schuldgefühle. Ich habe beschlossen, kein schlechtes Gewissen mehr zu haben, wenn ich nach reiflicher Überlegung entscheide, jemanden aus meinem Leben zu streichen. Das ist Teil meines Wachstumsprozesses. Die Bewusstseinsentwicklung einer erwachsenen Frau.

Zu dieser Entwicklung sollte auch der Rückruf bei der berühmten Produktionsfirma in Rom gehören, aber das gelingt mir noch nicht.

Die nächste Nachricht ist von Paola, die mich erst angerufen und mir dann eine SMS geschickt hat.

Ruf mich sofort an.

Gut, Paola werde ich zurückrufen, denke ich seufzend. Schließlich ist sie immer für mich da, wenn ich sie brauche, und es ist nur gerecht, wenn ich auch für sie da bin. Vielleicht nach dem Abendessen, es ist unhöflich zu telefonieren, wenn man in Gesellschaft ist.

Und dann habe ich noch zweiunddreißig verpasste Anrufe von Cristina.

Ich beginne mich hektisch am Hals zu kratzen.

»Alles in Ordnung?«, Daniele dreht sich zu mir.

»Bitte? Ja, also … Warum?«

Daniele streichelt mir über den Hals. »Du brauchst diese Creme aus grünem Tee, die ich aus Kenia mitgebracht habe. Gegen Entzündungen. Hör auf zu kratzen, sonst bist du irgendwann wund.«

Aber ich kann nicht aufhören. Ich halte das nicht mehr aus. Cristina meine ich. Ich muss nur ihre Stimme hören oder, wie jetzt gerade, ihren Namen auf dem Display sehen, und sofort fange ich an mich zu kratzen.

Ich verstecke das Handy in der Tasche, als ob es ein Beweisstück in einem Kriminalfall wäre. Das ist keine Boshaftigkeit. Zweiunddreißig Anrufe. Nein, sage ich. Zweiunddreißig. Das heißt etwa ein Anruf alle drei Minuten. Verrückt.

»Hallo, Cristina? Alles in Ordnung?« Meine Stimme zittert, während mein Inneres Feuer spuckt wie der Drache aus der Werbung.

»Ich zeige sie alle an!«, brüllt sie in den Hörer.

Mir platzt fast das Trommelfell. »Was ist passiert?« Meine Worte kommen stockend. Ich halte das Handy von mir weg, in Erwartung einer ihrer üblichen Tiraden über die Grausamkeit der Welt.

»Ich darf die Hochzeit nicht absagen, meine Mutter ist dagegen. Sie hat die Organisation in die Hand genommen und allen Freunden und Verwandten versichert, dass *natürlich* alles stattfindet wie geplant. Von wegen natürlich! Carlo heirate ich nicht mal, wenn sie mich foltern sollte.«

Wenn der Körper bereits die Form einer Wassermelone angenommen hat und man psychisch instabil ist, dann hat man mit Sicherheit keine Lust, einem Mann das Jawort zu geben, der einem gestanden hat, dass er in eine andere verliebt ist.

Aber wäre es nicht die Höchststrafe für ihn, wenn sie ihn heiraten und ihm sein restliches Leben zur Hölle machen würde? Eine Idee, die man durchaus in Betracht ziehen sollte.

»Cri, willst du nicht wenigstens …«

»Ach! Bist du etwa auf ihrer Seite? Bist du nicht mehr meine Freundin? Sag es ruhig, wenn es so ist. Ich weiß ja, dass du mich eigentlich immer schon gehasst hast. Du hast mich noch nie leiden können.«

»Cri, ich bitte dich. Hast du die Bachblütentropfen genommen?« Paola hat sie besorgt in einem letzten verzweifelten Versuch, etwas für Cristinas seelisches Gleichgewicht zu tun, doch vermutlich war das schon zu spät. Man kann eben nicht alle retten.

»Alles gut?«, fragt Daniele, der gerade einparkt.

Ich decke den Lautsprecher ab. »Aber ich will die Vaterschaft nicht übernehmen, dazu bin ich nicht bereit«, flüstere ich erschöpft, und er runzelt die Stirn. »Cri, ich bitte dich, bleib ganz ruhig. Ich bin heute Abend zum Essen nicht da … Nein, ich komme nicht später … Ja, ich rufe deine Mutter an und sage ihr, sie kann sich zum Teufel scheren, ganz sicher … Gut, und du beruhigst dich. Ciao … Ja, ich mag dich auch.

Ciao … Nein, ich hasse dich nicht, weil du eine fette Kuh und völlig durchgeknallt bist. Ciao, ja? … Ich soll dir Gurken und Thunfischsauce mitbringen? Ich frage im Restaurant nach … Ciao, ciao. Ja, Cia…« Ich unterbreche die Verbindung, lasse mich in den Sitz sinken und starre ins Leere.

Da berührt mich Daniele am Arm, und als ich ihn ansehe, drückt er mir ein aufmunterndes Küsschen auf die Lippen. »Besser, du sagst ihrer Mutter nicht alle diese bösen Sachen, sie könnte sich aufregen. Ich bin sicher, dass es deine Freundin gar nicht so meint«, fügt er hinzu und steigt aus.

Leider hatte ich beim Aussteigen nicht mit dem schlammigen Untergrund gerechnet, auf den ich die Füße aufsetze. Fast wäre ich ausgerutscht und hingefallen.

»Vorsicht!« Daniele hält mich fest, legt mir den Arm um die Taille und lässt mich nicht mehr los, bis wir am Eingang eines Gebäudes angekommen sind. »Geht's?«

Ob ich es alleine über die Türschwelle schaffe? Wir werden sehen. »Es wird schwer, aber ich werde es versuchen.«

»Warte, ich helfe dir.« Er geht an mir vorbei und hält mir die Tür auf.

Nun gut. War ein Witz. Hat er das nicht verstanden? Mm. Ich bedanke mich und gehe hinein.

Wir befinden uns in einer umgebauten Meierei, der Boden ist gekiest wie bei uns zu Hause im Keller, bevor er betoniert wurde. Es gibt grellweißes Neonlicht, eine Röhre in der Ecke blitzt ununterbrochen, als könnte sie jeden Moment explodieren.

»Ist das nicht fantastisch?«, fragt Daniele.

Dieses Adjektiv hätte ich jetzt nicht gerade benutzt, sage ich mir und setze mich. Im Moment bin ich schon damit zufrieden, einen Platz mit dem Rücken zu der zuckenden

Neonröhre zu haben, die auch noch abwechselnd knistert und summt.

Als Waage mit der Venus in der Waage und dem Mond in den Fischen bin ich empfänglich für Luxus, Schönheit und Genuss. Mir fällt sofort das eine oder andere ein, das man an einem Ort wie diesem verändern müsste. Ich kann gar nicht anders.

Oh nein, ein Rückfall! Ich ohrfeige mich innerlich, schon wieder in astrologischen Dimensionen gedacht zu haben.

Ich darf, darf, darf mich nicht länger von den Sternenkonstellationen beherrschen lassen.

»Gefällt es dir nicht?«, fragt Daniele besorgt.

»Äh nein, darum geht es nicht. Ich glaube, ich habe etwas vergessen. Hier ist bestimmt alles optimal.« Ich schiebe meine Finger zwischen seine. »Wunderbar rustikales Ambiente«, füge ich hinzu und betrachte den bröckelnden Putz an den Wänden.

Daniele reicht mir die Speisekarte, und ich reiße verblüfft die Augen auf.

An einem so schmuddeligen Ort hätte ich ein per Hand gekritzeltes kariertes Schmierblatt voller Rechtschreibfehler erwartet, aber nicht eine elegante, in Seide gebundene Karte. Und dann die Gerichte …

Gambas in Schokolade an Tomaten, Mandeln und Pistazienrisotto, Jakobsmuscheln mit Korallencreme, Thymian, Limone und Safran. Ich wusste gar nicht, dass man Korallen essen, geschweige denn pürieren kann. Ich lächele Daniele an.

»Ich war mir sicher, es würde dir gefallen. Du musst dir später unbedingt noch den Rest ansehen. Das Ganze ist Teil einer regionalen Renaturierungsmaßnahme.«

Er beginnt gerade darüber zu referieren, als mein Handy erneut klingelt. Auf dem Display erscheint Paolas Name, und ich habe nicht den Mut, sie auf den Anrufbeantworter sprechen zu lassen.

»Entschuldige mich bitte einen Moment«, sage ich zu Daniele. »Paola, ich bin gerade im Restaurant und …«

»Alice, tu was!« Die Stimme meiner Freundin hat nichts mehr von ihrer üblichen zenartigen Ruhe, was ich an sich schon irritierend finde. »Ich kann nicht mehr. Giacomo kann nicht mehr. Und Sandrino hat Nesselsucht.«

»Was ist passiert?«

»*Deine* Freundin Cristina ruft mich ununterbrochen an. Ich kenne die ganze Geschichte *mit* Carlo. Und die ganze Geschichte *ohne* Carlo. Aber sie will keine Ratschläge von mir, sondern bloß ihre ganzen negativen Gedanken bei mir abladen. Du musst Carlo anrufen«, schließt sie erschöpft, aber entschlossen.

»Paola, das kann ich nicht machen. Ich habe Cristina versprochen, dass ich mich nicht einmische. Du hast auch gesagt, dass sie selbst entscheiden muss, ob sie mit ihm redet oder nicht.«

»Das habe ich gedacht, bevor ich ihr meine Telefonnummer gegeben habe. Ehrlich, Alice, ich riskiere eine Ehekrise. Eben wollten Giacomo und ich … Also das Kind ist bei meiner Mutter, und du weißt ja, wie es ist, also wir …«

»Okay, okay, ich habe verstanden, alles klar. Ich rufe sie an und sehe, was sich machen lässt. Beruhige dich.«

»Ruf Carlo an. Die Sache können nur die beiden selbst klären.«

»Gut, ich kümmere mich darum. Versprochen.« Ich seufze verzweifelt, und es dauert eine Weile, bis ich mich wieder daran erinnere, worüber ich mit Daniele gesprochen habe. »Ja?«

Erneut klingelt mein Handy. Cristina.

»Diesmal gehe ich nicht ran«, sage ich entschlossen und stelle die Lautstärke herunter. Ich gehe nicht ran. Und wenn es ihr schlecht geht? Ich schiele auf das Telefon. Es klingelt nicht mehr.

Kurz darauf versuche ich mich zu entspannen, das wunderbare Essen zu genießen, das man mir gerade serviert hat, und Cristina, Paola und alle anderen Störungen von außen zu vergessen. Daniele gießt mir Wein nach, und ich seufze, auch weil er so schön ist.

Dieser Mann ist rundherum perfekt, denke ich. Vielleicht musste ich die ganzen Katastrophen erleben, um auf ihn zu warten. Mit ihm bin ich in vollkommener Harmonie.

»Der Poncho, die Blumen, dieses besondere Restaurant. Sieht fast aus, als hätten wir etwas zu feiern. Haben wir etwa Jahrestag, und ich hab's vergessen?«, frage ich scherzhaft und ehrlich gesagt etwas verwirrt, denn wenn man es gewohnt ist, immer nur benutzt und abserviert zu werden, dann ist man misstrauisch, wenn einem jemand Rosenblätter vor die Füße streut.

Daniele tupft sich irritiert die Lippen ab. »Nun ja, einen Jahrestag feiert man in der Regel nach einem Jahr, Alice. Wir treffen uns erst seit wenigen Wochen.«

Na gut. Soll ich ihm erklären, dass das ein Witz sein sollte? Sagen wir, unsere Beziehung ist *fast* perfekt. Aber welches Paar muss nicht an sich arbeiten?

»Ich muss mit dir über etwas sprechen«, sage ich und schlucke.

Die Sache trage ich nun schon seit drei Wochen mit mir

herum, das muss jetzt raus. Schließlich geht es um meine Zukunft.

Ich habe immer noch nicht auf das Angebot der Produktionsfirma aus Rom reagiert.

»Ehrlich gesagt, gibt es doch etwas zu feiern«, unterbricht er mich und schaut mir tief in die Augen. »Alice, ich habe es ja eben erwähnt, wir kennen uns noch nicht lange, aber ich denke, du wirst allmählich eine wichtige Person in meinem Leben.«

Ich ziehe die Augenbrauen hoch und versuche mich auf seine Worte zu konzentrieren, aber in meinen Ohren höre ich den Dopplereffekt einer Polizeisirene.

»Im Grunde erst drei Wochen. Wenig. Sehr wenig.«

»Ja, aber ich will dich nicht verlieren, Alice.«

Er gibt dem Kellner ein Zeichen, dann bittet er mich aufzustehen und ihm zu folgen. Wir gehen durch eine andere Tür als beim Hereinkommen. Sie führt zu einem Innenhof. Ich gehe mit Daniele hindurch und konzentriere mich auf die Wärme seiner Hand auf meiner Hüfte.

»Mir wurde gerade ein wunderbares Projekt angeboten, eines der Dinge, von denen ich immer geträumt habe, verstehst du?«, sagt er.

Wir erreichen etwas, das auf den ersten Blick wie eine Holztafel aussieht, aber dann drückt er darauf, und wir gehen durch eine weitere Tür. Der Raum ist nur schwach beleuchtet, einige grellweiße Spots lenken den Blick auf die Umrisse moderner Skulpturen.

»Dieser Ort steckt wirklich voller Überraschungen«, erwidere ich nervös, als ich erkenne, dass die Skulpturen sich bewegen und noch weitere Personen im Raum sind.

»Die Wessler-Stiftung glaubt daran und ist bereit, mich zwei Jahre lang zu finanzieren. So lange wird das Projekt dauern.«

»Zwei Jahre?« Mir schwirrt der Kopf. »Aha, gut. Und wo?«

»Überall auf der Welt. Ich werde nie länger als zwei Monate am selben Ort sein.«

Ach. Und ich zerbreche mir den Kopf, wie ich ihm von Rom erzählen soll.

»Aber«, er sieht mir in die Augen, greift nach meinen Händen und führt sie an die Lippen, »du begleitest mich.«

»Wie bitte?«

Ich frage mich, warum mir plötzlich so warm wird und diese Skulptur, die einem riesigen Bienenstock ähnelt, auf einmal so bedrohlich wirkt, als würde sie jeden Moment auf mich stürzen.

Ich atme tief aus. Und überlege, dass mich allein der Gedanke an einen Umzug in eine andere Stadt aus dem Gleichgewicht bringt, von einer zweijährigen Weltreise ganz zu schweigen. »Daniele, ich weiß nicht.«

Plötzlich fehlt mir Tio. Seine brüderlichen und fürsorglichen Umarmungen, seine Lockerheit, seine Albernheiten, die mir geholfen haben, meine Probleme zu lösen.

Ich gehe einen Schritt zur Seite und fühle mich wieder leichter, fast beschwingt widme ich mich den anderen Ausstellungsstücken. Vor einer Frauenskulptur aus Glasscherben bleibe ich stehen. Das Schild sagt mir, dass es sich um die Frau des Künstlers handelt.

Wie es wohl ist, die Frau eines Künstlers zu sein? Wird man irgendwann selbst zu einem Kunstwerk? Was macht die Frau des Künstlers, während der Künstler Kunst macht?

In Halbdunkel sehe ich Daniele mit einer der schattenhaften Gestalten sprechen.

Sicher, ich könnte die Welt bereisen. Eine einzigartige Gelegenheit, meine ganze Liste der Orte abzuhaken, die ich schon immer mal besuchen wollte.

Und dann?

Was wünscht man sich, wenn man keine Wünsche mehr hat?

O Gott, um mich dreht sich alles. Zu viele Fragen. Schon im Gymnasium habe ich Philosophie gehasst. Ich habe das Gefühl, als würde mein Gehirn gleich platzen, meine Gedanken rasen. Ich stelle mir vor, wie ich auf einem Kamel sitze, perfekt gekleidet für die Sahara, wie ich in Indien, in einen wunderschönen Sari gewandet, eine Tempeltreppe nach oben schreite und wie ich im Himalaya mit bloßen Händen einen Felsen bezwinge. Und Daniele? Hm.

Was macht die Frau des Künstlers, während der Künstler Kunst macht?

Ich sehe mir die Augen der Frauenskulptur aus Flaschenböden an. Oder besser, ich beobachte das, was ich für die Augen halte. Es könnten auch die Ohren oder die Nasenlöcher sein. Gut, dass Daniele Fotograf ist, denn wenn ich die Frau dieses Künstlers wäre, hätte ich ihm ein paar Takte zu sagen.

Das Problem ist vielmehr, dass ich mich für ein solches Leben viel zu klein fühle. Nicht dass ich es mir nicht zutraue, aber ich kann mir unmöglich vorstellen, dass die Frau aus meiner Fantasiewelt wirklich ich bin. Ich, Alice Bassi. Die Angestellte, die vom Filmemachen geträumt hat und jetzt zwischen den Texten für Talkshows eines kleinen TV-Senders herumschwimmt.

Die große, weite Welt und die Produktionsfirma in Rom.

Dieser Traum ist eine Nummer zu groß für mich.

Das Problem ist, dass es *mein* Traum sein könnte.

Hinter mir gehen Lichter an, und als ich mich umdrehe, fällt mein Blick auf eine kleine Bühne, auf der ein Mann mit einem Mikrofon steht. Jemand klatscht, also klatsche ich auch, um nicht weiter aufzufallen, doch als ich den Mann auf dem Podium erkenne, bekomme ich einen Krampf im Arm. »Verdammt«, murmele ich.

»Das ist Professor Klauzen«, sagt Daniele, der in der Zwischenzeit wieder neben mir steht und seinen Krakenarm um mich gelegt hat. »Einige Stücke der Versteigerung heute Abend verdanken wir den Erlösen seiner Forschung.«

»Das Leben und die Kunst. Das Leben ist Kunst«, philosophiert Klauzen von der Bühne wie ein abgehalfterter Laurence Olivier. »Oder, wie hier und heute, ist es die Kunst, die Leben wiedergibt, in all ihrer wunderbaren Perfektion. ›*A thing of beauty is a joy forever*‹, sagte Keats in seinem Gedicht, das er der Perfektion der Schönheit gewidmet hat. Die Schönheit eines gesunden, erfüllten Lebens, wie es das Ziel der Forschungen der Klauzen-Institute ist.«

»Ein bedeutender Mann«, flüstert mir Daniele zu, dabei beugt er sich dicht an mein Ohr. »Er ist ganz vernarrt in meine Arbeit und möchte, dass ich eine Reportage über sein Lebenswerk mache. Mit vielen Fotos.« Er küsst mich auf die Wange. »Einen Fürsprecher seines Kalibers zu haben ist für die Karriere von elementarer Wichtigkeit.«

Na klar. Könnte er Klauzen jemals objektiv als den arroganten alten Sack wahrnehmen, der er ist? Könnte er auf dessen Gunst verzichten, selbst wenn es zu Lasten seiner Karriere ginge? Ich beiße mir so fest auf die Finger, dass es blutet. »Verdammte Scheiße!«

»Ähm, Alice, könntest du bitte etwas leiser sprechen?«

Klauzen schwadroniert auf der Bühne weiter, während ich

mich frage, ob der auf ihn gerichtete Scheinwerfer so hell ist, dass er die Gesichter der Leute im Publikum nicht sehen kann, im aktuellen Fall vor allem meines. Das gibt mir Zeit, über eine Fluchtmöglichkeit nachzudenken.

Wenn Klauzen mit seiner One-Man-Show fertig ist, wird Daniele ihn sicher begrüßen wollen. Und ich will nicht diejenige sein, die seine Karriere ruiniert.

»Ich gehe mir die Nase pudern.«

»Die Nase pudern? Du siehst schon blass genug aus.«

Ich atme tief durch und schließe die Augen. »Ich meine, ich muss mal Pipi«, erkläre ich und lege ihm als Untertitel Tafel 777 des Videotextes unter.

»Oh, gut. Die Toiletten sind dort hinten. Ich warte hier.«

Nicht gerade sehr ermutigend.

Bei dem Hype um die Renovierung des Anwesens sind die Toiletten eine echte Enttäuschung. Eine Art Grabnische von einem auf einen Meter mit nur einer Kabine. Die im Augenblick besetzt ist.

Während ich warte, fällt mein Blick auf mein Spiegelbild. Stimmt, ich bin wirklich so fahl im Gesicht wie die Protagonistin in *Hochzeit mit einer Leiche.*

Ich verziehe den Mund.

Ich bin eine blöde Kuh. Worüber beschwere ich mich eigentlich? Ich habe den perfekten Mann gefunden, freundlich, aufmerksam. Sicher, er ist völlig frei von Ironie, aber ist das wichtig? Wir sind eben nicht alle gleich.

Herrje, wenn ich einen Menschen aus meinem Leben tilgen könnte, dann Klauzen. Ich seufze. Was für ein Glück.

Ich höre die Wasserspülung rauschen, wasche mir die Hände, richte mich auf und versuche einen möglichst neutralen Gesichtsausdruck aufzusetzen.

Ich muss mich korrigieren.

In den Top Ten der Menschen, denen ich im Leben nie wieder begegnen möchte, steht gar nicht Klauzen an erster Stelle, das wird mir urplötzlich klar. Es ist Barbara Buchneim-Wessler Ricci Pastori, der ich gerade unverhofft gegenüberstehe.

Einen Augenblick lang glaube ich sogar, eine Vision zu haben, wie Bernadette mit der Madonna, nur umgekehrt, denn für mich sind Barbara und der Satan im Bund. Der zweite Gedanke, der mir durch den Kopf schießt: Auch Barbara Buchneim-Wessler Ricci Pastori macht Pipi wie eine Normalsterbliche. Außerdem richtet sie sich noch den kneifenden Gummibund ihrer Unterhose.

Ein idiotischer, aber irgendwie auch tröstlicher Gedanke.

Ich wünschte, ich könnte mit dem Waschbecken verschmelzen, doch Flucht ist zwecklos. Barbara fixiert mich mit ihren grünen Katzenaugen, und der entspannte Gesichtsausdruck einer Frau, die sich gerade erleichtert hat, verwandelt sich. Auf einmal wirkt sie wie jemand, der sich an etwas Unangenehmes erinnert.

Diese unangenehme Erinnerung bin ich.

Stille. Das Wasser, das aus dem Hahn läuft, rauscht wie ein Wasserfall.

Einen Augenblick später verlässt sie den Raum, und ich schließe mich in der Kabine ein. Ein leichter Duft von Vanille und Jasmin hängt noch in der Luft.

Und jetzt? Für Klauzen würde mir ja noch etwas einfallen, ich könnte ein Stendhal-Syndrom simulieren und den Rest des Abends als Statue im Dunkeln verbringen, aber bei Barbara funktioniert das nicht.

Ich klappe den Klodeckel herunter und setze mich darauf,

das Gesicht in den Händen vergraben. Kann es sein, dass ich wohl oder übel jedes Mal heulend auf dem Klo ende, mich verstecke und mein Leben beklage?

Kann es noch schlimmer kommen?

Davide könnte bei ihr sein.

Oh nein. Bitte, Herr des Unglücks, erspare mir wenigstens das.

»Hallo?«

»Meine Liebe, du hast mich endlich zurückgerufen. Es geschehen noch Zeichen und Wunder.«

Tios Stimme verrät, wie sehr er sich freut, und ich muss grinsen. »Entschuldige, es ist so … Ich versuche mein Leben wieder in den Griff zu bekommen, ohne mich von Horoskopen bestimmen zu lassen.«

»Kein Problem, mein Schatz. Wo bist du?«

»Ich habe mich auf dem Klo eingeschlossen.«

»Aha, eine hervorragende Methode, um sein Leben wieder in den Griff zu bekommen.«

»Tio, ich bin in einer umgebauten Meierei vor der Stadt. Du weißt schon, so ein restaurierter alter Schuppen, wie sie gerade in sind. Hier werden auch Ausstellungen veranstaltet.«

»Mm, ja. Ich weiß, wo. Da war ich vor einigen Wochen mit Andrea auch. Hervorragende Küche.« Er schweigt und wartet, dass ich etwas sage. Da das nicht der Fall ist, fragt er: »Und wie ist das Klo so?«

»Äh, eine Enttäuschung.«

»Tja, da versagen die Architekten immer.«

»Tio, Klauzen ist auch da.«

»Oh, *shit.*«

»Und ich bin gerade fast mit Barbara Buchneim-Wessler und so weiter zusammengestoßen.«

»*Doppelshit* und so weiter. Gibt es kein Fenster, aus dem du flüchten kannst, ohne dass dich jemand bemerkt?«

Ein Fenster gibt es, aber es ist vergittert. »Tio, vergiss es, ich bin mit Daniele hier, ich kann nicht einfach abhauen.«

»Dann täusch einen Herzinfarkt vor und lass dich abtransportieren.«

»Aber sicher, damit Doktor Klauzen mir bei der Reanimation die Brüste tätscheln kann und vor den anderen als Held dasteht?«

»In diesem Moment wärt ihr jedenfalls enge Freunde.«

»Wenn er sich an mich erinnern würde, dann würde er mir mindestens ein paar Rippen brechen oder mich vielleicht sogar sterben lassen«, sage ich und raschele mit dem Klopapier.

»Dann komme ich in den nächsten Tagen mal bei dir vorbei, auf dem Klo, in dem du jetzt residierst.«

»Keine Witze.«

»Nein, du machst keine Witze«, sagt er ernst. »Du hast deinen besten Freund drei Wochen lang nicht angerufen. Jetzt hast du dich auf einem Restaurantklo eingeschlossen. Wann wirst du endlich erwachsen, Alice? Und ergreifst in unbequemen Situationen nicht mehr die Flucht, um Entscheidungen aus dem Weg zu gehen? Und verzichtest auf das Versteckspielen und stehst zu dir, ein für alle Mal?«

»Was redest du denn da?«

»Man hat dir ein Bewerbungsgespräch in Rom angeboten, und du hast dich noch nicht gemeldet. Herrgott noch mal, Alice. Willst du dir diese einmalige Chance durch die Lappen gehen lassen für einen der vielen Männer, den du in Wirklichkeit sowieso nicht liebst?«

Ich wusste, es war ein Fehler, ihn anzurufen. Binnen Sekunden habe ich einen Kloß von der Größe eines Fußballs im Hals. »Du, du, du …« Mehr bringe ich nicht heraus. Ich kriege keine Luft mehr.

»Nicht ich. Du. Du gehst jetzt da raus und fährst die Krallen aus. Du bist Alice Bassi. Dank dir und deiner Idee hat ein kleiner Fernsehsender, der schon fast am Ende war, eine Einschaltquote, die sogar die Großen neidisch macht. Du bist eine Kämpferin, eine Überlebenskünstlerin. Egal wie sehr du gelitten hast, du bist wieder aufgestanden. Immer. Auch wenn du es nicht glaubst, in deinen dünnen Ärmchen steckt mehr Kraft als in den Monsterarmen eines Sumoringers. Geh jetzt da raus und kratze dieser Schlange die Augen aus.«

Ich springe auf, euphorisiert von seiner emotionalen Ansprache, motivierter als Rocky Balboa, als er den Weltmeistertitel gewinnen wollte. »Okay, ich gehe jetzt da rein und spalte ihr den Schädel.«

»Perfekt. Wir treffen uns in der Hölle, *gringa*.«

Ich springe auf und verlasse die Toilette. Doch als ich die Schwingtür aufstoße wie ein Revolverheld in einem Western, wird die Geräuschkulisse immer lauter, das Licht immer düsterer, und mein Mut beginnt zu schwinden.

Gut, vielleicht muss ich ihr nicht gerade den Schädel *spalten*. Vielleicht genügen auch ein flüchtiger Gruß, ein simulierter Ohnmachtsanfall und die Flucht nach draußen. Ein guter Plan.

Ganz offensichtlich ein sehr guter Plan. Daniele steht inzwischen auf der Bühne, neben ihm Klauzen und Barbara. Zu meinem Pech ist die Präsentation gerade zu Ende gegangen, die Lichter im Raum gehen wieder an, und selbst wenn ich wollte, es besteht keine Chance, mich zu verstecken.

Ich schreite direkt auf das Auge des Orkans zu.

»Da bist du ja! Ich habe schon befürchtet, du wärst in die Schüssel gefallen«, scherzt Daniele.

Außer ihm lacht niemand. Na ja, hin und wieder ist selbst er für einen lockeren Spruch gut, auch wenn der hier schon uralt ist.

»Ähm«, stammele ich. (Auf geht's, Alice, Attacke! Sie zittern schon.)

Während Barbara die Lippen zusammenkneift, beginnt Klauzen zu lächeln. Seltsam. Na ja, sagen wir, er entblößt seine mehrmals gebleichten Zähne und reicht mir die Hand.

»Ah, Sie sind also die kleine Freundin von unserem Daniele.«

Punkt 1: Ich wurde seit der Mittelstufe nicht mehr als »kleine Freundin« von irgendwem bezeichnet. Damals hat uns der Vater von Giampiero Guastamacchia beim Knutschen auf der Bank vor seinem Haus erwischt.

Punkt 2: Ich weiß nicht, ob ich diese joviale Weihnachtsmannversion von Klauzen nicht noch schlimmer finde als die in SS-Uniform.

Punkt 3: Diese ach so freundliche Art kann nur zweierlei bedeuten: entweder eine Falle oder Gedächtnisverlust.

»Also kleine Freundin, nun ja. Sagen wir Freundin«, korrigiere ich, um eine gewisse Distanz herzustellen.

»Natürlich«, schaltet sich Barbara ein, die jetzt ebenfalls lächelt, was ich aber eher beunruhigend finde, »der Begriff Freundschaft umfasst ja so einiges.«

Keine Ahnung, was sie wirklich damit sagen will, aber ich mache besser gute Miene zum bösen Spiel.

»Sie!«, ruft Klauzen unvermittelt.

Ich zucke zusammen und bereite mich auf das Schlimmste vor. Gleich wird er mir sagen, dass ich unfähig bin, dass ich nirgends mehr eine Chance haben werde und dass er der ganzen Welt von meinem hysterischen prämenstruellen Ausbruch berichten wird.

»Mir kommt Ihr Gesicht irgendwie bekannt vor, wissen Sie? Haben Sie vielleicht Verwandte in der Bretagne?«

Jetzt aber mal im Ernst: Er hat mich nicht erkannt? »Nein, ganz offensichtlich nicht.«

»Vielleicht«, schaltet sich Barbara mit einem verschlagenen Lächeln ein, »in Paris?«

Klauzen schüttelt den Kopf. »Paris? Wieso das denn? Dort bin ich immer nur beruflich und kenne fast niemanden.«

Ich frage mich, ob er sich gerade über mich lustig macht und ob das seine Methode ist, mich weichzukochen, um dann erbarmungslos zuzuschlagen.

Bei Barbara allerdings bin ich sicher. Sie will mich in die Pfanne hauen. Deshalb versuche ich die Aufmerksamkeit wieder auf meinen »kleinen Freund« zu lenken. »Daniele hat mir von dem Projekt berichtet, das Sie ihm angeboten haben.«

»Ich habe Alice gebeten, mich zu begleiten. Ich denke, sie wäre eine wertvolle Hilfe«, fügt Daniele hinzu.

An dieser Stelle schaltet sich Barbara wieder ein. »Daran habe ich keinen Zweifel. Signorina Bassi weiß immer, wie sie helfen kann, egal wo, wann und wem.« Dabei sieht sie mir direkt in die Augen, und mir wird klar, dass sie weiß, was zwischen Davide und mir in Paris passiert ist.

Würde ich ihn nicht schon genug hassen, weil er mich benutzt hat, würde ich ihn ab jetzt noch mehr hassen, weil er sich bei seiner Verlobten geoutet und mich wahrscheinlich schlimmer dargestellt hat als Mata Hari.

Klauzen scheint verwirrt. »Ach, und wie? Was machen Sie beruflich?«

»Beruflich, nun ja, ich arbeite beim Fernsehen. Ich bin Produktionsassistentin.« Jetzt muss er sich doch erinnern. Er zählt zwei und zwei zusammen und wird mich in sein Labor schleppen und an mir herumexperimentieren.

»Fernsehen! Da bin ich überaus skeptisch«, setzt er an. »Da habe ich ganz schlechte Erfahrungen gemacht. Ich wurde kürzlich in Paris interviewt, und diese Idiotin von einer Journalistin …« Er fixiert mich, ich schlucke. »Keine Manieren und dumm wie Bohnenstroh dazu. Ich habe sie einfühlsam an meine hochkomplizierte Arbeit herangeführt und sogar die Fragen vorgegeben, war überaus offen und zugewandt. Aber sie wollte unbedingt ihren Kopf durchsetzen, weshalb ich die Sache abbrechen musste. Verlorene Zeit.«

»Wohl kaum«, erwidere ich, ohne nachzudenken. Nicht nur, dass er sich nicht einmal an die Frau erinnert, die damals vor ihm saß, er hat ihr auch nicht zugehört, geschweige denn verstanden, was sie gesagt hat.

»Warst du nicht auch gerade erst beruflich in Paris, mein Schatz?«, meldet sich der Mann zu Wort, der, wenn er so weitermacht, bald mein »kleiner Exfreund« sein wird. Und Ex-Fotograf dazu, denn ich werde ihm die Hand abbeißen.

»Ich? Nein, ist schon länger her. Das heißt, ja, aber ich hatte noch nicht mal Zeit, mir etwas anzusehen.«

»Das passiert, wenn man die ganze Zeit auf dem Hotelzimmer bleibt«, wirft Barbara finster ein und fügt hinzu: »Um zu arbeiten.«

Sicher habe ich sie provoziert, genau wie Tio es mir vorgeschlagen hat. »Ich lasse Sie über das Geschäftliche sprechen und hole mir etwas zu trinken.«

Ich habe noch keinen Schritt gemacht, als Barbara sagt: »Ich komme mit.«

Okay, jetzt heißt es, einen kühlen Kopf bewahren und ein waches Auge auf mein Glas zu haben. Wer weiß, ob sie vorhat, Lucrezia Borgia zu spielen?

Wir bestellen. Ich weiß auch nicht, was mich reitet, aber ich nehme einen Sex on the beach. »Wir bleiben uns treu«, kommentiere ich, da braucht sie es nicht zu tun.

Sie murmelt irgendetwas von einem Diamond Perfect oder so ähnlich.

Schweigend warten wir auf unsere Cocktails. Meiner ist leuchtend orange mit einem kleinen Schirmchen obendrauf, ihrer glänzt metallisch und wird in einem eleganten langstieligen Glas serviert.

»Der Drink wird mit Diamantenstaub gemixt«, sagt Barbara, die meinen neugierigen Blick bemerkt. »Ein ganz besonderer Cocktail. Wird selten verlangt, aufgrund des Preises.«

Na klar. Wer steckt sich denn noch einen Diamanten an den Finger? Den trinken wir doch besser – wenn man es sich leisten kann.

Lieber Gott, wenn es dich gibt, dann beschere ihr Gallensteine. Oder denk wenigstens darüber nach.

»Du bringst mich zum Lächeln«, sagt sie, nachdem sie mit abgespreiztem Finger ein Schlückchen genippt hat.

»Tatsächlich? Ein Wunder, dass du deine Gesichtsmuskeln überhaupt bewegen kannst.« Wir sind unter uns, Nettigkeiten wären völlig fehl am Platz.

Sie zieht einen Mundwinkel hoch. »Oh ja, ich lächele über deine krampfhaften Versuche, dein Ziel zu erreichen, über deine Mühe, deine Anstrengungen. Trotzdem bist du immer noch ganz unten. Eine arme Haut, nicht einmal besonders hübsch, die versucht, den x-ten Dummkopf zu becircen, um zumindest ein klein wenig aufzusteigen und jemand zu werden, der sie aus eigener Kraft nicht werden kann.«

Ich stelle das Glas ab und entferne vorsichtig das Schirmchen. Einen Moment lang überlege ich, ob ich es ihr in den Mund stecken soll, wie die Braut in *Kill Bill.* »Ich nehme an, so hat das bei dir funktioniert. Du gehst sicher über Leichen.«

Sie lässt ein schrilles Quietschen hören. »Ich fürchte, du hast es nicht verstanden. Ich muss niemandem etwas beweisen oder mich anbiedern. Die anderen wollen etwas von mir. Sie wollen *mich.* Davide hat mich vom ersten Moment an begehrt, als er den Fuß über die Schwelle des Landguts meines Mannes gesetzt hat.« Sie fixiert mich mit einem stechenden Blick, in der Hoffnung, dass mich dieser Stoß mitten ins Herz trifft.

Sie weiß allerdings nicht, dass diese Verletzung bereits vernarbt ist. »Du bist eine faszinierend attraktive Frau und weckst sexuelles Begehren bei Männern. Liebe ist das nicht.«

Sie schüttelt den Kopf. »Liebe! Davide hat auch davon geschwafelt. Alice, es ist nicht die Schönheit allein. Ich habe Klasse. Die kann man nun mal nicht bei Zara kaufen, tut mir leid.« Sie schnalzt mit der Zunge. »Du bist Dutzendware, eine biedere graue Maus, du denkst, alle Menschen sind gleich und alle sollten die gleichen Möglichkeiten haben. Auch Davide hat mich mit diesem Schwachsinn genervt.« Sie stellt das Glas ab und wedelt mit der Hand durch die Luft. »Ich war es leid. Er ist ein Träumer, der glaubt, das Leben dreht sich um die Liebe.« Sie lächelt süffisant. »Und du hast dir den schönen Daniele geangelt, einen aufstrebenden Künstler, der in ein paar Jahren reich und berühmt sein wird. Gut gemacht, würde ich sagen, auch wenn du ein entscheidendes Detail in deiner Kalkulation vergessen hast.«

»Und das wäre?«

»Mich, mein Herz.«

Mit katzenhaft laszivem Hüftschwung schwebt sie davon, und ich sehe, wie sich die Männer nach ihr umdrehen, als sie an ihnen vorbeikommt.

Mein Herz hämmert in der Brust wegen all dem, was ich gerne noch gesagt oder getan hätte. Aber ich bin wie gelähmt.

In mir ist ein einziger Gedanke.

Davide hat sie verlassen.

46

Wassermänner in einer Sommernacht

In meinem Kopf dreht sich alles. Ich bekomme keine Luft mehr. Meine Hände, meine Arme prickeln. Mein Blutdruck fährt Achterbahn, mein ganzer Körper steht in Flammen.

Ich beschließe, nach draußen zu gehen, um die Menschen und die Geräusche, die mir in den Ohren klingen, hinter mir zu lassen.

Ich sage mir, dass ich nur ein bisschen Ruhe brauche, und gehe auf die Tür zu. Wenn ich einige Minuten frische Luft schnappe, dann kann ich sicher wieder klar denken.

Davide und Barbara sind nicht mehr zusammen.

Schön und gut, aber bin ich nicht in Daniele verliebt? Zwischen uns läuft alles in geregelten Bahnen, geradlinig, glasklar. Allein der Gedanke, dass ich …

Davide hat die Konsequenzen gezogen. Gut so. Er hat gemerkt, was für eine bornierte Egoistin sie ist. Das heißt noch lange nicht, dass er es für mich getan hat. Vielleicht hat ihm die Nacht mit mir ja die Augen geöffnet und ihm gezeigt, dass er sie nicht liebt. Kann ich nicht wenigstens deshalb ein bisschen Genugtuung empfinden?

Aber wenn ich spüre, dass es falsch ist?

Weil ich hoffe, dass er zu mir zurückkommt?

Ich gehe gerade über die Schwelle, als mir in einer Ecke etwas auffällt, das ich bestimmt seit zehn, nein, seit zwanzig Jahren nicht mehr gesehen habe.

In der Luxustrattoria steht eine alte Telefonzelle. Einer dieser grauen Kästen, die aussehen wie ein Raumschiff, die Plastikwände haben Luftlöcher, in der Mitte befindet sich ein Telefon, in das man Münzen einwerfen kann. Dorthin flüchte ich mich.

Mir wird warm ums Herz, ich fühle mich wie in den Armen meiner Großmutter. Wie oft habe ich als Teenager solche Telefonzellen benutzt, meist wenn ich bei ihr in den Ferien zu Besuch war, um meinen gerade aktuellen Freund anzurufen.

Ich schließe die Tür, fahre über die ziemlich dreckige Wand und denke an all die Gefühlsausbrüche, Freudenschreie und Tränen, die diese schalldichte Kabine schon erlebt haben muss. In den Sommerferien hatte ich oft Liebeskummer, denn meine Freunde, die mir noch kurz zuvor ewige Treue geschworen hatten, vergnügten sich am Meer, in den Bergen oder am See mit einer anderen. Schon damals hatte ich mein Leben nach anderen ausgerichtet.

Ich lasse mich auf den Boden sinken und kauere mich zusammen, die Beine unters Kinn gezogen, die Arme um die Knie geschlungen.

Tio hat recht, wenn er sagt, dass ich Angst habe, mein Leben selbst in die Hand zu nehmen. Erfolg und Scheitern liegen oft ganz nah beieinander. Was, wenn ich scheitere? Wenn ich niemand anderem dafür die Schuld geben könnte, auch nicht den Sternen und dem Schicksal? Wenn es ganz allein mein Fehler wäre? Das wäre wirklich tragisch.

Aber wäre es nicht noch schlimmer, wenn ich in zwanzig oder dreißig Jahren rückblickend feststellen müsste, dass ich ohne fremde Hilfe nichts auf die Reihe bekommen habe? Dass ich nie den Mut zum Risiko hatte? Dass ich nie eigene Entscheidungen getroffen, sondern immer zugelassen habe, dass andere es für mich tun?

Davide und Barbara haben sich getrennt.

Und ich weiß nicht, was ich sagen will.

Und ich weiß nicht, was ich tun will.

Und ich begreife, dass das Horoskop gar keine Rolle spielt. Oder besser gesagt, es könnte eine Rolle spielen, wenn ich es so nehmen würde, wie man es nehmen sollte: als Denkanstoß, um zu verstehen, worin mein Potenzial liegt.

Immerhin habe ich Aszendenten Löwe, oder?

Ich zucke zusammen, als jemand dreimal energisch gegen die Kabine klopft. Als ich den Blick hebe, erkenne ich durch das lange, schmale Fenster der Schiebetür Tios Gesicht.

Seine Haare sind wirr wie immer, und er lächelt. Ich spüre, wie mir eine Träne über die Wange läuft, aber nur eine, und es ist eine Träne der Erleichterung.

Er schiebt die Tür auf und fragt: »Bist du salonfähig oder ziehst du gerade das Supermankostüm an?«

Ich habe mich noch mal bei ihm entschuldigt und ihm versucht zu erklären, warum ich mich nicht bei ihm melden konnte. Und ihm gesagt, dass er mir sehr gefehlt hat. Da sind Tio die Tränen gekommen.

Mir auch, aber nur fast.

Er sitzt am Steuer seines Autos. »Wenn du es so willst, ist die Astrologie ab sofort tabu.«

»Sehr gut so.« Ich verschränke die Arme vor der Brust,

auch wenn meine Abhängigkeit von Horoskopen gerade eher ein marginales Problem ist.

»Der Himmel ist voller Sterne«, sag ich und schaue aus dem Fenster.

»Das Tabu gilt auch für dich.«

»Ehrlich gesagt, sind die Horoskope nicht an allem schuld, da hast du recht. Ich muss mutiger sein, um meiner selbst willen.« Ich vermeide es, Davide und Barbara zu erwähnen, denn wenn ich diese Geschichte auch nur andeuten würde, hätte mich der Teufelskreis aus Irrtümern und Missverständnissen sofort wieder im Griff. Das geht mich nichts an. Es ist höchste Zeit, mich um mein eigenes Leben zu kümmern. »Dieses Vorstellungsgespräch, stimmt. Gleich morgen rufe ich an und mache einen Termin.«

Tio lächelt breit. »Sehr gut, meine Kleine. Außerdem«, er hält kurz inne, »Energie hast du mehr als genug, du musst nur an dich und deine Fähigkeiten glauben.« Er muss sich sichtlich zurückhalten, um nicht deutlicher zu werden.

»Tio!«, warne ich ihn.

»Meiner Meinung nach. Das ist ein guter Zeitpunkt für einen beruflichen Neuanfang. Du kannst jetzt ernten, was du gesät hast, alles spricht dafür.«

Ich seufze erschöpft. »Okay. Und das liegt noch mal an welchem Trigon?«

»Ein positiver Aspekt zwischen Mars und Sonne«, gibt er ohne zu zögern zu.

»Genau.«

»Entschuldige.«

Wir müssen beide lachen, und als die Ampel auf Rot springt und wir anhalten müssen, schnalle ich mich ab und umarme ihn.

»Ich hab dich gern, du verrücktes Huhn«, sagt er.

»Ganz meinerseits.«

Dann lösen wir uns voneinander, und ich schniefe vor Rührung.

»Bist du sicher, dass es dir gutgeht?«, fragt er mit forschendem Blick.

»Ja, ja«, antworte ich halbherzig.

»Es tut mir leid, was ich am Telefon gesagt habe. Dass du nicht wirklich in Daniele verliebt bist.«

»Ach.«

»Nicht, dass ich dich nicht verstehe, er ist wirklich eine Sahneschnitte.«

»Tio!«

»Ein toller Typ, wollte ich sagen. Aber ich habe dich schon erlebt, wenn du richtig verliebt bist, wie du dich dann bewegst, wie die Wellen auf dem Meer, wie es in dir prickelt und wie du dann strahlst, wie ein Stern. Oh, entschuldige.«

»Das war die Leidenschaft, Tio. Wie du weißt, ist dann alles schiefgelaufen.« Ich zucke mit den Achseln. »Vielleicht ist etwas Solideres mit weniger Action einfach besser.«

»Aber das ist keine Liebe.«

»Stimmt. Vielleicht brauche ich das auch gerade nicht.«

Ich schnalle mich wieder an, und Tio gibt Gas, drosselt dann aber das Tempo, als ein Streifenwagen an uns vorbeirast, dicht gefolgt von einem Krankenwagen mit Blaulicht, die bei Rot in meine Straße einbiegen.

»Siehst du, kaum beschwert man sich, wird man sich bewusst, dass es jemand anderem noch schlechter geht«, meint Tio.

Ich beuge mich nach vorne, um das Radio lauter zu stellen. Ich mag das Lied, das gerade läuft.

»Oh, bei allen Ringen des Saturn, das wird doch nicht Giorgio sein, der wieder auf freiem Fuß ist?«

Ich hebe den Kopf, und während Tio in die Straße einbiegt, sehe auch ich die Polizei und den Rettungswagen direkt vor meinem Haus stehen. »O Gott!«, rufe ich und springe aus dem Auto, sobald es zum Stehen gekommen ist. »Cristina!«

Das Herz schlägt mir bis zum Hals, als ich so schnell ich kann zum Haus renne und mir dabei vorkomme, als würde ich mich in Zeitlupe bewegen.

Wenn Cristina etwas zugestoßen sein sollte, werde ich mir das nie verzeihen. Mein Gott, ich bin im Restaurant nicht ans Handy gegangen, als sie angerufen hat. Sie wird sterben, und es ist meine Schuld, ich weiß es.

Aber dann verlangsame ich meine Schritte. Hinter dem Krankenwagen, nur wenige Meter von mir entfernt, höre ich ein Jammern, als ob jemand Krämpfe hat.

Das Kind kommt!, schießt es mir durch den Kopf.

Ich habe den Eindruck, dass mir das Blut in Wellen ins Gesicht strömt und dann wieder verschwindet, während ich mir vorstelle, zwischen Cristinas Beinen zu kauern, weil ich sie dabei unterstützen muss, ihr Baby auf der Straße zu gebären. Was die Sanitäter machen, weiß niemand so recht. Dann höre ich auch Musik, Gitarrenakkorde. Das Jaulen wird lauter und deutlicher.

»Ineeeeeeeeeeed, ineeeeeeeeeed, Cristinaaaaa, Cristina … aaaa!«

Ich bleibe stehen und reibe mir die Augen, dann schaue ich nach hinten zu Tio, der sich auf den Kofferraum eines Autos stützt und von Lachkrämpfen geschüttelt wird.

Jemand brüllt aus dem Fenster: »Schluss jetzt! Es ist fast zwei Uhr nachts!«

Aber Carlo, unbeeindruckt von den wie erstarrt wirkenden Sanitätern und Polizisten, jault weiter: *»You must be mistakes.«* Es klingt nach Jodeln mit Vibrato.

»Was zum Teufel ist das?«, höre ich einen der Sanitäter. »Deshalb sind wir hier?«

»Sie haben gedacht, er stirbt. Hörst du dieses Gejammer? Es klingt, als hätte ihm jemand ins Knie geschossen«, kommentiert ein anderer.

Ich blicke nach oben und freue mich schon auf den Beschwerdebrief, den die Mieterversammlung an den Verwalter schreiben wird. Sicher kann Signora Sacca, die alte Jungfer aus dem vierten Stock, es gar nicht erwarten, aller Welt kundzutun, dass dieser Typ, der um zwei Uhr nachts *Zombie* von den Cranberries heult, mein Exfreund ist. Und das alles nur deshalb, weil er diese Frau zurückgewinnen will, die seit einem Monat bei mir lebt, ohne Unterbrechung und ohne Miete zu zahlen, und die sicher Unmengen Wasser und was weiß ich nicht noch alles verbraucht. Ich weiß es, weil die Alte mich schon viermal darauf angesprochen hat. Nicht auf die Cranberries, sondern auf die Kosten.

Das liegt unter anderem daran, dass sie das Lied nicht erkennt. Nicht etwa weil sie taub ist, denn sie beschwert sich schon, wenn man nur eine Stecknadel fallen lässt, sondern weil das menschliche Ohr große Schwierigkeiten hat, den Zombie-Song als Lied zu identifizieren.

Warum gelingt es mir?

Ich habe fünf Jahre mit Carlo und seinem Jaulen unter der Dusche verbracht.

Warum Carlo gerade dieses Lied für seine Serenade ausgewählt hat, bleibt ein Rätsel. Auch wenn er das Wort »Zombie« durch »Cristina« ersetzt hat. Was für ein Romantiker.

»Was wollen die nur heute alle von mir?«, zische ich. Während ich nach den Schlüsseln krame, stoße ich auf mein Handy. Eine neue SMS von Paola.

Tut mir leid, aber ich halte es nicht mehr aus. Ich habe Carlo angerufen, damit sie sich beruhigt.

Jetzt weiß ich, warum Carlo um diese Uhrzeit vor meinem Haus steht, mit jeder Menge gutem Willen und einer Gitarre bewaffnet.

Signora Mazzanfanti, die alte Dame aus dem ersten Stock, steht im Nachthemd auf dem Balkon und genießt das Spektakel, ihr Kopf wackelt hin und her. »Guten Abend, Alice«, sagt sie freundlich, »kennen Sie diesen Herrn?«

»Wer, ich? Nein.« Bevor der Hahn kräht, werde ich Carlo dreimal verleugnet haben.

»Ich verstehe leider nicht, was er singt. Ich höre nicht mehr so gut, wissen Sie.«

»Zum Glück, Signora, zum Glück!«, schreit Arcelli, der Musiklehrer aus dem zweiten, der muss allerdings auch am meisten leiden.

Ich schaue hoch zu meiner Wohnung im dritten Stock. Das Wohnzimmerfenster ist geöffnet, aber die Lichter sind aus.

»Schluss jetzt, komm schon«, sagt einer der Polizisten und berührt Carlo am Arm, der immer noch den einzigen Akkord schrammelt, den er beherrscht, und erhobenen Hauptes weiterjault. »Du kannst um diese Uhrzeit hier nicht so herumbrüllen. Ende der Vorstellung.«

Doch Carlo ist nicht zu bremsen und starrt weiter auf das Wohnzimmerfenster. Mein Herz zieht sich zusammen, und ich stürze zum Hauseingang. Wenn Cristina nicht von selbst herunterkommt, dann zerre ich sie eben auf die Straße.

Zuvor drehe ich mich noch mal zu Tio um, der bestätigend den Daumen hebt.

Ich habe nicht die Zeit, um auf den Aufzug zu warten, und renne die Treppe hinauf, wobei ich immer zwei Stufen auf einmal nehme. Auf dem Absatz zwischen dem zweiten und dem dritten Stock angekommen, höre ich das Handy in der Tasche. Cristina.

»Hallo«, sage ich.

Auf der anderen Seite flüstert es: »Alice, er ist hier. Carlo. Er steht vor dem Haus.«

Ich bleibe stehen und hole Luft. »Ich weiß, ich stehe vor der Tür. Mach auf.«

Nach etwa zehn Sekunden höre ich leichte Schritte, als ob jemand auf Zehenspitzen geht, dann wird der Schlüssel im Schloss gedreht.

»Er ist unten«, flüstert sie, ihre Augen leuchten, die Wangen sind gerötet.

»Ich habe ihn gesehen oder, besser gesagt, gehört.« Cristina nimmt mich an der Hand und zieht mich zum offenen Fenster, aber gut versteckt hinter dem Vorhang. »Er bringt mir ein Ständchen.«

»Vor allem riskiert er ein paar Tage Knast.« Vielleicht gibt es Wiedereingliederungsmaßnahmen, bei denen er endlich singen lernen könnte, aber ich glaube nicht, dass Cristina das wirklich interessiert. »Geh runter zu ihm.«

»Nein«, protestiert sie, aber nur schwach und versteckt sich noch weiter hinter dem Vorhang.

»Wartest du, bis er das ganze Album gesungen hat? Wenn das so weitergeht, könnte es sein, dass sie ihn erschießen.« Danach ergreife ich die Initiative und brülle aus dem Fenster: »Schluss jetzt! Sie kommt runter.«

»Wurde auch Zeit«, schreit jemand auf der anderen Straßenseite.

»Nein, ich gehe nicht runter.«

»Cristina, dieser Mann da unten …« Ich zucke mit den Schultern. »Gut, er ist ein Vollidiot.« Sie verzieht den Mund. »Aber er liebt dich, und du liebst ihn. Ich weiß es, sonst würdest du nicht mit leuchtenden Augen hier am Fenster kleben.«

»Der Blödmann hat alles kaputtgemacht«, antwortet sie beleidigt.

»Er ist ein großer Junge von fast vierzig, Cristina, und das hast du auch schon gewusst, bevor ihr zusammengekommen seid. Er hatte Angst. Hochzeit, Vater werden, eine Familie gründen … Da hätte ich auch Angst.«

»Ich auch«, gibt sie zu und umarmt mich fest. »Ich habe Panik, dem nicht gerecht zu werden, was ich da im Bauch habe, keine gute Mutter zu sein. Ich habe überhaupt eine Heidenangst davor, Mutter zu sein.«

»Sag es ihm.«

Wir nehmen den Aufzug, und sie tippt nervös mit dem Fuß auf den Boden. Ich begleite sie bis zur Haustür, den Arm um ihre Schultern gelegt, und bin so gerührt, als würde ich sie zum Altar führen.

Als Carlo sie sieht, hört er sofort auf zu spielen und legt die Gitarre auf den Boden. Spontaner Applaus brandet auf. Wahrscheinlich weil er endlich aufgehört hat, nicht etwa als Unterstützung für das, was nun kommt.

Ich sehe zu, wie er den Polizisten die Handgelenke hinstreckt wie in den amerikanischen Filmen, um sich festnehmen zu lassen. Die beiden wechseln einen Blick, und der ältere schüttelt den Kopf.

Carlo und Cristina umarmen und küssen sich. Ihre Bewegungen sind nicht so leicht und fließend wie in einem Liebesfilm, aber da wiederholen sie die Szene auch hundert Mal, bis es passt.

Aber das hier ist das reale Leben, und da muss schon die erste Einstellung stimmen. Sonst muss man alles noch mal machen oder einfach etwas Neues anfangen und sich weiterentwickeln. Genau das werde ich ab sofort tun.

Ich betrachte Carlo und Cristina, die sich ihrer Liebe hingeben, und denke, das ist doch mal ein Ende, bei dem die Liebe siegt, auch wenn es nicht mein Happy End ist.

Ich spüre Tios Hand auf meiner Schulter und schmiege mich an ihn. Ich fühle mich stark, wirklich stark. Und bereit.

Ja, ich bin bereit.

Epilog

*Die Waage, die auf einen Hügel steigt
und von einem Berg zurückkommt*

Draußen. Nacht. Eine dieser dunklen, beruhigenden Nächte mit einem Himmel voller Sterne. Hin und wieder ist eine Sternschnuppe zu sehen. Auf einem Hügel sind zwei Gestalten zu erkennen, ein Mann und eine Frau, zwei schattenhafte Umrisse, die auf einer Wiese sitzen und den Kopf in den Nacken legen.

»Schau sie dir an und wünsch dir was.«

»Findest du den Gedanken nicht albern, dass ein Wunsch in Erfüllung geht, nur weil man eine Sternschnuppe sieht?«

»Nein. Dabei denkt man darüber nach, was man sich wirklich wünscht. Die Sterne zu betrachten ist so ähnlich, wie sich der eigenen Seele zu widmen und herauszufinden, wohin man wirklich will.«

Die beiden sehen sich an. Sie seufzt. »Ein sehr schöner Gedanke. Und sehr wahr.«

»Also? Hast du dir etwas gewünscht?«

»Ja«, sagt sie zögernd, als ob sie sich dafür schämen würde. »Und du?«

Er kommt mit seinem Gesicht ganz nah. »Jetzt kann ich nur hoffen, dass du dir das Gleiche gewünscht hast wie ich.«

Sie beugt sich zu ihm, bereit, seinen Kuss zu empfangen.

»Und CUT!«, ruft eine raue Stimme.

»Im Kasten, würde ich meinen«, sage ich und füge dann lauter hinzu, damit mich die ganze Truppe hören kann: »Mittagspause!«

Die Lichter gehen wieder an, und der Blue Screen wird sichtbar, auf dem bis vor kurzem noch die nächtliche Landschaft unter dem Sternenhimmel zu sehen war. Silvain Morel springt von der mit Kunstrasen verkleideten Hügelkulisse und kramt in seinen Hosentaschen nach einer Zigarette.

»Hey, du hättest mir ruhig aufhelfen können«, schreit ihm Nicoletta Orsini hinterher, die bildhübsche Darstellerin der Alessia, die weibliche Hauptrolle in meinem Film.

Nun gut, »mein Film« ist der von Lars Franchini, um ehrlich zu sein. Eigentlich Lanfranco Franchini, der bekannte TV-Regisseur mit dem Wunsch, auch Kinofilme zu drehen, den wir unter uns »Lars« nennen. Aber ein bisschen ist es auch mein Film, denn seit wir uns kennengelernt haben, sind Lars und ich ein echtes Dreamteam. Besser gesagt, ich bin seine rechte Hand. Oder, noch besser, sein »kreativer Kopf«, wie er immer augenzwinkernd sagt, »mit der Betonung auf kreativ«.

Kaum zu glauben, aber wahr. Es sieht tatsächlich so aus, als würden Lars meine Ideen und meine Dialoge gefallen. Die Szene, die wir gerade abgedreht haben, habe ich selbst geschrieben, ich, Alice Bassi, Regieassistentin bei *Liebe unter dem Sternenhimmel.* Sicher, das ist kein Streifen von Woody Allen, aber immerhin ein Anfang.

»Nuun, Alis, die Auschprachee war gud?«, fragt Silvain und steckt sich die Zigarette in den Mund.

»Sie war okay«, antworte ich und nehme ihm die Zigarette ab, bevor er sie anzünden kann. Sonst bestünde tatsächlich die Gefahr von Sternschnuppen ganz anderer Art, wir stehen immerhin in einem geschlossenen Raum ohne Fenster und voller elektronischem Equipment. »Aber du musst noch besser Italienisch lernen, du arbeitest immerhin in diesem Land. Und wir sparen uns den Sprachtrainer.«

Er schenkt mir ein kokettes Lächeln. »Wenn ich Italienisch lerne, gehst du dann mit mir aus?« Er hebt sein T-Shirt, um sich die Stirn abzuwischen, aber in Wirklichkeit will er mir nur seinen perfekten Sixpack präsentieren.

Ich beiße mir auf die Lippen, um nicht laut zu lachen. Seine Muskeln kenne ich schon. Ich habe das Casting gemacht, und bei Silvains Bewerbungsmappe war ganz sicher ein Foto mit nacktem Oberkörper dabei. Aber seit Alejandro weiß ich, dass mich bei Männern weniger die Muskeln interessieren als das, was sie unter der Schädeldecke haben. Vielleicht bin ich auch deshalb immer noch Single. Obwohl ich sicher bin, dass mindestens anderthalb Millionen Italienerinnen alles dafür geben würden, jetzt an meiner Stelle zu sein. Silvains Einschaltquote ist umgekehrt proportional zu seinem Intelligenzquotienten.

»Mm«, ich gebe vor, darüber nachzudenken, »was für ein Sternzeichen bist du?«

»Stier, *ma chère*.«

Ich seufze. »Tut mir leid, aber Waage und Stier?« Ich verziehe den Mund und schnippe mit den Fingern. »Das geht gar nicht«, füge ich hinzu und wende mich um. »Guten Appetit.«

Ich selbst bleibe am Set, da ich mit Lars noch einige Details durchsprechen möchte.

Als ich mich nach unten beuge, um die Unterlagen aus meiner Tasche zu nehmen, höre ich ein Bellen und runzele die Stirn. Drehen wir heute Nachmittag eine Szene mit Hund? Nein, ich bin sicher, dass wir keine Tierszene geplant haben außer die mit Caspar Belli, und die hat uns die Produktionsfirma aufgezwungen. Was ist da los? Ich gehe nach draußen. Die Mittagssonne scheint so grell, dass ich die Augen zusammenkneifen muss.

Hunde erkenne ich keine, auch wenn ich meine, ganz hinten auf der Straße etwas verschwinden zu sehen, aber das Tier ist eher so groß wie ein Pony. Ob das zu der Mini-Serie gehört, die gerade hier gedreht wird?

Ich gehe wieder rein, um mein Brötchen zu holen, und winke der Skriptfrau, dem Tonmeister und der Kostümbildnerin zu, während Mario, der Kameraassistent, auf mich zukommt.

Er kratzt sich an der Nase und sagt: »Entschuldige, Alice, dass ich dich störe, aber könntest du mir kurz was erklären?« Er deutet auf das Drehbuch, in dem der Regisseur einige Notizen gemacht hat.

»Lars hat an einen Kamerawagen gedacht«, erkläre ich ihm die mit Bleistift hingekritzelten Hieroglyphen. »Aber da ein Dolly die Kosten hochtreiben würde, habe ich einen Schiebewagen vorgeschlagen.«

»Ah gut, das macht es mir leichter, danke. Es funktioniert auch gut mit der Geschichte, denn an dieser Stelle wird Silvain …«

»Also?«, hören wir eine Stimme von der Tür rufen. Der Regisseur, ein hochgewachsener Mann um die fünfzig, respekteinflößend wie Orson Welles, kommt auf uns zu. Er zieht die Brille ab und kratzt sich den Bart. »Wirst du wohl mein Mädchen in Ruhe lassen? Komm schon, Marietto, verschwinde!«

Mario beißt sich auf die Lippe. »Entschuldige, Lars … ähm Lanfranco.« Dann wendet er sich an mich: »Isst du heute nichts?«

Ich hebe die Brötchentüte. »Ich habe mir eine *schiscetta* mitgebracht.«

Mario lacht, denn manchmal vergesse ich, dass ich nicht in Mailand, sondern in Rom bin, genauer gesagt in Cinecittà, und der Dialekt hier ein anderer ist. »Ich meine ein *panino* Milanese«, erkläre ich in nasalem Lombardisch.

»Bauscia«, ruft er mir von der Tür aus zu und versucht mich nachzumachen, dann verschwindet er im Sonnenlicht.

Ich merke, dass ich müde bin. Wir haben nur noch eine Woche bis Drehschluss, und ich bin gefühlt Tag und Nacht am Set. »Also, Lars, was gibt's?«

Er verzieht das Gesicht, als er seinen Spitznamen hört, doch dann klopft er mir auf die Schulter. Ich bin die Einzige, die sich erlauben kann, ihn öffentlich Lars zu nennen, ohne zu riskieren, an einen Kamerawagen gebunden und öffentlich ausgepeitscht zu werden wie in der Serie *Das römische Reich*.

»Ich hole nur schnell das Drehbuch mit den Notizen, Moment. Setzen wir uns dorthin?«, schlägt er vor und zeigt auf den Kunstrasenhügel, wo wir gerade die Szene mit den Sternschnuppen gedreht haben.

»Bist du sicher?« Ich kenne ihn gut genug, um zu wissen, dass er am liebsten gemütlich im Regiestuhl sitzt, und ich hätte Stein und Bein geschworen, dass ihn der Aufstieg auf dieses Hügelchen bei seinem Übergewicht einige Mühe kosten wird.

»Ja, ja. Und nimm den hier mit.« Er reicht mir den Kopfhörer, den ich verwende, wenn wir an verschiedenen Orten auf dem Set drehen und ich per Funk erreichbar sein muss. »Damit können wir alles direkt am Set regeln. Wenn ich Omar das alles später erklären muss, bekomme ich ein Magengeschwür.«

Während er das sagt, glänzen seine Augen, und er fährt sich mit der Zunge über die Lippen, als wäre er wegen irgendetwas unruhig.

»Lars, geht es dir gut? Du wirst doch keinen Schlaganfall bekommen?« Bei seinem Körperumfang wäre das kein Wunder. Ich habe ihm schon häufiger deutlich gemacht, dass er bei unserem Arbeitspensum eigentlich abnehmen müsste, aber wie soll man jemand davon überzeugen, den der Anblick einer Portion *Coda alla vaccinara* zu Tränen rühren kann?

»Papperlapapp!«, antwortet er und zeigt mir den Teufelsgruß. »Nenn mir einen Menschen, der einen Schlaganfall vor Glück bekommt?«

»Was ist passiert? Neuigkeiten von Film Delfino?«, frage ich überrascht. Ich weiß, dass er sein Projekt vor wenigen Wochen dort vorgestellt hat, und wenn sie grünes Licht geben, dann heißt das: Kino! Endlich.

»Wie? Nein, das heißt fast.« Dann wird er ernst. »Alice«, verkündet er in dem barschen Tonfall, den er normalerweise verwendet, wenn er nicht viele Worte machen will. Nicht zuletzt deshalb hält ihn die Crew für ein herzloses Monster ohne jede Manieren. »Vergeuden wir keine Energie mit dieser Frage. Das ist Gift für meine Blutfettwerte, das weißt du doch. Setz jetzt den Kopfhörer auf und tu, was man dir sagt.«

»Ist ja gut, reg dich nicht auf.«

»Ach was«, sagt er und kneift mir liebevoll in die Wange. »Wenn wir hier fertig sind, was machst du in Mailand am nächsten Wochenende?«

Ich schnaube. »An meinem heiligen Sonntag meinst du? Ich lasse mir die Nägel machen, ich muss ja nicht heiraten.«

»Puh. Wenn das so ist«, antwortet er und macht eine vage Geste, »dann weißt nur du, warum du extra bis nach Mailand fahren musst, um dir die Nägel machen zu lassen. Manikürestudios gibt es auch hier in Rom.«

Sicher, aber Karin ist in Mailand. Und Paola ist auch in Mailand, was noch wichtiger ist. Selbst wenn ich mich über das Leben in der Hauptstadt nicht beschweren kann, würde ich niemals darauf verzichten, das Wochenende mit meiner besten Freundin zu verbringen, selbst wenn ich in Hollywood arbeiten würde.

Es ist jetzt sieben Monate her, dass ich das überfällige Telefonat geführt habe. Nachdem sich Cristina und Carlo versöhnt hatten, die Sanitäter abgezogen waren, da es nichts für sie zu tun gab, und ich wieder alleinige Bewohnerin meines Appartements war.

Nicht einmal zwei Wochen später war ich in Rom, zusammen mit Mama Adalgisa und Papa Guido, denn auch wenn deine Tochter die dreißig überschritten hat, ist es besser, sich persönlich davon zu überzeugen, dass sie nicht irgendwelchen Sexualstraftätern und Drogenabhängigen im Endstadium in die Hände gefallen ist.

»Die vom Fernsehen sind doch alle so«, hat mein Vater im Brustton der Überzeugung behauptet.

»Papa, ich arbeite seit zehn Jahren beim Fernsehen.«

»Ja schon, aber ich meine die beim richtigen Fernsehen.«

»Na umso besser.«

Anfangs habe ich Unterhaltungssendungen betreut, und dabei lernte ich Lars kennen. Es war Liebe auf den ersten Blick. Nicht diese Art von Liebe, Gott bewahre, eher so etwas wie eine Seelenverwandtschaft. Lars ist mir sehr ähnlich. Er ist dreimal geschieden und glaubt nicht mehr an die Liebe, genau wie ich. Dafür dreht er die romantischsten Fernsehserien, die man sich vorstellen kann, sehr zur Freude der Hausfrauen des halben Landes.

Ich habe keine drei Ehen hinter mir, zum Glück, und ich muss auch nicht jeden Monat drei Unterhaltsschecks unterschreiben, um zu begreifen, dass die Liebe nichts für mich ist. Ich kann sogar sagen, dass ich es genieße, die Hauptperson in meinem Leben zu sein, ohne darauf zu warten, dass mich jemand auswählt und dann wieder verlässt, sobald ich mich an ihn gewöhnt habe.

Ich gehe anders damit um als Lars, der sich mit gutem Essen vollstopft und Drehbücher schreibt, in denen er die weibliche Hauptfigur bei einem Autounfall umkommen oder mit Kreislaufkollaps zusammenbrechen lässt, wenn er schlechte Laune hat. Ist er dagegen in guter Stimmung, kann es vorkommen, dass sie von Gott auserwählt wird und als Missionarin in irgendein Entwicklungsland geht. Ich spaziere lieber durch Rom, setzte mich auf irgendwelche Bänke und schaue an den Himmel oder schlendere durch die schmalen Gässchen der Altstadt.

Tio sagt immer, ich muss geduldig sein. Dann wird sie kommen. Wenn sie denn kommt. Ich tröste mich damit, dass die Menschen nicht alle gleich sind. Nirgends steht geschrieben, dass wir alle die Liebe unseres Lebens finden, nicht einmal in den Sternen. Nicht jeder wird seinen Andrea finden, jemanden, der bereit ist, einem überallhin auf der Welt zu folgen, so wie es Tio passiert ist.

Selbst wenn in meiner Lebensgeschichte die Worte »und sie lebten glücklich zusammen bis ans Ende ihrer Tage« nicht vorkommen, heißt das noch lange nicht, dass ich traurig bin.

Wenn ich vor Sonnenuntergang zu Hause bin, setze ich mich auf meinen Balkon, blicke auf Rom mit all seinen wunderbaren Farben und sage mir, dass auch das Glück ist: eine eigene Wohnung, der Job, den ich mir erträumt habe, Freunde, eine schnurrende Katze und blühende Geranien. Wenn du gelernt hast, dich selbst zu lieben, dann fällt es dir auch leichter, dich um andere zu kümmern. Ohne dich dabei zu verlieren.

Ich schalte den Sender ein und befestige die Klammer an meinem Gürtel, dann setze ich den Kopfhörer auf, regle die Lautstärke und mache mich an den Aufstieg.

»Test, Test.« Die Stimme von Lars krächzt durch den Kopfhörer. »Hörst du mich?«

Ich drücke auf den Antwortknopf. »Ja, was gibt's?«

»Aufgepasst: Nimm die rote Decke, breite sie aus und streiche sie glatt. Und den Picknickkorb ein bisschen drehen, mehr nach rechts.«

»Okay. Und jetzt?«

»Sehr gut. Ja, genau so. Setz dich hin und warte auf mich. Und bleib dran.«

Ich zucke mit den Schultern, setze mich im Schneidersitz auf den Kunstrasen und wickele mein Mortadella-Brötchen aus, dann studiere ich den Drehplan für heute und das Drehbuch.

Als ich ein dumpfes Geräusch höre, zucke ich zusammen und hebe den Kopf, denn plötzlich ist alles dunkel.

»Lars?«, frage ich über den Kopfhörer.

Er antwortet nicht. Ich will aufstehen, aber in der Dunkelheit habe ich keine Orientierung. Keine gute Idee, immerhin bin ich auf einem Hügel, einige Meter über dem Boden.

Nach einer Weile tauchen auf dem Blue Screen zunächst der Mond und dann die Sterne auf.

Warum habe ich den Eindruck, dass hier gerade jemand an der Beleuchtung herumspielt? »Lanfranco, hey!«, rufe ich noch einmal. »Komm schon, lasst das, sonst stürzt noch der Computer ab.«

Ich höre es im Kopfhörer krächzen, doch ich verstehe kein Wort. Die Stimme scheint aus weiter Ferne zu kommen.

»Nimm«, höre ich und dann: »Geh.«

Das ist eindeutig die Stimme von Lars, aber er scheint mit wem anders zu sprechen. Die Sterne über mir beginnen zu wandern. Ein wunderbares Schauspiel. Wenn ich nicht wüsste, dass das Ganze nur eine Projektion für einen Film ist, käme ich mir vor, als würde ich tatsächlich in den Bergen sitzen und auf ein oscarreifes Firmament blicken.

Aus dem Kopfhörer höre ich jetzt leise Musik.

Ich bin wie erstarrt. Es ist *Reality* aus Lars' Lieblingsfilm *La Boum – die Fete.* Ein Streifen, den man bei einem wie ihm nicht erwarten würde. Okay, das ist bestimmt einer der schrägen Scherze der Crew. Trotzdem irgendwie seltsam. Normalerweise passiert das nur, wenn wir alle etwas entspannter sind und nicht wie jetzt im Drehplan zurückhängen. Ich hatte Lars für professioneller gehalten.

»Okay, Jungs, sehr hübsch, ich habe verstanden. Vielen Dank. Aber jetzt ist Schluss mit lustig, wir sind leider schon im

Verzug.« Ich setze mich wieder mit den Beinen über Kreuz auf den Rasen. Ich kann durchaus über mich lachen, doch jetzt weiß ich nicht weiter. Außerdem erinnert mich das Lied noch an etwas anderes, an jemanden, den ich in meiner Erinnerung ganz hinten in eine Schublade gesteckt habe.

Ich greife nach meinem Handy und schalte die Taschenlampe an, damit ich weiter im Drehbuch lesen kann. Zumindest tue ich so.

»Viktor Hugo hat mal gesagt, dass die Seele voller Sternschnuppen ist.« Im Kopfhörer ist keine Musik mehr, sondern eine Stimme zu hören. »Vielleicht hat er in seinem Versuch, poetisch zu sein, gar nicht so falschgelegen.«

Das ist nicht die krächzende Stimme meines Regisseurs, sondern eine, die mir fremd vorkommt. Trotzdem schlägt mir das Herz bis zum Hals.

»Du hattest nicht unrecht mit dem Gedanken, dass wir alle von den Sternen bestimmt werden, in einem gewissen Sinne jedenfalls«, redet der Unbekannte weiter.

Mir wird abwechselnd heiß und kalt, denn ganz tief in mir drin glaube ich die Stimme doch zu erkennen, und diese Ahnung trifft mich wie ein Stich mitten ins Herz.

»Alle Atome, aus denen unser Körper besteht, sind vor vielen Millionen Jahren entstanden. Das Eisen in unserem Blut, der Sauerstoff in unseren Lungen, der Kalk in unseren Knochen.«

Während ich zuhöre, wandern die Sterne über mir weiter, ihr Glanz wird intensiver, das Licht wird mal heller, mal dunkler, und durch das Hoch- und Herunterdimmen wirkt das Himmelsgestirn fast echt.

»Alice …«

In diesem Moment wird mir klar, dass die Stimme nicht

aus dem Kopfhörer kommt, sondern von direkt hinter mir, und als ich mich umdrehe, erkenne ich einen schattenhaften Umriss, eine Szenerie wie in dem Film, den wir gerade drehen, die Passage, die ich selbst geschrieben habe.

Ich kneife die Augen zusammen, um besser sehen zu können, denn ich sage mir, dass das unmöglich ist. Verrückt. Eine Fata Morgana.

Es kann einfach nicht sein, dass er hier ist.

Ich hasse mich dafür, dass mir jetzt eine Träne die Wange herabrinnt. Dann flüstere ich: »Davide.«

Noch einmal sage ich mir, dass das alles nicht wahr sein kann, einfach deshalb, weil so etwas nur in Filmen passiert. Aber er steigt auf den Hügel (okay, aus Sperrholz und Kunstrasen) und nimmt mir den Kopfhörer ab. Lässig wirft er sich die Jacke über die Schulter. »Ciao«, sagt er mit seiner warmen Stimme, die ich einfach nicht vergessen konnte, jene Stimme, die klingt wie ein sanftes Streicheln, was auch immer er getan haben mag.

»Ciao«, antworte ich schneidend scharf.

Davide setzt sich neben mich, als ob er hier wäre, um den Sternenhimmel zu betrachten. »Du siehst gut aus«, sagt er, während dieser Verräter von Lars, wahrscheinlich in Absprache mit dem Aufnahmeleiter, den Hügel in gedämpftes Licht taucht, damit ich Davide in die Augen sehen kann.

»Mm, danke.«

Er hebt die Hand, aber ich komme ihm zuvor und streiche mir die lose Haarsträhne selbst hinters Ohr.

»Kurze Haare?«

»Ist praktischer«, erkläre ich, »wenn man nur wenig Zeit für den Friseur hat.« Ich mache eine vage Geste. »Frauenkram eben.«

»Alice-Kram.« Er lächelt.

Ich löse meinen Blick von seinen Augen, das halte ich nicht aus. »Vielleicht.«

»Du siehst immer gut aus, egal mit welcher Frisur. Vielleicht sogar noch besser als vorher, irgendwie eleganter.«

Ich lache, denn in diesen Monaten in Rom voller Arbeit und dem Versuch, mich selbst wiederzufinden, habe ich bestimmt alles Mögliche gemacht, aber eleganter? Er nimmt meine Hand, und ich verstumme.

»Davide, das ist mein Leben. Ich muss arbeiten. Warum bist du hergekommen? Warum bist du heute hier, nach so langer Zeit?«

Ich beobachte, wie er sich auf die Lippe beißt und das künstliche Himmelsgewölbe über uns betrachtet. »Du fehlst mir.«

Ich schüttele den Kopf. »Was fehlt dir? Die gutgläubige Frau, die dich angeschmachtet hat?«

»So warst du nie. Du bist ironisch und witzig, intelligent und hübsch, sanft und fürsorglich.«

»Und dumm. Sonst wäre ich nicht immer wieder auf dich reingefallen. Komm schon, Davide, du weißt selbst, dass es zwischen uns nicht funktionieren kann.«

Er schließt die Augen. »Weil ich Löwe, Aszendent Zwillinge bin?«

»Weil du ein Arschloch bist. Sternzeichen haben damit nichts zu tun.«

Er kassiert den Schlag und nickt.

»Entschuldige, schon damals wollte ich mit dir darüber reden und habe mir haarklein das ganze Gespräch ausgemalt. Aber erst jetzt ist mir klar, dass es keinen Sinn mehr hat.«

»Weil du nicht überzeugt bist von dem, was du sagen willst?«

»Weil es nur noch mehr wehtun würde. Ich habe viel gelernt, zum Beispiel, dass ich zum Glücklichsein keinen Mann an meiner Seite brauche und in diesen sieben Monaten ein erfülltes und glückliches Leben hatte.«

»Ich weiß.«

Ich stutze. »Wie, du weißt?«

»Ich wusste, dass du nach Rom gegangen bist, ich wusste, dass du Daniele verlassen hast, ich wusste über alles Bescheid. Nein.« Er hebt abwehrend die Hand. »Ich habe dich weder verfolgt noch mich in dein Leben eingemischt. Jedenfalls bis heute nicht. Aber ich habe mich für dich gefreut, über deinen Erfolg und darüber, dass du die Krallen ausgefahren und endlich etwas für dich selbst getan hast. Nur für dich.«

»Davide, ich bitte dich zu gehen. Nur für mich.« Ich stehe auf, denn die Situation beginnt zu sehr wehzutun, und das möchte ich nicht. Nicht hier, nicht jetzt, nicht nach all der Mühe, die ich mir gegeben habe. »Es ist zu spät. Wenn du gleich gekommen wärst, damals, als du und Barbara euch getrennt habt.«

»Alice, wir hatten uns schon vor Paris getrennt.«

Ich gehe einen Schritt zurück, weil ich Distanz zwischen mich und das bringen will, was er gerade gesagt hat.

»Ich wollte dich nicht verlassen. Ich habe dich geliebt«, sagt er und schaut mir in die Augen. »Ich habe dich von Anfang an geliebt, schon lange vor Paris, aber ich hatte furchtbare Angst, es dir zu sagen. Bis zu diesem Moment habe ich keine Nähe zugelassen, war nur auf mich fixiert, aus Angst, verlassen zu werden.«

Er möchte näher kommen, doch ich wehre ihn ab. »Nein«, flüstere ich.

»Ich liebe dich immer noch. Und ich weiß genau, wie du dich fühlst.«

»Geh endlich.«

»Alice!«

»Du weißt genau, wie ich mich fühle? Mag sein. Weil du dafür gesorgt hast, dass ich mich so fühle. Du wolltest es so. Du hast dich so lange nicht gemeldet, obwohl du wusstest, dass ich hier bin, allein. Du wusstest auch …« Warum zum Teufel muss ich weinen? Alice, Schluss damit! Alice, wach auf! Du bist nicht mehr die Frau, die du einmal warst. Du bist jetzt stark und selbstsicher, eine Frau, die weiß, was sie will, die respektiert wird. »Geh, Davide, ich bitte dich.«

Ich setze mich wieder, vergrabe das Gesicht in den Händen und überlasse mich der Stille und der Dunkelheit. Ich weiß nicht, wie viel Zeit vergeht, aber es kommt mir wie eine Ewigkeit vor.

Irgendwann höre ich eine Stimme aus dem Lautsprecher. »Alice!«

»Warum hast du mir das angetan, Lars?«, frage ich und wische mir über die Augen. Ich hoffe, meine Stimme zittert nicht zu sehr.

»Weil du es verdienst, mein Schatz. Auch du darfst glücklich sein.«

Ich schüttele den Kopf. »Dieses Mal geht es nur ums Unglücklichsein. Und das weißt du auch. Du warst immerhin dreimal verheiratet und hast dich dreimal scheiden lassen.«

»Stimmt. Und wenn die Vierte kommt, dann werde ich es wieder tun. Alice, man kann nicht glücklich sein, ohne Risiken einzugehen. Du kannst nicht auf einen Gipfel steigen, ohne dir darüber im Klaren zu sein, dass du auch wieder runtermusst.« Als ich nicht reagiere, fährt er fort: »Dieser

Mann, den du gerade weggeschickt hast, hat mir anvertraut, dass er sein Leben grundlegend geändert hat, damit er in deiner Nähe sein kann. Er hat einen neuen Job, damit er sesshaft werden und etwas Dauerhaftes aufbauen kann, für den Rest seines Lebens. Wenn ein Mann das tut, ohne auch nur einmal zu schwanken oder aufzugeben, dann kannst du dir bei einer Sternschnuppe zwar einen Lottogewinn wünschen, hast aber nicht verstanden, dass du den Schein mit den Glückszahlen längst in der Hand hältst.« Er schaltet die Scheinwerfer wieder ein, der Sternenhimmel verschwindet, und ich lande auf dem Boden der Realität, am Set, inmitten von Kabeln, Schienen, Kamerawagen und Lichttraversen. In meinem Leben. Allein.

Davide war hier, um mich zu sehen. Und er hat gesagt, dass er mich liebt.

Als ich aufstehen will, zittern mir die Beine.

Er hat gesagt, er liebt mich, und ich habe ihn weggeschickt.

Obwohl ich ihn auch liebe, trotz unserer Horoskope, trotz der Schmerzen und trotz der Tatsache, dass ich versucht habe, ihn zu vergessen, weshalb ich aus meinem alten Leben abgehauen bin.

Ich würde gerne schneller herunterklettern, doch es geht nicht, der Hügel scheint sich in einen riesigen Berg verwandelt zu haben. Ich will zur Tür rennen, doch die Angst lähmt mich. Die Angst, er könnte schon weg sein.

Die Angst, er könnte noch da sein.

»Davide!«, rufe ich, aber ich bin außer Atem, und er hört mich nicht. Ich renne die Straße hinunter, auf die Kulisse des antiken Roms zu. »Davide!«

Da höre ich ein Bellen. Davide bleibt stehen und breitet die Arme aus, denn Flash rast auf ihn zu. Der Hund überholt ihn, rast schwanzwedelnd weiter und reißt mich zu Boden, mit der unbändigen Kraft eines Tieres, das vom Rausch der Gefühle übermannt wird.

»Flash! Alice!«

Davide stürzt auf mich zu, auf die elegante Frau, die elegant auf dem Rücken liegt, unter sechzig Kilo behaarter Muskelmasse begraben.

Während Flash freudig jault und winselt, zieht Davide mich hoch und hält mich fest. »Es tut mir leid, Alice. Entschuldige, ich hätte nicht auf Lanfranco hören und alleine kommen sollen.«

»Lars hat nun mal eine Schwäche für romantische Geschichten, besonders wenn er dabei Regie führen darf. Na ja«, ich sehe ihm in die Augen, »vielleicht hat er dieses Mal auch ein Happy End geschrieben.«

Davide lächelt und da er zögert, beuge ich mich vor und küsse ihn. Ich habe immer noch Angst. Ich habe Angst, dass ich die falsche Entscheidung treffe. Dass wir uns trennen. Dass wir uns nicht trennen. Dass ich leiden muss. Ich habe Angst vor der Ungewissheit, weil nicht nur das Morgen unsicher ist, sondern selbst das, was in den nächsten sechzig Minuten passieren wird.

Das ist der Preis dafür, ohne Astrologie und Horoskope zu leben. Auf die Bühne des Lebens zu steigen ohne Souffleuse, ohne jemand, der dir die Angst nimmt, den Text zu vergessen, dir aber auch die Chance gibt, ohne fremde Hilfe zu entdecken, wer du bist. Deine Grenzen und Möglichkeiten zu erkennen, ohne dass er dir sagt, dass es an der falschen Konjunktion liegt, einem aus der Bahn geratenen Planeten oder deinem Aszendenten.

Ich küsse Davide und drücke ihn fest an mich. Auf einmal habe ich keine Angst mehr vor meiner Angst, denn ich weiß, dass die Sterne dieses Mal einfach nur zuschauen.

Danksagung

Um am Ende des Weges anzukommen, haben wir die vier Elemente durchquert, Trigone analysiert, Horoskope seziert, Dekaden entkernt und uns mit Planeten herumgeschlagen. Dass es Alice und mir gelungen ist, diesen Roman zu schreiben, verdanken wir einer Reihe von Menschen, ohne die meine Hauptfigur keine Worte gefunden und ich dieses Abenteuer nicht zu einem glücklichen Ende gebracht hätte.

Laura Ceccacci: Danke, dass du Alices (und ab und zu auch meinen eigenen) Launen erduldet, sie gelesen, dabei gelacht und versucht hast, sie zu verstehen. Da du selbst Waage bist, warst du am Anfang naturgemäß skeptisch, aber deine Tatkraft und die Professionalität der Laura-Ceccacci-Agency waren das i-Tüpfelchen, das diesem Projekt noch fehlte.

Patrizia Rizzo: Die beste Krebsgeborene, die man sich vorstellen kann. Ich kann den Sternen gar nicht genug danken, dass sie uns vor vielen Jahren zusammengeführt haben. Dank unserer stundenlangen Gespräche bis tief in die Nacht und deiner wertvollen Tipps, konnte Alice zu der Person werden, die sie ist, genau wie Paola und ein bisschen auch Silvia.

Cristina Caboni: Eine einfühlsame Autorin und gute Freundin. Wie jeder Zwilling, der etwas auf sich hält, ist sie in der Lage, in verschiedene Rollen zu schlüpfen und mir entweder zu schmeicheln oder mich, falls nötig, zu kritisieren. Wenn du nicht von Anfang an und selbst davor schon an mich geglaubt hättest, dann wäre es vermutlich nie so weit gekommen.

Cristina Prasso: Sie hat mich und Alice mit ihren verschiedenfarbigen Schuhen und ihrer Liebe zum Kino für sich eingenommen. Dass ich mich in meinem italienischen Verlag von Anfang an heimisch gefühlt habe, ist vor allem dein Verdienst. Dein mitreißender Enthusiasmus ist besser als jeder positive Aspekt im Horoskop. Wenn man dir eines vorwerfen kann – wobei du mir wahrscheinlich zustimmen wirst –, dann dass du Widder bist. Aber dieses Manko verzeiht man dir schnell.

Giorgia di Tolle: Eine Schützin mit Aszendent Waage. Quasi mein Spiegel und deshalb (aber nicht nur!) die beste Lektorin, die man sich wünschen kann.

Barbara Trianni: Bezeichnet sich selbst als typischen Steinbock. Sie macht eine großartige Pressearbeit, genau wie Giacomo Lanaro, der geniale Marketingideen hat, obwohl er Skorpion ist. Außerdem danke ich Marco Tarò, Cristina Foschini, Giuseppe Somenzi, Paolo Caruso, Benedetta Stucchi, Elena Pavanetto, Caterina Sonato, Viviana Vuscovich, Graziella Cerutti, Mauro Tosca, Oriana Di Noi und Laura Passarella. Ich hoffe, ich habe niemanden vergessen, denn alle bei GeMS haben an mich und an diesen Roman geglaubt und mit großer Leidenschaft dafür gesorgt, dass er gedruckt wurde.

Ein besonderer Dank geht an Simon, der die Geduld hatte,

das Manuskript zu lesen und die größten Schnitzer in Sachen Astrologie zu korrigieren. Sollte es trotzdem Ungereimtheiten geben, was dieses Thema betrifft, dann ist das allein meine Schuld, und ich hoffe, meine Leser legen sie mir als dichterische Freiheit aus.

Ich danke Jean Paul Bosco, der mit Enthusiasmus, Professionalität und Effektivität zu unserer Waage-Familie gestoßen ist und dieses Buch sehr gepusht hat.

Nicht zu vergessen meine Eltern Gisella Guidi und Roberto Zucca, sie Fische, er Zwilling, die der beste Beweis dafür sind, dass aus den seltsamsten astrologischen Konstellationen im Horoskop eine gut funktionierende Beziehung entstehen kann. Dank auch an meine Schwester Carlotta, die ich über alles liebe, auch wenn wir grundverschieden sind, ebenso an Fabrizio, Matteo und Martina.

Claudio Canossi: Ein Wassermann, der mir vieles beigebracht hat und der mir nach so vielen Jahren immer noch wie ein großer Bruder zur Seite steht. Nein, ich habe Carlo nicht sterben lassen, obwohl du mich hartnäckig dazu gedrängt hast, sondern ihn Glück finden lassen, was ich auch dir von ganzem Herzen wünsche bei allem, was du tust.

Jean Claude Rousseau: Ohne seine wertvollen Tipps, sein Lächeln und die Ermutigungen in diesen Jahren wäre ich mit Sicherheit von meinem Weg abgekommen.

Und ich danke Corina, die mir an dem ausschließlich für mein Aussehen reservierten Wellness-Tag auf ihre ganz spezielle Art die Nägel macht und darüber eine gute Freundin geworden ist.

Mein tief empfundener, aufrichtiger Dank geht an Valeria Sciandra, eine Fische-Geborene und Floristin, die im inspirierenden Blumenmeer ihres wunderbaren Geschäfts ihre Bahnen zieht. Ich danke dir für deine Umarmungen und deine unendliche Geduld. Ich liebe den Satz, den du mir auf eine Karte geschrieben hast und der genau das widerspiegelt, was auch ich fühle: »Ich bin glücklich, dass du ein Teil meines Lebens bist, denn du machst es schön.«

Ich danke auch meinen Tanzmädels Amanda, Deborah, Laura und Serena, die nicht nur mit mir tanzen, sondern auch stets ein offenes Ohr und viel Verständnis für mich haben.

Ich danke Valerio, auch wenn mir völlig unverständlich ist, dass er Jungfrau ist. Was für ein Pech, dass ich dich nicht früher kennengelernt habe, du weißt so viel über Astrologie. Ebenso Bianca, eine angriffslustige Widderfrau und wahrhaftige Naturgewalt.

Dazu das Schützen-Trio Roberto, Pietro und Marialuisa, die mich in gewissem Sinne zu Alejandro inspiriert (so wie er würde ich mich nie und nimmer verhalten!) und mit ihrer Freundschaft, ihrer Unterstützung und ihren wertvollen Ratschlägen begleitet haben.

Vielen Dank an Alessandra Roccato, die seit vielen Jahren meine Freundin ist und mir viel über das Schreiben und das Übersetzen beigebracht hat.

Ich danke Musetta, Byron, Modì sowie der sanften und komplizierten Drusilla, die mich mit ihren geheimnisvollen Katzenaugen zärtlich betrachten, während ich schreibe.

Nicht zu vergessen meine beiden Clans: zum einen die Theaterfamilie mit Silvia, Ilaria, Lidia, Stefano und Raffaella, Roberto, Paolo, Oscar, Fabio, Chiara und Elena, zum anderen mein »Civico 69«, das symbolische Gebäude, in dem sich meine Träume während des zwei Jahre währenden Schreibkurses bei dem großartigen und charismatischen

Raul Montanari (ein Steinbock, wie er im Buche steht) entwickelt haben und in dem heute noch Francesco, Carmen, Paolo, Elena, Rosa und Marta wohnen.

Liebe Freunde, mögen die Sterne mit euch sein. Danke für alles.